鲁迅全集

人民文学出版社

图书在版编目（CIP）数据

鲁迅全集. 1/鲁迅著. —北京：人民文学出版社，2005. 11 （2022.11 重印）
ISBN 978-7-02-005033-8

I. ①鲁… Ⅱ. ①鲁… Ⅲ. ①鲁迅著作—全集②鲁迅杂文③鲁迅小说 Ⅳ. ①I210.1

中国版本图书馆 CIP 数据核字（2005）第 070005 号

总编注　《鲁迅全集》修订编辑委员会
封面题字　沈尹默
鲁迅浮雕像　张松鹤
责任编辑　刘　伟
装帧设计　李吉庆
责任校对　王玉川
责任印制　王重艺

出版发行　人民文学出版社
社　　　址　北京市朝内大街166号
邮政编码　100705

印　　　刷　北京盛通印刷股份有限公司
经　　　销　全国新华书店等

字　　　数　7500 千字
开　　　本　880 毫米×1230 毫米　1/32
印　　　张　335.5　插页99
印　　　数　117001—123000
版　　　次　2005 年11 月北京第1 版
印　　　次　2022 年11 月第18 次印刷

书　　　号　978-7-02-005033-8
定　　　价　1360.00 元(全十八卷)

如有印装质量问题,请与本社图书销售中心调换。电话:010-65233595

鲁迅

鲁迅，一八八一年生于浙江绍兴城内。又名是周豫才。世称姓周，卿工人。他从自得幼时看又二伯有小说蔗。嘉荫庆有进送的四五十部田，但藏又祝氏理之有，已运堂轍之间。

十三岁，但连，动得详了三年如中国书。祝朝好好低，祝朝亦不用于旧的乱不读，在村神，知状别衣工有的南一。

但有义堂仆，以求，见工于平，起了罪事

文学洋，安之文谷字，了是左个松吉西

一九二○年，祝的母亲少往生活，这才回到国在祝的好照案授

（以下部分文字难以辨识，为手写草稿批注）

出 版 说 明

　　《鲁迅全集》最早的版本,由鲁迅先生纪念委员会编辑,收入作者的著作、译文和部分辑录的古籍, 共二十卷, 于1938年印行。

　　新中国成立后,我社重新编辑出版新的注释本《鲁迅全集》。这部《全集》只收作者自己的原创著作,包括创作、评论、文学史专著及部分书信,并加了必要的注释, 共十卷, 于1956年至1958年间印行。

　　1981年,我社又在十卷本的基础上进行较大的增补和修订,增收了《集外集拾遗补编》、《古籍序跋集》、《译文序跋集》和日记,以及当时搜集到的全部书信,并对所收著作都加了注释;另加附集一卷,收作者著译年表、《全集》篇目索引和注释索引。全书共十六卷。

　　本版《全集》以1981年版为基础进行修订,根据增补不足,修正错讹的原则,补入迄今搜集到并经确认的佚文佚信,收入《两地书》的鲁迅原信和《答增田涉问信件集录》。对原有注释作了增补和修改,所收著作又据作者生前审定(或写定)的文本作了校核。此外,作者翻译的外国作品和校辑的中国文史古籍,以及早期编著的《中国矿产志》(与顾琅合编)和生理课程讲义《人生象敩》等,分别编为《鲁迅译文集》(十卷)、

I

《鲁迅辑录古籍丛编》(四卷)和《鲁迅自然科学论著》(一卷),
另行出版。

修订后的《鲁迅全集》共十八卷,吸纳了迄今鲁迅研究的
新成果,是目前最为完备的《鲁迅全集》的新版本。

《鲁迅全集》的编注工作,一直受到中央和国家的重视,得
到众多高等院校、科研机构和鲁迅研究界的专家学者的协助,
其中有的直接参加了编注定稿工作,也得到广大读者的关心
和帮助。对他们为《全集》的出版所做的贡献,我们在此表示
衷心的感谢。

《鲁迅全集》注释涉及的范围十分广泛和繁杂,虽然作了
努力,但疏漏还会难以避免,我们仍期待读者的指教。

人民文学出版社

2005 年 9 月

总　目

插 图 目 录

鲁迅全集

第一卷

坟

热风

呐喊

人民文学出版社

留学日本时摄（1903）

《阿Q正传》手稿一页

北京绍兴县馆内之补树书屋

北京八道湾寓所

目　录

坟

热　风

一九一八年

一九一九年

一九二一年

一九二二年

一 九 二 四 年

坟

本书收作者 1907 年至 1925 年所作论文二十三篇。1927 年 3 月由北京未名社初版,1929 年 3 月第二次印刷时曾经作者校订。1930 年 4 月第三次印刷改由上海北新书局出版。作者生前共印行四版次。

题　　记^{〔1〕}

　　将这些体式上截然不同的东西，集合了做成一本书样子的缘由，说起来是很没有什么冠冕堂皇的。首先就因为偶尔看见了几篇将近二十年前所做的所谓文章。这是我做的么？我想。看下去，似乎也确是我做的。那是寄给《河南》^{〔2〕}的稿子；因为那编辑先生有一种怪脾气，文章要长，愈长，稿费便愈多。所以如《摩罗诗力说》那样，简直是生凑。倘在这几年，大概不至于那么做了。又喜欢做怪句子和写古字，这是受了当时的《民报》^{〔3〕}的影响；现在为排印的方便起见，改了一点，其余的便都由他。这样生涩的东西，倘是别人的，我恐怕不免要劝他"割爱"，但自己却总还想将这存留下来，而且也并不"行年五十而知四十九年非"^{〔4〕}，愈老就愈进步。其中所说的几个诗人，至今没有人再提起，也是使我不忍抛弃旧稿的一个小原因。他们的名，先前是怎样地使我激昂呵，民国告成以后，我便将他们忘却了，而不料现在他们竟又时时在我的眼前出现。

　　其次，自然因为还有人要看，但尤其是因为又有人憎恶着我的文章。说话说到有人厌恶，比起毫无动静来，还是一种幸福。天下不舒服的人们多着，而有些人们却一心一意在造专给自己舒服的世界。这是不能如此便宜的，也给他们放一点可恶的东西在眼前,使他有时小不舒服,知道原来自己的世界也不容易十分美满。苍蝇的飞鸣,是不知道人们在憎恶他的;我却明知道,然而只要能飞鸣就偏要飞鸣。我的可恶有时自己也觉得,即如我的戒酒,吃鱼肝油,以望延长我的生命,倒不尽是为了我的爱人,大大半乃是为了我的敌人,——给他们说得体面一点,就是敌人罢——要在他的好世界上多留一些缺陷。君子之徒[5]曰:你何以不骂杀人不眨眼的军阀呢[6]?斯亦卑怯也已!但我是不想上这些诱杀手段的当的。木皮道人[7]说得好,"几年家软刀子割头不觉死",我就要专指斥那些自称"无枪阶级"而其实是拿着软刀子的妖魔。即如上面所引的君子之徒的话,也就是一把软刀子。假如遭了笔祸了,你以为他就尊你为烈士么?不,那时另有一番风凉话。倘不信,可看他们怎样评论那死于三一八惨杀的青年[8]。

此外,在我自己,还有一点小意义,就是这总算是生活的一部分的痕迹。所以虽然明知道过去已经过去,神魂是无法追蹑的,但总不能那么决绝,还想将糟粕收敛起来,造成一座小小的新坟,一面是埋藏,一面也是留恋。至于不远的踏成平地,那是不想管,也无从管了。

我十分感谢我的几个朋友,替我搜集,抄写,校印,各费去许多追不回来的光阴。我的报答,却只能希望当这书印钉成工时,或者可以博得各人的真心愉快的一笑。别的奢望,并没有什么;至多,但愿这本书能够暂时躺在书摊上的书堆里,正如博厚的大地,不至于容不下一点小土块。再进一步,可就有些不安分了,那就是中国人的思想,趣味,目下幸而还未被所谓正人君子所统一,譬如有的专爱瞻仰皇陵,有的却喜欢凭吊荒冢,无论怎样,一时大概总还有不惜一顾的人罢。只要这样,我就非常满足了;那满足,盖不下于取得富家的千金云。

一九二六年十月三十大风之夜,鲁迅记于厦门。

*　　　*　　　*

〔1〕　本篇最初发表于 1926 年 11 月 20 日北京《语丝》周刊一〇六期,题为《〈坟〉的题记》。

〔2〕　《河南》　清末留日学生创办的杂志。1907 年(清光绪三十三年)12 月创刊于东京。初为月刊,后不定期出版。程克、孙竹丹等主编。发行人署名武人,总编辑刘炽等。1909 年 12 月出至第九期被禁。1901 年"辛丑条约"后至辛亥革命期间,中国留日学生所办杂志多以各省留日同乡会或各省留日同人的名义出版,内容偏重各省当时的政治、社会和文化问题,从事民族民主革命宣传和科学启蒙宣传,如《浙江潮》、《江苏》、《汉声》、《洞庭波》、《云南》、《四川》等。《河南》是其中的一种,作者在该刊发表的文章,有收入本书的《人之历史》等四篇,收入《集外集拾遗补编》的《破恶声论》和收入《鲁迅译文集》第十卷《译从补》的《裴彖飞诗论》(两篇都是未完稿)。

〔3〕　《民报》　同盟会的机关杂志。1905 年(清光绪三十一年)11月在日本东京创刊。初为月刊,后不定期出版,共出二十六期。初由胡汉民、张继等主编,自 1906 年 8 月第六号至十八号、二十三号至二十四号由章太炎主编。章太炎(1869—1936),名炳麟,号太炎,浙江余杭人,清末革命家、学者。他在《民报》发表的文章,喜用古字和生僻字句。这里说的受《民报》的影响,即指章太炎的影响。

〔4〕　"行年五十而知四十九年非"　语出《淮南子·原道训》:"蘧

伯玉年五十而有四十九年非。何者？先者难为知，而后者易为攻也。"

〔5〕 这里的君子之徒和下文的所谓正人君子，指当时现代评论派文人。《现代评论》周刊是当时一部分留学英美的大学教授所办的同人杂志，1924 年 12 月创刊于北京，1927 年 7 月移至上海出版，至 1928 年 12 月停刊。主要刊登政论，同时也发表文艺创作、文艺评论。主要撰稿人有王世杰、高一涵、胡适、陈源（笔名西滢）、徐志摩、唐有壬等，也采用一些外来投稿。"正人君子"，是当时拥护北洋军阀政府的《大同晚报》在 1925 年 8 月 7 日的一篇报道中赞扬现代评论派的话；鲁迅在杂文中常引用来讽刺这一派文人。

〔6〕 这里说的不骂军阀和下文的"无枪阶级"，都见于《现代评论》第四卷第八十九期（1926 年 8 月 21 日）署名涵庐（即高一涵）的一则《闲话》中，原文说："我二十四分的希望一般文人彼此收起互骂的法宝，做我们应该做的和值得做的事业。万一骂溜了嘴，不能收束，正可以同那实在可骂而又实在不敢骂的人们，斗斗法宝，就是到天桥走走，似乎也还值得些！否则既不敢到天桥去，又不肯不骂人，所以专将法宝在无枪阶级的头上乱祭，那末，骂人诚然是骂人，却是高傲也难乎其为高傲罢。"按当时北京的刑场在天桥附近。

〔7〕 木皮道人 应作木皮散人，是明代遗民贾凫西的别号。贾凫西（约 1590—约 1676），名应宠，字思退，山东曲阜人，曾任刑部郎中。这里所引的话，见于他所著的《木皮散人鼓词》中关于周武王灭商纣王的一段："多亏了散宜生定下胭粉计，献上个兴周灭商的女娇娃；……他爷们（按指周文王、武王父子等）昼夜商量行仁政，那纣王胡里胡涂在黑影爬；几年家软刀子割头不觉死，只等得太白旗悬才知道命有差。"

〔8〕 三一八惨案 1926 年 3 月 12 日，冯玉祥所部国民军与奉系军阀作战，日本帝国主义出动军舰支持奉军，炮击国民军，并联合英美法意等国，于 16 日以最后通牒向北洋政府提出撤除大沽口国防设备等

无理要求。3月18日，北京各界二万余人在天安门集会抗议，会后结队赴段祺瑞执政府请愿，要求拒绝八国通牒，段竟令卫队开枪射击，当场死四十七人，伤二百余人。惨案发生后，《现代评论》第三卷第六十八期（1926年3月27日）发表陈西滢评论此案的《闲话》，说爱国群众的被惨杀，是由于"居高位者的明令暗示"与"行凶"者的"惨苦残暴"，他们"都负有杀人的罪"；青年学生"还没有审判力"，做师长的"叫他们去参加种种他们还莫明其妙的运动"，"冒枪林弹雨的险，受践踏死伤的苦"，应当负"不加劝阻禁止"的"责任"；天安门抗议活动的主持者如果误听流言，宣布执政府的卫队已经解除了武装，"也未免太不负民众领袖的责任"，如果明知没有解除武装却故意那样说，"他的罪孽当然不下于开枪杀人者"；捏造和散布流言的人，"犯了故意引人去死地的嫌疑"，等等。参看《华盖集续编》中的《"死地"》、《空谈》等篇。

人 之 历 史[1]

——德国黑格尔氏种族发生学之一元研究诠解

进化之说，黏灼[2]于希腊智者德黎（Thales）[3]，至达尔文（Ch. Darwin）[4]而大定。德之黑格尔（E. Haeckel）[5]者，犹赫胥黎（T. H. Huxley）[6]然，亦近世达尔文说之讴歌者也，顾亦不笃于旧，多所更张，作生物进化系图，远追动植之绳迹，明其曼衍之由，间有不足，则补以化石，区分记述，蔚为鸿裁，上自单么[7]，近迄人类，会成一统，征信历然。虽后世学人，或更上征而无底极，然十九世纪末之言进化者，固已大就于斯人矣。中国迩日，进化之语，几成常言，喜新者凭以丽其辞，而笃故者则病侪人类于猕猴，辄沮遏以全力。德哲学家保罗生（Fr. Paulsen）[8]亦曰，读黑格尔书者多，吾德之羞也。夫德意志为学术渊丛，保罗生亦爱智之士[9]，而犹有斯言，则中国抱残守阙之辈，耳新声而疾走，固无足异矣。虽然，人类进化之说，实未尝渎灵长[10]也，自卑而高，日进无既，斯益见人类之能，超乎群动，系统何防，宁足耻乎？黑氏著书至多，辄明斯旨，且立种族发生学（Phylogenie）[11]，使与个体发生学（Ontogenie）[12]并，远稽人类由来，及其曼衍之迹，群疑冰泮，大阅犁然[13]，为近日生物学之峰极。今乃敷张其义，先述此论造端，止于近世，而以黑氏所张皇者终。

人类种族发生学者,乃言人类发生及其系统之学,职所治理,在动物种族,何所由昉,事始近四十年来,生物学分支之最新者也。盖古之哲士宗徒,无不目人为灵长,超迈群生,故纵疑官品[14]起原,亦彷徨于神话之歧途,诠释率神闳而不可思议。如中国古说,谓盘古辟地,女娲死而遗骸为天地[15],则上下未形,人类已现,冥昭瞢暗[16],安所措足乎?屈灵均[17]谓鳌载山抃,何以安之,衷怀疑而词见也。西国创造之谭,摩西[18]最古,其《创世记》开篇,即云帝以七日作天地万有,抟埴[19]成男,析其肋为女。当十三世纪时,力大伟于欧土,科学隐耀,妄信横行,罗马法王[20],又竭全力以塞学者之口,天下为之智昏,黑格尔谑之曰世界史之大欺罔者(Die grossten Gaukler Weltgeschichte)[21],非虚言也。已而宗教改萌[22],景教[23]之迷信亦渐破,歌白尼(Copernicus)[24]首出,知地实绕日而运,恒动不居,于此地球中心之说隳,而考核人类之士,亦稍稍现,如韦赛黎(A. Vesalius)[25]欧斯泰几(Eustachi)[26]等,无不以铽验[27]之术,进智识于光明。至动物系统论,则以林那[28]出而一振。

林那(K. von Linné)者,瑞典耆宿也,病其时诸国之治天物者,率以方言命名,繁杂而不可理,则著《天物系统论》,悉名动植以腊丁,立二名法,与以属名与种名二。如猫虎狮三物大同,则谓之猫属(Felis);而三物又各异,则猫曰 Felis domestica,虎曰 Felis tigris,狮曰 Felis leo。又集与此相似者,谓之猫科;科进为目,为纲,为门,为界。界者,动植之判也。且所著书中,复各各记其特点,使一披而了然。惟天物繁多,不可猝尽，故每见新种，必与新名，于是世之欲以得新种博令誉者，皆相竞搜采，所得至多，林那之名大显，而物种（Arten）者何，与其内容界域之疑问，亦同为学者所注目矣。虽然，林那于此，固仍袭摩西创造之说也，《创世记》谓今之生物，皆造自世界开辟之初，故《天物系统论》亦云免诺亚时洪水之难[29]，而留遗于今者，是为物种，凡动植种类，绝无增损变化，以殊异于神所手创云。盖林那仅知现在之生物，而往古无量数年前，尝有生物栖息地球之上，为今日所无有者，则未之觉，故起原之研究，遂不可几。并世博物家，亦笃守旧说，无所发挥，即偶有觉者，谓生物种类，经久久年月间，不无微变，而世人闻之皆峻拒，不能昌也。递十九世纪初，乃始诚有知生物进化之事实，立理论以诠释之者，其人曰兰麻克[30]，而寇伟[31]实先之。

寇伟（G.Cuvier）法国人，勤学博识，于学术有伟绩，尤所致力者，为动物比较解剖及化石之研究，著《化石骨胳论》，为今日古生物学所由昉。盖化石者，太古生物之遗体，留迹石中，历无数劫以至今，其形了然可识，于以知前世界动植之状态，于以知古今生物之不同，实造化之历史，自渝其业于人间者也。揣古希腊哲人，似不无微知此意者，而厥后则牵强附会之说大行，或谓化石之成，不过造化之游戏，或谓两间精气，中人为胎，迷入石中，则为石蛤石螺之属。逮兰麻克查贝类之化石，寇伟查鱼兽之化石，始知化石诚古生物之留蜕，其物已不存于今，而林那创造以来无增减变迁之说遂失当。然寇伟为人，固仍袭生物种类永住不变之观念者也，前说垂破，则别建

"变动说"〔32〕以解之。其言曰,今日生存动物之种属,皆开辟之时,造自天帝之手者尔。特动植之遭开辟,非止一回,每开辟前,必有大变,水转成陆,海坟为山,于是旧种死而新种生,故今兹化石,悉由神造,惟造之之时不同,则为状自异,其间无系属也。高山之颠,实见鱼贝,足为故海之征,而化石为形,大率撑拒惨苦,人可知其变之剧矣。自开辟以至今,地球表面之大故,至少亦十五六度,每一变动起,旧种悉亡,爰成化石,留后世也。其说逞肊,无实可征,而当时力乃至伟,崇信者满学界,惟圣契黎(E. Geoffroy St. Hilaire)〔33〕与抗于巴黎学士会院,而寇伟博识,据垒极坚,圣契黎动物进化之说,复不具足。于是千八百三十年七月三十日之讨论,圣契黎遂败。寇伟变动之说,盛行于时。

虽然,不变之说,遂不足久餍学者之心也,十八世纪后叶,已多欲以自然释其疑问,于是有瞿提(W. von Goethe)〔34〕起,建"形蜕论"。瞿提者,德之大诗人也,又邃于哲理,故其论虽凭理想以立言,不尽根于事实,而识见既博,思力复丰,则犁然知生物有相互之关系,其由来本于一原。千七百九十年,著《植物形态论》,谓诸种植物,出皆原型,即其机关,亦悉从原官而出;原官者,叶也。次复比较骨胳,造诣至深,知动物之骨,亦当归一,即在人类,更无别于他种动物之型,而外状之异,特缘形变而已。形变之因,有大力之构成作用二:在内谓之求心力,在外谓之离心力,求心力所以归同,离心力所以趋异。归同犹今之遗传,趋异犹今之适应。盖瞿提所研究,为从自然哲学深入官品构造及变成之因,虽谓为兰麻克达尔文之先驱,蔑不可也。所憾者则其进化之观念，与康德（I. Kant）[35]倭堪（L. Oken）[36]诸哲学家立意略同，不能奋其伟力，以撼种族不变说之基础耳。有之，自兰麻克始。

兰麻克（Jean de Lamarck）者，法之大科学家也，千八百二年所著《生体论》，已言及种族之不恒，与形态之转变；而精力所注，尤在《动物哲学》一书，中所张皇，先在生物种别，由于人为之立异。其言曰，凡在地球之上，无间有生无生，决无差别，空间凡有，悉归于一，故支配非官品之原因，亦即支配有官品之原因，而吾党所执以治非官品者，亦即治有官品之途术。盖世所谓生，仅力学的现象而已。动植诸物，与人类同，无不能诠解以自然之律；惟种亦然，决非如《圣书》所言，出天帝之创造。况寇伟之说，谓经十余回改作者乎？凡此有生，皆自古代联绵继续而来，起于无官，结构至简，继随地球之转变，以渐即于高等，如今日也。至最下等生物，渐趋高等之因，则氏有二律，一曰假有动物，雏而未壮，用一官独多，则其官必日强，作用亦日盛。至新能力之大小强弱，则视使用之久暂有差。浅譬之，如锻人之腕，荷夫之胫，初固弗殊于常人，逮就职之日多，则力亦加进，使反是，废而不用，则官渐小弱，能力亦亡，如盲肠者，鸟以转化食品，而无用于人，则日萎，耳筋者，兽以动耳者也，至人而失其用，则留微迹而已：是为适应。二曰凡动物一生中，由外缘所得或失之性质，必依生殖作用，而授诸子孙。官之大小强弱亦然，惟在此时，必其父母之性质相等：是为遗传。适应之说，迄今日学人犹奉为圭臬，遗传之说，则论诤方烈，未有折衷，惟其所言，固进化之大法，即谓以机械作用,进动物于高等是已。试翻《动物哲学》一书,殆纯以一元论眼光,烛天物之系统,而所凭借,则进化论也。故进化论之成,自破神造说始。兰麻克亦如圣契黎然,力驳寇伟,而不为世所知。盖当是时,生物学之研究方殷,比较解剖及生理之学亦盛,且细胞说[37]初成,更近于个体发生学者一步,于是萃人心于一隅,遂蔑有致意于物种由来之故者。而一般人士,又笃守旧说,得新见无所动其心,故兰麻克之论既出,应者寂然,即寇伟之《动物学年报》中,亦不为一记,则说之孤立无和,可以知矣。迨千八百五十八年而达尔文暨华累斯(A. R. Wallace)[38]之"天择论"现,越一年而达尔文《物种由来》成,举世震动,盖生物学界之光明,扫群疑于一说之下者也。

达尔文治生学[39]之术,不同兰麻克,主用内籀[40],集知识之大成,年二十二,即乘汽舰壁克耳[41],环世界一周,历审生物,因悟物种所由始,渐而搜集事实,融会贯通,立生物进化之大原,且晓形变之因,本于淘汰,而淘汰原理,乃在争存,建"淘汰论",亦曰"达尔文说"(Selektionstheorie od. Darwinismus),空前古者也。举其要旨,首为人择,设有人立一定之仪的[42],择动物之与相近者育之,既得苗裔,则又育其子之近似,历年既永,宜者遂传。古之牧者园丁,已知此术,赫胥黎谓亚美利加有骹[43]羊者,惧羊跳踉,超圈而去,则留短足者而渐汰其他,递生子孙,亦复如是,久之短足者独传,修胫遂绝,此以人力传宜种者也。然此特人择动植而已,天然之力,亦择生物,与人择动植无大殊,所异者人择出人意,而天择则以生物争存之故,行于不知不觉间耳。盖生物增加,皆遵几何级数,设有动物一偶于此,毕生能产四子,四子又育,当得八孙,五传六十四,十传而千二十八[44],如是递增,繁殖至迅。然时有强物,灭其荛弱,沮其长成,故强之种日昌,而弱之种日耗;时代既久,宜者遂留,而天择即行其中,使生物臻于极适。达尔文言此,所征引信据,盖至繁博而坚实也。故究进化论历史,当首德黎,继乃局脊[45]于神造之论;比至兰麻克而一进;得达尔文而大成;迨黑格尔出,复总会前此之结果,建官品之种族发生学,于是人类演进之事,昭然无疑影矣。

黑格尔以前,凡云发生,皆指个体,至氏而建此学,使与个体发生学对立,著《生物发生学上之根本律》一卷,言二学有至密之关系,种族进化,亦缘遗传及适应二律而来,而尤所置重者,为形蜕论。其律曰,凡个体发生,实为种族发生之反复,特期短而事迅者耳,至所以决定之者,遗传及适应之生理作用也。黑氏以此法治个体发生,知禽兽鱼虫,虽繁不可计,而遂推本原,咸归于一;又以治种族发生,知一切生物,实肇自至简之原官,由进化而繁变,以至于人。盖人类女性之胚卵,亦与他种脊椎动物之胚卵,同为极简之细胞;男性精丝,亦复无异。二性既会,是成根干细胞[46],此细胞成,而个人之存在遂始。若求诸动物界,为阿弥巴[47]属,构造至简,仅有自动及求食之力而已,继乃分裂,依几何级数成细胞群,如班陀黎那(Pandorina)[48],作桑葚状,葚空其中,渐而内陷,是成原肠[49],今日淡水沟渠中动物希特拉(Hydra)[50],亦如是也。更进,则由心房生血管四偶,曲向左右,状如鱼鳃,胎儿届此时,适合动物界之鱼类;复次之发达,皆与人类以外之高等动物无微殊,即已有脑髓耳目及足,而以较他种脊椎动物之胎儿,仍无辨也。凡此研究,皆能目击,日审胚胎之发育而得其变化。惟种族发生学独不然,所追迹者,事距今数千万载,其为演进,目不可窥,即直接观察,亦局于至隘之分域,可据者仅间接推理与批判反省二术,及取诸科学所经验荟萃之材,较量礜究之而已。故黑格尔曰,此其为学,肆治滋难,决非个体发生学所能较也。

往之言此事者,有达尔文《原人论》,赫胥黎《化中人位论》。黑格尔著《人类发生学》,则以古生物学个体发生学及形态学证人类之系统,知动物进化,与人类胎儿之发达同,凡脊椎动物之始为鱼类,见地质学上太古代之傲罗纪[51],继为迭逢纪之蛙鱼,为石墨纪之两栖,为二叠纪之爬虫,及中古代之哺乳动物,递近古代第三纪,乃见半猿,次生真猿,猿有狭鼻族,由其族生犬猿,次生人猿,人猿生猿人,不能言语,降而能语,是谓之人,此皆比较解剖个体发生及脊椎动物所明证者也。惟个体发达之序亦然,故曰种族发生,为个体发生之反复。然此仅有脊椎动物而已,若更上溯无脊椎动物而探其统系,为业尤艰巨于前。盖此种动物,无骨骼之存,故不见于化石,[52]特据生物学原则,知人类所始为原生动物,与胎孕时之根干细胞相当,下此亦各有相当之动物。于是黑格尔乃追进化之迹而识别之,间有不足,则补以化石与悬拟之生物,而自单幺以至人类之系图遂成,图中所载,即自穆那罗(Monera)[53]渐进以至人类之历史,生物学上所谓种族的发生者是也。其系图如别幅。

脊椎動物

哺乳類

無胎盤類　　　有胎盤類

魚類　蛭類　兩棲類　爬虫類　鳥類　一穴類　有袋類　貧齒類　齧齒類　游水類　有蹄類　翼手類　食虫類　食肉類　猿類　人類

...第三紀　近古代

胎盤類祖先...白堊紀

有袋類...侏羅紀　中古代

一穴類...三疊紀
（哺乳類祖先）

爬虫哺乳類...二疊紀

兩棲類...石炭紀
（陸上動物祖先）　大古代

原蟲類
（脊椎動物祖先）

扁蟲

棕䖵蟲...花岡岩紀　原始代

近三十年来,古生物学之发见,亦多有力之证,最著者为爪哇之猿人化石[54],是石现,而人类系统遂大成。盖往者狭鼻猿类与人之系属,缺不可见,逮得化石,征信弥真,力不逊比较解剖及个体发生学也。故论人类从出,为物至卑,曰原生动物。原生动物出自穆那罗,穆那罗出自泼罗比翁(Probion);泼罗比翁,原生物也。若更究原生物由来,则以那格黎(Naegeli)[55]氏说为近理,其说曰,有生始于无生,盖质力不灭律[56]所生之成果尔;若物质全界,无不由因果而成,宇宙间现象,亦遵此律,则成于非官品之质,且终转化而为非官品之官品,究其本始,亦为非官品必矣。近者法有学人,能以质力之变,转非官品为植物,又有以毒鸩金属杀之,易其导电传热之性者。故有生无生二界,且日益近接,终不能分,无生物之转有生,是成不易之真理,十九世纪末学术之足惊怖,有如是也。至无生物所始,则当俟宇宙发生学(Kosmogenie)言之。

一九〇七年作。

*　　　*　　　*

[1] 本篇最初发表于 1907 年 12 月日本东京《河南》月刊第一号,原题《人间之历史》,署名令飞。

[2] 黏灼　闪烁。汉代许慎《说文解字》:"黏,火行也。"这里是初放光芒的意思。

[3] 德黎(约前 624—约前 547)　通译泰勒斯,古希腊哲学家。他认为万物(包括生命)都起源于水,水是真正的本体。

[4] 达尔文(1809—1882)　英国生物学家,进化论的奠基者。

他在科学上的最大贡献是创立了以自然选择为基础的进化论学说,即达尔文主义。恩格斯对他的生物进化理论给以很高的评价,认为它是十九世纪自然科学三大发现(能量守恒和转换定律、细胞学说以及进化论)之一。主要著作有《物种起源》、《人类起源》(即文中所说的《原人论》)等。

〔5〕 黑格尔(1834—1919) 通译海克尔,德国生物学家,达尔文主义的捍卫者和宣传者。他建立种系发生学,创立生物进化的系谱树,提出生物发生律,发展了达尔文的进化论。主要著作有《宇宙之谜》、《人类发展史》、《人类种族的起源和系统论》(即文中所说的《人类发生学》)等。

〔6〕 赫胥黎(1825—1895) 英国生物学家,达尔文学说的积极支持者和宣传者。主要著作有《人类在自然界的位置》(即文中所说的《化中人位论》)、《动物分类学导论》、《进化论与伦理学及其他论文》等。

〔7〕 单幺 即单细胞微生物。

〔8〕 保罗生(1846—1908) 德国哲学家。著有《伦理学系统》、《战斗的哲学:反对教权主义和自然主义》等。他所说的这段话,见于《战斗的哲学》一书第五章第九节:"我读了这本书(按指海克尔的《宇宙之谜》)感到极大的羞耻,对我们民族的一般教育和哲学教育的状况感到羞耻。"

〔9〕 爱智之士 意即哲学家。

〔10〕 灵长 指人类。生物进化系统分类,动物界最高的一类为"灵长目",其中最进化的是人类。

〔11〕 种族发生学 即种系发生学,是海克尔总结了古生物学、比较解剖学和胚胎学的丰富资料而建立的一门关于生物种系发展史的学科。主要研究细胞发育的历史,现存生物的构造、形态、生理、分布等情况和古代生物的化石,分析生物界各类种系之间的相互关系及其进化

状态等。

〔12〕 个体发生学 是研究生物个体的发生,从胚卵逐渐发育以至形成完全的个体过程的一门学科。

〔13〕 大閟 即大的秘密,指自然的秘密。閟通"秘",清代段玉裁《说文解字注》:"閟,又叚为秘字。"犁然,清楚明白的意思。

〔14〕 官品 官指器官。严复在《天演论·能实》的按语中说:"晚近生学家,谓有生者如人禽虫鱼草木之属,为有官之物,是名官品。而金石水土无官,曰非官品。"这里鲁迅沿用了严复的用语,"官品"指生物,"非官品"指无生物。

〔15〕 盘古 我国古代神话中开天辟地的人。《太平御览》卷二引三国吴徐整《三五历记》说:"天地混沌如鸡子,盘古生其中万八千岁。天地开辟,阳清为天,阴浊为地。盘古在其中,一日九变,神于天,圣于地。天日高一丈,地日厚一丈,盘古日长一丈;如此万八千岁,天数极高,地数极深,盘古极长。"又清代马骕《绎史》卷一曾引徐整《五运历年纪》说:"首生盘古,垂死化身,气成风云,声为雷霆;左眼为日,右眼为月;四肢五体为四极五岳,血液为江河,筋脉为地里;肌肉为田土,发髭为星辰;皮毛为草木,齿骨为金石;精髓为珠玉,汗流为雨泽;身之诸虫,因风所感,化为黎甿。"南朝梁任昉《述异记》也有类似的记载。女娲,我国古代神话中的人类始祖。《太平御览》卷七十八引汉代应劭《风俗通》:"俗说:天地开辟,未有人民;女娲抟黄土作人,剧务力不暇供,乃引绳于泥中,举以为人。"按正文中说的女娲似应为盘古。

〔16〕 上下未形 即天地尚未形成。冥昭瞢暗,即昼夜不分,混混沌沌的意思。语出《楚辞·天问》:"上下未形,何由考之?冥昭瞢暗,谁能极之?"

〔17〕 屈灵均(约前340—约前278) 名平,字原,又字灵均,战国后期楚国郢(在今湖北江陵)人,诗人。作品有《离骚》、《九歌》、《九章》、

《天问》等。"鳌载山抃,何以安之",语出《天问》。汉代王逸注引刘向
《列仙传》说:"有巨灵之鳌,背负蓬莱之山而抃舞,戏沧海之中,独何以
安之乎?"抃,击掌。

〔18〕 摩西(Moses) 《圣经》故事中古代犹太人的领袖,犹太教的
创始人。《创世记》是《旧约》摩西五书之一,《旧约全书》的第一卷,共五
十章,前两章记上帝创造天地万物的故事。

〔19〕 抟埴 揉合黏土。

〔20〕 法王 即教皇。

〔21〕 黑格尔谥之曰世界史之大欺罔者 海克尔在《宇宙之谜》一
书中曾说:"罗马教整个历史,……只不过是一部由谎言和欺诈无耻编
造起来的东西而已,……他们大多数是无耻的巫师和骗子。"

〔22〕 宗教改萌 即宗教改革,指欧洲十四世纪至十六世纪基督
教内反对罗马教皇封建统治的革命运动。其中比较温和的一派代表市
民阶级(如德国的路德),激进的一派代表被压迫的农民和城市贫民(如
德国的闵采尔)。宗教改革对欧洲历史的发展起了推进作用。

〔23〕 景教 基督教的一支,又称聂斯托利派,唐太宗贞观九年
(635)传入我国,称为景教。作者在这里是泛指整个基督教。

〔24〕 歌白尼(1473—1543) 通译哥白尼,波兰天文学家,日心说
的创立人。他推翻了在天文学上统治了一千余年的地心天动学说,动
摇了欧洲中世纪神权论的基础,不仅是天文学史上一次重大的革命,而
且引起了人类宇宙观的革新。他的《天体运行论》一书,是把自然科学
从神学的势力下解放出来的巨著之一。

〔25〕 韦赛黎(1514—1564) 通译维萨里,比利时解剖学家。他
第一个采用尸体解剖的方法讲授解剖学,并以自己的实验研究为根据,
写成了《人体的构造》一书。

〔26〕 欧斯泰儿(约 1520—1574) 意大利解剖学家。他发现"欧

氏管"和"欧氏瓣膜"。著有《解剖学图解》等。

〔27〕 䤵验　即解剖。䤵,劈的意思。

〔28〕 林那(1707—1778)　通译林奈,瑞典生物学家,动植物系统分类的创立者。他定出五个互相依属的分类名称:纲、目、属、种和变种,奠定了分类学的基础。主要著作有《自然系统》(即文中所说的《天物系统论》)等。

〔29〕 诺亚时洪水之难　《旧约全书·创世记》第六、七、八、九章载:上古洪水泛滥,生物尽灭;诺亚(Noah)得上帝启示,造方舟避难,此后地球上的生物,包括人类,都是方舟中的生物传下来的。

〔30〕 兰麻克(1744—1829)　通译拉马克,法国生物学家,生物进化论的先驱者。最先提出生物进化的学说(即拉马克主义)。他在1809年作的《动物学哲学》一书中提出"直接顺应说"(即"环境说"),认为生物进化的主要原因,是由于受环境的直接影响,器官用进废退,而后天获得的性状又可以遗传。它有力地反对了宗教的"神造论"和"物种不变论",在科学上为达尔文学说的创立准备了条件。主要著作还有《法国植物志》、《对有生命天然物体的观察》(即文中所说的《生体论》)等。

〔31〕 寇伟(1769—1832)　通译居维叶,法国动物学家、古生物学家。比较解剖学和古生物学的开创者。1812年所作《化石骨骼论》(十卷),详细描绘了地下发掘,对脊椎动物化石进行鉴定和分类。但他是一个加尔文教徒,不相信进化论,确信种的不变性,从不同地层有不同生物的事实,提出"地球革命说"(即"激变论")以符合化石上的事实。恩格斯说:"居维叶关于地球经历多次革命的理论在词句上是革命的,而在实质上是反动的。"(见《自然辩证法》)主要著作还有《地球表面的生物进化》、《比较解剖学教程》等。按他的《化石骨骼论》作于拉马克的《动物学哲学》之后三年,文中说"寇伟实先之",疑有误。

〔32〕 "变动说"　今称"激变论"或"灾变论"。关于太阳系起源的

一种学说,认为太阳系的形成是宇宙间某种偶然事件的后果。

〔33〕 圣契黎(1772—1844) 通译圣希雷尔,法国动物学家。他认为生物是由以前为数不多的物种经过变化而繁生,变化的原因是由环境的影响。著有《哺乳动物自然史》、《大型兽类分类论》等。1830年他和居维叶在巴黎法国科学院(即文中所说的"巴黎学士会院")的辩论,是科学史上有名的事件。

〔34〕 瞿提(1749—1832) 通译歌德,德国诗人、学者。他在动植物学、解剖学上都有贡献,同时是进化论思想的先驱者之一。在这方面的主要著作有《植物形态学》(即文中所说的《植物形态论》)等。

〔35〕 康德(1724—1804) 德国哲学家,德国古典唯心主义哲学的创始人。他前期主要研究自然哲学,1755年出版《自然通史和天体论》,提出关于太阳系起源的星云假说,对于进化论思想体系的创立有很大启发。后期着重于"批判哲学"研究,著有《纯粹理性批判》、《实践理性批判》等。

〔36〕 倭堪(1779—1851) 通译奥肯,德国自然科学家、自然哲学家。他在哲学上倾向泛神论。著有《自然哲学教程》等。

〔37〕 细胞说 德国植物学家施莱登(M. J. Schleiden)和德国动物学家施旺(T. Schwann)于1839年所创立的学说,认为一切动植物都是由细胞发育而来,并且是由细胞和细胞产物所构成的。恩格斯认为,细胞学说是十九世纪自然科学三大发现之一。

〔38〕 华累斯(1823—1913) 通译华莱士,英国动物学家,自然选择说的建立者之一。他的和达尔文的关于自然选择理论的论文在1858年7月林奈学会上同时宣读。著有《动物的地理分布》、《海岛上的生命》等。天择论,即自然选择论。

〔39〕 生学 即生物学。

〔40〕 内籀 即归纳法。

〔41〕 壁克耳 通译"贝格尔",一艘英国海军的勘探船。

〔42〕 仪的 靶心,引申为目标。《韩非子·用人》:"释仪的而妄发,虽中小不巧。"

〔43〕 齂 饲养的意思。《汉书·景帝纪》:"无所农桑齂畜。"唐代颜师古注:"齂,谓食养之。"

〔44〕 按十传应为二千四十八。

〔45〕 局脊 通作踧踖,拘束的意思。

〔46〕 根干细胞 即受精卵。

〔47〕 阿弥巴 通译阿米巴,拉丁文 Amoeba 的音译,即变形虫,一种依靠细胞分裂进行无性繁殖的原生动物。

〔48〕 班陀黎那 即实球藻,单细胞生物进化到多细胞生物中间阶段的一种生物。它的身体由四个、八个、十六个或三十二个细胞组成一个实心的球体。

〔49〕 原肠 即消化腔。按实球藻无此器官,到腔肠动物才有。

〔50〕 希特拉 即水螅,腔肠动物的一种。

〔51〕 按这里所说的太古代以及下文的中古代、近古代三个地质历史年代,现在通作古生代、中生代、新生代。又这里所说的傲罗纪及下文的迭逢纪、石墨纪,现在通作志留纪、泥盆纪、石炭纪,各是古生代中的一纪。

〔52〕 无脊椎动物化石,作者当时未见,现已多有发现。

〔53〕 穆那罗 原核生物的一种,比较原始的生物类型。

〔54〕 爪哇之猿人化石 世界上最早发现的猿人化石。1891 年由荷兰人类学家杜布瓦在印度尼西亚爪哇岛特里尼尔发现,计有头盖骨一具,臼齿二枚,左侧股骨一根。形态特征,介于猿与人之间。据推断,其地质年代属更新世中期,距今约五十万至八十万年前。

〔55〕 那格黎(1817—1891) 通译耐格里,瑞士植物学家。他研

究种子的起源,创立了水藻新分类法。著有《自然科学的种的概念和发生》等。

〔56〕 质力不灭律　即物质不灭定律和能量守恒定律。

科学史教篇[1]

观于今之世,不瞿然者几何人哉?自然之力,既听命于人间,发纵指挥,如使其马,束以器械而用之;交通贸迁,利于前时,虽高山大川,无足沮核[2];饥疠之害减;教育之功全;较以百祀[3]前之社会,改革盖无烈于是也。孰先驱是,孰偕行是?察其外状,虽不易于犁然,而实则多缘科学之进步。盖科学者,以其知识,历探自然见象之深微,久而得效,改革遂及于社会,继复流衍,来溅远东,浸及震旦[4],而洪流所向,则尚浩荡而未有止也。观其所发之强,斯足测所蕴之厚,知科学盛大,决不缘于一朝。索其真源,盖远在夫希腊,既而中止,几一千年,递十七世纪中叶,乃复决为大川,状益汪洋,流益曼衍,无有断绝,以至今兹。实益骈生,人间生活之幸福,悉以增进。第相科学历来发达之绳迹,则勤劬艰苦之影在焉,谓之教训。

希腊罗马科学之盛,殊不逊于艺文。尔时巨制,有毕撒哥拉(Pythagoras)[5]之生理音阶,亚里士多德(Aristoteles)[6]之解剖气象二学,柏拉图(Platon)[7]之《谛妙斯篇》(Timaeus)暨《邦国篇》,迪穆克黎多(Demokritos)[8]之"质点论",至流质力学则昉于亚勒密提士(Archimedes)[9],几何则建于宥克立(Eukleides)[10],械具学则成于希伦(Heron)[11],此他学者,犹难列举。其亚利山德大学[12],特称学者渊薮,藏书至十万余卷,较以近时,盖无愧色。而思想之伟妙,亦至足以铄今。盖尔时智者,实不仅启上举诸学之端而已,且运其思理,至于精微,冀直解宇宙之元质[13],德黎(Thales)谓水,亚那克希美纳(Anaximenes)[14]谓气,希拉克黎多(Herakleitos)[15]谓火。其说无当,固不俟言。华惠尔[16]尝言其故曰,探自然必赖夫玄念[17],而希腊学者无有是,即有亦极微,盖缘定此念之意义,非名学[18]之助不为功也。(中略)而尔时诸士,直欲以今日吾曹滥用之文字,解宇宙之玄纽[19]而去之。然其精神,则毅然起叩古人所未知,研索天然,不肯止于肤廓,方诸近世,直无优劣之可言。盖世之评一时代历史者,褒贬所加,辄不一致,以当时人文所现,合之近今,得其差池,因生不满。若自设为古之一人,返其旧心,不思近世,平意求索,与之批评,则所论始云不妄,略有思理之士,无不然矣。若据此立言,则希腊学术之隆,为至可褒而不可黜;其他亦然。世有晒神话为迷信,斥古教为谫陋者,胥自迷之徒耳,足悯谏也。盖凡论往古人文,加之轩轾,必取他种人与是相当之时劫,相度其所能至而较量之,决论之出,斯近正耳。惟张皇近世学说,无不本之古人,一切新声,胥为绍述,则意之所执,与蔑古亦相同。盖神思[20]一端,虽古之胜今,非无前例,而学则构思验实,必与时代之进而俱升,古所未知,后无可愧,且亦无庸讳也。昔英人设水道[21]于天竺[22],其国人恶而拒之,有谓水道本创自天竺古贤,久而术失,白人不过窃取而更新之者,水道始大行。旧国笃古之余,每至不惜于自欺如是。震旦死抱国粹之士,作此说者最多,一若今之学术艺文,皆我数千载前所已具。不知意之所在,将如天竺造说之人,聊弄术以入新学,抑诚尸祝[23]往时,视为全能而不可越也?虽然,非是不协不听之社会,亦有罪焉已。

希腊既苓落,罗马亦衰,而亚剌伯人继起,受学于那思得理亚与傲思[24]人,翻译诠释之业大盛;眩其新异,妄信以生,于是科学之观念漠然,而进步亦遂止。盖希腊罗马之科学,在探未知,而亚剌伯之科学,在模前有,故以注疏易征验,以评骘代会通,博览之风兴,而发见之事少,宇宙见象,在当时乃又神秘而不可测矣。怀念既尔,所学遂妄,科学隐,幻术兴,天学[25]不昌,占星[26]代起,所谓点金通幽[27]之术,皆以昉也。顾亦有不可贬者,为尔时学士,实非懒散而无为,精神之弛,因入退守;徒以方术之误,结果乃止于无功,至所致力,固有足以惊叹。如当时回教新立,政事学术,相辅而蒸,可尔特跋[28]暨巴格达德[29]之二帝,对峙东西,竞导希腊罗马之学,传之其国,又好读亚里士多德与柏拉图书。而学校亦林立,以治文理数理爱智质学[30]及医药之事;质学有醇酒[31]硝硫酸之发明,数学有代数三角之进步;又复设度测地,以摆计时,星表[32]之作,亦始此顷,其学术之盛,盖几世界之中枢矣。而景教子弟,复多出入于日斯巴尼亚[33]之学校,取亚剌伯科学而传诸宗邦,景教国之学术,为之一振;递十一世纪,始衰微也。赫胥黎作《十九世纪后叶科学进步志》,论之曰,中世学校,咸以天文几何算术音乐为高等教育之四分科,学者非知其一,不足称有适当之教育;今不遇此,吾徒耻之。此其言表,与震旦谋新之士,大号兴学者若同,特中之所指,乃理论科学居其三,非此之重有形应用科学而又其方术者,所可取以自涂泽其说者也。

时亚剌伯虽如是,而景教诸国,则于科学无发扬。且不独不发扬而已,又进而摈斥夭阏[34]之,谓人之最可贵者,无逾于道德上之义务与宗教上之希望,苟致力于科学,斯谬用其所能。有拉克坦谛(Lactantius)[35]者,彼教之能才也,尝曰,探万汇之原因,问大地之动定,谈月表之隆陷,究星辰之悬属,考成天之质分,而焦心苦思于此诸问端者,犹絮陈未见之国都,其愚为不可几及。贤者如是,庸俗可知,科学之光,遂以黯淡。顾大势如是,究亦不起于无因。准丁达尔(J. Tyndall)[36]言,则以其时罗马及他国之都,道德无不颓废,景教适以时起,宣福音于平人,制非极严,不足以矫俗,故宗徒之遭害虽多,而终得以制胜。惟心意之受婴久,斯痕迹之漫漶也难,于是虽奉为灵粮[37]之圣文,亦以供科学之判决。见象如是,夫何进步之可期乎?至厥后教会与列国政府间之冲突,亦于挈究之受妨,与有力也。由是观之,可知人间教育诸科,每不即于中道,甲张则乙弛,乙盛则甲衰,迭代往来,无有纪极。如希腊罗马之科学,以极盛称,迨亚剌伯学者兴,则一归于学古;景教诸国,则建至严之教,为德育本根,知识之不绝者如线。特以世事反复,时势迁流,终乃屹然更兴,蒸蒸以至今日。所谓世界不直进,常曲折如螺旋,大波小波,起伏万状,进退久之而达水裔,盖诚言哉。且此又不独知识与道德为然也,即科学与美艺之关系亦然。欧洲中世,画事各有原则,迨科学进,又益以他因,而美术为之中落,迨复遵守,则锐近事耳。惟此消长,论者亦无利害之可言,盖中世宗教暴起,压抑科学,事或足以震惊,而社会精神,乃于此不无洗涤,熏染陶冶,亦胎嘉葩。二千年来,其色益显,或为路德[38],或为克灵威尔[39],为弥耳敦[40],为华盛顿[41],为嘉来勒[42],后世瞻思其业,将孰谓之不伟欤?此其成果,以偿沮遏科学之失,绰然有余裕也。盖无间教宗学术美艺文章,均人间曼衍之要旨,定其孰要,今兹未能。惟若眩至显之实利,慕至肤之方术,则准史实所垂,当反本心而获恶果,可决论而已。此何以故?则以如是种人之得久,盖于文明政事二史皆未之见也。

迄今所述,止于昏黄[43],若去而求明星于尔时,则亦有可言者一二,如十二世纪有摩格那思(A. Magnus)[44],十三世纪有洛及培庚(Roger Bacon 生一二一四年,中国所习闻者生十六世纪与此异)[45],尝作书论失学之故,画恢复之策,中多名言,至足称述;然其见知于世,去今才百余年耳。书首举失学元因凡四:曰摹古,曰伪智,曰泥于习,曰惑于常。[46]近世华惠尔亦论之,籍当时见象,统归四因,与培庚言殊异,因一曰思不坚,二曰卑琐,三曰不假之性,四曰热中之性,[47]且多援例以实之。丁达尔后出,于第四因有违言,谓热中妨学,盖指脑之弱者耳,若其诚强,乃反足以助学。科学者耄,所发见必不多,此非智力衰也,正坐热中之性渐微故。故人有谓知识的事业,当与道德力分者,此其说为不真,使诚脱是力之鞭策而惟知识之依,则所营为,特可悯者耳。发见之故,此其一也。今更进究发见之深因,则尤有大于此者。盖科学发见,常受超科学之力,易语以释之,亦可曰非科学的理想之感动,古今知名之士,概如是矣。阑喀[48]曰,孰辅相人,而使得至真之知识乎?不为真者,不为可知者,盖理想耳。此足据为铁证者也。英之赫胥黎,则谓发见本于圣觉[49],不与人之能力相关;如是圣觉,即名曰真理发见者。有此觉而中才亦成宏功,如无此觉,则虽天纵之才,事亦终于不集。说亦至深切而可听也。萧勒那尔[50]以力数学之研究有名,尝柬其友曰,名誉之心,去己久矣。吾今所为,不以令誉,特以吾意之嘉受耳。其恬淡如是。且发见之誉大矣,而威累司[51]逊其成就于达尔文,本生付其勤劬于吉息霍甫,[52]其谦逊又如是。故科学者,必常恬淡,常逊让,有理想,有圣觉,一切无有,而能贻业绩于后世者,未之有闻。即其他事业,亦胥如此矣。若曰,此累叶之言,皆空虚而无当于实欤?则曰然亦近世实益增进之母耳。此述其母,为厥子故,即以慰之。

前此黑暗期中,虽有图复古[53]之一二伟人出,而终亦不能如其所期,东方之光,盖实作于十五六两世纪顷。惟岑落既久,思想大荒,虽冀履前人之旧迹,亦不可以猝得,故直近十七世纪中叶,人始诚闻夫晓声,回顾其前,则歌白尼(N. Copernicus)首出,说太阳系,开布勒(J. Kepler)[54]行星运动之法继之,此他有格里累阿(Galileo Galilei)[55],于星力二学,多所发明,又善导人,使事斯学;后复有思迭文(S. Stevin)[56]之机械学,吉勒衰德(W. Gilbert)[57]之磁学,哈维(W. Harvey)[58]之生理学。法朗西意大利诸国学校,则解剖之学大盛;科学协会亦始立,意之林舍亚克特美(Accademia dei Lincei)[59]即科学研究之渊薮也。事业之盛,足惊叹矣。夫气运所趣既如此,则桀士自以笃生,故英则有法朗希思培庚[60],

法则有特嘉尔[61]。

培庚（F. Bacon 1561—1626）著书，序古来科学之进步，与何以达其主的之法曰《格致新机》。虽后之结果，不如著者所希，而平议其业，决不可云不伟。惟中所张主，为循序内籀之术，而不更云征验：后以是多讶之。顾培庚之时，学风至异，得一二琐末之事实，辄视为大法之前因，培庚思矫其俗，势自不得不斥前古悬拟夸大之风，而一偏于内籀，则其不崇外籀[62]之事，固非得已矣。况此又特未之语耳，察其思惟，亦非偏废；氏所述理董自然见象者凡二法：初由经验而入公论[63]，次更由公论而入新经验。故其言曰，事物之成，以手乎，抑以心乎？此不完于一。必有机械而辅以其他，乃以具足焉。[64]盖事业者，成以手，亦赖乎心者也。观于此言，则《新机论》第二分中，当必有言外籀者，然其第二分未行世也。顾由是而培庚之术为不完，凡所张皇，仅至具足内籀而止。内籀之具足者，不为人所能，其所成就，亦无逾于实历；就实历而探新理，且更进而窥宇宙之大法，学者难之。况悬拟虽培庚所不喜，而今日之有大功于科学，致诸盛大之域者，实多悬拟为之乎？然其说之偏于一方，视为匡世之术可耳，无足深难也。

后斯人几三十年，有特嘉尔（R. Descartes 1596—1650）生于法，以数学名，近世哲学之基，亦赖以立。尝屹然扇尊疑之大潮，信真理之有在，于是专心一志，求基础于意识，觅方术于数理。其言有曰，治几何者，能以至简之名理，会解定理之繁多。吾因悟凡人智以内事，亦咸得以如是法解。若不以不真者为真，而履当履之道，则事之不成物之不解者，将无有矣。[65]故其哲理，盖全本外籀而成，扩而用之，即以驭科学，所谓由因入果，非自果导因，为其著《哲学要义》中所自述，亦特嘉尔方术之本根，思理之枢机也。至其方术，则论者亦谓之不完，奉而不贰，弊亦弗异于偏倚培庚之内籀，惟于过重经验者，可为救正之用而已。若其执中，则偏于培庚之内籀者固非，而笃于特嘉尔之外籀者，亦不云是。二术俱用，真理始昭，而科学之有今日，亦实以有会二术而为之者故。如格里累阿，如哈维，如波尔（R. Boyle）[66]，如奈端（I. Newton）[67]，皆偏内籀不如培庚，守外籀不如特嘉尔，卓然独立，居中道而经营者也。培庚生时，于国民之富有，与实践之结果，企望极坚，越百年，科学益进而事乃不如其意。奈端发见至卓，特嘉尔数理亦至精，而世人所得，仅脑海之富而止；国之安舒，生之乐易，未能获也。他若波尔立质力二学征实之法，巴斯加耳（B. Pascal）[68]暨多烈舍黎（E. Torricelli）[69]测大气之量，摩勒毕奇（M. Malpighi）[70]等精掔官品之理，而工业如故，交通未良，矿业亦无所进益，惟以机械学之结果，始见极粗之时辰表而已。至十八世纪中叶，英法德意诸国科学之士辈出，质学生学地学之进步，灿然可观，惟所以福社会者若何，则论者尚难于置对。迨酝酿既久，实益乃昭，当同世纪末叶，其效忽大著，举工业之械具资材，植物之滋殖繁养，动物之畜牧改良，无不蒙科学之泽，所谓十九世纪之物质文明，亦即胚胎于是时矣。洪波浩然，精神亦以振，国民风气，因而一新。顾治科学之桀士，则不以是婴心也，如前所言，盖仅以知真理为惟一之仪的，扩脑海之波澜，扫学区之荒秽，因举其身心时力，日探自然之大法而已。尔时之科学名家，无不如是，如侯失勒（J. Herschel）[71]暨拉布拉（S. de Laplace）[72]之于星学，扬俱（Th. Young）[73]暨弗勒那尔（A. Fresnel）之于光学，欧思第德（H. C. Oersted）[74]之于力学，兰麻克（J. de Lamarck）之于生学，迭兀陀耳（A. de Candolle）[75]之于植物学，威那（A. G. Werner）[76]之于矿物学，哈敦（J. Hutton）[77]之于地学，瓦特（J. Watt）[78]之于机械学，其尤著者也。试察所仪，岂在实利哉？然防火灯作矣，汽机出矣，矿术兴矣。而社会之耳目，乃独震惊有此点，日颂当前之结果，于学者独恝然而置之。倒果为因，莫甚于此。欲以求进，殆无异鼓鞭于马勒软，夫安得如所期？第谓惟科学足以生实业，而实业更无利于科学，人皆慕科学之荣，则又不如是也。社会之事繁，分业之要起，人自不得不有所专，相互为援，于以两进。故实业之蒙益于科学者固多，而科学得实业之助者亦非鲜。今试置身于野人之中，显镜衡机[79]不俟言，即醇酒玻璃，亦不可致，则科学者将何如，仅得运其思理而已。思理孤运，此雅典暨亚历山德府科学之所以中衰也。事多共其悲喜，盖亦诚言也夫。

　　故震他国之强大，栗然自危，兴业振兵之说，日腾于口者，外状固若成然[80]觉矣，按其实则仅眩于当前之物，而未得其真谛。夫欧人之来，最眩人者，固莫前举二事若，然此亦非本柢而特葩叶耳。寻其根源，深无底极，一隅之学，夫何力焉。顾著者于此，亦非谓人必以科学为先务，待其结果之成，始以振兵兴业也，特信进步有序，曼衍有源，虑举国惟枝叶之求，而无一二士寻本，则有源者日长，逐末者仍立拨[81]耳。居今之世,不与古同,尊实利可,摹方术亦可,而有不为大潮所漂泛,屹然当横流,如古贤人,能播将来之佳果于今兹,移有根之福祉于宗国者,亦不能不要求于社会,且亦当为社会要求者矣。丁达尔不云乎:止属目于外物,或但以政事之感,而误凡事之真者,每谓邦国安危,一系于政治之思想,顾至公之历史,则立证其不然。夫法之有今日也,宁有他因耶?特以科学之长,胜他国耳。千七百九十二年之变,[82] 全欧嚣然,争执干戈以攻法国,联军伺其外,内讧兴于中,武库空虚,战士多死,既不能以疲卒当锐兵,而又无粮以济守者,武人抚剑而视太空,政家饮泪而悲来日,束手衔恨,俟天运矣。而时之振作其国人者何人?震怖其外敌者又何人?曰,科学也。其时学者,无不尽其心力,竭其智能,见兵士不足,则补以发明,武具不足,则补以发明,当防守之际,即知有科学者在,而后之战胜必矣。然此犹可曰丁达尔自治科学,因阿所好而立言耳,然证以阿罗戈[83] 之所载书,乃益明其不妄,书所记曰,时公会征九十万人,盖御外敌之四集,实非此不胜用尔。而人不如数;众乃大惧。加以武库久空,战备不足,故目前之急,有非人力所能救者。盖时所必要,首为弹药,而原料硝石,曩悉来自印度,至此时遂穷。次为枪炮,而法地产铜不多,必仰俄英印度之给,至今亦绝。三为钢铁,然平日亦取诸外国,制造之术,无知之者。于是行最后之策,集通国学者,开会议之,其最要而最难得者为火药。政府使者皆知不能成,叹曰,硝石安在?声未绝,学者孟耆[84] 即起曰,有之。至适当之地,如马厩土仓中,有硝石无量,为汝所梦想不到者。氏禀天才,加以知识,爱国出于至

诚,乃睥睨阓室曰,吾能集其土为之! 不越三日,火药就矣,于
是以至简之法,晓谕国中,老弱妇稚,悉能制造,俄顷间全法国
如大工厂也。此外有质学家,以法化分钟铜,用作武器,而炼
铁新法亦昉于是时,凡铸刀剑枪械,无不可用国产。柔皮术亦
不日竟成,制履之韦,因以不匮。尔时所称异之气球暨空气中
之电报[85],亦均改良扩张,用之争战,前者即摩洛[86]将军乘
之探敌阵,得其情实,因制殊胜者也。丁达尔乃论曰,法国尔
时,实生二物,曰:科学与爱国。其至有力者,为孟耆(Monge)
与加尔诺(Carnot)[87],与有力者,为孚勒克洛[88],穆勒
惠[89],暨巴列克黎[90]之徒。大业之成,此其枢纽。故科学
者,神圣之光,照世界者也,可以遏末流而生感动。时泰,则为
人性之光;时危,则由其灵感,生整理者如加尔诺,生强者强于
拿坡仑[91]之战将云。今试总观前例,本根之要,洞然可知。
盖末虽亦能灿烂于一时,而所宅不坚,顷刻可以蕉萃,储能于
初,始长久耳。顾犹有不可忽者,为当防社会入于偏,日趋而
之一极,精神渐失,则破灭亦随之。盖使举世惟知识之崇,人
生必大归于枯寂,如是既久,则美上之感情漓,明敏之思想失,
所谓科学,亦同趣于无有矣。故人群所当希冀要求者,不惟奈
端已也,亦希诗人如狭斯丕尔(Shakespeare)[92];不惟波尔,亦
希画师如洛菲罗(Raphaelo)[93];既有康德,亦必有乐人如培
得诃芬(Beethoven)[94];既有达尔文,亦必有文人如嘉来勒
(Garlyle)。凡此者,皆所以致人性于全,不使之偏倚,因以见
今日之文明者也。嗟夫,彼人文史实之所垂示,固如是已!

一九〇七年作。

＊　　　＊　　　＊

〔１〕　本篇最初发表于 1908 年 6 月《河南》月刊第五号,署名令飞。

〔２〕　沮核　意即阻隔。

〔３〕　百祀　即百年。

〔４〕　震旦　古代印度人称中国为 Cinisthāna,中文佛教经籍中译作震旦。

〔５〕　毕撒哥拉(约前 580—约前 500)　通译毕达哥拉斯,古希腊数学家、哲学家。他认为数是万物的本质,把音乐的和谐归结为数学的关系,从这个理论出发去实验音律,得知音的高低系根据音波的长短而定,因此发现了音阶。他还发现数学上的“毕达哥拉斯定理”(即“勾股定理”)。这里的“生理”似应作“数理”。

〔６〕　亚里士多德(前 384—前 322)　古希腊哲学家、科学家。他具有辩证法思想,恩格斯称他为古代世界的黑格尔。他对解剖学、气象学、伦理学、美学等都有研究。主要著作有《工具论》、《形而上学》、《物理学》、《诗学》等。

〔７〕　柏拉图(前 427—前 347)　古希腊哲学家。《谛妙斯篇》和《邦国篇》是他所著《对话集》中的两篇。《谛妙斯篇》今译《蒂迈欧篇》,是关于宇宙生成的理论;《邦国篇》今译《理想国》,是关于政治社会观点的阐述。

〔８〕　迪穆克黎多(约前 460—前 370)　通译德谟克利特,古希腊哲学家,原子论的创始人之一。“质点论”,即原子论,认为世界是由原子和虚空所组成,原子在虚空中永远地运动着;它不可渗透,不可分割,永远不变,数目无限。自然界万物即由这种原子互相结合而成。

〔９〕　亚勒密提士(约前 287—约前 212)　通译阿基米德,古希腊数学家、力学家。他发现杠杆、浮力等定理。著有《论球体和圆柱体》、

《论浮体》、《论力学理论的方法》等。流质力学,即流体力学。

〔10〕 宥克立(约前 330—前 275) 通译欧几里德,古希腊数学家。他的《几何原本》是世界上最早的一部有系统的数学著作,是现代几何学的基础。

〔11〕 希伦(公元一世纪前后) 古希腊数学家、物理学家。在机械学和流体静力学上有许多发现,又创立三角形面积的公式。著有《几何学》、《空气力学》、《度量》等。械具学,即机械学。

〔12〕 亚利山德大学 指亚历山大图书馆。公元前三世纪初建于埃及亚历山大城,馆内藏书丰富,学者云集,研究各种学科,形成当时国际性的学术研究中心。公元前 48 年罗马人入侵时被焚烧过半,残存部分传说于公元 641 年阿拉伯人攻入该城时被毁。

〔13〕 元质 指元素。

〔14〕 亚那克希美纳(约前 588—约前 525) 通译阿那克西米尼,古希腊哲学家、自然科学家。他把空气当作本原,认为它是无限的,万物都从它产生,又复归于它。著有《论自然》,已失传。

〔15〕 希拉克黎多(约前 540—约前 480) 通译赫拉克利特,古希腊哲学家。他具有丰富的辩证法思想,列宁称他为辩证法的奠基人之一。他认为宇宙万物都起源于火,火是万物的本原。著有《论自然》。

〔16〕 华惠尔(W. Whewell,1794—1866) 英国哲学家、科学史家。著有《归纳科学的历史》等。

〔17〕 玄念 概念。

〔18〕 名学 即逻辑学。

〔19〕 玄纽 眩乱难解。玄又作眩。《荀子·正名篇》:"异形离心交喻,异物名实眩纽,贵贱不明,同异不别。"

〔20〕 神思 指理想或想象。

〔21〕 水道 日语,即自来水。

〔22〕 天竺 我国古代对印度的称呼。唐玄奘《大唐西域记·滥波国》:"天竺之称,异议纠纷,……今从正音,宜云印度。"

〔23〕 尸祝 指古代祭祀时任尸和祝的人。尸,代表受祭者;祝,向尸祝告者。尸祝引申为崇拜。《庄子·庚桑楚》:"子胡不相与尸而祝之,社而稷之乎?"

〔24〕 那思得理亚(Nestorians) 即基督教中的聂斯托利派,我国古称景教。傲思(Jews),今译犹太。

〔25〕 天学 天文学。

〔26〕 占星 即"占星术",以观察星辰运行预言人事祸福的一种巫术。

〔27〕 点金 即"炼金术",中古时代起源于阿拉伯的一种方术。通幽,即"接神学",认为由直觉或默示可以与神鬼交通。

〔28〕 可尔特跋(Cordoba) 通译科尔多瓦,西班牙古城。公元八世纪时,阿拉伯翁米亚族侵入西班牙后所建立的白衣大食国(即西萨拉森帝国)的都城,是欧洲中世纪科学与艺术的中心之一。

〔29〕 巴格达德(Baghdad) 通译巴格达,美索不达米亚古城,今伊拉克的首都。公元七世纪末,阿拉伯阿拔斯族所建立的黑衣大食国(即东萨拉森帝国)的都城,建有图书馆及大学。

〔30〕 文理数理爱智质学 即修辞学、数学、哲学、化学。

〔31〕 醇酒 即乙醇,通称酒精。

〔32〕 星表 即星体运行表,著名的有托勒坦(Toletan)星表和亚丰沙(Alphonso)星表。

〔33〕 日斯巴尼亚 即西班牙。日斯巴尼亚之学校,指设在科尔多瓦的大学。

〔34〕 天阏 遏止。《庄子·逍遥游》:"(大鹏)背负青天而莫之夭

阙者,而后乃今将图南。"

〔35〕 拉克坦谛(约250—330) 古罗马拉丁语修辞学家。出生于非洲。他信仰基督教,著有《神之教》等。

〔36〕 丁达尔(1820—1893) 通译丁铎尔,英国物理学家。著有《热——一种运动形式》《光学六讲》《论声》等。

〔37〕 灵粮 精神食粮。

〔38〕 路德(M. Luther,1483—1546) 即马丁·路德,德国十六世纪宗教改革运动的倡导者,基督教新教路德宗的创始人。

〔39〕 克灵威尔(O. Cromwell,1599—1658) 通译克伦威尔,英国政治家。他是共和派领袖,领导了十七世纪英国资产阶级革命,于1649年判处英王查理一世死刑,宣布英国为共和国。

〔40〕 弥耳敦(J. Milton,1608—1674) 通译弥尔顿,英国诗人、政论家。他是共和派的支持者,克伦威尔共和政府时曾任国会秘书。主要著作有《失乐园》《为英国人声辩》等。

〔41〕 华盛顿(G. Washington,1732—1799) 美国政治家。他领导1775年至1783年美国反对英国殖民统治的独立战争,胜利后任美国第一任总统。

〔42〕 嘉来勒(T. Carlyle,1795—1881) 通译卡莱尔,英国作家、历史学家。他是英雄史观的宣传者。著有《论英雄与英雄崇拜》《法国革命史》等。

〔43〕 昏黄 犹黄昏,借指黑暗的年代。唐韩偓《曲江晚思》:"水冷鹭鸶立,烟月愁昏黄。"

〔44〕 摩格那思(1193—1280) 德国哲学家、自然科学家。他注重实验,对动物学和植物学都有研究。

〔45〕 洛及培庚(约1214—约1292) 通译罗吉尔·培根,英国哲学家,实验科学的前驱者。著有《大著作》《小著作》等。中国所习闻者,

指弗兰西斯·培根,见本篇注〔60〕。

〔46〕 罗吉尔·培根论述造成人类无知的四个原因是:一、崇拜权威;二、因循旧习;三、固执偏见;四、狂妄自负。见他所著《大著作》。

〔47〕 华惠尔所说当时学术衰微的四个原因是:一、观念不确定;二、经院学派的烦琐哲学;三、神秘主义;四、单凭热情而不凭理智的主观武断。见他所著《归纳科学的历史》。

〔48〕 阑喀(L. von Lange,1795—1886) 通译兰克,德国历史学家。著有《世界史》、《罗马教皇史》等。

〔49〕 圣觉 灵感。

〔50〕 茀勒那尔(A. J. Fresnel,1788—1827) 通译菲涅耳,法国物理学家、数学家。他用实验证明光的波动性,确立了光学上的"波动说",并建立了相关的数学理论以说明光波衍射的规律性。著有《光的衍射》等。

〔51〕 戚累司 即华莱士,参看本卷第22页注〔38〕。

〔52〕 本生(R. W. Bunsen,1811—1899),德国化学家。著有《气体测定法》等。吉息霍甫(G. R. Kirchhoff,1824—1887),通译基尔霍夫,德国物理学家。著有《数学物理讲座》等。他与本生于1859年共同完成"光谱分析"。

〔53〕 复古 这里指反对中世纪黑暗的宗教统治,复兴古希腊的科学文化。

〔54〕 开布勒(1571—1630) 通译开普勒,德国天文学家。他研究行星运动的轨道,发现了行星运动的三大定律,被称为"开普勒定律"。著有《宇宙和谐论》、《哥白尼天文学概要》等。

〔55〕 格里累阿(1564—1642) 通译伽利略,意大利物理学家、天文学家。他是力学原理的发现者,确定了惯性定律、自由落体定律和合力定律。1609年首先用望远镜观察和研究天体,证实了哥白尼的日心

说。著有《两种新科学的对话》、《关于两种世界体系的对话》等。

〔56〕 思迭文(1548—1620) 通译斯蒂文,荷兰数学家、物理学家。对静力学方面的力的平衡关系有不少阐发。著有《静力学及流体力学》等。

〔57〕 吉勒衰德(1544—1603) 通译吉尔伯特,英国物理学家、医学家。对于磁学有不少贡献,创立磁气分子说。著有《磁石论》等。

〔58〕 哈维(1578—1657) 英国医学家。他发现了血液循环现象,使生理学确立为科学。著有《动物心血运动的解剖研究》等。

〔59〕 林舍亚克特美 即意大利罗马科学院,1603 年创立于罗马。

〔60〕 培庚(1561—1626) 通译弗兰西斯·培根,英国哲学家,现代实验科学的创立人。他反对经院哲学所造成的各种"假相"和偏见,强调掌握科学的知识;认为知识来源于感觉,要用归纳、分析、比较、观察和实验的方法整理感觉材料,才能获得真正的知识,而掌握知识的目的是认识自然和征服自然,提出"知识就是力量"的口号。他把以实验为基础形成的归纳法称为"新工具"。著有《新工具》(即文中所说的《格致新机》、《新机论》)、《论科学的价值和发展》等。

〔61〕 特嘉尔 通译笛卡儿,法国哲学家、数学家和物理学家,解析几何学的创始人。他的哲学思想倾向于二元论。著有《哲学原理》(即文中所说的《哲学要义》)、《方法论》等。

〔62〕 外籀 即演绎法。

〔63〕 公论 即公理或定理。

〔64〕 培根的这段话,见于他的著作《新工具》第一卷第二条。

〔65〕 笛卡儿的这段话,见于他的著作《方法论》第二编。

〔66〕 波尔(1627—1691) 通译波义耳,英国物理学家、化学家。他用实验阐明气压升降的原理,发现著名的"波义耳定律";他在化学分析方面也有重要贡献。著有《关于空气弹性及其效应的物理——力学

的新实验》、《关于颜色的实验与想法》等。

〔67〕 奈端(1642—1727) 通译牛顿,英国数学家、物理学家。他发现了力学基本定律、万有引力定律,创立了微积分学和光的分析。著有《自然哲学的数学原理》、《光学》等。

〔68〕 巴斯加耳(1623—1662) 通译帕斯卡,法国物理学家、数学家。他用水压器测量大气的压力,发现"帕斯卡定律"。著有《关于真空的新实验与想法》、《算术三角论》等。

〔69〕 多烈舍黎(1608—1647) 通译托里拆利,意大利物理学家、数学家。他从水利工程中研究液体的运动,发明气压计。著有《运动论》、《几何概貌》等。

〔70〕 摩勒毕奇(1628—1694) 通译马尔比基,意大利解剖学家。他用显微镜研究人体生理组织,发现红细胞、毛细管。著有《肺炎的解剖学观察》、《蹠解剖学》等。

〔71〕 侯失勒(1792—1871) 通译赫歇尔,英国天文学家、物理学家。他完成了全天体系统的观测,著有《天文学大纲》等。

〔72〕 拉布拉(1749—1827) 通译拉普拉斯,法国天文学家、数学家。他是宇宙进化论的先驱者之一,发展了康德的星云说,认为太阳系是由星云发展而来,不是上帝创造的,并以天体的运行阐明牛顿的学说,解决了行星运行轨道计算等问题。著有《天体力学》等。

〔73〕 扬俱(1773—1829) 通译杨格,英国物理学家。研究光的波动,发现"杨格率"。著有《自然哲学和力学工艺讲座》等。

〔74〕 欧思第德(1777—1851) 通译奥斯特,丹麦物理学家。1820年通过实验研究,发现电和磁之间的关系,奠定了电磁学的基础。著有《关于电的不一致效应的实验》、《大自然的灵魂》等。

〔75〕 迭亢陀耳(1778—1841) 通译德堪多,瑞士植物学家。主要研究植物的自然分类法,对植物生理学、解剖学等方面也有贡献。著

有《植物界自然分类长编》等。

〔76〕 威那(1750—1817) 通译魏尔纳,德国地质学家。他认为一切岩石都由海底沉积形成,是"水成学派"的创始人。著有《化石的外表特征》等。

〔77〕 哈敦(1726—1797) 通译赫顿,英国地质学家。他认为一切岩石都由火山的爆发形成,是"火成学派"的创始人。著有《地球的理论》等。

〔78〕 瓦特(1736—1819) 英国发明家。1774年完成对原始蒸汽机的重大改进,使它广泛应用于工业生产,促成近代史上的产业革命。

〔79〕 显镜衡机 即显微镜和天平。

〔80〕 成然 顷刻,很快。《庄子·大宗师》:"成然寐,蘧然觉。"

〔81〕 立拨 立刻倾覆。拨,折断。《诗经·大雅·荡》:"颠沛之揭,枝叶未有害,本实先拨。"

〔82〕 指1789年法国大革命。这次革命开始后,法国贵族、僧侣、地主等勾引普、奥等国军队,于1792年7月向法国大举进攻。当时法国革命的资产阶级和爱国民众奋起抵抗,8月推翻君主政体,9月召开国民公会,成立法兰西共和国,最后击退了外国侵略者。下文说到的科学家蒙日、穆勒惠等都参加了这一斗争。

〔83〕 阿罗戈(F. Arago,1786—1853) 法国天文学家、物理学家。著有《大众天文学》等。

〔84〕 孟耆(G. Monge,1746—1818) 通译盖帕德·蒙日,法国数学家。著有《静力学引论》等。

〔85〕 有线电报发明于1833年,无线电报至1898年才进入实际应用。此处疑有误。

〔86〕 摩洛(V. Moreau,1763—1813) 法国将军。先学法律,在法国大革命时加入军队。

〔87〕 加尔诺(1753—1823) 通译卡尔诺,法国数学家、政治家。著有《论微积分中的形而上学》、《平衡与运动的基本原理》等。

〔88〕 孚勒克洛(A. F. de Fourcroy,1755—1809) 法国化学家。著有《博学和化学要旨》等。

〔89〕 穆勒惠(G. de Morveau,1737—1816) 法国化学家。他与巴列克黎、孚勒克洛等合著有《化学命名方法》。

〔90〕 巴列克黎(C. L. de Berthollet,1748—1822) 法国化学家。他是人造硝的发明者。著有《亲合力规律研究》等。

〔91〕 拿坡仑(Napoléon Bonaparte,1769—1821) 即拿破仑·波拿巴,法国大革命时期军事家、政治家。他曾以军事力量支持共和派,1799年任共和国执政。1804年建立法兰西第一帝国,自称拿破仑一世。

〔92〕 狭斯丕尔(1564—1616) 通译莎士比亚,英国戏剧家、诗人,欧洲文艺复兴时期文学上的主要代表人物之一。作品有《仲夏夜之梦》、《罗密欧与朱丽叶》、《哈姆雷特》等戏剧三十七种及十四行诗等。

〔93〕 洛菲罗(1483—1520) 通译拉斐尔,意大利画家、雕刻家,欧洲文艺复兴时期艺术上的主要代表人物之一。作品有《西斯廷圣母》、《雅典学院》等。

〔94〕 培得诃芬(1770—1827) 通译贝多芬,德国音乐家,维也纳古典乐派的代表人物之一,他的作品丰富,主要有九部交响曲、三十多首钢琴奏鸣曲及协奏曲、戏剧音乐等。

文 化 偏 至 论[1]

中国既以自尊大昭闻天下,善诋诼者,或谓之顽固;且将抱守残阙,以底于灭亡。近世人士,稍稍耳新学之语,则亦引以为愧,翻然思变,言非同西方之理弗道,事非合西方之术弗行,掊击旧物,惟恐不力,曰将以革前缪而图富强也。间尝论之:昔者帝轩辕氏之戡蚩尤[2]而定居于华土也,典章文物,于以权舆,有苗裔之繁衍于兹,则更改张皇,益臻美大。其蠢蠢于四方者,胥螺尔小蛮夷耳,厥种之所创成,无一足为中国法,是故化成发达,咸出于己而无取乎人。降及周秦,西方有希腊罗马起,艺文思理,灿然可观,顾以道路之艰,波涛之恶,交通梗塞,未能择其善者以为师资。洎元明时,虽有一二景教父师[3],以教理暨历算质学干中国,而其道非盛。故迄于海禁既开,晳人踵至[4]之顷,中国之在天下,见夫四夷之则效上国,革面来宾者有之;或野心怒发,狉焉思逞者有之;若其文化昭明,诚足以相上下者,盖未之有也。屹然出中央而无校雠[5],则其益自尊大,宝自有而傲睨万物,固人情所宜然,亦非甚背于理极者矣。虽然,惟无校雠故,则宴安日久,苓落以胎,迫拶不来,上征亦辍,使人荼,使人屯,其极为见善而不思式。有新国林起于西,以其殊异之方术来向,一施吹拂,块然踣僵[6],人心始自危,而轻才小慧之徒,于是竞言武事。后有

45

学于殊域者,近不知中国之情,远复不察欧美之实,以所拾尘芥,罗列人前,谓钩爪锯牙,为国家首事,又引文明之语,用以自文,征印度波兰[7],作之前鉴。夫以力角盈绌者,于文野亦何关?远之则罗马之于东西戈尔[8],迩之则中国之于蒙古女真,此程度之离距为何如,决之不待智者。然其胜负之数,果奈何矣?苟曰是惟往古为然,今则机械其先,非以力取,故胜负所判,即文野之由分也。则曷弗启人智而开发其性灵,使知罟获戈矛,不过以御豺虎,而喋喋誉白人肉攫之心,以为极世界之文明者又何耶?且使如其言矣,而举国犹孱,授之巨兵,奚能胜任,仍有僵死而已矣。嗟夫,夫子盖以习兵事为生,故不根本之图,而仅提所学以干天下;虽兜牟[9]深隐其面,威武若不可陵,而干禄之色,固灼然现于外矣!计其次者,乃复有制造商估立宪国会之说[10]。前二者素见重于中国青年间,纵不主张,治之者亦将不可缕数。盖国若一日存,固足以假力图富强之名,博志士之誉;即有不幸,宗社为墟,而广有金资,大能温饱,即使怙恃既失,或被虐杀如犹太遗黎[11],然善自退藏,或不至于身受;纵大祸垂及矣,而幸免者非无人,其人又适为己,则能得温饱又如故也。若夫后二,可无论已。中较善者,或诚痛乎外侮迭来,不可终日,自既荒陋,则不得已,姑拾他人之绪余,思鸠大群以抗御,而又飞扬其性,善能攘扰,见异己者兴,必借众以陵寡,托言众治,压制乃尤烈于暴君。此非独于理至悖也,即缘救国是图,不惜以个人为供献,而考索未用,思虑粗疏,茫未识其所以然,辄皈依于众志,盖无殊痼疾之人,去药石摄卫之道弗讲,而乞灵于不知之力,拜祷稽首于祝由〔12〕之门者哉。至尤下而居多数者,乃无过假是空名,遂其私欲,不顾见诸实事,将事权言议,悉归奔走干进之徒,或至愚屯之富人,否亦善垄断之市侩,特以自长营撦〔13〕,当列其班,况复掩自利之恶名,以福群之令誉,捷径在目,斯不惮竭蹶以求之耳。呜呼,古之临民者,一独夫也;由今之道,且顿变而为千万无赖之尤,民不堪命矣,于兴国究何与焉。顾若而人者,当其号召张皇,盖蔑弗托近世文明为后盾,有佛戾〔14〕其说者起,辄谥之曰野人,谓为辱国害群,罪当甚于流放。第不知彼所谓文明者,将已立准则,慎施去取,指善美而可行诸中国之文明乎,抑成事旧章,咸弃捐不顾,独指西方文化而为言乎?物质也,众数也,十九世纪末叶文明之一面或在兹,而论者不以为有当。盖今所成就,无一不绳前时之遗迹,则文明必日有其迁流,又或抗往代之大潮,则文明亦不能无偏至。诚若为今立计,所当稽求既往,相度方来,掊物质而张灵明,任个人而排众数。人既发扬踔厉矣,则邦国亦以兴起。奚事抱枝拾叶,徒金铁〔15〕国会立宪之云乎?夫势利之念昌狂于中,则是非之辨为之昧,措置张主,辄失其宜,况乎志行污下,将借新文明之名,以大遂其私欲者乎?是故今所谓识时之彦,为按其实,则多数常为盲子,宝赤菽以为玄珠,少数乃为巨奸,垂微饵以冀鲸鲵。即不若是,中心皆中正无瑕玷矣,于是拮据辛苦,展其雄才,渐乃志遂事成,终致彼所谓新文明者,举而纳之中国,而此迁流偏至之物,已陈旧于殊方者,馨香顶礼,吾又何为若是其芒芒哉!是何也?曰物质也,众数也,其道偏至。根史实而见于西方者不得已,横取而施之中国则非也。借曰非乎?请循其本——

夫世纪之元,肇于耶稣[16]出世,历年既百,是为一期,大故若兴,斯即此世纪所有事,盖从历来之旧贯,而假是为区分,无奥义也。诚以人事连绵,深有本柢,如流水之必自原泉,卉木之苗于根荄[17],倏忽隐见,理之必无。故苟为寻绎其条贯本末,大都蝉联而不可离,若所谓某世纪文明之特色何在者,特举荦荦大者而为言耳。按之史实,乃如罗马统一欧洲以来,始生大洲通有之历史;已而教皇以其权力,制御全欧,使列国靡然受圈,如同社会,疆域之判,等于一区;益以梏亡人心,思想之自由几绝,聪明英特之士,虽摘发新理,怀抱新见,而束于教令,胥缄口结舌而不敢言。虽然,民如大波,受沮益浩,则于是始思脱宗教之系缚,英德二国,不平者多,法皇[18]宫庭,实为怨府,又以居于意也,乃并意太利人而疾之。林林之民,咸致同情于不平者,凡有能阻泥教旨,抗拒法皇,无间是非,辄与赞和。时则有路德(M. Luther)者起于德,谓宗教根元,在乎信仰,制度戒法,悉其荣华,力击旧教而仆之。自所创建,在废弃阶级,黜法皇僧正[19]诸号,而代以牧师,职宣神命,置身社会,弗殊常人;仪式祷祈,亦简其法。至精神所注,则在牧师地位,无所胜于平人也。转轮[20]既始,烈栗遍于欧洲,受其改革者,盖非独宗教而已,且波及于其他人事,如邦国离合,争战原因,后兹大变,多基于是。加以束缚弛落,思索自由,社会蔑不有新色,则有尔后超形气学[21]上之发见,与形气学上之发明。以是胚胎,又作新事:发隐地[22]也,善机械也,展学艺而拓贸迁也,非去羁勒而纵人心,不有此也。顾世事之常,有动无定,宗教之改革已,自必益进而求政治之更张。溯厥由来,则以往者颠覆法皇,一假君主之权力,变革既毕,其力乃张,以一意孤临万民,在下者不能加之抑制,日夕孳孳,惟开拓封域是务,驱民纳诸水火,绝无所动于心:生计绌,人力耗矣。而物反于穷,民意遂动,革命于是见于英,继起于美,复次则大起于法朗西,[23]扫荡门第,平一尊卑,政治之权,主以百姓,平等自由之念,社会民主之思,弥漫于人心。流风至今,则凡社会政治经济上一切权利,义必悉公诸众人,而风俗习惯道德宗教趣味好尚言语暨其他为作,俱欲去上下贤不肖之闲,以大归乎无差别。同是者是,独是者非,以多数临天下而暴独特者,实十九世纪大潮之一派,且曼衍入今而未有既者也。更举其他,则物质文明之进步是已。当旧教盛时,威力绝世,学者有见,大率默然,其有毅然表白于众者,每每获囚戮之祸。递教力堕地,思想自由,凡百学术之事,勃焉兴起,学理为用,实益遂生,故至十九世纪,而物质文明之盛,直傲睨前此二千余年之业绩。数其著者,乃有棉铁石炭之属,产生倍旧,应用多方,施之战斗制造交通,无不功越于往日;为汽为电,咸听指挥,世界之情状顿更,人民之事业益利。久食其赐,信乃弥坚,渐而奉为圭臬,视若一切存在之本根,且将以之范围精神界所有事,现实生活,胶不可移,惟此是尊,惟此是尚,此又十九世纪大潮之一派,且曼衍入今而未有既者也。虽然,教权庞大,则覆之假手于帝王,比大权尽集一人,则又颠之以众庶。理若极于众庶矣,而众庶果足以极是非之端也耶?宴安逾法,则矫之以教宗,递教宗淫用其权威,则又掊之以质力。事若尽于物质矣,

而物质果足尽人生之本也耶？平意思之，必不然矣。然而大
势如是者，盖如前言，文明无不根旧迹而演来，亦以矫往事而
生偏至，缘督[24]校量，其颇灼然，犹子与蘖[25]焉耳。特其见
于欧洲也，为不得已，且亦不可去，去子与蘖，斯失子与蘖之
德，而留者为空无。不安受宝重之者奈何？顾横被之不相系
之中国而膜拜之，又宁见其有当也？明者微睇，察逾众凡，大
士哲人，乃蚤识其弊而生愤叹，此十九世纪末叶思潮之所以变
矣。德人尼佉（Fr. Nietzsche）[26]氏，则假察罗图斯德罗
（Zarathustra）之言曰，吾行太远，孑然失其侣，返而观夫今之
世，文明之邦国矣，斑斓之社会矣。特其为社会也，无确固之
崇信；众庶之于知识也，无作始之性质。邦国如是，奚能淹留？
吾见放于父母之邦矣！聊可望者，独苗裔耳。[27]此其深思遐
瞩，见近世文明之伪与偏，又无望于今之人，不得已而念来叶
者也。

　　然则十九世纪末思想之为变也，其原安在，其实若何，其
力之及于将来也又奚若？曰言其本质，即以矫十九世纪文明
而起者耳。盖五十年来，人智弥进，渐乃返观前此，得其通弊，
察其黮暗，于是浡焉兴作，会为大潮，以反动破坏充其精神，以
获新生为其希望，专向旧有之文明，而加之捵击扫荡焉。全欧
人士，为之栗然震惊者有之，芒然自失者有之，其力之烈，盖深
入于人之灵府矣。然其根柢，乃远在十九世纪初叶神思一
派[28]；递夫后叶，受感化于其时现实之精神，已而更立新形，
起以抗前时之现实，即所谓神思宗之至新者[29]也。若夫影
响，则眇眇来世，肊测殊难，特知此派之兴，决非突见而靡人

心,亦不至突灭而归乌有,据地极固,函义甚深。以是为二十世纪文化始基,虽云早计,然其为将来新思想之朕兆,亦新生活之先驱,则按诸史实所昭垂,可不俟繁言而解者已。顾新者虽作,旧亦未僵,方遍满欧洲,冥通其地人民之呼吸,余力流衍,乃扰远东,使中国之人,由旧梦而入于新梦,冲决嚣叫,状犹狂酲。夫方贱古尊新,而所得既非新,又至偏而至伪,且复横决,浩乎难收,则一国之悲哀亦大矣。今为此篇,非云已尽西方最近思想之全,亦不为中国将来立则,惟疾其已甚,施之抨弹,犹神思新宗之意焉耳。故所述止于二事:曰非物质,曰重个人。

个人一语,入中国未三四年,号称识时之士,多引以为大诟,苟被其谥,与民贼同。意者未遑深知明察,而迷误为害人利己之义软?夷考其实,至不然矣。而十九世纪末之重个人,则吊诡[30]殊恒,尤不能与往者比论。试案尔时人性,莫不绝异其前,入于自识,趣于我执,刚愎主己,于庸俗无所顾忌。如诗歌说部之所记述,每以骄蹇不逊者为全局之主人。此非操觚之士,独凭神思构架而然也,社会思潮,先发其朕,则迻之载籍而已矣。盖自法朗西大革命以来,平等自由,为凡事首,继而普通教育及国民教育,无不基是以遍施。久浴文化,则渐悟人类之尊严;既知自我,则顿识个性之价值;加以往之习惯坠地,崇信荡摇,则其自觉之精神,自一转而之极端之主我。且社会民主之倾向,势亦大张,凡个人者,即社会之一分子,夷隆实陷,是为指归,使天下人人归于一致,社会之内,荡无高卑。此其为理想诚美矣,顾于个人殊特之性,视之蔑如,既不加之别分,且欲致之灭绝。更举黯暗,则流弊所至,将使文化之纯粹者,精神益趋于固陋,颓波日逝,纤屑靡存焉。盖所谓平社会者,大都夷峻而不湮卑,若信至程度大同,必在前此进步水平以下。况人群之内,明哲非多,伧俗横行,浩不可御,风潮剥蚀,全体以沦于凡庸。非超越尘埃,解脱人事,或愚屯罔识,惟众是从者,其能缄口而无言乎?物反于极,则先觉善斗之士出矣:德人斯契纳尔(M. Stirner)〔31〕乃先以极端之个人主义现于世。谓真之进步,在于己之足下。人必发挥自性,而脱观念世界之执持。惟此自性,即造物主。惟有此我,本属自由;既本有矣,而更外求也,是曰矛盾。自由之得以力,而力即在乎个人,亦即资财,亦即权利。故苟有外力来被,则无间出于寡人,或出于众庶,皆专制也。国家谓吾当与国民合其意志,亦一专制也。众意表现为法律,吾即受其束缚,虽曰为我之舆台〔32〕,顾同是舆台耳。去之奈何?曰:在绝义务。义务废绝,而法律与偕亡矣。意盖谓凡一个人,其思想行为,必以己为中枢,亦以己为终极:即立我性为绝对之自由者也。至勖宾霍尔(A. Schopenhauer)〔33〕,则自既以兀傲刚愎有名,言行奇觚,为世希有;又见夫盲瞽鄙倍之众,充塞两间,乃视之与至劣之动物并等,愈益主我扬己而尊天才也。至丹麦哲人契开迦尔(S. Kierkegaard)〔34〕则愤发疾呼,谓惟发挥个性,为至高之道德,而顾瞻他事,胥无益焉。其后有显理伊勃生(Henrik Ibsen)〔35〕见于文界,瑰才卓识,以契开迦尔之诠释者称。其所著书,往往反社会民主之倾向,精力旁注,则无间习惯信仰道德,苟有拘于虚〔36〕而偏至者,无不加之抵排。更睹近世人生,每托平等之名,实乃愈趋于恶浊,庸凡凉薄,日益以深,顽愚之道行,伪诈之势逞,而气宇品性,卓尔不群之士,乃反穷于草莽,辱于泥涂,个性之尊严,人类之价值,将咸归于无有,则常为慷慨激昂而不能自已也。如其《民敌》一书,谓有人宝守真理,不阿世媚俗,而不见容于人群,狡狯之徒,乃巍然独为众愚领袖,借多陵寡,植党自私,于是战斗以兴,而其书亦止:社会之象,宛然具于是焉。若夫尼佉,斯个人主义之至雄桀者矣,希望所寄,惟在大士天才;而以愚民为本位,则恶之不殊蛇蝎。意盖谓治任多数,则社会元气,一旦可隳,不若用庸众为牺牲,以冀一二天才之出世,递天才出而社会之活动亦以萌,即所谓超人之说,尝震惊欧洲之思想界者也。由是观之,彼之讴歌众数,奉若神明者,盖仅见光明一端,他未遍知,因加赞颂,使反而观诸黑暗,当立悟其不然矣。一梭格拉第[37]也,而众希腊人鸩之,一耶稣基督也,而众犹太人磔之,后世论者,孰不云缪,顾其时则从众志耳。设留今之众志,迻诸载籍,以俟评骘于来哲,则其是非倒置,或正如今人之视往古,未可知也。故多数相朋,而仁义之途,是非之端,樊然淆乱;惟常言是解,于奥义也漠然。常言奥义,孰近正矣?是故布鲁多既杀该撒[38],昭告市人,其词秩然有条,名分大义,炳如观火;而众之受感,乃不如安多尼指血衣之数言。于是方群推为爱国之伟人,忽见逐于域外。夫誉之者众数也,逐之者又众数也,一瞬息中,变易反复,其无特操不俟言;即观现象,已足知不祥之消息矣。故是非不可公于众,公之则果不诚;政事不可公于众,公之则治不郅。惟超人出,世乃太平。苟不能然,则在英哲。

嗟夫,彼持无政府主义者,其颠覆满盈,铲除阶级,亦已至矣,而建说创业诸雄,大都以导师自命。夫一导众从,智愚之别即在斯。与其抑英哲以就凡庸,曷若置众人而希英哲?则多数之说,缪不中经,个性之尊,所当张大,盖撅之是非利害,已不待繁言深虑而可知矣。虽然,此亦赖夫勇猛无畏之人,独立自强,去离尘垢,排舆言而弗沦于俗囿者也。

若夫非物质主义者,犹个人主义然,亦兴起于抗俗。盖唯物之倾向,固以现实为权舆,浸润人心,久而不止。故在十九世纪,爰为大潮,据地极坚,且被来叶,一若生活本根,舍此将莫有在者。不知纵令物质文明,即现实生活之大本,而崇奉逾度,倾向偏趋,外此诸端,悉弃置而不顾,则按其究竟,必将缘偏颇之恶因,失文明之神旨,先以消耗,终以灭亡,历世精神,不百年而具尽矣。递夫十九世纪后叶,而其弊果益昭,诸凡事物,无不质化,灵明日以亏蚀,旨趣流于平庸,人惟客观之物质世界是趋,而主观之内面精神,乃舍置不之一省。重其外,放其内,取其质,遗其神,林林众生,物欲来蔽,社会憔悴,进步以停,于是一切诈伪罪恶,蔑弗乘之而萌,使性灵之光,愈益就于黯淡:十九世纪文明一面之通弊,盖如此矣。时乃有新神思宗徒出,或崇奉主观,或张皇意力[39],匡纠流俗,厉如电霆,使天下群伦,为闻声而摇荡。即其他评骘之士,以至学者文家,虽意主和平,不与世迕,而见此唯物极端,且杀精神生活,则亦悲观愤叹,知主观与意力主义之兴,功有伟于洪水之有方舟[40]者焉。主观主义者,其趣凡二:一谓惟以主观为准则,用律诸物;一谓视主观之心灵界,当较客观之物质界为尤尊。前者为主观倾向之极端,力特著于十九世纪末叶,然其趋势,颇与主我及我执殊途,仅于客观之习惯,无所盲从,或不置重,而以自有之主观世界为至高之标准而已。以是之故,则思虑动作,咸离外物,独往来于自心之天地,确信在是,满足亦在是,谓之渐自省其内曜之成果可也。若夫兴起之由,则原于外者,为大势所向,胥在平庸之客观习惯,动不由己,发如机械[41],识者不能堪,斯生反动;其原于内者,乃实以近世人心,日进于自觉,知物质万能之说,且逸个人之情意,使独创之力,归于槁枯,故不得不以自悟者悟人,冀挽狂澜于方倒耳。如尼佉伊勃生诸人,皆据其所信,力抗时俗,示主观倾向之极致;而契开迦尔则谓真理准则,独在主观,惟主观性,即为真理,至凡有道德行为,亦可弗问客观之结果若何,而一任主观之善恶为判断焉。其说出世,和者日多,于是思潮为之更张,骛外者渐转而趣内,渊思冥想之风作,自省抒情之意苏,去现实物质与自然之樊,以就其本有心灵之域;知精神现象实人类生活之极颠,非发挥其辉光,于人生为无当;而张大个人之人格,又人生之第一义也。然尔时所要求之人格,有甚异于前者。往所理想,在知见情操,两皆调整,若主智一派,则在聪明睿智,能移客观之大世界于主观之中者。如是思惟,迨黑该尔(F. Hegel)[42]出而达其极。若罗曼暨尚古[43]一派,则息乎支培黎(Shaftesbury)[44]承卢骚(J. Rousseau)[45]之后,尚容情感之要求,特必与情操相统一调和,始合其理想之人格。而希籁(Fr. Schiller)[46]氏者,乃谓必知感两性,圆满无间,然后谓之全人。顾至十九世纪垂终,则理想为之一变。明哲之士,反省于内面者深,因以知古人所设具足调协之人,决不能得之今世;惟有意力轶众,所当希求,能于情意一端,处现实之世,而有勇猛奋斗之才,虽屡踬屡僵,终得现其理想:其为人格,如是焉耳。故如勖宾霍尔所张主,则以内省诸己,豁然贯通,因曰意力为世界之本体也;尼佉之所希冀,则意力绝世,几近神明之超人也;伊勃生之所描写,则以更革为生命,多力善斗,即迕万众不慑之强者也。夫诸凡理想,大致如斯者,诚以人丁转轮之时,处现实之世,使不若是,每至舍己从人,沉溺逝波,莫知所届,文明真髓,顷刻荡然;惟有刚毅不挠,虽遇外物而弗为移,始足作社会桢干。排斥万难,黾勉上征,人类尊严,于此攸赖,则具有绝大意力之士贵耳。虽然,此又特其一端而已。试察其他,乃亦以见末叶人民之弱点,盖往之文明流弊,浸灌性灵,众庶率纤弱颓靡,日益以甚,渐乃反观诸己,为之欿然[47],于是刻意求意力之人,冀倚为将来之柱石。此正犹洪水横流,自将灭顶,乃神驰彼岸,出全力以呼善没者尔,悲夫!

由是观之,欧洲十九世纪之文明,其度越前古,凌驾亚东,诚不俟明察而见矣。然既以改革而胎,反抗为本,则偏于一极,固理势所必然。洎夫末流,弊乃自显。于是新宗蹶起,特反其初,复以热烈之情,勇猛之行,起大波而加之涤荡。直至今日,益复浩然。其将来之结果若何,盖未可以率测。然作旧弊之药石,造新生之津梁,流衍方长,曼不遽已,则相其本质,察其精神,有可得而征信者。意者文化常进于幽深,人心不安于固定,二十世纪之文明,当必沉邃庄严,至与十九世纪之文明异趣。新生一作,虚伪道消,内部之生活,其将愈深且强欤?

精神生活之光耀，将愈兴起而发扬欤？成然以觉，出客观梦幻之世界，而主观与自觉之生活，将由是而益张欤？内部之生活强，则人生之意义亦愈邃，个人尊严之旨趣亦愈明，二十世纪之新精神，殆将立狂风怒浪之间，恃意力以辟生路者也。中国在今，内密既发，四邻竞集而迫拶，情状自不能无所变迁。夫安弱守雌，笃于旧习，固无以争存于天下。第所以匡救之者，缪而失正，则虽日易故常，哭泣叫号之不已，于忧患又何补矣？此所为明哲之士，必洞达世界之大势，权衡校量，去其偏颇，得其神明，施之国中，翕合无间。外之既不后于世界之思潮，内之仍弗失固有之血脉，取今复古，别立新宗，人生意义，致之深邃，则国人之自觉至，个性张，沙聚之邦，由是转为人国。人国既建，乃始雄厉无前，屹然独见于天下，更何有于肤浅凡庸之事物哉？顾今者翻然思变，历岁已多，青年之所思惟，大都归罪恶于古之文物，甚或斥言文为蛮野，鄙思想为简陋，风发浡起，皇皇焉欲进欧西之物而代之，而于适所言十九世纪末之思潮，乃漠然不一措意。凡所张主，惟质为多，取其质犹可也，更按其实，则又质之至伪而偏，无所可用。虽不为将来立计，仅图救今日之阽危，而其术其心，违戾亦已甚矣。况乎凡造言任事者，又复有假改革公名，而阴以遂其私欲者哉？今敢问号称志士者曰，将以富有为文明欤，则犹太遗黎，性长居积，欧人之善贾者，莫与比伦，然其民之遭遇何如矣？将以路矿为文明欤，则五十年来非澳二洲，莫不兴铁路矿事，顾此二洲土著之文化何如矣？将以众治为文明欤，则西班牙波陀牙[48]二国，立宪且久，顾其国之情状又何如矣？若曰惟物质为文化之基也,则列机括[49],陈粮食,遂足以雄长天下欤?曰惟多数得是非之正也,则以一人与众禺处,其亦将木居而芋食欤[50]?此虽妇竖,必否之矣。然欧美之强,莫不以是炫天下者,则根柢在人,而此特现象之末,本原深而难见,荣华昭而易识也。是故将生存两间,角逐列国是务,其首在立人,人立而后凡事举;若其道术,乃必尊个性而张精神。假不如是,槁丧且不俟夫一世。夫中国在昔,本尚物质而疾天才矣,先王之泽,日以殄绝,逮蒙外力,乃退然不可自存。而轻才小慧之徒,则又号召张皇,重杀之以物质而囿之以多数,个人之性,剥夺无余。往者为本体自发之偏枯,今则获以交通传来之新疫,二患交伐,而中国之沉沦遂以益速矣。呜呼,眷念方来,亦已焉哉!

一九〇七年作。

* * *

〔1〕 本篇最初发表于 1908 年 8 月《河南》月刊第七号,署名迅行。

〔2〕 轩辕氏之戡蚩尤 轩辕氏即黄帝,我国传说中汉族的始祖、上古帝王。相传他与九黎族的首领蚩尤作战,擒杀蚩尤于涿鹿。

〔3〕 景教父师 指在中国传教的天主教士。公元 1290 年(元至元二十七年),意大利教士若孟高未诺(今译约翰·孟德高维诺)经印度来北京;1581 年(明万历九年),利玛窦和罗明坚至澳门,经肇庆到北京。西方天文、数学、地理等近代科学,即经由他们传入中国。其后来者渐多,明清间主持改革历法的德国教士汤若望,即是其中最著名的一人。

〔4〕 海禁 明清两朝实行闭关政策,禁阻民间商船出口从事海外贸易,规定外国商船在指定的海口通商,这些措施叫做“海禁”。从

1840 年鸦片战争开始,西方列强用枪炮打开了中国的大门,强迫中国接受一系列不平等条约,海禁遂开,中国逐渐沦为半封建半殖民地社会,西方科学文化也随之传入中国。皙人,白种人。

〔5〕 校雠 原意是校对文字正误,这里是比较的意思。

〔6〕 踣僵 僵倒。僵,同僵。

〔7〕 印度波兰 印度于公元 1849 年被英国侵占;波兰于 1772年、1793 年和 1796 年先后三次被俄国、普鲁士、奥地利三国瓜分。

〔8〕 东西戈尔 指东西哥特。哥特人(Goths)原为欧洲北方蛮族,日耳曼族的一支,公元二世纪不断向南迁徙,三世纪时多次侵扰罗马小亚细亚和巴尔干诸省,并占领了多瑙河北部的达西亚省。三四世纪之交渐分为东哥特人和西哥特人。公元 410 年 8 月,西哥特人攻陷罗马城并大肆掠劫。

〔9〕 兜牟 即兜鍪,军盔。《后汉书·袁绍传》:"绍脱兜鍪抵地。"《新五代史·李金全传》:王都"遣善射者登城射晏球,中兜牟。"

〔10〕 制造商估 即发展工业和商业。当时一部分知识分子在民族危机和洋务运动的刺激下,提出中国应该学习西方资本主义国家的自然科学和生产技术,制造新式武器、交通工具和生产工具,建立近代工业,振兴商业,和外国进行"商战"。立宪国会,是戊戌政变后至辛亥革命之间改良主义者所主张和提倡的政治运动。康有为、梁启超等人主张君主立宪和成立欧洲资产阶级式的国会,反对孙中山等主张推翻清政府的民主革命运动。

〔11〕 犹太遗黎 犹太国建于公元前十一世纪至前十世纪之间。公元一世纪亡于罗马帝国,以后犹太人即散居世界各地。

〔12〕 祝由 旧时用符咒等迷信方法治病的人。

〔13〕 营撅 钻营掠夺。撅,挖出。

〔14〕 佛戾 违逆。佛,通拂。

〔15〕 金铁 指当时杨度提出的"金铁主义"。1907 年 1 月,杨度在东京出版《中国新报》,分期连载《金铁主义说》。金指"金钱",即经济;铁指"铁炮",即军事。

〔16〕 耶稣(约前 4—30) 基督教创始人,犹太族人。现在通用的公元纪年,即以他的生年为纪元元年(据考证,他实际生年约在公元前 4 年)。据《新约全书》说,他在犹太各地传教,为犹太当权者所仇视,后被捕送交罗马帝国驻犹太总督彼拉多,钉死在十字架上。

〔17〕 荄 即草根。《淮南子·地形训》:"凡根荄草者生于庶草。……凡浮生不根荄者生于萍藻。"

〔18〕 法皇 即教皇,其宫廷在意大利罗马的梵蒂冈。

〔19〕 僧正 即主教。

〔20〕 转轮 意即变革。

〔21〕 超形气学 指研究客观事物一般的发展规律的科学,即哲学;与下文的形气学,即具体的自然科学相对而言。

〔22〕 发隐地 指十五世纪末叶发现美洲大陆。

〔23〕 英、美、法三国的革命,指 1649 年和 1688 年英国两次资产阶级革命,1775 年美国反对英国殖民统治的独立战争,1789 年法国大革命。

〔24〕 缘督 遵循正确的方法。《庄子·养生主》:"缘督以为经"。督,中道、正道。

〔25〕 孑 独臂。躄,跛足。

〔26〕 尼佉(1844—1900) 通译尼采,德国哲学家,唯意志论者,超人哲学的倡导者。著有《悲剧的诞生》、《札拉图斯特拉如是说》(一译《苏鲁支语录》)、《权力意志》等。他认为个人的权力意志是创造一切、决定一切的动力,高踞于群众之上的所谓"超人"是人的生物进化的顶点,一切历史和文化都是由他们创造的,而大多数群众则是低劣的"庸

众"。作者把他当作代表新生力量的进步思想家,是当时的一种误解。以后作者对尼采的看法有了改变,在 1935 年写的《〈中国新文学大系〉小说二集序》(《且介亭杂文二集》)中,称他为"世纪末"的思想家。

〔27〕 察罗图斯德罗 通译札拉图斯特拉。这里引述的话见于尼采的主要哲学著作《札拉图斯特拉如是说》第一部第三十六章《文明之地》(与原文略有出入)。札拉图斯特拉,即公元前六七世纪波斯教的创立者札拉亚斯特(Zoroaster);尼采在这本书中仅是借他来表达自己的主张,与波斯教教义无关。

〔28〕 神思一派 指十九世纪初叶以黑格尔为代表的唯心主义学派。参看本篇注〔42〕。

〔29〕 神思宗之至新者 指十九世纪末叶的极端主观唯心主义派别,如下文所介绍的以尼采、叔本华为代表的唯意志论,以斯蒂纳为代表的唯我论等。

〔30〕 吊诡 十分奇特的意思。《庄子·齐物论》:"是其言也,其名为吊诡。"据唐代陆德明《经典释文》:吊,"音的,至也";诡,"异也"。

〔31〕 斯契纳尔(1806—1856) 通译施蒂纳,德国哲学家卡斯巴尔·施米特的笔名。早期无政府主义者、唯我论者,青年黑格尔派团体的核心人物。他认为"自我"是唯一的实在,整个世界及其历史都是"我"的产物,反对一切外力对个人的约束。马克思和恩格斯在《德意志意识形态》等著作中对他作过批判。著有《唯一者及其所有物》等。

〔32〕 舆台 古代奴隶中两个等级的名称,后泛指被奴役的人。

〔33〕 勖宾霍尔(1788—1860) 通译叔本华,德国哲学家,唯意志论者。他认为意志是万物的本原。意志支配一切,同时也给人类带来不可避免的痛苦,因为人们利己的"生活意志"在现实世界中是无法满足的,人生只是一场灾难,世界注定只能被盲目的、非理性的意志所统治。他的主要著作有《世界即意志和观念》。

〔34〕 契开迦尔(1813—1855) 通译克尔凯郭尔,丹麦哲学家。他用极端主观唯心主义来反对黑格尔的客观唯心主义,认为只有人的主观存在才是唯一的实在,真理即主观性。著作有《人生道路的阶段》等。

〔35〕 显理伊勃生(1828—1906) 通译亨利克·易卜生,挪威戏剧家。他的作品对资产阶级社会的虚伪庸俗作了猛烈批判,张扬个性解放,认为强有力的人是孤独的,而大多数人是庸俗、保守的。他的作品在"五四"时期被介绍到中国,在当时的反封建和妇女解放的文化思潮中曾起过积极的作用。主要作品有《玩偶之家》、《国民公敌》(即文中所说的《民敌》)等。

〔36〕 拘于虚 囿于狭隘的见闻。《庄子·秋水》:"井蛙不可以语于海者,拘于虚也"。虚,同墟,指所居之处。

〔37〕 梭格拉第(Socratés,前 469—前 399) 通译苏格拉底,古希腊哲学家。他最早提出唯心主义的目的论,认为一切都是神为了一定智慧和目的创造与安排的,后被奴隶主民主派以传播异说、毒害青年等罪名逮捕,在狱中处死。

〔38〕 布鲁多既杀该撒 该撒(G.J.Caesar,前 100—前 44),通译恺撒,古罗马共和国将领、政治家。公元前 48 年被任命为终身独裁者,前 44 年被共和派领袖布鲁多刺死。恺撒死后,他的好友马卡斯·安东尼(即文中所说的安多尼)指恺撒血衣立誓为他复仇。布鲁多刺杀恺撒后,逃到罗马东方领土,召集军队,准备保卫共和政治;公元前 42 年被安东尼击败,自杀身死。这里是根据莎士比亚的历史剧《裘力斯·恺撒》第三幕第二场中的情节。

〔39〕 意力 即唯意志论。

〔40〕 方舟 即诺亚方舟。参看本卷第 21 页注〔29〕。

〔41〕 机缄 即机关,能制动的器械。《庄子·天运》:"意者其有机

缄而不得已邪？意者其运转而不能自止邪？"

〔**42**〕 黑该尔（1770—1831） 通译黑格尔,德国哲学家。他是德国古典唯心主义哲学的集大成者,形成庞大的客观唯心主义思想体系。他认为世界万物都是由独立的主体"绝对精神"所产生,英雄人物是"绝对精神"的体现者,因此创造人类历史的是他们。黑格尔的主要功绩在于发展了辩证法的思维形式,第一次把自然的和精神的世界描写为一个不断运动发展的辩证过程,并力求找出它们之间的内在联系。主要著作有《逻辑学》、《精神现象学》和《美学》等。

〔**43**〕 罗曼 指浪漫主义。尚古,指古典主义。

〔**44**〕 息孚支培黎（1671—1713） 通译沙弗斯伯利,英国哲学家,自然神论者。他主张"道德直觉论",认为人天然具有道德感,强调个人利益和社会利益不相矛盾,二者的统一调和就是道德的基础。著有《德性研究论》。

〔**45**〕 卢骚（1712—1778） 通译卢梭,法国启蒙思想家,"天赋人权"学说的倡导者。在哲学上,他承认感觉是认识的根源,但又强调人有"天赋的感情"和天赋的"道德观念",并承认自然神论者的所谓上帝的存在。主要著作有《社会契约论》、《爱弥儿》等。按卢梭的生活年代在沙弗斯伯利之后。

〔**46**〕 希籁（1759—1805） 通译席勒,德国诗人、戏剧家。德国浪漫主义文学的代表作家之一。他的哲学观点倾向于康德的唯心主义,认为支配物质的是"自由精神",只要摆脱物质的限制,追求感觉和理性的完美结合,人就能达到自由和理想的王国。著有剧本《强盗》、《阴谋与爱情》、《华伦斯坦》等。

〔**47**〕 欿然 不满足的意思。《孟子·尽心（上）》:"附之以韩魏之家,如其自视欿然,则过人远矣。"

〔**48**〕 波陀牙 即葡萄牙。

〔49〕 机括　也作机栝,弩上发矢的机件。《庄子·齐物论》:"其发若机栝"。这里指武器。

〔50〕 禺　大猴子;芧,橡实。《庄子·齐物论》有"狙(猴)公赋芧"的寓言。

摩罗诗力说[1]

> 求古源尽者将求方来之泉,将求新源。嗟我昆弟,新生之作,新泉之涌于渊深,其非远矣。[2]

——尼佉

一

人有读古国文化史者,循代而下,至于卷末,必凄以有所觉,如脱春温而入于秋肃,勾萌绝朕[3],枯槁在前,吾无以名,姑谓之萧条而止。盖人文之留遗后世者,最有力莫如心声[4]。古民神思,接天然之閟宫,冥契万有,与之灵会,道其能道,爰为诗歌。其声度时劫而入人心,不与缄口同绝;且益曼衍,视其种人[5]。递文事式微,则种人之运命亦尽,群生辍响,荣华收光;读史者萧条之感,即以怒起,而此文明史记,亦渐临末页矣。凡负令誉于史初,开文化之曙色,而今日转为影国[6]者,无不如斯。使举国人所习闻,最适莫如天竺。天竺古有《韦陀》[7]四种,瑰丽幽复,称世界大文;其《摩诃波罗多》暨《罗摩衍那》二赋[8],亦至美妙。厥后有诗人加黎陀萨(Kalidasa)[9]者出,以传奇鸣世,间染抒情之篇;日耳曼诗宗瞿提(W. von Goethe),至崇为两间之绝唱。降及种人失力,而文

65

事亦共零夷,至大之声,渐不生于彼国民之灵府,流转异域,如亡人也。次为希伯来[10],虽多涉信仰教诫,而文章以幽邃庄严胜,教宗文术,此其源泉,灌溉人心,迄今兹未艾。特在以色列族,则止耶利米(Jeremiah)[11]之声;列王荒矣,帝怒以赫,耶路撒冷遂隳[12],而种人之舌亦默。当彼流离异地,虽不遽忘其宗邦,方言正信,拳拳未释,然《哀歌》而下,无赓响矣。复次为伊兰埃及[13],皆中道废弛,有如断绠,灿烂于古,萧瑟于今。若震旦而逸斯列,则人生大戮,无逾于此。何以故?英人加勒尔(Th. Carlyle)[14]曰,得昭明之声,洋洋乎歌心意而生者,为国民之首义。意太利分崩矣,然实一统也,彼生但丁(Dante Alighieri)[15],彼有意语。大俄罗斯之札尔[16],有兵刃炮火,政治之上,能辖大区,行大业。然奈何无声?中或有大物,而其为大也暗。(中略)迨兵刃炮火,无不腐蚀,而但丁之声依然。有但丁者统一,而无声兆之俄人,终支离而已。

尼佉(Fr. Nietzsche)不恶野人,谓中有新力,言亦确凿不可移。盖文明之朕,固孕于蛮荒,野人狉獉[17]其形,而隐曜即伏于内。文明如华,蛮野如蕾,文明如实,蛮野如华,上征在是,希望亦在是。惟文化已止之古民不然:发展既央,隳败随起,况久席古宗祖之光荣,尝首出周围之下国,暮气之作,每不自知,自用而愚,污如死海。其煌煌居历史之首,而终匿形于卷末者,殆以此欤?俄之无声,激响在焉。俄如孺子,而非喑人;俄如伏流,而非古井。十九世纪前叶,果有鄂戈理(N. Gogol)[18]者起,以不可见之泪痕悲色,振其邦人,或以拟英之狭斯丕尔(W. Shakespeare),即加勒尔所赞扬崇拜者也。顾瞻人间,新声争起,无不以殊特雄丽之言,自振其精神而绍介其伟美于世界;若渊默而无动者,独前举天竺以下数古国而已。嗟夫,古民之心声手泽,非不庄严,非不崇大,然呼吸不通于今,则取以供览古之人,使摩挲咏叹而外,更何物及其子孙?否亦仅自语其前此光荣,即以形迩来之寂寞,反不如新起之邦,纵文化未昌,而大有望于方来之足致敬也。故所谓古文明国者,悲凉之语耳,嘲讽之辞耳!中落之胄,故家荒矣,则喋喋语人,谓厥祖在时,其为智慧武怒[19]者何似,尝有闳宇崇楼,珠玉犬马,尊显胜于凡人。有闻其言,孰不腾笑?夫国民发展,功虽有在于怀古,然其怀也,思理朗然,如鉴明镜,时时上征,时时反顾,时时进光明之长途,时时念辉煌之旧有,故其新者日新,而其古亦不死。若不知所以然,漫夸耀以自悦,则长夜之始,即在斯时。今试履中国之大衢,当有见军人蹀躞而过市者,张口作军歌,痛斥印度波阑之奴性[20];有漫为国歌者亦然。盖中国今日,亦颇思历举前有之耿光,特未能言,则姑曰左邻已奴,右邻且死,择亡国而较量之,冀自显其佳胜。夫二国与震旦究孰劣,今姑弗言;若云颂美之什[21],国民之声,则天下之咏者虽多,固未见有此作法矣。诗人绝迹,事若甚微,而萧条之感,辄以来袭。意者欲扬宗邦之真大,首在审己,亦必知人,比较既周,爰生自觉。自觉之声发,每响必中于人心,清晰昭明,不同凡响。非然者,口舌一结,众语俱沦,沉默之来,倍于前此。盖魂意方梦,何能有言?即震于外缘,强自扬厉,不惟不大,徒增欷耳。故曰国民精神之发扬,与世界识见之广博有所属。

今且置古事不道，别求新声于异邦，而其因即动于怀古。新声之别，不可究详；至力足以振人，且语之较有深趣者，实莫如摩罗[22]诗派。摩罗之言，假自天竺，此云天魔，欧人谓之撒但[23]，人本以目裴伦（G. Byron）[24]。今则举一切诗人中，凡立意在反抗，指归在动作，而为世所不甚愉悦者悉入之，为传其言行思惟，流别影响，始宗主裴伦，终以摩迦（匈加利）文士[25]。凡是群人，外状至异，各禀自国之特色，发为光华；而要其大归，则趣于一：大都不为顺世和乐之音，动吭一呼，闻者兴起，争天拒俗，而精神复深感后世人心，绵延至于无已。虽未生以前，解脱而后，或以其声为不足听；若其生活两间，居天然之掌握，辗转而未得脱者，则使之闻之，固声之最雄桀伟美者矣。然以语平和之民，则言者滋惧。

二

平和为物，不见于人间。其强谓之平和者，不过战事方已或未始之时，外状若宁，暗流仍伏，时劫一会，动作始矣。故观之天然，则和风拂林，甘雨润物，似无不以降福祉于人世，然烈火在下，出为地卤[26]，一旦偾兴，万有同坏。其风雨时作，特暂伏之见象，非能永劫安易，如亚当之故家[27]也。人事亦然，衣食家室邦国之争，形现既昭，已不可以讳掩；而二士室处，亦有吸呼，于是生颣气[28]之争，强肺者致胜。故杀机之昉，与有生偕；平和之名，等于无有。特生民之始，既以武健勇烈，抗拒战斗，渐进于文明矣，化定俗移，转为新懦，知前征之至险，则爽然思归其雌[29]，而战场在前，复自知不可避，于是运其神思，创为理想之邦，或托之人所莫至之区，或迟之不可计年以后。自柏拉图（Platon）《邦国论》始，西方哲士，作此念者不知几何人。虽自古迄今，绝无此平和之朕，而延颈方来，神驰所慕之仪的，日逐而不舍，要亦人间进化之一因子欤？吾中国爱智之士，独不与西方同，心神所注，辽远在于唐虞，或迳入古初，游于人兽杂居之世；谓其时万祸不作，人安其天，不如斯世之恶浊陷危，无以生活。其说照之人类进化史实，事正背驰。盖古民曼衍播迁，其为争抗劬劳，纵不厉于今，而视今必无所减；特历时既永，史乘无存，汗迹血腥，泯灭都尽，则追而思之，似其时为至足乐耳。倘使置身当时，与古民同其忧患，则颓唐侘傺，复远念盘古未生，斧凿未经之世，又事之所必有者已。故作此念者，为无希望，为无上征，为无努力，较以西方思理，犹水火然；非自杀以从古人，将终其身更无可希冀经营，致人我于所仪之主的，束手浩叹，神质同瘵焉而已。且更为忖度其言，又将见古之思士，决不以华土为可乐，如今人所张皇；惟自知良懦无可为，乃独图脱屣尘埃，悄怆古国，任人群堕于虫兽，而己身以隐逸终。思士如是，社会善之，咸谓之高蹈之人，而自云我虫兽我虫兽也。其不然者，乃立言辞，欲致人同归于朴古，老子[30]之辈，盖其枭雄。老子书五千语，要在不撄人心；以不撄人心故，则必先自致槁木之心，立无为之治；以无为为化社会，而世即于太平。其术善也。然奈何星气既凝[31]，人类既出而后，无时无物，不禀杀机，进化或可停，而生物不能返本。使拂逆其前征，势即入于苓落，世界之内，实例至多，一览古国,悉其信证。若诚能渐致人间,使归于禽虫卉木原生物,复由渐即于无情[32],则宇宙自大,有情已去,一切虚无,宁非至净。而不幸进化如飞矢,非堕落不止,非著物不止,祈逆飞而归弦,为理势所无有。此人世所以可悲,而摩罗宗之为至伟也。人得是力,乃以发生,乃以曼衍,乃以上征,乃至于人所能至之极点。

中国之治,理想在不撄,而意异于前说。有人撄人,或有人得撄者,为帝大禁,其意在保位,使子孙王千万世,无有底止,故性解(Genius)[33]之出,必竭全力死之;有人撄我,或有能撄人者,为民大禁,其意在安生,宁蜷伏堕落而恶进取,故性解之出,亦必竭全力死之。柏拉图建神思之邦,谓诗人乱治,当放域外;虽国之美污,意之高下有不同,而术实出于一。盖诗人者,撄人心者也。凡人之心,无不有诗,如诗人作诗,诗不为诗人独有,凡一读其诗,心即会解者,即无不自有诗人之诗。无之何以能解?惟有而未能言,诗人为之语,则握拨一弹,心弦立应,其声澈于灵府,令有情皆举其首,如睹晓日,益为之美伟强力高尚发扬,而污浊之平和,以之将破。平和之破,人道蒸也。虽然,上极天帝,下至舆台,则不能不因此变其前时之生活;协力而夭阏之,思永保其故态,殆亦人情已。故态永存,是曰古国。惟诗究不可灭尽,则又设范以囚之。如中国之诗,舜云言志[34];而后贤立说,乃云持人性情,三百之旨,无邪所蔽[35]。夫既言志矣,何持之云?强以无邪,即非人志。许自繇[36]于鞭策羁縻之下,殆此事乎?然厥后文章,乃果辗转不逾此界。其颂祝主人,悦媚豪右之作,可无俟言。即或心应虫鸟,情感林泉,发为韵语,亦多拘于无形之囹圄,不能舒两间之真美;否则悲慨世事,感怀前贤,可有可无之作,聊行于世。倘其嗫嚅之中,偶涉眷爱,而儒服之士,即交口非之。况言之至反常俗者乎? 惟灵均将逝,脑海波起,通于汨罗[37],返顾高丘,哀其无女,[38]则抽写哀怨,郁为奇文。茫洋在前,顾忌皆去,怼世俗之浑浊,颂己身之修能,[39]怀疑自遂古之初[40],直至百物之琐末,放言无惮,为前人所不敢言。然中亦多芳菲凄恻之音,而反抗挑战,则终其篇未能见,感动后世,为力非强。刘彦和所谓才高者菀其鸿裁,中巧者猎其艳辞,吟讽者衔其山川,童蒙者拾其香草。[41]皆著意外形,不涉内质,孤伟自死,社会依然,四语之中,函深哀焉。故伟美之声,不震吾人之耳鼓者,亦不始于今日。大都诗人自倡,生民不耽。试稽自有文字以至今日,凡诗宗词客,能宣彼妙音,传其灵觉,以美善吾人之性情,崇大吾人之思理者,果几何人? 上下求索,几无有矣。第此亦不能为彼徒罪也,人人之心,无不泐二大字曰实利,不获则劳,既获便睡。纵有激响,何能撄之? 夫心不受撄,非槁死则缩朒耳,而况实利之念,复黏黏热于中,且其为利,又至陋劣不足道,则驯至卑懦俭啬,退让畏葸,无古民之朴野,有末世之浇漓,又必然之势矣,此亦古哲人所不及料也。夫云将以诗移人性情,使即于诚善美伟强力敢为之域,闻者或哂其迂远乎;而事复无形,效不显于顷刻。使举一密栗[42]之反证,殆莫如古国之见灭于外仇矣。凡如是者,盖不止答击磨系,易于毛角[43]而已,且无有为沉痛著大之声,撄其后人,使之兴起;即间有之,受者亦不为之动,创痛少去,即复营营于治生,活身是图,不恤污下,外仇又至,摧败继之。故不争之民,其遭遇战事,常较好争之民多,而畏死之民,其苓落殇亡,亦视强项敢死之民众。

千八百有六年八月,拿坡仑大挫普鲁士军,翌年七月,普鲁士乞和,为从属之国。然其时德之民族,虽遭败亡窘辱,而古之精神光耀,固尚保有而未隳。于是有爱伦德(E. M. Arndt)〔44〕者出,著《时代精神篇》(Geist der Zeit),以伟大壮丽之笔,宣独立自繇之音,国人得之,敌忾之心大炽;已而为敌觉察,探索极严,乃走瑞士。递千八百十二年,拿坡仑挫于墨斯科之酷寒大火,逃归巴黎,欧土遂为云扰,竞举其反抗之兵。翌年,普鲁士帝威廉三世〔45〕乃下令召国民成军,宣言为三事战,曰自由正义祖国;英年之学生诗人美术家争赴之。爱伦德亦归,著《国民军者何》暨《莱因为德国大川特非其界》二篇,以鼓青年之意气。而义勇军中,时亦有人曰台陀开纳(Theodor Körner)〔46〕,慨然投笔,辞维也纳国立剧场诗人之职,别其父母爱者,遂执兵行;作书贻父母曰,普鲁士之鹫,已以鸷击诚心,觉德意志民族之大望矣。吾之吟咏,无不为宗邦神往。吾将舍所有福祉欢欣,为宗国战死。嗟夫,吾以明神之力,已得大悟。为邦人之自由与人道之善故,牺牲孰大于是?热力无量,涌吾灵台〔47〕,吾起矣!后此之《竖琴长剑》(Leier und Schwert)一集,亦无不以是精神,凝为高响,展卷方诵,血脉已张。然时之怀热诚灵悟如斯状者,盖非止开纳一人也,举德国青年,无不如是。开纳之声,即全德人之声,开纳之血,亦即全德人之血耳。故推而论之,败拿坡仑者,不为国家,不为皇帝,不为兵刃,国民而已。国民皆诗,亦皆诗人之具,而德卒以不亡。此岂笃守功利,摈斥诗歌,或抱异域之朽兵败甲,冀自卫其衣食室家者,意料之所能至哉?然此亦仅譬诗力于米盐,聊以震崇实之士,使知黄金黑铁,断不足以兴国家,德法二国之外形,亦非吾邦所可活剥;示其内质,冀略有所悟解而已。此篇本意,固不在是也。

<h1 style="text-align:center">三</h1>

由纯文学上言之,则以一切美术之本质,皆在使观听之人,为之兴感怡悦。文章为美术之一,质当亦然,与个人暨邦国之存,无所系属,实利离尽,究理弗存。故其为效,益智不如史乘,诚人不如格言,致富不如工商,弋功名不如卒业之券[48]。特世有文章,而人乃以几于具足。英人道覃(E. Dowden)[49]有言曰,美术文章之杰出于世者,观诵而后,似无裨于人间者,往往有之。然吾人乐于观诵,如游巨浸,前临渺茫,浮游波际,游泳既已,神质悉移。而彼之大海,实仅波起涛飞,绝无情愫,未始以一教训一格言相授。顾游者之元气体力,则为之陡增也。故文章之于人生,其为用决不次于衣食,宫室,宗教,道德。盖缘人在两间,必有时自觉以勤劬,有时丧我而惝恍,时必致力于善生[50],时必并忘其善生之事而入于醇乐,时或活动于现实之区,时或神驰于理想之域;苟致力于其偏,是谓之不具足。严冬永留,春气不至,生其躯壳,死其精魂,其人虽生,而人生之道失。文章不用之用,其在斯乎?约

翰穆黎[51]曰,近世文明,无不以科学为术,合理为神,功利为鹄。大势如是,而文章之用益神。所以者何? 以能涵养吾人之神思耳。涵养人之神思,即文章之职与用也。

此他丽于文章能事者,犹有特殊之用一。盖世界大文,无不能启人生之阂机,而直语其事实法则,为科学所不能言者。所谓阂机,即人生之诚理是已。此为诚理,微妙幽玄,不能假口于学子。如热带人未见冰前,为之语冰,虽喻以物理生理二学,而不知水之能凝,冰之为冷如故;惟直示以冰,使之触之,则虽不言质力二性,而冰之为物,昭然在前,将直解无所疑沮。惟文章亦然,虽缕判条分,理密不如学术,而人生诚理,直笼其辞句中,使闻其声者,灵府朗然,与人生即会。如热带人既见冰后,曩之竭研思索而弗能喻者,今宛在矣。昔爱诺尔特(M. Arnold)[52]氏以诗为人生评骘,亦正此意。故人若读鄂谟(Homeros)[53]以降大文,则不徒近诗,且自与人生会,历历见其优胜缺陷之所存,更力自就于圆满。此其效力,有教示意;既为教示,斯益人生;而其教复非常教,自觉勇猛发扬精进,彼实示之。凡荟落颓唐之邦,无不以不耳此教示始。

顾有据群学[54]见地以观诗者,其为说复异:要在文章与道德之相关。谓诗有主分,曰观念之诚。其诚奈何? 则曰为诗人之思想感情,与人类普遍观念之一致。得诚奈何? 则曰在据极溥博之经验。故所据之人群经验愈溥博,则诗之溥博视之。所谓道德,不外人类普遍观念所形成。故诗与道德之相关,缘盖出于造化。诗与道德合,即为观念之诚,生命在是,不朽在是。非如是者,必与群法僢驰[55]。以背群法故,必反人类之普遍观念;以反普遍观念故,必不得观念之诚。观念之诚失,其诗宜亡。故诗之亡也,恒以反道德故。然诗有反道德而竟存者奈何? 则曰,暂耳。无邪之说,实与此契。苟中国文事复兴之有日,虑操此说以力削其萌蘖者,当有徒也。而欧洲评骘之士,亦多抱是说以律文章。十九世纪初,世界动于法国革命之风潮,德意志西班牙意太利希腊皆兴起,往之梦意,一晓而苏;惟英国较无动。顾上下相连,时有不平,而诗人裴伦,实生此际。其前有司各德(W. Scott)[56]辈,为文率平妥翔实,与旧之宗教道德极相容。迨有裴伦,乃超脱古范,直抒所信,其文章无不函刚健抗拒破坏挑战之声。平和之人,能无惧乎?于是谓之撒但。此言始于苏惹(R. Southey)[57],而众和之;后或扩以称修黎(P. B. Shelley)[58]以下数人,至今不废。苏惹亦诗人,以其言能得当时人群普遍之诚故,获月桂冠,攻裴伦甚力。裴伦亦以恶声报之,谓之诗商。所著有《纳尔逊传》(The Life of Lord Nelson)今最行于世。

《旧约》记神既以七日造天地,终乃抟埴为男子,名曰亚当,已而病其寂也,复抽其肋为女子,是名夏娃,皆居伊甸。更益以鸟兽卉木;四水出焉。伊甸有树,一曰生命,一曰知识。神禁人勿食其实;魔乃侂[59]蛇以诱夏娃,使食之,爰得生命知识。神怒,立逐人而诅蛇,蛇腹行而土食;人则既劳其生,又得其死,罚且及于子孙,无不如是。英诗人弥耳敦(J. Milton),尝取其事作《失乐园》(The Paradise Lost)[60],有天神与撒但战事,以喻光明与黑暗之争。撒但为状,复至狞厉。是诗而后,人之恶撒但遂益深。然使震旦人士异其信仰者观之,则亚当之居伊甸,盖不殊于笼禽,不识不知,惟帝是悦,使无天魔之诱,人类将无由生。故世间人,当蔑弗秉有魔血,惠之及人世者,撒但其首矣。然为基督宗徒,则身被此名,正如中国所谓叛道,人群共弃,艰于置身,非强怒善战豁达能思之士,不任受也。亚当夏娃既去乐园,乃举二子,长曰亚伯,次曰凯因[61]。亚伯牧羊,凯因耕植是事,尝出所有以献神。神喜脂膏而恶果实,斥凯因献不视;以是,凯因渐与亚伯争,终杀之。神则诅凯因,使不获地力,流于殊方。裴伦取其事作传奇[62],于神多所诘难。教徒皆怒,谓为渎圣害俗,张皇灵魂有尽之诗,攻之至力。迄今日评骘之士,亦尚有以是难裴伦者。尔时独穆亚(Th. Moore)[63]及修黎二人,深称其诗之雄美伟大。德诗宗瞿提,亦谓为绝世之文,在英国文章中,此为至上之作;后之劝遏克曼(J. P. Eckermann)[64]治英国语言,盖即冀其直读斯篇云。《约》又记凯因既流,亚当更得一子,历岁永永,人类益繁,于是心所思惟,多涉恶事。主神乃悔,将殄之。有挪亚独善事神,神令致亚斐木为方舟,[65]将眷属动植,各从其类居之。遂作大雨四十昼夜,洪水泛滥,生物灭尽,而挪亚之族独完,水退居地,复生子孙,至今日不绝。吾人记事涉此,当觉神之能悔,为事至奇;而人之恶撒但,其理乃无足诧。盖既为挪亚子孙,自必力斥抗者,敬事主神,战战兢兢,绳其祖武[66],冀洪水再作之日,更得密诏而自保于方舟耳。抑吾闻生学家言,有云反种[67]一事,为生物中每现异品,肖其远先,如人所牧马,往往出野物,类之不拉(Zebra)[68],盖未驯以前状,复现于今日者。撒但诗人之出,殆亦如是,非异事也。独众马怒其不伏箱[69],

群起而交踝之,斯足悯叹焉耳。

四

　　裴伦名乔治戈登(George Gordon),系出司堪第那比亚[70]海贼蒲隆(Burun)族。其族后居诺曼[71],从威廉入英,递显理二世时,始用今字。裴伦以千七百八十八年一月二十二日生于伦敦,十二岁即为诗;长游堪勃力俱大学[72]不成,渐决去英国,作汗漫游,始于波陀牙,东至希腊突厥[73]及小亚细亚,历审其天物之美,民俗之异,成《哈洛尔特游草》(Childe Harold's Pilgrimage)[74]二卷,波谲云诡,世为之惊绝。次作《不信者》(The Giaour)[75]暨《阿毕陀斯新妇行》(The Bride of Abydos)二篇,皆取材于突厥。前者记不信者(对回教而言)通哈山之妻,哈山投其妻于水,不信者逸去,后终归而杀哈山,诣庙自忏;绝望之悲,溢于毫素,读者哀之。次为女子苏黎加爱舍林,而其父将以婚他人,女偕舍林出奔,已而被获,舍林斗死,女亦终尽;其言有反抗之音。迨千八百十四年一月,赋《海贼》(The Corsair)之诗。篇中英雄曰康拉德,于世已无一切眷爱,遗一切道德,惟以强大之意志,为贼渠魁,领其从者,建大邦于海上。孤舟利剑,所向悉如其意。独家有爱妻,他更无有;往虽有神,而康拉德早弃之,神亦已弃康拉德矣。故一剑之力,即其权利,国家之法度,社会之道德,视之蔑如。权力若具,即用行其意志,他人奈何,天帝何命,非所问也。若问定命之何如?则曰,在鞘中,一旦外辉,彗且失色而已。[76]然康拉德为人，初非元恶，内秉高尚纯洁之想，尝欲尽其心力，以致益于人间；比见细人蔽明，谗诌害聪，凡人营营，多猜忌中伤之性，则渐冷淡，则渐坚凝，则渐嫌厌；终乃以受自或人之怨毒，举而报之全群，利剑轻舟，无间人神，所向无不抗战。盖复仇一事，独贯注其全精神矣。一日攻塞特，败而见囚，塞特有妃爱其勇，助之脱狱，泛舟同奔，遇从者于波上，乃大呼曰，此吾舟，此吾血色之旗也，吾运未尽于海上！然归故家，则银釭暗而爱妻逝矣。既而康拉德亦失去，其徒求之波间海角，踪迹杳然，独有以无量罪恶，系一德义之名，永存于世界而已。裴伦之祖约翰[77]，尝念先人为海王，因投海军为之帅；裴伦赋此，缘起似同；有即以海贼字裴伦者，裴伦闻之窃喜，则篇中康拉德为人，实即此诗人变相，殆无可疑已。越三月，又作赋曰《罗罗》（Lara），记其人尝杀人不异海贼，后图起事，败而伤，飞矢来贯其胸，遂死。所叙自尊之夫，力抗不可避之定命，为状惨烈，莫可比方。此他犹有所制，特非雄篇。其诗格多师司各德，而司各德由是锐意于小说，不复为诗，避裴伦也。已而裴伦去其妇，世虽不知去之之故，然争难之，每临会议，嘲骂即四起，且禁其赴剧场。其友穆亚为之传，评是事曰，世于裴伦，不异其母，忽爱忽恶，无判决也。[78]顾窘戮天才，殆人群恒状，滔滔皆是，宁止英伦。中国汉晋以来，凡负文名者，多受谤毁，刘彦和为之辩曰，人禀五才，修短殊用，自非上哲，难以求备，然将相以位隆特达，文士以职卑多诮，此江河所以腾涌，涓流所以寸析者。[79]东方恶习，尽此数言。然裴伦之祸，则缘起非如前陈，实反由于名盛，社会顽愚，仇敌窥觇，乘隙立起，众则不察而妄和之;若颂高官而厄寒士者,其污且甚于此矣。顾裴伦由是遂不能居英,自曰,使世之评骘诚,吾在英为无值,若评骘谬,则英于我为无值矣。吾其行乎? 然未已也,虽赴异邦,彼且蹑我。[80]已而终去英伦,千八百十六年十月,抵意太利。自此,裴伦之作乃益雄。

　　裴伦在异域所为文,有《哈洛尔特游草》之续,《堂祥》(Don Juan)[81]之诗,及三传奇称最伟,无不张撒但而抗天帝,言人所不能言。一曰《曼弗列特》(Manfred),记曼以失爱绝欢,陷于巨苦,欲忘弗能,鬼神见形问所欲,曼云欲忘,鬼神告以忘在死,则对曰,死果能令人忘耶? 复衷疑而弗信也。后有魅来降曼弗列特,而曼忽以意志制苦,毅然斥之曰,汝曹决不能诱惑灭亡我。(中略)我,自坏者也。行矣,魅众! 死之手诚加我矣,然非汝手也。意盖谓己有善恶,则褒贬赏罚,亦悉在己,神天魔龙,无以相凌,况其他乎? 曼弗列特意志之强如是,裴伦亦如是。论者或以拟瞿提之传奇《法斯忒》(Faust)[82]云。二曰《凯因》(Cain),典据已见于前分,中有魔曰卢希飞勒[83],导凯因登太空,为论善恶生死之故,凯因悟,遂师摩罗。比行世,大遭教徒攻击,则作《天地》(Heaven and Earth)以报之,英雄为耶彼第,博爱而厌世,亦以诘难教宗,鸣其非理者。夫撒但何由防乎? 以彼教言,则亦天使之大者,徒以陡起大望,生背神心,败而堕狱,是云魔鬼。由是言之,则魔亦神所手创者矣。已而潜入乐园,至善美安乐之伊甸,以一言而立毁,非具大能力,曷克至是? 伊甸,神所保也,而魔毁之,神安得云全能? 况自创恶物,又从而惩之,且更瓜蔓以惩人,其慈又安在？故凯因曰，神为不幸之因。神亦自不幸，手造破灭之不幸者，何幸福之可言？而吾父曰，神全能也。问之曰，神善，何复恶邪？则曰，恶者，就善之道尔。神之为善，诚如其言：先以冻馁，乃与之衣食；先以疠疫，乃施之救援；手造罪人，而曰吾赦汝矣。人则曰，神可颂哉，神可颂哉！营营而建伽兰焉。卢希飞勒不然，曰吾誓之两间，吾实有胜我之强者，而无有加于我之上位。彼胜我故，名我曰恶，若我致胜，恶且在神，善恶易位耳。此其论善恶，正异尼佉。尼佉意谓强胜弱故，弱者乃字其所为曰恶，故恶实强之代名；此则以恶为弱之冤谥。故尼佉欲自强，而并颂强者；此则亦欲自强，而力抗强者，好恶至不同，特图强则一而已。人谓神强，因亦至善。顾善者乃不喜华果，特嗜腥膻，凯因之献，纯洁无似，则以旋风振而落之。人类之始，实由主神，一拂其心，即发洪水，并无罪之禽虫卉木而殄之。人则曰，爱灭罪恶，神可颂哉！耶彼第乃曰，[84]汝得救孺子众！汝以为脱身狂涛，获天幸欤？汝曹偷生，逞其食色，目击世界之亡，而不生其悯叹；复无勇力，敢当大波，与同胞之人，共其运命；偕厥考逃于方舟，而建都邑于世界之墓上，竟无惭耶？然人竟无惭也，方伏地赞颂，无有休止，以是之故，主神遂强。使众生去而不之理，更何威力之能有？人既授神以力，复假之以厄撒但；而此种人，又即主神往所殄灭之同类。以撒但之意观之，其为顽愚陋劣，如何可言？将晓之欤，则音声未宣，众已疾走，内容何若，不省察也。将任之欤，则非撒但之心矣，故复以权力现于世。神，一权力也；撒但，亦一权力也。惟撒但之力，即生于神，神力若亡，不为之代；上则以力抗天帝，下则以力制众生,行之背驰,莫甚于此。顾其制众生也,即以抗故。倘其众生同抗,更何制之云?裴伦亦然,自必居人前,而怒人之后于众。盖非自居人前,不能使人勿后于众故;任人居后而自为之前,又为撒但大耻故。故既揄扬威力,颂美强者矣,复曰,吾爱亚美利加,此自由之区,神之绿野,不被压制之地也。由是观之,裴伦既喜拿坡仑之毁世界,亦爱华盛顿之争自由,既心仪海贼之横行,亦孤援希腊之独立,压制反抗,兼以一人矣。虽然,自由在是,人道亦在是。

五

自尊至者,不平恒继之,忿世嫉俗,发为巨震,与对蹠之徒争衡。盖人既独尊,自无退让,自无调和,意力所如,非达不已,乃以是渐与社会生冲突,乃以是渐有所厌倦于人间。若裴伦者,即其一矣。其言曰,硗确之区,吾侪奚获耶?(中略)凡有事物,无不定以习俗至谬之衡,所谓舆论,实具大力,而舆论则以昏黑蔽全球也。[85]此其所言,与近世诺威文人伊孛生(H. Ibsen)所见合,伊氏生于近世,愤世俗之昏迷,悲真理之匿耀,假《社会之敌》[86]以立言,使医士斯托克曼为全书主者,死守真理,以拒庸愚,终获群敌之谥。自既见放于地主,其子复受斥于学校,而终奋斗,不为之摇。末乃曰,吾又见真理矣。地球上至强之人,至独立者也!其处世之道如是。顾裴伦不尽然,凡所描绘,皆禀种种思,具种种行,或以不平而厌世,远离人群,宁与天地为侪偶,如哈洛尔特;或厌世至极,乃希灭

亡,如曼弗列特;或被人天之楚毒,至于刻骨,乃咸希破坏,以
复仇雠,如康拉德与卢希飞勒;或弃斥德义,蹇视淫游,以嘲弄
社会,聊快其意,如堂祥。其非然者,则尊侠尚义,扶弱者而平
不平,颠仆有力之蠢愚,虽获罪于全群无惧,即裴伦最后之时
是已。彼当前时,经历一如上述书中众士,特未歆馘断望,愿
自逊于人间,如曼弗列特之所为而已。故怀抱不平,突突上
发,则倨傲纵逸,不恤人言,破坏复仇,无所顾忌,而义侠之性,
亦即伏此烈火之中,重独立而爱自繇,苟奴隶立其前,必衷悲
而疾视,衷悲所以哀其不幸,疾视所以怒其不争,此诗人所为
援希腊之独立,而终死于其军中者也。盖裴伦者,自繇主义之
人耳,尝有言曰,若为自由故,不必战于宗邦,则当为战于他
国。[87]是时意太利适制于墺[88],失其自由,有秘密政党起,谋
独立,乃密与其事,以扩张自由之元气者自任,虽狙击密侦之
徒,环绕其侧,终不为废游步驰马之事。后秘密政党破于墺
人,企望悉已,而精神终不消。裴伦之所督励,力直及于后日,
起马志尼[89],起加富尔[90],于是意之独立成[91]。故马志尼
曰,意太利实大有赖于裴伦。彼,起吾国者也! 盖诚言已。裴
伦平时,又至有情愫于希腊,思想所趣,如磁指南。特希腊时
自由悉丧,入突厥版图,受其羁縻,不敢抗拒。诗人惋惜悲愤,
往往见于篇章,怀前古之光荣,哀后人之零落,或与斥责,或加
激励,思使之攘突厥而复兴,更睹往日耀灿庄严之希腊,如所
作《不信者》暨《堂祥》二诗中,其怨愤谯责之切,与希冀之诚,
无不历然可征信也。比千八百二十三年,伦敦之希腊协会[92]
驰书托裴伦,请援希腊之独立。裴伦平日,至不满于希腊今

人,尝称之曰世袭之奴,曰自由苗裔之奴,[93]因不即应;顾以义愤故,则终诺之,遂行。而希腊人民之堕落,乃诚如其说,励之再振,为业至难,因羁滞于克弗洛尼亚岛[94]者五月,始向密淑伦其[95]。其时海陆军方奇困,闻裴伦至,狂喜,群集迓之,如得天使也。次年一月,独立政府任以总督,并授军事及民事之全权,而希腊是时,财政大匮,兵无宿粮,大势几去。加以式列阿忒[96]佣兵见裴伦宽大,复多所要索,稍不满,辄欲背去;希腊堕落之民,又诱之使窘裴伦。裴伦大愤,极诋彼国民性之陋劣;前所谓世袭之奴,乃果不可猝救如是也。而裴伦志尚不灰,自立革命之中枢,当四围之艰险,将士内讧,则为之调和,以己为楷模,教之人道,更设法举债,以振其穷,又定印刷之制,且坚堡垒以备战。内争方烈,而突厥果攻密淑伦其,式列阿忒佣兵三百人,复乘乱占要害地。裴伦方病,闻之泰然,力平党派之争,使一心以面敌。特内外迫挞,神质剧劳,久之,疾乃渐革。将死,其从者持楮墨,将录其遗言。裴伦曰否,时已过矣。不之语,已而微呼人名,终乃曰,吾言已毕。从者曰,吾不解公言。裴伦曰,吁,不解乎? 呜呼晚矣! 状若甚苦。有间,复曰,吾既以吾物暨吾康健,悉付希腊矣。今更付之吾生。他更何有?[97]遂死,时千八百二十四年四月十八日夕六时也。

今为反念前时,则裴伦抱大望而来,将以天纵之才,致希腊复归于往时之荣誉,自意振臂一呼,人必将靡然向之。盖以异域之人,犹凭义愤为希腊致力,而彼邦人,纵堕落腐败者日久,然旧泽尚存,人心未死,岂意遂无情愫于故国乎? 特至今兹,则前此所图,悉如梦迹,知自由苗裔之奴,乃果不可猝救有如此也。次日,希腊独立政府为举国民丧,市肆悉罢,炮台鸣炮三十七,如裴伦寿也。

吾今为案其为作思惟,索诗人一生之内闭,则所遇常抗,所向必动,贵力而尚强,尊己而好战,其战复不如野兽,为独立自由人道也,此已略言之前分矣。故其平生,如狂涛如厉风,举一切伪饰陋习,悉与荡涤,瞻顾前后,素所不知;精神郁勃,莫可制抑,力战而毙,亦必自救其精神;不克厥敌,战则不止。而复率真行诚,无所讳掩,谓世之毁誉褒贬是非善恶,皆缘习俗而非诚,因悉措而不理也。盖英伦尔时,虚伪满于社会,以虚文缛礼为真道德,有秉自由思想而探究者,世辄谓之恶人。裴伦善抗,性又率真,夫自不可以默矣,故托凯因而言曰,恶魔者,说真理者也。遂不恤与人群敌。世之贵道德者,又即以此交非之。遏克曼亦尝问瞿提以裴伦之文,有无教训。瞿提对曰,裴伦之刚毅雄大,教训即函其中;苟能知之,斯获教训。若夫纯洁之云,道德之云,吾人何问焉。盖知伟人者,亦惟伟人焉而已。裴伦亦尝评朋思(R. Burns)[98]曰,斯人也,心情反张[99],柔而刚,疏而密,精神而质,高尚而卑,有神圣者焉,有不净者焉,互和合也。裴伦亦然,自尊而怜人之为奴,制人而援人之独立,无惧于狂涛而大微于乘马,好战崇力,遇敌无所宽假,而于累囚之苦,有同情焉。意者摩罗为性,有如此乎?且此亦不独摩罗为然,凡为伟人,大率如是。即一切人,若去其面具,诚心以思,有纯禀世所谓善性而无恶分者,果几何人?遍观众生,必几无有,则裴伦虽负摩罗之号,亦人而已,夫何诧焉。顾其不容于英伦,终放浪颠沛而死异域者,特面具为之害耳。此即裴伦所反抗破坏,而迄今犹杀真人而未有止者也。嗟夫,虚伪之毒,有如是哉!裴伦平时,其制诗极诚,尝曰,英人评骘,不介我心。若以我诗为愉快,任之而已。吾何能阿其所好为?吾之握管,不为妇孺庸俗,乃以吾全心全情感全意志,与多量之精神而成诗,非欲聆彼辈柔声而作者也。夫如是,故凡一字一辞,无不即其人呼吸精神之形现,中于人心,神弦立应,其力之曼衍于欧土,例不能别求之英诗人中;仅司各德所为说部,差足与相伦比而已。若问其力奈何?则意太利希腊二国,已如上述,可毋赘言。此他西班牙德意志诸邦,亦悉蒙其影响。次复入斯拉夫族而新其精神,流泽之长,莫可阐述。至其本国,则犹有修黎(Percy Bysshe Shelley)一人。契支(John Keats)〔100〕虽亦蒙摩罗诗人之名,而与裴伦别派,故不述于此。

六

修黎生三十年而死,其三十年悉奇迹也,而亦即无韵之诗。时既艰危,性复狷介,世不彼爱,而彼亦不爱世,人不容彼,而彼亦不容人,客意太利之南方,终以壮龄而夭死,谓一生即悲剧之实现,盖非夸也。修黎者,以千七百九十二年生于英之名门,姿状端丽,夙好静思;比入中学,大为学友暨校师所不喜,虐遇不可堪。诗人之心,乃早萌反抗之朕兆;后作说部,以所得值飨其友八人,负狂人之名而去。次入恶斯佛大学〔101〕,修爱智之学,屡驰书乞教于名人。而尔时宗教,权悉归于冥顽之牧师,因以妨自由之崇信。修黎蹶起,著《无神论之要》一篇,略谓惟慈爱平等三,乃使世界为乐园之要素,若夫宗教,于此无功,无有可也。书成行世,校长见之大震,终逐之;其父亦惊绝,使谢罪返校,而修黎不从,因不能归。天地虽大,故乡已失,于是至伦敦,时年十八,顾已孤立两间,欢爱悉绝,不得不与社会战矣。已而知戈德文(W. Godwin)〔102〕,读其著述,博爱之精神益张。次年入爱尔兰,檄其人士,于政治宗教,皆欲有所更革,顾终不成。逮千八百十五年,其诗《阿刺斯多》(Alastor)〔103〕始出世,记怀抱神思之人,索求美者,遍历不见,终死旷原,如自叙也。次年乃识裴伦于瑞士;裴伦深称其人,谓奋迅如狮子,又善其诗,而世犹无顾之者。又次年成《伊式阑转轮篇》(The Revolt of Islam)。凡修黎怀抱,多抒于此。篇中英雄曰罗昂,以热诚雄辩,警其国民,鼓吹自由,捣击压制,顾正义终败,而压制于以凯还,罗昂遂为正义死。是诗所函,有无量希望信仰,暨无穷之爱,穷追不舍,终以殒亡。盖罗昂者,实诗人之先觉,亦即修黎之化身也。

至其杰作,尤在剧诗;尤伟者二,一曰《解放之普洛美迢斯》(Prometheus Unbound)〔104〕,一曰《黏希》(The Cenci)。前者事本希腊神话,意近裴伦之《凯因》。假普洛美迢为人类之精神,以爱与正义自由故,不恤艰苦,力抗压制主者傲毕多〔105〕,窃火贻人,受絷于山顶,猛鸷日啄其肉,而终不降。傲毕多为之辟易;普洛美迢乃眷女子珂希亚,获其爱而毕。珂希亚者,理想也。《黏希》之篇,事出意太利,记女子黏希之父,酷虐无道,毒虐无所弗至,黏希终杀之,与其后母兄弟,同戮于市。论者或谓之不伦。顾失常之事,不能绝于人间,即中国《春秋》[106],修自圣人之手者,类此之事,且数数见,又多直书无所讳,吾人独于修黎所作,乃和众口而难之耶?上述二篇,诗人悉出以全力,尝自言曰,吾诗为众而作,读者将多。又曰,此可登诸剧场者。[107]顾诗成而后,实乃反是,社会以谓不足读,伶人以谓不可为;修黎抗伪俗弊习以成诗,而诗亦即受伪俗弊习之夭阏,此十九稘[108]上叶精神界之战士,所为多抱正义而骈殒者也。虽然,往时去矣,任其自去,若夫修黎之真值,则至今日而大昭。革新之潮,此其巨派,戈德文书出,初启其端,得诗人之声,乃益深入世人之灵府。凡正义自由真理以至博爱希望诸说,无不化而成醇,或为罗昂,或为普洛美迢,或为伊式阑之壮士,现于人前,与旧习对立,更张破坏,无稍假借也。旧习既破,何物斯存,则惟改革之新精神而已。十九世纪机运之新,实赖有此。朋思唱于前,裴伦修黎起其后,掊击排斥,人渐为之仓皇;而仓皇之中,即亟人生之改进。故世之嫉视破坏,加之恶名者,特见一偏而未得其全体者尔。若为案其真状,则光明希望,实伏于中。恶物悉颠,于群何毒?破坏之云,特可发自冥顽牧师之口,而不可出诸全群者也。若其闻之,则破坏为业,斯愈益贵矣!况修黎者,神思之人,求索而无止期,猛进而不退转,浅人之所观察,殊莫可得其渊深。若能真识其人,将见品性之卓,出于云间,热诚勃然,无可沮遏,自趁其神思而奔神思之乡;此其为乡,则爱有美之本体。奥古斯丁[109]曰,吾未有爱而吾欲爱,因抱希冀以求足爱者也。惟修黎亦然,故终出人间而神行,冀自达其所崇信之境;复以妙音,喻一切未觉,使知人类曼衍之大故,暨人生价值之所存,扬同情之精神,而张其上征渴仰之思想,使怀大希以奋进,与时劫同其无穷。世则谓之恶魔,而修黎遂以孤立;群复加以排挤,使不可久留于人间,于是压制凯还,修黎以死,盖宛然阿剌斯多之殒于大漠也。

虽然,其独慰诗人之心者,则尚有天然在焉。人生不可知,社会不可恃,则对天物之不伪,遂寄之无限之温情。一切人心,孰不如是。特缘受染有异,所感斯殊,故目睛夺于实利,则欲驱天然为之得金资;智力集于科学,则思制天然而见其法则;若至下者,乃自春徂冬,于两间崇高伟大美妙之见象,绝无所感应于心,自堕神智于深渊,寿虽百年,而迄不知光明为何物,又奚解所谓卧天然之怀,作婴儿之笑矣。修黎幼时,素亲天物,尝曰,吾幼即爱山河林壑之幽寂,游戏于断厓绝壁之为危险,吾伴侣也。考其生平,诚如自述。方在稚齿,已盘桓于密林幽谷之中,晨瞻晓日,夕观繁星,俯则瞰大都中人事之盛衰,或思前此压制抗拒之陈迹;而芜城古邑,或破屋中贫人啼饥号寒之状,亦时复历历入其目中。其神思之澡雪[110],既至异于常人,则旷观天然,自感神閟,凡万汇之当其前,皆若有情而至可念也。故心弦之动,自与天籁合调,发为抒情之什,品悉至神,莫可方物,非狭斯丕尔暨斯宾塞[111]所作,不有足与相伦比者。比千八百十九年春,修黎定居罗马,次年迁毕撒[112];裴伦亦至,此他之友多集,为其一生中至乐之时。迨二十二年七月八日,偕其友乘舟泛海,而暴风猝起,益以奔电疾雷,少顷波平,孤舟遂杳。裴伦闻信大震,遣使四出侦之,终

得诗人之骸于水裔,乃葬罗马焉。修黎生时,久欲与生死问题
以诠解,自曰,未来之事,吾意已满于柏拉图暨培庚之所言,吾
心至定,无畏而多望,人居今日之躯壳,能力悉蔽于阴云,惟死
亡来解脱其身,则秘密始能阐发。又曰,吾无所知,亦不能证,
灵府至奥之思想,不能出以言辞,而此种事,纵吾身亦莫能解
尔。嗟乎,死生之事大矣,而理至阒,置而不解,诗人未能,而
解之之术,又独有死而已。故修黎曾泛舟坠海,乃大悦呼曰,
今使吾释其秘密矣!然不死。一日浴于海,则伏而不起,友引
之出,施救始苏,曰,吾恒欲探井中,人谓诚理伏焉,当我见诚,
而君见我死也。[113]然及今日,则修黎真死矣,而人生之阒,亦
以真释,特知之者,亦独修黎已耳。

七

若夫斯拉夫民族,思想殊异于西欧,而裴伦之诗,亦疾进
无所沮核。俄罗斯当十九世纪初叶,文事始新,渐乃独立,日
益昭明,今则已有齐驱先觉诸邦之概,令西欧人士,无不惊其
美伟矣。顾夷考权舆,实本三士:曰普式庚[114],曰来尔孟多
夫[115],曰鄂戈理。前二者以诗名世,均受影响于裴伦;惟鄂
戈理以描绘社会人生之黑暗著名,与二人异趣,不属于此焉。

普式庚(A. Pushkin)以千七百九十九年生于墨斯科,幼即
为诗,初建罗曼宗于其文界,名以大扬。顾其时俄多内讧,时
势方亟,而普式庚诗多讽喻,人即借而挤之,将流鲜卑[116],有
数者宿力为之辩,始获免,谪居南方。其时始读裴伦诗,深感

其大,思理文形,悉受转化,小诗亦尝摹裴伦;尤著者有《高加索累囚行》[117],至与《哈洛尔特游草》相类。中记俄之绝望青年,囚于异域,有少女为释缚纵之行,青年之情意复苏,而厥后终于孤去。其《及泼希》(Gypsy)一诗亦然,及泼希者,流浪欧洲之民,以游牧为生者也。有失望于世之人曰阿勒戈,慕是中绝色,因入其族,与为婚因,顾多嫉,渐察女有他爱,终杀之。女之父不施报,特令去不与居焉。二者为诗,虽有裴伦之色,然又至殊,凡厥中勇士,等是见放于人群,顾复不离亚历山大时俄国社会之一质分,易于失望,速于奋兴,有厌世之风,而其志至不固。普式庚于此,已不与以同情,诸凡切于报复而观念无所胜人之失,悉指摘不为讳饰。故社会之伪善,既灼然现于人前,而及泼希之朴野纯全,亦相形为之益显。论者谓普式庚所爱,渐去裴伦式勇士而向祖国纯朴之民,盖实自斯时始也。尔后巨制,曰《阿内庚》(Eugiene Onieguine)[118],诗材至简,而文特富丽,尔时俄之社会,情状略具于斯。惟以推敲八年,所蒙之影响至不一,故性格迁流,首尾多异。厥初二章,尚受裴伦之感化,则其英雄阿内庚为性,力抗社会,断望人间,有裴伦式英雄之概,特已不凭神思,渐近真然,与尔时其国青年之性质肖矣。厥后外缘转变,诗人之性格亦移,于是渐离裴伦,所作日趣于独立;而文章益妙,著述亦多。至与裴伦分道之因,则为说亦不一:或谓裴伦绝望奋战,意向峻绝,实与普式庚性格不相容,曩之信崇,盖出一时之激越,迨风涛大定,自即弃置而返其初;或谓国民性之不同,当为是事之枢纽,西欧思想,绝异于俄,其去裴伦,实由天性,天性不合,则裴伦之长存自难矣。凡此二说，无不近理；特就普式庚个人论之，则其对于裴伦，仅摹外状，迨放浪之生涯毕，乃骤返其本然，不能如来尔孟多夫，终执消极观念而不舍也。故旋墨斯科后，立言益务平和，凡足与社会生冲突者，咸力避而不道，且多赞诵，美其国之武功。千八百三十一年波阑抗俄[119]，西欧诸国右波阑，于俄多所憎恶。普式庚乃作《俄国之谗谤者》暨《波罗及诺之一周年》二篇[120]，以自明爱国。丹麦评骘家勃阑兑思（G. Brandes)[121]于是有微辞，谓惟武力之恃而狼藉人之自由，虽云爱国，顾为兽爱。特此亦不仅普式庚为然，即今之君子，日日言爱国者，于国有诚为人爱而不坠于兽爱者，亦仅见也。及晚年，与和阑[122]公使子覃提斯迕，终于决斗被击中腹，越二日而逝，时为千八百三十七年。俄自有普式庚，文界始独立，故文史家芘宾[123]谓真之俄国文章，实与斯人偕起也。而裴伦之摩罗思想，则又经普式庚而传来尔孟多夫。

来尔孟多夫（M. Lermontov)生于千八百十四年，与普式庚略并世。其先来尔孟斯（T. Learmont)[124]氏，英之苏格兰人；故每有不平，辄云将去此冰雪警吏之地，归其故乡。顾性格全如俄人，妙思善感，惆怅无间，少即能缀德语成诗；后入大学被黜，乃居陆军学校二年，出为士官，如常武士，惟自谓仅于香宾酒中，加少许诗趣而已。及为禁军骑兵小校，始仿裴伦诗纪东方事，且至慕裴伦为人。其自记有曰，今吾读《世胄裴伦传》，知其生涯有同我者；而此偶然之同，乃大惊我。又曰，裴伦更有同我者一事，即尝在苏格兰，有妪谓裴伦母曰，此儿必成伟人，且当再娶。而在高加索，亦有妪告吾大母，言与此同。

纵不幸如裴伦，吾亦愿如其说。[125]顾来尔孟多夫为人，又近修黎。修黎所作《解放之普洛美迢》，感之甚力，于人生善恶竞争诸问，至为不宁，而诗则不之仿。初虽摹裴伦及普式庚，后亦自立。且思想复类德之哲人勘宾赫尔，知习俗之道德大原，悉当改革，因寄其意于二诗，一曰《神摩》（Demon），一曰《谟哜黎》（Mtsyri）[126]。前者托旨于巨灵，以天堂之逐客，又为人间道德之憎者，超越凡情，因生疾恶，与天地斗争，苟见众生动于凡情，则辄施以贱视。后者一少年求自由之呼号也。有孺子焉，生长山寺，长老意已断其情感希望，而孺子魂梦，不离故园，一夜暴风雨，乃乘长老方祷，潜遁出寺，彷徨林中者三日，自由无限，毕生莫伦。后言曰，尔时吾自觉如野兽，力与风雨电光猛虎战也。顾少年迷林中不能返，数日始得之，惟已以斗豹得伤，竟以是殒。尝语侍疾老僧曰，丘墓吾所弗惧，人言毕生忧患，将入睡眠，与之永寂，第忧与吾生别耳。……吾犹少年。……宁汝尚忆少年之梦，抑已忘前此世间憎爱耶？倘然，则此世于汝，失其美矣。汝弱且老，灭诸希望矣。少年又为述林中所见，与所觉自由之感，并及斗豹之事曰，汝欲知吾获自由时，何所为乎？吾生矣。老人，吾生矣。使尽吾生无此三日者，且将惨淡冥暗，逾汝暮年耳。及普式庚斗死，来尔孟多夫又赋诗以寄其悲[127]，末解有曰，汝侪朝人，天才自由之屠伯，今有法律以自庇，士师盖无如汝何，第犹有尊严之帝在天，汝不能以金资为赂。……以汝黑血，不能涤吾诗人之血痕也。诗出，举国传诵，而来尔孟多夫亦由是得罪，定流鲜卑；后遇援，乃戍高加索，见其地之物色，诗益雄美。惟当少时，不满于

世者义至博大,故作《神摩》,其物犹撒但,恶人生诸凡陋劣之
行,力与之敌。如勇猛者,所遇无不庸懦,则生激怒;以天生崇
美之感,而众生扰扰,不能相知,爰起厌倦,憎恨人世也。顾后
乃渐即于实,凡所不满,已不在天地人间,退而止于一代;后且
更变,而猝死于决斗。决斗之因,即肇于来尔孟多夫所为书曰
《并世英雄记》[128]。人初疑书中主人,即著者自序,迨再印,
乃辨言曰,英雄不为一人,实吾曹并时众恶之象。盖其书所
述,实即当时人士之状尔。于是有友摩尔迭诺夫[129]者,谓来
尔孟多夫取其状以入书,因与索斗。来尔孟多夫不欲杀其友,
仅举枪射空中;顾摩尔迭诺夫则拟而射之,遂死,年止二十七。

　　前此二人之于裴伦,同汲其流,而复殊别。普式庚在厌世
主义之外形,来尔孟多夫则直在消极之观念。故普式庚终服
帝力,入于平和,而来尔孟多夫则奋战力拒,不稍退转。波覃
勖迭[130]氏评之曰,来尔孟多夫不能胜来追之运命,而当降伏
之际,亦至猛而骄。凡所为诗,无不有强烈弗和与踔厉不平之
响者,良以是耳。来尔孟多夫亦甚爱国,顾绝异普式庚,不以
武力若何,形其伟大。凡所眷爱,乃在乡村大野,及村人之生
活;且推其爱而及高加索土人。此土人者,以自由故,力敌俄
国者也;来尔孟多夫虽自从军,两与其役,然终爱之,所作《伊
思迈尔培》(Ismail - Bey)[131]一篇,即纪其事。来尔孟多夫之
于拿坡仑,亦稍与裴伦异趣。裴伦初尝责拿坡仑对于革命思
想之谬,及既败,乃有愤于野犬之食死狮而崇之。来尔孟多夫
则专责法人,谓自陷其雄士。至其自信,亦如裴伦,谓吾之良
友,仅有一人,即是自己。又负雄心,期所过必留影迹。然裴

伦所谓非憎人间,特去之而已,或云吾非爱人少,惟爱自然多耳等意[132],则不能闻之来尔孟多夫。彼之平生,常以憎人者自命,凡天物之美,足以乐英诗人者,在俄国英雄之目,则长此黯淡,浓云疾雷而不见霁日也。盖二国人之异,亦差可于是见之矣。

八

丹麦人勃阑兑思,于波阑之罗曼派,举密克威支(A. Mickiewicz)[133]斯洛伐支奇(J. Slowacki)[134]克拉旬斯奇(S. Krasinski)[135]三诗人。密克威支者,俄文家普式庚同时人,以千七百九十八年生于札希亚小村之故家。村在列图尼亚[136],与波阑邻比。十八岁出就维尔那大学[137],治言语之学,初尝爱邻女马理维来苏萨加,而马理他去,密克威支为之不欢。后渐读裴伦诗,又作诗曰《死人之祭》(Dziady)[138]。中数份叙列图尼亚旧俗,每十一月二日,必置酒果于垅上,用享死者,聚村人牧者术士一人,暨众冥鬼,中有失爱自杀之人,已经冥判,每届是日,必更历苦如前此;而诗止断片未成。尔后居加夫诺(Kowno)[139]为教师;二三年返维尔那。递千八百二十二年,捕于俄吏,居囚室十阅月,窗牖皆木制,莫辨昼夜;乃送圣彼得堡,又徙阿兑塞[140],而其地无需教师,遂之克利米亚[141],揽其地风物以助咏吟,后成《克利米亚诗集》[142]一卷。已而返墨斯科,从事总督府中,著诗二种,一曰《格罗苏那》(Grazyna)[143],记有王子烈泰威尔,与其外父域多勒特迁,将乞外兵为援,其妇格罗苏那知之,不能令勿叛,惟命守者,勿容日耳曼使人入诺华格罗迭克。援军遂怒,不攻域多勒特而引军薄烈泰威尔,格罗苏那自擐甲,伪为王子与战,已而王子归,虽幸胜,而格罗苏那中流丸,旋死。及葬,爇发炮者同置之火,烈泰威尔亦殉焉。此篇之意,盖在假有妇人,第以祖国之故,则虽背夫子之命,斥去援兵,欺其军士,濒国于险,且召战争,皆不为过,苟以是至高之目的,则一切事,无不可为者也。一曰《华连洛德》(Wallenrod)[144],其诗取材古代,有英雄以败亡之余,谋复国仇,因伪降敌陈,渐为其长,得一举而复之。此盖以意太利文人摩契阿威黎(Machiavelli)[145]之意,附诸裴伦之英雄,故初视之亦第罗曼派言情之作。检文者不喻其意,听其付梓,密克威支名遂大起。未几得间,因至德国,见其文人瞿提。[146]此他犹有《佗兑支氏》(Pan Tadeusz)[147]一诗,写苏孛烈加暨诃什支珂二族之事,描绘物色,为世所称。其中虽以佗兑支为主人,而其父约舍克易名出家,实其主的。初记二人熊猎,有名华伊斯奇者吹角,起自微声,以至洪响,自榆度榆,自橌至橌,渐乃如千万角声,合于一角;正如密克威支所为诗,有今昔国人之声,寄于是焉。诸凡诗中之声,清澈弘厉,万感悉至,直至波阑一角之天,悉满歌声,虽至今日,而影响于波阑人之心者,力犹无限。令人忆诗中所云,听者当华伊斯奇吹角久已,而尚疑其方吹未已也。密克威支者,盖即生于彼歌声反响之中,至于无尽者夫。

密克威支至崇拿坡仑,谓其实造裴伦,而裴伦之生活暨其光耀,则觉普式庚于俄国,故拿坡仑亦间接起普式庚。拿坡仑使命,盖在解放国民,因及世界,而其一生,则为最高之诗。至于裴伦,亦极崇仰,谓裴伦所作,实出于拿坡仑,英国同代之人,虽被其天才影响,而卒莫能并大。盖自诗人死后,而英国文章,状态又归前纪矣。若在俄国,则善普式庚,二人同为斯拉夫文章首领,亦裴伦分支,逮年渐进,亦均渐趋于国粹;所异者,普式庚少时欲畔帝力,一举不成,遂以铩羽,且感帝意,愿为之臣[148],失其英年时之主义,而密克威支则长此保持,泊死始已也。当二人相见时,普式庚有《铜马》[149]一诗,密克威支则有《大彼得像》一诗为其记念。盖千八百二十九年顷,二人尝避雨像次,密克威支因赋诗纪所语,假普式庚为言,末解曰,马足已虚,而帝不勒之返。彼曳其枚,行且坠碎。历时百年,今犹未堕,是犹山泉喷水,著寒而冰,临悬崖之侧耳。顾自由日出,熏风西集,寒沍之地,因以昭苏,则喷泉将何如,暴政将何如也?虽然,此实密克威支之言,特托之普式庚者耳。波阑破后[150],二人遂不相见,普式庚有诗怀之;普式庚伤死,密克威支亦念之至切。顾二人虽甚稔,又同本裴伦,而亦有特异者,如普式庚于晚出诸作,恒自谓少年眷爱自繇之梦,已背之而去,又谓前路已不见仪的之存,而密克威支则仪的如是,决无疑贰也。

斯洛伐支奇以千八百九年生克尔舍密涅克(Krzemie-niec)[151],少孤,育于后父;尝入维尔那大学,性情思想如裴伦。二十一岁入华骚户部[152]为书记;越二年,忽以事去国,不能复返。初至伦敦;已而至巴黎,成诗一卷,仿裴伦诗体。时密克威支亦来相见,未几而连。所作诗歌,多惨苦之音。千八百三十五年去巴黎,作东方之游,经希腊埃及叙利亚;三十七年返意太利,道出曷尔爱列须[153]阻疫,滞留久之,作《大漠中之疫》[154]一诗。记有亚剌伯人,为言目击四子三女,洎其妇相继死于疫,哀情涌于毫素,读之令人忆希腊尼阿孛(Niobe)[155]事,亡国之痛,隐然在焉。且又不止此苦难之诗而已,凶惨之作,恒与俱起,而斯洛伐支奇为尤。凡诗词中,靡不可见身受楚毒之印象或其见闻,最著者或根史实,如《克垒勒度克》(Król Duch)[156]中所述俄帝伊凡四世,以剑钉使者之足于地一节,盖本诸古典者也。

波阑诗人多写狱中戍中刑罚之事,如密克威支作《死人之祭》第三卷中,几尽绘己身所历,倘读其《契珂夫斯奇》(Cichowski)一章,或《娑波卢夫斯奇》(Sobolewski)之什,记见少年二十橇,送赴鲜卑事,不为之生愤激者盖鲜也。而读上述二人吟咏,又往往闻报复之声。如《死人祭》第三篇,有囚人所歌者:其一央珂夫斯奇曰,欲我为信徒,必见耶稣马理[157],先惩污吾国土之俄帝而后可。俄帝若在,无能令我呼耶稣之名。其二加罗珂夫斯奇曰,设吾当受谪放,劳役缧绁,得为俄帝作工,夫何靳耶?吾在刑中,所当力作,自语曰,愿此苍铁,有日为帝成一斧也。吾若出狱,当迎鞑靼[158]女子,语之曰,为帝生一巴棱(杀保罗一世者)[159]。吾若迁居植民地,当为其长,尽吾陇亩,为帝植麻,以之成一苍色巨索,织以银丝,俾阿尔洛夫(杀彼得三世者)[160]得之,可缳俄帝颈也。末为康拉德歌曰,吾神已寂,歌在坟墓中矣。惟吾灵神,已嗅血腥,一噭而起,有如血蝠(Vampire)[161],欲人血也。渴血渴血,复仇复仇！仇吾屠伯！天意如是，固报矣；即不如是，亦报尔！报复诗华，盖萃于是，使神不之直，则彼且自报之耳。

　如上所言报复之事，盖皆隐藏，出于不意，其旨在凡窘于天人之民，得用诸术，拯其父国，为圣法也。故格罗苏那虽背其夫而拒敌，义为非谬；华连洛德亦然。苟拒异族之军，虽用诈伪，不云非法，华连洛德伪附于敌，乃歼日耳曼军，故土自由，而自亦忏悔而死。其意盖以为一人苟有所图，得当以报，则虽降敌，不为罪愆。如《阿勒普耶罗斯》(Alpujarras)[162]一诗，益可以见其意。中叙摩亚[163]之王阿勒曼若，以城方大疫，且不得不以格拉那陀地降西班牙，因夜出。西班牙人方聚饮，忽白有人乞见，来者一阿刺伯人，进而呼曰，西班牙人，吾愿奉汝明神，信汝先哲，为汝奴仆！众识之，盖阿勒曼若也。西人长者抱之为吻礼，诸首领皆礼之。而阿勒曼若忽仆地，攫其巾大悦呼曰，吾中疫矣！盖以彼忍辱一行，而疫亦入西班牙之军矣。斯洛伐支奇为诗，亦时责奸人自行诈于国，而以诈术陷敌，则甚美之，如《阑勃罗》(Lambro)《珂尔强》(Kordjan)皆是。《阑勃罗》为希腊人事，其人背教为盗，俾得自由以仇突厥，性至凶酷，为世所无，惟裴伦东方诗中能见之耳。珂尔强者，波阑人谋刺俄帝尼可拉一世者也。凡是二诗，其主旨所在，皆特报复而已矣。

　上二士者，以绝望故，遂于凡可祸敌，靡不许可，如格罗苏那之行诈，如华连洛德之伪降，如阿勒曼若之种疫，如珂尔强之谋刺，皆是也。而克拉旬斯奇之见，则与此反。此主力报，彼主爱化。顾其为诗，莫不追怀绝泽，念祖国之忧患。波阑人动于其诗,因有千八百三十年之举;馀忆所及,而六十三年大变[164],亦因之起矣。即在今兹,精神未忘,难亦未已也。

九

若匈加利当沉默蜷伏之顷,则兴者有裴彖飞(A. Petö-fi)[165],沽肉者子也,以千八百二十三年生于吉思珂罗(Kis-körös)。其区为匈之低地,有广漠之普斯多(Puszta 此翻平原),道周之小旅以及村舍,种种物色,感之至深。盖普斯多之在匈,犹俄之有斯第孛(Steppe 此亦翻平原),善能起诗人焉。父虽贾人,而殊有学,能解腊丁文。裴彖飞十岁出学于科勒多,既而至阿琐特,治文法三年。然生有殊禀,挚爱自繇,愿为俳优;天性又长于吟咏。比至舍勒美支,入高等学校三月,其父闻裴彖飞与优人伍,令止读,遂徒步至菩特沛思德[166],入国民剧场为杂役。后为亲故所得,留养之,乃始为诗咏邻女,时方十六龄。顾亲属谓其无成,仅能为剧,遂任之去。裴彖飞忽投军为兵,虽性恶压制而爱自由,顾亦居军中者十八月,以病疟罢。又入巴波大学[167],时亦为优,生计极艰,译英法小说自度。千八百四十四年访伟罗思摩谛(M. Vörösmarty)[168],伟为梓其诗,自是遂专力于文,不复为优。此其半生之转点,名亦陡起,众目为匈加利之大诗人矣,次年春,其所爱之女死,因旅行北方自遣,及秋始归。洎四十七年,乃访诗人阿阑尼(J. Arany)[169]于萨伦多,而阿阑尼杰作《约尔提》(Joldi)适竣,读之叹赏,订交焉。四十八年以始,裴彖飞诗渐倾于政事,盖知革命将兴,不期而感,犹野禽之识地震也。是年三月,墺大利人革命[170]报至沛思德,裴彖飞感之,作《兴矣摩迦人》(Tolpra Magyar)[171]一诗,次日诵以徇众,至解末叠句云,誓将不复为奴! 则众皆和,持至检文之局,逐其吏而自印之,立俟其毕,各持之行。文之脱检,实自此始。裴彖飞亦尝自言曰,吾琴一音,吾笔一下,不为利役也。居吾心者,爰有天神,使吾歌且吟。天神非他,即自由耳。[172]顾所为文章,时多过情,或与众忤;尝作《致诸帝》[173]一诗,人多责之。裴彖飞自记曰,去三月十五数日而后,吾忽为众恶之人矣,褫夺花冠,独研深谷之中,顾吾终幸不屈也。比国事渐急,诗人知战争死亡且近,极思赴之。自曰,天不生我于孤寂,将召赴战场矣。吾今得闻角声召战,吾魂几欲骤前,不及待令矣。遂投国民军(Honvéd)中,四十九年转隶贝谟[174]将军麾下。贝谟者,波阑武人,千八百三十年之役,力战俄人者也。时轲苏士[175]招之来,使当脱阑希勒伐尼亚[176]一面,甚爱裴彖飞,如家人父子然。裴彖飞三去其地,而不久即返,似或引之。是年七月三十一日舍俱思跋[177]之战,遂殁于军。平日所谓为爱而歌,为国而死者,盖至今日而践矣。裴彖飞幼时,尝治裴伦暨修黎之诗,所作率纵言自由,诞放激烈,性情亦仿佛如二人。曾自言曰,吾心如反响之森林,受一呼声,应以百响者也。又善体物色,著之诗歌,妙绝人世,自称为无边自然之野花。所著长诗,有《英雄约诺斯》(János Vitéz)[178]一篇,取材于古传,述其人悲欢畸迹。又小说一卷曰《缢吏之缳》(A Hóhér Kötele)[179],记以眷爱起争,肇生孽障,提尔尼阿遂终陷安陀罗奇之子于法。安陀罗奇失爱绝欢,庐其子垅上,一日得提尔尼阿,将杀之。而从者止之曰,敢问死与生之忧患孰大? 曰,生哉! 乃纵之使去;终诱其孙令自经,而其为绳,即昔日缳安陀罗奇子之颈者也。观其首引耶和华[180]言,意盖云厥祖罪愆,亦可报诸其苗裔,受施必复,且不嫌加甚焉。至于诗人一生,亦至殊异,浪游变易,殆无宁时。虽少逸豫者一时,而其静亦非真静,殆犹大海潆洣中心之静点而已。设有孤舟,卷于旋风,当有一瞬间忽尔都寂,如风云已息,水波不兴,水色青如微笑,顾潆洣偏急,舟复入卷,乃至破没矣。彼诗人之暂静,盖亦犹是焉耳。

上述诸人,其为品性言行思惟,虽以种族有殊,外缘多别,因现种种状,而实统于一宗:无不刚健不挠,抱诚守真;不取媚于群,以随顺旧俗;发为雄声,以起其国人之新生,而大其国于天下。求之华土,孰比之哉? 夫中国之立于亚洲也,文明先进,四邻莫之与伦,蹇视高步,因益为特别之发达;及今日虽彫苓,而犹与西欧对立,此其幸也。顾使往昔以来,不事闭关,能与世界大势相接,思想为作,日趋于新,则今日方卓立宇内,无所愧逊于他邦,荣光俨然,可无苍黄变革之事,又从可知尔。故一为相度其位置,稽考其邂近,则震旦为国,得失滋不云微。得者以文化不受影响于异邦,自具特异之光采,近虽中衰,亦世希有。失者则以孤立自是,不遇校雠,终至堕落而之实利;为时既久,精神沦亡,逮蒙新力一击,即耆然冰泮,莫有起而与之抗。加以旧染既深,辄以习惯之目光,观察一切,凡所然否,谬解为多,此所为呼维新既二十年,而新声迄不起于中国也。

夫如是,则精神界之战士贵矣。英当十八世纪时,社会习于伪,宗教安于陋,其为文章,亦摹故旧而事涂饰,不能闻真之心声。于是哲人洛克[181]首出,力排政治宗教之积弊,唱思想言议之自由,转轮之兴,此其播种。而在文界,则有农人朋思生苏格阑,举全力以抗社会,宣众生平等之音,不惧权威,不跽金帛,洒其热血,注诸韵言;然精神界之伟人,非遂即人群之骄子,轗轲流落,终以夭亡。而裴伦修黎继起,转战反抗,具如前陈。其力如巨涛,直薄旧社会之柱石。余波流衍,入俄则起国民诗人普式庚,至波阑则作报复诗人密克威支,入匈加利则觉爱国诗人裴彖飞;其他宗徒,不胜具道。顾裴伦修黎,虽蒙摩罗之谥,亦第人焉而已。凡其同人,实亦不必曰摩罗宗,苟在人间,必有如是。此盖聆热诚之声而顿觉者也,此盖同怀热诚而互契者也。故其平生,亦甚神肖,大都执兵流血,如角剑之士,转辗于众之目前,使抱战栗与愉快而观其鏖扑。故无流血于众之目前者,其群祸矣;虽有而众不之视,或且进而杀之,斯其为群,乃愈益祸而不可救也!

今索诸中国,为精神界之战士者安在?有作至诚之声,致吾人于善美刚健者乎?有作温煦之声,援吾人出于荒寒者乎?家国荒矣,而赋最末哀歌,以诉天下贻后人之耶利米,且未之有也。非彼不生,即生而贼于众,居其一或兼其二,则中国遂以萧条。劳劳独躯壳之事是图,而精神日就于荒落;新潮来袭,遂以不支。众皆曰维新,此即自白其历来罪恶之声也,犹云改悔焉尔。顾既维新矣,而希望亦与偕始,吾人所待,则有介绍新文化之士人。特十余年来,介绍无已,而究其所携将以来归者;乃又舍治饼饵守囹圄之术[182]而外,无他有也。则中国尔后,且永续其萧条,而第二维新之声,亦将再举,盖可准前事而无疑者矣。俄文人凯罗连珂(V. Korolenko)作《末光》[183]一书,有记老人教童子读书于鲜卑者,曰,书中述樱花黄鸟,而鲜卑沍寒,不有此也。翁则解之曰,此鸟即止于樱木,引吭为好音者耳。少年乃沉思。然夫,少年处萧条之中,即不诚闻其好音,亦当得先觉之诠解;而先觉之声,乃又不来破中国之萧条也。然则吾人,其亦沉思而已夫,其亦惟沉思而已夫!

一九〇七年作。

＊　　　＊　　　＊

〔1〕 本篇最初发表于 1908 年 2 月和 3 月《河南》月刊第二号、第三号,署名令飞。

〔2〕 尼采的这段话见于《札拉图斯特拉如是说》第三卷第十二部分第二十五节《旧的和新的墓碑》。

〔3〕 勾萌绝朕 毫无生机的意思。勾萌,草木萌生时的幼芽;朕,先兆。白居易《进士策问·第二道》:“雷一发,而蛰虫苏,勾萌达。”

〔4〕 心声 指语言。扬雄《法言·问神》:“言,心声也;书,心画也。”这里指诗歌及其他文学创作。

〔5〕 种人 指种族或民族。

〔6〕 影国 指名存实亡或已经消失了的文明古国。

〔7〕《韦陀》 通译《吠陀》,印度最早的宗教、哲学、文学典籍。约为公元前 2500 年至前 500 年间的作品。内容包括颂诗、祈祷文、咒文及祭祀仪式的记载等。共分《黎俱》、《娑摩》、《耶柔》、《阿闼婆》四

部分。

〔8〕 《摩诃波罗多》和《罗摩衍那》，印度古代两大叙事诗。《摩诃波罗多》，一译《玛哈帕腊达》，约为公元前七世纪至前四世纪的作品，叙述诸神及英雄的故事。《罗摩衍那》，一译《腊玛延那》，约为五世纪的作品，叙述古代王子罗摩的故事。

〔9〕 加黎陀萨（约公元五世纪） 通译迦梨陀娑，印度古代诗人、戏剧家。他的诗剧《沙恭达罗》，描写《摩诃波罗多》中的国王杜虚孟多和沙恭达罗恋爱的故事。1789 年曾由琼斯译成英文，传至德国，歌德读后，于 1791 年题诗赞美："春华瑰丽，亦扬其芬；秋实盈衍，亦蕴其珍；悠悠天隅，恢恢地轮；彼美一人，沙恭达纶。"（据苏曼殊译文）

〔10〕 希伯来 犹太民族的又一名称。公元前 1320 年，其民族领袖摩西率领本族人从埃及归巴勒斯坦，分建犹太和以色列两国。希伯来人的典籍《旧约全书》，包括文学作品、历史传说以及有关宗教的记载等，后来成为基督教《圣经》的一部分。

〔11〕 耶利米 以色列的预言家。《旧约全书》中有《耶利米书》五十二章记载他的言行；又有《耶利米哀歌》五章，哀悼犹太故都耶路撒冷的陷落，相传也是他的作品。

〔12〕 耶路撒冷遂墟 公元前 586 年犹太王国为巴比伦所灭，耶路撒冷被毁。《旧约全书·列王纪下》说，这是由于犹太诸王不敬上帝，引起上帝震怒的结果。

〔13〕 伊兰埃及 都是古代文化发达的国家。伊兰，即伊朗，古称波斯。

〔14〕 加勒尔 即卡莱尔。这里所引的一段话见于他的《论英雄和英雄崇拜》第三讲《作为英雄的诗人：但丁、莎士比亚》的最后一段。

〔15〕 但丁（1265—1321） 意大利诗人，欧洲文艺复兴时期文学上的代表人物之一。作品多暴露封建专制和教皇统治的罪恶。他最早

用意大利语言从事写作,对意大利语文的丰富和提炼有重大贡献。主要作品有《神曲》、《新生》。

〔16〕 札尔 通译沙皇。

〔17〕 狉榛 这里形容远古时代人类未开化的情景。原作榛狉。唐代柳宗元《封建论》:"草木榛榛,鹿豕狉狉。"

〔18〕 鄂戈理(Н. В. Гоголъ,1809—1852) 通译果戈理,俄国作家。作品多揭露和讽刺俄国农奴制度下黑暗、停滞、落后的社会生活。著有剧本《钦差大臣》、长篇小说《死魂灵》等。

〔19〕 武怒 武功显赫。怒,形容气势显赫。

〔20〕 清末流行的军歌和文人诗作中常有这样的内容,例如张之洞所作的《军歌》中就有这样的句子:"请看印度国土并非小,为奴为马不得脱笼牢。"他作的《学堂歌》中也说:"波兰灭,印度亡,犹太遗民散四方。"

〔21〕 什 《诗经》中雅颂部分以十篇编为一卷,称"什"。这里指篇章。

〔22〕 摩罗 通作魔罗,梵文 Māra 音译。佛教传说中的魔鬼。

〔23〕 撒但 希伯来文 Sātan 音译,原意为"仇敌"。《圣经》中用作魔鬼的名称。

〔24〕 裴伦(1788—1824) 通译拜伦,英国诗人。他曾参加意大利资产阶级民主革命活动和希腊民族独立战争。作品多表现对封建专制的憎恨和对自由的向往,充满浪漫主义精神,对欧洲诗歌的发展有很大影响。主要作品有长诗《唐·璜》、诗剧《曼弗雷特》等。

〔25〕 摩迦文士 指裴多菲。摩迦(Magyar),通译马加尔,匈牙利的主要民族。

〔26〕 地阎 火山。

〔27〕 亚当之故家 指《旧约·创世记》中所说的"伊甸园"。

〔28〕 颣气 空气。

〔29〕 思归其雌 退避守弱的意思。《老子》第二十八章:"知其雄,守其雌,为天下谿。"雌,比喻柔弱;谿,溪谷。

〔30〕 老子(约前571—?) 姓李名耳,字聃,春秋时楚国人,道家学派创始人。他政治上主张"无为而治",向往"小国寡民"的氏族社会。著有《道德经》。

〔31〕 星气既凝 德国哲学家康德在《自然历史和天体论》中提出的"星云说",认为地球等天体是由星云逐渐凝聚而成的。

〔32〕 无情 指无生命的东西。

〔33〕 性解 天才。这个词来自严复译述的《天演论》。

〔34〕 舜云言志 见《尚书·舜典》:"诗言志,歌永言,声依永,律和声。"

〔35〕 关于诗持人性情之说,见于汉代人所作《诗纬含神雾》:"诗者,持也;持其性情,使不暴去也。"(《玉函山房辑佚书》)在这之前,孔子也说过:"诗三百,一言以蔽之,曰:思无邪。"(《论语·为政》)后来南朝梁刘勰在《文心雕龙·明诗》中综合地说:"诗者,持也,持人性情;三百之蔽,义归无邪。"

〔36〕 自繇 即自由。

〔37〕 屈原被楚顷襄王放逐后,因忧愤国事,投汨罗江而死。

〔38〕 返顾高丘,哀其无女 屈原《离骚》:"忽反顾以流涕兮,哀高丘之无女。"高丘,据汉代王逸注,是楚国的山名。女,比喻行为高洁和自己志向相同的人。

〔39〕 怼世俗之浑浊,颂己身之修能 屈原《离骚》:"世溷浊而不分兮,好蔽美而嫉妒","纷吾既有此内美兮,又重之以修能"。修能,杰出卓越的才能。王逸注:"又重有绝远之能,与众异也。"

〔40〕 怀疑自遂古之初 屈原在《天问》中,对古代历史和神话传

说提出种种疑问,开头就说:"遂古之初,谁传道之?"遂古,即远古。

〔41〕 刘彦和(约465—约532) 名勰,字彦和,祖籍东莞莒县(今属山东),世居南东莞(今江苏镇江),南朝梁文艺理论批评家。著有文艺理论著作《文心雕龙》。这里所引的四句见该书《辨骚》篇。

〔42〕 密栗 缜密,坚实。《礼记·聘义》:"(玉)缜密以栗,知也。"引申为确凿,无可辩驳。

〔43〕 毛角 指禽兽。

〔44〕 爱伦德(1769—1860) 通译阿恩特,德国诗人、历史学家。著有《德意志人的祖国》、《时代之精神》等。他1806年为避拿破仑入侵逃往瑞典,文中"乃走瑞士",应为瑞典。

〔45〕 威廉三世(Wilhelm Ⅲ,1770—1840) 普鲁士国王。1806年普法战争中被拿破仑打败。1812年拿破仑从莫斯科溃败后,他又与交战,取得胜利。1815年同俄、奥建立维护封建君主制度的"神圣同盟"。

〔46〕 台陀开纳(1791—1813) 通译特沃多·柯尔纳,德国诗人、戏剧家。1813年参加反抗拿破仑侵略的义勇军,在战争中阵亡。他的《琴与剑》(即文中说的《竖琴长剑》)是一部抒发爱国热情的诗集。

〔47〕 灵台 心。《庄子·庚桑楚》:"不可内于灵台"。

〔48〕 卒业之券 即毕业文凭。

〔49〕 道罩(1843—1913) 通译道登,爱尔兰诗人、批评家。著有《文学研究》、《莎士比亚初步》等。这里所引的话见他的《抄本与研究》一书。

〔50〕 善生 生计的意思。

〔51〕 约翰穆黎(J.S.Mill,1806—1873) 通译约翰·穆勒,英国哲学家、经济学家。著有《逻辑体系》、《政治经济原理》、《功利主义》等。

〔52〕 爱诺尔特(1822—1888) 通译阿诺德,英国文艺批评家、诗人。著有诗论《评论一集》、《评论二集》,诗歌《学者吉卜赛》等。这里所

引"诗为人生评骘"一语,见他的《评华兹华斯》一文:"归根结底,诗应该是生活的批判。"

〔53〕 郭谟　通译荷马,相传是公元前九世纪古希腊行吟盲诗人,《伊利亚特》和《奥德赛》两大史诗的作者。

〔54〕 群学　即社会学。

〔55〕 僢驰　背道而驰。《淮南子·说山训》:"分流僢驰,注于东海"。

〔56〕 司各德(1771—1832)　英国作家。他广泛采用历史题材进行创作,对欧洲历史小说的发展有一定影响。作品有《艾凡赫》、《十字军英雄记》等。

〔57〕 苏惹(1774—1843)　通译骚塞,英国诗人、散文家。与华滋华斯(W. Wordsworth)、柯勒律治(S. Coleridge)并称"湖畔诗人"。他政治上倾向保守,创作上带有神秘色彩。1813 年曾获得"桂冠诗人"的称号。他在长诗《审判的幻影》序言中曾暗指拜伦是"恶魔派"诗人,后又要求政府禁售拜伦的作品,并在一篇答复拜伦的文章中公开指责拜伦是"恶魔派"首领。下文说到的《纳尔逊传》,是记述抵抗拿破仑侵略的英国海军统帅纳尔逊(1758—1805)生平事迹的作品。

〔58〕 修黎(1792—1822)　通译雪莱,英国诗人。曾参加爱尔兰民族独立运动。他的作品表现了对君主专制、宗教欺骗的愤怒和反抗,具有浪漫主义精神。作品有《伊斯兰的起义》、《解放了的普罗米修斯》等。

〔59〕 侂　同托。

〔60〕 弥尔顿的《失乐园》,是一部长篇叙事诗,歌颂撒但对上帝权威的反抗。1667 年出版。

〔61〕 凯因　通译该隐。据《旧约·创世记》,该隐是亚当和夏娃的长子,亚伯之兄。

〔62〕 指拜伦的长篇叙事诗《该隐》,作于 1821 年。

〔63〕 穆亚(1779—1852) 通译穆尔,爱尔兰诗人、音乐家。作品多反对英国政府对爱尔兰人民的压迫,歌颂民族独立。著有叙事诗《拉拉·鲁克》,音乐作品《爱尔兰歌曲集》等。他和拜伦有深厚友谊,1830 年作《拜伦传》,其中驳斥了一些人对拜伦的诋毁。

〔64〕 遏克曼(1792—1854) 通译艾克曼,德国作家。曾任歌德的私人秘书。著有《歌德谈话录》。这里所引歌德的话见该书中 1823 年 10 月 21 日的谈话记录。

〔65〕 挪亚 通译诺亚。亚斐木,通译歌裴木。

〔66〕 绳其祖武 追随祖先的足迹。见《诗经·大雅·下武》:"昭兹来许,绳其祖武。"来许,后继者,指周武王。

〔67〕 反种 即返祖现象,指生物发展过程中出现与远祖类似的变种或生理现象。

〔68〕 之不拉 英语斑马的音译。

〔69〕 不伏箱 不服驾驭的意思。《诗经·小雅·大东》:"睆彼牵牛,不以服箱"。服箱,即驾驭车箱。

〔70〕 司堪第那比亚 即斯堪的那维亚半岛。公元八世纪前后,在这里定居的诺曼人经常发动海上远征,劫掠商船和沿海地区。

〔71〕 诺曼 即诺曼底,在今法国北部。1066 年,诺曼底封建领主威廉公爵攻克伦敦,成为英国国王,诺曼底遂属英国。这一年,拜伦的祖先拉尔夫·杜·蒲隆随威廉迁入英国。至 1450 年,诺曼底划归法国。亨理二世,通译亨利二世,1154 年起为英国国王。

〔72〕 堪勃力俱大学 通译剑桥大学。

〔73〕 突厥 指土耳其。

〔74〕《哈洛尔特游草》 通译《恰尔德·哈罗尔德游记》,拜伦早期的一部有影响的长诗。前两章完成于 1810 年,后两章完成于 1817 年。

它通过哈罗尔德的经历叙述了作者旅行东南欧的见闻,歌颂那里人民的反抗斗争。

〔75〕 《不信者》和下文的《阿毕陀斯新妇行》、《海贼》、《罗罗》,分别通译为《异教徒》、《阿拜多斯的新娘》、《海盗》、《莱拉》。1813 年至 1814 年间写成,多取材于东欧和南欧,因此和其他类似的几首诗一起统称《东方叙事诗》。

〔76〕 这段话见于拜伦的诗剧《沙旦纳伯勒斯》。

〔77〕 拜伦的祖父约翰·拜伦(1723—1786),曾任英国海军上将。

〔78〕 这是十九世纪英国历史学家和批评家麦考莱(Macaulay)在其论文《评穆亚的〈拜伦传〉》(1830 年)中对拜伦的评论,见麦考莱《批评和历史论文集》(1852 年)。

〔79〕 刘勰关于人禀五才的话,见于《文心雕龙·程器》。五才(材),古人认为金、木、水、火、土是构成一切物质的基本元素,人的禀赋也决定于这五种元素。寸析,原作寸折,曲折很多的意思。

〔80〕 这段话见引于约翰·尼克尔著"英国文学家丛书"之一的《拜伦传》(1888 年)。

〔81〕 《堂祥》 通译《唐·璜》,政治讽刺长诗,拜伦的代表作。写于 1819 年至 1824 年。它通过传说中的西班牙贵族青年唐·璜在希腊、俄国、英国等地的经历,反映了当时欧洲的社会生活,抨击封建专制,反对外族侵略,但同时也流露出感伤情绪。

〔82〕 《法斯忒》 通译《浮士德》,诗剧,歌德的代表作。

〔83〕 卢希飞勒 通译鲁西反。据犹太教经典《泰尔谟德》(约为公元 350 年至 500 年间的作品)记载,他原是上帝的天使长,后因违抗命令,与部属一起被赶出天国,堕入地狱,成为魔鬼。

〔84〕 下面这段话,见拜伦诗剧《天与地》第一部分第三场,是精灵对耶彼第说的。

〔**85**〕 拜伦的这段话,见于 1820 年 11 月 5 日致托玛斯·摩尔的信。

〔**86**〕 《社会之敌》 即《文化偏至论》中的《民敌》,通译《国民公敌》。下文的地主,指房主;剧末一段话,见《国民公敌》第五幕。

〔**87**〕 拜伦的这段话见于 1820 年 11 月 5 日致托玛斯·摩尔的信。原文应为:"如果一个人在国内没有自由可争,那么让他为邻邦的自由而战斗吧。"

〔**88**〕 墺 奥地利。

〔**89**〕 马志尼(G.Mazzini,1805—1872) 意大利政治家,民族解放运动中的民主共和派领袖。他关于拜伦的评价见于所作论文《拜伦和歌德》。

〔**90**〕 加富尔(C.B.di Cavour,1810—1861) 意大利自由贵族和资产阶级君主立宪派领袖,统一的意大利王国第一任首相。

〔**91**〕 意之独立 意大利于 1800 年被拿破仑征服,拿破仑失败后,奥国通过 1815 年维也纳会议,取得了意大利北部的统治权。1820 年至 1821 年,意大利人在"烧炭党"的鼓动下,举行反对奥国的起义,后被以奥国为首的"神圣同盟"所镇压。1848 年,意大利再度发生要求独立和统一的革命,最后经过 1860 年至 1861 年的民族革命战争取得胜利,成立了统一的意大利王国。

〔**92**〕 希腊协会 1821 年希腊爆发反对土耳其统治的独立战争,欧洲一些国家组织了支援希腊独立的委员会。这里指英国支援委员会,拜伦是该会的主要成员。

〔**93**〕 拜伦的话,见他的《异教徒》一诗。

〔**94**〕 克茀洛尼亚岛(Cephalonia) 通译克法利尼亚岛,希腊爱奥尼亚群岛之一。拜伦于 1823 年 8 月 3 日到达这里,次年 1 月 5 日赴米索朗基。

〔**95**〕 密淑伦其(Missolonghi) 通译米索朗基,希腊西部的重要城

市。1824 年拜伦曾在这里指挥抵抗土耳其侵略者的战斗,后在前线染了热病,4 月 19 日(按文中误为 18 日)在这里逝世。

〔96〕 式列阿忒(Suliote) 通译苏里沃特,当时在土耳其统治下的民族之一。拜伦在米索朗基曾收留了五百名式列阿忒族士兵。

〔97〕 拜伦临终时的这些话,见拜伦好友托马斯·摩尔编写的《拜伦爵士书简及札记——附小传》(1892 年)。

〔98〕 朋思(1759—1796) 通译彭斯,英国诗人。出身贫苦,一生在穷困中度过。他的诗多反映苏格兰农民生活,表现了对生活的热爱和追求自由平等的思想。著有长诗《汤姆·奥桑特》、《快活的乞丐》和数百首短歌。文中所引评论彭斯的话,见拜伦 1813 年 12 月 13 日的日记。

〔99〕 反张 意为矛盾。

〔100〕 契支(1795—1821) 通译济慈,英国诗人。他的作品具有民主主义精神,受到拜伦、雪莱的肯定和赞扬。但他有“纯艺术”的唯美倾向,所以鲁迅说与拜伦不属一派。作品有叙事长诗《伊莎贝拉》,长诗《恩底弥翁》、《夜莺颂》、《希腊古瓮》等。

〔101〕 恶斯佛大学 通译牛津大学。

〔102〕 戈德文(1756—1836) 通译葛德文,英国作家,空想社会主义者。他反对封建制度和资本主义剥削关系,主张成立独立的自由生产者联盟,通过道德教育来改造社会。著有政论《政治的正义》、小说《卡莱布·威廉斯》等。雪莱读了葛德文的《政治的正义》一书,很敬佩,遂把《无神论之要》送与葛德文请求指导,后娶葛德文之女为妻。

〔103〕 《阿剌斯多》和下文的《伊式阑转轮篇》,分别通译为《阿拉斯特》(写于 1815 年)、《伊斯兰起义》(写于 1817 年)。

〔104〕 《解放之普洛美迢斯》和下文的《黏希》,分别通译为《解放了的普罗米修斯》、《钦契》。均写于 1819 年。

〔105〕 儵毕多(Jupiter) 通译朱庇特,罗马神话中的诸神之父,相

当于希腊神话中的宙斯。

〔106〕 《春秋》 春秋时期鲁国的编年史,记载鲁隐公元年至鲁哀公十四年(前 722—前 481)二百四十二年间鲁国的史实,相传为孔子所修。

〔107〕 雪莱的这些话,见约翰·奥丁登·西蒙兹为"英国文学家丛书"著《雪莱传》(1895 年)。

〔108〕 祺 即蒂,本意是周年,这里指世纪。

〔109〕 奥古斯丁(A. Augustinus,354—430) 迦太基神学者,基督教主教。著有《天主之城》、《忏悔录》等。

〔110〕 澡雪 高洁的意思。《庄子·知北游》引述老子对孔子说的话:"汝斋戒,疏瀹而心,澡雪而精神。"而同汝;澡雪,意为洗洁,此处引申为高洁。

〔111〕 斯宾塞(E. Spenser,1552—1599) 英国诗人。他的作品反映了资本主义上升时期积极进取的精神,在形式上对英国诗歌的格律有很大影响,被称为斯宾塞体。作品有长诗《仙后》等。

〔112〕 毕撒(Pisa) 通译比萨,意大利中部城市。

〔113〕 以上雪莱的话,均见约翰·奥丁登·西蒙兹《雪莱传》一书。

〔114〕 普式庚(A. C. Пушкин,1799—1837) 通译普希金,俄国诗人。作品多抨击农奴制度,谴责贵族上流社会,歌颂自由与进步。主要作品有《欧根·奥涅金》、《上尉的女儿》等。

〔115〕 来尔孟多夫(М. Ю. Лермонтов,1814—1841) 通译莱蒙托夫,俄国诗人。他的作品抨击农奴制度的黑暗,同情人民的反抗斗争。著有长诗《童僧》、《恶魔》和中篇小说《当代英雄》等。

〔116〕 鲜卑 这里指西伯利亚。1820 年沙皇亚历山大一世因普希金写诗讽刺当局,原想把他流放此地;后因作家卡拉姆静、茹柯夫斯基等人为他辩护,改为流放高加索。

〔**117**〕 《高加索累囚行》和下文的《及泼希》,分别通译为《高加索的俘虏》、《茨冈》,都是普希金在高加索流放期间(1820—1824)所写的长诗。

〔**118**〕 《阿内庚》 通译《欧根·奥涅金》,长篇叙事诗,普希金的代表作,写于 1823 年至 1831 年间。

〔**119**〕 波阑抗俄 1815 年后,沙俄控制了波兰王国,沙皇并兼任波兰国王。1830 年 11 月,波兰军队反抗沙皇的命令,拒绝开往比利时镇压革命,并举行武装起义,在人民支持下解放华沙,宣布废除沙皇尼古拉一世的统治,成立新政府。但起义成果被贵族和富豪所篡夺,最后失败,次年 9 月华沙复为沙俄军队占领。

〔**120**〕 《俄国之谗谤者》和《波罗及诺之一周年》,分别通译为《给俄罗斯之谗谤者》、《波罗金诺纪念日》,都写于 1831 年。当时沙皇俄国向外扩张,引起被侵略国家人民的反抗。普希金这两首诗都有为沙皇侵略行为辩护的倾向。按波罗金诺是莫斯科西郊的一个市镇。1812 年 8 月 26 日俄军在这里击败拿破仑军队,1831 年沙皇军队占领华沙,也是 8 月 26 日,因此,普希金以《波罗金诺纪念日》为题。

〔**121**〕 勃阑兑思(1842—1927) 通译勃兰兑斯,丹麦文学批评家,激进民主主义者。著有《十九世纪欧洲文学主潮》、《歌德研究》等。他对普希金这两首诗的批评意见,见于《俄国印象记》第三章。

〔**122**〕 和阑 即荷兰。覃提斯是荷兰驻俄国公使赫克伦男爵的养子。

〔**123**〕 芘宾(А.Н.Пыпин,1833—1904) 通译佩平,俄国文学史家。著有《俄罗斯文学史》等。

〔**124**〕 来尔孟斯(约 1220—1297) 通译莱尔蒙特,苏格兰诗人。

〔**125**〕 莱蒙托夫的这两段话,见于他 1830 年写的《自传札记》。《世胄裴伦传》,即穆尔所著《拜伦传》。

〔126〕 《神摩》和《谟咛黎》,分别通译为《恶魔》、《童僧》。

〔127〕 指《诗人之死》。这首诗揭露了沙俄当局杀害普希金的阴谋,发表后引起热烈的反响,莱蒙托夫因此被拘捕,流放到高加索。下文的末解,即最末一节,指莱蒙托夫为《诗人之死》补写的最后十六行诗;士师,指法官。

〔128〕 《并世英雄记》 通译《当代英雄》,写成于1840年,由五篇独立的故事连缀而成。

〔129〕 摩尔迭诺夫(H.C.Мартынов) 俄国军官。曾是莱蒙托夫在彼得堡近卫军官学校的同学。他在官厅的阴谋主使下,于1841年7月在高加索毕替哥斯克城的决斗中,将莱蒙托夫杀害。

〔130〕 波塞勖迭(F.M.von Bodenstedt,1819—1892) 通译波登斯德特,德国作家。他翻译过普希金、莱蒙托夫等俄国作家的作品。

〔131〕 《伊思迈尔培》 通译《伊斯马伊尔·拜》,长篇叙事诗,写于1832年。内容是描写高加索人民为争取民族解放、反对沙皇专制统治的战争。

〔132〕 拜伦的这些话,分别见于他的长诗《恰尔德·哈洛尔德游记》第三章第六十九节和第四章第一百七十八节。

〔133〕 密克威支(1798—1855) 通译密茨凯维支,波兰诗人、革命家。他毕生为反抗沙皇统治,争取波兰独立而奋斗。著有《青春颂》和长篇叙事诗《塔杜施先生》、诗剧《先人祭》等。

〔134〕 斯洛伐支奇(1809—1849) 通译斯洛伐茨基,波兰诗人。他的作品多反映波兰人民对民族独立的强烈愿望,1830年波兰起义时曾发表诗歌《颂歌》、《自由颂》等以鼓舞斗志。主要作品有诗剧《珂尔强》等。

〔135〕 克拉旬斯奇(1812—1859) 波兰诗人。主要作品有《非神的喜剧》、《未来的赞歌》等。

〔136〕 列图尼亚 通译立陶宛。

〔137〕 维尔那大学 在今立陶宛首都维尔纽斯。

〔138〕 《死人之祭》 通译《先人祭》,诗剧,密茨凯维支的代表作之一。写成于1823年至1832年间。它歌颂了农民反抗地主压迫的复仇精神,表现了波兰人民对沙皇专制的强烈抗议,号召为争取祖国独立而献身。

〔139〕 加夫诺 立陶宛城市。密茨凯维支曾在这里度过四年中学教师生活。

〔140〕 阿兑塞 通译敖德萨,今乌克兰南部的黑海港口城市。

〔141〕 克利米亚 即克里米亚半岛,在今乌克兰南部黑海与亚速海之间,有许多风景区。

〔142〕 《克利米亚诗集》 即《克里米亚十四行诗》,共十八首,写于1825年至1826年间。

〔143〕 《格罗苏那》 通译《格拉席娜》,长篇叙事诗,1823年写于立陶宛。

〔144〕 《华连洛德》 全名通译为《康拉德·华伦洛德》,长篇叙事诗,写于1827年至1828年间,取材于古代立陶宛反抗普鲁士侵略的故事。

〔145〕 摩契阿威黎(1469—1527) 通译马基雅维里,意大利作家、政治家。他是君主专制政体的拥护者,主张统治者为了达到政治目的可以不择手段。著有《君主论》等书。密茨凯维支在《华伦洛德》一诗的开端,引用了《君主论》第十八章的一段话:"因此,你得知道,取胜有两个方法:一定要又是狐狸,又是狮子。"

〔146〕 密茨凯维支于1829年8月17日到达德国魏玛,参加8月26日举行的歌德八十寿辰庆祝会,和歌德晤谈。

〔147〕 《佗兑支氏》 通译《塔杜施先生》,长篇叙事诗,密茨凯维

支的代表作。写于 1832 年至 1834 年。它以 1812 年拿破仑进攻俄国为背景,通过发生在立陶宛偏僻村庄的一个小贵族的故事,反映了波兰争取民族独立的斗争。下文的华伊斯奇(Wojski),波兰语,大管家的意思。

〔148〕 普希金于 1831 年秋到沙皇政府外交部任职,1834 年又被任命为宫廷近侍。

〔149〕 《铜马》 今译《青铜骑士》,写于 1834 年。下文的《大彼得像》,今译《彼得大帝的纪念碑》,写于 1832 年。

〔150〕 指 1830 年波兰 11 月起义失败。当年 11 月 29 日华沙起义,成立临时政府。次年 9 月沙皇军队占领华沙,进行大屠杀,并再次将波兰并入俄国版图。

〔151〕 克尔舍密涅克 通译克列梅涅茨,在今乌克兰的特尔诺波尔省。

〔152〕 华骚 即华沙。户部,掌管土地、户籍及财政收支等事务的官署。

〔153〕 喝尔爱列须(El Arish) 通译埃尔·阿里什,埃及西奈半岛的濒海城市。

〔154〕 《大漠中之疫》 今译《瘟疫病人的父亲》。

〔155〕 尼阿孛 又译尼俄柏,希腊神话中忒拜城的王后。因为她轻蔑太阳神阿波罗的母亲而夸耀自己有七个儿子和七个女儿,阿波罗和他的妹妹月神阿耳忒弥斯就将她的子女全部杀死。

〔156〕 《克垒勒度克》 波兰语,意译为《精神之王》,是一部有爱国主义思想的哲理诗。按诗中无这里所说伊凡四世的情节。

〔157〕 马理(Mary) 通译马利亚,基督教传说中耶稣的母亲。

〔158〕 鞑靼 这里指居住中亚细亚一带的蒙古族后裔。

〔159〕 巴棱(1746—1826) 通译彼得·帕伦,沙皇保罗一世的宠臣,曾任彼得堡总督。他于 1801 年 3 月谋杀了保罗一世。

〔160〕 阿尔洛夫(1734—1783) 俄国贵族首领。1762年,与二兄一起在彼得三世之妻叶卡捷琳娜授意下发动宫廷政变,其弟阿列克谢·阿尔洛夫逮捕处死了沙皇彼得三世。

〔161〕 血蝠 又译吸血鬼。旧时欧洲民间传说:罪人和作恶者死后的灵魂,能于夜间离开坟墓,化为蝙蝠,吸吮生人的血。

〔162〕 《阿勒普耶罗斯》和下文的《阑勃罗》、《珂尔强》,分别通译为《阿尔普雅拉斯》、《朗勃罗》、《柯尔迪安》。《柯尔迪安》是大型诗剧,斯洛伐茨基的代表作。写于1834年。

〔163〕 摩亚(Moor) 通译摩尔,非洲北部民族。曾于1238年到西南欧的伊比利亚半岛建立格拉那陀王国,1492年为西班牙所灭。阿勒曼若是格拉那陀王国的最后一个国王。

〔164〕 指1863年波兰一月起义。这次起义成立了临时民族政府,发布解放农奴的宣言和法令。1865年因被沙皇镇压而失败。

〔165〕 裴象飞(1823—1849) 通译裴多菲,匈牙利革命家、诗人。他积极参加了1848年3月15日布达佩斯的起义,反抗奥地利统治;次年在与协助奥国侵略的沙皇军队的战斗中牺牲。一说,据二十世纪八十年代后期发现的档案材料,他在瑟克什堡战役中失踪,随一批匈牙利战俘被俄军押往西伯利亚,约于1856年因肺结核病逝。他的作品多揭露社会黑暗,反映匈牙利人民的生活和解放斗争。著有长诗《使徒》、《勇敢的约翰》、政治诗《民族之歌》等。

〔166〕 菩特沛思德 通译布达佩斯。

〔167〕 巴波大学 应为中学,匈牙利西部巴波城的一所著名学校。

〔168〕 伟罗思摩谛(1800—1855) 今译魏勒斯马尔提,匈牙利诗人。曾参加1848年匈牙利革命。著有《号召》、《查兰的出走》等。他曾介绍裴多菲的第一部诗集给国家丛书社出版。

〔**169**〕 阿阑尼(1817—1882) 通译奥洛尼,匈牙利诗人。曾参加1848 年匈牙利革命。主要作品《多尔第》三部曲(即文中所说的《约尔提》)写成于 1846 年。萨伦多,匈牙利东部的乡村。

〔**170**〕 埃大利人革命 1848 年 3 月 13 日,奥地利首都维也纳发生武装起义,奥皇被迫免去首相梅特涅的职务,同意召开国民会议,制订宪法,但并未解决重大社会问题。

〔**171**〕 《兴矣摩迦人》 指《民族之歌》。"兴矣摩迦人"是该诗的首句,今译"起来,匈牙利人!"此诗写于 1848 年 3 月 13 日维也纳武装起义的当天。

〔**172**〕 裴多菲的这段话,见于 1848 年 4 月 19 日的日记,译文如下:"也许在世界上,有许多更加美丽、庄严的七弦琴和鹅毛笔,但比我那洁白的鹅毛笔更好的,却绝不会有。我的七弦琴任何一个声音,我的鹅毛笔任何一个笔触,从来没有把它用来图利。我所写的,都是我的心灵的主宰要我写的,而心灵的主宰——就是自由之神!"(《裴多菲全集》第五卷《日记抄》)

〔**173**〕 《致诸帝》 今译《给国王们》,写于 1848 年 3 月 27 日至 30 日之间。在这首诗里,裴多菲预言全世界暴君的统治即将覆灭。下引裴多菲的话,见于 1848 年 3 月 17 日的日记。

〔**174**〕 贝谟(J.Bem,1795—1850) 通译贝姆,波兰将军。1830 年11 月波兰起义领导人之一,失败后流亡国外,参加了 1848 年维也纳武装起义和 1849 年匈牙利民族解放战争。

〔**175**〕 轲苏士(L.Kossuth,1802—1894) 通译科苏特,1848 年匈牙利革命的主要领导者。他组织军队,于 1849 年 4 月击败奥军,宣布匈牙利独立,成立共和国,出任新国家元首。失败后出亡,死于意大利。

〔**176**〕 脱阑希勒伐尼亚(Transilvania) 通译特兰西瓦尼亚,当时在匈牙利东南部,今属罗马尼亚。

〔177〕 舍俱思跋 通译瑟克什堡,1849 年夏沙皇尼古拉一世派出十多万军队援助奥地利,贝姆所部在这里受挫,裴多菲时任贝姆副官,在此役中牺牲(一说失踪)。

〔178〕 《英雄约诺斯》 通译《勇敢的约翰》,长篇叙事诗,写于 1844 年。

〔179〕 《缢吏之缳》 通译《绞吏之绳》,写于 1846 年。

〔180〕 耶和华(Jehovah) 希伯来人对上帝的称呼。

〔181〕 洛克(J. Locke,1632—1704) 英国哲学家。他认为知识起源于感觉,后天经验是认识的源泉,反对天赋观念论和君权神授说。著有《人类理解力论》、《政府论》等。

〔182〕 治饼饵守闾阎之术 指当时留学生从日文翻译的关于家政和警察学一类的书。

〔183〕 凯罗连珂(В.Г.Короленко,1853—1921) 通译柯罗连科,俄国作家。1880 年因参加革命运动被捕,流放西伯利亚六年。写过不少关于流放地的中篇和短篇小说。著有小说集《西伯利亚故事》和文学回忆录《我的同时代人的故事》等。《末光》是《西伯利亚故事》中的一篇,中译本题为《最后的光芒》(韦素园译)。

我之节烈观[1]

　　"世道浇漓,人心日下,国将不国"这一类话,本是中国历来的叹声。不过时代不同,则所谓"日下"的事情,也有迁变:从前指的是甲事,现在叹的或是乙事。除了"进呈御览"的东西不敢妄说外,其余的文章议论里,一向就带这口吻。因为如此叹息,不但针砭世人,还可以从"日下"之中,除去自己。所以君子固然相对慨叹,连杀人放火嫖妓骗钱以及一切鬼混的人,也都乘作恶余暇,摇着头说道,"他们人心日下了。"

　　世风人心这件事,不但鼓吹坏事,可以"日下";即使未曾鼓吹,只是旁观,只是赏玩,只是叹息,也可以叫他"日下"。所以近一年来,居然也有几个不肯徒托空言的人,叹息一番之后,还要想法子来挽救。第一个是康有为,指手画脚的说"虚君共和"才好,[2]陈独秀便斥他不兴[3];其次是一班灵学派的人,不知何以起了极古奥的思想,要请"孟圣矣乎"的鬼来画策;陈百年钱玄同刘半农又道他胡说。[4]

　　这几篇驳论,都是《新青年》[5]里最可寒心的文章。时候已是二十世纪了;人类眼前,早已闪出曙光。假如《新青年》里,有一篇和别人辩地球方圆的文字,读者见了,怕一定要发怔。然而现今所辩,正和说地体不方相差无几。将时代和事实,对照起来,怎能不教人寒心而且害怕?

近来虚君共和是不提了,灵学似乎还在那里捣鬼,此时却又有一群人,不能满足;仍然摇头说道,"人心日下"了。于是又想出一种挽救的方法;他们叫作"表彰节烈"[6]!

这类妙法,自从君政复古时代[7]以来,上上下下,已经提倡多年;此刻不过是竖起旗帜的时候。文章议论里,也照例时常出现,都嚷道"表彰节烈"! 要不说这件事,也不能将自己提拔,出于"人心日下"之中。

节烈这两个字,从前也算是男子的美德,所以有过"节士","烈士"的名称。然而现在的"表彰节烈",却是专指女子,并无男子在内。据时下道德家的意见,来定界说,大约节是丈夫死了,决不再嫁,也不私奔,丈夫死得愈早,家里愈穷,他便节得愈好。烈可是有两种:一种是无论已嫁未嫁,只要丈夫死了,他也跟着自尽;一种是有强暴来污辱他的时候,设法自戕,或者抗拒被杀,都无不可。这也是死得愈惨愈苦,他便烈得愈好,倘若不及抵御,竟受了污辱,然后自戕,便免不了议论。万一幸而遇着宽厚的道德家,有时也可以略迹原情,许他一个烈字。可是文人学士,已经不甚愿意替他作传;就令勉强动笔,临了也不免加上几个"惜夫惜夫"了。

总而言之:女子死了丈夫,便守着,或者死掉;遇了强暴,便死掉;将这类人物,称赞一通,世道人心便好,中国便得救了。大意只是如此。

康有为借重皇帝的虚名,灵学家全靠着鬼话。这表彰节烈,却是全权都在人民,大有渐进自力之意了。然而我仍有几个疑问,须得提出。还要据我的意见,给他解答。我又认定这节烈救世说,是多数国民的意思;主张的人,只是喉舌。虽然是他发声,却和四支五官神经内脏,都有关系。所以我这疑问和解答,便是提出于这群多数国民之前。

首先的疑问是:不节烈(中国称不守节作"失节",不烈却并无成语,所以只能合称他"不节烈")的女子如何害了国家?照现在的情形,"国将不国",自不消说:丧尽良心的事故,层出不穷;刀兵盗贼水旱饥荒,又接连而起。但此等现象,只是不讲新道德新学问的缘故,行为思想,全钞旧帐;所以种种黑暗,竟和古代的乱世仿佛,况且政界军界学界商界等等里面,全是男人,并无不节烈的女子夹杂在内。也未必是有权力的男子,因为受了他们蛊惑,这才丧了良心,放手作恶。至于水旱饥荒,便是专拜龙神,迎大王,滥伐森林,不修水利的祸祟,没有新知识的结果;更与女子无关。只有刀兵盗贼,往往造出许多不节烈的妇女。但也是兵盗在先,不节烈在后,并非因为他们不节烈了,才将刀兵盗贼招来。

其次的疑问是:何以救世的责任,全在女子?照着旧派说起来,女子是"阴类",是主内的,是男子的附属品。然则治世救国,正须责成阳类,全仗外子,偏劳主体。决不能将一个绝大题目,都阁在阴类肩上。倘依新说,则男女平等,义务略同。纵令该担责任,也只得分担。其余的一半男子,都该各尽义务。不特须除去强暴,还应发挥他自己的美德。不能专靠惩劝女子,便算尽了天职。

其次的疑问是:表彰之后,有何效果?据节烈为本,将所有活着的女子,分类起来,大约不外三种:一种是已经守节,应该表彰的人（烈者非死不可,所以除出）；一种是不节烈的人；一种是尚未出嫁,或丈夫还在,又未遇见强暴,节烈与否未可知的人。第一种已经很好,正蒙表彰,不必说了。第二种已经不好,中国从来不许忏悔,女子做事一错,补过无及,只好任其羞杀,也不值得说了。最要紧的,只在第三种,现在一经感化,他们便都打定主意道:"倘若将来丈夫死了,决不再嫁；遇着强暴,赶紧自裁!"试问如此立意,与中国男子做主的世道人心,有何关系? 这个缘故,已在上文说明。更有附带的疑问是:节烈的人,既经表彰,自是品格最高。但圣贤虽人人可学,此事却有所不能。假如第三种的人,虽然立志极高,万一丈夫长寿,天下太平,他便只好饮恨吞声,做一世次等的人物。

以上是单依旧日的常识,略加研究,便已发见了许多矛盾。若略带二十世纪气息,便又有两层:

一问节烈是否道德? 道德这事,必须普遍,人人应做,人人能行,又于自他两利,才有存在的价值。现在所谓节烈,不特除开男子,绝不相干；就是女子,也不能全体都遇着这名誉的机会。所以决不能认为道德,当作法式。上回《新青年》登出的《贞操论》[8]里,已经说过理由。不过贞是丈夫还在,节是男子已死的区别,道理却可类推。只有烈的一件事,尤为奇怪,还须略加研究。

照上文的节烈分类法看来,烈的第一种,其实也只是守节,不过生死不同。因为道德家分类,根据全在死活,所以归入烈类。性质全异的,便是第二种。这类人不过一个弱者（现在的情形,女子还是弱者）,突然遇着男性的暴徒,父兄丈夫力不能救，左邻右舍也不帮忙，于是他就死了；或者竟受了辱，仍然死了；或者终于没有死。久而久之，父兄丈夫邻舍，夹着文人学士以及道德家，便渐渐聚集，既不羞自己怯弱无能，也不提暴徒如何惩办，只是七口八嘴，议论他死了没有？受污没有？死了如何好，活着如何不好。于是造出了许多光荣的烈女，和许多被人口诛笔伐的不烈女。只要平心一想，便觉不像人间应有的事情，何况说是道德。

二问多妻主义的男子，有无表彰节烈的资格？替以前的道德家说话，一定是理应表彰。因为凡是男子，便有点与众不同，社会上只配有他的意思。一面又靠着阴阳内外的古典，在女子面前逞能。然而一到现在，人类的眼里，不免见到光明，晓得阴阳内外之说，荒谬绝伦；就令如此，也证不出阳比阴尊贵，外比内崇高的道理。况且社会国家，又非单是男子造成。所以只好相信真理，说是一律平等。既然平等，男女便都有一律应守的契约。男子决不能将自己不守的事，向女子特别要求。若是买卖欺骗贡献的婚姻，则要求生时的贞操，尚且毫无理由。何况多妻主义的男子，来表彰女子的节烈。

以上，疑问和解答都完了。理由如此支离，何以直到现今，居然还能存在？要对付这问题，须先看节烈这事，何以发生，何以通行，何以不生改革的缘故。

古代的社会，女子多当作男人的物品。或杀或吃，都无不可；男人死后，和他喜欢的宝贝，日用的兵器，一同殉葬，更无不可。后来殉葬的风气，渐渐改了，守节便也渐渐发生。但大抵因为寡妇是鬼妻，亡魂跟着，所以无人敢娶，并非要他不事二夫。这样风俗,现在的蛮人社会里还有。中国太古的情形,现在已无从详考。但看周末虽有殉葬,并非专用女人,嫁否也任便,并无什么裁制,便可知道脱离了这宗习俗,为日已久。由汉至唐也并没有鼓吹节烈。直到宋朝,那一班"业儒"的才说出"饿死事小失节事大"〔9〕的话,看见历史上"重适"〔10〕两个字,便大惊小怪起来。出于真心,还是故意,现在却无从推测。其时也正是"人心日下,国将不国"的时候,全国士民,多不像样。或者"业儒"的人,想借女人守节的话,来鞭策男子,也不一定。但旁敲侧击,方法本嫌鬼祟,其意也太难分明,后来因此多了几个节妇,虽未可知,然而吏民将卒,却仍然无所感动。于是"开化最早,道德第一"的中国终于归了"长生天气力里大福荫护助里"的什么"薛禅皇帝,完泽笃皇帝,曲律皇帝"〔11〕了。此后皇帝换过了几家,守节思想倒反发达。皇帝要臣子尽忠,男人便愈要女人守节。到了清朝,儒者真是愈加利害。看见唐人文章里有公主改嫁的话,也不免勃然大怒道,"这是什么事!你竟不为尊者讳,这还了得!"假使这唐人还活着,一定要斥革功名〔12〕,"以正人心而端风俗"了。

国民将到被征服的地位,守节盛了;烈女也从此着重。因为女子既是男子所有,自己死了,不该嫁人,自己活着,自然更不许被夺。然而自己是被征服的国民,没有力量保护,没有勇气反抗了,只好别出心裁,鼓吹女人自杀。或者妻女极多的阔人,婢妾成行的富翁,乱离时候,照顾不到,一遇"逆兵"(或是"天兵"),就无法可想。只得救了自己,请别人都做烈女;变成烈女,"逆兵"便不要了。他便待事定以后,慢慢回来,称赞几句。好在男子再娶,又是天经地义,别讨女人,便都完事。因此世上遂有了"双烈合传","七姬墓志"[13],甚而至于钱谦益[14]的集中,也布满了"赵节妇""钱烈女"的传记和歌颂。

只有自己不顾别人的民情,又是女应守节男子却可多妻的社会,造出如此畸形道德,而且日见精密苛酷,本也毫不足怪。但主张的是男子,上当的是女子。女子本身,何以毫无异言呢?原来"妇者服也"[15],理应服事于人。教育固可不必,连开口也都犯法。他的精神,也同他体质一样,成了畸形。所以对于这畸形道德,实在无甚意见。就令有了异议,也没有发表的机会。做几首"闺中望月""园里看花"的诗,尚且怕男子骂他怀春,何况竟敢破坏这"天地间的正气"?只有说部书上,记载过几个女人,因为境遇上不愿守节,据做书的人说:可是他再嫁以后,便被前夫的鬼捉去,落了地狱;或者世人个个唾骂,做了乞丐,也竟求乞无门,终于惨苦不堪而死了[16]!

如此情形,女子便非"服也"不可。然而男子一面,何以也不主张真理,只是一味敷衍呢?汉朝以后,言论的机关,都被"业儒"的垄断了。宋元以来,尤其利害。我们几乎看不见一部非业儒的书,听不到一句非士人的话。除了和尚道士,奉旨可以说话的以外,其余"异端"的声音,决不能出他卧房一步。况且世人大抵受了"儒者柔也"[17]的影响;不述而作,最为犯忌[18]。即使有人见到,也不肯用性命来换真理。即如失节一事,岂不知道必须男女两性,才能实现。他却专责女性;至于破人节操的男子,以及造成不烈的暴徒,便都含糊过去。男子究竟较女性难惹,惩罚也比表彰为难。其间虽有过几个男人,实觉于心不安,说些室女不应守志殉死的平和话,[19]可是社会不听;再说下去,便要不容,与失节的女人一样看待。他便也只好变了"柔也",不再开口了。所以节烈这事,到现在不生变革。

(此时,我应声明:现在鼓吹节烈派的里面,我颇有知道的人。敢说确有好人在内,居心也好。可是救世的方法是不对,要向西走了北了。但也不能因为他是好人,便竟能从正西直走到北。所以我又愿他回转身来。)

其次还有疑问:

节烈难么?答道,很难。男子都知道极难,所以要表彰他。社会的公意,向来以为贞淫与否,全在女性。男子虽然诱惑了女人,却不负责任。譬如甲男引诱乙女,乙女不允,便是贞节,死了,便是烈;甲男并无恶名,社会可算淳古。倘若乙女允了,便是失节;甲男也无恶名,可是世风被乙女败坏了!别的事情,也是如此。所以历史上亡国败家的原因,每每归咎女子。糊糊涂涂的代担全体的罪恶,已经三千多年了。男子既然不负责任,又不能自己反省,自然放心诱惑;文人著作,反将他传为美谈。所以女子身旁,几乎布满了危险。除却他自己的父兄丈夫以外,便都带点诱惑的鬼气。所以我说很难。

节烈苦么?答道,很苦。男子都知道很苦,所以要表彰他。凡人都想活;烈是必死,不必说了。节妇还要活着。精神上的惨苦,也姑且弗论。单是生活一层,已是大宗的痛楚。假使女子生计已能独立,社会也知道互助,一人还可勉强生存。不幸中国情形,却正相反。所以有钱尚可,贫人便只能饿死。

直到饿死以后,间或得了旌表,还要写入志书。所以各府各县志书传记类的末尾,也总有几卷"烈女"。一行一人,或是一行两人,赵钱孙李,可是从来无人翻读。就是一生崇拜节烈的道德大家,若问他贵县志书里烈女门的前十名是谁? 也怕不能说出。其实他是生前死后,竟与社会漠不相关的。所以我说很苦。

照这样说,不节烈便不苦么? 答道,也很苦。社会公意,不节烈的女人,既然是下品;他在这社会里,是容不住的。社会上多数古人模模糊糊传下来的道理,实在无理可讲;能用历史和数目的力量,挤死不合意的人。这一类无主名无意识的杀人团里,古来不晓得死了多少人物;节烈的女子,也就死在这里。不过他死后间有一回表彰,写入志书。不节烈的人,便生前也要受随便什么人的唾骂,无主名的虐待。所以我说也很苦。

女子自己愿意节烈么? 答道,不愿。人类总有一种理想,一种希望。虽然高下不同,必须有个意义。自他两利固好,至少也得有益本身。节烈很难很苦,既不利人,又不利己。说是本人愿意,实在不合人情。所以假如遇着少年女人,诚心祝赞他将来节烈,一定发怒;或者还要受他父兄丈夫的尊拳。然而仍旧牢不可破,便是被这历史和数目的力量挤着。可是无论何人,都怕这节烈。怕他竟钉到自己和亲骨肉的身上。所以我说不愿。

我依据以上的事实和理由,要断定节烈这事是:极难,极苦,不愿身受,然而不利自他,无益社会国家,于人生将来又毫无意义的行为,现在已经失了存在的生命和价值。

临了还有一层疑问:

节烈这事,现代既然失了存在的生命和价值;节烈的女人,岂非白苦一番么?可以答他说:还有哀悼的价值。他们是可怜人;不幸上了历史和数目的无意识的圈套,做了无主名的牺牲。可以开一个追悼大会。

我们追悼了过去的人,还要发愿:要自己和别人,都纯洁聪明勇猛向上。要除去虚伪的脸谱。要除去世上害己害人的昏迷和强暴。

我们追悼了过去的人,还要发愿:要除去于人生毫无意义的苦痛。要除去制造并赏玩别人苦痛的昏迷和强暴。

我们还要发愿:要人类都受正当的幸福。

一九一八年七月。

*　　　*　　　*

〔1〕 本篇最初发表于1918年8月北京《新青年》月刊第五卷第二号,署名唐俟。

〔2〕 康有为(1858—1927) 字广厦,号长素,广东南海人,清末学者,维新运动领袖,1898年戊戌变法领导者之一。变法失败后逃亡国外,组织保皇会,反对孙中山领导的民主革命运动;1917年又和北洋军阀张勋扶持清废帝溥仪复辟。1918年1月,他在上海《不忍》杂志第九、十两期合刊上发表《共和平议》和《与徐太傅(徐世昌)书》,说中国不宜实行"民主共和",而应实行"虚君共和"(即君主立宪)。

〔3〕 陈独秀(1879—1942) 字仲甫,安徽怀宁(今属安庆)人。原为北京大学教授,《新青年》杂志的创办人,"五四"时期提倡新文化运动

的主要领导人。中国共产党成立后任党的总书记。在第一次国内革命战争后期,推行右倾投降主义路线,使革命遭到失败;以后他成了取消主义者,接受托派观点,在党内成立小组织,于1929年11月被开除党籍。1918年3月,他在《新青年》第四卷第三号发表《驳康有为共和平议》一文,驳斥"虚君共和"的主张。

〔4〕　灵学派　1917年10月,俞复、陆费逵等人在上海设盛德坛扶乩,组织灵学会,1918年1月刊行《灵学丛志》,提倡迷信与复古。在盛德坛成立的当天扶乩中,称"圣贤仙佛同降","推定"孟轲"主坛";"谕示"有"如此主坛者归孟圣矣乎"等语。1918年5月《新青年》第四卷第五号曾刊载陈百年的《辟灵学》,钱玄同、刘半农的《斥灵学丛志》等文章,抨击他们的荒谬言行。陈百年(1887—1983),名大齐,浙江海盐人,曾任北京大学教授。钱玄同(1887—1939),名夏,浙江吴兴(今湖州)人,曾任北京大学、北京师范大学教授。刘半农(1891—1934),名复,江苏江阴人,曾任北京大学教授。他们都是五四新文化运动的积极参与者。

〔5〕　《新青年》　综合性月刊,"五四"时期倡导新文化运动、传播马克思主义的重要刊物。1915年9月创刊于上海,由陈独秀主编。第一卷名《青年杂志》,第二卷起改名为《新青年》。1916年底迁至北京。从1918年1月起,李大钊等参加编辑工作。1922年休刊,共出九卷,每卷六期。鲁迅在"五四"时期同该刊有密切联系,是它的重要撰稿人,曾参加该刊编辑会议。

〔6〕　"表彰节烈"　1914年3月,袁世凯颁布旨在维护封建礼教的《褒扬条例》,规定"妇女节烈贞操,可以风世者",给予匾额、题字、褒章等奖励;直到"五四"前后,报刊上还常登有颂扬"节妇"、"烈女"的纪事和诗文。

〔7〕　君政复古时代　指袁世凯称帝时期。当时袁世凯御用的筹

安会"六君子"之一刘师培曾在《中国学报》第一、二期(1916 年 1、2 月)
发表《君政复古论》一文,鼓吹恢复帝制。

〔8〕《贞操论》 日本女作家与谢野晶子作,译文(周作人译)刊
登在《新青年》第四卷第五号(1918 年 5 月)。文中列举了在贞操问题上
的种种相互矛盾的观点与态度,同时指出了男女在这方面的不平等现
象,认为贞操不应该作为一种道德标准。

〔9〕"饿死事小失节事大" 宋代道学家程颐的话,见《河南程氏
遗书》卷二十二:"又问'或有孤孀贫穷无托者,可再嫁否?'曰:'只是后
世怕寒饿死,故有是说。然饿死事极小,失节事极大!'""业儒",以儒为
业,指那些崇奉孔孟学说,提倡封建礼教的道学家。

〔10〕"重适" 即再嫁。

〔11〕"长生天气力里大福荫护助里" 元代皇帝谕旨前的用语,
蒙古语"上天眷命"的意思;有时只用"长生天气力里",即"上天"的意
思。元朝皇帝都有蒙古语的称号:"薛禅"是元世祖忽必烈的称号,"聪
明天纵"的意思;"完泽笃"是元成宗铁穆耳的称号,"有寿"的意思;"曲
律"是元武宗海山的称号,"杰出"的意思。

〔12〕 斥革功名 科举时代,应试取中称为得功名;有功名者如犯
罪,必先革去功名,才能审判处刑。

〔13〕"双烈合传" 合叙两个烈女事迹的传记,常见于旧时各省
的府县志中。"七姬墓志",元末明初张士诚的女婿潘元绍被徐达打败,
怕他的七个妾被夺,即逼令她们一齐自缢,七人死后合葬于苏州,明代
张羽为作墓志,称为《七姬权厝志》。

〔14〕 钱谦益(1582—1664) 字受之,号牧斋,常熟(今属江苏)
人。明万历进士,崇祯时任礼部侍郎,南明弘光时又任礼部尚书。清顺
治二年(1645),清兵占领南京,他率先迎降,以礼部侍郎管秘书院事。
乾隆时将他列入《贰臣传》。著有《初学集》、《有学集》等。

〔15〕 "妇者服也" 语出《说文解字》卷十二:"妇,服也。"

〔16〕 这里所说的女人再嫁后遭遇惨苦的故事,在《壶天录》和《右台仙馆笔记》等笔记小说中有类似记载。《壶天录》(清代百一居士作)中说:"苏郡有茶室妇某氏,生长乡村,意复轻荡,前夫故未终七而改醮来者……忽闻后门剥啄声厉甚。启户视之,但觉一阵冷风,侵肌砭骨,灯光若豆,鬼语啾啾,惊栗而入;视妇人则口出呓语,茫迷人事矣。自称前夫来索命……哀号数日而死。"又《右台仙馆笔记》(清代俞樾作)中有《山东陈媪》一条:"乙客死于外,乙妇挟其资再嫁,而后夫好饮博,不事恒业,不数年罄其所赍。俄后夫亦死,乙妇不能自存,乞食于路……未几以痢死。"

〔17〕 "儒者柔也" 语出《说文解字》卷八:"儒,柔也。"

〔18〕 《论语·述而》记有孔子"述而不作,信而好古"的话。根据朱熹的注释,述即传旧,作是创始的意思。这原是孔子自述的话,说他从事整理《诗》、《书》、《礼》、《乐》、《易》、《春秋》等工作,都只是传旧,自己并未有所创造。后来"述而不作"便成为一种古训,认为只应该遵从传统的道德、思想和制度,不应该立异或有所创造。因此,不述而作,也就是违背古训。

〔19〕 对于室女守志殉死的封建道德,明清间有些较开明的文人曾表示过非议,如明代归有光的《贞女论》、清代汪中《女子许嫁而婿死从死及守志议》,都曾指出它的不合理;后来俞正燮作《贞女说》,更表示了鲜明的反对的态度:"未同衾而同穴,谓之无害,则又何必亲迎,何必庙见,何必为酒食以召乡党僚友,世又何必有男女之别乎?此盖贤者未思之过……呜呼,男儿以忠义自责则可耳,妇女贞烈,岂是男子荣耀也。"室女,即未嫁的女子。

我们现在怎样做父亲[1]

　　我作这一篇文的本意，其实是想研究怎样改革家庭；又因为中国亲权重，父权更重，所以尤想对于从来认为神圣不可侵犯的父子问题，发表一点意见。总而言之：只是革命要革到老子身上罢了。但何以大模大样，用了这九个字的题目呢？这有两个理由：

　　第一，中国的"圣人之徒"[2]，最恨人动摇他的两样东西。一样不必说，也与我辈绝不相干；一样便是他的伦常[3]，我辈却不免偶然发几句议论，所以株连牵扯，很得了许多"铲伦常""禽兽行"之类的恶名。他们以为父对于子，有绝对的权力和威严；若是老子说话，当然无所不可，儿子有话，却在未说之前早已错了。但祖父子孙，本来各各都只是生命的桥梁的一级，决不是固定不易的。现在的子，便是将来的父，也便是将来的祖。我知道我辈和读者，若不是现任之父，也一定是候补之父，而且也都有做祖宗的希望，所差只在一个时间。为想省却许多麻烦起见，我们便该无须客气，尽可先行占住了上风，摆出父亲的尊严，谈谈我们和我们子女的事；不但将来着手实行，可以减少困难，在中国也顺理成章，免得"圣人之徒"听了害怕，总算是一举两得之至的事了。所以说，"我们怎样做父亲。"

第二,对于家庭问题,我在《新青年》的《随感录》[4](二五,四十,四九)中,曾经略略说及,总括大意,便只是从我们起,解放了后来的人。论到解放子女,本是极平常的事,当然不必有什么讨论。但中国的老年,中了旧习惯旧思想的毒太深了,决定悟不过来。譬如早晨听到乌鸦叫,少年毫不介意,迷信的老人,却总须颓唐半天。虽然很可怜,然而也无法可救。没有法,便只能先从觉醒的人开手,各自解放了自己的孩子。自己背着因袭的重担,肩住了黑暗的闸门,放他们到宽阔光明的地方去;此后幸福的度日,合理的做人。

还有,我曾经说,自己并非创作者,便在上海报纸的《新教训》里,挨了一顿骂[5]。但我辈评论事情,总须先评论了自己,不要冒充,才能像一篇说话,对得起自己和别人。我自己知道,不特并非创作者,并且也不是真理的发见者。凡有所说所写,只是就平日见闻的事理里面,取了一点心以为然的道理;至于终极究竟的事,却不能知。便是对于数年以后的学说的进步和变迁,也说不出会到如何地步,单相信比现在总该还有进步还有变迁罢了。所以说,"我们现在怎样做父亲。"

我现在心以为然的道理,极其简单。便是依据生物界的现象,一,要保存生命;二,要延续这生命;三,要发展这生命(就是进化)。生物都这样做,父亲也就是这样做。

生命的价值和生命价值的高下,现在可以不论。单照常识判断,便知道既是生物,第一要紧的自然是生命。因为生物之所以为生物,全在有这生命,否则失了生物的意义。生物为保存生命起见,具有种种本能,最显著的是食欲。因有食欲才摄取食品,因有食品才发生温热,保存了生命。但生物的个体,总免不了老衰和死亡,为继续生命起见,又有一种本能,便是性欲。因性欲才有性交,因有性交才发生苗裔,继续了生命。所以食欲是保存自己,保存现在生命的事;性欲是保存后裔,保存永久生命的事。饮食并非罪恶,并非不净;性交也就并非罪恶,并非不净。饮食的结果,养活了自己,对于自己没有恩;性交的结果,生出子女,对于子女当然也算不了恩。——前前后后,都向生命的长途走去,仅有先后的不同,分不出谁受谁的恩典。

可惜的是中国的旧见解,竟与这道理完全相反。夫妇是"人伦之中",却说是"人伦之始"〔6〕;性交是常事,却以为不净;生育也是常事,却以为天大的大功。人人对于婚姻,大抵先夹带着不净的思想。亲戚朋友有许多戏谑,自己也有许多羞涩,直到生了孩子,还是躲躲闪闪,怕敢声明;独有对于孩子,却威严十足。这种行径,简直可以说是和偷了钱发迹的财主,不相上下了。我并不是说,——如他们攻击者所意想的,——人类的性交也应如别种动物,随便举行;或如无耻流氓,专做些下流举动,自鸣得意。是说,此后觉醒的人,应该先洗净了东方固有的不净思想,再纯洁明白一些,了解夫妇是伴侣,是共同劳动者,又是新生命创造者的意义。所生的子女,固然是受领新生命的人,但他也不永久占领,将来还要交付子女,像他们的父母一般。只是前前后后,都做一个过付的经手人罢了。

生命何以必需继续呢?就是因为要发展,要进化。个体既然免不了死亡，进化又毫无止境，所以只能延续着，在这进化的路上走。走这路须有一种内的努力，有如单细胞动物有内的努力，积久才会繁复，无脊椎动物有内的努力，积久才会发生脊椎。所以后起的生命，总比以前的更有意义，更近完全，因此也更有价值，更可宝贵；前者的生命，应该牺牲于他。

但可惜的是中国的旧见解，又恰恰与这道理完全相反。本位应在幼者，却反在长者；置重应在将来，却反在过去。前者做了更前者的牺牲，自己无力生存，却苛责后者又来专做他的牺牲，毁灭了一切发展本身的能力。我也不是说，——如他们攻击者所意想的，——孙子理应终日痛打他的祖父，女儿必须时时咒骂他的亲娘。是说，此后觉醒的人，应该先洗净了东方古传的谬误思想，对于子女，义务思想须加多，而权利思想却大可切实核减，以准备改作幼者本位的道德。况且幼者受了权利，也并非永久占有，将来还要对于他们的幼者，仍尽义务。只是前前后后，都做一切过付的经手人罢了。

"父子间没有什么恩"这一个断语，实是招致"圣人之徒"面红耳赤的一大原因。[7]他们的误点，便在长者本位与利己思想，权利思想很重，义务思想和责任心却很轻。以为父子关系，只须"父兮生我"[8]一件事，幼者的全部，便应为长者所有。尤其堕落的，是因此责望报偿，以为幼者的全部，理该做长者的牺牲。殊不知自然界的安排，却件件与这要求反对，我们从古以来，逆天行事，于是人的能力，十分萎缩，社会的进步，也就跟着停顿。我们虽不能说停顿便要灭亡，但较之进步，总是停顿与灭亡的路相近。

自然界的安排，虽不免也有缺点，但结合长幼的方法，却并无错误。他并不用"恩"，却给与生物以一种天性，我们称他为"爱"。动物界中除了生子数目太多——爱不周到的如鱼类之外，总是挚爱他的幼子，不但绝无利益心情，甚或至于牺牲了自己，让他的将来的生命，去上那发展的长途。

人类也不外此，欧美家庭，大抵以幼者弱者为本位，便是最合于这生物学的真理的办法。便在中国，只要心思纯白，未曾经过"圣人之徒"作践的人，也都自然而然的能发现这一种天性。例如一个村妇哺乳婴儿的时候，决不想到自己正在施恩；一个农夫娶妻的时候，也决不以为将要放债。只是有了子女，即天然相爱，愿他生存；更进一步的，便还要愿他比自己更好，就是进化。这离绝了交换关系利害关系的爱，便是人伦的索子，便是所谓"纲"。倘如旧说，抹煞了"爱"，一味说"恩"，又因此责望报偿，那便不但败坏了父子间的道德，而且也大反于做父母的实际的真情，播下乖刺的种子。有人做了乐府，说是"劝孝"，大意是什么"儿子上学堂，母亲在家磨杏仁，预备回来给他喝，你还不孝么"之类，[9]自以为"拚命卫道"。殊不知富翁的杏酪和穷人的豆浆，在爱情上价值同等，而其价值却正在父母当时并无求报的心思；否则变成买卖行为，虽然喝了杏酪，也不异"人乳喂猪"[10]，无非要猪肉肥美，在人伦道德上，丝毫没有价值了。

所以我现在心以为然的，便只是"爱"。

无论何国何人，大都承认"爱己"是一件应当的事。这便是保存生命的要义，也就是继续生命的根基。因为将来的运命,早在现在决定,故父母的缺点,便是子孙灭亡的伏线,生命的危机。易卜生做的《群鬼》(有潘家洵君译本,载在《新潮》一卷五号)虽然重在男女问题,但我们也可以看出遗传的可怕。欧士华本是要生活,能创作的人,因为父亲的不检,先天得了病毒,中途不能做人了。他又很爱母亲,不忍劳他服侍,便藏着吗啡,想待发作时候,由使女瑞琴帮他吃下,毒杀了自己;可是瑞琴走了。他于是只好托他母亲了。

　　欧　"母亲,现在应该你帮我的忙了。"

　　阿夫人　"我吗?"

　　欧　"谁能及得上你。"

　　阿夫人　"我! 你的母亲!"

　　欧　"正为那个。"

　　阿夫人　"我,生你的人!"

　　欧　"我不曾教你生我。并且给我的是一种什么日子?

　　　　我不要他! 你拿回去罢!"

这一段描写,实在是我们做父亲的人应该震惊戒惧佩服的;决不能昧了良心,说儿子理应受罪。这种事情,中国也很多,只要在医院做事,便能时时看见先天梅毒性病儿的惨状;而且傲然的送来的,又大抵是他的父母。但可怕的遗传,并不只是梅毒;另外许多精神上体质上的缺点,也可以传之子孙,而且久而久之,连社会都蒙着影响。我们且不高谈人群,单为子女说,便可以说凡是不爱己的人,实在欠缺做父亲的资格。就令硬做了父亲,也不过如古代的草寇称王一般,万万算不了正统。将来学问发达,社会改造时,他们侥幸留下的苗裔,恐怕总不免要受善种学（Eugenics）[11]者的处置。

倘若现在父母并没有将什么精神上体质上的缺点交给子女，又不遇意外的事，子女便当然健康，总算已经达到了继续生命的目的。但父母的责任还没有完，因为生命虽然继续了，却是停顿不得，所以还须教这新生命去发展。凡动物较高等的，对于幼雏，除了养育保护以外，往往还教他们生存上必需的本领。例如飞禽便教飞翔，鸷兽便教搏击。人类更高几等，便也有愿意子孙更进一层的天性。这也是爱，上文所说的是对于现在，这是对于将来。只要思想未遭锢蔽的人，谁也喜欢子女比自己更强，更健康，更聪明高尚，——更幸福；就是超越了自己，超越了过去。超越便须改变，所以子孙对于祖先的事，应该改变，"三年无改于父之道可谓孝矣"[12]，当然是曲说，是退婴的病根。假使古代的单细胞动物，也遵着这教训，那便永远不敢分裂繁复，世界上再也不会有人类了。

幸而这一类教训，虽然害过许多人，却还未能完全扫尽了一切人的天性。没有读过"圣贤书"的人，还能将这天性在名教的斧钺底下，时时流露，时时萌蘗；这便是中国人虽然凋落萎缩，却未灭绝的原因。

所以觉醒的人，此后应将这天性的爱，更加扩张，更加醇化；用无我的爱，自己牺牲于后起新人。开宗第一，便是理解。往昔的欧人对于孩子的误解，是以为成人的预备；中国人的误解，是以为缩小的成人。直到近来，经过许多学者的研究，才知道孩子的世界，与成人截然不同；倘不先行理解，一味蛮做，便大碍于孩子的发达。所以一切设施，都应该以孩子为本位，日本近来，觉悟的也很不少；对于儿童的设施，研究儿童的事业，都非常兴盛了。第二，便是指导。时势既有改变，生活也必须进化；所以后起的人物，一定尤异于前，决不能用同一模型，无理嵌定。长者须是指导者协商者，却不该是命令者。不但不该责幼者供奉自己；而且还须用全副精神，专为他们自己，养成他们有耐劳作的体力，纯洁高尚的道德，广博自由能容纳新潮流的精神，也就是能在世界新潮流中游泳，不被淹没的力量。第三，便是解放。子女是即我非我的人，但既已分立，也便是人类中的人。因为即我，所以更应该尽教育的义务，交给他们自立的能力；因为非我，所以也应同时解放，全部为他们自己所有，成一个独立的人。

这样，便是父母对于子女，应该健全的产生，尽力的教育，完全的解放。

但有人会怕，仿佛父母从此以后，一无所有，无聊之极了。这种空虚的恐怖和无聊的感想，也即从谬误的旧思想发生；倘明白了生物学的真理，自然便会消灭。但要做解放子女的父母，也应预备一种能力。便是自己虽然已经带着过去的色采，却不失独立的本领和精神，有广博的趣味，高尚的娱乐。要幸福么？连你的将来的生命都幸福了。要"返老还童"，要"老复丁"〔13〕么？子女便是"复丁"，都已独立而且更好了。这才是完了长者的任务，得了人生的慰安。倘若思想本领，样样照旧，专以"勃谿"〔14〕为业，行辈自豪，那便自然免不了空虚无聊的苦痛。

或者又怕，解放之后，父子间要疏隔了。欧美的家庭，专制不及中国，早已大家知道；往者虽有人比之禽兽，现在却连"卫道"的圣徒，也曾替他们辩护，说并无"逆子叛弟"了。[15]因此可知：惟其解放，所以相亲；惟其没有"拘挛"子弟的父兄，所以也没有反抗"拘挛"的"逆子叛弟"。若威逼利诱，便无论如何，决不能有"万年有道之长"[16]。例便如我中国，汉有举孝，唐有孝悌力田科，清末也还有孝廉方正，[17]都能换到官做。父恩谕之于先，皇恩施之于后，然而割股[18]的人物，究属寥寥。足可证明中国的旧学说旧手段，实在从古以来，并无良效，无非使坏人增长些虚伪，好人无端的多受些人我都无利益的苦痛罢了。

独有"爱"是真的。路粹引孔融说，"父之于子，当有何亲？论其本意，实为情欲发耳。子之于母，亦复奚为，譬如寄物瓶中，出则离矣。"（汉末的孔府上，很出过几个有特色的奇人，不像现在这般冷落，这话也许确是北海先生所说；只是攻击他的偏是路粹和曹操，教人发笑罢了。）[19]虽然也是一种对于旧说的打击，但实于事理不合。因为父母生了子女，同时又有天性的爱，这爱又很深广很长久，不会即离。现在世界没有大同，相爱还有差等，子女对于父母，也便最爱，最关切，不会即离。所以疏隔一层，不劳多虑。至于一种例外的人，或者非爱所能钩连。但若爱力尚且不能钩连，那便任凭什么"恩威，名分，天经，地义"之类，更是钩连不住。

或者又怕，解放之后，长者要吃苦了。这事可分两层：第一，中国的社会，虽说"道德好"，实际却太缺乏相爱相助的心思。便是"孝""烈"这类道德，也都是旁人毫不负责，一味收拾幼者弱者的方法。在这样社会中，不独老者难于生活，即解放的幼者，也难于生活。第二，中国的男女，大抵未老先衰，甚至不到二十岁，早已老态可掬，待到真实衰老，便更须别人扶持。所以我说，解放子女的父母，应该先有一番预备；而对于如此社会，尤应该改造，使他能适于合理的生活。许多人预备着，改造着，久而久之，自然可望实现了。单就别国的往时而言，斯宾塞[20]未曾结婚，不闻他侘傺无聊；瓦特早没有了子女，也居然"寿终正寝"，何况在将来，更何况有儿女的人呢？

或者又怕，解放之后，子女要吃苦了。这事也有两层，全如上文所说，不过一是因为老而无能，一是因为少不更事罢了。因此觉醒的人，愈觉有改造社会的任务。中国相传的成法，谬误很多：一种是锢闭，以为可以与社会隔离，不受影响。一种是教给他恶本领，以为如此才能在社会中生活。用这类方法的长者，虽然也含有继续生命的好意，但比照事理，却决定谬误。此外还有一种，是传授些周旋方法，教他们顺应社会。这与数年前讲"实用主义"[21]的人，因为市上有假洋钱，便要在学校里遍教学生看洋钱的法子之类，同一错误。社会虽然不能不偶然顺应，但决不是正当办法。因为社会不良，恶现象便很多，势不能一一顺应；倘都顺应了，又违反了合理的生活，倒走了进化的路。所以根本方法，只有改良社会。

就实际上说，中国旧理想的家族关系父子关系之类，其实早已崩溃。这也非"于今为烈"，正是"在昔已然"。历来都竭力表彰"五世同堂"，便足见实际上同居的为难；拚命的劝孝，也足见事实上孝子的缺少。而其原因，便全在一意提倡虚伪道德，蔑视了真的人情。我们试一翻大族的家谱，便知道始迁祖宗，大抵是单身迁居，成家立业；一到聚族而居，家谱出版，却已在零落的中途了。况在将来，迷信破了，便没有哭竹，卧冰；医学发达了，也不必尝秽[22]，割股。又因为经济关系，结婚不得不迟，生育因此也迟，或者子女才能自存，父母已经衰老，不及依赖他们供养，事实上也就是父母反尽了义务。世界潮流逼拶着，这样做的可以生存，不然的便都衰落；无非觉醒者多，加些人力，便危机可望较少就是了。

但既如上言，中国家庭，实际久已崩溃，并不如"圣人之徒"纸上的空谈，则何以至今依然如故，一无进步呢？这事很容易解答。第一，崩溃者自崩溃，纠缠者自纠缠，设立者又自设立；毫无戒心，也不想到改革，所以如故。第二，以前的家庭中间，本来常有勃谿，到了新名词流行之后，便都改称"革命"，然而其实也仍是讨嫖钱至于相骂，要赌本至于相打之类，与觉醒者的改革，截然两途。这一类自称"革命"的勃谿子弟，纯属旧式，待到自己有了子女，也决不解放；或者毫不管理，或者反要寻出《孝经》[23]，勒令诵读，想他们"学于古训"[24]，都做牺牲。这只能全归旧道德旧习惯旧方法负责，生物学的真理决不能妄任其咎。

既如上言，生物为要进化，应该继续生命，那便"不孝有三无后为大"[25]，三妻四妾，也极合理了。这事也很容易解答。人类因为无后，绝了将来的生命，虽然不幸，但若用不正当的方法手段，苟延生命而害及人群，便该比一人无后，尤其"不孝"。因为现在的社会，一夫一妻制最为合理，而多妻主义，实能使人群堕落。堕落近于退化，与继续生命的目的，恰恰完全相反。无后只是灭绝了自己，退化状态的有后，便会毁到他人。人类总有些为他人牺牲自己的精神，而况生物自发生以来，交互关联，一人的血统，大抵总与他人有多少关系，不会完全灭绝。所以生物学的真理，决非多妻主义的护符。

总而言之，觉醒的父母，完全应该是义务的，利他的，牺牲的，很不易做；而在中国尤不易做。中国觉醒的人，为想随顺长者解放幼者，便须一面清结旧账，一面开辟新路。就是开首所说的"自己背着因袭的重担，肩住了黑暗的闸门，放他们到宽阔光明的地方去；此后幸福的度日，合理的做人。"这是一件极伟大的要紧的事，也是一件极困苦艰难的事。

但世间又有一类长者，不但不肯解放子女，并且不准子女解放他们自己的子女；就是并要孙子曾孙都做无谓的牺牲。这也是一个问题；而我是愿意平和的人，所以对于这问题，现在不能解答。

一九一九年十月。

* * *

〔1〕 本篇最初发表于 1919 年 11 月《新青年》月刊第六卷第六号，署名唐俟。

〔2〕 "圣人之徒" 这里指当时竭力维护旧道德和旧文学的林琴南等人。林琴南在 1919 年 3 月给北京大学校长蔡元培的信中，曾以"必覆孔孟、铲伦常为快"、"拾李卓吾之余唾"、"卓吾有禽兽行"等语，攻击新文化运动的参加者。按李卓吾（1527—1602），名赘，字卓吾，泉州

晋江(今属福建)人,明代思想家。他反对当时的道学派,主张男女婚姻
自主,曾被人诬蔑有"挟妓女白昼同浴,勾引士人妻女"等"禽兽行"。

〔3〕 伦常 封建社会的伦理道德。以君臣、父子、夫妇、兄弟、朋
友为五伦,认为制约他们各自之间关系的道德准则是不可改变的常道,
因此称为伦常。

〔4〕 《随感录》 《新青年》从 1918 年 4 月第四卷第四号起发表的
关于社会和文化短评的总题。参看本卷第 309 页注〔4〕。

〔5〕 指《时事新报》对作者的谩骂。作者曾在《新青年》第六卷第
一、二、三号(1919 年 1 月、2 月、3 月),发表《随感录》四十三、四十六、五
十三,批评上海《时事新报》副刊《泼克》所载讽刺画的恶劣形象和错误
倾向,并对新的美术创作表示了自己的意见,在《随感录四十六》中有
"我辈即使才能不及,不能创作,也该当学习"的话;1919 年 4 月 27 日
《时事新报》发表署名"记者"的《新教训》一文,骂鲁迅"轻佻"、"狂妄"、
"头脑未免不清楚,可怜!"等等。

〔6〕 "人伦之始" 语出《南史·阮孝绪传》:孝绪年十五,"冠而见
其父,彦之诫曰:'三加弥尊,人伦之始,宜思自勖,以庇尔躬。'"冠,即行
冠礼,加戴布、皮、爵三冠,又称"三加",表示男子进入成年。

〔7〕 这是针对林琴南而发的,林琴南在 1919 年 3 月给蔡元培的
信中曾说:"乃近来尤有所谓新道德者,斥父母为自感情欲,于己无
恩,……仆方以为骇于不伦。"

〔8〕 "父兮生我" 语出《诗经·小雅·蓼莪》:"父兮生我,母兮鞠
我。"鞠,哺育。

〔9〕 这里说的"劝孝"的乐府,指 1919 年 3 月 24 日《公言报》所载
林琴南作《劝世白话新乐府》的《母送儿》篇,其中说:"母送儿,儿往学堂
母心悲。……娘亲方自磨杏仁,儿来儿来尝新。娇儿含泪将娘近,儿
近退学娘休嗔。……儿言往就教,那想教师不教孝。……再读孝经一

卷终,不去学堂倒罢了。"

〔10〕 "人乳喂猪" 《世说新语·汰侈》载:"武帝(司马炎)尝降王武子(济)家,武子供馔,……烝豚肥美,异于常味。帝怪而问之,答曰:'以人乳饮狁。'"

〔11〕 善种学 即优生学,是英国高尔顿在1883年提出的"改良人种"的学说。它认为人或人种在生理和智力上的差别是由遗传决定的,借助遗传手段发展"优等人",淘汰"劣等人",社会问题才能解决。鲁迅以后对这种把生物学照搬到社会生活上来的学说采取了否定态度,参看《二心集·"硬译"与"文学的阶级性"》。

〔12〕 "三年无改于父之道可谓孝矣" 语出《论语·学而》:"父在,观其志,父殁,观其行,三年无改于父之道,可谓孝矣。"

〔13〕 "老复丁" 从老年回复壮年。语出汉代史游《急就篇》:"长乐无极老复丁"。

〔14〕 "勃豀" 指婆媳争吵。语出《庄子·外物》:"室无空虚,则妇姑勃豀。"

〔15〕 欧美家庭并无"逆子叛弟"之说,见于林琴南所译小说《孝友镜》(比利时恩海贡斯翁士著)的《译余小识》:"此书为西人辨诬也。中国人之习西学者恒曰:'男子二十而外必自立,父母之力不能筦约而拘挈之;兄弟各立门户,不相恤也。是名社会主义,国因以强。'然近年所见,家庭革命,逆子叛弟,接踵而起,国胡不强?是果真奉西人之圭臬?抑凶顽之气中于腑焦,用以自便其所为,与西俗胡涉?此书……父以友传,女以孝传,足为人伦之鉴矣。命曰《孝友镜》,亦以醒吾中国人勿诬人而打妄语也。"

〔16〕 "万年有道之长" 久远的意思。这是封建臣子颂扬朝廷的一句常用语。

〔17〕 举孝 是汉代选拔官吏的办法之一,由各地推荐"善事父

母"的孝子到朝中做官。孝悌力田,是汉唐科举名目之一,由地方官向朝廷推荐所谓有"孝悌"德行和努力耕作的人,中选者分别任用或给予赏赐。孝廉方正,是清代特设的科举名目,由地方官荐举孝、廉、方正的人,经礼部考试,授以知县等官。

〔18〕 割股 即"割股疗亲",古代统治者提倡的一种忠孝德行。《庄子·盗跖》篇载有:"介子推至忠也,自割其股以食(晋)文公。"行孝中的"割股疗亲",是割取自己的股肉为药引煎药,以医治父母的重病。《新五代史·何泽传》:"五代之际,民苦于兵,往往因亲疾以割股,或既丧而割乳庐墓,以规免州县赋役。"此行得到朝廷褒扬,以孝取士,流弊更多。宋苏轼在给宋神宗奏议《议学校贡举状》中批评说:"上以孝取人,则勇者割股,怯者庐墓。……凡可以中上意,无所不至矣,德行之弊,一至于此。"

〔19〕 路粹引孔融的话,见《后汉书·孔融传》。路粹(? —214),字文蔚,陈留(今河南开封东南)人,建安初官尚书郎,迁军谋祭酒。他承曹操的意旨,"枉奏"孔融"跌荡放言",对祢衡讲过这几句话,曹操便用"不孝"的罪名杀掉孔融。但曹操在《求贤令》中又说只要有才能,"不仁不孝"的人也可任用,在这件事上自相矛盾,因此鲁迅说"教人发笑"。孔融(153—208),字文举,鲁国(今山东曲阜)人,汉献帝时曾为北海相,因而有"北海先生"之称。

〔20〕 斯宾塞(H.Spencer,1820—1903) 英国哲学家。终身未婚。主要著作有《综合哲学体系》等。

〔21〕 "实用主义" 又称实验主义或经验自然主义,西方现代哲学学说与流派。十九世纪末产生于美国,二十世纪初在西方国家广泛流行。主要代表有美国的詹姆斯、皮尔斯、杜威等。他们认为客观现实和主观意识都包括在"经验"之中,"经验"是二者的交互作用;思想不是客观世界的反映,而是人根据自身的需要提出的"假设"和设计的"工

具"，能"兑现价值"和有"效用"就是真理。强调个人应付环境的"实践"
活动。

〔22〕 哭竹 三国时吴国孟宗的故事。原出《三国志·吴书·孙皓
传》注引《楚国先贤传》："宗母嗜笋，冬节将至。时笋尚未生，宗入竹林
哀叹，而笋为之出，得以供母。皆以为至孝之所致感。"唐白居易《白氏
六帖》记此故事演变为："孟宗后母好笋，令宗冬月求之，宗入竹林恸哭，
笋为之出。"后世流传的"哭竹"，即本白氏所载故事。卧冰，晋代王祥的
故事。《晋书·王祥传》说，他的后母"常欲生鱼，时天寒冰冻，祥解衣将
剖冰求之，冰忽自解，双鲤跃出，持之而归。"尝秽，南朝梁庾黔娄的故
事。《梁书·庾黔娄传》说，他的父亲庾易"疾始二日，医云：'欲知差剧，
但尝粪甜苦。'易泄痢，黔娄辄取尝之，味转甜滑，心逾忧苦。"这三个故
事都收在《二十四孝》中。

〔23〕 《孝经》 儒家经典之一，共十八章，战国时孔门后学所述。
汉代列入"七经"之一，后来又列入"十三经"。

〔24〕 "学于古训" 语出《尚书·说命》："学于古训乃有获。"

〔25〕 "不孝有三无后为大" 语出《孟子·离娄(上)》。据汉代赵
岐注："于礼有不孝者三事，谓阿意曲从，陷亲不义，一不孝也；家贫亲
老，不为禄仕，二不孝也；不娶无子，绝先祖祀，三不孝也。三者之中，无
后为大。"

宋民间之所谓小说及其后来[1]

宋代行于民间的小说,与历来史家所著录者很不同,当时并非文辞,而为属于技艺的"说话"[2]之一种。

说话者,未详始于何时,但据故书,可以知道唐时则已有。段成式[3](《酉阳杂俎续集》四《贬误》)云:

> "予太和末因弟生日观杂戏,有市人小说,呼扁鹊作褊鹊字,上声。予令任道昇字正之。市人言'二十年前尝于上都斋会设此,有一秀才甚赏某呼扁字与褊同声,云世人皆误。'"

其详细虽难晓,但因此已足以推见数端:一小说为杂戏中之一种,二由于市人之口述,三在庆祝及斋会时用之。而郎瑛[4](《七修类稾》二十二)所谓"小说起宋仁宗,盖时太平盛久,国家闲暇,日欲进一奇怪之事以娱之,故小说'得胜头回'之后,即云话说赵宋某年"者,亦即由此分明证实,不过一种无稽之谈罢了。

到宋朝,小说的情形乃始比较的可以知道详细。孟元老在南渡之后,追怀汴梁盛况,作《东京梦华录》[5],于"京瓦技艺"[6]条下有当时说话的分目,为小说,合生,说诨话,说三分,说《五代史》等。而操此等职业者则称为"说话人"。

高宗既定都临安[7],更历孝光两朝[8],汴梁式的文物渐

150

已遍满都下,伎艺人也一律完备了。关于说话的记载,在故书中也更详尽,端平[9]年间的著作有灌园耐得翁《都城纪胜》[10],元初的著作有吴自牧《梦粱录》[11]及周密《武林旧事》[12],都更详细的有说话的分科:

《都城纪胜》	《梦粱录》(二十)
说话有四家:	说话者,谓之舌辩,虽有四家数,各有门庭:
一者小说,谓之银字儿,如烟粉灵怪传奇;说公案,皆是搏刀赶棒及发迹变态之事;说铁骑儿,谓士马金鼓之事。	且小说,名银字儿,如烟粉灵怪传奇;公案,朴刀杆棒发发踪参(案此四字当有误)之事。……谈论古今,如水之流。
说经,谓演说佛书;说参请,谓宾主参禅悟道等事。	谈经者,谓演说佛书;说参请者,谓宾主参禅悟道等事。……又有说诨经者。
讲史书,讲说前代书史文传兴废争战之事。……	讲史书者,谓讲说《通鉴》汉唐历代书史文传兴废争战之事。
合生,与起令随令相似,各占一事。	合生,与起今随今相似,各占一事也。

但周密所记者又小异,为演史,说经诨经,小说,说诨话;而无合生。唐中宗时,武平一[13]上书言"比来妖伎胡人,街童

市子,或言妃主情貌,或列王公名质,咏歌蹈舞,号曰合生。"(《新唐书》一百十九)则合生实始于唐,且用诨词戏谑,或者也就是说诨话;惟至宋当又稍有迁变,今未详[14]。起今随今之"今",《都城纪胜》作"令",明抄本《说郛》中之《古杭梦游录》[15]又作起令随合,何者为是,亦未详。

据耐得翁及吴自牧说,是说话之一科的小说,又因内容之不同而分为三子目:

　　1．银字儿　所说者为烟粉(烟花粉黛),灵怪(神仙鬼怪),传奇(离合悲欢)等。

　　2．说公案　所说者为搏刀赶棒(拳勇),发迹变态(遇合)之事。

　　3．说铁骑儿　所说者为士马金鼓(战争)之事。

惟有小说,是说话中最难的一科,所以说话人"最畏小说,盖小说者,能讲一朝一代故事,顷刻间提破"(《都城纪胜》云;《梦粱录》同,惟"提破"作"捏合"[16]),非同讲史,易于铺张;而且又须有"谈论古今,如水之流"的口辩。然而在临安也不乏讲小说的高手,吴自牧所记有谭淡子等六人,周密所记有蔡和等五十二人,其中也有女流,如陈郎娘枣儿,史蕙英。

临安的文士佛徒多有集会;瓦舍的技艺人也多有,其主意大约是在于磨炼技术的。小说专家所立的社会,名曰雄辩社。(《武林旧事》三)

元人杂剧虽然早经销歇,但尚有流传的曲本,来示人以大概的情形。宋人的小说也一样,也幸而借了"话本"偶有留遗,使现在还可以约略想见当时瓦舍中说话的模样。

其话本曰《京本通俗小说》,全书不知凡几卷,现在所见的只有残本,经江阴缪氏影刻,是卷十至十六的七卷,先曾单行,后来就收在《烟画东堂小品》之内了。[17]还有一卷是叙金海陵王的秽行的,或者因为文笔过于碍眼了罢,缪氏没有刻,然而仍有郋园的改换名目的排印本;郋园是长沙叶德辉的园名。[18]

刻本七卷中所收小说的篇目以及故事发生的年代如下列:

卷十　碾玉观音　　　　"绍兴年间。"

十一　菩萨蛮　　　　　"大宋高宗绍兴年间。"

十二　西山一窟鬼　　　"绍兴十年间。"

十三　志诚张主管　　　无年代,但云东京汴州开封事。

十四　拗相公　　　　　"先朝。"

十五　错斩崔宁　　　　"高宗时。"

十六　冯玉梅团圆　　　"建炎四年。"

每题俱是一全篇,自为起讫,并不相联贯。钱曾《也是园书目》[19](十)著录的"宋人词话"十六种中,有《错斩崔宁》与《冯玉梅团圆》两种,可知旧刻又有单篇本,而《通俗小说》即是若干单篇本的结集,并非一手所成。至于所说故事发生的时代,则多在南宋之初;北宋已少,何况汉唐。又可知小说取材,须在近时;因为演说古事,范围即属讲史,虽说小说家亦复"谈论古今,如水之流",但其谈古当是引证及装点,而非小说的本文。如《拗相公》开首虽说王莽,但主意却只在引出王安石,即其例。

七篇中开首即入正文者只有《菩萨蛮》;其余六篇则当讲说之前,俱先引诗词或别的事实,就是"先引下一个故事来,权做个'得胜头回'。"(本书十五)"头回"当即冒头的一回之意,"得胜"是吉语,瓦舍为军民所聚,自然也不免以利市语说之,未必因为进御才如此。

"得胜头回"略有定法,可说者凡四:

1．以略相关涉的诗词引起本文。 如卷十用《春词》十一首引起延安郡王游春;卷十二用士人沈文述的词逐句解释,引起遇鬼的士人皆是。

2．以相类之事引起本文。 如卷十四以王莽引起王安石是。

3．以较逊之事引起本文。 如卷十五以魏生因戏言落职,引起刘贵因戏言遇大祸;卷十六以"交互姻缘"转入"双镜重圆"而"有关风化,到还胜似几倍"皆是。

4．以相反之事引起本文。 如卷十三以王处厚照镜见白发的词有知足之意,引起不伏老的张士廉以晚年娶妻破家是。

而这四种定法,也就牢笼了后来的许多拟作了。

在日本还传有中国旧刻的《大唐三藏取经记》三卷,共十七章,章必有诗;别一小本则题曰《大唐三藏取经诗话》[20]。《也是园书目》将《错斩崔宁》及《冯玉梅团圆》归入"宋人词话"门,或者此类话本,有时亦称词话:就是小说的别名。《通俗小说》每篇引用诗词之多,实远过于讲史(《五代史平话》[21],《三国志传》[22],《水浒传》[23]等),开篇引首,中间铺叙与证明,临末断结咏叹，无不征引诗词，似乎此举也就是小说的一样必要条件。引诗为证，在中国本是起源很古的，汉韩婴的《诗外传》[24]，刘向的《列女传》[25]，皆早经引《诗》以证杂说及故事，但未必与宋小说直接相关；只是"借古语以为重"的精神，则虽说汉之与宋，学士之与市人，时候学问，皆极相违，而实有一致的处所。唐人小说中也多半有诗，即使妖魔鬼怪，也每能互相酬和，或者做几句即兴诗，此等风雅举动，则与宋市人小说不无关涉，但因为宋小说多是市井间事，人物少有物魅及诗人，于是自不得不由吟咏而变为引证，使事状虽殊，而诗气不脱；吴自牧记讲史高手，为"讲得字真不俗，记问渊源甚广"（《梦粱录》二十），即可移来解释小说之所以多用诗词的缘故的。

由上文推断，则宋市人小说的必要条件大约有三：

1. 须讲近世事；
2. 什九须有"得胜头回"；
3. 须引证诗词。

宋民间之所谓小说的话本，除《京本通俗小说》之外，今尚未见有第二种[26]。《大唐三藏取经诗话》是极拙的拟话本，并且应属于讲史。《大宋宣和遗事》[27]钱曾虽列入"宋人词话"中，而其实也是拟作的讲史，惟因其系钞撮十种书籍而成，所以也许含有小说分子在内。

然而在《通俗小说》未经翻刻以前，宋代的市人小说也未尝断绝；他间或改了名目，夹杂着后人拟作而流传。那些拟作，则大抵出于明朝人，似宋人话本当时留存尚多，所以拟作的精神形式虽然也有变更，而大体仍然无异。

以下是所知道的几部书：

1.《喻世明言》[28]。未见。

2.《警世通言》[29]。未见。王士禛[30]云，"《警世通言》有《拗相公》一篇，述王安石罢相归金陵事，极快人意，乃因卢多逊谪岭南事而稍附益之。"(《香祖笔记》十)《拗相公》见《通俗小说》卷十四，是《通言》必含有宋市人小说。

3.《醒世恒言》[31]。四十卷，共三十九事；不题作者姓名。前有天启丁卯(1627)陇西可一居士序云，"六经国史而外，凡著述皆小说也，而尚理或病于艰深，修词或伤于藻绘，则不足以触里耳而振恒心，此《醒世恒言》所以继《明言》《通言》而作也。……"因知三言之内，最后出的是《恒言》。所说者汉二事，隋三事，唐八事，宋十一事，明十五事。其中隋唐故事，多采自唐人小说，故唐人小说在元既已侵入杂剧及传奇，至明又侵入了话本；然而悬想古事，不易了然，所以逊于叙述明朝故事的十余篇远甚了。宋事有三篇像拟作，七篇(《卖油郎独占花魁》，《灌园叟晚逢仙女》，《乔太守乱点鸳鸯谱》，《勘皮靴单证二郎神》，《闹樊楼多情周胜仙》，《吴衙内邻舟赴约》，《郑节使立功神臂弓》)疑出自宋人话本，而一篇(《十五贯戏言成巧祸》)则即是《通俗小说》卷十五的《错斩崔宁》。

松禅老人序《今古奇观》云，"墨憨斋增补《平妖》[32]，穷工极变，不失本来。……至所纂《喻世》《醒世》《警世》三言，极摹人情世态之岐，备写悲欢离合之致。……"是纂三言与补《平妖》者为一人。明本《三遂平妖传》有张无咎序，云"兹刻回数倍前，盖吾友龙子犹所补也。"而首叶则题"冯犹龙先生增定"。

可知三言亦冯犹龙作，而龙子犹乃其游戏笔墨时的隐名。

冯犹龙名梦龙，长洲人（《曲品》[33]作吴县人），由贡生拔授寿宁知县，有《七乐斋稿》；然而朱彝尊[34]以为"善为启颜之辞，时入打油之调，不得为诗家。"（《明诗综》七十一）盖冯犹龙所擅长的是词曲，既作《双雄记传奇》，又刻《墨憨斋传奇定本十种》，多取时人名曲，再加删订，颇为当时所称；而其中的《万事足》，《风流梦》，《新灌园》是自作。他又极有意于稗说，所以在小说则纂《喻世》《警世》《醒世》三言，在讲史则增补《三遂平妖传》。

4.《拍案惊奇》[35]。三十六卷；每卷一事，唐六，宋六，元四，明二十。前有即空观主人序云，"龙子犹氏所辑《喻世》等书，颇存雅道，时著良规，复取古今来杂碎事，可新听睹，佐谈谐者，演而畅之，得若干卷。……"则仿佛此书也是冯犹龙作。然而叙述平板，引证贫辛，"头回"与正文"捏合"不灵，有时如两大段；冯犹龙是"文苑之滑稽"，似乎不至于此。同时的松禅老人也不信，故其序《今古奇观》，于叙墨憨斋编纂三言之下，则云"即空观主人壶矢代兴[36]，爰有《拍案惊奇》之刻，颇费搜获，足供谈麈"了。

5.《今古奇观》[37]。四十卷；每卷一事。这是一部选本，有姑苏松禅老人序，云是抱瓮老人由《喻世》《醒世》《警世》三言及《拍案惊奇》中选刻而成。所选的出于《醒世恒言》者十一篇（第一，二，七，八，十五，十六，十七，二十五，二十六，二十七，二十八回），疑为宋人旧话本之《卖油郎》，《灌园叟》，《乔太守》在内；而《十五贯》落了选。出于《拍案惊奇》者七篇（第九，十，十八，二十九，三十七，三十九，四十回）。其余二十二篇，当然是出于《喻世明言》及《警世通言》的了，所以现在借了易得的《今古奇观》，还可以推见那希觏的《明言》《通言》的大概。其中还有比汉更古的故事，如俞伯牙，庄子休及羊角哀皆是。但所选并不定佳，大约因为两篇的题目须字字相对，所以去取之间，也就很受了束缚了。

6．《今古奇闻》[38]。二十二卷；每卷一事。前署东壁山房主人编次，也不知是何人。书中提及"发逆"，则当是清咸丰或同治初年的著作。日本有翻刻，王寅（字冶梅）到日本去卖画，又翻回中国来，有光绪十七年序，现在印行的都出于此本。这也是一部选集，其中取《醒世恒言》者四篇（卷一，二，六，十八），《十五贯》也在内，可惜删落了"得胜头回"；取《西湖佳话》[39]者一篇（卷十）；余未详，篇末多有自怡轩主人评语，大约是别一种小说的话本，然而笔墨拙涩，尚且及不到《拍案惊奇》。

7．《续今古奇观》[40]。三十卷；每卷一回。无编者名，亦无印行年月，然大约当在同治末或光绪初。同治七年，江苏巡抚丁日昌[41]严禁淫词小说，《拍案惊奇》也在内，想来其时市上遂难得，于是《拍案惊奇》即小加删改，化为《续今古奇观》而出，依然流行世间。但除去了《今古奇观》所已采的七篇，而加上《今古奇闻》中的一篇（《康友仁轻财重义得科名》），改立题目，以足三十卷的整数。

此外，明人拟作的小说也还有，如杭人周楫的《西湖二集》[42]三十四卷，东鲁古狂生的《醉醒石》[43]十五卷皆是。但都与几经选刻,辗转流传的本子无关,故不复论。

一九二三年十一月。

＊　　　＊　　　＊

〔1〕　本篇最初发表于 1923 年 12 月 1 日北京《晨报五周年纪念增刊》。

〔2〕　"说话"　唐宋人习语,即讲故事,亦即后来的说书。

〔3〕　段成式(约 803—863)　字柯古,唐代临淄(今山东淄博)人。宰相段文昌之子,以荫任校书郎,官至太常少卿。以笔记小说及骈体文著名。所著《酉阳杂俎》二十卷,《续集》十卷。

〔4〕　郎瑛(1487—1566)　字仁宝,明代仁和(今浙江杭州)人。《七修类稿》是他的一部笔记,五十一卷,《续稿》七卷。

〔5〕　《东京梦华录》　宋孟元老撰,十卷。孟元老,号幽兰居士,事迹不详,有人说可能是为宋徽宗督造艮岳的孟揆。这部书对宋京城汴梁(今开封)的城市、街坊、节气、风俗及当时的典礼仪卫都有记载,可见北宋一代文物制度的一斑。

〔6〕　"京瓦技艺"　见《东京梦华录》卷五。瓦,即"瓦肆",又称"瓦子"或"瓦舍",是宋代伎艺演出场所集中的地方。

〔7〕　高宗　指宋高宗赵构(1107—1187),徽宗第九子,南宋第一个皇帝。北宋靖康二年(1127),金兵俘走徽、钦二帝,赵构即位后退避江南,建炎三年(1129)建行宫于临安,绍兴八年(1138)在此定都。临安,今浙江杭州。

〔8〕　孝光两朝　指宋孝宗赵昚和宋光宗赵惇两朝。

〔9〕　端平　宋理宗赵昀的年号(1234—1236)。

〔10〕《都城纪胜》　题灌园(一作灌圃)耐得翁撰,一卷。书成于南宋端平二年(1235),记述都城杭州的市井风俗杂事,可见南渡以后风

习的一斑。

〔11〕《梦粱录》 吴自牧撰，二十卷。仿《东京梦华录》的体例，记南宋郊庙宫殿及百工杂戏等事。吴自牧，钱塘（今浙江杭州）人，生平不详。

〔12〕《武林旧事》 周密撰，十卷。记南宋都城杭州杂事。其中也保存了不少南渡后的遗闻轶事和文人的断简残篇。周密（1232—约1298），字公谨，号草窗，济南人，寓吴兴，南宋词人。

〔13〕 武平一（约670—740） 名甄，字平一，并州文水（今属山西）人。唐中宗时曾为修文馆直学士，玄宗时贬苏州参军。

〔14〕 关于宋代"合生"，可参看宋代洪迈《夷坚志·支乙集》的一条记载："江浙间路岐女，有慧黠，知文墨，能于席上指物题咏，应命辄成者，谓之合生；其滑稽含玩讽者，谓之乔合生，盖京都遗风也。"

〔15〕《说郛》 笔记丛书，明陶宗仪编，一百卷。撮录汉魏至宋元间笔记小说六百余种。《古杭梦游录》，即《都城纪胜》的改名，收入《说郛》第三卷中。其中有"合生与起令随合相似"的话。

〔16〕 "提破" 说明故事结局。"捏合"，史实与虚构结合。

〔17〕《京本通俗小说》 不著作者姓名，现存残本七卷（篇）。1915年缪荃孙据"影元人写本"影刻，删去其中《定州三怪》和《金主亮荒淫》二篇，存七卷（篇）。以后有各种通行本。缪氏，即缪荃孙（1844—1919），字筱珊，号艺风，又自称江东老蟫，江苏江阴人，藏书家、版本学家。《烟画东堂小品》是他编刻的一部丛书。

〔18〕 金海陵王 即金朝皇帝完颜亮（1122—1161）。《金史·海陵纪》载他弑君夺位，杀母乱伦，荒淫无道，死后元世宗降他为海陵郡王，后又降为海陵庶人。据缪荃孙在《京本通俗小说》跋语中说，该书"尚有《定州三怪》一回，破碎太甚；《金主亮荒淫》两卷，过于秽亵，未敢传摹"。1919年叶德辉刻有单行本，题为"《金虏海陵王荒淫》，《京本通俗小说》

第二十一卷。"按《醒世恒言》第二十三卷《金海陵纵欲亡身》与叶德辉刻本相同,叶本可能就是根据《醒世恒言》刻印的。叶德辉(1864—1927),字奂彬,号郋园,湖南湘潭人,藏书家。清光绪进士,曾官吏部主事。

〔19〕 钱曾(1629—1701) 字遵王,号也是翁,江苏常熟人,清代藏书家。钱谦益的族孙,所居述古堂多藏善本书。《也是园书目》是他的藏书目录,共十卷,著录三千八百余种。

〔20〕 《大唐三藏取经记》 日本京都高山寺旧藏,后归德富苏峰成篑堂文库,共三卷。《大唐三藏取经诗话》也是日本高山寺旧藏,后归大仓喜七郎,共三卷,为巾箱本(小本),所以鲁迅称作"别一小本"。二者实为一书,各有残缺。内容是唐僧和猴行者西天取经的故事,略具后来《西游记》的雏形。

〔21〕 《五代史平话》 即《新编五代史评话》,不著作者姓名,应是宋代说话人所用的讲史底本之一,叙述梁、唐、晋、汉、周五代史事,各代均分上下二卷,共十卷,内缺梁史和汉史的下卷。

〔22〕 《三国志传》 即《三国志通俗演义》,简称《三国演义》,明代罗贯中著,现流行的是清代毛宗岗的删改本,共一百二十回。

〔23〕 《水浒传》 明代施耐庵著,流行的有百回本、百二十回本和清代金圣叹删改的七十一回本。

〔24〕 韩婴 汉初燕(今北京)人,汉文帝时博士。他所传《诗经》世称"韩诗"。著有《诗内传》和《诗外传》,今仅存《外传》十卷。内容杂记古事古语,每段末引《诗》为证,并不解释《诗》义,通称《韩诗外传》。

〔25〕 刘向(前77—前6) 字子政,沛(今江苏沛县)人,西汉学者。曾官谏大夫、中垒校尉。他所著《列女传》,七卷,又《续传》一卷,每传末大都引《诗经》数句作结。

〔26〕 关于宋代民间话本,在作者作此文时,尚未发现日本内阁文库所藏清平山堂所刻话本。此书现存残本三册,共十五种。清平山堂

为明嘉靖年间洪楩的书室名。北京大学教授马廉(研究中国古代小说的学者)推定其刊刻年代在嘉靖二十至三十年(1541—1551)之间。1929年马氏将此书影印行世。以后他又发见同书中的《雨窗》、《欹枕》两集残本,计十三种,1934年影印。其中《简帖和尚》、《西湖三塔记》、《洛阳三怪记》等均系宋代人作品。

〔27〕《大宋宣和遗事》 不著作者姓名。清代吴县黄丕烈最初翻刻入《士礼居丛书》中,分二卷,有缺文。1913年涵芬楼收得"金陵王氏洛川校正重刊本",分元、亨、利、贞四集,较黄本为佳,无缺文。

〔28〕《喻世明言》 即《古今小说》,四十卷,收话本四十篇。此书在国内久已失传,1947年上海涵芬楼据日本内阁文库藏明代天许斋刊本排印出版。原序称编者为茂苑野史,按即明人冯梦龙早年的笔名。冯梦龙(1574—1646),字犹龙,长洲(今江苏吴县)人,明代文学家。他编刻的话本集《喻世明言》、《警世通言》、《醒世恒言》通称"三言",约成书于泰昌、天启(1620—1627)之间。

〔29〕《警世通言》 冯梦龙编纂,四十卷,收话本四十篇。明天启四年(1624)刊行。日本蓬左文库藏有金陵兼善堂明刊本,1935年上海生活书店据此收入《世界文库》;以后国内又发现有三桂堂王振华复明本。《警世通言》收残存《京本通俗小说》除《错斩崔宁》以外的其他六篇:第四卷《拗相公饮恨半山堂》即《京本通俗小说》的《拗相公》,第七卷《陈可常端阳仙化》即《菩萨蛮》,第八卷《崔待诏生死冤家》即《碾玉观音》,第十二卷《范鳅儿双镜重圆》即《冯玉梅团圆》,第十四卷《一窟鬼癞道人除怪》即《西山一窟鬼》,第十六卷《小夫人金钱赠年少》即《志诚张主管》。

〔30〕 王士禛(1634—1711) 字贻上,号阮亭,别号渔洋山人,山东新城(今山东桓台)人,清代文学家。顺治进士,官至刑部尚书。《香祖笔记》,十二卷,是一部考证古事及品评诗文的笔记。

〔31〕《醒世恒言》 冯梦龙编纂，四十卷，收话本四十篇。明天启七年(1627)刊行。日本内阁文库藏有明叶敬池刊本，1936年国内有据此排印的《世界文库》本。鲁迅所见的是通行的衍庆堂翻刻本。此本删去卷二十三《金海陵纵欲亡身》一篇，将卷二十《张廷秀逃生救父》分为上下两篇，编入卷二十及卷二十一，而将原卷二十一《张淑儿巧智脱杨生》补为第二十三卷，以足四十卷之数，所以鲁迅说"四十卷，共三十九事"。

〔32〕 墨憨斋 冯梦龙的书斋名。《平妖》，即《平妖传》。原为罗贯中作，只二十回，后冯梦龙增补为四十回。内容叙述宋代贝州王则、永儿夫妇起义，官军文彦博用"三遂"(马遂、李遂和蛋子和尚化身的诸葛遂智)将起义平息，所以原名《三遂平妖传》。

〔33〕《曲品》 明代吕天成作，共二卷，著录明天启以前传奇和散曲作家一一五人及曲目一九二种。

〔34〕 朱彝尊(1629—1709) 字锡鬯，号竹垞，浙江秀水(今嘉兴)人，清代文学家。康熙时曾授检讨，参修《明史》。《明诗综》共一百卷，是他编选的一部明代诗人作品的选集，每人皆有略传。

〔35〕《拍案惊奇》 明代凌濛初编撰的拟话本小说集，有初刻、二刻两辑，通称"二拍"，这里指"初刻"。鲁迅当时所见的是三十六卷翻刻本，后来在日本发现了明尚友堂刊的四十卷原本(多出讲唐代故事的三篇和讲元代的一篇)，国内才有排印的足本。凌濛初(1580—1644)，字玄房，号初成，别号即空观主人，浙江乌程(今吴兴)人，曾任上海县丞，徐州通判。其著作尚有《燕筑讴》、《南音三籁》等。

〔36〕 壶矢代兴 古代宴会时有一种"投壶"的娱乐，宾主依次投矢壶中，负者饮酒。《左传》昭公十二年："晋侯以齐侯晏，中行穆子相。投壶，晋侯先，穆子曰：'有酒如淮，有肉如坻。寡君中此，为诸侯师。'中之。齐侯举矢曰：'有酒如渑，有肉如陵。寡人中此，与君代兴。'亦中

之。"后来就用"壶矢代兴"表示相继兴起的意思。

〔37〕 《今古奇观》 明代抱瓮老人选辑,四十卷,收话本四十篇。崇祯初年刊行。内容选自"三言"及"二拍"。序文作者姑苏松禅老人,一作姑苏笑花主人。

〔38〕 《今古奇闻》 一作《古今奇闻》,二十二卷,收二十二篇,题"东壁山房主人编次"。原序署"上浣东壁山房主人王寅冶梅",可知"东壁山房主人"即王寅,字冶梅。光绪十三年(1887)刊行。内容除取自《醒世恒言》四篇和《西湖佳话》一篇外,有十五篇取自《娱目醒心编》,另有两篇传奇文,来历不详。按鲁迅所说"大约是别一种小说的话本",就是《娱目醒心编》;该书作者草亭老人为清代昆山杜纲,评者自怡轩主人为松江许宝善。书共十六卷,三十九回,清乾隆五十七年(1792)刊行。因《今古奇闻》从其中选取最多,故"篇末多有自怡轩主人评语"。

〔39〕 《西湖佳话》 全名《西湖佳话古今遗迹》,题古吴墨浪子撰,十六卷,收话本十六篇。清康熙十六年(1677)刊行。

〔40〕 《续今古奇观》 三十卷,收话本三十篇。内容除第二十七卷"赔遗金暗中获隽,拒美色眼下登科"一篇取自《娱目醒心编》卷九(即本文所举《今古奇闻》中的一篇)外,其余全收《今古奇观》未选的《初刻拍案惊奇》二十九篇。

〔41〕 丁日昌(1823—1882) 字雨生,广东丰顺人,清末洋务派人物。同治七年(1868)他任江苏巡抚时曾两次"查禁淫词小说"一百五十六种,内有《拍案惊奇》、《今古奇观》、《红楼梦》、《水浒传》等。

〔42〕 《西湖二集》 明代周楫撰,共三十四卷,每卷一篇。题"武林济川子清原甫纂,武林抱膝老人订谟甫评"。崇祯年间刊行。

〔43〕 《醉醒石》 原题"东鲁古狂生编辑",十五回,每回一篇,崇祯年间刊行。

娜拉走后怎样[1]

——一九二三年十二月二十六日在北京
女子高等师范学校文艺会讲

我今天要讲的是"娜拉走后怎样?"

伊孛生[2]是十九世纪后半的瑙威的一个文人。他的著作,除了几十首诗之外,其余都是剧本。这些剧本里面,有一时期是大抵含有社会问题的,世间也称作"社会剧",其中有一篇就是《娜拉》。

《娜拉》一名 Ein Puppenheim,中国译作《傀儡家庭》。但 Puppe 不单是牵线的傀儡,孩子抱着玩的人形[3]也是;引申开去,别人怎么指挥,他便怎么做的人也是。娜拉当初是满足地生活在所谓幸福的家庭里的,但是她竟觉悟了:自己是丈夫的傀儡,孩子们又是她的傀儡。她于是走了,只听得关门声,接着就是闭幕。这想来大家都知道,不必细说了。

娜拉要怎样才不走呢? 或者说伊孛生自己有解答,就是 Die Frau vom Meer,《海的女人》,中国有人译作《海上夫人》的。这女人是已经结婚的了,然而先前有一个爱人在海的彼岸,一日突然寻来,叫她一同去。她便告知她的丈夫,要和那外来人会面。临末,她的丈夫说,"现在放你完全自由。(走与不走)你能够自己选择,并且还要自己负责任。"于是什么事全都改变,她就不走了。这样看来,娜拉倘也得到这样的自由,或者也便可以安住。

但娜拉毕竟是走了的。走了以后怎样?伊孛生并无解答;而且他已经死了。即使不死,他也不负解答的责任。因为伊孛生是在做诗,不是为社会提出问题来而且代为解答。就如黄莺一样,因为他自己要歌唱,所以他歌唱,不是要唱给人们听得有趣,有益。伊孛生是很不通世故的,相传在许多妇女们一同招待他的筵宴上,代表者起来致谢他作了《傀儡家庭》,将女性的自觉,解放这些事,给人心以新的启示的时候,他却答道,"我写那篇却并不是这意思,我不过是做诗。"

娜拉走后怎样?——别人可是也发表过意见的。一个英国人曾作一篇戏剧,说一个新式的女子走出家庭,再也没有路走,终于堕落,进了妓院了。还有一个中国人,——我称他什么呢?上海的文学家罢,——说他所见的《娜拉》是和现译本不同,娜拉终于回来了。这样的本子可惜没有第二人看见,除非是伊孛生自己寄给他的。但从事理上推想起来,娜拉或者也实在只有两条路:不是堕落,就是回来。因为如果是一匹小鸟,则笼子里固然不自由,而一出笼门,外面便又有鹰,有猫,以及别的什么东西之类;倘使已经关得麻痹了翅子,忘却了飞翔,也诚然是无路可以走。还有一条,就是饿死了,但饿死已经离开了生活,更无所谓问题,所以也不是什么路。

人生最苦痛的是梦醒了无路可以走。做梦的人是幸福的;倘没有看出可走的路,最要紧的是不要去惊醒他。你看,唐朝的诗人李贺[4],不是困顿了一世的么?而他临死的时候,却对他的母亲说,"阿妈,上帝造成了白玉楼,叫我做文章落成去了。"这岂非明明是一个诳,一个梦?然而一个小的和一个老的,一个死的和一个活的,死的高兴地死去,活的放心地活着。说诳和做梦,在这些时候便见得伟大。所以我想,假使寻不出路,我们所要的倒是梦。

但是,万不可做将来的梦。阿尔志跋绥夫[5]曾经借了他所做的小说,质问过梦想将来的黄金世界的理想家,因为要造那世界,先唤起许多人们来受苦。他说,"你们将黄金世界预约给他们的子孙了,可是有什么给他们自己呢?"有是有的,就是将来的希望。但代价也太大了,为了这希望,要使人练敏了感觉来更深切地感到自己的苦痛,叫起灵魂来目睹他自己的腐烂的尸骸。惟有说诳和做梦,这些时候便见得伟大。所以我想,假使寻不出路,我们所要的就是梦;但不要将来的梦,只要目前的梦。

然而娜拉既然醒了,是很不容易回到梦境的,因此只得走;可是走了以后,有时却也免不掉堕落或回来。否则,就得问:她除了觉醒的心以外,还带了什么去?倘只有一条像诸君一样的紫红的绒绳的围巾,那可是无论宽到二尺或三尺,也完全是不中用。她还须更富有,提包里有准备,直白地说,就是要有钱。

梦是好的;否则,钱是要紧的。

钱这个字很难听,或者要被高尚的君子们所非笑,但我总觉得人们的议论是不但昨天和今天,即使饭前和饭后,也往往有些差别。凡承认饭需钱买,而以说钱为卑鄙者,倘能按一按他的胃,那里面怕总还有鱼肉没有消化完,须得饿他一天之后,再来听他发议论。

所以为娜拉计,钱,——高雅的说罢,就是经济,是最要紧的了。自由固不是钱所能买到的,但能够为钱而卖掉。人类有一个大缺点,就是常常要饥饿。为补救这缺点起见,为准备不做傀儡起见,在目下的社会里,经济权就见得最要紧了。第一,在家应该先获得男女平均的分配;第二,在社会应该获得男女相等的势力。可惜我不知道这权柄如何取得,单知道仍然要战斗;或者也许比要求参政权更要用剧烈的战斗。

要求经济权固然是很平凡的事,然而也许比要求高尚的参政权以及博大的女子解放之类更烦难。天下事尽有小作为比大作为更烦难的。譬如现在似的冬天,我们只有这一件棉袄,然而必须救助一个将要冻死的苦人,否则便须坐在菩提树下冥想普度一切人类的方法[6]去。普度一切人类和救活一人,大小实在相去太远了,然而倘叫我挑选,我就立刻到菩提树下去坐着,因为免得脱下唯一的棉袄来冻杀自己。所以在家里说要参政权,是不至于大遭反对的,一说到经济的平匀分配,或不免面前就遇见敌人,这就当然要有剧烈的战斗。

战斗不算好事情,我们也不能责成人人都是战士,那么,平和的方法也就可贵了,这就是将来利用了亲权来解放自己的子女。中国的亲权是无上的,那时候,就可以将财产平匀地分配子女们,使他们平和而没有冲突地都得到相等的经济权,此后或者去读书,或者去生发,或者为自己去享用,或者为社会去做事,或者去花完,都请便,自己负责任。这虽然也是颇远的梦,可是比黄金世界的梦近得不少了。但第一需要记性。记性不佳,是有益于己而有害于子孙的。人们因为能忘却,所以自己能渐渐地脱离了受过的苦痛,也因为能忘却,所以往往照样地再犯前人的错误。被虐待的儿媳做了婆婆,仍然虐待儿媳;嫌恶学生的官吏,每是先前痛骂官吏的学生;现在压迫子女的,有时也就是十年前的家庭革命者。这也许与年龄和地位都有关系罢,但记性不佳也是一个很大的原因。救济法就是各人去买一本 note-book[7] 来,将自己现在的思想举动都记上,作为将来年龄和地位都改变了之后的参考。假如憎恶孩子要到公园去的时候,取来一翻,看见上面有一条道,"我想到中央公园去",那就即刻心平气和了。别的事也一样。

世间有一种无赖精神,那要义就是韧性。听说拳匪[8]乱后,天津的青皮,就是所谓无赖者很跋扈,譬如给人搬一件行李,他就要两元,对他说这行李小,他说要两元,对他说道路近,他说要两元,对他说不要搬了,他说也仍然要两元。青皮固然是不足为法的,而那韧性却大可以佩服。要求经济权也一样,有人说这事情太陈腐了,就答道要经济权;说是太卑鄙了,就答道要经济权;说是经济制度就要改变了,用不着再操心,也仍然答道要经济权。

其实,在现在,一个娜拉的出走,或者也许不至于感到困难的,因为这人物很特别,举动也新鲜,能得到若干人们的同情,帮助着生活。生活在人们的同情之下,已经是不自由了,然而倘有一百个娜拉出走,便连同情也减少,有一千一万个出走,就得到厌恶了,断不如自己握着经济权之为可靠。

在经济方面得到自由，就不是傀儡了么？也还是傀儡。无非被人所牵的事可以减少，而自己能牵的傀儡可以增多罢了。因为在现在的社会里，不但女人常作男人的傀儡，就是男人和男人，女人和女人，也相互地作傀儡，男人也常作女人的傀儡，这决不是几个女人取得经济权所能救的。但人不能饿着静候理想世界的到来，至少也得留一点残喘，正如涸辙之鲋[9]，急谋升斗之水一样，就要这较为切近的经济权，一面再想别的法。

如果经济制度竟改革了，那上文当然完全是废话。

然而上文，是又将娜拉当作一个普通的人物而说的，假使她很特别，自己情愿闯出去做牺牲，那就又另是一回事。我们无权去劝诱人做牺牲，也无权去阻止人做牺牲。况且世上也尽有乐于牺牲，乐于受苦的人物。欧洲有一个传说，耶稣去钉十字架时，休息在 Ahasvar[10] 的檐下，Ahasvar 不准他，于是被了咒诅，使他永世不得休息，直到末日裁判的时候。Ahasvar 从此就歇不下，只是走，现在还在走。走是苦的，安息是乐的，他何以不安息呢？虽说背着咒诅，可是大约总该是觉得走比安息还适意，所以始终狂走的罢。

只是这牺牲的适意是属于自己的，与志士们之所谓为社会者无涉。群众，——尤其是中国的，——永远是戏剧的看客。牺牲上场，如果显得慷慨，他们就看了悲壮剧；如果显得觳觫[11]，他们就看了滑稽剧。北京的羊肉铺前常有几个人张着嘴看剥羊，仿佛颇愉快，人的牺牲能给与他们的益处，也不过如此。而况事后走不几步，他们并这一点愉快也就忘却了。

对于这样的群众没有法,只好使他们无戏可看倒是疗救,正无需乎震骇一时的牺牲,不如深沉的韧性的战斗。

可惜中国太难改变了,即使搬动一张桌子,改装一个火炉,几乎也要血;而且即使有了血,也未必一定能搬动,能改装。不是很大的鞭子打在背上,中国自己是不肯动弹的。我想这鞭子总要来,好坏是别一问题,然而总要打到的。但是从那里来,怎么地来,我也是不能确切地知道。

我这讲演也就此完结了。

     *   *   *

〔1〕 本篇最初发表于1924年北京女子高等师范学校《文艺会刊》第六期。曾署"陆学仁、何肇葆笔记"。同年8月1日上海《妇女杂志》第十卷第八号转载时,篇末有该杂志的编者附记:"这篇是鲁迅先生在北京女子高等师范学校的讲演稿,曾经刊载该校出版《文艺会刊》的第六期。新近因为我们向先生讨文章,承他把原文重加订正,给本志发表。"

〔2〕 伊孛生 通译易卜生。参看本卷第62页注〔35〕。

〔3〕 人形 日语,即人形的玩具。

〔4〕 李贺(790—816) 字长吉,昌谷(今河南宜阳)人,唐代诗人。一生官职卑微,郁郁不得志。著有《李长吉歌诗》四卷。关于他"玉楼赴召"的故事,唐代诗人李商隐《李贺小传》说:"长吉将死时,忽昼见一绯衣人,驾赤虬,持一版,书若太古篆或霹雳石文者,云:'当召长吉。'长吉了不能读,歘下榻叩头言:'阿婆老且病,贺不愿去。'绯衣人笑曰:'帝成白玉楼,立召君为记,天上差乐不苦也。'长吉独泣,边人尽见之。少之,长吉气绝。"

〔5〕 阿尔志跋绥夫（М.П.Арцыбашев,1878—1927） 俄国小说家。他早期的创作带有自由主义色彩,主要描写精神颓废者的生活,有些作品也反映了沙皇统治的黑暗。十月革命后流亡国外,死于华沙。下文所述是他的小说《工人绥惠略夫》中绥惠略夫对亚拉借夫所说的话,见该书第九章。

〔6〕 这是借用关于释迦牟尼的传说。相传佛教始祖释迦牟尼（约前565—前486）有感于人生的生老病死等苦恼,在二十九岁时立志出家修行,遍历各地,苦行六年,仍未能悟道,后坐在菩提树下发誓说:"若不成正觉,虽骨碎肉腐,亦不起此座。"静思七日,就克服了各种烦恼,顿成"正觉"。

〔7〕 Note－book 英语:笔记簿。

〔8〕 拳匪 指1900年（庚子）爆发的义和团运动。参加这次运动的主要是山东、直隶一带的农民、手工业者和城市游民。他们采取设拳会、练拳棒及其他迷信方式组织民众。先以"反清灭洋"为口号,后又改为"扶清灭洋",被清朝统治者利用攻打外国使馆,焚烧教堂。不久即被八国联军和清政府共同镇压。光绪二十六年五月十七日（1900年6月13日）上谕始称他们为"拳匪",此前的上谕称"义和拳会"。

〔9〕 "涸辙之鲋" 战国时庄子的一个寓言,见《庄子·外物》:"庄周家贫,故往贷粟于监河侯。监河侯曰:'诺。我将得邑金,将贷子三百金,可乎?'庄周忿然作色曰:'周昨来,有中道而呼者。周顾视车辙中,有鲋鱼焉。周问之曰:"鲋鱼来,子何为者邪?"对曰:"我东海之波臣也。君岂有斗升之水而活我哉?"周曰:"诺。我且南游吴越之土,激西江之水而迎子,可乎?"鲋鱼忿然作色曰:"吾失我常与,我无所处。吾得斗升之水然活耳,君乃言此,曾不如早索我于枯鱼之肆。"'"鲋鱼,汉许慎《说文解字》:"鲋,鱼名。"据宋人陆佃《埤雅·释鱼》考证,即鲫鱼。

〔10〕 Ahasvar 阿哈斯瓦尔,欧洲传说中的一个补鞋匠,被称为

"流浪的犹太人"。

〔11〕 觳觫 通作觳觫,恐惧颤抖的样子。《孟子·梁惠王(上)》:"吾不忍其觳觫,若无罪而就死地。"

未有天才之前[1]

——一九二四年一月十七日在北京
师范大学附属中学校友会讲

我自己觉得我的讲话不能使诸君有益或者有趣，因为我实在不知道什么事，但推托拖延得太长久了，所以终于不能不到这里来说几句。

我看现在许多人对于文艺界的要求的呼声之中，要求天才的产生也可以算是很盛大的了，这显然可以反证两件事：一是中国现在没有一个天才，二是大家对于现在的艺术的厌薄。天才究竟有没有？也许有着罢，然而我们和别人都没有见。倘使据了见闻，就可以说没有；不但天才，还有使天才得以生长的民众。

天才并不是自生自长在深林荒野里的怪物，是由可以使天才生长的民众产生，长育出来的，所以没有这种民众，就没有天才。有一回拿破仑过 Alps 山[2]，说，"我比 Alps 山还要高！"这何等英伟，然而不要忘记他后面跟着许多兵；倘没有兵，那只有被山那面的敌人捉住或者赶回，他的举动，言语，都离了英雄的界线，要归入疯子一类了。所以我想，在要求天才的产生之前，应该先要求可以使天才生长的民众。——譬如想有乔木，想看好花，一定要有好土；没有土，便没有花木了；

所以土实在较花木还重要。花木非有土不可，正同拿破仑非有好兵不可一样。

然而现在社会上的论调和趋势，一面固然要求天才，一面却要他灭亡，连预备的土也想扫尽。举出几样来说：

其一就是"整理国故"[3]。自从新思潮来到中国以后，其实何尝有力，而一群老头子，还有少年，却已丧魂失魄的来讲国故了，他们说，"中国自有许多好东西，都不整理保存，倒去求新，正如放弃祖宗遗产一样不肖。"抬出祖宗来说法，那自然是极威严的，然而我总不信在旧马褂未曾洗净叠好之前，便不能做一件新马褂。就现状而言，做事本来还随各人的自便，老先生要整理国故，当然不妨去埋在南窗下读死书，至于青年，却自有他们的活学问和新艺术，各干各事，也还没有大妨害的，但若拿了这面旗子来号召，那就是要中国永远与世界隔绝了。倘以为大家非此不可，那更是荒谬绝伦！我们和古董商人谈天，他自然总称赞他的古董如何好，然而他决不痛骂画家，农夫，工匠等类，说是忘记了祖宗：他实在比许多国学家聪明得远。

其一是"崇拜创作"[4]。从表面上看来，似乎这和要求天才的步调很相合，其实不然。那精神中，很含有排斥外来思想，异域情调的分子，所以也就是可以使中国和世界潮流隔绝的。许多人对于托尔斯泰，都介涅夫，陀思妥夫斯奇[5]的名字，已经厌听了，然而他们的著作，有什么译到中国来？眼光囚在一国里，听谈彼得和约翰[6]就生厌，定须张三李四才行，于是创作家出来了，从实说，好的也离不了剽取点外国作品的

175

技术和神情,文笔或者漂亮,思想往往赶不上翻译品,甚者还要加上些传统思想,使他适合于中国人的老脾气,而读者却已为他所牢笼了,于是眼界便渐渐的狭小,几乎要缩进旧圈套里去。作者和读者互相为因果,排斥异流,抬上国粹,那里会有天才产生?即使产生了,也是活不下去的。

这样的风气的民众是灰尘,不是泥土,在他这里长不出好花和乔木来!

还有一样是恶意的批评。大家的要求批评家的出现,也由来已久了,到目下就出了许多批评家。可惜他们之中很有不少是不平家,不像批评家,作品才到面前,便恨恨地磨墨,立刻写出很高明的结论道,"唉,幼稚得很。中国要天才!"到后来,连并非批评家也这样叫喊了,他是听来的。其实即使天才,在生下来的时候的第一声啼哭,也和平常的儿童的一样,决不会就是一首好诗。因为幼稚,当头加以戕贼,也可以萎死的。我亲见几个作者,都被他们骂得寒噤了。那些作者大约自然不是天才,然而我的希望是便是常人也留着。

恶意的批评家在嫩苗的地上驰马,那当然是十分快意的事;然而遭殃的是嫩苗——平常的苗和天才的苗。幼稚对于老成,有如孩子对于老人,决没有什么耻辱;作品也一样,起初幼稚,不算耻辱的。因为倘不遭了戕贼,他就会生长,成熟,老成;独有老衰和腐败,倒是无药可救的事!我以为幼稚的人,或者老大的人,如有幼稚的心,就说幼稚的话,只为自己要说而说,说出之后,至多到印出之后,自己的事就完了,对于无论打着什么旗子的批评,都可以置之不理的!

就是在座的诸君,料来也十之九愿有天才的产生罢,然而情形是这样,不但产生天才难,单是有培养天才的泥土也难。我想,天才大半是天赋的;独有这培养天才的泥土,似乎大家都可以做。做土的功效,比要求天才还切近;否则,纵有成千成百的天才,也因为没有泥土,不能发达,要像一碟子绿豆芽。

做土要扩大了精神,就是收纳新潮,脱离旧套,能够容纳,了解那将来产生的天才;又要不怕做小事业,就是能创作的自然是创作,否则翻译,介绍,欣赏,读,看,消闲都可以。以文艺来消闲,说来似乎有些可笑,但究竟较胜于戕贼他。

泥土和天才比,当然是不足齿数的,然而不是坚苦卓绝者,也怕不容易做;不过事在人为,比空等天赋的天才有把握。这一点,是泥土的伟大的地方,也是反有大希望的地方。而且也有报酬,譬如好花从泥土里出来,看的人固然欣然的赏鉴,泥土也可以欣然的赏鉴,正不必花卉自身,这才心旷神怡的——假如当作泥土也有灵魂的说。

*　　　*　　　*

〔1〕 本篇最初发表于1924年北京师范大学附属中学《校友会刊》第一期。同年12月27日《京报副刊》第二十一号转载时,前面有一段作者的小引:"伏园兄:今天看看正月间在师大附中的演讲,其生命似乎确乎尚在,所以校正寄奉,以备转载。二十二日夜,迅上。"

〔2〕 Alps 山　即阿尔卑斯山,欧洲最高大的山脉,位于法意两国之间。拿破仑在1800年进兵意大利同奥地利作战时,曾越过此山。

〔3〕 "整理国故"　当时胡适所提倡的一种主张。胡适在1919年

7月就主张"多研究些问题,少谈些主义";同年12月他在《新青年》第七卷第一号《"新思潮"的意义》一文中提出"整理国故"的口号。1923年1月在北京大学《国学季刊》的《发刊宣言》中,他更系统地阐述"整理国故"的主张。本文中所批评的,是当时某些附和这一主张的人们所发的一些议论。

〔4〕 "崇拜创作" 根据作者后来写的《祝中俄文字之交》(《南腔北调集》),这里所说似因郭沫若的意见而引起的。郭沫若曾在1921年2月《民铎》第二卷第五号发表的致李石岑函中说过:"我觉得国内人士只注重媒婆,而不注重处子;只注重翻译,而不注重产生。"他的这些话,是由于看了当年上海《时事新报》副刊《学灯》双十节增刊而发的,在增刊上刊载的第一篇是翻译小说,第二篇才是鲁迅的《头发的故事》。事实上,郭沫若也重视翻译,他曾经翻译过许多外国文学作品,鲁迅的意见也不能看作只是针对个人的。

〔5〕 托尔斯泰(Л.Толстой,1828—1910) 俄国作家。著有《战争与和平》、《安娜·卡列尼娜》、《复活》等。都介涅夫(И.С.Тургенев,1818—1883),通译屠格涅夫,俄国作家。著有小说《猎人笔记》、《罗亭》、《父与子》等。陀思妥夫斯奇(Ф.М.Достоевский,1821—1881),通译陀思妥耶夫斯基,俄国作家。著有小说《穷人》、《被侮辱与被损害的》、《罪与罚》等。

〔6〕 彼得和约翰 欧美人常用的名字,这里泛指外国人。

论雷峰塔的倒掉^{〔1〕}

听说，杭州西湖上的雷峰塔^{〔2〕}倒掉了，听说而已，我没有亲见。但我却见过未倒的雷峰塔，破破烂烂的映掩于湖光山色之间，落山的太阳照着这些四近的地方，就是"雷峰夕照"，西湖十景之一。"雷峰夕照"的真景我也见过，并不见佳，我以为。

然而一切西湖胜迹的名目之中，我知道得最早的却是这雷峰塔。我的祖母曾经常常对我说，白蛇娘娘就被压在这塔底下。有个叫作许仙的人救了两条蛇，一青一白，后来白蛇便化作女人来报恩，嫁给许仙了；青蛇化作丫鬟，也跟着。一个和尚，法海禅师，得道的禅师，看见许仙脸上有妖气，——凡讨妖怪做老婆的人，脸上就有妖气的，但只有非凡的人才看得出，——便将他藏在金山寺的法座后，白蛇娘娘来寻夫，于是就"水满金山"。我的祖母讲起来还要有趣得多，大约是出于一部弹词叫作《义妖传》^{〔3〕}里的，但我没有看过这部书，所以也不知道"许仙""法海"究竟是否这样写。总而言之，白蛇娘娘终于中了法海的计策，被装在一个小小的钵盂里了。钵盂埋在地里，上面还造起一座镇压的塔来，这就是雷峰塔。此后似乎事情还很多，如"白状元祭塔"之类，但我现在都忘记了。

那时我惟一的希望，就在这雷峰塔的倒掉。后来我长大

179

了,到杭州,看见这破破烂烂的塔,心里就不舒服。后来我看看书,说杭州人又叫这塔作保叔塔,其实应该写作"保俶塔",是钱王的儿子造的。[4]那么,里面当然没有白蛇娘娘了,然而我心里仍然不舒服,仍然希望他倒掉。

现在,他居然倒掉了,则普天之下的人民,其欣喜为何如?

这是有事实可证的。试到吴越的山间海滨,探听民意去。凡有田夫野老,蚕妇村氓,除了几个脑髓里有点贵恙的之外,可有谁不为白娘娘抱不平,不怪法海太多事的?

和尚本应该只管自己念经。白蛇自迷许仙,许仙自娶妖怪,和别人有什么相干呢? 他偏要放下经卷,横来招是搬非,大约是怀着嫉妒罢,——那简直是一定的。

听说,后来玉皇大帝也就怪法海多事,以至荼毒生灵,想要拿办他了。他逃来逃去,终于逃在蟹壳里避祸,不敢再出来,到现在还如此。我对于玉皇大帝所做的事,腹诽的非常多,独于这一件却很满意,因为"水满金山"一案,的确应该由法海负责;他实在办得很不错的。只可惜我那时没有打听这话的出处,或者不在《义妖传》中,却是民间的传说罢。

秋高稻熟时节,吴越间所多的是螃蟹,煮到通红之后,无论取那一只,揭开背壳来,里面就有黄,有膏;倘是雌的,就有石榴子一般鲜红的子。先将这些吃完,即一定露出一个圆锥形的薄膜,再用小刀小心地沿着锥底切下,取出,翻转,使里面向外,只要不破,便变成一个罗汉模样的东西,有头脸,身子,是坐着的,我们那里的小孩子都称他"蟹和尚",就是躲在里面避难的法海。

当初,白蛇娘娘压在塔底下,法海禅师躲在蟹壳里。现在却只有这位老禅师独自静坐了,非到螃蟹断种的那一天为止出不来。莫非他造塔的时候,竟没有想到塔是终究要倒的么?

活该。

一九二四年十月二十八日。

*　　　*　　　*

〔1〕　本篇最初发表于1924年11月17日北京《语丝》周刊第一期。

〔2〕　雷峰塔　原在杭州西湖净慈寺前面,宋开宝八年(975)吴越王钱俶为贺王妃得子而建,名王妃塔,也称西关砖塔;因建在名为雷峰的小山上,通称雷峰塔。1924年9月25日倒坍。

〔3〕　《义妖传》　演述关于白蛇娘娘的民间神话故事的弹词,清代陈遇乾著,共二十八卷五十四回,又《续集》二卷十六回。同治八年(1869)刊行。"水满金山"和"白状元祭塔",都是白蛇故事中的情节。金山在江苏镇江,山上有金山寺,东晋时所建。白状元是故事中白蛇娘娘和许仙所生的儿子许士林,他后来中了状元回来祭塔,与被法海和尚镇在雷峰塔下的白蛇娘娘相见。

〔4〕　本文最初发表时,篇末有作者的附记说:"这篇东西,是一九二四年十月二十八日做的。今天孙伏园来,我便将草稿给他看。他说,雷峰塔并非就是保俶塔。那么,大约是我记错的了,然而我却确乎早知道雷峰塔下并无白娘娘。现在既经前记者先生指点,知道这一节并非得于所看之书,则当时何以知之,也就莫名其妙矣。特此声明,并且更正。十一月三日。"保俶塔在西湖宝石山顶,今仍存。一说是吴越王钱俶入宋朝贡时所造。明代朱国桢《涌幢小品》卷十四中有简单记载:"杭

州有保俶塔,因俶入朝,恐其被留,作此以保之……今误为保叔。"另一传说是宋咸平(998—1003)时僧永保化缘所筑。明代郎瑛《七修类稿》:"咸平中,僧永保化缘筑塔,人以师叔称之,遂名塔曰保叔。"

说　胡　须[1]

今年夏天游了一回长安[2]，一个多月之后，胡里胡涂的回来了。知道的朋友便问我：“你以为那边怎样？”我这才栗然地回想长安，记得看见很多的白杨，很大的石榴树，道中喝了不少的黄河水。然而这些又有什么可谈呢？我于是说：“没有什么怎样。”他于是废然而去了，我仍旧废然而住，自愧无以对“不耻下问”[3]的朋友们。

今天喝茶之后，便看书，书上沾了一点水，我知道上唇的胡须又长起来了。假如翻一翻《康熙字典》，上唇的，下唇的，颊旁的，下巴上的各种胡须，大约都有特别的名号谥法的罢，[4]然而我没有这样闲情别致。总之是这胡子又长起来了，我又要照例的剪短他，先免得沾汤带水。于是寻出镜子，剪刀，动手就剪，其目的是在使他和上唇的上缘平齐，成一个隶书的一字。

我一面剪，一面却忽而记起长安，记起我的青年时代，发出连绵不断的感慨来。长安的事，已经不很记得清楚了，大约确乎是游历孔庙的时候，其中有一间房子，挂着许多印画，有李二曲[5]像，有历代帝王像，其中有一张是宋太祖或是什么宗，我也记不清楚了，总之是穿一件长袍，而胡子向上翘起的。于是一位名士[6]就毅然决然地说：“这都是日本人假造的，你看这胡子就是日本式的胡子。"

诚然,他们的胡子确乎如此翘上,他们也未必不假造宋太祖或什么宗的画像,但假造中国皇帝的肖像而必须对了镜子,以自己的胡子为法式,则其手段和思想之离奇,真可谓"出乎意表之外"[7]了。清乾隆中,黄易掘出汉武梁祠石刻画像来[8],男子的胡须多翘上;我们现在所见北魏至唐的佛教造像中的信士像[9],凡有胡子的也多翘上,直到元明的画像,则胡子大抵受了地心的吸力作用,向下面拖下去了。日本人何其不惮烦,孳孳汲汲地造了这许多从汉到唐的假古董,来埋在中国的齐鲁燕晋秦陇巴蜀的深山邃谷废墟荒地里?

我以为拖下的胡子倒是蒙古式,是蒙古人带来的,然而我们的聪明的名士却当作国粹了。留学日本的学生因为恨日本,便神往于大元,说道"那时倘非天幸,这岛国早被我们灭掉了!"[10]则认拖下的胡子为国粹亦无不可。然而又何以是黄帝的子孙?又何以说台湾人在福建打中国人[11]是奴隶根性?

我当时就想争辩,但我即刻又不想争辩了。留学德国的爱国者 X 君,——因为我忘记了他的名字,姑且以 X 代之,——不是说我的毁谤中国,是因为娶了日本女人,所以替他们宣传本国的坏处么?我先前不过单举几样中国的缺点,尚且要带累"贱内"改了国籍,何况现在是有关日本的问题?好在即使宋太祖或什么宗的胡子蒙些不白之冤,也不至于就有洪水,就有地震,有什么大相干。我于是连连点头,说道:"嗡,嗡,对啦。"因为我实在比先前似乎油滑得多了,——好了。

　　我剪下自己的胡子的左尖端毕,想,陕西人费心劳力,备饭化钱,用汽车[12]载,用船装,用骡车拉,用自动车装,请到长安去讲演,大约万料不到我是一个虽对于决无杀身之祸的小事情,也不肯直抒自己的意见,只会"嗡,嗡,对啦"的罢。他们简直是受了骗了。

　　我再向着镜中的自己的脸,看定右嘴角,剪下胡子的右尖端,撒在地上,想起我的青年时代来——

　　那已经是老话,约有十六七年了罢。

　　我就从日本回到故乡来,嘴上就留着宋太祖或什么宗似的向上翘起的胡子,坐在小船里,和船夫谈天。

　　"先生,你的中国话说得真好。"后来,他说。

　　"我是中国人,而且和你是同乡,怎么会……"

　　"哈哈哈,你这位先生还会说笑话。"

　　记得我那时的没奈何,确乎比看见 X 君的通信要超过十倍。我那时随身并没有带着家谱,确乎不能证明我是中国人。即使带着家谱,而上面只有一个名字,并无画像,也不能证明这名字就是我。即使有画像,日本人会假造从汉到唐的石刻,宋太祖或什么宗的画像,难道偏不会假造一部木版的家谱么?

　　凡对于以真话为笑话的,以笑话为真话的,以笑话为笑话的,只有一个方法:就是不说话。

　　于是我从此不说话。

　　然而,倘使在现在,我大约还要说:"嗡,嗡,……今天天气多么好呀？……那边的村子叫什么名字？……"因为我实在比先前似乎油滑得多了,——好了。

现在我想，船夫的改变我的国籍，大概和 X 君的高见不同。其原因只在于胡子罢，因为我从此常常为胡子受苦。

国度会亡，国粹家是不会少的，而只要国粹家不少，这国度就不算亡。国粹家者，保存国粹者也；而国粹者，我的胡子是也。这虽然不知道是什么"逻辑"法，但当时的实情确是如此的。

"你怎么学日本人的样子，身体既矮小，胡子又这样，……"一位国粹家兼爱国者发过一篇崇论宏议之后，就达到这一个结论。

可惜我那时还是一个不识世故的少年，所以就愤愤地争辩。第一，我的身体是本来只有这样高，并非故意设法用什么洋鬼子的机器压缩，使他变成矮小，希图冒充。第二，我的胡子，诚然和许多日本人的相同，然而我虽然没有研究过他们的胡须样式变迁史，但曾经见过几幅古人的画像，都不向上，只是向外，向下，和我们的国粹差不多。维新以后，可是翘起来了，那大约是学了德国式。你看威廉皇帝的胡须，不是上指眼梢，和鼻梁正作平行么？虽然他后来因为吸烟烧了一边，只好将两边都剪平了。但在日本明治维新[13]的时候，他这一边还没有失火……。

这一场辩解大约要两分钟，可是总不能解国粹家之怒，因为德国也是洋鬼子，而况我的身体又矮小乎。而况国粹家很不少，意见又很统一，因此我的辩解也就很频繁，然而总无效，一回，两回，以至十回，十几回，连我自己也觉得无聊而且麻烦起来了。罢了，况且修饰胡须用的胶油在中国也难得，我便从此听其自然了。

听其自然之后，胡子的两端就显出毗心现象〔14〕来，于是也就和地面成为九十度的直角。国粹家果然也不再说话，或者中国已经得救了罢。

然而接着就招了改革家的反感，这也是应该的。我于是又分疏，一回，两回，以至许多回，连我自己也觉得无聊而且麻烦起来了。

大约在四五年或七八年前罢，我独坐在会馆里，窃悲我的胡须的不幸的境遇，研究他所以得谤的原因，忽而恍然大悟，知道那祸根全在两边的尖端上。于是取出镜子，剪刀，即刻剪成一平，使他既不上翘，也难拖下，如一个隶书的一字。

"阿，你的胡子这样了？"当初也曾有人这样问。

"唔唔，我的胡子这样了。"

他可是没有话。我不知道是否因为寻不着两个尖端，所以失了立论的根据，还是我的胡子"这样"之后，就不负中国存亡的责任了。总之我从此太平无事的一直到现在，所麻烦者，必须时常剪剪而已。

一九二四年十月三十日。

＊　　　＊　　　＊

〔1〕　本篇最初发表于1924年12月15日《语丝》周刊第五期。

〔2〕　长安　即西安。1924年7月7日，作者应西北大学的邀请，离京前往西安，为该校与陕西省教育厅合办的暑期学校讲《中国小说的历史的变迁》，8月12日返回北京。

〔3〕 "不耻下问" 语出《论语·公冶长》："敏而好学,不耻下问"。是孔子称赞孔文子的话。

〔4〕《康熙字典》中各种胡须的名称是:上唇的叫"髭",下唇的叫"鬏",颊旁的叫"髯",下巴的叫"鬍"。《康熙字典》,清代康熙年间张玉书等奉诏编纂的一部字典,于康熙五十五年(1716)刊行。共四十二卷,收四万七千零三十五字。

〔5〕 李二曲(1627—1705) 名颙,字中孚,号二曲,陕西周至人,清代理学家。著有《四书反身录》等。

〔6〕 一位名士 指王小隐,本名王梓生,山东费县人。1920 年 9 月任《上海时报》特约记者,兼平民大学讲师。1924 年以《京报》记者身份去西安讲学,与鲁迅同行。

〔7〕 "出乎意表之外" 这是林琴南文章中不通的语句。当时林琴南等人攻击新文学作者所以提倡白话文,是因为自己不懂古文的缘故;因而主张白话文的人常引用他们那些不通的古文句子,加以嘲讽。

〔8〕 黄易(1744—1801) 字大易,号小松,浙江仁和(今杭州)人,清代金石收藏家。著有《小蓬莱阁金石文字》等书。汉武梁祠石刻画像,在山东嘉祥县武宅山汉代武氏墓前石室中,四壁刻古人画像和奇禽异兽等物,为汉代石刻艺术代表作品之一。宋代赵明诚《金石录》曾有记载。后来因河道变迁,淤没土中;清乾隆五十一年(1786)秋,黄易曾到那里掘得石室数处,画像二十余石,及《武斑碑》、《武氏石阙铭》等。

〔9〕 信士像 我国自三国时起,信仰佛教的人,常出资在寺庙和崖壁间塑造或雕刻佛像;有时也在其间附带塑刻出资者自身的像,叫做信士像。

〔10〕 指元兵侵日失败一事。元至元十七年(1280),元世祖忽必烈命范文虎等率军十余万人进犯日本。次年七月,攻入日本平户岛。据《新元史·日本传》所记,当时日本形势很紧张:"日本战船小,不能敌

前后来攻者,皆败退,国中人心汹汹,市无粜米。日本主亲至八幡祠祈
祷,又宣命于太神宫,乞以身代国难。……八月甲子朔,飓风大作,(元
军)战舰皆破坏覆没。"

〔11〕　指福州惨案中发生的事。参看本卷第 309 页注〔3〕。当时
我国台湾还在日本侵占之下,在这次事件中,也有台湾的流氓参加。

〔12〕　这里的"汽车",即火车;下文的"自动车",即汽车。都是日
语名称。

〔13〕　明治维新　1868 年,日本明治天皇掌握国家政权,结束了德
川幕府的统治,建立中央集权政府,实行一系列有利于发展资本主义的
改革,史称明治维新。

〔14〕　毗心　即趋向中心。毗心现象,是说上唇两边的须尖向下
拖垂。

论照相之类[1]

一 材料之类

我幼小时候,在 S 城[2],——所谓幼小时候者,是三十年前,但从进步神速的英才看来,就是一世纪;所谓 S 城者,我不说他的真名字,何以不说之故,也不说。总之,是在 S 城,常常旁听大大小小男男女女谈论洋鬼子挖眼睛。曾有一个女人,原在洋鬼子家里佣工,后来出来了,据说她所以出来的原因,就因为亲见一坛盐渍的眼睛,小鲫鱼似的一层一层积叠着,快要和坛沿齐平了。她为远避危险起见,所以赶紧走。

S 城有一种习惯,就是凡是小康之家,到冬天一定用盐来腌一缸白菜,以供一年之需,其用意是否和四川的榨菜相同,我不知道。但洋鬼子之腌眼睛,则用意当然别有所在,惟独方法却大受了 S 城腌白菜法的影响,相传中国对外富于同化力,这也就是一个证据罢。然而状如小鲫鱼者何?答曰:此确为 S 城人之眼睛也。S 城庙宇中常有一种菩萨,号曰眼光娘娘。有眼病的,可以去求祷;愈则用布或绸做眼睛一对,挂神龛上或左右,以答神庥。所以只要看所挂眼睛的多少,就知道这菩萨的灵不灵。而所挂的眼睛,则正是两头尖尖,如小鲫鱼,要寻一对和洋鬼子生理图上所画似的圆球形者,决不可得。黄帝岐伯[3]尚矣；王莽诛翟义党[4]，分解肢体，令医生们察看，曾否绘图不可知，纵使绘过，现在已佚，徒令"古已有之"而已。宋的《析骨分经》[5]，相传也据目验，《说郛》中有之，我曾看过它，多是胡说，大约是假的。否则，目验尚且如此胡涂，则 S 城人之将眼睛理想化为小鲫鱼，实也无足深怪了。

然而洋鬼子是吃腌眼睛来代腌菜的么？是不然，据说是应用的。一，用于电线，这是根据别一个乡下人的话，如何用法，他没有谈，但云用于电线罢了；至于电线的用意，他却说过，就是每年加添铁丝，将来鬼兵到时，使中国人无处逃走。二，用于照相，则道理分明，不必多赘，因为我们只要和别人对立，他的瞳子里一定有我的一个小照相的。

而且洋鬼子又挖心肝，那用意，也是应用。我曾旁听过一位念佛的老太太说明理由：他们挖了去，熬成油，点了灯，向地下各处去照去。人心总是贪财的，所以照到埋着宝贝的地方，火头便弯下去了。他们当即掘开来，取了宝贝去，所以洋鬼子都这样的有钱。

道学先生之所谓"万物皆备于我"[6]的事，其实是全国，至少是 S 城的"目不识丁"的人们都知道，所以人为"万物之灵"。所以月经精液可以延年，毛发爪甲可以补血，大小便可以医许多病，[7]臂膊上的肉可以养亲。然而这并非本论的范围，现在姑且不说。况且 S 城人极重体面，有许多事不许说；否则，就要用阴谋来惩治的。

二 形式之类

要之，照相似乎是妖术。咸丰年间，或一省里，还有因为能照相而家产被乡下人捣毁的事情。但当我幼小的时候，——即三十年前，S城却已有照相馆了，大家也不甚疑惧。虽然当闹"义和拳民"时，——即二十五年前，或一省里，还以罐头牛肉当作洋鬼子所杀的中国孩子的肉看。然而这是例外，万事万物，总不免有例外的。

要之，S城早有照相馆了，这是我每一经过，总须流连赏玩的地方，但一年中也不过经过四五回。大小长短不同颜色不同的玻璃瓶，又光滑又有刺的仙人掌，在我都是珍奇的物事；还有挂在壁上的框子里的照片：曾大人，李大人，左中堂，鲍军门[8]。一个族中的好心的长辈，曾经借此来教育我，说这许多都是当今的大官，平"长毛"的功臣，你应该学学他们。我那时也很愿意学，然而想，也须赶快仍复有"长毛"。

但是，S城人却似乎不甚爱照相，因为精神要被照去的，所以运气正好的时候，尤不宜照，而精神则一名"威光"：我当时所知道的只有这一点。直到近年来，才又听到世上有因为怕失了元气而永不洗澡的名士，元气大约就是威光罢，那么，我所知道的就更多了：中国人的精神一名威光即元气，是照得去，洗得下的。

然而虽然不多，那时却又确有光顾照相的人们，我也不明白是什么人物，或者运气不好之徒，或者是新党[9]罢。只是半身像是大抵避忌的,因为像腰斩。自然,清朝是已经废去腰斩的了,但我们还能在戏文上看见包爷爷的铡包勉[10],一刀两段,何等可怕,则即使是国粹乎,而亦不欲人之加诸我也,诚然也以不照为宜。所以他们所照的多是全身,旁边一张大茶几,上有帽架,茶碗,水烟袋,花盆,几下一个痰盂,以表明这人的气管枝中有许多痰,总须陆续吐出。人呢,或立或坐,或者手执书卷,或者大襟上挂一个很大的时表,我们倘用放大镜一照,至今还可以知道他当时拍照的时辰,而且那时还不会用镁光,所以不必疑心是夜里。

然而名士风流,又何代蔑有呢?雅人早不满于这样千篇一律的呆鸟了,于是也有赤身露体装作晋人[11]的,也有斜领丝绦装作 X 人的,但不多。较为通行的是先将自己照下两张,服饰态度各不同,然后合照为一张,两个自己即或如宾主,或如主仆,名曰"二我图"。但设若一个自己傲然地坐着,一个自己卑劣可怜地,向了坐着的那一个自己跪着的时候,名色便又两样了:"求己图"。这类"图"晒出之后,总须题些诗,或者词如"调寄满庭芳""摸鱼儿"之类,然后在书房里挂起。至于贵人富户,则因为属于呆鸟一类,所以决计想不出如此雅致的花样来,即有特别举动,至多也不过自己坐在中间,膝下排列着他的一百个儿子,一千个孙子和一万个曾孙(下略)照一张"全家福"。

Th. Lipps[12]在他那《伦理学的根本问题》中,说过这样意思的话。就是凡是人主,也容易变成奴隶,因为他一面既承认可做主人,一面就当然承认可做奴隶,所以威力一坠,就死心塌地,俯首帖耳于新主人之前了。那书可惜我不在手头,只记得一个大意,好在中国已经有了译本,虽然是节译,这些话应该存在的罢。用事实来证明这理论的最显著的例是孙皓[13],治吴时候,如此骄纵酷虐的暴主,一降晋,却是如此卑劣无耻的奴才。中国常语说,临下骄者事上必谄,也就是看穿了这把戏的话。但表现得最透澈的却莫如"求己图",将来中国如要印《绘图伦理学的根本问题》,这实在是一张极好的插画,就是世界上最伟大的讽刺画家也万万想不到,画不出的。

但现在我们所看见的,已没有卑劣可怜地跪着的照相了,不是什么会纪念的一群,即是什么人放大的半个,都很凛凛地。我愿意我之常常将这些当作半张"求己图"看,乃是我的杞忧。

三 无 题 之 类

照相馆选定一个或数个阔人的照相,放大了挂在门口,似乎是北京特有,或近来流行的。我在 S 城所见的曾大人之流,都不过六寸或八寸,而且挂着的永远是曾大人之流,也不像北京的时时掉换,年年不同。但革命以后,也许撤去了罢,我知道得不真确。

至于近十年北京的事,可是略有所知了,无非其人阔,则其像放大,其人"下野",则其像不见,比电光自然永久得多。倘若白昼明烛,要在北京城内寻求一张不像那些阔人似的缩小放大挂起挂倒的照相,则据鄙陋所知,实在只有一位梅兰芳[14]君。而该君的麻姑[15]一般的"天女散花""黛玉葬花"像,也确乎比那些缩小放大挂起挂倒的东西标致,即此就足以证明中国人实有审美的眼睛,其一面又放大挺胸凸肚的照相者,盖出于不得已。

我在先只读过《红楼梦》[16],没有看见"黛玉葬花"的照片的时候,是万料不到黛玉的眼睛如此之凸,嘴唇如此之厚的。我以为她该是一副瘦削的痨病脸,现在才知道她有些福相,也像一个麻姑。然而只要一看那些继起的模仿者们的拟天女照相,都像小孩子穿了新衣服,拘束得怪可怜的苦相,也就会立刻悟出梅兰芳君之所以永久之故了,其眼睛和嘴唇,盖出于不得已,即此也就足以证明中国人实有审美的眼睛。

印度的诗圣泰戈尔[17]先生光临中国之际,像一大瓶好香水似地很熏上了几位先生们以文气和玄气,然而够到陪坐祝寿的程度的却只有一位梅兰芳君:两国的艺术家的握手。待到这位老诗人改姓换名,化为"竺震旦",离开了近于他的理想境的这震旦之后,震旦诗贤头上的印度帽也不大看见了,报章上也很少记他的消息,而装饰这近于理想境的震旦者,也仍旧只有那巍然地挂在照相馆玻璃窗里的一张"天女散花图"或"黛玉葬花图"。

惟有这一位"艺术家"的艺术,在中国是永久的。

我所见的外国名伶美人的照相并不多,男扮女的照相没有见过,别的名人的照相见过几十张。托尔斯泰,伊孛生,罗丹[18]都老了,尼采一脸凶相,勖本华尔一脸苦相,淮尔特[19]穿上他那审美的衣装的时候,已经有点呆相了,而罗曼罗

195

兰[20]似乎带点怪气，戈尔基[21]又简直像一个流氓。虽说都可以看出悲哀和苦斗的痕迹来罢，但总不如天女的"好"得明明白白。假使吴昌硕[22]翁的刻印章也算雕刻家，加以作画的润格如是之贵，则在中国确是一位艺术家了，但他的照相我们看不见。林琴南[23]翁负了那么大的文名，而天下也似乎不甚有热心于"识荆"[24]的人，我虽然曾在一个药房的仿单[25]上见过他的玉照，但那是代表了他的"如夫人"[26]函谢丸药的功效，所以印上的，并不因为他的文章。更就用了"引车卖浆者流"[27]的文字来做文章的诸君而言，南亭亭长我佛山人[28]往矣，且从略；近来则虽是奋战忿斗，做了这许多作品的如创造社[29]诸君子，也不过印过很小的一张三人的合照，而且是铜板而已。

我们中国的最伟大最永久的艺术是男人扮女人。

异性大抵相爱。太监只能使别人放心，决没有人爱他，因为他是无性了，——假使我用了这"无"字还不算什么语病。然而也就可见虽然最难放心，但是最可贵的是男人扮女人了，因为从两性看来，都近于异性，男人看见"扮女人"，女人看见"男人扮"，所以这就永远挂在照相馆的玻璃窗里，挂在国民的心中。外国没有这样的完全的艺术家，所以只好任凭那些捏锤凿，调采色，弄墨水的人们跋扈。

我们中国的最伟大最永久，而且最普遍的艺术也就是男人扮女人。

一九二四年十一月十一日。

＊　　　＊　　　＊

〔1〕 本篇最初发表于1925年1月12日《语丝》周刊第九期。

〔2〕 S城　指作者的出生地绍兴。

〔3〕 黄帝岐伯　这里指《黄帝内经》。我国古代医学典籍，大约为战国秦汉时医家汇集古代及当时医学资料纂述而成，托名黄帝、岐伯所作。全书分《素问》和《灵枢》两部分，前者用黄帝和岐伯问答的形式，讨论中医学原理和治疗理论，后者主要讲述针灸治病理论和方法。

〔4〕 王莽诛翟义党　西汉末年王莽篡夺汉王朝政权时，东郡太守翟义、东郡都尉刘宁、严乡侯刘信和翟的外甥陈丰等起兵讨王莽，立刘信为帝，兵败后被"磔尸陈市"；随翟义起兵的人，也被屠杀。据《汉书·王莽传》，翟义党王孙庆被捕后，"莽使太医、尚方与巧屠共刳剥之，量度五藏，以竹筳导其脉，知所始终，云可以治病。"

〔5〕 《析骨分经》　明代（文中说是宋代，疑误）宁一玉著，收入清代陶珽编纂的《续说郛》第三十卷中。

〔6〕 "万物皆备于我"　语出《孟子·尽心（上）》："万物皆备于我矣。反身而诚，乐莫大焉。"

〔7〕 关于月经精液毛发爪甲等入药的说法，在明代李时珍《本草纲目》卷五十二《人部》中曾有记载。

〔8〕 曾大人即曾国藩（1811—1872），湖南湘乡人，清末湘军首领，历官两江总督、直隶总督等职；李大人即李鸿章（1823—1901），安徽合肥人，清末淮军首领，历官直隶总督兼北洋大臣等职；左中堂即左宗棠（1812—1885），湖南湘阴人，湘军将领，历官闽浙总督、陕甘总督等职；鲍军门即鲍超（1828—1886），四川奉节人，湘军将领，历官浙江提督、湖南提督等职。他们都是镇压太平天国农民起义的领军人物。

〔9〕 新党　清末一般人对维新派人物的称呼。

〔10〕 铡包勉　我国传统剧目，系根据民间传说，演宋朝包拯奉公

执法,不徇私情,铡杀犯罪的侄儿包勉的故事。

〔11〕 指晋代文人刘伶等。《世说新语·任诞》中说:"刘伶恒纵酒放达,或脱衣裸形在屋中,人见讥之。伶曰:'我以天地为栋宇,屋室为裈衣,诸君何为人我裈中?'"又《德行》中说:"王平子、胡母彦国诸人,皆以任放为达,或有裸体者。"

〔12〕 Th.Lipps 李普斯(1851—1914),德国心理学家、哲学家。他在《伦理学的根本问题》第二章《道德上之根本动机与恶》中说:"凡欲使他人为奴隶者,其人即有奴隶根性。好为暴君之专制者,乃缺道德上之自负者也。凡好傲慢之人,遇较己强者恒变为卑屈。"(据杨昌济译文,北京大学出版部出版)

〔13〕 孙皓(243—283) 三国时吴国最后的皇帝。在位时淫侈残酷,常随意杀戮臣下和宫人,或剥人面,或凿人眼,无所不用其极。降晋后封归命侯。据《世说新语·排调》载:"晋武帝问孙皓:'闻南人好作《尔汝歌》,颇能为乎?'皓正饮酒,因举觞劝帝而言曰:'昔与汝为邻,今与汝为臣。上汝一杯酒,令汝寿万春。'"

〔14〕 梅兰芳(1894—1961) 名澜,字畹华,江苏泰州人,京剧艺术家。他是扮演旦角的男演员。

〔15〕 麻姑 神话传说中的仙女。据晋代葛洪《神仙传》:东汉时仙人"王方平降蔡经家,召麻姑至,是好女子,年可十八九许,手似鸟爪,顶中有髻,衣有文章而非锦绣。"旧时绘画中多画成面颊丰腴的形象。

〔16〕 《红楼梦》 长篇小说,清代曹雪芹著。通行本为一百二十回,后四十回一般认为是高鹗续作。

〔17〕 泰戈尔(R.Tagore,1861—1941) 印度诗人。著有《新月集》、《飞鸟集》等。1924 年 4 月曾来中国。下文的"竺震旦"是泰戈尔在中国度六十四岁生日时,梁启超给他起的中国名字。

〔18〕 罗丹(A.Rodin,1840—1917) 法国雕塑家。作品有《加莱

义民》、《思想者》、《巴尔扎克》等。

〔19〕　淮尔特（O.Wilde,1854—1900）　通译王尔德,英国作家。著有《莎乐美》、《温德米尔夫人的扇子》等。

〔20〕　罗曼罗兰（Romain Rolland,1866—1944）　法国作家、社会活动家。著有长篇小说《约翰·克利斯朵夫》、剧本《爱与死的搏斗》等。

〔21〕　戈尔基（М.Горъкий,1868—1936）　通译高尔基,苏联作家。著有长篇小说《福玛·高尔杰耶夫》、《母亲》和自传体三部曲《童年》、《在人间》、《我的大学》等。

〔22〕　吴昌硕（1844—1927）　名俊卿,字昌硕,浙江安吉人,书画家、篆刻家。曾在杭州创立西泠印社并任社长。

〔23〕　林琴南（1852—1924）　名纾,字琴南,号畏庐,福建闽侯（今福州）人,翻译家。他曾由别人口述,用古文翻译欧美小说一百七十多种,其中不少是外国文学名著,在清末民初影响很大。"五四"时期,他是最激烈反对新文化运动的守旧派代表人物之一,曾在给蔡元培的信及小说《荆生》、《妖梦》中,诋毁新文化运动者;其中《荆生》一篇大意说:有田其美（影射陈独秀）、金心异（影射钱玄同）、狄莫（影射胡适）三人聚于陶然亭,田生大骂孔子,狄生主张白话,忽然隔壁走出一个伟丈夫荆生来,把三人打骂一顿。荆生是林琴南自况,鲁迅在文中用"识荆"二字含有双关意思。

〔24〕　"识荆"　语出唐代李白的《与韩荆州书》:"生不用封万户侯,但愿一识韩荆州。"后来就用"识荆"作为初次识面的敬辞。

〔25〕　仿单　介绍商品的性质、用途和用法的广告性说明书。

〔26〕　"如夫人"　旧时对他人之妾的称呼。语出《左传》僖公十七年:"齐侯好内,多纳宠,内嬖如夫人者六人。"

〔27〕　"引车卖浆者流"的文字　林琴南在1919年3月18日《公言报》发表的给蔡元培的信中攻击白话文说:"若尽废古书,行用土语为文

字,则都下引车卖浆之徒所操之语,按之皆有文法,……据此,则凡京津之稗贩均可用为教授矣。"

〔28〕 南亭亭长　即李宝嘉(1867—1906),字伯元,江苏武进人,小说家。著有长篇小说《官场现形记》、《文明小史》等。我佛山人,即吴沃尧(1866—1910),字趼人,广东南海佛山人,小说家。著有长篇小说《二十年目睹之怪现状》、《恨海》等。

〔29〕 创造社　文学团体,1921年6月成立于日本东京,活动基地在上海。主要成员有郭沫若、郁达夫和成仿吾等。在1923年出版的《创造季刊》第二卷第一期周年纪念号上,曾刊印他们三人合摄的照片。

再论雷峰塔的倒掉^[1]

从崇轩先生的通信^[2]（二月份《京报副刊》）里，知道他在轮船上听到两个旅客谈话，说是杭州雷峰塔之所以倒掉，是因为乡下人迷信那塔砖放在自己的家中，凡事都必平安，如意，逢凶化吉，于是这个也挖，那个也挖，挖之久久，便倒了。一个旅客并且再三叹息道：西湖十景这可缺了呵！

这消息，可又使我有点畅快了，虽然明知道幸灾乐祸，不像一个绅士，但本来不是绅士的，也没有法子来装潢。

我们中国的许多人，——我在此特别郑重声明：并不包括四万万同胞全部！——大抵患有一种"十景病"，至少是"八景病"，沉重起来的时候大概在清朝。凡看一部县志，这一县往往有十景或八景，如"远村明月""萧寺清钟""古池好水"之类。而且，"十"字形的病菌，似乎已经侵入血管，流布全身，其势力早不在"！"形惊叹亡国病菌^[3]之下了。点心有十样锦，菜有十碗，音乐有十番^[4]，阎罗有十殿，药有十全大补，猜拳有全福手福手全，连人的劣迹或罪状，宣布起来也大抵是十条，仿佛犯了九条的时候总不肯歇手。现在西湖十景可缺了呵！"凡为天下国家有九经"^[5]，九经固古已有之，而九景却颇不习见，所以正是对于十景病的一个针砭，至少也可以使患者感到一种不平常，知道自己的可爱的老病，忽而跑掉了十分之一了。

但仍有悲哀在里面。

其实，这一种势所必至的破坏，也还是徒然的。畅快不过是无聊的自欺。雅人和信士和传统大家，定要苦心孤诣巧语花言地再来补足了十景而后已。

无破坏即无新建设，大致是的；但有破坏却未必即有新建设。卢梭，斯谛纳尔，尼采，托尔斯泰，伊孛生等辈，若用勃兰兑斯的话来说，乃是"轨道破坏者"。其实他们不单是破坏，而且是扫除，是大呼猛进，将碍脚的旧轨道不论整条或碎片，一扫而空，并非想挖一块废铁古砖挟回家去，预备卖给旧货店。中国很少这一类人，即使有之，也会被大众的唾沫淹死。孔丘[6]先生确是伟大，生在巫鬼势力如此旺盛的时代，偏不肯随俗谈鬼神；但可惜太聪明了，"祭如在祭神如神在"，只用他修《春秋》的照例手段以两个"如"字略寓"俏皮刻薄"之意[7]，使人一时莫明其妙，看不出他肚皮里的反对来。他肯对子路赌咒，却不肯对鬼神宣战，因为一宣战就不和平，易犯骂人——虽然不过骂鬼——之罪，即不免有《衡论》（见一月份《晨报副镌》）作家 TY 先生似的好人，会替鬼神来奚落他道：为名乎？骂人不能得名。为利乎？骂人不能得利。想引诱女人乎？又不能将蚩尤的脸子印在文章上。[8]何乐而为之也欤？

孔丘先生是深通世故的老先生，大约除脸子付印问题以外，还有深心，犯不上来做明目张胆的破坏者，所以只是不谈，而决不骂，于是乎俨然成为中国的圣人，道大，无所不包故也。

否则,现在供在圣庙里的,也许不姓孔。

不过在戏台上罢了,悲剧将人生的有价值的东西毁灭给人看,喜剧将那无价值的撕破给人看。讥讽又不过是喜剧的变简的一支流。但悲壮滑稽,却都是十景病的仇敌,因为都有破坏性,虽然所破坏的方面各不同。中国如十景病尚存,则不但卢梭他们似的疯子决不产生,并且也决不产生一个悲剧作家或喜剧作家或讽刺诗人。所有的,只是喜剧底人物或非喜剧非悲剧底人物,在互相模造的十景中生存,一面各各带了十景病。

然而十全停滞的生活,世界上是很不多见的事,于是破坏者到了,但并非自己的先觉的破坏者,却是狂暴的强盗,或外来的蛮夷。狯狁[9]早到过中原,五胡[10]来过了,蒙古也来过了;同胞张献忠[11]杀人如草,而满洲兵的一箭,就钻进树丛中死掉了。有人论中国说,倘使没有带着新鲜的血液的野蛮的侵入,真不知自身会腐败到如何! 这当然是极刻毒的恶谑,但我们一翻历史,怕不免要有汗流浃背的时候罢。外寇来了,暂一震动,终于请他作主子,在他的刀斧下修补老例;内寇来了,也暂一震动,终于请他做主子,或者别拜一个主子,在自己的瓦砾中修补老例。再来翻县志,就看见每一次兵燹之后,所添上的是许多烈妇烈女的氏名。看近来的兵祸,怕又要大举表扬节烈了罢。许多男人们都那里去了?

凡这一种寇盗式的破坏,结果只能留下一片瓦砾,与建设无关。

但当太平时候,就是正在修补老例,并无寇盗时候,即国中暂时没有破坏么？也不然的，其时有奴才式的破坏作用常川活动着。

雷峰塔砖的挖去，不过是极近的一条小小的例。龙门的石佛〔12〕，大半肢体不全，图书馆中的书籍，插图须谨防撕去，凡公物或无主的东西，倘难于移动，能够完全的即很不多。但其毁坏的原因，则非如革除者的志在扫除，也非如寇盗的志在掠夺或单是破坏，仅因目前极小的自利，也肯对于完整的大物暗暗的加一个创伤。人数既多，创伤自然极大，而倒败之后，却难于知道加害的究竟是谁。正如雷峰塔倒掉以后，我们单知道由于乡下人的迷信。共有的塔失去了，乡下人的所得，却不过一块砖，这砖，将来又将为别一自利者所藏，终究至于灭尽。倘在民康物阜时候，因为十景病的发作，新的雷峰塔也会再造的罢。但将来的运命，不也就可以推想而知么？如果乡下人还是这样的乡下人，老例还是这样的老例。

这一种奴才式的破坏，结果也只能留下一片瓦砾，与建设无关。

岂但乡下人之于雷峰塔，日日偷挖中华民国的柱石的奴才们，现在正不知有多少！

瓦砾场上还不足悲，在瓦砾场上修补老例是可悲的。我们要革新的破坏者，因为他内心有理想的光。我们应该知道他和寇盗奴才的分别；应该留心自己堕入后两种。这区别并不烦难，只要观人，省己，凡言动中，思想中，含有借此据为己有的朕兆者是寇盗，含有借此占些目前的小便宜的朕兆者是奴才,无论在前面打着的是怎样鲜明好看的旗子。

一九二五年二月六日。

＊　　　＊　　　＊

〔1〕 本篇最初发表于 1925 年 2 月 23 日《语丝》周刊第十五期。

〔2〕 崇轩的通信 指刊登于 1925 年 2 月 2 日《京报副刊》第四十九号上的胡崇轩给编者孙伏园的信《雷峰塔倒掉的原因》。信中有如下一段话:"那雷峰塔不知在何时已倒掉了一半,只剩着下半截,很破烂的,可是我们那里的乡下人差不多都有这样的迷信,说是能够把雷峰塔的砖拿一块放在家里必定平安,如意,无论什么凶事都能够化吉,所以一到雷峰塔去观瞻的乡下人,都要偷偷的把塔砖挖一块带家去,——我的表兄曾这样做过的,——你想,一人一块,久而久之,那雷峰塔里的砖都给人家挖空了,塔岂有不倒掉的道理? 现在雷峰塔是已经倒掉了,唉,西湖十景这可缺了啊!"胡崇轩,即胡也频(1903—1931),福建福州人,当时是《京报》附刊《民众文艺》周刊的编者之一。

〔3〕 亡国病菌 当时的一种离奇的论调。1924 年 4 月《心理》杂志第三卷第二号载有张耀翔(北京师范大学教授)的《新诗人的情绪》一文,把当时出版的一些新诗集里的惊叹号(!)加以统计,说这种符号"缩小看像许多细菌,放大看像几排弹丸",认为这是消极、悲观、厌世等情绪的表示,因而说多用惊叹号的白话诗都是"亡国之音"。

〔4〕 十番 又称"十番鼓"、"十番锣鼓",由若干曲牌与锣鼓段连缀而成的一种套曲。流行于福建、江苏、浙江等地。据清代李斗《扬州画舫录》卷十一记:十番鼓是用笛、管、箫、弦、提琴、云锣、汤锣、木鱼、檀板、大鼓等十种乐器更番合奏。

〔5〕 "凡为天下国家有九经" 语出《中庸》:"凡为天下国家有九经。曰:修身也,尊贤也,亲亲也,敬大臣也,体群臣也,子庶民也,来百

工也,柔远人也,怀诸侯也。"意思是治理天下国家有九项应做的事。这里只取"经""景"两字同音。

〔6〕 孔丘(前551—前479) 春秋时鲁国陬邑(今山东曲阜)人,儒家学派的创始人。《论语·述而》记载:"子不语怪力乱神。""祭如在祭神如神在",语出《论语·八佾》:"祭如在,祭神如神在。"是记述孔子的祭祀态度的话,意思是孔子祭祀祖先和神灵时,好像受祭者真的就在面前。宋邢昺疏:前句"言事死如事生也";后句"谓祭百神亦如神之存在而致敬也"。孔子曾修订过《春秋》,后来的经学家认为他用一字褒贬表示微言大义,称为"春秋笔法"。他对弟子子路赌咒的事,见《论语·雍也》:"子见南子,子路不说(悦)。夫子矢之曰:'予所否者,天厌之!天厌之!'"按南子是卫灵公的夫人。

〔7〕 "俏皮刻薄" 1921年1月12日《京报副刊》发表的尚惜凡的《〈语丝〉的作风》一文中说:"我觉得《语丝》文章的作风有点'尖刻'、'俏皮'之味。"鲁迅这里顺便予以讽刺。

〔8〕 《衡论》 发表在1925年1月18日《晨报副刊》第十二号上的一篇文章,作者署名TY。它反对写批评文章,其中有这样的话:"这种人(按指写批评文章的人),真不知其心何居。说是想赚钱吧,有时还要赔子儿去出版。说是想引诱女人吧,他那朱元璋的脸子也没有印在文章上。说是想邀名吧,别人看见他那尖刻的文章就够了,谁还敢相信他?"这里是鲁迅对该文的顺笔讽刺。

〔9〕 猃狁 我国古代北方民族之一,周代称猃狁,秦汉时称匈奴。周成王、宣王时都曾和他们有过战争。

〔10〕 五胡 历史上对匈奴、羯、鲜卑、氐、羌五个少数民族的合称。参看本卷第230页注〔9〕。

〔11〕 张献忠(1606—1646) 延安柳树涧(今陕西定边东)人,明末农民起义领袖。崇祯三年(1630)起义,转战陕、豫各地;崇祯十七年

(1644)入川,在成都建立大西国;清顺治三年(1646)出川,行至川北盐亭界,猝遇清兵,于凤凰坡中箭坠马而死。旧史书(包括野史和杂记)中多有关于他杀人的记载。

〔12〕 龙门的石佛　龙门,山名,在河南洛阳南。从北魏至唐代,信仰佛教的人在崖壁间镌石成佛像,约九万七千余尊。

看 镜 有 感[1]

因为翻衣箱，翻出几面古铜镜子来，大概是民国初年初到北京时候买在那里的，"情随事迁"，全然忘却，宛如见了隔世的东西了。

一面圆径不过二寸，很厚重，背面满刻蒲陶[2]，还有跳跃的鼺鼠，沿边是一圈小飞禽。古董店家都称为"海马葡萄镜"。但我的一面并无海马，其实和名称不相当。记得曾见过别一面，是有海马的，但贵极，没有买。这些都是汉代的镜子；后来也有模造或翻沙者，花纹可造粗拙得多了。汉武通大宛安息，以致天马蒲萄，[3]大概当时是视为盛事的，所以便取作什器的装饰。古时，于外来物品，每加海字，如海榴，海红花，海棠之类。海即现在之所谓洋，海马译成今文，当然就是洋马。镜鼻是一个虾蟆，则因为镜如满月，月中有蟾蜍[4]之故，和汉事不相干了。

遥想汉人多少闳放，新来的动植物，即毫不拘忌，来充装饰的花纹。唐人也还不算弱，例如汉人的墓前石兽，多是羊，虎，天禄，辟邪[5]，而长安的昭陵上，却刻着带箭的骏马[6]，还有一匹驼鸟，则办法简直前无古人。现今在坟墓上不待言，即平常的绘画，可有人敢用一朵洋花一只洋鸟，即私人的印章，可有人肯用一个草书一个俗字么？许多雅人，连记年月也必是甲子,怕用民国纪元。不知道是没有如此大胆的艺术家;还是虽有而民众都加迫害,他于是乎只得萎缩,死掉了?

宋的文艺,现在似的国粹气味就熏人。然而辽金元陆续进来了,这消息很耐寻味。汉唐虽然也有边患,但魄力究竟雄大,人民具有不至于为异族奴隶的自信心,或者竟毫未想到,凡取用外来事物的时候,就如将彼俘来一样,自由驱使,绝不介怀。一到衰弊陵夷之际,神经可就衰弱过敏了,每遇外国东西,便觉得仿佛彼来俘我一样,推拒,惶恐,退缩,逃避,抖成一团,又必想一篇道理来掩饰,而国粹遂成为孱王和孱奴的宝贝。

无论从那里来的,只要是食物,壮健者大抵就无需思索,承认是吃的东西。惟有衰病的,却总常想到害胃,伤身,特有许多禁条,许多避忌;还有一大套比较利害而终于不得要领的理由,例如吃固无妨,而不吃尤稳,食之或当有益,然究以不吃为宜云云之类。但这一类人物总要日见其衰弱的,因为他终日战战兢兢,自己先已失了活气了。

不知道南宋比现今如何,但对外敌,却明明已经称臣,惟独在国内特多繁文缛节以及唠叨的碎话。正如倒霉人物,偏多忌讳一般,豁达闳大之风消歇净尽了。直到后来,都没有什么大变化。我曾在古物陈列所所陈列的古画上看见一颗印文,是几个罗马字母。但那是所谓"我圣祖仁皇帝"[7]的印,是征服了汉族的主人,所以他敢;汉族的奴才是不敢的。便是现在,便是艺术家,可有敢用洋文的印的么?

清顺治中,时宪书[8]上印有"依西洋新法"五个字,痛哭流涕来劝洋人汤若望的偏是汉人杨光先[9]。直到康熙初，争胜了，就教他做钦天监正去，则又叩阍以"但知推步之理不知推步之数"辞。不准辞，则又痛哭流涕地来做《不得已》，说道"宁可使中夏无好历法，不可使中夏有西洋人。"然而终于连闰月都算错了，他大约以为好历法专属于西洋人，中夏人自己是学不得，也学不好的。但他竟论了大辟，可是没有杀，放归，死于途中了。汤若望入中国还在明崇祯初，其法终未见用；后来阮元[10]论之曰："明季君臣以大统寖疏，开局修正，既知新法之密，而讫未施行。圣朝定鼎，以其法造时宪书，颁行天下。彼十余年辩论翻译之劳，若以备我朝之采用者，斯亦奇矣！……我国家圣圣相传，用人行政，惟求其是，而不先设成心。即是一端，可以仰见如天之度量矣！"（《畴人传》四十五）

现在流传的古镜们，出自冢中者居多，原是殉葬品。但我也有一面日用镜，薄而且大，规抚汉制，也许是唐代的东西。那证据是：一，镜鼻已多磨损；二，镜面的沙眼都用别的铜来补好了。当时在妆阁中，曾照唐人的额黄和眉绿[11]，现在却监禁在我的衣箱里，它或者大有今昔之感罢。

但铜镜的供用，大约道光咸丰时候还与玻璃镜并行；至于穷乡僻壤，也许至今还用着。我们那里，则除了婚丧仪式之外，全被玻璃镜驱逐了。然而也还有余烈可寻，倘街头遇见一位老翁，肩了长凳似的东西，上面缚着一块猪肝色石和一块青色石，试仔听他的叫喊，就是"磨镜，磨剪刀！"

宋镜我没有见过好的，什九并无藻饰，只有店号或"正其衣冠"等类的迂铭词，真是"世风日下"。但是要进步或不退步,总须时时自出新裁,至少也必取材异域,倘若各种顾忌,各种小心,各种唠叨,这么做即违了祖宗,那么做又像了夷狄,终生惴惴如在薄冰上,发抖尚且来不及,怎么会做出好东西来。所以事实上“今不如古”者,正因为有许多唠叨着“今不如古”的诸位先生们之故。现在情形还如此。倘再不放开度量,大胆地,无畏地,将新文化尽量地吸收,则杨光先似的向西洋主人沥陈中夏的精神文明的时候,大概是不劳久待的罢。

但我向来没有遇见过一个排斥玻璃镜子的人。单知道咸丰年间,汪曰桢[12]先生却在他的大著《湖雅》里攻击过的。他加以比较研究之后,终于决定还是铜镜好。最不可解的是:他说,照起面貌来,玻璃镜不如铜镜之准确。莫非那时的玻璃镜当真坏到如此,还是因为他老先生又带上了国粹眼镜之故呢?我没有见过古玻璃镜。这一点终于猜不透。

一九二五年二月九日。

※   ※   ※

〔1〕 本篇最初发表于 1925 年 3 月 2 日《语丝》周刊第十六期。

〔2〕 蒲陶 即葡萄。

〔3〕 汉武通大宛安息 汉武帝刘彻从建元三年(前 138)起,曾多次派遣张骞出使西域,直至大宛、安息等地,开辟了通往西亚的贸易往来和文化交流的道路。大宛、安息,都是古国名。大宛旧址在今乌兹别克斯坦境内;安息旧址在今伊朗境内。天马和葡萄都来自大宛。《史记·大宛列传》说:“得乌孙马好,名曰天马。及得大宛汗血马益壮,更名乌孙马曰西极,名大宛马曰天马云。”又说:“宛左右以蒲萄为酒,富人藏酒至万余石,久者数十岁不败。俗嗜酒,马嗜苜蓿,汉使取其实来,于是

天子始种苜蓿蒲陶肥饶地。及天马多,外国使来众,则离宫别观旁,尽种蒲陶苜蓿极望。"

〔4〕 月中有蟾蜍 我国古代的神话传说,见《淮南子·精神训》:"日中有踆乌,而月中有蟾蜍。"

〔5〕 天禄,辟邪 据《汉书·西域传》及三国魏孟康的注释,是产于西域乌弋山离国(当在今阿富汗西部)的动物:"似鹿,长尾,一角者或为天鹿(禄),两角者或为辟邪。"

〔6〕 昭陵是唐太宗李世民墓,在陕西醴泉东北九嵕山。昭陵带箭的骏马,是唐太宗于武德四年(621)平定洛阳时所乘名马飒露紫的石刻浮雕像,为昭陵六骏中的代表杰作。唐太宗在这次战争中,因该马受伤,濒于危险,有勇士丘行恭将自己的乘马献上,始得脱走。石刻所表现的,即为被甲带剑的丘行恭献马以后,立在飒露紫前,手执马羁,拔去马胸所中之箭的情状。按昭陵六骏是:飒露紫、拳毛䯄、白蹄乌、特勒骠、青骓、什伐赤。唐太宗为纪念他阵亡的六匹骏马,于贞观十年(636)下诏刻浮雕石像,镶嵌在昭陵寝殿东西两庑壁间。飒露紫、拳毛䯄两石刻于1914年被盗,现存费城宾夕法尼亚大学博物馆。其余四骏现藏陕西省博物馆。

〔7〕 "圣祖仁皇帝" 指清朝康熙皇帝玄烨。"圣祖"是庙号,"仁皇帝"是谥号。

〔8〕 时宪书 即历书。清初睿亲王多尔衮颁布汤若望修正的历法,名《时宪历》,乾隆时因避高宗弘历的名讳,改称为"时宪书"。

〔9〕 汤若望(J. A. Schall von Bell, 1591—1666) 德国人,天主教传教士。明天启二年(1622)来中国传教,后在历局供职。清顺治元年(1644)任钦天监监正(观察天象,推算节气历法的主要长官),变更历法,新编历书。杨光先(1597—1669),字长公,安徽歙县人。顺治十七年(1660)他上书礼部,说历书封面上不该用"依西洋新法"五字,无结

果。康熙三年(1664)秋又上书礼部,指责历书推算该年十二月初一日蚀的错误,翌年春汤若望等因而被判罪,杨光先接任钦天监监正,复用旧历。康熙八年(1669)因推闰失实,康熙为汤若望等冤狱平反,杨光先被夺官下狱,初论死罪,后以年老免死放归。下文的《不得已》,完成于康熙四年(1665),是杨光先几次控告汤若望,批评西洋传教士、天主教和西洋历法的专文、呈状的汇集。鲁迅文中所引的话,分别见于该书中的《二叩阍辞疏》、《日食天象验》。"但知推步之理,不知推步之数",鲁迅引自阮元《畴人传》"杨光先"条,原文为"但知历之理,而不知历之数"。

〔10〕 阮元(1764—1849) 字伯元,号芸台,江苏仪征人,清代学者。曾任两广总督、体仁阁大学士。著有《揅经室集》、《畴人传》等。《畴人传》,共四十六卷,包括我国从远古到清代的天文历算学者二百四十三人和曾在中国居留的利马窦、汤若望、南怀仁等三十七个西洋人的传记。畴人,即天文、历算家。

〔11〕 额黄和眉绿 古代妇女在额中和眉上所作的修饰。额黄起于六朝时,眉绿大约于战国时已开始,二者都盛行于唐代。

〔12〕 汪曰桢(1813—1881) 字刚木,号谢城,浙江乌程(今吴兴)人。清咸丰时任会稽教谕。著有《湖雅》、《历代长术辑要》等。《湖雅》共九卷,收在他自己编纂的《荔墙丛刻》中。在《湖雅》卷九"器用之属"中谈到镜子时说:"近年玻璃镜盛行,薛镜(按指明人薛惠公所铸铜镜)已久不复铸。然玻璃镜每多照物不准,俗谓之走作,铜镜则无此病。又玻璃易碎,不及铜质耐久,世俗乃弃彼取此,良不可解。盖风气日薄,厌常喜新,即一物可征矣。"

春 末 闲 谈 [1]

北京正是春末,也许我过于性急之故罢,觉着夏意了,于是突然记起故乡的细腰蜂[2]。那时候大约是盛夏,青蝇密集在凉棚索子上,铁黑色的细腰蜂就在桑树间或墙角的蛛网左近往来飞行,有时衔一支小青虫去了,有时拉一个蜘蛛。青虫或蜘蛛先是抵抗着不肯去,但终于乏力,被衔着腾空而去了,坐了飞机似的。

老前辈们开导我,那细腰蜂就是书上所说的果蠃,纯雌无雄,必须捉螟蛉去做继子的。她将小青虫封在窠里,自己在外面日日夜夜敲打着,祝道"像我像我",经过若干日,——我记不清了,大约七七四十九日罢,——那青虫也就成了细腰蜂了,所以《诗经》里说:"螟蛉有子,果蠃负之。"螟蛉就是桑上小青虫。蜘蛛呢?他们没有提。我记得有几个考据家曾经立过异说,以为她其实自能生卵;其捉青虫,乃是填在窠里,给孵化出来的幼蜂做食料的。但我所遇见的前辈们都不采用此说,还道是拉去做女儿。我们为存留天地间的美谈起见,倒不如这样好。当长夏无事,遭暑林阴,瞥见二虫一拉一拒的时候,便如睹慈母教女,满怀好意,而青虫的宛转抗拒,则活像一个不识好歹的毛鸦头。

但究竟是夷人可恶,偏要讲什么科学。科学虽然给我们

214

许多惊奇,但也搅坏了我们许多好梦。自从法国的昆虫学大家发勃耳(Fabre)[3]仔细观察之后,给幼蜂做食料的事可就证实了。而且,这细腰蜂不但是普通的凶手,还是一种很残忍的凶手,又是一个学识技术都极高明的解剖学家。她知道青虫的神经构造和作用,用了神奇的毒针,向那运动神经球上只一螫,它便麻痹为不死不活状态,这才在它身上生下蜂卵,封入窠中。青虫因为不死不活,所以不动,但也因为不活不死,所以不烂,直到她的子女孵化出来的时候,这食料还和被捕当日一样的新鲜。

三年前,我遇见神经过敏的俄国的 E 君[4],有一天他忽然发愁道,不知道将来的科学家,是否不至于发明一种奇妙的药品,将这注射在谁的身上,则这人即甘心永远去做服役和战争的机器了? 那时我也就趱眉叹息,装作一齐发愁的模样,以示"所见略同"之至意,殊不知我国的圣君,贤臣,圣贤,圣贤之徒,却早已有过这一种黄金世界的理想了。不是"唯辟作福,唯辟作威,唯辟玉食"[5]么? 不是"君子劳心,小人劳力"[6]么? 不是"治于人者食(去声)人,治人者食于人"[7]么? 可惜理论虽已卓然,而终于没有发明十全的好方法。要服从作威就须不活,要贡献玉食就须不死;要被治就须不活,要供养治人者又须不死。人类升为万物之灵,自然是可贺的,但没有了细腰蜂的毒针,却很使圣君,贤臣,圣贤,圣贤之徒,以至现在的阔人,学者,教育家觉得棘手。将来未可知,若已往,则治人者虽然尽力施行过各种麻痹术,也还不能十分奏效,与果蠃并驱争先。即以皇帝一伦而言,便难免时常改姓易代,终没有

"万年有道之长";"二十四史"而多至二十四,就是可悲的铁证。现在又似乎有些别开生面了,世上挺生了一种所谓"特殊智识阶级"[8]的留学生,在研究室中研究之结果,说医学不发达是有益于人种改良的,中国妇女的境遇是极其平等的,一切道理都已不错,一切状态都已够好。E君的发愁,或者也不为无因罢,然而俄国是不要紧的,因为他们不像我们中国,有所谓"特别国情"[9],还有所谓"特殊智识阶级"。

那这种工作,也怕终于像古人那样,不能十分奏效的罢,因为这实在比细腰蜂所做的要难得多。她于青虫,只须不动,所以仅在运动神经球上一螫,即告成功。而我们的工作,却求其能运动,无知觉,该在知觉神经中枢,加以完全的麻醉的。但知觉一失,运动也就随之失却主宰,不能贡献玉食,恭请上自"极峰"[10]下至"特殊智识阶级"的赏收享用了。就现在而言,窃以为除了遗老的圣经贤传法,学者的进研究室主义[11],文学家和茶摊老板的莫谈国事律[12],教育家的勿视勿听勿言勿动[13]论之外,委实还没有更好,更完全,更无流弊的方法。便是留学生的特别发见,其实也并未轶出了前贤的范围。

那么,又要"礼失而求诸野"[14]了。夷人,现在因为想去取法,姑且称之为外国,他那里,可有较好的法子么?可惜,也没有。所有者,仍不外乎不准集会,不许开口之类,和我们中华并没有什么很不同。然亦可见至道嘉猷,人同此心,心同此理,固无华夷之限也。猛兽是单独的,牛羊则结队;野牛的大队,就会排角成城以御强敌了,但拉开一匹,定只能牟牟地叫。人民与牛马同流,——此就中国而言,夷人别有分类法云，——治之之道，自然应该禁止集合：这方法是对的。其次要防说话。人能说话，已经是祸胎了，而况有时还要做文章。所以苍颉造字，夜有鬼哭[15]。鬼且反对，而况于官？猴子不会说话，猴界即向无风潮，——可是猴界中也没有官，但这又作别论，——确应该虚心取法，反朴归真，则口且不开，文章自灭：这方法也是对的。然而上文也不过就理论而言，至于实效，却依然是难说。最显著的例，是连那么专制的俄国，而尼古拉二世"龙御上宾"[16]之后，罗马诺夫氏竟已"覆宗绝祀"了。要而言之，那大缺点就在虽有二大良法，而还缺其一，便是：无法禁止人们的思想。

于是我们的造物主——假如天空真有这样的一位"主子"——就可恨了：一恨其没有永远分清"治者"与"被治者"；二恨其不给治者生一枝细腰蜂那样的毒针；三恨其不将被治者造得即使砍去了藏着的思想中枢的脑袋而还能动作——服役。三者得一，阔人的地位即永久稳固，统御也永久省了气力，而天下于是乎太平。今也不然，所以即使单想高高在上，暂时维持阔气，也还得日施手段，夜费心机，实在不胜其委屈劳神之至……。

假使没有了头颅，却还能做服役和战争的机械，世上的情形就何等地醒目呵！这时再不必用什么制帽勋章来表明阔人和窄人了，只要一看头之有无，便知道主奴，官民，上下，贵贱的区别。并且也不至于再闹什么革命，共和，会议等等的乱子了，单是电报，就要省下许多许多来。古人毕竟聪明，仿佛早想到过这样的东西，《山海经》上就记载着一种名叫"刑天"的怪物[17]。他没有了能想的头，却还活着，"以乳为目，以脐为口"，——这一点想得很周到，否则他怎么看，怎么吃呢，——实在是很值得奉为师法的。假使我们的国民都能这样，阔人又何等安全快乐？但他又"执干戚而舞"，则似乎还是死也不肯安分，和我那专为阔人图便利而设的理想底好国民又不同。陶潜[18]先生又有诗道："刑天舞干戚，猛志固常在。"连这位貌似旷达的老隐士也这么说，可见无头也会仍有猛志，阔人的天下一时总怕难得太平的了。但有了太多的"特殊知识阶级"的国民，也许有特在例外的希望；况且精神文明太高了之后，精神的头就会提前飞去，区区物质的头的有无也算不得什么难问题。

一九二五年四月二十二日。

＊　　　＊　　　＊

〔1〕　本篇最初发表于1925年4月24日北京《莽原》周刊第一期，署名冥昭。

〔2〕　细腰蜂　在昆虫学上属于膜翅目泥蜂科；关于它的延种方法，我国古代有各种不同的记载。《诗经·小雅·小宛》："螟蛉有子，蜾蠃负之。"汉代郑玄注："蒲卢（按即蜾蠃）取桑虫之子，负持而去，煦妪养之，以成其子。"汉代扬雄《法言·学行》："螟蠕之子殪，而逢蜾蠃，祝之曰：'类我！类我！'久则肖之矣。"最先反对上面说法的是六朝时的陶弘景，他在注《本草》"蠮螉一名土蜂"条下说："（蠮螉）虽名土蜂，不就土中作窠，谓挺土作房尔。今一种黑色细腰，衔泥于壁及器物边作房，生子如粟置其中；乃捕草上青蜘蛛十余置其中，仍塞口，以俟其子大而为粮也。其一种入芦竹管中，亦取草上青虫。一名果蠃，《诗》云：'螟蛉有

子,果嬴负之。'或言细腰蜂无雌,皆取青虫教祝,变成己子,斯为谬矣。"
其后,宋代叶大庆在《考古质疑》卷六中说:"我朝嘉祐中,掌禹锡等按蜀
本注云:'蠮螉即蒲芦,蒲芦即细腰蜂。不特负持桑虫,亦以他虫入穴,
用泥封之,数日成蜂飞去。陶云生子如粟在穴,乃捕他虫为之食。今人
有候其封穴,坏而看之,见有卵如粟,在死虫之上,即如陶说矣。'"

〔3〕 发勃耳(1823—1915) 通译法布尔,法国昆虫学家。著有
《昆虫记》等。

〔4〕 E君 爱罗先珂。参看本卷第243页注〔25〕。

〔5〕 "唯辟作福,唯辟作威,唯辟玉食" 语出《尚书·洪范》。辟,
即天子或诸侯。

〔6〕 "君子劳心,小人劳力" 语出《左传》襄公九年:"君子劳心,
小人劳力,先王之制也。"

〔7〕 "治于人者食人,治人者食于人" 语出《孟子·滕文公
(上)》:"或劳心,或劳力;劳心者治人,劳力者治于人。治于人者食人,
治人者食于人,天下之通义也。"

〔8〕 "特殊智识阶级" 1925年2月,段祺瑞为了抵制孙中山在
共产党支持下提出的召开国民会议的主张,组织了一个御用的"善后会
议",企图从中产生出他控制的假国民会议。当时有一批曾在外国留学
的人在北京组织"国外大学毕业参加国民会议同志会",于3月29日在
中央公园水榭开会,到会者百数人,他们向"善后会议"提请愿书,要求
在未来的国民会议中给他们保留名额,其中说:"查国民代表会议之最
大任务为制定中华民国宪法,留学者为一特殊智识阶级,无庸讳言,其
应参加此项会议,多多益善。"(见1925年3月31日《京报》)作者说的所
谓"特殊智识阶级",当指这类留学生。

〔9〕 "特别国情" 1915年袁世凯阴谋恢复帝制时,他的宪法顾
问美国人古德诺(F.J.Goodnow)曾于8月10日北京《亚细亚日报》发表

一篇《共和与君主论》,说中国自有"特别国情",不适宜实行共和政治,
应当恢复君主政体。这种"特别国情"的论调,曾经成为一些人阻挠民
主改革和反对进步学说的借口。

〔10〕 "极峰" 意即最高统治者。旧时官僚政客对最高统治者的
媚称。

〔11〕 进研究室主义 对胡适当时主张的一种概括。1919 年 7
月,胡适在《每周评论》上发表《多研究些问题,少谈些"主义"》的文章,
稍后又提出学生"进研究室"、"整理国故"的口号。鲁迅认为这种主张
是诱导青年逃避现实,参看本书《未有天才之前》。

〔12〕 莫谈国事 北洋军阀统治时期,实行恐怖政策,密探四布,
茶馆酒肆里多贴有"莫谈国事"的字条,某些文人也把"莫谈国事"当作
处世格言。

〔13〕 勿视勿听勿言勿动 语出《论语·颜渊》:"非礼勿视,非礼勿
听,非礼勿言,非礼勿动。"

〔14〕 "礼失而求诸野" 孔子的话,见《汉书·艺文志》。唐颜师古
注:"言都邑失礼则于外野求之亦将有所获。"

〔15〕 苍颉造字夜有鬼哭 见《淮南子·本经训》:"昔者苍颉作书
而天雨粟,鬼夜哭。"

〔16〕 尼古拉二世(Николай Ⅱ,1868—1918) 帝俄罗曼诺夫王
朝最后的一个皇帝,为 1917 年 2 月革命所推翻,次年 7 月 17 日被处死。
"龙御上宾",旧时指皇帝逝世,意即乘龙仙去。典出《史记·封禅书》。

〔17〕《山海经》 十八卷,约公元前四世纪至公元二世纪间的作
品,内容主要是有关我国民间传说中的地理知识,还保存了不少上古时
代流传下来的神话故事。"刑天",一作形天,见该书《海外西经》:"形天
与帝争神,帝断其首,葬之常羊之山。乃以乳为目,以脐为口,操干戚以
舞。"干,盾牌;戚,斧头。

〔18〕 陶潜(约 372—427) 一名渊明,字元亮,晋浔阳柴桑(今江西九江)人,东晋诗人。著作有《陶渊明集》。"刑天舞干戚"两句诗,见他的《读山海经》第十首。

灯 下 漫 笔^[1]

一

有一时，就是民国二三年时候，北京的几个国家银行的钞票，信用日见其好了，真所谓蒸蒸日上。听说连一向执迷于现银的乡下人，也知道这既便当，又可靠，很乐意收受，行使了。至于稍明事理的人，则不必是"特殊知识阶级"，也早不将沉重累坠的银元装在怀中，来自讨无谓的苦吃。想来，除了多少对于银子有特别嗜好和爱情的人物之外，所有的怕大都是钞票了罢，而且多是本国的。但可惜后来忽然受了一个不小的打击。

就是袁世凯^[2]想做皇帝的那一年，蔡松坡^[3]先生溜出北京，到云南去起义。这边所受的影响之一，是中国和交通银行的停止兑现。^[4]虽然停止兑现，政府勒令商民照旧行用的威力却还有的；商民也自有商民的老本领，不说不要，却道找不出零钱。假如拿几十几百的钞票去买东西，我不知道怎样，但倘使只要买一枝笔，一盒烟卷呢，难道就付给一元钞票么？不但不甘心，也没有这许多票。那么，换铜元，少换几个罢，又都说没有铜元。那么，到亲戚朋友那里借现钱去罢，怎么会有？于是降格以求，不讲爱国了，要外国银行的钞票。但外国银行的钞票这时就等于现银,他如果借给你这钞票,也就借给你真的银元了。

我还记得那时我怀中还有三四十元的中交票,可是忽而变了一个穷人,几乎要绝食,很有些恐慌。俄国革命以后的藏着纸卢布的富翁的心情,恐怕也就这样的罢;至多,不过更深更大罢了。我只得探听,钞票可能折价换到现银呢? 说是没有行市。幸而终于,暗暗地有了行市了:六折几。我非常高兴,赶紧去卖了一半。后来又涨到七折了,我更非常高兴,全去换了现银,沉垫垫地坠在怀中,似乎这就是我的性命的斤两。倘在平时,钱铺子如果少给我一个铜元,我是决不答应的。

但我当一包现银塞在怀中,沉垫垫地觉得安心,喜欢的时候,却突然起了另一思想,就是:我们极容易变成奴隶,而且变了之后,还万分喜欢。

假如有一种暴力,"将人不当人",不但不当人,还不及牛马,不算什么东西;待到人们羡慕牛马,发生"乱离人,不及太平犬"[5]的叹息的时候,然后给与他略等于牛马的价格,有如元朝定律,打死别人的奴隶,赔一头牛,[6]则人们便要心悦诚服,恭颂太平的盛世。为什么呢? 因为他虽不算人,究竟已等于牛马了。

我们不必恭读《钦定二十四史》,或者入研究室,审察精神文明的高超。只要一翻孩子所读的《鉴略》,——还嫌烦重,则看《历代纪元编》[7],就知道"三千余年古国古"[8]的中华,历来所闹的就不过是这一个小玩艺。但在新近编纂的所谓"历史教科书"一流东西里,却不大看得明白了,只仿佛说:咱们向来就很好的。

但实际上,中国人向来就没有争到过"人"的价格,至多不过是奴隶,到现在还如此,然而下于奴隶的时候,却是数见不鲜的。中国的百姓是中立的,战时连自己也不知道属于那一面,但又属于无论那一面。强盗来了,就属于官,当然该被杀掉;官兵既到,该是自家人了罢,但仍然要被杀掉,仿佛又属于强盗似的。这时候,百姓就希望有一个一定的主子,拿他们去做百姓,——不敢,是拿他们去做牛马,情愿自己寻草吃,只求他决定他们怎样跑。

假使真有谁能够替他们决定,定下什么奴隶规则来,自然就"皇恩浩荡"了。可惜的是往往暂时没有谁能定。举其大者,则如五胡十六国[9]的时候,黄巢[10]的时候,五代[11]时候,宋末元末时候,除了老例的服役纳粮以外,都还要受意外的灾殃。张献忠的脾气更古怪了,不服役纳粮的要杀,服役纳粮的也要杀,敌他的要杀,降他的也要杀:将奴隶规则毁得粉碎。这时候,百姓就希望来一个另外的主子,较为顾及他们的奴隶规则的,无论仍旧,或者新颁,总之是有一种规则,使他们可上奴隶的轨道。

"时日曷丧,予及汝偕亡!"[12]愤言而已,决心实行的不多见。实际上大概是群盗如麻,纷乱至极之后,就有一个较强,或较聪明,或较狡滑,或是外族的人物出来,较有秩序地收拾了天下。厘定规则:怎样服役,怎样纳粮,怎样磕头,怎样颂圣。而且这规则是不像现在那样朝三暮四的。于是便"万姓胪欢"〔13〕了;用成语来说,就叫作"天下太平"。

任凭你爱排场的学者们怎样铺张,修史时候设些什么"汉族发祥时代""汉族发达时代""汉族中兴时代"的好题目,好意诚然是可感的,但措辞太绕湾子了。有更其直捷了当的说法在这里——

一,想做奴隶而不得的时代;

二,暂时做稳了奴隶的时代。

这一种循环,也就是"先儒"之所谓"一治一乱"〔14〕;那些作乱人物,从后日的"臣民"看来,是给"主子"清道辟路的,所以说:"为圣天子驱除云尔。"〔15〕

现在入了那一时代,我也不了然。但看国学家的崇奉国粹,文学家的赞叹固有文明,道学家的热心复古,可见于现状都已不满了。然而我们究竟正向着那一条路走呢?百姓是一遇到莫名其妙的战争,稍富的迁进租界,妇孺则避入教堂里去了,因为那些地方都比较的"稳",暂不至于想做奴隶而不得。总而言之,复古的,避难的,无智愚贤不肖,似乎都已神往于三百年前的太平盛世,就是"暂时做稳了奴隶的时代"了。

但我们也就都像古人一样,永久满足于"古已有之"的时代么?都像复古家一样,不满于现在,就神往于三百年前的太平盛世么?

自然,也不满于现在的,但是,无须反顾,因为前面还有道路在。而创造这中国历史上未曾有过的第三样时代,则是现在的青年的使命!

二

但是赞颂中国固有文明的人们多起来了,加之以外国人。我常常想,凡有来到中国的,倘能疾首蹙额而憎恶中国,我敢诚意地捧献我的感谢,因为他一定是不愿意吃中国人的肉的!

鹤见祐辅[16]氏在《北京的魅力》中,记一个白人将到中国,预定的暂住时候是一年,但五年之后,还在北京,而且不想回去了。有一天,他们两人一同吃晚饭——

"在圆的桃花心木的食桌前坐定,川流不息地献着山海的珍味,谈话就从古董,画,政治这些开头。电灯上罩着支那式的灯罩,淡淡的光洋溢于古物罗列的屋子中。什么无产阶级呀,Proletariat[17]呀那些事,就像不过在什么地方刮风。

"我一面陶醉在支那生活的空气中,一面深思着对于外人有着'魅力'的这东西。元人也曾征服支那,而被征服于汉人种的生活美了;满人也征伐支那,而被征服于汉人种的生活美了。现在西洋人也一样,嘴里虽然说着Democracy[18]呀,什么什么呀,而却被魅于支那人费六千年而建筑起来的生活的美。一经住过北京,就忘不掉那生活的味道。大风时候的万丈的沙尘,每三月一回的督军们的开战游戏,都不能抹去这支那生活的魅力。"

这些话我现在还无力否认他。我们的古圣先贤既给与我们保古守旧的格言,但同时也排好了用子女玉帛所做的奉献于征服者的大宴。中国人的耐劳，中国人的多子，都就是办酒的材料，到现在还为我们的爱国者所自诩的。西洋人初入中国时，被称为蛮夷，自不免个个蹙额，但是，现在则时机已至，到了我们将曾经献于北魏，献于金，献于元，献于清的盛宴，来献给他们的时候了。出则汽车，行则保护：虽遇清道，然而通行自由的；虽或被劫，然而必得赔偿的；孙美瑶[19]掳去他们站在军前，还使官兵不敢开火。何况在华屋中享用盛宴呢？待到享受盛宴的时候，自然也就是赞颂中国固有文明的时候；但是我们的有些乐观的爱国者，也许反而欣然色喜，以为他们将要开始被中国同化了罢。古人曾以女人作苟安的城堡，美其名以自欺曰"和亲"，今人还用子女玉帛为作奴的贽敬，又美其名曰"同化"。所以倘有外国的谁，到了已有赴宴的资格的现在，而还替我们诅咒中国的现状者，这才是真有良心的真可佩服的人！

但我们自己是早已布置妥帖了，有贵贱，有大小，有上下。自己被人凌虐，但也可以凌虐别人；自己被人吃，但也可以吃别人。一级一级的制驭着，不能动弹，也不想动弹了。因为倘一动弹，虽或有利，然而也有弊。我们且看古人的良法美意罢——

> "天有十日，人有十等。下所以事上，上所以共神也。故王臣公，公臣大夫，大夫臣士，士臣皂，皂臣舆，舆臣隶，隶臣僚，僚臣仆，仆臣台[20]。"（《左传》昭公七年）

但是"台"没有臣，不是太苦了么？无须担心的，有比他更卑的妻，更弱的子在。而且其子也很有希望，他日长大，升而为

"台",便又有更卑更弱的妻子,供他驱使了。如此连环,各得其所,有敢非议者,其罪名曰不安分!

虽然那是古事,昭公七年离现在也太辽远了,但"复古家"尽可不必悲观的。太平的景象还在:常有兵燹,常有水旱,可有谁听到大叫唤么?打的打,革的革,可有处士来横议么?对国民如何专横,向外人如何柔媚,不犹是差等的遗风么?中国固有的精神文明,其实并未为共和二字所埋没,只有满人已经退席,和先前稍不同。

因此我们在目前,还可以亲见各式各样的筵宴,有烧烤,有翅席,有便饭,有西餐。但茅檐下也有淡饭,路傍也有残羹,野上也有饿莩;有吃烧烤的身价不资的阔人,也有饿得垂死的每斤八文的孩子[21](见《现代评论》二十一期)。所谓中国的文明者,其实不过是安排给阔人享用的人肉的筵宴。所谓中国者,其实不过是安排这人肉的筵宴的厨房。不知道而赞颂者是可恕的,否则,此辈当得永远的诅咒!

外国人中,不知道而赞颂者,是可恕的;占了高位,养尊处优,因此受了蛊惑,昧却灵性而赞叹者,也还可恕的。可是还有两种,其一是以中国人为劣种,只配悉照原来模样,因而故意称赞中国的旧物。其一是愿世间人各不相同以增自己旅行的兴趣,到中国看辫子,到日本看木屐,到高丽看笠子,倘若服饰一样,便索然无味了,因而来反对亚洲的欧化。这些都可憎恶。至于罗素在西湖见轿夫含笑[22],便赞美中国人,则也许别有意思罢。但是,轿夫如果能对坐轿的人不含笑,中国也早不是现在似的中国了。

　　这文明,不但使外国人陶醉,也早使中国一切人们无不陶醉而且至于含笑。因为古代传来而至今还在的许多差别,使人们各各分离,遂不能再感到别人的痛苦;并且因为自己各有奴使别人,吃掉别人的希望,便也就忘却自己同有被奴使被吃掉的将来。于是大小无数的人肉的筵宴,即从有文明以来一直排到现在,人们就在这会场中吃人,被吃,以凶人的愚妄的欢呼,将悲惨的弱者的呼号遮掩,更不消说女人和小儿。

　　这人肉的筵宴现在还排着,有许多人还想一直排下去。扫荡这些食人者,掀掉这筵席,毁坏这厨房,则是现在的青年的使命!

　　　　　　　　　　　　　　一九二五年四月二十九日。

　　　　*　　　　　*　　　　　*

　　〔1〕　本篇最初分两次发表于 1925 年 5 月 1 日、22 日《莽原》周刊第二期和第五期。

　　〔2〕　袁世凯(1859—1916)　河南项城人,自 1896 年(清光绪二十二年)在天津小站训练“新建陆军”起,即成为北洋军阀的首领。后任直隶总督、军机大臣、内阁总理大臣。1911 年辛亥革命后,他利用革命领导者的软弱妥协攫取新政府的权力,于 1912 年 3 月就任中华民国临时大总统,次年 10 月任大总统。1915 年 12 月 12 日宣布恢复帝制,称“中华帝国”皇帝,翌年元旦举行登基大典,改年号为“洪宪”。蔡锷等在云南起义反对帝制,得到各省响应,袁世凯被迫于 1916 年 3 月 22 日取消帝制,6 月 6 日死于北京。

　　〔3〕　蔡松坡(1882—1916)　名锷,字松坡,湖南邵阳人,辛亥革命时任云南都督,1913 年被袁世凯调到北京,加以监视。1915 年 11 月他

潜离北京,在昆明组织护国军。同年 12 月袁世凯宣布称帝后,他于 25 日通电宣布独立,起兵讨伐袁世凯。

〔4〕 当时袁世凯政府财政困难,于 1916 年 5 月 12 日下令中国银行和交通银行(当时都是国家银行)停止其发行的纸钞的兑现。下文的中交票,即中国银行和交通银行发的纸钞。

〔5〕 "乱离人不及太平犬" 元代施惠《幽闺记》:"宁为太平犬,莫作乱离人。"

〔6〕 关于元朝的打死别人奴隶赔一头牛的定律,多桑《蒙古史》第二卷第二章中引有元太宗窝阔台的话说:"成吉思汗法令,杀一回教徒者罚黄金四十巴里失,而杀一汉人者其偿价仅与一驴相等。"(据冯承钧译文)又元代陶宗仪《辍耕录》卷十七"奴婢"条载:"刑律,私宰牛马,杖百。殴死驱口(按指奴婢),比常人减死一等,杖一百七,所以视奴婢与马牛无异。"

〔7〕 《鉴略》 清代王仕云著,是旧时学塾用的初级历史读物,上起盘古,下迄明弘光。全为四言韵语。《历代纪元编》,清代李兆洛门人六承如编,分三卷,上卷纪元总载,中卷纪元甲子表,下卷纪元编韵。是中国历史的干支年表。

〔8〕 "三千余年古国古" 语出清代黄遵宪《出军歌》:"四千余岁古国古,是我完全土。"

〔9〕 五胡十六国 公元 304 年至 439 年间,我国匈奴、羯、鲜卑、氐、羌等五个少数民族先后在北方和西蜀立国,计有前赵、后赵、前燕、后燕、南燕、后凉、南凉、北凉、前秦、后秦、西秦、夏、成汉,加上汉族建立的前凉、西凉、北燕,共十六国,史称"五胡十六国"。

〔10〕 黄巢(?—884) 曹州冤句(今山东曹县)人,唐末农民起义领袖。唐乾符二年(875)参加王仙芝的起义。王仙芝阵亡后,被推为领袖,破洛阳,入潼关,广明元年(880)据长安,称大齐皇帝。后因内部分

裂,为沙陀国李克用所败,中和四年(884)在泰山狼虎谷被围自杀。黄巢和张献忠一样,旧史书中多有关于他们杀人的记载。

〔11〕 五代 即公元907年至960年间的梁、唐、晋、汉、周五个朝代。

〔12〕 "时日曷丧,予及汝偕亡" 语出《尚书·汤誓》。时日,指夏桀。

〔13〕 "万姓胪欢" 天下歌呼欢腾之意。《汉书·礼乐志》:"偏胪欢,腾天歌。"唐颜师古注:"胪,陈也;腾,升也。"

〔14〕 "一治一乱" 语出《孟子·滕文公(下)》:"天下之生久矣,一治一乱。"

〔15〕 "为圣天子驱除云尔" 语出《汉书·王莽传赞》:"圣王之驱除云尔。"颜师古注:"言驱逐蠲除以待圣人也。"

〔16〕 鹤见祐辅(1885—1972) 日本评论家。作者曾选译过他的随笔集《思想·山水·人物》,《北京的魅力》一文即见于该书。

〔17〕 Proletariat 英语:无产阶级。

〔18〕 Democracy 英语:民主。

〔19〕 孙美瑶(1899—1923) 山东峄县(今枣庄)人,当时占领山东抱犊崮的土匪头领。聚众四千余人,自称"建国自治军"。1923年5月6日晨,他在津浦铁路临城站劫车,掳去中外旅客二百多人,是当时哄动一时的事件。同年12月9日孙被兖州镇守使张培荣诱杀。

〔20〕 王、公、大夫、士、皂、舆、隶、僚、仆、台是奴隶社会等级的名称。前四种是统治者的等级,后六种是被奴役者的等级。

〔21〕 每斤八文的孩子 1925年5月2日《现代评论》第一卷第二十一期载有仲瑚的《一个四川人的通信》,叙说当时军阀统治下四川民众的悲惨生活,其中说:"人类到了这步田地,那里还讲得起仁民爱物的大道理,自然就闹到食起同类来了。据我所晓得的:男小孩只卖八枚铜

子一斤,女小孩连这个价钱也卖不了。"

〔**22**〕 罗素(B. Russell,1872—1970) 英国哲学家。1920 年 10 月曾来中国讲学,并在各地游览。关于"轿夫含笑"事,见他所著《中国问题》一书:"我记得一个大夏天,我们几个人坐轿过山,道路崎岖难行,轿夫非常的辛苦;我们到了山顶,停十分钟,让他们休息一会。立刻他们就并排的坐下来了,抽出他们的烟袋来,谈着笑着,好像一点忧虑都没有似的。"

杂　忆[1]

1

有人说 G. Byron[2]的诗多为青年所爱读,我觉得这话很有几分真。就自己而论,也还记得怎样读了他的诗而心神俱旺;尤其是看见他那花布裹头,去助希腊独立时候的肖像。这像,去年才从《小说月报》传入中国了[3]。可惜我不懂英文,所看的都是译本。听近今的议论,译诗是已经不值一文钱,即使译得并不错。但那时大家的眼界还没有这样高,所以我看了译本,倒也觉得好,或者就因为不懂原文之故,于是便将臭草当作芳兰。《新罗马传奇》中的译文也曾传诵一时,虽然用的是词调,又译 Sappho 为"萨芷波",[4]证明着是根据日文译本的重译。

苏曼殊[5]先生也译过几首,那时他还没有做诗"寄弹筝人",因此与 Byron 也还有缘。但译文古奥得很,也许曾经章太炎先生的润色的罢,所以真像古诗,可是流传倒并不广。后来收入他自印的绿面金签的《文学因缘》中,现在连这《文学因缘》也少见了。

其实,那时 Byron 之所以比较的为中国人所知,还有别一原因,就是他的助希腊独立。时当清的末年,在一部分中国青

233

年的心中,革命思潮正盛,凡有叫喊复仇和反抗的,便容易惹起感应。那时我所记得的人,还有波兰的复仇诗人 Adam Mickiewicz;匈牙利的爱国诗人 Petöfi Sándor;[6]飞猎滨的文人而为西班牙政府所杀的厘沙路[7],——他的祖父还是中国人,中国也曾译过他的绝命诗。Hauptmann, Sudermann, Ibsen[8]这些人虽然正负盛名,我们却不大注意。别有一部分人,则专意搜集明末遗民的著作,满人残暴的记录,钻在东京或其他的图书馆里,抄写出来,印了,输入中国,希望使忘却的旧恨复活,助革命成功。于是《扬州十日记》[9],《嘉定屠城记略》[10],《朱舜水集》[11],《张苍水集》[12]都翻印了,还有《黄萧养回头》[13]及其他单篇的汇集,我现在已经举不出那些名目来。别有一部分人,则改名"扑满""打清"之类,算是英雄。这些大号,自然和实际的革命不甚相关,但也可见那时对于光复的渴望之心,是怎样的旺盛。

不独英雄式的名号而已,便是悲壮淋漓的诗文,也不过是纸片上的东西,于后来的武昌起义怕没有什么大关系。倘说影响,则别的千言万语,大概都抵不过浅近直截的"革命军马前卒邹容"所做的《革命军》[14]。

2

待到革命起来,就大体而言,复仇思想可是减退了。我想,这大半是因为大家已经抱着成功的希望,又服了"文明"的药,想给汉人挣一点面子,所以不再有残酷的报复。但那时的所谓文明,却确是洋文明,并不是国粹;所谓共和,也是美国法国式的共和,不是周召共和[15]的共和。革命党人也大概竭力想给本族增光,所以兵队倒不大抢掠。南京的土匪兵小有劫掠,黄兴[16]先生便勃然大怒,枪毙了许多,后来因为知道土匪是不怕枪毙而怕枭首的,就从死尸上割下头来,草绳络住了挂在树上。从此也不再有什么变故了,虽然我所住的一个机关的卫兵,当我外出时举枪立正之后,就从窗门洞爬进去取了我的衣服,但究竟手段已经平和得多,也客气得多了。

南京是革命政府所在地,当然格外文明。但我去一看先前的满人的驻在处,却是一片瓦砾;只有方孝孺血迹石[17]的亭子总算还在。这里本是明的故宫,我做学生时骑马经过,曾很被顽童骂詈和投石,——犹言你们不配这样,听说向来是如此的。现在却面目全非了,居民寥寥;即使偶有几间破屋,也无门窗;若有门,则是烂洋铁做的。总之,是毫无一点木料。

那么,城破之时,汉人大大的发挥了复仇手段了么?并不然。知道情形的人告诉我:战争时候自然有些损坏;革命军一进城,旗人[18]中间便有些人定要按古法殉难,在明的冷宫的遗址的屋子里使火药炸裂,以炸杀自己,恰巧一同炸死了几个适从近旁经过的骑兵。革命军以为埋藏地雷反抗了,便烧了一回,可是爨余的房子还不少。此后是他们自己动手,拆屋材出卖,先拆自己的,次拆较多的别人的,待到屋无尺材寸椽,这才大家流散,还给我们一片瓦砾场。——但这是我耳闻的,保不定可是真话。

看到这样的情形,即使你将《扬州十日记》挂在眼前,也不至于怎样愤怒了罢。据我感得,民国成立以后,汉满的恶感仿佛很是消除了,各省的界限也比先前更其轻淡了。然而"罪孽深重不自殒灭"[19]的中国人,不到一年,情形便又逆转:有宗社党的活动和遗老的谬举[20]而两族的旧史又令人忆起,有袁世凯的手段而南北的交恶[21]加甚,有阴谋家的狡计而省界又被利用[22],并且此后还要增长起来!

3

不知道我的性质特别坏,还是脱不出往昔的环境的影响之故,我总觉得复仇是不足为奇的,虽然也并不想诬无抵抗主义者为无人格。但有时也想:报复,谁来裁判,怎能公平呢?便又立刻自答:自己裁判,自己执行;既没有上帝来主持,人便不妨以目偿头,也不妨以头偿目。有时也觉得宽恕是美德,但立刻也疑心这话是怯汉所发明,因为他没有报复的勇气;或者倒是卑怯的坏人所创造,因为他贼害于人而怕人来报复,便骗以宽恕的美名。

因此我常常欣慕现在的青年,虽然生于清末,而大抵长于民国,吐纳共和的空气,该不至于再有什么异族轭下的不平之气,和被压迫民族的合辙[23]之悲罢。果然,连大学教授,也已经不解何以小说要描写下等社会的缘故了[24],我和现代人要相距一世纪的话,似乎有些确凿。但我也不想湔洗,——虽然很觉得惭惶。

当爱罗先珂君[25]在日本未被驱逐之前,我并不知道他的

姓名。直到已被放逐，这才看起他的作品来；所以知道那迫辱
放逐的情形的，是由于登在《读卖新闻》[26]上的一篇江口涣氏
的文字[27]。于是将这译出，还译他的童话，还译他的剧本《桃
色的云》。其实，我当时的意思，不过要传播被虐待者的苦痛
的呼声和激发国人对于强权者的憎恶和愤怒而已，并不是从
什么"艺术之宫"里伸出手来，拔了海外的奇花瑶草，来移植在
华国的艺苑。

　　日文的《桃色的云》出版时，江口氏的文章也在，可是已被
检查机关(警察厅？)删节得很多。我的译文是完全的，但当这
剧本印成本子时，却没有印上去。因为其时我又见了别一种
情形，起了别一种意见，不想在中国人的愤火上，再添薪炭了。

4

　　孔老先生说过："毋友不如己者。"[28]其实这样的势利眼
睛，现在的世界上还多得很。我们自己看看本国的模样，就可
知道不会有什么友人的了，岂但没有友人，简直大半都曾经做
过仇敌。不过仇甲的时候，向乙等候公论，后来仇乙的时候，
又向甲期待同情，所以片段的看起来，倒也似乎并不是全世界
都是怨敌。但怨敌总常有一个，因此每一两年，爱国者总要鼓
舞一番对于敌人的怨恨与愤怒。

　　这也是现在极普通的事情，此国将与彼国为敌的时候，总
得先用了手段，煽起国民的敌忾心来，使他们一同去扞御或攻
击。但有一个必要的条件，就是：国民是勇敢的。因为勇敢，

这才能勇往直前，肉搏强敌，以报仇雪恨。假使是怯弱的人民，则即使如何鼓舞，也不会有面临强敌的决心；然而引起的愤火却在，仍不能不寻一个发泄的地方，这地方，就是眼见得比他们更弱的人民，无论是同胞或是异族。

我觉得中国人所蕴蓄的怨愤已经够多了，自然是受强者的蹂躏所致的。但他们却不很向强者反抗，而反在弱者身上发泄，兵和匪不相争，无枪的百姓却并受兵匪之苦，就是最近便的证据。再露骨地说，怕还可以证明这些人的卑怯。卑怯的人，即使有万丈的愤火，除弱草以外，又能烧掉甚么呢？

或者要说，我们现在所要使人愤恨的是外敌，和国人不相干，无从受害。可是这转移是极容易的，虽曰国人，要借以泄愤的时候，只要给与一种特异的名称，即可放心割刃。先前则有异端，妖人，奸党，逆徒等类名目，现在就可用国贼，汉奸，二毛子，洋狗或洋奴。庚子年的义和团捉住路人，可以任意指为教徒，据云这铁证是他的神通眼已在那人的额上看出一个"十"字。

然而我们在"毋友不如己者"的世上，除了激发自己的国民，使他们发些火花，聊以应景之外，又有什么良法呢。可是我根据上述的理由，更进一步而希望于点火的青年的，是对于群众，在引起他们的公愤之余，还须设法注入深沉的勇气，当鼓舞他们的感情的时候，还须竭力启发明白的理性；而且还得偏重于勇气和理性，从此继续地训练许多年。这声音，自然断乎不及大叫宣战杀贼的大而闳，但我以为却是更紧要而更艰难伟大的工作。

否则,历史指示过我们,遭殃的不是什么敌手而是自己的同胞和子孙。那结果,是反为敌人先驱,而敌人就做了这一国的所谓强者的胜利者,同时也就做了弱者的恩人。因为自己先已互相残杀过了,所蕴蓄的怨愤都已消除,天下也就成为太平的盛世。

总之,我以为国民倘没有智,没有勇,而单靠一种所谓"气",实在是非常危险的。现在,应该更进而着手于较为坚实的工作了。

一九二五年六月十六日。

＊　　　＊　　　＊

〔1〕　本篇最初发表于1925年6月19日《莽原》周刊第九期。

〔2〕　G. Byron　拜伦,参看本书《摩罗诗力说》第四、五节及注〔24〕。

〔3〕　拜伦的肖像,指英国画家菲力普斯(T. Phillips)所作的拜伦画像。1924年4月《小说月报》第十五卷第四期《拜伦逝世百年纪念专号》曾予刊载。《小说月报》,1910年创刊于上海,1921年经过改革,成为当时著名文学团体文学研究会主持的刊物。1932年停刊,共出二十二卷二百五十八期。

〔4〕　《新罗马传奇》　梁启超根据自著的《意大利建国三杰传》改编的戏曲,其中并无拜伦诗的译文。按梁启超在他所作的小说《新中国未来记》第四回中,曾以戏曲的形式介绍过拜伦长诗《唐·璜》第三篇中的一节:"(沉醉东风)……咳!希腊啊,希腊啊!……你本是平和时代的爱娇。你本是战争时代的天骄。'撒芷波'歌声高,女诗人热情好。"Sappho,通译萨福(约前612—约前580),古希腊女诗人。日语译音

为サッフォ,梁启超译为"撒芷波"。

〔5〕 苏曼殊(1884—1918) 名玄瑛,字子谷,广东中山人,文学家。二十岁时在惠州入寺为僧,号曼殊。他曾用旧体诗形式翻译过拜伦的诗五首:《星耶峰耶俱无生》一首,收入 1908 年在日本东京出版的《文学因缘》;《赞大海》、《去国行》、《哀希腊》、《答美人赠束发毡带诗》四首,收入 1909 年在日本东京出版的《拜伦诗选》。"寄弹筝人",指《寄调筝人》,是苏曼殊自作的三首七言绝句,最早发表在 1910 年出版的《南社》第三集,抒写飘逸出世情怀,思想风格与所译拜伦诗异趣。

〔6〕 Adam Mickiewicz 密茨凯维支;Petöfi Sándor,裴多菲。参看本书《摩罗诗力说》第八、九节及相关注释。

〔7〕 厘沙路(J. Rizal,1861—1896) 通译黎萨尔,菲律宾作家,民族独立运动领袖。1892 年发起成立"菲律宾联盟",同年被捕;1896年第二次被捕后为西班牙殖民政府杀害。著有长篇小说《不许犯我》、《起义者》等。他的绝命诗《我的最后的告别》,曾由梁启超译成中文,题作《墓中呼声》。

〔8〕 G. Hauptmann 霍普德曼(1862—1946),德国剧作家。著有《织工》、《沉钟》等。H. Sudermann,苏德曼(1857—1928),德国作家。著有剧本《故乡》、小说《忧愁夫人》等。Ibsen,易卜生,参看本卷第 62 页注〔35〕。

〔9〕 《扬州十日记》 清代江都王秀楚著,记顺治二年(1645)清兵攻入扬州时惨杀汉人的实况。

〔10〕 《嘉定屠城记略》 清代嘉定朱子素著,记顺治二年清兵攻入嘉定时三次屠杀汉人的实况。

〔11〕 《朱舜水集》 朱之瑜著。朱之瑜(1600—1682),字鲁屿,号舜水,浙江余姚人,明末思想家。明亡后据舟山抗清,力图恢复,失败后流亡日本,客死水户。他的著作有日本稻叶岩吉编辑的《朱舜水全集》,

1912 年印行;国内有马浮据稻叶本重订的《舜水遗书》二十五卷,1913
年印行。

〔12〕 《张苍水集》 张煌言著。张煌言(1620—1664),字玄著,号
苍水,浙江鄞县人,南明抗清义军领袖,文学家。崇祯举人。他于清顺
治二年(1645)在浙东起兵抗清,奉鲁王(朱以海)监国,官兵部侍郎。顺
治十六年(1659),与郑成功合兵进入长江,围攻南京,下四府三州二十
四县,兵败而退。康熙三年(1664),见大势已去,隐居浙江一海岛,不久
被俘,就义于杭州。清末章太炎从鄞县得《奇零草》抄本,上卷杂文,下
卷古今体诗,改题《张苍水集》印行。

〔13〕 《黄萧养回头》 以反清革命为主题的粤剧,署名新广东武
生著,原载于 1902 年(清光绪二十八年)梁启超主编的《新小说》杂志,
后有上海广智书局单行本。黄萧养(? —1450),广东南海人,明代正统
末年广东农民起义领袖,景泰元年(1450)在战斗中中箭牺牲。剧本内
容是说黄帝命黄萧养的灵魂投生,从事救国运动,使中国进入"富强之
邦"。

〔14〕 邹容(1885—1905) 字蔚丹,四川巴县人,清末革命家。曾
留学日本,积极参加反清斗争,1903 年 7 月被上海英租界当局逮捕,判
刑二年,1905 年 4 月死于狱中。《革命军》是邹容宣传反清革命的著作,
写于 1903 年,共七章,约两万言,前有章炳麟的序和作者的自序。自序
后署"皇汉民族亡国后之二百六十年岁次癸卯三月日革命军中马前卒
邹容记"。该书抨击清政府的统治,提出建立"自由独立"的"中华共和
国"的理想,起了很大的革命鼓动作用。

〔15〕 周召共和 据《史记·周本纪》,西周时厉王无道,遭到国人
反对,于三十七年(前 841)出奔,"召公、周公二相行政,号曰共和"。又
据《竹书纪年》,周厉王出奔后,由共伯和(共国国君名)代行王政,号共
和元年。

〔16〕　黄兴(1874—1916)　字克强,湖南善化(今属长沙)人,近代民主革命家。早年组织华兴会,1905年参加孙中山组织的同盟会,居协理职位。辛亥革命时任革命军总司令,1912年南京临时政府成立,任陆军总长。袁世凯当政后,在"二次革命"中任江苏讨袁军司令,失败后流亡日本,1916年在上海逝世。

〔17〕　方孝孺(1357—1402)　字希直,浙江宁海人,明惠帝建文时任侍讲学士。建文四年(1402)惠帝的叔父燕王朱棣起兵攻入南京,自立为帝(即永乐帝),命方孝孺起草即位诏书,他坚决不从,遂遭杀害,被灭十族,死者多达八百七十余人。血迹石,相传是方孝孺被钩舌敲齿时染上血迹的石块。

〔18〕　旗人　清代对编入八旗的人的称呼。按八旗是满族的军队组织和户口编制,后来一般称满族人为旗人。

〔19〕　"罪孽深重不自殒灭"　宋代以来,一些人在父母死后印发的讣文中,常有"不孝某某罪孽深重,不自殒灭,祸延显考(妣)"一类套语。

〔20〕　宗社党　清朝贵族良弼、毓朗、铁良等企图保全清室政权于1912年1月成立的一个政治组织。曾于同年3月7日(夏历正月十九日)以"君主立宪维持会"的名义发表宣言,反对溥仪退位。民国成立后,他们潜伏天津、大连等地,在日本帝国主义操纵下,进行复辟活动。1914年5月,曾和遗老劳乃宣、刘廷琛、宋育仁等勾结图谋复辟;1917年7月,又和张勋、康有为等勾结进行复辟,俱告失败。

〔21〕　南北交恶　指1913年(民国二年)7月所发生的袁世凯与南方国民党讨袁军之间的战争。这次战争是由袁世凯以阴谋手段挑起的,目的是消灭当时以孙中山为首、以南方为根据地的国民党势力。当年3月,袁世凯派人暗杀国民党代理理事长宋教仁于上海,并依靠帝国主义的支持,积极准备战争;国民党方面,原是对袁世凯妥协的,在宋教

仁被刺后,孙中山由日本回上海发动讨袁的军事行动。战争于 7 月开始,8 月底讨袁军即告失败。此后在相当长的时间内,南北仍处于对立的局面。

〔22〕　省界被利用　在袁世凯称帝失败时,国务总理段祺瑞为了团结北洋系的武力,曾使徐树铮策动各省区派代表到徐州开会,于 1916 年 5 月成立所谓"省区联合会"。这是北洋军阀利用省界联合的手段以图保存他们的封建割据的组织。与此同时,南方各省也成立联合的"护国军政府"。从此以后至第一次国内革命战争之前,盘据南北各省的军阀就常在联合的名义下,实行以省为单位的封建割据;而在利害冲突时,又进行相互之间的战争。

〔23〕　合辙　指异族统治者强制汉族人遵从他们的制度和政策。辙,即轨道。古代车制,两轮相距八尺,车行必与辙合。

〔24〕　指当时东南大学教授吴宓。参看本卷第 415 页注〔2〕。作者在《二心集·上海文艺之一瞥》中曾说:"那时吴宓先生就曾经发表过文章,说是真不懂为什么有些人竟喜欢描写下流社会。"

〔25〕　爱罗先珂(В. Я. Ерошенко, 1889—1952)　俄国诗人、童话作家。童年时因病双目失明。曾先后到过日本、泰国、缅甸、印度等国;1921 年在日本因参加"五一"游行,6 月间被日本政府驱逐出境,辗转来到中国,曾在北京大学、北京世界语专门学校任教。1923 年 4 月回国。他用世界语和日语写作,鲁迅曾译过他的作品《桃色的云》、《爱罗先珂童话集》。

〔26〕　《读卖新闻》　日本报纸,1874 年(明治七年)11 月在东京创刊,1924 年改革后成为全国性的大报。该报经常登载文艺作品及评论文章。

〔27〕　江口涣(1887—1975)　日本作家。作品有《火山下》、《一个女人的犯罪》等。他所作的关于爱罗先珂的文章,题名《忆爱罗先珂华

西理君》,文中记述爱罗先珂在日本受迫害的经过。该文曾由鲁迅译载于 1923 年 5 月 14 日《晨报副刊》,现收入《鲁迅译文集》第十卷《译丛补》。

〔**28**〕 "*毋友不如己者*" 孔子的话,见《论语·学而》。宋代邢昺疏:"言无得以忠信不如己者为友也。"(按"以"通"与"。)

论 "他 妈 的！"[1]

　　无论是谁,只要在中国过活,便总得常听到"他妈的"或其相类的口头禅。我想:这话的分布,大概就跟着中国人足迹之所至罢;使用的遍数,怕也未必比客气的"您好呀"会更少。假使依或人所说,牡丹是中国的"国花",那么,这就可以算是中国的"国骂"了。

　　我生长于浙江之东,就是西滢先生之所谓"某籍"[2]。那地方通行的"国骂"却颇简单:专一以"妈"为限,决不牵涉余人。后来稍游各地,才始惊异于国骂之博大而精微:上溯祖宗,旁连姊妹,下递子孙,普及同性,真是"犹河汉而无极也"[3]。而且,不特用于人,也以施之兽。前年,曾见一辆煤车的只轮陷入很深的辙迹里,车夫便愤然跳下,出死力打那拉车的骡子道:"你姊姊的！你姊姊的！"

　　别的国度里怎样,我不知道。单知道诺威人 Hamsun[4]有一本小说叫《饥饿》,粗野的口吻是很多的,但我并不见这一类话。Gorky[5]所写的小说中多无赖汉,就我所看过的而言,也没有这骂法。惟独 Artzybashev[6]在《工人绥惠略夫》里,却使无抵抗主义者亚拉借夫骂了一句"你妈的"。但其时他已经决计为爱而牺牲了,使我们也失却笑他自相矛盾的勇气。这骂的翻译,在中国原极容易的,别国却似乎为难,德文译本作

245

"我使用过你的妈",日文译本作"你的妈是我的母狗"。这实在太费解,——由我的眼光看起来。

那么,俄国也有这类骂法的了,但因为究竟没有中国似的精博,所以光荣还得归到这边来。好在这究竟又并非什么大光荣,所以他们大约未必抗议;也不如"赤化"之可怕,中国的阔人,名人,高人,也不至于骇死的。但是,虽在中国,说的也独有所谓"下等人",例如"车夫"之类,至于有身分的上等人,例如"士大夫"之类,则决不出之于口,更何况笔之于书。"予生也晚",赶不上周朝,未为大夫,也没有做士,本可以放笔直干的,然而终于改头换面,从"国骂"上削去一个动词和一个名词,又改对称为第三人称者,恐怕还因为到底未曾拉车,因而也就不免"有点贵族气味"之故。那用途,既然只限于一部分,似乎又有些不能算作"国骂"了;但也不然,阔人所赏识的牡丹,下等人又何尝以为"花之富贵者也"[7]?

这"他妈的"的由来以及始于何代,我也不明白。经史上所见骂人的话,无非是"役夫","奴","死公"[8];较厉害的,有"老狗","貉子"[9];更厉害,涉及先代的,也不外乎"而母婢也","赘阉遗丑"[10]罢了!还没见过什么"妈的"怎样,虽然也许是士大夫讳而不录。但《广弘明集》[11](七)记北魏邢子才"以为妇人不可保。谓元景曰,'卿何必姓王?'元景变色。子才曰,'我亦何必姓邢;能保五世耶?'"则颇有可以推见消息的地方。

晋朝已经是大重门第,重到过度了;华胄世业,子弟便易于得官;即使是一个酒囊饭袋,也还是不失为清品。北方疆土虽失于拓跋氏[12]，士人却更其发狂似的讲究阀阅，区别等第，守护极严。庶民中纵有俊才，也不能和大姓比并。至于大姓，实不过承祖宗余荫，以旧业骄人，空腹高心，当然使人不耐。但士流既然用祖宗做护符，被压迫的庶民自然也就将他们的祖宗当作仇敌。邢子才的话虽然说不定是否出于愤激，但对于躲在门第下的男女，却确是一个致命的重伤。势位声气，本来仅靠了"祖宗"这惟一的护符而存，"祖宗"倘一被毁，便什么都倒败了。这是倚赖"余荫"的必得的果报。

同一的意思，但没有邢子才的文才，而直出于"下等人"之口的，就是："他妈的!"

要攻击高门大族的坚固的旧堡垒，却去瞄准他的血统，在战略上，真可谓奇谲的了。最先发明这一句"他妈的"的人物，确要算一个天才，——然而是一个卑劣的天才。

唐以后，自夸族望的风气渐渐消除；到了金元，已奉夷狄为帝王，自不妨拜屠沽作卿士，"等"的上下本该从此有些难定了，但偏还有人想辛辛苦苦地爬进"上等"去。刘时中[13]的曲子里说："堪笑这没见识街市匹夫，好打那好顽劣。江湖伴侣，旋将表德官名相体呼，声音多厮称，字样不寻俗。听我一个个细数：粜米的唤子良；卖肉的呼仲甫……开张卖饭的呼君宝；磨面登罗底叫德夫：何足云乎?!"（《乐府新编阳春白雪》三）这就是那时的暴发户的丑态。

"下等人"还未暴发之先，自然大抵有许多"他妈的"在嘴上，但一遇机会，偶窃一位，略识几字，便即文雅起来：雅号也有了；身分也高了；家谱也修了，还要寻一个始祖，不是名儒便是名臣。从此化为"上等人",也如上等前辈一样,言行都很温文尔雅。然而愚民究竟也有聪明的,早已看穿了这鬼把戏,所以又有俗谚,说:"口上仁义礼智,心里男盗女娼!"他们是很明白的。

于是他们反抗了,曰:"他妈的!"

但人们不能蔑弃扫荡人我的余泽和旧荫,而硬要去做别人的祖宗,无论如何,总是卑劣的事。有时,也或加暴力于所谓"他妈的"的生命上,但大概是乘机,而不是造运会,所以无论如何,也还是卑劣的事。

中国人至今还有无数"等",还是依赖门第,还是倚仗祖宗。倘不改造,即永远有无声的或有声的"国骂"。就是"他妈的",围绕在上下和四旁,而且这还须在太平的时候。

但偶尔也有例外的用法:或表惊异,或表感服。我曾在家乡看见乡农父子一同午饭,儿子指一碗菜向他父亲说:"这不坏,妈的你尝尝看!"那父亲回答道:"我不要吃。妈的你吃去罢!"则简直已经醇化为现在时行的"我的亲爱的"的意思了。

一九二五年七月十九日。

*　　　*　　　*

〔1〕　本篇最初发表于1925年7月27日《语丝》周刊第三十七期。

〔2〕　西滢先生之所谓"某籍"　在1925年北京女子师范大学学生反对校长杨荫榆事件中,鲁迅等七名教员曾在5月27日的《京报》上发表宣言,对学生表示支持。陈西滢在《现代评论》第一卷第二十五期(1925年5月30日)发表的《闲话》中说:"以前我们常常听说女师大的

风潮,有在北京教育界占最大势力的某籍某系的人在暗中鼓动,可是我们总不敢相信。……但是这篇宣言一出,免不了流言更加传布得厉害了。"某籍,指鲁迅的籍贯浙江。陈西滢(1896—1970),名源,字通伯,笔名西滢,江苏无锡人。时任北京大学教授,现代评论派成员。

〔3〕 "犹河汉而无极也" 语出《庄子·逍遥游》:"吾惊怖其言,犹河汉而无极也。"河汉,即银河。

〔4〕 Hamsun 汉姆生(1859—1952),挪威小说家。《饥饿》是他在1890年发表的长篇小说。

〔5〕 Gorky 高尔基。参看本卷第199页注〔21〕。

〔6〕 Artzybashev 阿尔志跋绥夫。参看本卷第172页注〔5〕。

〔7〕 "花之富贵者也" 语出宋代周敦颐《爱莲说》:"牡丹,花之富贵者也。"

〔8〕 "役夫" 见《左传》文公元年,楚成王妹江芈骂成王子商臣(即楚穆王)的话:"呼,役夫! 宜君王之欲杀女(汝)而立职也。"晋代杜预注:"役夫,贱者称。"按职是商臣的庶弟。"奴",《南史·宋本纪》:"帝(前废帝刘子业)自以为昔在东宫,不为孝武所爱,及即位,将掘景宁陵,太史言于帝不利而止;乃纵粪于陵,肆骂孝武帝为鼬奴。"鼬,鼻上的红疱,俗称"酒糟鼻子"。"死公",《后汉书·祢衡传》载祢衡骂黄祖的话:"黄祖在蒙冲船上大会宾客,而衡言不逊顺,祖惭,乃诃之。衡更熟视曰:'死公! 云等道?'"唐代李贤注:"死公,骂言也;等道,犹今言何勿语也。"

〔9〕 "老狗" 汉代班固《汉孝武故事》:栗姬"骂上(景帝)老狗,上心衔之,未发也。"衔,怀恨在心。"貉子",南朝宋刘义庆《世说新语·惑溺》:"孙秀降晋,晋武帝厚存宠之,妻以姨妹蒯氏,室家甚笃;妻尝妒,乃骂秀为貉子,秀大不平,遂不复入。"

〔10〕 "而母婢也" 《战国策·赵策》:"周烈王崩,诸侯皆吊。齐后

往,周怒,赴于齐曰:'天崩地坼,天子下席,东藩之臣田婴齐后至则斮之.'(齐)威王勃然怒曰:'叱嗟,而(尔)母婢也! 故为天下笑.'""赘阉遗丑",陈琳《为袁绍檄豫州(刘备)文》:"操赘阉遗丑,本无懿德."赘阉,指曹操的父亲曹嵩过继给宦官曹腾做儿子.

〔11〕 《广弘明集》 唐代和尚道宣编,三十卷.内容系辑录自晋至唐阐明佛法的文章.邢子才(496—?),名邵,字子才,河间(今属河北)人,北魏无神论者.曾任中书侍郎等职,东魏武定末任太常卿.元景(?—559),即王昕,字元景,北海剧(今山东东昌)人,东魏武定末任太子詹事,是邢子才的好友.

〔12〕 拓跋氏 古代鲜卑族的一支.东晋太元十一年(386)拓跋珪自立为魏王,后日益强大,占有黄河以北的土地;公元398年建都平城(今大同),称帝改元,史称北魏.

〔13〕 刘时中(?—约1324) 名致,字时中,号逋斋,石州宁乡(今山西中阳)人,元代词曲家.曾任翰林待制等职.这里所引见于他的套曲《上高监司·端正好》.曲子中的"好顽劣",意即很无知."表德",即正式名字外的"字"和"号"."声音多厮称",即声音相同.子良取音于"粮".仲甫取音于"脯".君宝取音于"饱".德夫取音于"麸".《乐府新编阳春白雪》,元代杨朝英选辑的一部散曲总集,选录元人散曲六十余家,共十卷.另有九卷本一种,后五卷所收散曲不少为十卷本所无.

论睁了眼看[1]

虚生先生所做的时事短评中,曾有一个这样的题目:《我们应该有正眼看各方面的勇气》(《猛进》十九期)[2]。诚然,必须敢于正视,这才可望敢想,敢说,敢作,敢当。倘使并正视而不敢,此外还能成什么气候。然而,不幸这一种勇气,是我们中国人最所缺乏的。

但现在我所想到的是别一方面——

中国的文人,对于人生,——至少是对于社会现象,向来就多没有正视的勇气。我们的圣贤,本来早已教人"非礼勿视"的了;而这"礼"又非常之严,不但"正视",连"平视""斜视"也不许。现在青年的精神未可知,在体质,却大半还是弯腰曲背,低眉顺眼,表示着老牌的老成的子弟,驯良的百姓,——至于说对外却有大力量,乃是近一月来的新说,还不知道究竟是如何。

再回到"正视"问题去:先既不敢,后便不能,再后,就自然不视,不见了。一辆汽车坏了,停在马路上,一群人围着呆看,所得的结果是一团乌油油的东西。然而由本身的矛盾或社会的缺陷所生的苦痛,虽不正视,却要身受的。文人究竟是敏感人物,从他们的作品上看来,有些人确也早已感到不满,可是一到快要显露缺陷的危机一髪之际,他们总即刻连说"并无其

251

事",同时便闭上了眼睛。这闭着的眼睛便看见一切圆满,当前的苦痛不过是"天之将降大任于是人也,必先苦其心志,劳其筋骨,饿其体肤,空乏其身,行拂乱其所为。"[3]于是无问题,无缺陷,无不平,也就无解决,无改革,无反抗。因为凡事总要"团圆",正无须我们焦躁;放心喝茶,睡觉大吉。再说费话,就有"不合时宜"之咎,免不了要受大学教授的纠正了。呸!

我并未实验过,但有时候想:倘将一位久蛰洞房的老太爷抛在夏天正午的烈日底下,或将不出闺门的千金小姐拖到旷野的黑夜里,大概只好闭了眼睛,暂续他们残存的旧梦,总算并没有遇到暗或光,虽然已经是绝不相同的现实。中国的文人也一样,万事闭眼睛,聊以自欺,而且欺人,那方法是:瞒和骗。

中国婚姻方法的缺陷,才子佳人小说作家早就感到了,他于是使一个才子在壁上题诗,一个佳人便来和,由倾慕——现在就得称恋爱——而至于有"终身之约"。但约定之后,也就有了难关。我们都知道,"私订终身"在诗和戏曲或小说上尚不失为美谈(自然只以与终于中状元[4]的男人私订为限),实际却不容于天下的,仍然免不了要离异。明末的作家[5]便闭上眼睛,并这一层也加以补救了,说是:才子及第,奉旨成婚。"父母之命媒妁之言"[6]经这大帽子来一压,便成了半个铅钱也不值,问题也一点没有了。假使有之,也只在才子的能否中状元,而决不在婚姻制度的良否。

(近来有人以为新诗人的做诗发表,是在出风头,引异性;

且迁怒于报章杂志之滥登。殊不知即使无报,墙壁实"古已有之",早做过发表机关了;据《封神演义》,纣王已曾在女娲庙壁上题诗,[7]那起源实在非常之早。报章可以不取白话,或排斥小诗,墙壁却拆不完,管不及的;倘一律刷成黑色,也还有破磁可划,粉笔可书,真是穷于应付。做诗不刻木板,去藏之名山,却要随时发表,虽然很有流弊,但大概是难以杜绝的罢。)

《红楼梦》中的小悲剧,是社会上常有的事,作者又是比较的敢于实写的,而那结果也并不坏。无论贾氏家业再振,兰桂齐芳,即宝玉自己,也成了个披大红猩猩毡斗篷的和尚。和尚多矣,但披这样阔斗篷的能有几个,已经是"入圣超凡"无疑了。至于别的人们,则早在册子里一一注定,末路不过是一个归结:是问题的结束,不是问题的开头。读者即小有不安,也终于奈何不得。然而后来或续或改,非借尸还魂,即冥中另配,必令"生旦当场团圆",才肯放手者,乃是自欺欺人的瘾太大,所以看了小小骗局,还不甘心,定须闭眼胡说一通而后快。赫克尔(E. Haeckel)[8]说过:人和人之差,有时比类人猿和原人之差还远。我们将《红楼梦》的续作者和原作者一比较,就会承认这话大概是确实的。

"作善降祥"[9]的古训,六朝人本已有些怀疑了,他们作墓志,竟会说"积善不报,终自欺人"[10]的话。但后来的昏人,却又瞒起来。元刘信将三岁痴儿抛入醮纸火盆,妄希福祐,是见于《元典章》[11]的;剧本《小张屠焚儿救母》[12]却道是为母延命,命得延,儿亦不死了。一女愿侍痼疾之夫,《醒世恒言》中还说终于一同自杀的;后来改作的却道是有蛇坠入药罐里,丈夫服后便全愈了。[13]凡有缺陷，一经作者粉饰，后半便大抵改观，使读者落诬妄中，以为世间委实尽够光明，谁有不幸，便是自作，自受。

有时遇到彰明的史实，瞒不下，如关羽岳飞的被杀，便只好别设骗局了。一是前世已造夙因，如岳飞；一是死后使他成神，如关羽。[14]定命不可逃，成神的善报更满人意，所以杀人者不足责，被杀者也不足悲，冥冥中自有安排，使他们各得其所，正不必别人来费力了。

中国人的不敢正视各方面，用瞒和骗，造出奇妙的逃路来，而自以为正路。在这路上，就证明着国民性的怯弱，懒惰，而又巧滑。一天一天的满足着，即一天一天的堕落着，但却又觉得日见其光荣。在事实上，亡国一次，即添加几个殉难的忠臣，后来每不想光复旧物，而只去赞美那几个忠臣；遭劫一次，即造成一群不辱的烈女，事过之后，也每每不思惩凶，自卫，却只顾歌咏那一群烈女。仿佛亡国遭劫的事，反而给中国人发挥"两间正气"的机会，增高价值，即在此一举，应该一任其至，不足忧悲似的。自然，此上也无可为，因为我们已经借死人获得最上的光荣了。沪汉烈士的追悼会[15]中，活的人们在一块很可景仰的高大的木主下互相打骂，也就是和我们的先辈走着同一的路。

文艺是国民精神所发的火光，同时也是引导国民精神的前途的灯火。这是互为因果的，正如麻油从芝麻榨出，但以浸芝麻，就使它更油。倘以油为上，就不必说；否则，当参入别的东西，或水或碱去。中国人向来因为不敢正视人生，只好瞒和骗,由此也生出瞒和骗的文艺来,由这文艺,更令中国人更深地陷入瞒和骗的大泽中,甚而至于已经自己不觉得。世界日日改变,我们的作家取下假面,真诚地,深入地,大胆地看取人生并且写出他的血和肉来的时候早到了;早就应该有一片崭新的文场,早就应该有几个凶猛的闯将!

现在,气象似乎一变,到处听不见歌吟花月的声音了,代之而起的是铁和血的赞颂。然而倘以欺瞒的心,用欺瞒的嘴,则无论说 A 和 O,或 Y 和 Z,一样是虚假的;只可以吓哑了先前鄙薄花月的所谓批评家的嘴,满足地以为中国就要中兴。可怜他在"爱国"的大帽子底下又闭上了眼睛了——或者本来就闭着。

没有冲破一切传统思想和手法的闯将,中国是不会有真的新文艺的。

一九二五年七月二十二日。

*   *   *

〔1〕 本篇最初发表于 1925 年 8 月 3 日《语丝》周刊第三十八期。

〔2〕 虚生 即徐炳昶(1886—1976),字旭生,又作虚生,河北唐河人。北京大学哲学系教授,《猛进》周刊主编。《猛进》,政论性刊物,1925 年 3 月 6 日创刊于北京,次年 3 月 19 日出至第五十三期停刊。

〔3〕 "天之将降大任于是人也"等语,见《孟子·告子(下)》。

〔4〕 状元 科举时代殿试取中的第一名进士。参看本卷第 355 页注〔3〕。

〔5〕 明末的作家 指明代末年写才子佳人小说的那些作家,如著《平山冷燕》的荻岸山人、《好逑传》的名教中人等。

〔6〕 "父母之命媒妁之言" 语出《孟子·滕文公(下)》:"不待父母之命媒妁之言,钻穴隙相窥,踰墙相从,则父母国人皆贱之。"

〔7〕 《封神演义》 神魔小说,明代许仲琳编写,一百回。纣王在女娲庙壁上题诗的情节,见该书第一回。

〔8〕 赫克尔 通译海克尔,德国生物学家。这里所引他的话,见所著《宇宙之谜》第四章《我们的胚胎史》。

〔9〕 "作善降祥" 语出《尚书·伊训》:"惟上帝不常,作善降之百祥,作不善降之百殃。"

〔10〕 "积善不报,终自欺人" 语出东魏《元湛墓志铭》:"曰仁者寿,所期必信,积善不报,终自欺人。"

〔11〕 《元典章》 即《大元圣政国朝典章》,前集六十卷,新集不分卷。内容系汇辑元世祖中统元年(1260)至英宗至治二年(1322)间的法令文牍。刘信的事载该书第五十七卷。

〔12〕 《小张屠焚儿救母》 杂剧,元代无名氏作。见《古今杂剧》。

〔13〕 一女愿侍痼疾之夫 见《醒世恒言》第九卷《陈多寿生死夫妻》。鲁迅所说后来的改作,大概是指清代宣鼎《夜雨秋灯录》第三卷中的《麻风女邱丽玉》。

〔14〕 关羽(160?—219) 字云长,河东解县(今山西临猗)人,三国时蜀汉大将。刘备定西蜀,他留镇荆襄。建安二十四年在荆州与孙权军作战,兵败被杀。在小说《三国演义》中有他死后显圣成神的描述。岳飞(1103—1142),字鹏举,相州汤阴(今属河南)人,南宋名将。因坚持抗金,于绍兴十一年十二月十九日被宋高宗和秦桧杀害。小说《说岳全传》中说,岳飞是大鹏转世,秦桧是黑龙转世;秦桧害死岳飞,是报前世大鹏啄伤黑龙的夙怨。

〔15〕 沪汉烈士的追悼会 1925年上海五卅惨案发生后,6月11日汉口群众的反帝斗争也遭到英帝国主义及湖北督军萧耀南的镇压。

6月25日,北京各界数十万人游行示威,并在天安门召开沪汉烈士追悼会。有人在会场设立一座两丈四尺高的木质灵位,悬挂着三丈六尺长的挽联,上写"在孔曰成仁在孟曰正命""于礼为国殇于义为鬼雄";指挥台正中的白布横额上,写有"天地正气"四个大字。

从胡须说到牙齿[1]

1

一翻《呐喊》,才又记得我曾在中华民国九年双十节[2]的前几天做过一篇《头发的故事》;去年,距今快要一整年了罢,那时是《语丝》[3]出世未久,我又曾为它写了一篇《说胡须》。实在似乎很有些章士钊[4]之所谓"每况愈下"[5]了,——自然,这一句成语,也并不是章士钊首先用错的,但因为他既以擅长旧学自居,我又正在给他打官司,所以就栽在他身上。当时就听说,——或者也是时行的"流言",——一位北京大学的名教授就愤慨过,以为从胡须说起,一直说下去,将来就要说到屁股,则于是乎便和上海的《晶报》[6]一样了。为什么呢?这须是熟精今典的人们才知道,后进的"束发小生"[7]是不容易了然的。因为《晶报》上曾经登过一篇《太阳晒屁股赋》,屁股和胡须又都是人身的一部分,既说此部,即难免不说彼部,正如看见洗脸的人,敏捷而聪明的学者即能推见他一直洗下去,将来一定要洗到屁股。所以有志于做 gentleman[8]者,为防微杜渐起见,应该在背后给一顿奚落的。——如果说此外还有深意,那我可不得而知了。

昔者窃闻之:欧美的文明人讳言下体以及和下体略有渊

源的事物。假如以生殖器为中心而画一正圆形,则凡在圆周以内者均在讳言之列;而圆之半径,则美国者大于英。中国的下等人,是不讳言的;古之上等人似乎也不讳,所以虽是公子而可以名为黑臀[9]。讳之始,不知在什么时候;而将英美的半径放大,直至于口鼻之间或更在其上,则昉于一千九百二十四年秋。

文人墨客大概是感性太锐敏了之故罢,向来就很娇气,什么也给他说不得,见不得,听不得,想不得。道学先生于是乎从而禁之,虽然很像背道而驰,其实倒是心心相印。然而他们还是一看见堂客的手帕或者姨太太的荒冢就要做诗。我现在虽然也弄弄笔墨做做白话文,但才气却仿佛早经注定是该在"水平线"[10]之下似的,所以看见手帕或荒冢之类,倒无动于中;只记得在解剖室里第一次要在女性的尸体上动刀的时候,可似乎略有做诗之意,——但是,不过"之意"而已,并没有诗,读者幸勿误会,以为我有诗集将要精装行世,传之其人,先在此预告。[11]后来,也就连"之意"都没有了,大约是因为见惯了的缘故罢,正如下等人的说惯一样。否则,也许现在不但不敢说胡须,而且简直非"人之初性本善论"或"天地玄黄赋"[12]便不屑做。遥想土耳其革命[13]后,撕去女人的面幕,是多么下等的事?呜呼,她们已将嘴巴露出,将来一定要光着屁股走路了!

2

虽然有人数我为"无病呻吟"[14]党之一,但我以为自家有病自家知,旁人大概是不很能够明白底细的。倘没有病,谁来呻吟? 如果竟要呻吟,那就已经有了呻吟病了,无法可医。——但模仿自然又是例外。即如自胡须直至屁股等辈,倘使相安无事,谁爱去纪念它们;我们平居无事时,从不想到自己的头,手,脚以至脚底心。待到慨然于"头颅谁斫","髀肉(又说下去了,尚希绅士淑女恕之)复生"[15]的时候,是早已别有缘故的了,所以,"呻吟"。而批评家们曰:"无病"。我实在艳羡他们的健康。

譬如腋下和胯间的毫毛,向来不很肇祸,所以也没有人引为题目,来呻吟一通。头发便不然了,不但白发数茎,能使老先生揽镜慨然,赶紧拔去;清初还因此杀了许多人。民国既经成立,辫子总算剪定了,即使保不定将来要翻出怎样的花样来,但目下总不妨说是已经告一段落。于是我对于自己的头发,也就淡然若忘,而况女子应否剪发的问题呢,因为我并不预备制造桂花油或贩卖烫剪:事不干己,是无所容心于其间的。但到民国九年,寄住在我的寓里的一位小姐[16]考进高等女子师范学校去了,而她是剪了头发的,再没有法可梳盘龙髻或 S 髻。到这时,我才知道虽然已是民国九年,而有些人之嫉视剪发的女子,竟和清朝末年之嫉视剪发的男子相同;校长 M 先生虽被天夺其魄[17],自己的头顶秃到近乎精光了,却偏以为女子的头发可系千钧,示意要她留起。设法去疏通了几回,没有效,连我也听得麻烦起来,于是乎"感慨系之矣"了,随口呻吟了一篇《头发的故事》。但是,不知怎的,她后来竟居然并不留长,现在还是蓬蓬松松的在北京道上走。

本来,也可以无须说下去了,然而连胡须样式都不自由,也是我平生的一件感愤,要时时想到的。胡须的有无,式样,长短,我以为除了直接受着影响的人以外,是毫无容喙的权利和义务的,而有些人们偏要越俎代谋[18],说些无聊的废话,这真和女子非梳头不可的教育,"奇装异服"者要抓进警厅去办罪的政治一样离奇。要人没有反拨,总须不加刺激;乡下人捉进知县衙门去,打完屁股之后,叩一个头道:"谢大老爷!"这情形是特异的中国民族所特有的。

不料恰恰一周年,我的牙齿又发生问题了,这当然就要说牙齿。这回虽然并非说下去,而是说进去,但牙齿之后是咽喉,下面是食道,胃,大小肠,直肠,和吃饭很有相关,仍将为大雅所不齿;更何况直肠的邻近还有膀胱呢,呜呼!

3

中华民国十四年十月二十七日,即夏历之重九,国民因为主张关税自主,游行示威[19]了。但巡警却断绝交通,至于发生冲突,据说两面"互有死伤"。次日,几种报章(《社会日报》,《世界日报》,《舆论报》,《益世报》,《顺天时报》[20]等)的新闻中就有这样的话:

　　"学生被打伤者,有吴兴身(第一英文学校),头部刀
伤甚重……周树人(北大教员)齿受伤,脱门牙二。其他
尚未接有报告。……"

这样还不够,第二天,《社会日报》,《舆论报》,《黄报》,《顺天时
报》又道:

　　"……游行群众方面,北大教授周树人(即鲁迅)门牙
确落二个。……"

　　舆论也好,指导社会机关也好,"确"也好,不确也好,我是
没有修书更正的闲情别致的。但被害苦的是先有许多学生
们,次日我到 L 学校[21]去上课,缺席的学生就有二十余,他
们想不至于因为我被打落门牙,即以为讲义也跌了价的,大概
是预料我一定请病假。还有几个尝见和未见的朋友,或则面
问,或则函问;尤其是朋其[22]君,先行肉薄中央医院,不得,又
到我的家里,目睹门牙无恙,这才重回东城,而"昊天不
吊"[23],竟刮起大风来了。

　　假使我真被打落两个门牙,倒也大可以略平"整顿学
风"[24]者和其党徒之气罢;或者算是说了胡须的报应,——因
为有说下去之嫌,所以该得报应,——依博爱家言,本来也未
始不是一举两得的事。但可惜那一天我竟不在场。我之所以
不到场者,并非遵了胡适[25]教授的指示在研究室里用功,也
不是从了江绍原[26]教授的忠告在推敲作品,更不是依着易卜
生博士的遗训[27]正在"救出自己";惭愧我全没有做那些大工
作,从实招供起来,不过是整天躺在窗下的床上而已。为什么
呢? 曰:生些小病,非有他也。

然而我的门牙,却是"确落二个"的。

4

这也是自家有病自家知的一例,如果牙齿健全的,决不会知道牙痛的人的苦楚,只见他歪着嘴角吸风,模样着实可笑。自从盘古开辟天地以来,中国就未曾发明过一种止牙痛的好方法,现在虽然很有些什么"西法镶牙补眼"的了,但大概不过学了一点皮毛,连消毒去腐的粗浅道理也不明白。以北京而论,以中国自家的牙医而论,只有几个留美出身的博士是好的,但是,yes,贵不可言。至于穷乡僻壤,却连皮毛家也没有,倘使不幸而牙痛,又不安本分而想医好,怕只好去叩求城隍土地爷爷罢。

我从小就是牙痛党之一,并非故意和牙齿不痛的正人君子们立异,实在是"欲罢不能"。听说牙齿的性质的好坏,也有遗传的,那么,这就是我的父亲赏给我的一份遗产,因为他牙齿也很坏。于是或蛀,或破,……终于牙龈上出血了,无法收拾;住的又是小城,并无牙医。那时也想不到天下有所谓"西法……"也者,惟有《验方新编》[28]是唯一的救星;然而试尽"验方"都不验。后来,一个善士传给我一个秘方:择日将栗子风干,日日食之,神效。应择那一日,现在已经忘却了,好在这秘方的结果不过是吃栗子,随时可以风干的,我们也无须再费神去查考。自此之后,我才正式看中医,服汤药,可惜中医仿佛也束手了,据说这是叫"牙损",难治得很呢。还记得有一天一个长辈斥责我，说，因为不自爱，所以会生这病的；医生能有什么法？我不解，但从此不再向人提起牙齿的事了，似乎这病是我的一件耻辱。如此者久而久之，直至我到日本的长崎，再去寻牙医，他给我刮去了牙后面的所谓"齿垽"，这才不再出血了，化去的医费是两元，时间是约一小时以内。

我后来也看看中国的医药书，忽而发见触目惊心的学说了。它说，齿是属于肾的，"牙损"的原因是"阴亏"。我这才顿然悟出先前的所以得到申斥的原因来，原来是它们在这里这样诬陷我。到现在，即使有人说中医怎样可靠，单方怎样灵，我还都不信。自然，其中大半是因为他们耽误了我的父亲的病的缘故罢，但怕也很挟带些切肤之痛的自己的私怨。

事情还很多哩，假使我有 Victor Hugo[29]先生的文才，也许因此可以写出一部《Les Misérables》的续集。然而岂但没有而已么，遭难的又是自家的牙齿，向人分送自己的冤单，是不大合式的，虽然所有文章，几乎十之九是自身的暗中的辩护。现在还不如迈开大步一跳，一径来说"门牙确落二个"的事罢：

袁世凯也如一切儒者一样，最主张尊孔。做了离奇的古衣冠，盛行祭孔的时候，大概是要做皇帝以前的一两年。[30]自此以来，相承不废，但也因秉政者的变换，仪式上，尤其是行礼之状有些不同：大概自以为维新者出则西装而鞠躬，尊古者兴则古装而顿首。我曾经是教育部的佥事，因为"区区"[31]，所以还不入鞠躬或顿首之列的；但届春秋二祭，仍不免要被派去做执事。执事者，将所谓"帛"或"爵"[32]递给鞠躬或顿首之诸公的听差之谓也。民国十一年秋[33]，我"执事"后坐车回寓去,既是北京,又是秋,又是清早,天气很冷,所以我穿着厚外套,带了手套的手是插在衣袋里的。那车夫,我相信他是因为瞌睡,胡涂,决非章士钊党;但他却在中途用了所谓"非常处分"[34],以"迅雷不及掩耳之手段",自己跌倒了,并将我从车上摔出。我手在袋里,来不及抵按,结果便自然只好和地母接吻,以门牙为牺牲了。于是无门牙而讲书者半年,补好于十二年之夏,所以现在使朋其君一见放心,释然回去的两个,其实却是假的。

5

孔二先生[35]说,"虽有周公之才之美,使骄且吝,其余,不足观也矣。"这话,我确是曾经读过的,也十分佩服。所以如果打落了两个门牙,借此能给若干人们从旁快意,"痛快"倒也毫无吝惜之心。而无如门牙,只有这几个,而且早经脱落何?但是将前事拉成今事,却也是不甚愿意的事,因为有些事情,我还要说真实,便只好将别人的"流言"抹杀了,虽然这大抵也以有利于己,至少是无损于己者为限。准此,我便顺手又要将章士钊的将后事拉成前事的胡涂账揭出来。

又是章士钊。我之遇到这个姓名而摇头,实在由来已久;但是,先前总算是为"公",现在却像憎恶中医一样,仿佛也挟带一点私怨了,因为他"无故"将我免了官,所以,在先已经说过:我正在给他打官司。近来看见他的古文的答辩书了,很斤斤于"无故"之辩,其中有一段:

"……又该伪校务维持会擅举该员为委员,该员又不声明否认,显系有意抗阻本部行政,既情理之所难容,亦法律之所不许。……不得已于八月十二日,呈请执政将周树人免职,十三日由 执政明令照准……"

于是乎我也"之乎者也"地驳掉他:

"查校务维持会公举树人为委员,系在八月十三日,而该总长呈请免职,据称在十二日。岂先预知将举树人为委员而先为免职之罪名耶?……"

其实,那些什么"答辩书"也不过是中国的胡牵乱扯的照例的成法,章士钊未必一定如此胡涂;假使真只胡涂,倒还不失为胡涂人,但他是知道舞文玩法的。他自己说过:"挽近政治。内包甚复。一端之起。其真意往往难于迹象求之。执法抗争。不过迹象间事。……"〔36〕所以倘若事不干己,则与其听他说政法,谈逻辑,实在远不如看《太阳晒屁股赋》,因为欺人之意,这些赋里倒没有的。

离题愈说愈远了:这并不是我的身体的一部分。现在即此收住,将来说到那里,且看民国十五年秋罢。

一九二五年十月三十日。

*　　　*　　　*

〔1〕 本篇最初发表于 1925 年 11 月 9 日《语丝》周刊第五十二期。

〔2〕 双十节　1911 年 10 月 10 日孙中山领导的革命党举行了武昌起义(即辛亥革命),次年 1 月 1 日建立中华民国,9 月 28 日临时参议院议决 10 月 10 日为国庆纪念日,俗称"双十节"。

〔3〕《语丝》 文艺性周刊,最初由孙伏园等编辑。1924 年 11 月 17 日创刊于北京。1927 年 10 月被奉系军阀张作霖查禁,随后移至上海续刊。1930 年 3 月出至第五卷第五十二期停刊。鲁迅是主要撰稿人和支持者之一,并于该刊在上海出版后一度担任编辑。参看《三闲集·我和〈语丝〉的始终》。

〔4〕 章士钊(1881—1973) 字行严,号秋桐,笔名孤桐,湖南善化(今属长沙)人。辛亥革命前,曾参加反清革命运动,1914 年 5 月在东京主办《甲寅》月刊(两年后停刊)。五四运动后,他是一个复古主义者。在 1924 年至 1926 年间,他曾任段祺瑞执政府的司法总长兼教育总长,参与压制学生运动,同时创办《甲寅》周刊,提倡尊孔读经,反对新文化运动。后来同情革命。

〔5〕“每况愈下” 原作“每下愈况”,见《庄子·知北游》。章太炎《新方言·释词》:“愈况,犹愈甚也。”后人引用常误作“每况愈下”。章士钊在《甲寅》周刊第一卷第三号《孤桐杂记》中也同样用错:“尝论明清相嬗。士气骤衰。……民国承清。每况愈下。”

〔6〕《晶报》 当时上海一种趣味低俗的小报。原为《神州日报》的副刊,1919 年 3 月单独出版。下文所说《太阳晒屁股赋》,是张丹斧(延礼)写的一篇无聊文章,发表于 1917 年 4 月 26 日《神州日报》副刊。

〔7〕“束发小生” 这是章士钊常用的轻视青年学生的话,如他在 1923 年作的《评新文化运动》一文中就说:“今之束发小生。握笔登先。名流巨公。易节恐后。”束发,古代指男子成童的年龄。

〔8〕 Gentleman 英语:绅士。

〔9〕 黑臀 春秋时晋成公的名字,见《国语·周语(下)》所记单襄公的话:“吾闻成公之生也,其母梦神规其臀以墨曰:‘使有晋国,三而畀骓之孙。’故名之曰黑臀。”

〔10〕“水平线” 这是从当时现代评论社出版的《现代丛书》广告

中引用来的。在《现代评论》第一卷第九期(1925 年 2 月 7 日)刊登的《〈现代丛书〉出版预告》中说:"《现代丛书》中不会有一本无价值的书,一本读不懂的书,一本在水平线下的书。"

〔11〕 在《现代评论》1925 年 10 月 28 日出版的"特别增刊第一号"上刊登的"现代文艺丛书广告"中,关于《志摩的诗》说:"徐志摩的第一部诗集。……书印两种,宣纸厚本定价一元四角,白连史本定价一元。却是聚珍宋字精印的线装书,很不讨厌。"鲁迅在这里顺笔予以讽刺。

〔12〕 "人之初性本善" 是《三字经》的首句。"天地玄黄",是《千字文》的首句。旧时学塾中常用这类句子作为练习文章的题目。

〔13〕 土耳其革命 指 1919 年基马尔领导的反帝反封建的资产阶级民主革命。经过多年的民族独立战争,于 1923 年 10 月宣布成立土耳其共和国。随后又对宗教、婚姻制度、社会习俗等进行了一系列的改革,妇女不带面纱是风俗改革中的一项。

〔14〕 "无病呻吟" 原是一句成语,当时复古主义者常用此语来攻击提倡写白话文的人。如章士钊在《甲寅》周刊第一卷第十四期(1925 年 10 月)《评新文学运动》一文中,曾影射白话文作者"忘其谫陋,无病呻吟"。

〔15〕 "头颅谁斫" 据《资治通鉴》卷一八五记载,隋炀帝感到统治局面不稳时,"尝引镜自照,顾谓萧后曰:'好头颈,谁当斫之?'""髀肉复生",《三国志·蜀书·先主刘备传》南朝宋裴松之注引《九州春秋》说,刘备投靠荆州牧刘表数年,因无用武之地,久不乘马,他"见髀里肉生,慨然流涕"。

〔16〕 一位小姐,指许羡苏(1901—1986),许钦文四妹。1920 年暑假时,曾寄住八道湾鲁迅住所。

〔17〕 M 先生 指毛邦伟,贵州遵义人。清光绪举人,后赴日本留学,在东京高等师范学校毕业,1920 年时任北京女子高等师范学校校

长。天夺其魄,语出《左传》宣公十五年:"刘康公曰:'不及十年,原叔必有大咎,天夺之魄矣。'"

〔18〕 越俎代谋 语出《庄子·逍遥游》,原作"越俎代庖",意思是掌管祭祀的人,放下祭器去代替厨师做饭。

〔19〕 关税自主的游行示威 1925年10月26日(文中误作"二十七"),段祺瑞政府根据1922年2月华盛顿会议所通过的九国关税条约,邀请英、美、法等十二国,在北京召开所谓"关税特别会议",企图在不平等条约的基础上,与各帝国主义国家成立新的关税协定。这是和当时各界民众要求彻底废除不平等条约愿望相反的。因此在会议开幕的当日,北京各学校和团体五万余人在天安门集会游行,反对关税会议,主张关税自主。游行刚至新华门,即被大批武装警察阻止、殴打,群众受伤十余人,被捕数人,造成流血事件。重九,即九月初九。

〔20〕 《社会日报》 1921年创刊于北京。原名《新社会报》,1922年5月改名《社会日报》,林白水主编。《世界日报》,1924年创刊于北京。原为晚报,1925年2月起改为日报,成舍我主编。《舆论报》,1922年创刊于北京,侯疑始主办。《益世报》,天主教教会报纸,1915年创刊于天津,次年增出北京版。比利时教士雷鸣远(后入中国籍)主办。《顺天时报》,日本人在中国办的中文报纸,1901年创刊于北京,中岛美雄主办。下文的《黄报》,1918年创刊于北京,薛大可主编。

〔21〕 L 学校 指北京黎明中学。1925年9月至12月鲁迅曾在该校兼课一学期。

〔22〕 朋其 即黄鹏基(1901—1952),四川仁寿人,当时是北京大学学生,《莽原》撰稿者之一。

〔23〕 "昊天不吊" 语出《诗经·小雅·节南山》:"不吊昊天,乱靡有定。""不吊昊天"为倒置句式,即上天不怜恤之意。汉蔡邕《焦君赞》:"昊天不吊,贤人遭慝。"

〔24〕 "整顿学风" 1925年五卅事件后,北京学生纷纷罢课,声援上海工人的反帝爱国斗争。为了镇压学生爱国运动,教育总长章士钊草拟了《整顿学风令》,于8月25日在内阁会议上通过,由段祺瑞执政府明令发布,内有:"自后无论何校,不得再行借故滋事,并责成教育部拟具条规,认真整饬。"

〔25〕 胡适(1891—1962) 字适之,安徽绩溪人。当时是北京大学教授。他在《现代评论》第二卷第三十九期(1925年9月5日)发表的《爱国运动与求学》中,引用德国歌德在拿破仑兵围柏林时闭门研究中国文物,和费希特在柏林沦陷后仍继续讲学的事为例,希望学生不要"跟着人家乱跑乱喊","努力把你这块材料铸造成个有用的东西"。

〔26〕 江绍原(1898—1983) 安徽旌德人。当时为北京大学讲师。他在《现代评论》第二卷第三十期(1925年7月4日)发表的《黄狗与青年作者》一文中,认为青年作者发表不成熟的作品等于"流产",并说:"我的小提议是:——无论作什么,非经过几番精审的推敲修正,决不发表。"

〔27〕 易卜生在致勃兰兑斯的信中说:"有的时候我真觉得全世界都像海上撞沉了船,最要紧的还是救出自己。"胡适在《爱国运动与求学》一文中也引用了这句话,并让学生闭门读书,"救国须从救出你自己下手"。

〔28〕 《验方新编》 清代鲍相璈编,共八卷。是过去很流行的通俗医药书。

〔29〕 Victor Hugo 雨果(1802—1885),法国作家。《Les Misérables》,《悲惨世界》,长篇小说,雨果的代表作之一。

〔30〕 袁世凯于1913年6月22日发布尊孔祀孔令。1914年2月7日又通令全国祭孔,以春秋两季行祀孔礼;2月20日颁布《崇圣典例》,同年9月28日率领各部总长并文武官吏,着新制古祭服,在北京

孔庙举行"秋丁祭祀"典礼。

〔31〕 "区区"佥事　作者从1912年8月起受任教育部佥事,1925年因支持北京女师大学生驱逐校长杨荫榆的运动,当年8月被教育总长章士钊非法免职,作者曾在平政院提出控告。当时有人说他因为失了"区区佥事"就反对章士钊,器量狭小,没有"学者的态度"等等。参看《华盖集·碰壁之余》。

〔32〕 "帛"　古代祭祀时用来敬神的丝织品,祭后即行焚化,后来用纸作代替品。"爵",古代的酒器,三足,铜制,祭祀时用来献酒。

〔33〕 按应为民国十二年春。鲁迅1923年3月25日日记:"星期。黎明往孔庙执事,归途坠车落二齿。"

〔34〕 "非常处分"　章士钊免去鲁迅教育部佥事一职,并未通过法律程序。鲁迅认为这是"违法处分",向平政院控告章士钊违法。章士钊为此写了答辩书,其中说:"……情势急迫,本部总长应有权执行此非常处分。"

〔35〕 孔二先生　即孔子。据《孔子家语·本姓解》,孔子有兄孟皮,他排行第二。文中所引的话,见《论语·泰伯》。

〔36〕 章士钊的这段话见《甲寅》周刊第一卷第一号(1925年7月18日)通讯栏他对吴敬恒来信所加的附言("内包甚复"原作"内包深复")。

坚壁清野主义^[1]

新近，我在中国社会上发现了几样主义。其一，是坚壁清野主义。

"坚壁清野"^[2]是兵家言，兵家非我的素业，所以这话不是从兵家得来，乃是从别的书上看来，或社会上听来的。听说这回的欧洲战争时最要紧的是壕堑战，那么，虽现在也还使用着这战法——坚壁。至于清野，世界史上就有着有趣的事例：相传十九世纪初拿破仑进攻俄国，到了墨斯科时，俄人便大发挥其清野手段，同时在这地方纵火，将生活所需的东西烧个干净，请拿破仑和他的雄兵猛将在空城里吸西北风。吸不到一个月，他们便退走了。

中国虽说是儒教国，年年祭孔；"俎豆之事，则尝闻之矣，军旅之事，丘未之学也。"^[3]但上上下下却都使用着这兵法；引导我看出来的是本月的报纸上的一条新闻。据说，教育当局因为公共娱乐场中常常发生有伤风化情事，所以令行各校，禁止女学生往游艺场和公园；并通知女生家属，协同禁止。^[4]自然，我并不深知这事是否确实；更未见明令的原文；也不明白教育当局之意，是因为娱乐场中的"有伤风化"情事，即从女生发生，所以不许其去，还是只要女生不去，别人也不发生，抑或即使发生，也就管他妈的了。

　　或者后一种的推测庶几近之。我们的古哲和今贤,虽然满口"正本清源","澄清天下",但大概是有口无心的,"未有己不正,而能正人者",所以结果是:收起来。第一,是"以己之心,度人之心",想专以"不见可欲,使民心不乱"。第二,是器宇只有这么大,实在并没有"澄清天下"之才,正如富翁唯一的经济法,只有将钱埋在自己的地下一样。古圣人所教的"慢藏诲盗,冶容诲淫"[5],就是说子女玉帛的处理方法,是应该坚壁清野的。

　　其实这种方法,中国早就奉行的了,我所到过的地方,除北京外,一路大抵只看见男人和卖力气的女人,很少见所谓上流妇女。但我先在此声明,我之不满于这种现象者,并非因为预备遍历中国,去窃窥一切太太小姐们;我并没有积下一文川资,就是最确的证据。今年是"流言"鼎盛时代,稍一不慎,《现代评论》上就会弯弯曲曲地登出来的,所以特地先行预告。至于一到名儒,则家里的男女也不给容易见面,霍渭厓的《家训》[6]里,就有那非常麻烦的分隔男女的房子构造图。似乎有志于圣贤者,便是自己的家里也应该看作游艺场和公园;现在究竟是二十世纪,而且有"少负不羁之名,长习自由之说"的教育总长[7],实在宽大得远了。

　　北京倒是不大禁锢妇女,走在外面,也不很加侮蔑的地方,但这和我们的古哲和今贤之意相左,或者这种风气,倒是满洲人输入的罢。满洲人曾经做过我们的"圣上",那习俗也应该遵从的。然而我想,现在却也并非排满,如民元之剪辫子,乃是老脾气复发了,只要看旧历过年的放鞭爆,就日见其多。可惜不再出一个魏忠贤[8]来试验试验我们,看可有人去作干儿,并将他配享孔庙。

要风化好,是在解放人性,普及教育,尤其是性教育,这正是教育者所当为之事,"收起来"却是管牢监的禁卒哥哥的专门。况且社会上的事不比牢监那样简单,修了长城,胡人仍然源源而至,深沟高垒,都没有用处的。未有游艺场和公园以前,闺秀不出门,小家女也逛庙会,看祭赛,谁能说"有伤风化"情事,比高门大族为多呢?

总之,社会不改良,"收起来"便无用,以"收起来"为改良社会的手段,是坐了津浦车往奉天。这道理很浅显:壁虽坚固,也会冲倒的。兵匪的"绑急票"[9],抢妇女,于风化何如?没有知道呢,还是知而不能言,不敢言呢? 倒是歌功颂德的!

其实,"坚壁清野"虽然是兵家的一法,但这究竟是退守,不是进攻。或者就因为这一点,适与一般人的退婴主义相称,于是见得志同道合的罢。但在兵事上,是别有所待的,待援军的到来,或敌军的引退;倘单是困守孤城,那结果就只有灭亡,教育上的"坚壁清野"法,所待的是什么呢? 照历来的女教来推测,所待的只有一件事:死。

天下太平或还能苟安时候,所谓男子者俨然地教贞顺,说幽娴,"内言不出于阃","男女授受不亲"[10]。好! 都听你,外事就拜托足下罢。但是天下弄得鼎沸,暴力袭来了,足下将何以见教呢? 曰:做烈妇呀!

宋以来,对付妇女的方法,只有这一个,直到现在,还是这一个。

如果这女教当真大行，则我们中国历来多少内乱，多少外患，兵燹频仍，妇女不是死尽了么？不，也有幸免的，也有不死的，易代之际，就和男人一同降伏，做奴才。于是生育子孙，祖宗的香火幸而不断，但到现在还很有带着奴气的人物，大概也就是这个流弊罢。"有利必有弊"，是十口相传，大家都知道的。

但似乎除此之外，儒者，名臣，富翁，武人，阔人以至小百姓，都想不出什么善法来，因此还只得奉这为至宝。更昏庸的，便以为只要意见和这些歧异者，就是土匪了。和官相反的是匪，也正是当然的事。但最近，孙美瑶据守抱犊崮，其实倒是"坚壁"，至于"清野"的通品，则我要推举张献忠。

张献忠在明末的屠戮百姓，是谁也知道，谁也觉得可骇的，譬如他使ＡＢＣ三枝兵杀完百姓之后，便令ＡＢ杀Ｃ，又令Ａ杀Ｂ，又令Ａ自相杀。为什么呢？是李自成〔11〕已经入北京，做皇帝了。做皇帝是要百姓的，他就要杀完他的百姓，使他无皇帝可做。正如伤风化是要女生的，现在关起一切女生，也就无风化可伤一般。

连土匪也有坚壁清野主义，中国的妇女实在已没有解放的路；听说现在的乡民，于兵匪也已经辨别不清了。

一九二五年十一月二十二日。

*　　　*　　　*

〔1〕　本篇最初发表于1926年1月上海《新女性》月刊创刊号。

〔2〕　"坚壁清野"　语出《三国志·魏书·荀彧传》：曹操欲取徐州，

荀彧劝阻说:"今东方皆以收麦,必坚壁清野以待将军。将军攻之不拔,略之无获,不出十日,则十万之众未战而自困耳。"

〔3〕 "俎豆之事"等语,见《论语·卫灵公》(原文无"丘"字)。是孔子回答卫灵公的话。俎、豆,古代礼器。

〔4〕 关于禁止女生往娱乐场的新闻,见 1925 年 11 月 14 日北京《京报》:"教部昨饬京师学务局,谓据各处报告,正阳门外香厂路城南游艺园,及城内东安市场中央公园北海公园等处,迭次发生有伤风化情事。各女学校学生游逛,亟应取缔。特由该局通知各级女学校,禁止游行各娱乐场,并由校通知各女生家长知照云。"

〔5〕 "慢藏诲盗,冶容诲淫" 语出《周易·系辞上》。意思是财物收藏得不严实,容易诱发人的盗心;容貌打扮得妖艳,容易诱发人的淫心。

〔6〕 霍渭厓(1487—1540) 名韬,字渭先,号渭厓,广东南海人,明代道学家。嘉靖时官礼部尚书。他著的《家训》中有《合爨男女异路图说》,图中以朱墨两色标明分隔男女进出所走的路。

〔7〕 指章士钊。"少负不羁之名,长习自由之说",是他在《停办北京女子师范大学呈文》中的自述。该文曾载于《甲寅》周刊第一卷第四号(1925 年 8 月 8 日)。

〔8〕 魏忠贤(1568—1627) 河间肃宁(今属河北)人,明代天启年间太监。任司礼秉笔,专权跋扈,利用特务机关东厂滥杀正直有气节的人。当时趋炎附势之徒对他竞相谄媚。据《明史·魏忠贤传》载:"群小益求媚","相率归忠贤称义儿","监生陆万龄至请以忠贤配孔子"。

〔9〕 "绑急票" 旧时盗匪把人劫走,强迫被劫者的家属在一定限期内用钱赎回,称为"绑票"。限期很短的称为"绑急票"。

〔10〕 "内言不出于阃" 语出《礼记·曲礼》:"外言不入于阃,内言不出于阃。"阃,即妇女所居内室的门限。"男女授受不亲",语出《礼记·

坊记》:"故君子远色以为民纪,故男女授受不亲。"又《孟子·离娄(上)》:"男女授受不亲,礼也。"

〔11〕 李自成(1606—1645） 陕西米脂人,明末农民起义领袖。他于崇祯三年(1630)起义,后被推为闯王。曾提出"均田免赋"的口号,部队纪律严明,受到民众的拥护。崇祯十七年(1644)一月在西安建立大顺国。同年三月攻入北京。后明将吴三桂引清兵入关,李兵败退出北京。清顺治二年(1645)在湖北通山县九宫山遭伏击身亡。

寡 妇 主 义[1]

范源廉[2]先生是现在许多青年所钦仰的;各人有各人的意思,我当然无从推度那些缘由。但我个人所叹服的,是在他当前清光绪末年,首先发明了"速成师范"。一门学术而可以速成,迂执的先生们也许要觉得离奇罢;殊不知那时中国正闹着"教育荒",所以这正是一宗急赈的款子。半年以后,从日本留学回来的师资就不在少数了,还带着教育上的各种主义,如军国民主义,尊王攘夷主义[3]之类。在女子教育,则那时候最时行,常常听到嚷着的,是贤母良妻主义。

我倒并不一定以为这主义错,愚母恶妻是谁也不希望的。然而现在有几个急进的人们,却以为女子也不专是家庭中物,因而很攻击中国至今还钞了日本旧刊文来教育自己的女子的谬误。人们真容易被听惯的讹传所迷,例如近来有人说:谁是卖国的,谁是只为子孙计的。于是许多人也都这样说。其实如果真能卖国,还该得点更大的利,如果真为子孙计,也还算较有良心;现在的所谓谁者,大抵不过是送国,也何尝想到子孙。这贤母良妻主义也不在例外,急进者虽然引以为病,而事实上又何尝有这么一回事;所有的,不过是"寡妇主义"罢了。

这"寡妇"二字,应该用纯粹的中国思想来解释,不能比附欧,美,印度或亚剌伯的;倘要翻成洋文,也决不宜意译或神

278

译，只能译音：Kuofuism。

我生以前不知道怎样，我生以后，儒教却已经颇"杂"了："奉母命权作道场"〔4〕者有之，"神道设教"〔5〕者有之，佩服《文昌帝君功过格》〔6〕者又有之，我还记得那《功过格》，是给"谈人闺阃"者以很大的罚。我未出户庭，中国也未有女学校以前不知道怎样，自从我涉足社会，中国也有了女校，却常听到读书人谈论女学生的事，并且照例是坏事。有时实在太谬妄了，但倘若指出它的矛盾，则说的听的都大不悦，仇恨简直是"若杀其父兄"〔7〕。这种言动，自然也许是合于"儒行"〔8〕的罢，因为圣道广博，无所不包；或者不过是小节，不要紧的。

我曾经也略略猜想过这些谣诼的由来：反改革的老先生，色情狂气味的幻想家，制造流言的名人，连常识也没有或别有作用的新闻访事和记者，被学生赶走的校长和教员，谋做校长的教育家，跟着一犬而群吠的邑犬〔9〕……。但近来却又发见了一种另外的，是："寡妇"或"拟寡妇"的校长及舍监〔10〕。

这里所谓"寡妇"，是指和丈夫死别的；所谓"拟寡妇"，是指和丈夫生离以及不得已而抱独身主义的。

中国的女性出而在社会上服务，是最近才有的，但家族制度未曾改革，家务依然纷繁，一经结婚，即难于兼做别的事。于是社会上的事业，在中国，则大抵还只有教育，尤其是女子教育，便多半落在上文所说似的独身者的掌中。这在先前，是道学先生所占据的，继而以顽固无识等恶名失败，她们即以曾受新教育，曾往国外留学，同是女性等好招牌，起而代之。社会上也因为她们并不与任何男性相关，又无儿女系累，可以专心于神圣的事业，便漫然加以信托。但从此而青年女子之遭灾，就远在于往日在道学先生治下之上了。

即使是贤母良妻，即使是东方式，对于夫和子女，也不能说可以没有爱情。爱情虽说是天赋的东西，但倘没有相当的刺戟和运用，就不发达。譬如同是手脚，坐着不动的人将自己的和铁匠挑夫的一比较，就非常明白。在女子，是从有了丈夫，有了情人，有了儿女，而后真的爱情才觉醒的；否则，便潜藏着，或者竟会萎落，甚且至于变态。所以托独身者来造贤母良妻，简直是请盲人骑瞎马上道，更何论于能否适合现代的新潮流。自然，特殊的独身的女性，世上也并非没有，如那过去的有名的数学家 Sophie Kowalewsky[11]，现在的思想家 Ellen Key[12]等；但那是一则欲望转了向，一则思想已经透澈的。然而当学士会院以奖金表彰 Kowalewsky 的学术上的名誉时，她给朋友的信里却有这样的话："我收到各方面的贺信。运命的奇异的讥刺呀，我从来没有感到过这样的不幸。"

至于因为不得已而过着独身生活者，则无论男女，精神上常不免发生变化，有着执拗猜疑阴险的性质者居多。欧洲中世的教士，日本维新前的御殿女中（女内侍），中国历代的宦官，那冷酷险狠，都超出常人许多倍。别的独身者也一样，生活既不合自然，心状也就大变，觉得世事都无味，人物都可憎，看见有些天真欢乐的人，便生恨恶。尤其是因为压抑性欲之故，所以于别人的性底事件就敏感，多疑；欣羡，因而妒嫉。其实这也是势所必至的事：为社会所逼迫，表面上固不能不装作纯洁，但内心却终于逃不掉本能之力的牵掣，不自主地蠢动着缺憾之感的。

　　然而学生是青年，只要不是童养媳或继母治下出身，大抵涉世不深，觉得万事都有光明，思想言行，即与此辈正相反。此辈倘能回忆自己的青年时代，本来就可以了解的。然而天下所多的是愚妇人，那里能想到这些事；始终用了她多年炼就的眼光，观察一切：见一封信，疑心是情书了；闻一声笑，以为是怀春了；只要男人来访，就是情夫；为什么上公园呢，总该是赴密约。被学生反对，专一运用这种策略的时候不待言，虽在平时，也不免如此。加以中国本是流言的出产地方，"正人君子"也常以这些流言作谈资，扩势力，自造的流言尚且奉为至宝，何况是真出于学校当局者之口的呢，自然就更有价值地传布起来了。

　　我以为在古老的国度里，老于世故者和许多青年，在思想言行上，似乎有很远的距离，倘观以一律的眼光，结果即往往谬误。譬如中国有许多坏事，各有专名，在书籍上又偏多关于它的别名和隐语。当我编辑周刊时，所收的文稿中每有直犯这些别名和隐语的；在我，是向来避而不用。但细一查考，作者实茫无所知，因此也坦然写出；其咎却在中国的坏事的别名隐语太多，而我亦太有所知道，疑虑及避忌。看这些青年，仿佛中国的将来还有光明；但再看所谓学士大夫，却又不免令人气塞。他们的文章或者古雅，但内心真是干净者有多少。即以今年的士大夫的文言而论，章士钊呈文[13]中的"荒学逾闲恣为无忌"，"两性衔接之机缄缔构"，"不受检制竟体忘形"，"谨愿者尽丧所守"等……可谓臻媟黩之极致了。但其实，被侮辱的青年学生们是不懂的;即使仿佛懂得,也大概不及我读过一些古文者的深切地看透作者的居心。

言归正传罢。因为人们因境遇而思想性格能有这样不同,所以在寡妇或拟寡妇所办的学校里,正当的青年是不能生活的。青年应当天真烂漫,非如她们的阴沉,她们却以为中邪了;青年应当有朝气,敢作为,非如她们的萎缩,她们却以为不安本分了:都有罪。只有极和她们相宜,——说得冠冕一点罢,就是极其"婉顺"的,以她们为师法,使眼光呆滞,面肌固定,在学校所化成的阴森的家庭里屏息而行,这才能敷衍到毕业;拜领一张纸,以证明自己在这里被多年陶冶之余,已经失了青春的本来面目,成为精神上的"未字先寡"〔14〕的人物,自此又要到社会上传布此道去了。

虽然是中国,自然也有一些解放之机,虽然是中国妇女,自然也有一些自立的倾向;所可怕的是幸而自立之后,又转而凌虐还未自立的人,正如童养媳一做婆婆,也就像她的恶姑一样毒辣。我并非说凡在教育界的独身女子,一定都得去配一个男人,无非愿意她们能放开思路,再去较为远大地加以思索;一面,则希望留心教育者,想到这事乃是一个女子教育上的大问题,而有所挽救,因为我知道凡有教育学家,是决不肯说教育是没有效验的。大约中国此后这种独身者还要逐渐增加,倘使没有善法补救,则寡妇主义教育的声势,也就要逐渐浩大,许多女子,都要在那冷酷险狠的陶冶之下,失其活泼的青春,无法复活了。全国受过教育的女子,无论已嫁未嫁,有夫无夫,个个心如古井,脸若严霜,自然倒也怪好看的罢,但究竟也太不像真要人模样地生活下去了；为他帖身的使女，亲生的女儿着想，倒是还在其次的事。

　　我是不研究教育的，但这种危害，今年却因为或一机会，深切地感到了，所以就趁《妇女周刊》〔15〕征文的机会，将我的所感说出。

一九二五年十一月二十三日。

　　　　＊　　　　　＊　　　　　＊

　　〔1〕　本篇最初发表于 1925 年 12 月 20 日《京报》附刊《妇女周刊》周年纪念特号。

　　〔2〕　范源廉(1877—1928)　字静生，湖南湘阴人。清末曾在日本创设速成法政、师范诸科，民国以后曾任北洋政府内务总长、教育总长、北京师范大学校长等职。1925 年春，因师大经费不足辞校长职，该校学生会曾发动挽留运动。作者这里说他为"现在许多青年所钦仰"，大概即指此事。

　　〔3〕　军国民主义　也叫军国主义。它主张扩充军备，使国内的政治、经济和文化教育都为对外扩张的军事目的服务；从"明治维新"时开始，日本的资产阶级和封建势力便合力推行军国主义的教育。尊王攘夷主义，在我国春秋时代称拥护周王室、排斥异族为尊王攘夷。它传入日本后成为一种封建性的改良主义思想：尊王，即拥护以天皇为首的中央集权政府而削弱幕府权力；攘夷，即抵抗外来侵略。但其后即转化为对内专制，对外侵略，成为日本帝国主义的特点之一。下文的贤母良妻主义，是当时在日本等国家流行的一种女子教育思想。

　　〔4〕　"奉母命权作道场"　清代梁章钜《楹联丛话》卷二："陆稼书先生从祀文庙，初议时，或以先生家中曾延僧讽诵为疑。其后人出先生

283

手书厅事一联云:'读儒书不奉佛教,遵母命权作道场'。议乃定。"作者引用这句话是指当时一般兼信佛教的道学家。

〔5〕 "神道设教" 语出《周易·观卦》:"观天之神道,而四时不忒。圣人以神道设教,而天下服矣。"忒,差错。原指按自然之道施行教化。后指假托神鬼之道说教行事。《后汉书·隗嚣传》:为使民信服,"宜急立高庙,称臣奉祠,所谓神道设教,求助人神者也。"章士钊在任段祺瑞执政府教育总长时,曾认为这种做法也有理由,他在《甲寅》周刊第一卷第十七号(1925 年 11 月 7 日)《再疏解辁义》一文中说:"故神道设教,圣人不得已而为之。"

〔6〕 《文昌帝君功过格》 据迷信传说,晋时四川梓潼人张亚死后成神,掌管人间功名禄籍,称为"文昌帝君"。《功过格》是一种宣传封建道德、带有浓厚迷信性质的所谓劝善书。它将人们的言行列为十类,分别善恶,各定若干功过,要人们逐日根据自己的言行记录功过,用这种方法劝人为善以积所谓"阴德"。《功过格》的"敬慎"类"言语过格"中有这样一条:"谈人闺阃五十过。"

〔7〕 "若杀其父兄" 语出《孟子·梁惠王(下)》:"若杀其父兄,系累其子弟,毁其宗庙,迁其重器,如之何其可也。"

〔8〕 "儒行" 儒家理想中的道德行为。《礼记》有《儒行》篇,详细记载孔子回答鲁哀公所问关于儒者道德行为的言论。

〔9〕 邑犬 即乡里中的狗。《楚辞·九章·怀沙》:"邑犬之群吠兮,吠所怪也。"这里说的"跟着一犬而群吠的邑犬",指不辨是非的盲从的人们。

〔10〕 这里的"寡妇"或"拟寡妇"的校长及舍监,是指当时北京女子师范大学校长杨荫榆和舍监秦竹平一类人。舍监,是当时学校里管理寄宿学生生活的职员。

〔11〕 Sophie Kowalewsky 索菲娅·科瓦列夫斯卡雅(1850—

1891），俄国数学家、作家。以研究微积分方程式论著名，1888 年获得法兰西科学院的保尔丹奖金。她还写有剧本《为幸福而斗争》、小说《女虚无主义者》等。

〔12〕　Ellen Key　爱伦·凯（1849—1926），瑞典思想家、女权运动者。著有《儿童之世纪》、《爱情与伦理》等。

〔13〕　章士钊呈文　指章士钊的《停办北京女子师范大学呈文》。作者所引的语句，都是呈文中的话。呈文原文为："默察该校情形，各系教员，值党搆扇，势甚强固，不可爬梳，而诸生荒学逾闲，恣为无忌，道路以目，亲者痛心。该校长任事以来，一切要害之政，并尚未能董事，而已怨毒之甚，一日难居。……士钊少负不羁之名，长习自由之说，名邦大学，负笈分驰，男女同班，亦尝亲与，所有社会交际两性衔接之机缄缔搆，一一考求：其中流以上之家，凡未成年之女子，殆无不唯家长阿保之命是从，文质彬彬，至可爱敬。从未见有不受检制，竟体忘形，啸聚男生，蔑视长上，家族不知所出，浪士从而推波，伪托文明，肆为驰骋，仅愿者尽丧所守，狡黠者竟无忌惮，学纪大紊，社教全荒，如吾国今日女学之可悲叹者也。"媟黩，即轻薄玩弄的意思。见《汉书·枚乘传》："媟黩贵幸。"

〔14〕　"未字先寡"　即在未许婚时心情就已同寡妇一样。旧时女子许婚叫"字"。《礼记·曲礼》："女子许嫁，笄而字。"

〔15〕　《妇女周刊》　当时北京《京报》的附刊之一。北京女子师范大学蔷薇社编辑。1924 年 12 月 10 日创刊，至 1925 年 11 月 25 日共出五十期，同年 12 月 20 日周年纪念特号发行后停刊。

论"费厄泼赖"应该缓行[1]

一 解 题

《语丝》五七期上语堂[2]先生曾经讲起"费厄泼赖"（fair play）[3]，以为此种精神在中国最不易得，我们只好努力鼓励；又谓不"打落水狗"，即足以补充"费厄泼赖"的意义。我不懂英文，因此也不明这字的函义究竟怎样，如果不"打落水狗"也即这种精神之一体，则我却很想有所议论。但题目上不直书"打落水狗"者，乃为回避触目起见，即并不一定要在头上强装"义角"[4]之意。总而言之，不过说是"落水狗"未始不可打，或者简直应该打而已。

二 论"落水狗"有三种，大都在可打之列

今之论者，常将"打死老虎"与"打落水狗"相提并论，以为都近于卑怯[5]。我以为"打死老虎"者，装怯作勇，颇含滑稽，虽然不免有卑怯之嫌，却怯得令人可爱。至于"打落水狗"，则并不如此简单，当看狗之怎样，以及如何落水而定。考落水原因，大概可有三种：（1）狗自己失足落水者，（2）别人打落者，（3）亲自打落者。倘遇前二种，便即附和去打，自然过于无聊，

或者竟近于卑怯;但若与狗奋战,亲手打其落水,则虽用竹竿又在水中从而痛打之,似乎也非已甚,不得与前二者同论。

听说刚勇的拳师,决不再打那已经倒地的敌手,这实足使我们奉为楷模。但我以为尚须附加一事,即敌手也须是刚勇的斗士,一败之后,或自愧自悔而不再来,或尚须堂皇地来相报复,那当然都无不可。而于狗,却不能引此为例,与对等的敌手齐观,因为无论它怎样狂嗥,其实并不解什么"道义";况且狗是能浮水的,一定仍要爬到岸上,倘不注意,它先就耸身一摇,将水点洒得人们一身一脸,于是夹着尾巴逃走了。但后来性情还是如此。老实人将它的落水认作受洗,以为必已忏悔,不再出而咬人,实在是大错而特错的事。

总之,倘是咬人之狗,我觉得都在可打之列,无论它在岸上或在水中。

三　论叭儿狗尤非打落水里,又从而打之不可

叭儿狗一名哈吧狗,南方却称为西洋狗了,但是,听说倒是中国的特产,在万国赛狗会里常常得到金奖牌,《大不列颠百科全书》的狗照相上,就很有几匹是咱们中国的叭儿狗。这也是一种国光。但是,狗和猫不是仇敌么?它却虽然是狗,又很像猫,折中,公允,调和,平正之状可掬,悠悠然摆出别个无不偏激,惟独自己得了"中庸之道"[6]似的脸来。因此也就为阔人,太监,太太,小姐们所钟爱,种子绵绵不绝。它的事业,

只是以伶俐的皮毛获得贵人豢养，或者中外的娘儿们上街的时候，脖子上拴了细链子跟在脚后跟。

这些就应该先行打它落水，又从而打之；如果它自坠入水，其实也不妨又从而打之，但若是自己过于要好，自然不打亦可，然而也不必为之叹息。叭儿狗如可宽容，别的狗也大可不必打了，因为它们虽然非常势利，但究竟还有些像狼，带着野性，不至于如此骑墙。

以上是顺便说及的话，似乎和本题没有大关系。

四　论不"打落水狗"是误人子弟的

总之，落水狗的是否该打，第一是在看它爬上岸了之后的态度。

狗性总不大会改变的，假使一万年之后，或者也许要和现在不同，但我现在要说的是现在。如果以为落水之后，十分可怜，则害人的动物，可怜者正多，便是霍乱病菌，虽然生殖得快，那性格却何等地老实。然而医生是决不肯放过它的。

现在的官僚和土绅士或洋绅士，只要不合自意的，便说是赤化，是共产；民国元年以前稍不同，先是说康党，后是说革党[7]，甚至于到官里去告密，一面固然在保全自己的尊荣，但也未始没有那时所谓"以人血染红顶子"[8]之意。可是革命终于起来了，一群臭架子的绅士们，便立刻皇皇然若丧家之狗，将小辫子盘在头顶上。革命党也一派新气，——绅士们先前所深恶痛绝的新气，"文明"得可以；说是"咸与维新"[9]了，我们是不打落水狗的,听凭它们爬上来罢。于是它们爬上来了,伏到民国二年下半年,二次革命[10]的时候,就突出来帮着袁世凯咬死了许多革命人,中国又一天一天沉入黑暗里,一直到现在,遗老不必说,连遗少也还是那么多。这就因为先烈的好心,对于鬼蜮的慈悲,使它们繁殖起来,而此后的明白青年,为反抗黑暗计,也就要花费更多更多的气力和生命。

秋瑾[11]女士,就是死于告密的,革命后暂时称为"女侠",现在是不大听见有人提起了。革命一起,她的故乡就到了一个都督,——等于现在之所谓督军,——也是她的同志:王金发[12]。他捉住了杀害她的谋主[13],调集了告密的案卷,要为她报仇。然而终于将那谋主释放了,据说是因为已经成了民国,大家不应该再修旧怨罢。但等到二次革命失败后,王金发却被袁世凯的走狗枪决了,与有力的是他所释放的杀过秋瑾的谋主。

这人现在也已"寿终正寝"了,但在那里继续跋扈出没着的也还是这一流人,所以秋瑾的故乡也还是那样的故乡,年复一年,丝毫没有长进。从这一点看起来,生长在可为中国模范的名城[14]里的杨荫榆[15]女士和陈西滢先生,真是洪福齐天。

五　论塌台人物不当与"落水狗"相提并论

"犯而不校"[16]是恕道,"以眼还眼以牙还牙"[17]是直道。中国最多的却是枉道:不打落水狗,反被狗咬了。但是,这其实是老实人自己讨苦吃。

俗语说："忠厚是无用的别名"，也许太刻薄一点罢，但仔细想来，却也觉得并非唆人作恶之谈，乃是归纳了许多苦楚的经历之后的警句。譬如不打落水狗说，其成因大概有二：一是无力打；二是比例错。前者且勿论；后者的大错就又有二：一是误将塌台人物和落水狗齐观，二是不辨塌台人物又有好有坏，于是视同一律，结果反成为纵恶。即以现在而论，因为政局的不安定，真是此起彼伏如转轮，坏人靠着冰山，恣行无忌，一旦失足，忽而乞怜，而曾经亲见，或亲受其噬啮的老实人，乃忽以"落水狗"视之，不但不打，甚至于还有哀矜之意，自以为公理已伸，侠义这时正在我这里。殊不知它何尝真是落水，巢窟是早已造好的了，食料是早经储足的了，并且都在租界里。虽然有时似乎受伤，其实并不，至多不过是假装跛脚，聊以引起人们的恻隐之心，可以从容避匿罢了。他日复来，仍旧先咬老实人开手，"投石下井"〔18〕，无所不为，寻起原因来，一部分就正因为老实人不"打落水狗"之故。所以，要是说得苛刻一点，也就是自家掘坑自家埋，怨天尤人，全是错误的。

六　论现在还不能一味"费厄"

仁人们或者要问：那么，我们竟不要"费厄泼赖"么？我可以立刻回答：当然是要的，然而尚早。这就是"请君入瓮"〔19〕法。虽然仁人们未必肯用，但我还可以言之成理。土绅士或洋绅士们不是常常说，中国自有特别国情，外国的平等自由等等，不能适用么？我以为这"费厄泼赖"也是其一。否则，他对你不"费厄",你却对他去"费厄",结果总是自己吃亏,不但要"费厄"而不可得,并且连要不"费厄"而亦不可得。所以要"费厄",最好是首先看清对手,倘是些不配承受"费厄"的,大可以老实不客气;待到它也"费厄"了,然后再与它讲"费厄"不迟。

这似乎很有主张二重道德之嫌,但是也出于不得已,因为倘不如此,中国将不能有较好的路。中国现在有许多二重道德,主与奴,男与女,都有不同的道德,还没有划一。要是对"落水狗"和"落水人"独独一视同仁,实在未免太偏,太早,正如绅士们之所谓自由平等并非不好,在中国却微嫌太早一样。所以倘有人要普遍施行"费厄泼赖"精神,我以为至少须俟所谓"落水狗"者带有人气之后。但现在自然也非绝不可行,就是,有如上文所说:要看清对手。而且还要有等差,即"费厄"必视对手之如何而施,无论其怎样落水,为人也则帮之,为狗也则不管之,为坏狗也则打之。一言以蔽之:"党同伐异"[20]而已矣。

满心"婆理"[21]而满口"公理"的绅士们的名言暂且置之不论不议之列,即使真心人所大叫的公理,在现今的中国,也还不能救助好人,甚至于反而保护坏人。因为当坏人得志,虐待好人的时候,即使有人大叫公理,他决不听从,叫喊仅止于叫喊,好人仍然受苦。然而偶有一时,好人或稍稍蹶起,则坏人本该落水了,可是,真心的公理论者又"勿报复"呀,"仁恕"呀,"勿以恶抗恶"呀……的大嚷起来。这一次却发生实效,并非空嚷了:好人正以为然,而坏人于是得救。但他得救之后,无非以为占了便宜,何尝改悔;并且因为是早已营就三窟,又善于钻谋的,所以不多时,也就依然声势赫奕,作恶又如先前一样。这时候,公理论者自然又要大叫,但这回他却不听你了。

但是,"疾恶太严","操之过急",汉的清流和明的东林[22],却正以这一点倾败,论者也常常这样责备他们。殊不知那一面,何尝不"疾善如仇"呢?人们却不说一句话。假使此后光明和黑暗还不能作彻底的战斗,老实人误将纵恶当作宽容,一味姑息下去,则现在似的混沌状态,是可以无穷无尽的。

七　论"即以其人之道还治其人之身"[23]

中国人或信中医或信西医,现在较大的城市中往往并有两种医,使他们各得其所。我以为这确是极好的事。倘能推而广之,怨声一定还要少得多,或者天下竟可以臻于郅治。例如民国的通礼是鞠躬,但若有人以为不对的,就独使他磕头。民国的法律是没有笞刑的,倘有人以为肉刑好,则这人犯罪时就特别打屁股。碗筷饭菜,是为今人而设的,有愿为燧人氏[24]以前之民者,就请他吃生肉;再造几千间茅屋,将在大宅子里仰慕尧舜的高士都拉出来,给住在那里面;反对物质文明的,自然更应该不使他衔冤坐汽车。这样一办,真所谓"求仁得仁又何怨"[25],我们的耳根也就可以清净许多罢。

但可惜大家总不肯这样办,偏要以己律人,所以天下就多事。"费厄泼赖"尤其有流弊,甚至于可以变成弱点,反给恶势

力占便宜。例如刘百昭殴曳女师大学生[26],《现代评论》上连
屁也不放,一到女师大恢复,陈西滢鼓动女大学生占据校舍
时,却道"要是她们不肯走便怎样呢? 你们总不好意思用强力
把她们的东西搬走了罢?"[27]殴而且拉,而且搬,是有刘百昭
的先例的,何以这一回独独"不好意思"? 这就因为给他嗅到
了女师大这一面有些"费厄"气味之故。但这"费厄"却又变成
弱点,反而给人利用了来替章士钊的"遗泽"保镳。

八 结 末

或者要疑我上文所言,会激起新旧,或什么两派之争,使
恶感更深,或相持更烈罢。但我敢断言,反改革者对于改革者
的毒害,向来就并未放松过,手段的厉害也已经无以复加了。
只有改革者却还在睡梦里,总是吃亏,因而中国也总是没有改
革,自此以后,是应该改换些态度和方法的。

一九二五年十二月二十九日。

*　　　*　　　*

〔1〕 本篇最初发表于 1926 年 1 月 10 日《莽原》半月刊第一期。

〔2〕 林语堂(1895—1976) 福建龙溪人,作家。早年留学美国、
德国,曾任北京大学、北京女子师范大学教授,厦门大学文科主任,《语
丝》撰稿人之一。三十年代,他在上海主编《论语》、《人间世》、《宇宙风》
等杂志,提倡"性灵"、"幽默"。他在 1925 年 12 月 14 日《语丝》第五十七
期发表《插论语丝的文体——稳健、骂人、及费厄泼赖》一文,其中说:

"此种'费厄泼赖'精神在中国最不易得,我们也只好努力鼓励,中国'泼赖'的精神就很少,更谈不到'费厄',惟有时所谓不肯'下井投石'即带有此义。骂人的人却不可没有这一样条件,能骂人,也须能挨骂。且对于失败者不应再施攻击,因为我们所攻击的在于思想非在人,以今日之段祺瑞、章士钊为例,我们便不应再攻击其个人。"

〔3〕 "费厄泼赖" 英语 fair play 的音译,原为体育比赛和其他竞技所用的术语,意思是光明正大的比赛,不用不正当的手段。英国曾有人提倡将这种精神用于社会生活和党派斗争中,认为这是每一个绅士应有的涵养和品德,并声称英国是一个费厄泼赖的国度。

〔4〕 "义角" 即假角。陈西滢在《现代评论》第三卷第五十三期(1925 年 12 月 12 日)《闲话》中讥讽鲁迅说:"花是人人爱好的,魔鬼是人人厌恶的。然而因为要取好于众人,不惜在花瓣上加上颜色,在鬼头上装上义角,我们非但觉得无聊,还有些嫌它肉麻。"

〔5〕 指吴稚晖、周作人、林语堂等人。吴稚晖在 1925 年 12 月 1 日《京报副刊》发表的《官欤——共产党欤——吴稚晖欤》一文中说:现在批评章士钊,"似乎是打死老虎"。周作人在同月 7 日《语丝》第五十六期的《失题》中则说:"现在段君(按指段祺瑞)既将复归于禅,不再为我辈的法王,就没有再加以批评之必要,况且打'落水狗'(吾乡方言,即'打死老虎'之意)也是不大好的事。"又说:"章士钊也是'代表无耻',应该与彭允彝同样的加以反对","现在这个出气的机会也有点要逸过去了,一日树倒胡狲散,更从那里去找这班散了的,况且在平地上追赶胡狲,也有点无聊,卑劣,虽然我不是绅士,却也有我的体统与身份。"林语堂在《插论语丝的文体——稳健、骂人、及费厄泼赖》一文中赞同周作人的意见,认为这"也正足以补充'费厄泼赖'的意义"。

〔6〕 "中庸之道" 儒家学说。《论语·雍也》:"中庸之为德也,其至矣乎!"宋代朱熹注:"中者,无过无不及之名;庸,平常也。……程子

曰:'不偏之谓中,不易之谓庸。中者,天下之正道,庸者,天下之定理。'"

〔7〕 康党 指曾经参加和赞成康有为等发动戊戌变法的维新派人士。革党,即革命党,指参加和赞成反清革命的人。

〔8〕 "以人血染红顶子" 清朝官服用不同质料和颜色的帽顶子来区分官阶的高低,最高的一品官是用红宝石或红珊瑚珠作帽顶子。清末的官僚和绅士常用告密和捕杀革命党人作为升官的手段,所以当时有"以人血染红顶子"的说法。

〔9〕 "咸与维新" 语出《尚书·胤征》:"歼厥渠魁,胁从罔治,旧染污俗,咸与维新。"原意是对一切受恶习影响的人都给以弃旧从新的机会。这里指辛亥革命时革命派与旧势力妥协,地主官僚等乘此投机的现象。

〔10〕 二次革命 指 1913 年 7 月孙中山发动的讨伐袁世凯的战争。与辛亥革命相对而言,故称"二次革命"。在讨袁军发动之前和失败之后,袁世凯曾指使他的党徒杀害了不少革命者。

〔11〕 秋瑾(1875—1907) 字璿卿,号竞雄,别号鉴湖女侠,浙江绍兴人。1904 年留学日本,积极参加留日学生的革命活动,先后加入光复会、同盟会。1906 年春回国,1907 年在绍兴主持大通师范学堂,组织光复军,和徐锡麟准备在浙、皖两省同时起义。徐锡麟起事失败后,她于同年 7 月 14 日被清政府逮捕,次日凌晨被杀害于绍兴轩亭口。

〔12〕 王金发(1883—1915) 浙江嵊县人,原是浙东洪门会党平阳党的首领,1905 年留学日本,加入光复会。辛亥革命后任绍兴军政分府都督,二次革命后于 1915 年 6 月被督理浙江军务朱瑞杀害于杭州。

〔13〕 谋主 据本文所述情节,是指当时绍兴的大地主章介眉。他在做浙江巡抚增韫的幕僚时,极力怂恿掘毁西湖边上的秋瑾墓。辛亥革命后因贪污纳贿、平毁秋墓等罪被王金发逮捕,他用"捐献"田产等

手段获释。脱身后到北京任袁世凯总统府的秘书,1913年二次革命失败后,他"捐献"的田产即由袁世凯下令发还,不久他又参与朱瑞杀害王金发的谋划。按秋瑾案的告密者是绍兴劣绅胡道南,他在1908年被革命党人处死。

〔14〕 模范的名城 指无锡。陈西滢在《现代评论》第二卷第三十七期(1925年8月22日)发表的《闲话》中说:"听说无锡是中国的模范县","无锡真不愧为中国的模范县!"

〔15〕 杨荫榆(1884—1938) 江苏无锡人,曾留学日本、美国,1924年任北京女子师范大学校长。因学潮去职,1926年后任教于苏州女子师范学校、东吴大学。1938年被侵华日军杀害。

〔16〕 "犯而不校" 这是孔子弟子曾参的话,见《论语·泰伯》:"有若无,实若虚,犯而不校。"

〔17〕 "以眼还眼以牙还牙" 摩西的话,见《旧约·申命记》:"以眼还眼,以牙还牙,以手还手,以脚还脚。"

〔18〕 "投石下井" 也作"落井下石",见唐代韩愈《柳子厚墓志铭》:"一旦临小利害,仅如毛发比,反眼若不相识,落陷阱不一引手救,反挤之,又下石焉者,皆是也。"林语堂在《插论语丝的文体——稳健、骂人、及费厄泼赖》一文中说:"不肯投井下石"即带有费厄泼赖之意。

〔19〕 "请君入瓮" 是唐朝酷吏周兴的故事,见《资治通鉴》卷二○四则天后天授二年:"或告文昌右丞周兴与丘神勣通谋,太后命来俊臣鞫之,俊臣与兴方推事对食,谓兴曰:'因多不承,当为何法?'兴曰:'此甚易耳!取大瓮,以炭四周炙之,令囚入中,何事不承!'俊臣乃索大瓮,火围如兴法,因起谓兴曰:'有内状推兄,请兄入此瓮!'兴惶恐叩头伏罪。"

〔20〕 "党同伐异" 语出《后汉书·党锢传序》。意思是纠合同伙,攻击异己。陈西滢曾在《现代评论》第三卷第五十三期(1925年12月

12日)的《闲话》中说:"中国人是没有是非的。……在他们看来,凡是同党,什么都是好的,凡是异党,什么都是坏的。"又说:"在'党同伐异'的社会里,有人非但攻击公认的仇敌,还要大胆的批评自己的朋友。"

〔21〕 "婆理" 对"公理"而言,陈西滢等人在女师大风潮中为杨荫榆辩护,后又组织"教育界公理维持会",反对女师大复校。这里所说的"绅士们",即指他们。参看《华盖集·"公理"的把戏》。

〔22〕 清流 指东汉末年的太学生郭泰、贾彪和大臣李膺、陈蕃等人。他们联合起来批评朝政,暴露宦官集团的罪恶,于汉桓帝延熹九年(166)为宦官所诬陷,以结党为乱的罪名遭受捕杀,十余年间,先后四次被杀戮、充军和禁锢的近千人,史称"党锢之祸"。东林,指明末的东林党。主要人物有顾宪成、高攀龙等。他们聚集在无锡东林书院讲学,议论时政,批评人物,对舆论影响很大。在朝的一部分比较正直的官吏,也和他们互通声色,形成了一个以上层知识分子为主的政治集团。明天启五年(1625)他们为宦官魏忠贤所屠杀,被害者数百人。

〔23〕 "即以其人之道还治其人之身" 语出朱熹在《中庸》第十三章的注文。

〔24〕 燧人氏 我国传说中最早钻木取火的人,远古的"三皇"之一。

〔25〕 "求仁得仁又何怨" 孔子的话,见《论语·述而》。

〔26〕 刘百昭(1873—?) 字可亭,湖南武冈人,曾留学德国,时任北洋政府教育部专门教育司司长。1925年8月,章士钊解散女师大,另立国立女子大学,派刘百昭前往筹办,刘于22日雇用女仆打手殴打女师大学生,并将她们强拉出校。

〔27〕 1925年11月,女师大学生斗争胜利,宣告复校,仍回原址上课。陈西滢在《现代评论》第三卷第五十四期(1925年12月19日)发表的《闲话》中,说了这里所引的话。

写 在《坟》后 面[1]

在听到我的杂文已经印成一半的消息的时候,我曾经写了几行题记,寄往北京去。当时想到便写,写完便寄,到现在还不满二十天,早已记不清说了些甚么了。今夜周围是这么寂静,屋后面的山脚下腾起野烧的微光;南普陀寺[2]还在做牵丝傀儡戏,时时传来锣鼓声,每一间隔中,就更加显得寂静。电灯自然是辉煌着,但不知怎地忽有淡淡的哀愁来袭击我的心,我似乎有些后悔印行我的杂文了。我很奇怪我的后悔;这在我是不大遇到的,到如今,我还没有深知道所谓悔者究竟是怎么一回事。但这心情也随即逝去,杂文当然仍在印行,只为想驱逐自己目下的哀愁,我还要说几句话。

记得先已说过:这不过是我的生活中的一点陈迹。如果我的过往,也可以算作生活,那么,也就可以说,我也曾工作过了。但我并无喷泉一般的思想,伟大华美的文章,既没有主义要宣传,也不想发起一种什么运动。不过我曾经尝得,失望无论大小,是一种苦味,所以几年以来,有人希望我动动笔的,只要意见不很相反,我的力量能够支撑,就总要勉力写几句东西,给来者一些极微末的欢喜。人生多苦辛,而人们有时却极容易得到安慰,又何必惜一点笔墨,给多尝些孤独的悲哀呢?于是除小说杂感之外,逐渐又有了长长短短的杂文十多篇。

其间自然也有为卖钱而作的,这回就都混在一处。我的生命的一部分,就这样地用去了,也就是做了这样的工作。然而我至今终于不明白我一向是在做什么。比方做土工的罢,做着做着,而不明白是在筑台呢还在掘坑。所知道的是即使是筑台,也无非要将自己从那上面跌下来或者显示老死;倘是掘坑,那就当然不过是埋掉自己。总之:逝去,逝去,一切一切,和光阴一同早逝去,在逝去,要逝去了。——不过如此,但也为我所十分甘愿的。

然而这大约也不过是一句话。当呼吸还在时,只要是自己的,我有时却也喜欢将陈迹收存起来,明知不值一文,总不能绝无眷恋,集杂文而名之曰《坟》,究竟还是一种取巧的掩饰。刘伶[3]喝得酒气熏天,使人荷锸跟在后面,道:死便埋我。虽然自以为放达,其实是只能骗骗极端老实人的。

所以这书的印行,在自己就是这么一回事。至于对别人,记得在先也已说过,还有愿使偏爱我的文字的主顾得到一点喜欢;憎恶我的文字的东西得到一点呕吐,——我自己知道,我并不大度,那些东西因我的文字而呕吐,我也很高兴的。别的就什么意思也没有了。倘若硬要说出好处来,那么,其中所介绍的几个诗人的事,或者还不妨一看;最末的论“费厄泼赖”这一篇,也许可供参考罢,因为这虽然不是我的血所写,却是见了我的同辈和比我年幼的青年们的血而写的。

偏爱我的作品的读者,有时批评说,我的文字是说真话的。这其实是过誉,那原因就因为他偏爱。我自然不想太欺骗人,但也未尝将心里的话照样说尽,大约只要看得可以交卷就算完。我的确时时解剖别人，然而更多的是更无情面地解剖我自己，发表一点，酷爱温暖的人物已经觉得冷酷了，如果全露出我的血肉来，末路正不知要到怎样。我有时也想就此驱除旁人，到那时还不唾弃我的，即使是枭蛇鬼怪，也是我的朋友，这才真是我的朋友。倘使并这个也没有，则就是我一个人也行。但现在我并不。因为，我还没有这样勇敢，那原因就是我还想生活，在这社会里。还有一种小缘故，先前也曾屡次声明，就是偏要使所谓正人君子也者之流多不舒服几天，所以自己便特地留几片铁甲在身上，站着，给他们的世界上多有一点缺陷，到我自己厌倦了，要脱掉了的时候为止。

倘说为别人引路，那就更不容易了，因为连我自己还不明白应当怎么走。中国大概很有些青年的"前辈"和"导师"罢，但那不是我，我也不相信他们。我只很确切地知道一个终点，就是：坟。然而这是大家都知道的，无须谁指引。问题是在从此到那的道路。那当然不只一条，我可正不知那一条好，虽然至今有时也还在寻求。在寻求中，我就怕我未熟的果实偏偏毒死了偏爱我的果实的人，而憎恨我的东西如所谓正人君子也者偏偏都矍铄，所以我说话常不免含胡，中止，心里想：对于偏爱我的读者的赠献，或者最好倒不如是一个"无所有"。我的译著的印本，最初，印一次是一千，后来加五百，近时是二千至四千，每一增加，我自然是愿意的，因为能赚钱，但也伴着哀愁，怕于读者有害，因此作文就时常更谨慎，更踌躇。有人以为我信笔写来，直抒胸臆，其实是不尽然的，我的顾忌并不少。我自己早知道毕竟不是什么战士了，而且也不能算前驱，就有这么多的顾忌和回忆。还记得三四年前,有一个学生来买我的书,从衣袋里掏出钱来放在我手里,那钱上还带着体温。这体温便烙印了我的心,至今要写文字时,还常使我怕毒害了这类的青年,迟疑不敢下笔。我毫无顾忌地说话的日子,恐怕要未必有了罢。但也偶尔想,其实倒还是毫无顾忌地说话,对得起这样的青年。但至今也还没有决心这样做。

今天所要说的话也不过是这些,然而比较的却可以算得真实。此外,还有一点余文。

记得初提倡白话的时候,是得到各方面剧烈的攻击的。后来白话渐渐通行了,势不可遏,有些人便一转而引为自己之功,美其名曰"新文化运动"。又有些人便主张白话不妨作通俗之用;又有些人却道白话要做得好,仍须看古书。前一类早已二次转舵,又反过来嘲骂"新文化"了;后二类是不得已的调和派,只希图多留几天僵尸,到现在还不少。我曾在杂感上掊击过的。

新近看见一种上海出版的期刊[4],也说起要做好白话须读好古文,而举例为证的人名中,其一却是我。这实在使我打了一个寒噤。别人我不论,若是自己,则曾经看过许多旧书,是的确的,为了教书,至今也还看。因此耳濡目染,影响到所做的白话上,常不免流露出它的字句,体格来。但自己却正苦于背了这些古老的鬼魂,摆脱不开,时常感到一种使人气闷的沉重。就是思想上,也何尝不中些庄周韩非[5]的毒,时而很随便,时而很峻急。孔孟的书我读得最早,最熟,然而倒似乎和我不相干。大半也因为懒惰罢,往往自己宽解,以为一切事物,在转变中,是总有多少中间物的。动植之间,无脊椎和脊椎动物之间,都有中间物;或者简直可以说,在进化的链子上,一切都是中间物。当开首改革文章的时候,有几个不三不四的作者,是当然的,只能这样,也需要这样。他的任务,是在有些警觉之后,喊出一种新声;又因为从旧垒中来,情形看得较为分明,反戈一击,易制强敌的死命。但仍应该和光阴偕逝,逐渐消亡,至多不过是桥梁中的一木一石,并非什么前途的目标,范本。跟着起来便该不同了,倘非天纵之圣,积习当然也不能顿然荡除,但总得更有新气象。以文字论,就不必更在旧书里讨生活,却将活人的唇舌作为源泉,使文章更加接近语言,更加有生气。至于对于现在人民的语言的穷乏欠缺,如何救济,使他丰富起来,那也是一个很大的问题,或者也须在旧文中取得若干资料,以供使役,但这并不在我现在所要说的范围以内,姑且不论。

我以为我倘十分努力,大概也还能够博采口语,来改革我的文章。但因为懒而且忙,至今没有做。我常疑心这和读了古书很有些关系,因为我觉得古人写在书上的可恶思想,我的心里也常有,能否忽而奋勉,是毫无把握的。我常常诅咒我的这思想,也希望不再见于后来的青年。去年我主张青年少读,或者简直不读中国书,[6]乃是用许多苦痛换来的真话,决不是聊且快意,或什么玩笑,愤激之辞。古人说,不读书便成愚人,那自然也不错的。然而世界却正由愚人造成,聪明人决不能支持世界,尤其是中国的聪明人。现在呢,思想上且不说,便是文辞,许多青年作者又在古文,诗词中摘些好看而难懂的字面,作为变戏法的手巾,来装潢自己的作品了。我不知这和劝读古文说可有相关,但正在复古,也就是新文艺的试行自杀,是显而易见的。

　　不幸我的古文和白话合成的杂集,又恰在此时出版了,也许又要给读者若干毒害。只是在自己,却还不能毅然决然将他毁灭,还想借此暂时看看逝去的生活的余痕。惟愿偏爱我的作品的读者也不过将这当作一种纪念,知道这小小的丘陇中,无非埋着曾经活过的躯壳。待再经若干岁月,又当化为烟埃,并纪念也从人间消去,而我的事也就完毕了。上午也正在看古文,记起了几句陆士衡的吊曹孟德文[7],便拉来给我的这一篇作结——

　　　　既眡古以遗累,信简礼而薄葬。

　　　　彼裘绂于何有,贻尘谤于后王。

　　　　嗟大恋之所存,故虽哲而不忘。

　　　　览遗籍以慷慨,献兹文而凄伤!

　　一九二六,一一,一一,夜。鲁迅。

＊　　　　＊　　　　＊

　　〔1〕 本篇最初发表于1926年12月4日《语丝》周刊第一○八期。

　　〔2〕 南普陀寺 在厦门大学附近。该寺建于唐代开元年间,原名普照寺。

　　〔3〕 刘伶 字伯伦,晋代沛国(今安徽濉溪)人。"竹林七贤"之一。《晋书·刘伶传》中说,他"常乘鹿车,携一壶酒,使人荷锸而随之,谓曰:'死便埋我。'"

〔**4**〕 指当时上海开明书店出版的《一般》月刊。1926 年 9 月创刊,1929 年 12 月停刊。关于"做好白话须读好古文"的议论,见该刊 1926 年 11 月第一卷第三号所载明石(朱光潜)《〈雨天的书〉》一文,其中说:"想做好白话文,读若干上品的文言文或且十分必要。现在白话文作者当推胡适之、吴稚晖、周作人、鲁迅诸先生,而这几位先生的白话文都有得力于古文的处所(他们自己也许不承认)。"

〔**5**〕 庄周(约前 369—前 286) 战国时宋国人,道家学派代表人物之一,著作有《庄子》一书。韩非(前 280—前 233),战国末期韩国人,先秦法家学派代表人物之一,著作有《韩非子》一书。

〔**6**〕 见《青年必读书》,发表在 1925 年 2 月 21 日《京报副刊》,后收入《华盖集》。

〔**7**〕 陆士衡(261—303) 名机,字士衡,吴郡华亭(今上海松江)人,晋代文学家。他的吊曹孟德(曹操)文,题为《吊魏武帝文》,是他在晋朝王室的藏书阁中看到了曹操的《遗令》而作的。曹操在《遗令》中说,他死后不要照古代的繁礼厚葬,葬礼应该简单些;遗物中的裘(皮衣)绶(印绶)不要分;妓乐仍留在铜雀台按时上祭作乐。陆机这篇吊文,对曹操临死时仍然眷恋这些表示了一种感慨。

热　风

本书收作者 1918 年至 1924 年所作杂文四十一篇。1925 年 11 月由北京北新书局初版。作者生前共印行十版次。

题　记

　　现在有谁经过西长安街一带的,总可以看见几个衣履破碎的穷苦孩子叫卖报纸。记得三四年前,在他们身上偶而还剩有制服模样的残余;再早,就更体面,简直是童子军〔1〕的拟态。

　　那是中华民国八年,即西历一九一九年,五月四日北京学生对于山东问题〔2〕的示威运动以后,因为当时散传单的是童子军,不知怎的竟惹了投机家的注意,童子军式的卖报孩子就出现了。其年十二月,日本公使小幡酉吉抗议排日运动〔3〕,情形和今年大致相同;只是我们的卖报孩子却穿破了第一身新衣以后,便不再做,只见得年不如年地显出穷苦。

　　我在《新青年》的《随感录》〔4〕中做些短评,还在这前一年,因为所评论的多是小问题,所以无可道,原因也大都忘却了。但就现在的文字看起来,除几条泛论之外,有的是对于扶乩,静坐,打拳而发的;有的是对于所谓"保存国粹"而发的;有的是对于那时旧官僚的以经验自豪而发的;有的是对于上海《时报》的讽刺画而发的〔5〕。记得当时的《新青年》是正在四面受敌之中,我所对付的不过一小部分;其他大事,则本志具在,无须我多言。

　　五四运动之后,我没有写什么文字,现在已经说不清是不做,还是散失消灭的了。但那时革新运动,表面上却颇有些成功,于是主张革新的也就蓬蓬勃勃,而且有许多还就是在先讥笑,嘲骂《新青年》的人们,但他们却是另起了一个冠冕堂皇的名目:新文化运动。这也就是后来又将这名目反套在《新青年》身上,而又加以嘲骂讥笑的,正如笑骂白话文的人,往往自称最得风气之先,早经主张过白话文一样。

再后,更无可道了。只记得一九二一年中的一篇是对于所谓"虚无哲学"而发的;更后一年则大抵对于上海之所谓"国学家"而发,不知怎的那时忽而有许多人都自命为国学家了。

自《新青年》出版以来,一切应之而嘲骂改革,后来又赞成改革,后来又嘲骂改革者,现在拟态的制服早已破碎,显出自身的本相来了,真所谓"事实胜于雄辩",又何待于纸笔喉舌的批评。所以我的应时的浅薄的文字,也应该置之不顾,一任其消灭的;但几个朋友却以为现状和那时并没有大两样,也还可以存留,给我编辑起来了。这正是我所悲哀的。我以为凡对于时弊的攻击,文字须与时弊同时灭亡,因为这正如白血轮之酿成疮疖一般,倘非自身也被排除,则当它的生命的存留中,也即证明着病菌尚在。

但如果凡我所写,的确都是冷的呢? 则它的生命原来就没有,更谈不到中国的病证究竟如何。然而,无情的冷嘲和有情的讽刺相去本不及一张纸,对于周围的感受和反应,又大概是所谓"如鱼饮水冷暖自知"[6]的;我却觉得周围的空气太寒冽了,我自说我的话,所以反而称之曰《热风》。

一九二五年十一月三日之夜,鲁迅。

*　　　　*　　　　*

〔1〕　童子军　1908 年英国军官贝登堡创立的一种使少年儿童接受军事化训练并从事社会公益活动的组织。不久即流行于西方各国。1912 年中国开始有这种组织。五四运动期间,有童子军参加散发传单等活动。

〔2〕　山东问题　第一次世界大战结束后,战胜方协约国于 1919 年 1 月召开分赃的"巴黎和会",中国虽作为战胜国被邀参加,但会议在英、美、法等国操纵下,公然决议将战败的德国根据 1898 年中德《胶澳租界条约》在我国山东攫取的各种特权,完全让与日本,而北洋政府竟准备在和约上签字。消息传来,举国愤怒。北京学生在 5 月 4 日首先罢课,集会游行,反对巴黎和会决议,要求惩办亲日派官僚。北京学生的这次斗争,成为五四运动的开端。

〔3〕　小幡酉吉抗议排日运动　1919 年五四运动爆发后,中国各地民众纷纷开展抵制日货运动。日本驻福州领事馆为破坏这个运动,于 11 月 15 日派出日本浪人和便衣警察,殴打表演爱国新剧的学生。次日,又打死打伤学生和市民多人,造成引起全国公愤的福州惨案。日本驻华公使小幡酉吉(1873—1947)反而于 12 月 5 日向中国政府外交部提出"抗议",硬说"事件责任全在中国",要求取缔中国民众的反帝爱国运动。小幡酉吉前此曾任日本驻中国的参赞,1915 年帮助日本公使日置益和袁世凯订立所谓"二十一条"的条约。

〔4〕　《随感录》　《新青年》从 1918 年 4 月第四卷第四号起,发表关于社会和文化的短评,总题为《随感录》。起初各篇都只标明次第数码,没有单独的篇名,从第五十六篇起才在总题之下有各篇的题目。作者在《新青年》发表这种短评,是从 1918 年 9 月第五卷第三号的《随感录二十五》开始,到 1919 年 11 月该刊第六卷第六号的《六十六　生命的路》为止,共二十七篇,后全部收在本书中。

〔5〕　这里说的上海《时报》,应为上海《时事新报》,参看本书《随感录四十六》及其注〔3〕。

〔6〕　"如鱼饮水冷暖自知"　唐裴休集《黄檗山断际禅师传心法要》:"明(上座)于言下忽然默契,便礼拜云:'如人饮水,冷暖自知'。"南宋岳珂《桯史·记龙眠海会图》又有:"至于有法无法,有相无相,如鱼饮水,冷暖自知。"

一 九 一 八 年

随 感 录 二 十 五[1]

我一直从前曾见严又陵[2]在一本什么书上发过议论,书名和原文都忘记了。大意是:"在北京道上,看见许多孩子,辗转于车轮马足之间,很怕把他们碰死了,又想起他们将来怎样得了,很是害怕。"其实别的地方,也都如此,不过车马多少不同罢了。现在到了北京,这情形还未改变,我也时时发起这样的忧虑;一面又佩服严又陵究竟是"做"过赫胥黎《天演论》[3]的,的确与众不同:是一个十九世纪末年中国感觉锐敏的人。

穷人的孩子蓬头垢面的在街上转,阔人的孩子妖形妖势娇声娇气的在家里转。转得大了,都昏天黑地的在社会上转,同他们的父亲一样,或者还不如。

所以看十来岁的孩子,便可以逆料二十年后中国的情形;看二十多岁的青年,——他们大抵有了孩子,尊为爹爹了,——便可以推测他儿子孙子,晓得五十年后七十年后中国的情形。

中国的孩子,只要生,不管他好不好,只要多,不管他才不才。生他的人,不负教他的责任。虽然"人口众多"这一句话,很可以闭了眼睛自负,然而这许多人口,便只在尘土中辗转,小的时候，不把他当人，大了以后，也做不了人。

中国娶妻早是福气，儿子多也是福气。所有小孩，只是他父母福气的材料，并非将来的"人"的萌芽，所以随便辗转，没人管他，因为无论如何，数目和材料的资格，总还存在。即使偶尔送进学堂，然而社会和家庭的习惯，尊长和伴侣的脾气，却多与教育反背，仍然使他与新时代不合。大了以后，幸而生存，也不过"仍旧贯如之何"〔4〕，照例是制造孩子的家伙，不是"人"的父亲，他生了孩子，便仍然不是"人"的萌芽。

最看不起女人的奥国人华宁该尔（Otto Weininger）〔5〕曾把女人分成两大类：一是"母妇"，一是"娼妇"。照这分法，男人便也可以分作"父男"和"嫖男"两类了。但这父男一类，却又可以分成两种：其一是孩子之父，其一是"人"之父。第一种只会生，不会教，还带点嫖男的气息。第二种是生了孩子，还要想怎样教育，才能使这生下来的孩子，将来成一个完全的人。

前清末年，某省初开师范学堂的时候，有一位老先生听了，很为诧异，便发愤说："师何以还须受教，如此看来，还该有父范学堂了！"这位老先生，便以为父的资格，只要能生。能生这件事，自然便会，何须受教呢。却不知中国现在，正须父范学堂；这位先生便须编入初等第一年级。

因为我们中国所多的是孩子之父；所以以后是只要"人"之父！

＊　　　＊　　　＊

〔１〕　本篇最初发表于1918年9月15日北京《新青年》第五卷第

三号,署名唐俟。

〔2〕 严又陵(1854—1921) 名复,字又陵,又字几道,福建闽侯(今属福州)人,清末启蒙思想家、翻译家。1877年(清光绪三年)被派往英国学习海军,1879年回国后,曾任北洋水师学堂总教习等职。甲午(1894)中日战争中国失败后,他主张变法维新,致力于西方自然科学和社会科学思想的介绍,先后翻译了英国赫胥黎(T.H.Huxley)的《天演论》、亚当·斯密(A.Smith)的《原富》,法国孟德斯鸠(C.L.Montesquieu)的《法意》等书,对当时中国思想界影响很大。但他在戊戌政变以后,政治上日趋保守,1915年参加"筹安会",拥护袁世凯称帝。鲁迅这里提到的一段话,见于严译孟德斯鸠《法意》第十八卷第二十五章的译者按语中,原文是:"吾每行都会街巷中,见数十百小儿,蹒跚蹀躞于车轮马足间,辄为芒背,非虑其倾跌也,念三十年后,国民为如何众耳。呜呼,支那真不易为之国也!"

〔3〕 这里所说"做"《天演论》,是说严复翻译《天演论》,不是完全忠实地依照原文的意思。当时严复自己也把他的工作叫做"达恉",而不称为翻译。他在该书的《译例言》中说:"词句之间,时有所傎到附益,不斤斤于字比句次,而意义则不倍本文。题曰达恉,不云笔译。"《天演论》,严复于1895年翻译的赫胥黎《进化论与伦理学及其他论文》前两篇的题名,1898年由湖北沔阳卢氏木刻印行。

〔4〕 "仍旧贯如之何" 语出《论语·先进》:"鲁人为长府,闵子骞曰:'仍旧贯,如之何?何必改作!'"

〔5〕 华宁该尔(1880—1903) 奥地利人,仇视女性主义者。他在1903年出版的《性与性格》一书中,力图证明妇女的地位应该低于男子。

三十三[1]

现在有一班好讲鬼话的人,最恨科学,因为科学能教道理明白,能教人思路清楚,不许鬼混,所以自然而然的成了讲鬼话的人的对头。于是讲鬼话的人,便须想一个方法排除他。

其中最巧妙的是捣乱。先把科学东扯西拉,羼进鬼话,弄得是非不明,连科学也带了妖气:例如一位大官[2]做的卫生哲学,里面说——

> "吾人初生之一点,实自脐始,故人之根本在脐。……故脐下腹部最为重要,道书所以称之曰丹田。"

用植物来比人,根须是胃,脐却只是一个蒂,离了便罢,有什么重要。但这还不过比喻奇怪罢了,尤其可怕的是——

> "精神能影响于血液,昔日德国科布博士发明霍乱(虎列拉)病菌,有某某二博士反对之,取其所培养之病菌,一口吞入,而竟不病。"

据我所晓得的,是 Koch 博士[3]发见(查出了前人未知的事物叫发见,创出了前人未知的器具和方法才叫发明)了真虎列拉菌;别人也发见了一种,Koch 说他不是,把他的菌吞了,后来没有病,便证明了那人所发见的,的确不是病菌。如今颠倒转来,当作"精神能改造肉体"的例证,岂不危险已极么?

捣乱得更凶的,是一位神童做的《三千大千世界图说》[4]。他拿了儒，道士，和尚，耶教的糟粕，乱作一团，又密密的插入鬼话。他说能看见天上地下的情形，他看见的"地球星"，虽与我们所晓得的无甚出入，一到别的星系，可是五花八门了。因为他有天眼通[5]，所以本领在科学家之上。他先说道——

> "今科学家之发明，欲观天文则用天文镜……然犹不能持此以观天堂地狱也。究之学问之道如大海然，万不可入海饮一滴水，即自足也。"

他虽然也分不出发见和发明的不同，论学问却颇有理。但学问的大海，究竟怎样情形呢？他说——

> "赤精天……有毒火坑，以水晶盖压之。若遇某星球将坏之时，即去某星球之水晶盖，则毒火大发，焚毁民物。"

> "众星……大约分为三种，曰恒星，行星，流星。……据西学家言，恒星有三十五千万，以小子视之，不下七千万万也。……行星共计一百千万大系。……流星之多，倍于行星。……其绕日者，约三十三年一周，每秒能行六十五里。"

> "日面纯为大火。……因其热力极大，人不能生，故太阳星君居焉。"

其余怪话还多；但讲天堂的远不及六朝方士的《十洲记》[6]，讲地狱的也不过钞袭《玉历钞传》[7]。这神童算是糟了！另外还有感慨的话，说科学害了人。上面一篇"嗣汉六十二代天师正一真人张元旭"的序文，尤为单刀直入，明明白白道

315

出——

> "自拳匪假托鬼神,致招联军之祸,几至国亡种灭,识
> 者痛心疾首,固已极矣。又适值欧化东渐,专讲物质文明
> 之秋,遂本科学家世界无帝神管辖,人身无魂魄轮回之
> 说,奉为国是,俾播印于人人脑髓中,自是而人心之敬畏
> 绝矣。敬畏绝,而道德无根柢以发生矣!放僻邪侈,肆无
> 忌惮,争权夺利,日相战杀,其祸将有甚于拳匪者!……"

这简直说是万恶都由科学,道德全靠鬼话;而且与其科学,不
如拳匪[8]了。从前的排斥外来学术和思想,大抵专靠皇帝;
自六朝至唐宋,凡攻击佛教的人,往往说他不拜君父,近乎造
反。现在没有皇帝了,却寻出一个"道德"的大帽子,看他何等
利害。不提防想不到的一本绍兴《教育杂志》里面,也有一篇
仿古先生的《教育偏重科学无甯偏重道德》[9](甯字原文如
此,疑是避讳[10])的论文,他说——

> "西人以数百年科学之心力,仅酿成此次之大战
> 争。……科学云乎哉?多见其为残贼人道矣!"

> "偏重于科学,则相尚于知能;偏重于道德,则相尚于
> 欺伪。相尚于欺伪,则祸止于欺伪,相尚于知能,则欺伪
> 莫由得而明矣!"

虽然不说鬼神为道德根本,至于向科学宣告死刑,却居然两教
同心了。所以拳匪的传单上,明白写着——

> "孔圣人
张天师　傅言由山东来,赶紧急傅,并无虚言!"(傅

字原文如此,疑傳字之误。)

照他们看来,这般可恨可恶的科学世界,怎样挽救呢?《灵学杂志》内俞复先生答吴稚晖先生书[11]里说过:"鬼神之说不张,国家之命遂促!"可知最好是张鬼神之说了。鬼神为道德根本,也与张天师和仿古先生的意见毫不冲突。可惜近来北京乩坛,又印出一本《感显利冥录》[12],内有前任北京城隍白知和谛闲法师的问答——

> "师云:发愿一事,的确要紧。……此次由南方来,闻某处有济公临坛,所说之话,殊难相信。济祖是阿罗汉,见思惑已尽,断不为此。……不知某会临坛者,是济祖否? 请示。
>
> "乩云:承谕发愿,……谨记斯言。某处坛,灵鬼附之耳。须知灵鬼,即魔道也。知此后当发愿驱除此等之鬼。"

"师云"的发愿,城隍竟不能懂;却先与某会力争正统。照此看来,国家之命未延,鬼兵先要打仗;道德仍无根柢,科学也还该活命了。

其实中国自所谓维新以来,何尝真有科学。现在儒道诸公,却径把历史上一味捣鬼不治人事的恶果,都移到科学身上,也不问什么叫道德,怎样是科学,只是信口开河,造谣生事;使国人格外惑乱,社会上罩满了妖气。以上所引的话,不过随手拈出的几点黑影;此外自大埠以至僻地,还不知有多少奇谈。但即此几条,已足可推测我们周围的空气,以及将来的情形,如何黑暗可怕了。

据我看来,要救治这"几至国亡种灭"的中国,那种"孔圣人 张天师 传言由山东来"的方法,是全不对症的,只有这鬼话的对头的科学! ——不是皮毛的真正科学! ——这是什么缘故呢?陈正敏《遯斋闲览》[13]有一段故事(未见原书,据《本草纲目》[14]所引写出,但这也全是道士所编造的谣言,并非事实,现在只当他比喻用)说得好——

"杨勔中年得异疾;每发语,腹中有小声应之,久渐声大。有道士见之,曰:此应声虫也! 但读《本草》取不应者治之。读至雷丸,不应,遂顿服数粒而愈。"

关于吞食病菌的事,我上文所说的大概也是错的,但现在手头无书可查。也许是 Koch 博士发见了虎列拉菌时,Pfeffer 博士以为不是真病菌,当面吞下去了,后来病得几乎要死。总之,无论如何,这一案决不能作"精神能改造肉体"的例证。一九二五年九月二十四日补记。

*　　　*　　　*

〔1〕 本篇最初发表于 1918 年 10 月 15 日《新青年》第五卷第四号,署名唐俟。

〔2〕 指蒋维乔(1873—1958),字竹庄,号因是子,江苏武进人,民国初年曾任南京临时政府教育部秘书长,当时任北洋政府教育部参事。他曾在 1914 年出版《因是子静坐法》一书,提倡"静坐"。这里所引的第一段话,见 1918 年 1 月 23、24、25 日《北京大学日刊》上连续刊载的《蒋君维乔演说卫生哲学记录(转载六年十二月教育公报)》。鲁迅引述时

有所省略。第二段话，见他译述的日本铃木美山所著《长寿哲学》一书，在该书《病之原因》一节中，引用德国"科布博士"（即科荷博士）吞食细菌的事，来证明"霉菌进入人身，而精神正确时，决不成病"。

〔3〕　Koch博士　科荷博士（1843—1910），德国病菌学家。关于吞食细菌的事，本文"补记"有所改正，但仍有误。Pfeffer博士应为沛登柯弗博士（M. von Pettenkofer, 1818—1901）。他是旧式的病理论者，认为疾病系由于体液变坏，和细菌无关。他吞了科荷所培养的霍乱菌，结果泻腹，并没有得霍乱病，但这只是证明病菌致病还必须有生理的条件，如果身体健康，即使细菌侵入体内，也能抵抗。

〔4〕　神童　指当时山东历城一个叫江希张的孩子。传说江希张不到十岁，就著了《四书白话解说》、《息战》、《大千图说》等书，其实都是他父亲江钟秀和别人代写的。当时一些人把他说成"神童"。美国人李佳白（Robert Richard Lee）操纵万国道德总会出版《息战》一书，并为该书写序，称他"具天纵之姿，有卫道之志"，"以一童子而能融洽教理，为世界民族请命"。《三千大千世界图说》，即《大千图说》，1916年出版。作者在书中说他创立"三千大千世界之说"，是鉴于"近来物质家，创无天帝鬼神之说，一时靡然从风，不知其贻害之大，将有使全球民物同归于尽者"，宣称要使"天下人人莫不敬天畏天"。下面所引的几段文字，分别见于该书"大千世界总论"、"赤精天"、"众星系总论"、"太阳星"等部分。

〔5〕　天眼通　佛家语，所谓"六通"（六种广大的"神通"）之一，即能透视常人目力所不能见的东西。

〔6〕　《十洲记》　即《海内十洲记》，一卷，旧题汉代东方朔著，实为六朝方士所作。内容系讲述荒诞的神仙故事。

〔7〕　《玉历钞传》　全称《玉历至宝钞传》，共八章，是宣传封建迷信的书，题称宋代"淡痴道人梦中得授，弟子勿迷道人钞录传世"。内容

系讲述所谓"地狱十殿"的情况,宣扬因果报应。

〔8〕 拳匪 对参加义和团的民众的蔑称。参看本卷第 172 页注〔8〕。

〔9〕 《教育杂志》 月刊,绍兴县教育会编辑,1914 年创刊。《教育偏重科学无甯偏重道德》一文,载 1918 年 8 月该刊第二十五期。

〔10〕 封建时代用字避免与皇帝和尊长名字相同,称为"避讳"。清宣宗(道光)名旻宁,故清人和遗老将"宁"改用为"甯"。

〔11〕 《灵学杂志》 应为《灵学丛志》,是当时宣传迷信的一种刊物,上海灵学会编,1918 年 1 月发刊。俞复,江苏无锡人,当时"灵学派"的重要人物之一。1917 年 10 月在上海与陆费逵等人设立盛德坛扶乩,组织灵学会,《灵学丛志》即由他主持。他的《答吴稚晖书》载于该刊第一卷第一期。吴稚晖(1865—1953),名敬恒,江苏武进人。早年参加同盟会,自称无政府主义者。后任国民党中央监察委员,中央政治会议委员等职。

〔12〕 《感显利冥录》 应为《显感利冥录》。下面引语中的"所说之话",原作"所说之语"。

〔13〕 《遯斋闲览》 宋代陈正敏(号遯翁)撰,原本十四卷,今佚。《说郛》第三十二卷中,收入四十余条。"应声虫"条中说:"淮西士人杨勔自言中年得异疾。每发言应答,腹中辄有小声效之;数年间其声浸大。有道士见之,惊曰:'此应声虫也;久不治延及妻子,宜读《本草》,遇虫所不应者,当取服之。'勔如言读至雷丸,虫忽无声,乃顿饵数粒遂愈。"

〔14〕 《本草纲目》 明代李时珍撰写的药物学著作,共五十二卷。文中所引的话见该书第三十七卷木部之四寓木类"雷丸"条。

三　十　五 [1]

从清朝末年,直到现在,常常听人说"保存国粹"这一句话。

前清末年说这话的人,大约有两种:一是爱国志士,一是出洋游历的大官。他们在这题目的背后,各各藏着别的意思。志士说保存国粹,是光复旧物的意思;大官说保存国粹,是教留学生不要去剪辫子的意思。

现在成了民国了。以上所说的两个问题,已经完全消灭。所以我不能知道现在说这话的是那一流人,这话的背后藏着什么意思了。

可是保存国粹的正面意思,我也不懂。

什么叫"国粹"?照字面看来,必是一国独有,他国所无的事物了。换一句话,便是特别的东西。但特别未必定是好,何以应该保存?

譬如一个人,脸上长了一个瘤,额上肿出一颗疮,的确是与众不同,显出他特别的样子,可以算他的"粹"。然而据我看来,还不如将这"粹"割去了,同别人一样的好。

倘说:中国的国粹,特别而且好;又何以现在糟到如此情形,新派摇头,旧派也叹气。

倘说:这便是不能保存国粹的缘故,开了海禁 [2] 的缘故,所以必须保存。但海禁未开以前,全国都是"国粹",理应好了;何以春秋战国五胡十六国闹个不休,古人也都叹气。

倘说:这是不学成汤文武周公[3]的缘故;何以真正成汤文武周公时代,也先有桀纣暴虐,后有殷顽作乱[4];后来仍旧弄出春秋战国五胡十六国闹个不休,古人也都叹气。

我有一位朋友说得好:"要我们保存国粹,也须国粹能保存我们。"

保存我们,的确是第一义。只要问他有无保存我们的力量,不管他是否国粹。

*　　　*　　　*

〔1〕 本篇最初发表于 1918 年 11 月 15 日《新青年》第五卷第五号,署名唐俟。

〔2〕 海禁　参看本卷第 58 页注〔4〕。

〔3〕 成汤文武周公　成汤,商代的第一个君主。文,即周文王,姬姓,名昌,商末周族领袖,周代尊称为文王。武,即周武王,名发,文王的儿子,周代第一个君主。周公,名旦,武王之弟,成王时曾由他摄政。下文的桀,夏代最后一个君主。纣,商代最后一个君主。

〔4〕 殷顽作乱　周武王灭殷之后,把殷的旧地分为三个部分,分别由他的兄弟管叔、蔡叔、霍叔管领。又封纣的儿子武庚为诸侯,受三叔的监视。武王死后,成王继位,周公监国,三叔与周公不和,武庚遂联合东方的奄、蒲姑等国,起兵反周。周公率兵东征,杀武庚,平定叛乱。这次反抗周朝统治的殷人,被称为"顽民"或"殷顽"。

三　十　六 [1]

现在许多人有大恐惧;我也有大恐惧。

许多人所怕的,是"中国人"这名目要消灭;我所怕的,是中国人要从"世界人"中挤出。

我以为"中国人"这名目,决不会消灭;只要人种还在,总是中国人。譬如埃及犹太人 [2],无论他们还有"国粹"没有,现在总叫他埃及犹太人,未尝改了称呼。可见保存名目,全不必劳力费心。

但是想在现今的世界上,协同生长,挣一地位,即须有相当的进步的智识,道德,品格,思想,才能够站得住脚:这事极须劳力费心。而"国粹"多的国民,尤为劳力费心,因为他的"粹"太多。粹太多,便太特别。太特别,便难与种种人协同生长,挣得地位。

有人说:"我们要特别生长;不然,何以为中国人!"

于是乎要从"世界人"中挤出。

于是乎中国人失了世界,却暂时仍要在这世界上住!——这便是我的大恐惧。

＊　　　＊　　　＊

〔1〕　本篇最初发表于 1918 年 11 月 15 日《新青年》第五卷第五号,署名俟。

〔2〕　埃及犹太人　即犹太人(又称以色列人或希伯来人)。他们最先住在埃及亚历山大城等地,公元前 1320 年,其民族领袖摩西带领他们离开埃及,前往迦南(巴勒斯坦)建国。因为他们来自埃及,故有埃及犹太人之称。到了公元 70 年,犹太人的国家为罗马帝国所灭,绝大部分犹太人流散到西欧和世界各地。

三 十 七[1]

近来很有许多人，在那里竭力提倡打拳。记得先前也曾有过一回，但那时提倡的，是满清王公大臣[2]，现在却是民国的教育家[3]，位分略有不同。至于他们的宗旨，是一是二，局外人便不得而知。

现在那班教育家，把"九天玄女传与轩辕黄帝，轩辕黄帝传与尼姑"的老方法，改称"新武术"，又是"中国式体操"，叫青年去练习。听说其中好处甚多，重要的举出两种来，是：

一，用在体育上。据说中国人学了外国体操，不见效验；所以须改习本国式体操（即打拳）才行。依我想来：两手拿着外国铜锤或木棍，把手脚左伸右伸的，大约于筋肉发达上，也该有点"效验"。无如竟不见效验！那自然只好改途去练"武松脱铐"那些把戏了。这或者因为中国人生理上与外国人不同的缘故。

二，用在军事上。中国人会打拳，外国人不会打拳：有一天见面对打，中国人得胜，是不消说的了。即使不把外国人"板油扯下"，只消一阵"乌龙扫地"，也便一齐扫倒，从此不能爬起。无如现在打仗，总用枪炮。枪炮这件东西，中国虽然"古时也已有过"，可是此刻没有了。籐牌操法，又不练习，怎能御得枪炮？我想（他们不曾说明，这是我的"管窥蠡测"）：打拳打下去,总可达到"枪炮打不进"的程度(即内功?)。这件事从前已经试过一次,在一千九百年〔4〕。可惜那一回真是名誉的完全失败了。且看这一回如何。

*　　　*　　　*

〔1〕　本篇最初发表于 1918 年 11 月 15 日《新青年》第五卷第五号。

〔2〕　满清王公大臣　指清朝曾任总理衙门大臣的端王载漪、协办大学士刚毅、宗室载澜等人。戊戌变法失败后,以慈禧太后为首的顽固派想废黜光绪帝,立载漪的儿子溥儁为帝位继承人,但遭到各国驻华公使的反对。他们便"赞助"义和团,提倡打拳,利用正在兴起的义和团对付外国势力。1900 年 6 月清廷任命刚毅等人统率义和团的活动。

〔3〕　民国的教育家　当时济南镇守使马良写了一本《新武术初级拳脚科》,1918 年全国教育联合会第四次会议和全国中小学校长会议上,通过"推广新武术"的决议,将新武术列入中学以上体育课程,并同意采用马良所著为教科书,教育界一些人也对此加以提倡。

〔4〕　义和团在 1900 年抵抗八国联军的战争中,曾有"神灵附体,枪炮不入"的迷信说法。

三　十　八^[1]

　　中国人向来有点自大。——只可惜没有"个人的自大"，都是"合群的爱国的自大"。这便是文化竞争失败之后，不能再见振拔改进的原因。

　　"个人的自大"，就是独异，是对庸众宣战。除精神病学上的夸大狂外，这种自大的人，大抵有几分天才，——照Nordau^[2]等说，也可说就是几分狂气。他们必定自己觉得思想见识高出庸众之上，又为庸众所不懂，所以愤世疾俗，渐渐变成厌世家，或"国民之敌"^[3]。但一切新思想，多从他们出来，政治上宗教上道德上的改革，也从他们发端。所以多有这"个人的自大"的国民，真是多福气！多幸运！

　　"合群的自大"，"爱国的自大"，是党同伐异，是对少数的天才宣战；——至于对别国文明宣战，却尚在其次。他们自己毫无特别才能，可以夸示于人，所以把这国拿来做个影子；他们把国里的习惯制度抬得很高，赞美的了不得；他们的国粹，既然这样有荣光，他们自然也有荣光了！倘若遇见攻击，他们也不必自去应战，因为这种蹲在影子里张目摇舌的人，数目极多，只须用mob^[4]的长技，一阵乱噪，便可制胜。胜了，我是一群中的人，自然也胜了；若败了时，一群中有许多人，未必是我受亏：大凡聚众滋事时，多具这种心理，也就是他们的心理。

他们举动,看似猛烈,其实却很卑怯。至于所生结果,则复古,尊王,扶清灭洋等等,已领教得多了。所以多有这"合群的爱国的自大"的国民,真是可哀,真是不幸!

不幸中国偏只多这一种自大:古人所作所说的事,没一件不好,遵行还怕不及,怎敢说到改革?这种爱国的自大家的意见,虽各派略有不同,根柢总是一致,计算起来,可分作下列五种:

甲云:"中国地大物博,开化最早;道德天下第一。"这是完全自负。

乙云:"外国物质文明虽高,中国精神文明更好。"

丙云:"外国的东西,中国都已有过;某种科学,即某子所说的云云",这两种都是"古今中外派"的支流;依据张之洞[5]的格言,以"中学为体西学为用"的人物。

丁云:"外国也有叫化子,——(或云)也有草舍,——娼妓,——臭虫。"这是消极的反抗。

戊云:"中国便是野蛮的好。"又云:"你说中国思想昏乱,那正是我民族所造成的事业的结晶。从祖先昏乱起,直要昏乱到子孙;从过去昏乱起,直要昏乱到未来。……(我们是四万万人,)你能把我们灭绝么?"[6]这比"丁"更进一层,不去拖人下水,反以自己的丑恶骄人;至于口气的强硬,却很有《水浒传》中牛二的态度[7]。

五种之中,甲乙丙丁的话,虽然已很荒谬,但同戊比较,尚觉情有可原,因为他们还有一点好胜心存在。譬如衰败人家的子弟,看见别家兴旺,多说大话,摆出大家架子;或寻求人家一点破绽,聊给自己解嘲。这虽然极是可笑,但比那一种掉了鼻子,还说是祖传老病,夸示于众的人,总要算略高一步了。

戊派的爱国论最晚出,我听了也最寒心;这不但因其居心可怕,实因他所说的更为实在的缘故。昏乱的祖先,养出昏乱的子孙,正是遗传的定理。民族根性造成之后,无论好坏,改变都不容易的。法国 G. Le Bon[8] 著《民族进化的心理》中,说及此事道(原文已忘,今但举其大意)——"我们一举一动,虽似自主,其实多受死鬼的牵制。将我们一代的人,和先前几百代的鬼比较起来,数目上就万不能敌了。"我们几百代的祖先里面,昏乱的人,定然不少:有讲道学[9]的儒生,也有讲阴阳五行[10]的道士,有静坐炼丹的仙人,也有打脸打把子[11]的戏子。所以我们现在虽想好好做"人",难保血管里的昏乱分子不来作怪,我们也不由自主,一变而为研究丹田脸谱的人物:这真是大可寒心的事。但我总希望这昏乱思想遗传的祸害,不至于有梅毒那样猛烈,竟至百无一免。即使同梅毒一样,现在发明了六百零六[12],肉体上的病,既可医治;我希望也有一种七百零七的药,可以医治思想上的病。这药原来也已发明,就是"科学"一味。只希望那班精神上掉了鼻子的朋友,不要又打着"祖传老病"的旗号来反对吃药,中国的昏乱病,便也总有全愈的一天。祖先的势力虽大,但如从现代起,立意改变:扫除了昏乱的心思,和助成昏乱的物事(儒道两派的文书),再用了对症的药,即使不能立刻奏效,也可把那病毒略略屡淡。如此几代之后待我们成了祖先的时候,就可以分得昏乱祖先的若干势力,那时便有转机,Le Bon 所说的事,也不足怕了。

　　以上是我对于"不长进的民族"的疗救方法；至于"灭绝"一条，那是全不成话，可不必说。"灭绝"这两个可怕的字，岂是我们人类应说的？只有张献忠[13]这等人曾有如此主张，至今为人类唾骂；而且于实际上发生出什么效验呢？但我有一句话，要劝戊派诸公。"灭绝"这句话，只能吓人，却不能吓倒自然。他是毫无情面：他看见有自向灭绝这条路走的民族，便请他们灭绝，毫不客气。我们自己想活，也希望别人都活；不忍说他人的灭绝，又怕他们自己走到灭绝的路上，把我们带累了也灭绝，所以在此着急。倘使不改现状，反能兴旺，能得真实自由的幸福生活，那就是做野蛮也很好。——但可有人敢答应说"是"么？

＊　　　　＊　　　　＊

　　〔1〕　本篇最初发表于 1918 年 11 月 15 日《新青年》第五卷第五号，署名迅。

　　〔2〕　Nordau　诺尔道(1849—1923)，出生于匈牙利的德国医生，政论家、作家。著有政论《退化》、小说《感情的喜剧》等。

　　〔3〕　"国民之敌"　指挪威剧作家易卜生剧本《国民之敌》的主人公斯铎曼一类人。斯铎曼是一个热心于公共卫生工作的温泉浴场医官。有一次他发现浴场矿泉里含有大量传染病菌，建议把这个浴场加以改建。但市政当局和市民因怕经济利益受到损害，极力加以反对，最后把他革职，宣布他为"国民公敌"。

　　〔4〕　mob　英语：乌合之众。

　　〔5〕　张之洞(1837—1909)　字孝达，直隶南皮(今属河北)人，清末大臣，洋务派首领之一。曾任两广总督、湖广总督、军机大臣等职。

"中学为体西学为用",见他所著《劝学篇·设学》:"其学堂之法,约有五要:一曰新旧兼学。四书五经、中国史事、政书地图为旧学;西政、西艺、西史为新学。旧学为体,西学为用,不使偏废。"又在该书《会通》中说:"中学为内学,西学为外学,中学治身心,西学应世事,不必尽索之于经文,而必无悖于经义。"

〔6〕　这里的"思想昏乱""是我们民族所造成的"等话,是针对《新青年》第五卷第二号(1918 年 8 月 15 日)《通信》栏任鸿隽致胡适信中的议论而发的,该信中说:"我想钱先生要废汉文的意思,不是仅为汉文不好,是因为汉文所载的东西不好,所以要把他拉杂摧烧了,廓而清之。我想这却不是根本的办法。吾国的历史,文字,思想,无论如何昏乱,总是这一种不长进的民族造成功了留下来的。此种昏乱种子,不但存在文字历史上,且存在现在及将来子孙的心脑中。所以我敢大胆宣言,若要中国好,除非人(疑"使"字之误)中国人种先行灭绝!可惜主张废汉文汉语的,虽然走于极端,尚是未达一间呢!"按任鸿隽(1886—1961),字叔永,四川巴县人,曾留学日、美,时任北京大学教授。这里所引的话,是他针对并理解当时钱玄同等关于要废孔学、灭道教,驱除一般人幼稚、野蛮、顽固思想,必先废灭汉字的论点而发的。

〔7〕　牛二　小说《水浒传》中的人物。他以蛮横无理的态度强迫杨志卖刀给他的故事,见该书第十二回《汴京城杨志卖刀》。

〔8〕　G. Le Bon　勒朋(1841—1931),法国医生和社会心理学家。他在所著《民族进化的心理定律》(即本文所说的《民族进化的心理》)一书的第一部第一章中说:"吾人应该视种族为一超越时间之永久物,此永久物之组成不单为某一时期内之构成他的活的个体,而也为其长期连续不断的死者,即其祖先是也。欲了解种族之真义必将之同时伸长于过去与将来,死者较之生者是无限的更众多,也是较之他们更强有力。他们统治着无意之巨大范围,此无形的势力启示出智慧上与品性

上之一切表现,乃是为其死者,较之为其生者更甚在指导一民族。只有在他们身上才建筑起一个种族,一世纪过了又一世纪,他们造成了吾人之观念与情感,所以也造成了吾人行为之一切动机。过去的人们不单将他们生理上之组织加于吾人,他们也将其思想加诸吾人;死者乃是生者惟一无辩论余地之主宰,吾人负担着他们的过失之重担,吾人接受着他们的德行之报酬。"(据张公表译文,商务印书馆1935年4月初版)

〔9〕　道学　又称理学,是宋代周敦颐、程颢、程颐、朱熹等人阐释儒家学说而形成的思想体系。它认为"理"是宇宙的本体,把"三纲五常"等封建伦理道德说成是"天理",提出"存天理,灭人欲"的主张。

〔10〕　阴阳五行　原是我国古代一种具有朴素的唯物主义和辩证法的自然观,始于战国时的齐燕方士。它用水、火、木、金、土五种物质和"阴阳"的概念来解释自然界的起源、发展和变化。后来阴阳家、儒家和道家将阴阳五行学说加以歪曲和神秘化,用来附会解释朝代兴替和社会变动以至人的命运。

〔11〕　打脸　传统戏曲演员按照"脸谱"勾画花脸。"打把子",传统戏曲中的武打。当时《新青年》上曾对"打脸"、"打把子"的存废问题,进行过讨论。

〔12〕　六百零六　即胂凡纳明(Arsphenamine),抗梅毒药名,1909年研制成功,得名于该药试验阶段获得的六〇六号化合物。

〔13〕　张献忠　明末农民起义领袖之一。参看本卷第206页注〔11〕。

一九一九年

随感录三十九[1]

《新青年》的五卷四号,隐然是一本戏剧改良号,我是门外汉,开口不得;但见《再论戏剧改良》[2]这一篇中,有"中国人说到理想,便含着轻薄的意味,觉得理想即是妄想,理想家即是妄人"一段话,却令我发生了追忆,不免又要说几句空谈。

据我的经验,这理想价值的跌落,只是近五年以来的事。民国以前,还未如此,许多国民,也肯认理想家是引路的人。到了民国元年前后,理论上的事情,著著实现,于是理想派——深浅真伪现在姑且弗论——也格外举起头来。一方面却有旧官僚的攘夺政权,以及遗老受冷不过,豫备下山,[3]都痛恨这一类理想派,说什么闻所未闻的学理法理,横亘在前,不能大踏步摇摆。于是沉思三日三夜,竟想出了一种兵器,有了这利器,才将"理"字排行的元恶大憝,一律肃清。这利器的大名,便叫"经验"。现在又添上一个雅号,便是高雅之至的"事实"。

经验从那里得来,便是从清朝得来的。经验提高了他的喉咙含含糊糊说,"狗有狗道理,鬼有鬼道理,中国与众不同,也自有中国道理。道理各各不同,一味理想,殊堪痛恨。"这时候,正是上下一心理财强种的时候,而且带着理字的,又大半是洋货,爱国之士,义当排斥。所以一转眼便跌了价值;一转眼便遭了嘲骂;又一转眼,便连他的影子,也同拳民时代的教民[4]一般,竟犯了与众共弃的大罪了。

但我们应该明白,人格的平等,也是一种外来的旧理想;现在"经验"既已登坛,自然株连着化为妄想,理合不分首从,全踏在朝靴底下,以符列祖列宗的成规。这一踏不觉过了四五年,经验家虽然也增加了四五岁,与素未经验的生物学学理——死——渐渐接近,但这与众不同的中国,却依然不是理想的住家。一大批踏在朝靴底下的学习诸公,早经竭力大叫,说他也得了经验了。

但我们应该明白,从前的经验,是从皇帝脚底下学得;现在与将来的经验,是从皇帝的奴才的脚底下学得。奴才的数目多,心传[5]的经验家也愈多。待到经验家二世的全盛时代,那便是理想单被轻薄,理想家单当妄人,还要算是幸福侥幸了。

现在的社会,分不清理想与妄想的区别。再过几时,还要分不清"做不到"与"不肯做到"的区别,要将扫除庭园与劈开地球混作一谈。理想家说,这花园有秽气,须得扫除,——到那时候,说这宗话的人,也要算在理想党里,——他却说道,他们从来在此小便,如何扫除? 万万不能,也断乎不可!

那时候,只要从来如此,便是宝贝。即使无名肿毒,倘若生在中国人身上,也便"红肿之处,艳若桃花;溃烂之时,美如乳酪"。国粹所在,妙不可言。那些理想学理法理,既是洋货,自然完全不在话下了。

但最奇怪的,是七年十月下半,忽有许多经验家,理想经验双全家,经验理想未定家,都说公理战胜了强权[6];还向公理颂扬了一番,客气了一顿。这事不但溢出了经验的范围,而且又添上一个理字排行的厌物。将来如何收场,我是毫无经验,不敢妄谈。经验诸公,想也未曾经验,开口不得。

没有法,只好在此提出,请教受人轻薄的理想家了。

*　　　*　　　*

〔1〕 本篇最初发表于 1919 年 1 月 15 日《新青年》第六卷第一号,署名唐俟。

按从本篇起到"六十六"止,都是 1919 年的作品,作者误编入 1918 年,现已更正。

〔2〕《再论戏剧改良》 作者傅斯年,当时是《新潮》杂志的主编。这里所引的一段话的原文是:"中国人不懂得'理想论'和'理想家'的真义。说到'理想',便含着些轻薄的意味,觉得'理想'即是'妄想','理想家'即是'妄人'。其实世界的进步,完全是几多'理想家'造就成的。"

〔3〕 辛亥革命后,原清朝大臣、北洋军阀首领袁世凯在帝国主义支持下,攫取了国家政权,于 1912 年 3 月在北京就任临时大总统。他曾宣称"政治军事经验不下于人",要用武力征伐反对者,并指令熊希龄组织所谓"第一流的经验内阁"。后来袁世凯又阴谋复辟帝制,清朝旧臣如劳乃宣、宋育仁、刘廷琛等也随之在北京等地进行复辟活动。以后又有张勋、康有为等人于 1917 年扶植清废帝溥仪复辟的事件。

〔4〕 拳民时代的教民 拳民时代,指义和团运动时期。鸦片战争以后,天主教和基督教在中国各地设立的教堂,广收信徒。这种信徒

被称为教民。其中有一部分人依势欺人,引起民众愤恨。在义和团运动中,一般教民也受到打击。

〔5〕 心传 佛教禅宗用语。指不立文字,不依经卷,只凭师徒心心相印,递相授受。

〔6〕 公理战胜强权 1918 年第一次世界大战结束后,英、美、法等"协约国"宣扬它们战胜德、奥等"同盟国"是"公理战胜了强权"。中国是协约国的成员,当时也有许多人宣扬这一思想,对改变中国的国际地位抱有幻想。

四　十〔1〕

　　终日在家里坐，至多也不过看见窗外四角形惨黄色的天，还有什么感？只有几封信，说道，"久违芝宇，时切葭思；"〔2〕有几个客，说道，"今天天气很好"：都是祖传老店的文字语言。写的说的，既然有口无心，看的听的，也便毫无所感了。

　　有一首诗，从一位不相识的少年寄来，却对于我有意义。——

爱　情

　　我是一个可怜的中国人。爱情！我不知道你是什么。

　　我有父母，教我育我，待我很好；我待他们，也还不差。我有兄弟姊妹，幼时共我玩耍，长来同我切磋，待我很好；我待他们，也还不差。但是没有人曾经"爱"过我，我也不曾"爱"过他。

　　我年十九，父母给我讨老婆。于今数年，我们两个，也还和睦。可是这婚姻，是全凭别人主张，别人撮合：把他们一日戏言，当我们百年的盟约。仿佛两个牲口听着主人的命令："咄，你们好好的住在一块儿罢！"

　　爱情！可怜我不知道你是什么！

　　诗的好歹,意思的深浅,姑且勿论;但我说,这是血的蒸气,醒过来的人的真声音。

　　爱情是什么东西? 我也不知道。中国的男女大抵一对或一群——一男多女——的住着,不知道有谁知道。

　　但从前没有听到苦闷的叫声。即使苦闷,一叫便错;少的老的,一齐摇头,一齐痛骂。

　　然而无爱情结婚的恶结果,却连续不断的进行。形式上的夫妇,既然都全不相关,少的另去姘人宿娼,老的再来买妾:麻痹了良心,各有妙法。所以直到现在,不成问题。但也曾造出一个"妒"字,略表他们曾经苦心经营的痕迹。

　　可是东方发白,人类向各民族所要的是"人",——自然也是"人之子"——我们所有的是单是人之子,是儿媳妇与儿媳之夫,不能献出于人类之前。

　　可是魔鬼手上,终有漏光的处所,掩不住光明:人之子醒了;他知道了人类间应有爱情;知道了从前一班少的老的所犯的罪恶;于是起了苦闷,张口发出这叫声。

　　但在女性一方面,本来也没有罪,现在是做了旧习惯的牺牲。我们既然自觉着人类的道德,良心上不肯犯他们少的老的的罪,又不能责备异性,也只好陪着做一世牺牲,完结了四千年的旧账。

　　做一世牺牲,是万分可怕的事;但血液究竟干净,声音究竟醒而且真。

　　我们能够大叫,是黄莺便黄莺般叫;是鸱鸮便鸱鸮般叫。我们不必学那才从私窝子[3]里跨出脚,便说"中国道德第一"

的人的声音。

我们还要叫出没有爱的悲哀，叫出无所可爱的悲哀。……我们要叫到旧账勾消的时候。

旧账如何勾消？我说，"完全解放了我们的孩子！"

*　　　*　　　*

〔1〕　本篇最初发表于 1919 年 1 月 15 日《新青年》第六卷第一号，署名唐俟。

〔2〕　"久违芝宇，时切葭思"　这是旧时书信中常用的客套语，意思是久不见面，时刻想念。芝宇，即眉宇。《新唐书·元德秀传》载，元德秀，字紫芝，"房琯每见德秀，叹息曰：'见紫芝眉宇，使人名利之心都尽。'"后来就以"芝宇"作为他人容貌的美称。"葭思"，语出《诗经·秦风·蒹葭》："蒹葭苍苍，白露为霜。所谓伊人，在水一方。"后来用"葭思"表示对友人的思念。

〔3〕　私窝子　私娼住的地方。

四 十 一 [1]

从一封匿名信里看见一句话,是"数麻石片"(原注江苏方言),大约是没有本领便不必提倡改革,不如去数石片的好的意思。因此又记起了本志通信栏内所载四川方言的"洗煤炭"[2]。想来别省方言中,相类的话还多;守着这专劝人自暴自弃的格言的人,也怕并不少。

凡中国人说一句话,做一件事,倘与传来的积习有若干抵触,须一个斤斗便告成功,才有立足的处所;而且被恭维得烙铁一般热。否则免不了标新立异的罪名,不许说话;或者竟成了大逆不道,为天地所不容。这一种人,从前本可以夷到九族[3],连累邻居;现在却不过是几封匿名信罢了。[4]但意志略略薄弱的人便不免因此萎缩,不知不觉的也入了"数麻石片"党。

所以现在的中国,社会上毫无改革,学术上没有发明,美术上也没有创作;至于多人继续的研究,前仆后继的探险,那更不必提了。国人的事业,大抵是专谋时式的成功的经营,以及对于一切的冷笑。

但冷笑的人,虽然反对改革,却又未必有保守的能力:即如文字一面,白话固然看不上眼,古文也不甚提得起笔。照他的学说,本该去"数麻石片"了;他却又不然,只是莫名其妙的冷笑。

中国的人，大抵在如此空气里成功，在如此空气里萎缩腐败，以至老死。

我想，人猿同源的学说，大约可以毫无疑义了。但我不懂，何以从前的古猴子，不都努力变人，却到现在还留着子孙，变把戏给人看。还是那时竟没有一匹想站起来学说人话呢？还是虽然有了几匹，却终被猴子社会攻击他标新立异，都咬死了；所以终于不能进化呢？

尼采[5]式的超人，虽然太觉渺茫，但就世界现有人种的事实看来，却可以确信将来总有尤为高尚尤近圆满的人类出现。到那时候，类人猿上面，怕要添出"类猿人"这一个名词。

所以我时常害怕，愿中国青年都摆脱冷气，只是向上走，不必听自暴自弃者流的话。能做事的做事，能发声的发声。有一分热，发一分光，就令萤火一般，也可以在黑暗里发一点光，不必等候炬火。

此后如竟没有炬火：我便是唯一的光。倘若有了炬火，出了太阳，我们自然心悦诚服的消失，不但毫无不平，而且还要随喜[6]赞美这炬火或太阳；因为他照了人类，连我都在内。

我又愿中国青年都只是向上走，不必理会这冷笑和暗箭。

尼采说：

"真的，人是一个浊流。应该是海了，能容这浊流使他干净。

"咄，我教你们超人：这便是海，在他这里，能容下你们的大侮蔑。"（《札拉图如是说》的《序言》第三节）

　　纵令不过一洼浅水，也可以学学大海；横竖都是水，可以相通。几粒石子，任他们暗地里掷来；几滴秽水，任他们从背后泼来就是了。

　　这还算不到"大侮蔑"——因为大侮蔑也须有胆力。

　　　　*　　　*　　　*

　　〔1〕　本篇最初发表于 1919 年 1 月 15 日《新青年》第六卷第一号，署名唐俟。

　　〔2〕　"洗煤炭"　见《新青年》第五卷第二号（1918 年 8 月 15 日）《通信》栏载任鸿隽给胡适的信："《新青年》一面讲改良文学，一面讲废灭汉文，是否自相矛盾？既要废灭不用，又用力去改良不用的物件。我们四川有句俗语说，'你要没有事做，不如洗煤炭去罢。'"

　　〔3〕　九族　指自身及自身以上的父、祖、曾祖、高祖和以下的子、孙、曾孙、玄孙。另一种说法是以父族四代、母族三代、妻族二代为九族。

　　〔4〕　此句在《新青年》最初发表时原文为："现在是受了外来的影响，形式上难于办到。社会上虽然深恶痛绝，却未必对面现出战士，迎头杀来；不过几支暗箭，连声冷笑，掷几粒石子，送几封匿名信罢了。"

　　〔5〕　尼采（F. Nietzsche）　参看本卷第 60 页注〔26〕。下文所说的《札拉图如是说》，即《札拉图斯特拉如是说》，是他的一部主要哲学著作。

　　〔6〕　随喜　佛家语，佛家认为行善布施可生欢喜心，随着别人做善事称为随喜。《大智度论》六一："一切和合，随喜为德。"

四　十　二[1]

　　听得朋友说,杭州英国教会里的一个医生,在一本医书上做一篇序,称中国人为土人;我当初颇不舒服,子细再想,现在也只好忍受了。土人一字,本来只说生在本地的人,没有什么恶意。后来因其所指,多系野蛮民族,所以加添了一种新意义,仿佛成了野蛮人的代名词。他们以此称中国人,原不免有侮辱的意思;但我们现在,却除承受这个名号以外,实是别无方法。因为这类是非,都凭事实,并非单用口舌可以争得的。试看中国的社会里,吃人,劫掠,残杀,人身卖买,生殖器崇拜,灵学,一夫多妻,凡有所谓国粹,没一件不与蛮人的文化(?)恰合。拖大辫,吸鸦片,也正与土人的奇形怪状的编发及吃印度麻[2]一样。至于缠足,更要算在土人的装饰法中,第一等的新发明了。他们也喜欢在肉体上做出种种装饰:剜空了耳朵嵌上木塞;下唇剜开一个大孔,插上一支兽骨,像鸟嘴一般;面上雕出兰花;背上刺出燕子;女人胸前做成许多圆的长的疙瘩。可是他们还能走路,还能做事;他们终是未达一间[3],想不到缠足这好法子。……世上有如此不知肉体上的苦痛的女人,以及如此以残酷为乐,丑恶为美的男子,真是奇事怪事。

　　自大与好古,也是土人的一个特性。英国人乔治葛来[4]任纽西兰总督的时候,做了一部《多岛海神话》,序里说他著书

343

的目的,并非全为学术,大半是政治上的手段。他说,纽西兰土人是不能同他说理的。只要从他们的神话的历史里,抽出一条相类的事来做一个例,讲给酋长祭师们听,一说便成了。譬如要造一条铁路,倘若对他们说这事如何有益,他们决不肯听;我们如果根据神话,说从前某某大仙,曾推着独轮车在虹霓上走,现在要仿他造一条路,那便无所不可了。(原文已经忘却,以上所说只是大意)中国十三经二十五史,正是酋长祭师们一心崇奉的治国平天下的谱,此后凡与土人有交涉的“西哲”,倘能人手一编,便助成了我们的“东学西渐”[5],很使土人高兴;但不知那译本的序上写些什么呢?

＊　　　＊　　　＊

〔1〕　本篇最初发表于1919年1月15日《新青年》第六卷第一号。

〔2〕　印度麻　亦名菽麻,豆科,一年生草本,可作麻织品原料和牲畜饲料。在印度和一些其他国家,又用作麻醉品。

〔3〕　未达一间　还有一点差距的意思。汉代扬雄《法言·问神》:“颜渊亦潜心于仲尼矣,未达一间耳。”

〔4〕　乔治葛来(George Grey,1812—1898)　英国人。曾任英国驻澳大利亚、新西兰(即本文中所说的纽西兰)和南非的殖民地总督,1877年至1879年任新西兰总理。所著《多岛海神话》一书,是研究新西兰土著民族毛利人的神话和口头历史的著作,1855年出版。“多岛海”(Polynesia),通译波利尼西亚。

〔5〕　“东学西渐”　1909年日本汉学家槐南陈人著《东学西渐》篇,在日本东京《日日新闻》上发表,当时上海《神州日报》曾译载过这篇文章。其中说:“伦敦二三书肆发售之书目……有《十三经注疏》,有《史

记》,有《前后汉书》……凡考索中国文物礼制之书,殆皆具。……庸讵知东学西渐已有如斯之盛,宛似半夜荒鸡,足使闻者起舞耶。"《神州日报》编者又在按语中加以称颂。

四 十 三^[1]

　　进步的美术家，——这是我对于中国美术界的要求。

　　美术家固然须有精熟的技工，但尤须有进步的思想与高尚的人格。他的制作，表面上是一张画或一个彫像，其实是他的思想与人格的表现。令我们看了，不但欢喜赏玩，尤能发生感动，造成精神上的影响。

　　我们所要求的美术家，是能引路的先觉，不是"公民团"^[2]的首领。我们所要求的美术品，是表记中国民族知能最高点的标本，不是水平线以下的思想的平均分数。

　　近来看见上海什么报的增刊《泼克》^[3]上，有几张讽刺画。他的画法，倒也模仿西洋；可是我很疑惑，何以思想如此顽固，人格如此卑劣，竟同没有教育的孩子只会在好好的白粉墙上写几个"某某是我而子"一样。可怜外国事物，一到中国，便如落在黑色染缸里似的，无不失了颜色。美术也是其一：学了体格还未匀称的裸体画，便画猥亵画；学了明暗还未分明的静物画，只能画招牌。皮毛改新，心思仍旧，结果便是如此。至于讽刺画之变为人身攻击的器具，更是无足深怪了。

　　说起讽刺画，不禁想到美国画家勃拉特来（L. D. Bradley 1853—1917）了。他专画讽刺画，关于欧战的画，尤为有名；只可惜前年死掉了。我见过他一张《秋收时之月》（《The Harvest

Moon》)的画。上面是一个形如骷髅的月亮,照着荒田;田里一排一排的都是兵的死尸。唉唉,这才算得真的进步的美术家的讽刺画。我希望将来中国也能有一日,出这样一个进步的讽刺画家。

     *   *   *

〔1〕 本篇最初发表于1919年1月15日《新青年》第六卷第一号。

〔2〕 "公民团" 指袁世凯雇用的流氓打手,他们在1913年10月6日自称"公民团",包围当时的国会,强迫议员选他为总统。后来的北洋军阀段祺瑞、曹锟也都使用过这类手段。这里是比喻统治者的御用工具。

〔3〕 指上海《时事新报》的星期图画增刊《泼克》。沈泊尘编。关于这个画刊的内容和倾向,可参看本书《随感录四十六》。"泼克",英语Puck的音译,是英国民间传说中喜欢恶作剧的小妖精的名字。

四　十　六^[1]

　　民国八年正月间,我在朋友家里见到上海一种什么报的星期增刊讽刺画,正是开宗明义第一回;画着几方小图,大意是骂主张废汉文的人的;说是给外国医生换上外国狗的心了,所以读罗马字时,全是外国狗叫。^[2]但在小图的上面,又有两个双钩大字"泼克",似乎便是这增刊的名目;可是全不像中国话。我因此很觉这美术家可怜:他——对于个人的人身攻击姑且不论——学了外国画,来骂外国话,然而所用的名目又仍然是外国话。讽刺画本可以针砭社会的锢疾;现在施针砭的人的眼光,在一方尺大的纸片上,尚且看不分明,怎能指出确当的方向,引导社会呢?

　　这几天又见到一张所谓《泼克》,是骂提倡新文艺的人了。大旨是说凡所崇拜的,都是外国的偶像。^[3]我因此愈觉这美术家可怜:他学了画,而且画了"泼克",竟还未知道外国画也是文艺之一。他对于自己的本业,尚且罩在黑坛子里,摸不清楚,怎能有优美的创作,贡献于社会呢?

　　但"外国偶像"四个字,却亏他想了出来。

　　不论中外,诚然都有偶像。但外国是破坏偶像的人多;那影响所及,便成功了宗教改革,法国革命。旧像愈摧破,人类便愈进步;所以现在才有比利时的义战^[4],与人道的光明。

那达尔文易卜生托尔斯泰尼采诸人，便都是近来偶像破坏的大人物。

在这一流偶像破坏者，《泼克》却完全无用；因为他们都有确固不拔的自信，所以决不理会偶像保护者的嘲骂。易卜生说：

> "我告诉你们，是这个——世界上最强壮有力的人，就是那孤立的人。"（见《国民之敌》）

但也不理会偶像保护者的恭维。尼采说：

> "他们又拿着称赞，围住你嗡嗡的叫：他们的称赞是厚脸皮。他们要接近你的皮肤和你的血。"（《札拉图如是说》第二卷《市场之蝇》）

这样，才是创作者。——我辈即使才力不及，不能创作，也该当学习；即使所崇拜的仍然是新偶像，也总比中国陈旧的好。与其崇拜孔丘关羽[5]，还不如崇拜达尔文易卜生；与其牺牲于瘟将军五道神[6]，还不如牺牲于 Apollo[7]。

*　　　*　　　*

〔1〕　本篇最初发表于 1919 年 2 月 15 日《新青年》第六卷第二号，署名唐俟。

〔2〕　指上海《时事新报》星期图画增刊《泼克》。这里所说的讽刺画，载于 1919 年 1 月 5 日该刊中，共六幅，沈泊尘作。文字说明中有："某新学家主张废弃汉字"；"然习罗马文又苦于格格不入，乃叩诸医生问焉"；"医生请以罗马犬之心易其心"；"某新学家易心后试读罗马拼音，人聆之则居然罗马犬吠也！"等。沈泊尘(1889—1920)，原名沈学

明,浙江人。以自学作画成名,曾画过讽刺欧战和抨击卖国贼的漫画,但也画有以讥讽汲收西方文化为主题的作品。

〔3〕　1919年2月9日《时事新报》星期图画增刊《泼克》载有沈泊尘的讽刺新文艺的画,共四幅。文字说明中有某文学者"常出其所著之新文艺以炫人","然其思想之根据乃为外国偶像"等语。

〔4〕　比利时的义战　第一次世界大战时,德国在西线企图假道比利时,攻击法军主力。比利时原为"中立国",拒绝德军通过,于是发生战争。当时"协约国"方面称比利时的参战为"义战"。

〔5〕　崇拜孔丘关羽　自汉代始,历代王朝尊崇孔子。唐开元二十七年追谥孔子为"文宣王",元代封为"大成至圣文宣王",明清称"至圣先师",并在各地建立专祠(俗称文庙)。自宋徽宗起,又先后尊关羽为"武安王"、"协天护国忠义大帝",也在各地建立专祠(俗称武庙)。

〔6〕　瘟将军五道神　都是我国旧时民间所供奉的神祇,相传他们掌管瘟疫和灾害。

〔7〕　Apollo　阿波罗,希腊神话中光明、艺术与健康之神。

四　十　七 [1]

有人做了一块象牙片,半寸方,看去也没有什么;用显微镜一照,却看见刻着一篇行书的《兰亭序》[2]。我想:显微镜的所以制造,本为看那些极细微的自然物的;现在既用人工,何妨便刻在一块半尺方的象牙板上,一目了然,省却用显微镜的工夫呢?

张三李四是同时人。张三记了古典来做古文;李四又记了古典,去读张三做的古文。我想:古典是古人的时事,要晓得那时的事,所以免不了翻着古典;现在两位既然同时,何妨老实说出,一目了然,省却你也记古典,我也记古典的工夫呢?

内行的人说:什么话! 这是本领,是学问!

我想,幸而中国人中,有这一类本领学问的人还不多。倘若谁也弄这玄虚:农夫送来了一粒粉,用显微镜照了,却是一碗饭;水夫挑来用水湿过的土,想喝茶的又须挤出湿土里的水;那可真要支撑不住了。

*　　　*　　　*

〔1〕　本篇最初发表于 1919 年 2 月 15 日《新青年》第六卷第二号,署名俟。

〔2〕《兰亭序》　即《兰亭集序》,晋代王羲之作,行书法帖,全文三百二十余字,有唐代摹本存世。

四 十 八[1]

中国人对于异族，历来只有两样称呼：一样是禽兽，一样是圣上。从没有称他朋友，说他也同我们一样的。

古书里的弱水[2]，竟是骗了我们：闻所未闻的外国人到了；交手几回，渐知道"子曰诗云"似乎无用，于是乎要维新。

维新以后，中国富强了，用这学来的新，打出外来的新，关上大门，再来守旧。

可惜维新单是皮毛，关门也不过一梦。外国的新事理，却愈来愈多，愈优胜，"子曰诗云"也愈挤愈苦，愈看愈无用。于是从那两样旧称呼以外，别想了一样新号："西哲"，或曰"西儒"。

他们的称号虽然新了，我们的意见却照旧。因为"西哲"的本领虽然要学，"子曰诗云"也更要昌明。换几句话，便是学了外国本领，保存中国旧习。本领要新，思想要旧。要新本领旧思想的新人物，驮了旧本领旧思想的旧人物，请他发挥多年经验的老本领。一言以蔽之：前几年谓之"中学为体，西学为用"，这几年谓之"因时制宜，折衷至当"。

其实世界上决没有这样如意的事。即使一头牛，连生命都牺牲了，尚且祀了孔便不能耕田，吃了肉便不能搾乳。何况一个人先须自己活着，又要驮了前辈先生活着；活着的时候，又须恭听前辈先生的折衷：早上打拱，晚上握手；上午"声光化电"，下午"子曰诗云"呢？

社会上最迷信鬼神的人，尚且只能在赛会〔3〕这一日抬一回神舆。不知那些学"声光化电"的"新进英贤"，能否驼着山野隐逸，海滨遗老，折衷一世？

"西哲"易卜生盖以为不能，以为不可。所以借了 Brand 的嘴说："All or nothing!"〔4〕

*　　　*　　　*

〔1〕　本篇最初发表于 1919 年 2 月 15 日《新青年》第六卷第二号，署名俟。

〔2〕　弱水　我国古书中关于弱水的神话传说很多。如《海内十洲记》说："凤麟洲在西海之中央，地方一千五百里，洲四面有弱水绕之。鸿毛不浮，不可越也。"这里说"竟是骗了我们"，是说"不可越"的弱水并没有阻挡住外国人的到来。

〔3〕　赛会　即迎神赛会，旧时的一种民间习俗，用仪仗、鼓乐和杂戏迎神出庙，周游街巷，以酬神祈福。

〔4〕　Brand　勃兰特，易卜生所作诗剧《勃兰特》中的人物。"All or nothing!"英语，"不能完全，宁可没有！"的意思。

四　十　九[1]

　　凡有高等动物,倘没有遇着意外的变故,总是从幼到壮,从壮到老,从老到死。

　　我们从幼到壮,既然毫不为奇的过去了;自此以后,自然也该毫不为奇的过去。

　　可惜有一种人,从幼到壮,居然也毫不为奇的过去了;从壮到老,便有点古怪;从老到死,却更奇想天开,要占尽了少年的道路,吸尽了少年的空气。

　　少年在这时候,只能先行萎黄,且待将来老了,神经血管一切变质以后,再来活动。所以社会上的状态,先是"少年老成";直待弯腰曲背时期,才更加"逸兴遄飞"[2],似乎从此以后,才上了做人的路。

　　可是究竟也不能自忘其老;所以想求神仙。大约别的都可以老,只有自己不肯老的人物,总该推中国老先生算一甲一名[3]。

　　万一当真成了神仙,那便永远请他主持,不必再有后进,原也是极好的事。可惜他又究竟不成,终于个个死去,只留下造成的老天地,教少年驼着吃苦。

　　这真是生物界的怪现象!

　　我想种族的延长,——便是生命的连续,——的确是生物界事业里的一大部分。何以要延长呢？不消说是想进化了。但进化的途中总须新陈代谢。所以新的应该欢天喜地的向前走去，这便是壮，旧的也应该欢天喜地的向前走去，这便是死；各各如此走去，便是进化的路。

老的让开道，催促着，奖励着，让他们走去。路上有深渊，便用那个死填平了，让他们走去。

少的感谢他们填了深渊，给自己走去；老的也感谢他们从我填平的深渊上走去。——远了远了。

明白这事，便从幼到壮到老到死，都欢欢喜喜的过去；而且一步一步，多是超过祖先的新人。

这是生物界正当开阔的路！人类的祖先，都已这样做了。

＊　　　＊　　　＊

〔1〕 本篇最初发表于1919年2月15日《新青年》第六卷第二号，署名俟。

〔2〕 "逸兴遄飞" 语出唐代王勃《滕王阁序》："遥吟俯畅，逸兴遄飞。"

〔3〕 一甲一名 明清时代科举考试的殿试（皇帝亲自主持的考试），分三甲录取，第一甲赐进士及第，录取三名（状元、榜眼、探花）。一甲一名，即第一等第一名，也就是"状元"。这里指第一。

五　十　三[1]

上海盛德坛扶乩[2]，由“孟圣”主坛；在北京便有城隍白知降坛，说他是“邪鬼”。盛德坛后来却又有什么真人下降，谕别人不得擅自扶乩。

北京议员王讷提议推行新武术[3]，以“强国强种”；中华武士会[4]便率领了一班天罡拳阴截腿之流，大分冤单，说他“抑制暴弃祖性相传之国粹”。

绿帜社提倡“爱世语”，专门崇拜“柴圣”，说别种国际语（如 Ido 等）是冒牌的[5]。

上海有一种单行的《泼克》[6]，又有一种报上增刊的《泼克》；后来增刊《泼克》登广告声明要将送错的单行《泼克》的信件撕破。

上海有许多“美术家”；其中的一个美术家，不知如何散了伙，便在《泼克》上大骂别的美术家“盲目盲心”，不知道新艺术真艺术。

以上五种同业的内讧，究竟是什么原因，局外人本来不得而知。但总觉现在时势不很太平，无论新的旧的，都各各起哄：扶乩打拳那些鬼画符的东西，倒也罢了；学几句世界语，画几笔花，也是高雅的事，难道也要同行嫉妒，必须声明鱼目混珠，雷击火焚么？

我对于那"美术家"的内讧又格外失望。我于美术虽然全是门外汉,但很望中国有新兴美术出现。现在上海那班美术家所做的,是否算得美术,原是难说;但他们既然自称美术家,即使幼稚,也可以希望长成:所以我期望有个美术家的幼虫,不要是似是而非的木叶蝶[7]。如今见了他们两方面的成绩,不免令我对于中国美术前途发生一种怀疑。

画《泼克》的美术家说他们盲目盲心,所研究的只是十九世纪的美术,不晓得有新艺术真艺术。我看这些美术家的作品,不是剥制的鹿[8],便是畸形的美人,的确不甚高明,恐怕连十"八"世纪,也未必有这类绘画:说到底,只好算是中国的所谓美术罢了。但那一位画《泼克》的美术家的批评,却又不甚可解:研究十九世纪的美术,何以便是盲目盲心? 十九世纪以后的新艺术真艺术,又是怎样? 我听人说:后期印象派(Postimpressionism)[9]的绘画,在今日总还不算十分陈旧;其中的大人物如 Cézanne 与 Van Gogh 等,也是十九世纪后半的人,最迟的到一九〇六年也故去了。二十世纪才是十九年初头,好像还没有新派兴起。立方派(Cubism)[10]未来派(Futurism)[11]的主张,虽然新奇,却尚未能确立基础;而且在中国,又怕未必能够理解。在那《泼克》上面,也未见有这一派的绘画;不知那《泼克》美术家的所谓新艺术真艺术,究竟是指着什么? 现在的中国美术家诚然心盲目盲,但其弊却不在单研究十九世纪的美术,——因为据我看来,他们并不研究什么世纪的美术,——所以那《泼克》美术家的话,实在令人难解。

《泼克》美术家满口说新艺术真艺术,想必自己懂得这新艺术真艺术的了。但我看他所画的讽刺画，多是攻击新文艺新思想的。——这是二十世纪的美术么？这是新艺术真艺术么？

*　　　*　　　*

〔1〕　本篇最初发表于 1919 年 3 月 15 日《新青年》第六卷第三号。

〔2〕　盛德坛扶乩　1917 年 10 月 12 日，俞复、陆费逵等在上海设盛德坛扶乩。据《灵学丛志》第一卷第一期载，那天"圣贤仙佛同降"，"推定孟圣主坛"。又该刊第一卷第十期载有盛德坛 1918 年 9 月 19 日扶乩的情况，伪称梓潼、关圣、孚佑三帝君"会议一切"，谓各地乩坛"大加增多"，"甚为可怪"，特谕示"各地不得争效遗误"云云。扶乩，一种迷信活动，由二人扶一丁字形木架，使下垂一端在沙盘上划字，假托神鬼所示。

〔3〕　王讷（1880—1960）　字默轩，山东安丘人，曾任山东省教育会会长、众议院议员。他提出的"推广中华新武术建议案"，于 1917 年 3 月 22 日经众议院通过。

〔4〕　中华武士会　当时天津、北京等地的一个拳术组织。

〔5〕　绿帜社　当时以传播世界语为宗旨的团体。"爱世语"（Esperanto），通称世界语。"柴圣"，当时一些世界语学者对柴门霍夫的尊称。柴门霍夫（L. Zamenhof，1859—1917），波兰人。1887 年创造了世界语，著作有《第一读本》、《世界语初基》等。Ido，是法国库都拉（L. Couturat，1868—1915）、丹麦耶思柏森（O. Jespersen，1860—1943）等人所创造的另一种世界语。

〔6〕　指《上海泼克》，又名《泊尘滑稽画报》，漫画专刊，沈泊尘编，1918 年 9 月出刊，同年 12 月停刊。该刊第四期（1918 年 12 月）载有抱

一的讽刺画《目盲心盲之美术家》,附有如下的文字说明:"近来上海之研究美术者多矣,然其斤斤讨论者,皆系十九世纪之美术也,纵有新艺术在其目前,亦不能见,盖若辈非盲于目即盲于心也。"

〔7〕 木叶蝶　蝶的一种,颜色与枯叶相似,休息时两翅合拢,看去就像一片枯叶。

〔8〕 剥制的鹿　剥取鹿皮制成的鹿的标本。这里是指徒具形式没有生命的东西。

〔9〕 印象派　十九世纪八十年代形成于欧洲的一种画派。它反对学院派的保守思想和表现手法,强调表现作者瞬间的"印象",探求光和色的表现效果。后期印象派则认为绘画的目的在于探索形、色、节奏和空间,漠视对事物形态的忠实描写,主张以色彩的配合来表现它的体积。下文的 Cézanne,即塞尚(1839—1906),法国画家;Van Gogh,即梵高(1853—1890),荷兰画家。他们都是后期印象派的主要代表人物。

〔10〕 立方派　即立体派,二十世纪初形成于法国的一种画派。强调多面表现物体形态,主张用几何图形(立方体、球体、圆锥体、三角形)作为造型艺术的基础。作品构图怪诞。

〔11〕 未来派　二十世纪初形成于意大利的一种艺术流派。它否定文化遗产和一切传统,强调面向未来,表现现代机械文明、力量和速度;用离奇的形式表现动态的直觉和凌乱的想象,作品多难于理解。

五　十　四[1]

中国社会上的状态，简直是将几十世纪缩在一时：自油松片以至电灯，自独轮车以至飞机，自镖枪以至机关炮，自不许"妄谈法理"以至护法[2]，自"食肉寝皮"[3]的吃人思想以至人道主义，自迎尸拜蛇以至美育代宗教[4]，都摩肩挨背的存在。

这许多事物挤在一处，正如我辈约了燧人氏以前的古人，拼开饭店一般，即使竭力调和，也只能煮个半熟；伙计们既不会同心，生意也自然不能兴旺，——店铺总要倒闭。

黄郛氏做的《欧战之教训与中国之将来》[5]中，有一段话，说得很透澈：

"七年以来，朝野有识之士，每腐心于政教之改良，不注意于习俗之转移；庸讵知旧染不去，新运不生：事理如此，无可勉强者也。外人之评我者，谓中国人有一种先天的保守性，即或迫于时势，各种制度有改革之必要时，而彼之所谓改革者，决不将旧日制度完全废止，乃在旧制度之上，更添加一层新制度。试览前清之兵制变迁史，可以知吾言之不谬焉。最初命八旗兵驻防各地，以充守备之任；及年月既久，旗兵已腐败不堪用，洪秀全起，不得已，征募湘淮两军以应急：从此旗兵绿营，并肩存在，遂变成二重兵制。甲午战后，知绿营兵力又不可恃，乃复编练新式军队:于是并前二者而变成三重兵制矣。今旗兵虽已消灭,而变面换形之绿营,依然存在,总是二重兵制也。从可知吾国人之无澈底改革能力,实属不可掩之事实。他若贺阳历新年者,复贺阴历新年;奉民国正朔者,仍存宣统年号。一察社会各方面,盖无往而非二重制。即今日政局之所以不宁,是非之所以无定者,简括言之,实亦不过一种'二重思想'在其间作祟而已。"

此外如既许信仰自由,却又特别尊孔[6];既自命"胜朝遗老"[7],却又在民国拿钱;既说是应该革新,却又主张复古:四面八方几乎都是二三重以至多重的事物,每重又各各自相矛盾。一切人便都在这矛盾中间,互相抱怨着过活,谁也没有好处。

要想进步,要想太平,总得连根的拔去了"二重思想"。因为世界虽然不小,但彷徨的人种,是终竟寻不出位置的。

* * *

〔1〕 本篇最初发表于 1919 年 3 月 15 日《新青年》第六卷第三号,署名唐俟。

〔2〕 "妄谈法理" 辛亥革命后,袁世凯篡夺了政权,当时的革命党人以《中华民国临时约法》为根据,大谈"民国的法理",试图借此约束袁世凯的独裁专制。而袁世凯则声称不许他们"妄谈法理",并下令废止《临时约法》和解散国会。后来段祺瑞任北洋政府国务总理时,对《临时约法》和国会,也采取了与袁世凯同样的手段。护法,指 1917 年 7 月至 1918 年 4 月间,孙中山领导的维护《临时约法》,恢复国会的运动。

〔3〕　"食肉寝皮"　语出《左传》襄公二十一年,晋国州绰对齐庄公说:"然二子者,譬于禽兽,臣食其肉而寝处其皮矣。"按"二子"指齐国的殖绰和郭最,他们曾被州绰俘虏过。

〔4〕　美育代宗教　是蔡元培所提出的主张。他曾著有《以美育代宗教说》一文,载《新青年》第三卷第六号(1917 年 8 月)。

〔5〕　黄郛(1880—1936)　字鹰白,浙江绍兴人,早年加入同盟会,参加辛亥革命。曾任北洋政府外交总长、代理国务总理,后任国民党政府外交部长、行政院驻北平政务整理委员会委员长等职。《欧战之教训与中国之将来》一书,1918 年 12 月由上海中华书局出版。这里所引的一段文字,见于该书第三编。

〔6〕　既许信仰自由却又特别尊孔　1913 年 8 月 1 日,孔教会会长陈焕章在给参众两院的《请定孔教为国教请愿书》中说:"焕章等内审诸夏之国情,外考列邦之成宪,迫得请愿贵院,于宪法上明定孔教为国教,并许信教自由。"

〔7〕　"胜朝遗老"　这里指清朝遗老。胜朝,即已被推翻的前一个朝代。

五十六 "来 了"[1]

近来时常听得人说,"过激主义[2]来了";报纸上也时常写着,"过激主义来了"。

于是有几文钱的人,很不高兴。官员也着忙,要防华工[3],要留心俄国人;连警察厅也向所属发出了严查"有无过激党设立机关"的公事。

着忙是无怪的,严查也无怪的;但先要问:什么是过激主义呢?

这是他们没有说明,我也无从知道,我虽然不知道,却敢说一句话:"过激主义"不会来,不必怕他;只有"来了"是要来的,应该怕的。

我们中国人,决不能被洋货的什么主义引动,有抹杀他扑灭他的力量。军国民主义么,我们何尝会同别人打仗;无抵抗主义么,我们却是主战参战[4]的;自由主义么,我们连发表思想都要犯罪,讲几句话也为难;人道主义么,我们人身还可以买卖呢。

所以无论什么主义,全扰乱不了中国;从古到今的扰乱,也不听说因为什么主义。试举目前的例,便如陕西学界的布告[5],湖南灾民的布告[6],何等可怕,与比利时公布的德兵苛酷情形,俄国别党宣布的列宁政府残暴情形,比较起来,他们简直是太平天下了。德国还说是军国主义,列宁不消说还是过激主义哩![7]

这便是"来了"来了。来的如果是主义,主义达了还会罢;倘若单是"来了",他便来不完,来不尽,来的怎样也不可知。

民国成立的时候,我住在一个小县城里,早已挂过白旗。有一日,忽然见许多男女,纷纷乱逃:城里的逃到乡下,乡下的逃进城里。问他们什么事,他们答道,"他们说要来了。"

可见大家都单怕"来了",同我一样。那时还只有"多数主义"[8],没有"过激主义"哩。

*　　　*　　　*

〔1〕 本篇最初发表于 1919 年 5 月《新青年》第六卷第五号,署名唐俟。

〔2〕 "过激主义" 日本媒体对布尔什维主义的贬性译称,当时中国一些人也沿用这个词。

〔3〕 华工 第一次世界大战时,北洋政府曾派遣二十余万人参加协约国对同盟国的战争,实际上只从事修路运输等劳动,故称华工。十月革命后,中国北洋政府为防止侨居俄国的华工回国传播革命思想,曾经内阁议决,通电东北、蒙古、新疆等地边防官吏对他们严格检查、防范。

〔4〕 主战参战 第一次世界大战后期,协约国方面的日本嗾使中国参战,想借此加紧对中国的控制;段祺瑞的北洋政府则企图以参战为名,换取日本的援助和支持。1917 年 8 月 14 日,中国政府宣布加入协约国对德国作战。

〔5〕 陕西学界的布告 指 1919 年 3 月,陕西旅京学生联合会控

诉陕西军阀陈树藩纵使兵匪残杀无辜民众的暴行的《秦劫痛语》,其中列举兵匪所用的酷刑有曝尸烈日、酷吊、戴肉镯子、煮人肉等。(见 1919 年 4 月 1 日北京《晨报》)

〔6〕 湖南灾民的布告　指 1919 年 1 月,湖南人民控诉张敬尧暴虐统治的《湘民血泪》,其中列举了张敬尧纵兵奸淫掳掠、惨杀无辜等罪行。(见 1919 年 1 月 6 日上海《时报》)

〔7〕 "列宁不消说还是过激主义哩!"一句,在《新青年》发表时为:"列宁不消说是过激主义了,然而我们这中国的残暴淫掠,究竟是根据着什么主义呢?"

〔8〕 "多数主义"　这里仅是人数众多的意思,与"布尔什维(多数)主义"含义不同。参看本书《随感录三十八》。

五十七　现在的屠杀者[1]

高雅的人说，"白话鄙俚浅陋，不值识者一哂之者也。"

中国不识字的人，单会讲话，"鄙俚浅陋"，不必说了。"因为自己不通，所以提倡白话，以自文其陋"如我辈的人，正是"鄙俚浅陋"，也不在话下了。最可叹的是几位雅人，也还不能如《镜花缘》[2]里说的君子国的酒保一般，满口"酒要一壶乎，两壶乎，菜要一碟乎，两碟乎"的终日高雅，却只能在呻吟古文时，显出高古品格；一到讲话，便依然是"鄙俚浅陋"的白话了。四万万中国人嘴里发出来的声音，竟至总共"不值一哂"，真是可怜煞人。

做了人类想成仙；生在地上要上天；明明是现代人，吸着现在的空气，却偏要勒派朽腐的名教[3]，僵死的语言，侮蔑尽现在，这都是"现在的屠杀者"。杀了"现在"，也便杀了"将来"。——将来是子孙的时代。

*　　　*　　　*

〔1〕　本篇最初发表于 1919 年 5 月《新青年》第六卷第五号，署名唐俟。

〔2〕　《镜花缘》　长篇小说，清代李汝珍著，一百回。这里所引酒保的话，见于该书第二十三回《说酸话酒保咬文　讲迂谈腐儒嚼字》。

"君子国"应为淑士国。

〔3〕 名教 以名分规范为准则的封建礼教,如"三纲""五常"等。南朝宋刘义庆《世说新语·德行》:"欲以天下名教是非为己任。"

五十八　人心很古^{〔1〕}

慷慨激昂的人说，"世道浇漓，人心不古，国粹将亡，此吾所为仰天扼腕切齿三叹息者也！"

我初听这话，也曾大吃一惊；后来翻翻旧书，偶然看见《史记》《赵世家》^{〔2〕}里面记着公子成反对主父改胡服^{〔3〕}的一段话：

> "臣闻中国者，盖聪明徇智之所居也，万物财用之所聚也，贤圣之所教也，仁义之所施也，《诗》《书》礼乐之所用也，异敏技能之所试也，远方之所观赴也，蛮夷之所义行也；今王舍此而袭远方之服，变古之教，易古之道，逆人之心，而怫学者，离中国，故臣愿王图之也。"

这不是与现在阻抑革新的人的话，丝毫无异么？后来又在《北史》^{〔4〕}里看见记周静帝的司马后的话：

> "后性尤妒忌，后宫莫敢进御。尉迟迥女孙有美色，先在宫中，帝于仁寿宫见而悦之，因得幸。后伺帝听朝，阴杀之。上大怒，单骑从苑中出，不由径路，入山谷间三十余里；高颎杨素等追及，扣马谏，帝太息曰，'吾贵为天子，不得自由。'"

这又不是与现在信口主张自由和反对自由的人，对于自由所下的解释，丝毫无异么？别的例证，想必还多，我见闻狭隘，不能多举了。但即此看来,已可见虽然经过了这许多年,意见还是一样。现在的人心,实在古得很呢。

中国人倘能努力再古一点,也未必不能有古到三皇五帝[5]以前的希望,可惜时时遇着新潮流新空气激荡着,没有工夫了。

在现存的旧民族中,最合中国式理想的,总要推锡兰岛的Vedda族[6]。他们和外界毫无交涉,也不受别民族的影响,还是原始的状态,真不愧所谓"羲皇上人"[7]。

但听说他们人口年年减少,现在快要没有了:这实在是一件万分可惜的事。

*　　　*　　　*

〔1〕 本篇最初发表于 1919 年 5 月《新青年》第六卷第五号,署名唐俟。

〔2〕 《史记》 汉代司马迁著,一百三十卷。我国第一部纪传体通史。世家,是该书中传记的一体,主要记叙王侯的事迹。《赵世家》记述春秋战国时赵国的世系和历史。

〔3〕 公子成反对主父改胡服 主父即战国时赵国国君武灵王。公元前 307 年(赵武灵王十九年),他推行军事改革,改穿匈奴族服装,学习骑射。这一措施,曾遭到公子成的反对。

〔4〕 《北史》 唐代李延寿撰,一百卷。记载我国南北朝时代北方国家魏、齐、周和隋的历史。这里所引的应为隋文帝独孤后的事,见该书卷十四《后妃列传下》。

〔5〕 三皇五帝 我国传说中的上古帝王。西汉伏生《尚书大传》中,以燧人、伏羲、神农为三皇;《史记·五帝本纪》中,以黄帝、颛顼、帝

喾、唐尧、虞舜为五帝。

〔6〕　Vedda 族　维达族,锡兰岛(今斯里兰卡)最古老的种族。他们住在山林里,大都过着狩猎生活,保存着母系社会的习俗和万物有灵的信仰。

〔7〕　羲皇上人　指伏羲氏(羲皇)以前的人。晋代陶潜《与子俨等疏》:"五六月中,北窗下卧,遇凉风暂至,自谓是羲皇上人。"原意是指想象中的上古时代过着闲适生活的人们。这里是就所谓"羲皇上人"的原始状态而言。

五十九 "圣 武"[1]

我前回已经说过"什么主义都与中国无干"的话了;今天忽然又有些意见,便再写在下面:

我想,我们中国本不是发生新主义的地方,也没有容纳新主义的处所,即使偶然有些外来思想,也立刻变了颜色,而且许多论者反要以此自豪。我们只要留心译本上的序跋,以及各样对于外国事情的批评议论,便能发见我们和别人的思想中间,的确还隔着几重铁壁。他们是说家庭问题的,我们却以为他鼓吹打仗;他们是写社会缺点的,我们却说他讲笑话;他们以为好的,我们说来却是坏的。若再留心看看别国的国民性格,国民文学,再翻一本文人的评传,便更能明白别国著作里写出的性情,作者的思想,几乎全不是中国所有。所以不会了解,不会同情,不会感应;甚至彼我间的是非爱憎,也免不了得到一个相反的结果。

新主义宣传者是放火人么,也须别人有精神的燃料,才会着火;是弹琴人么,别人的心上也须有弦索,才会出声;是发声器么,别人也必须是发声器,才会共鸣。中国人都有些不很像,所以不会相干。

几位读者怕要生气,说,"中国时常有将性命去殉他主义的人,中华民国以来,也因为主义上死了多少烈士,你何以一笔抹杀？吓！"这话也是真的。我们从旧的外来思想说罢,六朝的确有许多焚身的和尚[2],唐朝也有过砍下臂膊布施无赖的和尚[3];从新的说罢,自然也有过几个人的。然而与中国历史,仍不相干。因为历史结帐,不能像数学一般精密,写下许多小数,却只能学粗人算帐的四舍五入法门,记一笔整数。

中国历史的整数里面,实在没有什么思想主义在内。这整数只是两种物质,——是刀与火,"来了"便是他的总名。

火从北来便逃向南,刀从前来便退向后,一大堆流水帐簿,只有这一个模型。倘嫌"来了"的名称不很庄严,"刀与火"也触目,我们也可以别想花样,奉献一个谥法,称作"圣武"[4],便好看了。

古时候,秦始皇帝[5]很阔气,刘邦和项羽都看见了;邦说,"嗟乎！大丈夫当如此也！"羽说,"彼可取而代也！"[6]羽要"取"什么呢？便是取邦所说的"如此"。"如此"的程度,虽有不同,可是谁也想取;被取的是"彼",取的是"丈夫"。所有"彼"与"丈夫"的心中,便都是这"圣武"的产生所,受纳所。

何谓"如此"？说起来话长;简单地说,便只是纯粹兽性方面的欲望的满足——威福,子女,玉帛,——罢了。然而在一切大小丈夫,却要算最高理想(?)了。我怕现在的人,还被这理想支配着。

大丈夫"如此"之后,欲望没有衰,身体却疲敝了;而且觉得暗中有一个黑影——死——到了身边了。于是无法,只好求神仙。这在中国,也要算最高理想了。我怕现在的人,也还被这理想支配着。

求了一通神仙,终于没有见,忽然有些疑惑了。于是要造坟,来保存死尸,想用自己的尸体,永远占据着一块地面。这在中国,也要算一种没奈何的最高理想了。我怕现在的人,也还被这理想支配着。

现在的外来思想,无论如何,总不免有些自由平等的气息,互助共存的气息,在我们这单有"我",单想"取彼",单要由我喝尽了一切空间时间的酒的思想界上,实没有插足的余地。

因此,只须防那"来了"便够了。看看别国,抗拒这"来了"的便是有主义的人民。他们因为所信的主义,牺牲了别的一切,用骨肉碰钝了锋刃,血液浇灭了烟焰。在刀光火色衰微中,看出一种薄明的天色,便是新世纪的曙光。

曙光在头上,不抬起头,便永远只能看见物质的闪光。

*　　　　*　　　　*

〔1〕 本篇最初发表于 1919 年 5 月《新青年》第六卷第五号,署名唐俟。

〔2〕 六朝焚身的和尚,据梁朝慧皎《高僧传》卷十二《忘身》第六记载:有宋蒲坂释法羽"……服香油,以布缠体,诵《舍身品》竟,以火自燎"。此外该书记载焚身的和尚还有慧绍、僧瑜、慧益、僧庆、法光、昙弘等多人。

〔3〕 唐朝砍下臂膊布施的和尚,据唐代道宣《续高僧传》卷三十九《普圆传》记载:"……有恶人从圆乞头,将斩与之,又不肯取。又复乞眼,即欲剜施。便从索手,遂以绳系腕著树,齐肘斩而与之。"

〔4〕 "圣武" 对帝王武功的颂词。《尚书·伊训》:"惟我商王,布昭圣武。"

〔5〕　秦始皇帝(前259—前210)　姓嬴名政,战国时秦国的国君,于公元前221年建立了我国第一个统一的中央集权的封建国家。

〔6〕　刘邦(前247—前195)　字季,沛(今江苏沛县)人,秦末农民起义领袖之一。于秦二世元年(前209)起兵反秦,在亡秦灭楚后建立了西汉王朝。庙号高祖。据《史记·高祖本纪》载:"高祖常繇(徭)咸阳,纵观,观秦皇帝,喟然太息曰:'嗟乎,大丈夫当如此也!'"项羽(前232—前202),名籍,下相(今江苏宿迁)人,秦末农民起义领袖之一。楚国贵族后裔。秦二世元年起兵反秦,秦亡后自立为西楚霸王。公元前202年为刘邦所败。据《史记·项羽本纪》载:"秦始皇帝游会稽,渡浙江,梁与籍俱观。籍曰:'彼可取而代也。'"

六十一　不　满[1]

　　欧战才了的时候,中国很抱着许多希望,因此现在也发出许多悲观绝望的声音,说"世界上没有人道","人道这句话是骗人的"。有几位评论家,还引用了他们外国论者自己责备自己的文字,来证明所谓文明人者,比野蛮尤其野蛮。

　　这诚然是痛快淋漓的话,但要问:照我们的意见,怎样才算有人道呢?那答话,想来大约是"收回治外法权[2],收回租界,退还庚子赔款[3]……"现在都很渺茫,实在不合人道。

　　但又要问:我们中国的人道怎么样?那答话,想来只能"……"。对于人道只能"……"的人的头上,决不会掉下人道来。因为人道是要各人竭力挣来,培植,保养的,不是别人布施,捐助的。

　　其实近于真正的人道,说的人还不很多,并且说了还要犯罪。若论皮毛,却总算略有进步了。这回虽然是一场恶战,也居然没有"食肉寝皮",没有"夷其社稷"[4],而且新兴了十八个小国[5]。就是德国对待比国,都说残暴绝伦,但看比国的公布,也只是囚徒不给饮食,村长挨了打骂,平民送上战线之类。这些事情,在我们中国自己对自己也常有,算得什么希奇?

　　人类尚未长成,人道自然也尚未长成,但总在那里发荣滋长。我们如果问问良心,觉得一样滋长,便什么都不必忧愁;将来总要走同一的路。看罢,他们是战胜军国主义的,他们的评论家还是自己责备自己,有许多不满。不满是向上的车轮,能够载着不自满的人类,向人道前进。

多有不自满的人的种族,永远前进,永远有希望。

多有只知责人不知反省的人的种族,祸哉祸哉!

*　　　*　　　*

〔1〕　本篇最初发表于1919年11月1日《新青年》第六卷第六号,署名唐俟。

〔2〕　治外法权　这里是指过去帝国主义国家通过不平等条约在中国享有的"领事裁判权"。根据这种特权,居留中国的外国侨民不受中国法律的管辖,他们在中国犯了罪或成为民事诉讼的被告时,只受本国的领事或由其本国所设立的法庭依照他们的法律审判。鸦片战争后,英、美、法、俄、日等国,通过与清政府签订的不平等条约,在中国获得这种特权。

〔3〕　庚子赔款　1900年(清光绪二十六年,庚子),英、美、德、法、日、俄等八国联合发动侵略中国的战争,1901年(辛丑),强迫清政府签订丧权辱国的《辛丑条约》,其中规定:中国向八国赔款银四亿五千万两,年息四厘,分三十九年还清,本息共计九亿八千二百多万两。这笔赔款通称"庚子赔款"。

〔4〕　社稷　古代我国帝王或诸侯在都城设立的祭祀社神(土神)和稷神(谷神)的庙,旧时用作国家政权的代称。

〔5〕　新兴了十八个小国　第一次世界大战期间及战后重建或新建的国家,有:塞尔维亚—克罗地亚—斯洛文尼亚王国、爱沙尼亚、拉脱

维亚、立陶宛、波兰、捷克斯洛伐克、芬兰、冰岛、奥地利、匈牙利、白俄罗斯、乌克兰、摩尔达维亚、格鲁吉亚、阿塞拜疆、亚美尼亚、汉志、远东共和国等。它们有的后来又并入其他国家。

六十二　恨恨而死[1]

　　古来很有几位恨恨而死的人物。他们一面说些"怀才不遇""天道宁论"[2]的话，一面有钱的便狂嫖滥赌，没钱的便喝几十碗酒，——因为不平的缘故，于是后来就恨恨而死了。

　　我们应该趁他们活着的时候问他：诸公！您知道北京离昆仑山几里，弱水[3]去黄河几丈么？火药除了做鞭爆，罗盘除了看风水，还有什么用处么？棉花是红的还是白的？谷子是长在树上，还是长在草上？桑间濮上[4]如何情形，自由恋爱怎样态度？您在半夜里可忽然觉得有些羞，清早上可居然有点悔么？四斤的担，您能挑么？三里的道，您能跑么？

　　他们如果细细的想，慢慢的悔了，这便很有些希望。万一越发不平，越发愤怒，那便"爱莫能助"。——于是他们终于恨恨而死了。

　　中国现在的人心中，不平和愤恨的分子太多了。不平还是改造的引线，但必须先改造了自己，再改造社会，改造世界；万不可单是不平。至于愤恨，却几乎全无用处。

　　愤恨只是恨恨而死的根苗，古人有过许多，我们不要蹈他们的覆辙。

　　我们更不要借了"天下无公理，无人道"这些话，遮盖自暴自弃的行为，自称"恨人"，一副恨恨而死的脸孔，其实并不恨恨而死。

＊　　　　＊　　　　＊

〔1〕 本篇最初发表于 1919 年 11 月 1 日《新青年》第六卷第六号，署名唐俟。

〔2〕 "天道宁论" 语出南朝梁江淹《恨赋》："试望平原，蔓草萦骨，拱木敛魂。人生到此，天道宁论！于是仆本恨人，心惊不已，直念古者，伏恨而死。"

〔3〕 弱水 参看本卷第 353 页注〔2〕。古籍中又指称多处河流，《尚书·禹贡》："导弱水至于合黎，余波入于流沙。"指黑河及其续流额济纳河，在甘肃省西北部和内蒙古西部。

〔4〕 桑间濮上 桑间，在濮水上，春秋时卫国的地方。相传当时附近男女常在这里聚会。《汉书·地理志（下）》："卫地有桑间濮上之阻，男女亦亟聚会，声色生焉，故俗称郑卫之音。"

六十三 "与幼者"[1]

做了《我们现在怎样做父亲》的后两日,在有岛武郎《著作集》里看到《与幼者》[2]这一篇小说,觉得很有许多好的话。

"时间不住的移过去。你们的父亲的我,到那时候,怎样映在你们(眼)里,那是不能想像的了。大约像我在现在,嗤笑可怜那过去的时代一般,你们也要嗤笑可怜我的古老的心思,也未可知的。我为你们计,但愿这样子。你们若不是毫不客气的拿我做一个踏脚,超越了我,向着高的远的地方进去,那便是错的。

"人间很寂寞。我单能这样说了就算么?你们和我,像尝过血的兽一样,尝过爱了。去罢,为要将我的周围从寂寞中救出,竭力做事罢。我爱过你们,而且永远爱着。这并不是说,要从你们受父亲的报酬,我对于'教我学会了爱你们的你们'的要求,只是受取我的感谢罢了……像吃尽了亲的死尸,贮着力量的小狮子一样,刚强勇猛,舍了我,踏到人生上去就是了。

"我的一生就令怎样失败,怎样胜不了诱惑;但无论如何,使你们从我的足迹上寻不出不纯的东西的事,是要做的,是一定做的。你们该从我的倒毙的所在,跨出新的脚步去。但那里走,怎么走的事,你们也可以从我的足迹上探索出来。

"幼者呵！将又不幸又幸福的你们的父母的祝福,浸在胸中,上人生的旅路罢。前途很远,也很暗。然而不要怕。不怕的人的面前才有路。

"走罢！勇猛着！幼者呵！"

有岛氏是白桦派[3],是一个觉醒的,所以有这等话;但里面也免不了带些眷恋凄怆的气息。

这也是时代的关系。将来便不特没有解放的话,并且不起解放的心,更没有什么眷恋和凄怆;只有爱依然存在。——但是对于一切幼者的爱。

*　　　　*　　　　*

〔1〕 本篇最初发表于 1919 年 11 月 1 日《新青年》第六卷第六号,署名唐俟。

〔2〕 有岛武郎(1878—1923) 日本小说家。著作有《有岛武郎著作集》。《与幼者》见《著作集》第七辑,鲁迅曾译为中文,题为《与幼小者》,收入《现代日本小说集》中。

〔3〕 白桦派 近代日本的一个文学派别,以创办《白桦》杂志(1910—1923)而得名。他们提倡新理想主义和人道主义。有岛武郎是其重要成员。

六十四 有无相通[1]

南北的官僚虽然打仗,南北的人民却很要好,一心一意的在那里"有无相通"。

北方人可怜南方人太文弱,便教给他们许多拳脚:什么"八卦拳""太极拳",什么"洪家""侠家",什么"阴截腿""抱桩腿""谭腿""戳脚",什么"新武术""旧武术",什么"实为尽美尽善之体育","强国保种尽在于斯"。

南方人也可怜北方人太简单了,便送上许多文章:什么"……梦""……魂""……痕""……影""……泪",什么"外史""趣史""秽史""秘史",什么"黑幕""现形",什么"淌牌""吊膀""拆白"[2],什么"嚛嘻卿卿我我""呜呼燕燕莺莺""吁嗟风风雨雨","耐阿是勒浪勿要面孔哉!"[3]

直隶山东的侠客们,勇士们呵!诸公有这许多筋力,大可以做一点神圣的劳作;江苏浙江湖南的才子们,名士们呵!诸公有这许多文才,大可以译几叶有用的新书。我们改良点自己,保全些别人;想些互助的方法,收了互害的局面罢!

*　　　*　　　*

〔1〕 本篇最初发表于 1919 年 11 月 1 日《新青年》第六卷第六号,署名唐俟。

〔2〕 "淌牌" 又作淌白,指女流氓或私娼。吊膀,意为调情。折白,用异性引诱等手段诈骗财物的流氓行为。这些都是旧时上海一带的俗语。

〔3〕 "耐阿是勒浪勿要面孔哉" 苏州方言,意思是:"你是不是在不要脸呢!"耐,你;阿是,是否;勒浪,在。

六十五　暴君的臣民[1]

　　从前看见清朝几件重案的记载，"臣工"[2]拟罪很严重，"圣上"常常减轻，便心里想：大约因为要博仁厚的美名，所以玩这些花样罢了。后来细想，殊不尽然。

　　暴君治下的臣民，大抵比暴君更暴；暴君的暴政，时常还不能餍足暴君治下的臣民的欲望。

　　中国不要提了罢。在外国举一个例：小事件则如 Gogol 的剧本《按察使》[3]，众人都禁止他，俄皇却准开演；大事件则如巡抚想放耶稣，众人却要求将他钉上十字架[4]。

　　暴君的臣民，只愿暴政暴在他人的头上，他却看着高兴，拿"残酷"做娱乐，拿"他人的苦"做赏玩，做慰安。

　　自己的本领只是"幸免"。

　　从"幸免"里又选出牺牲，供给暴君治下的臣民的渴血的欲望，但谁也不明白。死的说"阿呀"，活的高兴着。

*　　　*　　　　*

　　〔1〕　本篇最初发表于 1919 年 11 月 1 日《新青年》第六卷第六号，署名唐俟。

　　〔2〕　"臣工"　群臣百官。《诗经·周颂·臣工》："嗟嗟臣工，敬尔在公。"

〔3〕　Gogol　果戈理。参看本卷第 105 页注〔18〕。《按察使》,今译《钦差大臣》,作于 1834 年至 1836 年间。

〔4〕　耶稣被钉上十字架的故事,据《新约全书》的《马太福音》第二十七章记载,耶稣在耶路撒冷传道时,为门徒犹大所出卖,被众祭司和民间长老解交罗马帝国驻犹太巡抚彼拉多。彼拉多因耶稣无罪,想释放他,但遭到祭司长、文士和民间长老们的反对,结果耶稣被钉死在十字架上。

六十六　生命的路[1]

想到人类的灭亡是一件大寂寞大悲哀的事；然而若干人们的灭亡，却并非寂寞悲哀的事。

生命的路是进步的，总是沿着无限的精神三角形的斜面向上走，什么都阻止他不得。

自然赋与人们的不调和还很多，人们自己萎缩堕落退步的也还很多，然而生命决不因此回头。无论什么黑暗来防范思潮，什么悲惨来袭击社会，什么罪恶来亵渎人道，人类的渴仰完全的潜力，总是踏了这些铁蒺藜向前进。

生命不怕死，在死的面前笑着跳着，跨过了灭亡的人们向前进。

什么是路？就是从没路的地方践踏出来的，从只有荆棘的地方开辟出来的。

以前早有路了，以后也该永远有路。

人类总不会寂寞，因为生命是进步的，是乐天的。

昨天，我对我的朋友 L[2]说，"一个人死了，在死者自身和他的眷属是悲惨的事，但在一村一镇的人看起来不算什么；就是一省一国一种……"[3]

L 很不高兴，说，"这是 Natur（自然）的话，不是人们的话。你应该小心些。"

我想,他的话也不错。

＊　　　　＊　　　　＊

〔1〕 本篇最初发表于1919年11月1日《新青年》第六卷第六号,署名唐俟。

〔2〕 这里和下文的"L",最初发表时都作"鲁迅"。

〔3〕 此段末二句,在《新青年》发表时为:"但在一村一镇的人看起来不算什么,一村一镇的人都死了,在一府一省的人看起来不算什么,就是一省一国一种……"

一九二一年

智识即罪恶^[1]

我本来是一个四平八稳,给小酒馆打杂,混一口安稳饭吃的人,不幸认得几个字,受了新文化运动的影响,想求起智识来了。

那时我在乡下,很为猪羊不平;心里想,虽然苦,倘也如牛马一样,可以有一件别的用,那就免得专以卖肉见长了。然而猪羊满脸呆气,终生胡涂,实在除了保持现状之外,没有别的法。所以,诚然,智识是要紧的!

于是我跑到北京,拜老师,求智识。地球是圆的。元质^[2]有七十多种。$x+y=z$。闻所未闻,虽然难,却也以为是人所应该知道的事。

有一天,看见一种日报,却又将我的确信打破了。报上有一位虚无哲学家说:智识是罪恶,赃物^[3]……。虚无哲学,多大的权威呵,而说道智识是罪恶。我的智识虽然少,而确实是智识,这倒反而坑了我了。我于是请教老师去。

老师道:"呸,你懒得用功,便胡说,走!"

我想:"老师贪图束脩罢。智识倒也还不如没有的稳当,可惜粘在我脑里,立刻抛不去,我赶快忘了他罢。"

然而迟了。因为这一夜里，我已经死了。

半夜，我躺在公寓的床上，忽而走进两个东西来，一个"活无常"，一个"死有分"[4]。但我却并不诧异，因为他们正如城隍庙里塑着的一般。然而跟在后面的两个怪物，却使我吓得失声，因为并非牛头马面[5]，而却是羊面猪头！我便悟到，牛马还太聪明，犯了罪，换上这诸公了，这可见智识是罪恶……。我没有想完，猪头便用嘴将我一拱，我于是立刻跌入阴府里，用不着久等烧车马。

到过阴间的前辈先生多说，阴府的大门是有匾额和对联的，我留心看时，却没有，只见大堂上坐着一位阎罗王。希奇，他便是我的隔壁的大富豪朱朗翁。大约钱是身外之物，带不到阴间的，所以一死便成为清白鬼了，只是不知道怎么又做了大官。他只穿一件极俭朴的爱国布的龙袍，但那龙颜却比活的时候胖得多了。

"你有智识么？"朗翁脸上毫无表情的问。

"没……"我是记得虚无哲学家的话的，所以这样答。

"说没有便是有——带去！"

我刚想：阴府里的道理真奇怪……却又被羊角一叉，跌出阎罗殿去了。

其时跌在一坐城池里，其中都是青砖绿门的房屋，门顶上大抵是洋灰做的两个所谓狮子，门外面都挂一块招牌。倘在阳间，每一所机关外总挂五六块牌，这里却只一块，足见地皮的宽裕了。这瞬息间，我又被一位手执钢叉的猪头夜叉用鼻子拱进一间屋子里去，外面有牌额是：

"油豆滑跌小地狱"

进得里面，却是一望无边的平地，满铺了白豆拌着桐油。只见无数的人在这上面跌倒又起来，起来又跌倒。我也接连的摔了十二交，头上长出许多疙瘩来。但也有竟在门口坐着躺着，不想爬起，虽然浸得油汪汪的，却毫无一个疙瘩的人，可惜我去问他，他们都瞪着眼不说话。我不知道他们是不听见呢还是不懂，不愿意说呢还是无话可谈。

我于是跌上前去，去问那些正在乱跌的人们。其中的一个道：

"这就是罚智识的，因为智识是罪恶，赃物……。我们还算是轻的呢。你在阳间的时候，怎么不昏一点？……"他气喘吁吁的断续的说。

"现在昏起来罢。"

"迟了。"

"我听得人说，西医有使人昏睡的药，去请他注射去，好么？"

"不成，我正因为知道医药，所以在这里跌，连针也没有了。"

"那么……有专给人打吗啡针的，听说多是没智识的人……我寻他们去。"

在这谈话时，我们本已滑跌了几百交了。我一失望，便更不留神，忽然将头撞在白豆稀薄的地面上。地面很硬，跌势又重，我于是胡里胡涂的发了昏……

阿！自由！我忽而在平野上了，后面是那城，前面望得见公寓。我仍然胡里胡涂的走,一面想:我的妻和儿子,一定已经上京了,他们正围着我的死尸哭呢。我于是扑向我的躯壳去,便直坐起来,他们吓跑了,后来竭力说明,他们才了然,都高兴得大叫道:你还阳了,呵呀,我的老天爷哪……

我这样胡里胡涂的想时,忽然活过来了……

没有我的妻和儿子在身边,只有一个灯在桌上,我觉得自己睡在公寓里。间壁的一位学生已经从戏园回来,正哼着"先帝爷唉唉唉"〔6〕哩,可见时候是不早了。

这还阳还得太冷静,简直不像还阳,我想,莫非先前也并没有死么?

倘若并没死,那么,朱朗翁也就并没有做阎罗王。

解决这问题,用智识究竟还怕是罪恶,我们还是用感情来决一决罢。

十月二十三日。

*　　　*　　　*

〔1〕 本篇最初发表于 1921 年 10 月 23 日《晨报副刊》的"开心话"栏,署名风声。

〔2〕 元质　即化学元素。

〔3〕 智识是罪恶　这是朱谦之所宣扬的虚无哲学的一个观点。他在 1921 年 5 月 19 日《京报》副刊《青年之友》上发表的《教育上的反智主义——与光涛先生论学书》一文中说:"知识就是赃物——知识是可量性的,也是可属性的,所以知识可以被人占有,可以灌来灌去。我的朋友瞿秋白先生说得好:'把知识当作一种所有物,就是盗贼明抢暗夺的行为,侵人家的权利,我可以说知识是赃物。'即就知识本身的道理

说,也只是赃物,故我反对知识,是反对知识本身,而废止知识私有制的方法,也只有简直取消知识,因为知识是赃物,所以知识的所有者,无论如何形式,都不过盗贼罢了。"又说:"知识就是罪恶——知识发达一步,罪恶也跟他前进一步。因为知识是反于淳朴的真情,故自有了知识,而浇淳散朴,天下始大乱。什么道德哪! 政治哪! 制度文物哪! 这些人造的反自然的圈套,何一不从知识发生出来,可见知识是罪恶的原因,为大乱的根源。"按朱谦之(1899—1972),福建闽侯人,当时为北京大学哲学系学生。

〔4〕 "活无常"和"死有分",都是迷信传说地狱中的勾魂使者。

〔5〕 牛头马面 都是佛经传说地狱中的狱卒。

〔6〕 "先帝爷" 传统京剧《空城计》中诸葛亮的唱词:"先帝爷下南阳御驾三请"。先帝爷,指刘备。

事 实 胜 于 雄 辩[1]

西哲说:事实胜于雄辩。我当初很以为然,现在才知道在我们中国,是不适用的。

去年我在青云阁的一个铺子里买过一双鞋,今年破了,又到原铺子去照样的买一双。

一个胖伙计,拿出一双鞋来,那鞋头又尖又浅了。

我将一只旧式的和一只新式的都排在柜上,说道:

"这不一样……"

"一样,没有错。"

"这……"

"一样,您瞧!"

我于是买了尖头鞋走了。

我顺便有一句话奉告我们中国的某爱国大家,您说,攻击本国的缺点,是拾某国人的唾余的,试在中国上,加上我们二字,看看通不通。

现在我敬谨加上了,看过了,然而通的。

您瞧!

十一月四日。

＊　　＊　　＊

〔1〕　本篇最初发表于1921年11月4日《晨报副刊》,署名风声。

一九二二年

估《学衡》[1]

我在二月四日的《晨报副刊》[2]上看见式芬先生的杂感[3]，很诧异天下竟有这样拘迂的老先生，竟不知世故到这地步，还来同《学衡》[4]诸公谈学理。夫所谓《学衡》者，据我看来，实不过聚在"聚宝之门"[5]左近的几个假古董所放的假毫光；虽然自称为"衡"，而本身的称星尚且未曾钉好，更何论于他所衡的轻重的是非。所以，决用不着较准，只要估一估就明白了。

《弁言》[6]说，"籀绎之作必趋雅音以崇文"，"籀绎"如此，述作可知。夫文者，即使不能"载道"，却也应该"达意"，而不幸诸公虽然张皇国学，笔下却未免欠亨，不能自了，何以"衡"人。这实在是一个大缺点。看罢，诸公怎么说：

《弁言》云，"杂志迩例弁以宣言"，按宣言即布告，而弁者，周人戴在头上的瓜皮小帽一般的帽子，明明是顶上的东西，所以"弁言"就是序，异于"杂志迩例"的宣言，并为一谈，太汗漫了。《评提倡新文化者》文中说，"或操笔以待。每一新书出版。必为之序。以尽其领袖后进之责。顾亭林曰。人之患在好为人序[7]其此之谓乎。故语彼等以学问之标准与良知。

犹语商贾以道德。娼妓以贞操也。"原来做一篇序"以尽其领袖后进之责",便有这样的大罪案。然而诸公又何以也"突而弁兮"[8]的"言"了起来呢？照前文推论,那便是我的质问,却正是"语商贾以道德。娼妓以贞操也"了。

《中国提倡社会主义之商榷》中说,"凡理想学说之发生。皆有其历史上之背影。决非悬空虚构。造乌托之邦。作无病之呻者也。"查"英吉之利"的摩耳[9],并未做 Pia of Uto,虽曰之乎者也,欲罢不能,但别寻古典,也非难事,又何必当中加楦呢。于古未闻"睹史之陀",在今不云"宁古之塔",奇句如此,真可谓"有病之呻"了。

《国学撝谭》中说,"虽三皇寥廓而无极。五帝搢绅先生难言之。"人而能"寥廓",已属奇闻,而第二句尤为费解,不知是三皇之事,五帝和搢绅先生皆难言之,抑是五帝之事,搢绅先生也难言之呢？推度情理,当从后说,然而太史公所谓"搢绅先生难言之"[10]者,乃指"百家言黄帝"而并不指五帝,所以翻开《史记》,便是赫然的一篇《五帝本纪》,又何尝"难言之"。难道太史公在汉朝,竟应该算是下等社会中人么？

《记白鹿洞谈虎》中说,"诸父老能健谈。谈多称虎。当其摹示抉噬之状。闻者鲜不色变。退而记之。亦资诙噱之类也。"姑不论其"能""健""谈""称",床上安床,"抉噬之状",终于未记,而"变色"的事,但"资诙噱",也可谓太远于事情。倘使但"资诙噱",则先前的闻而色变者,简直是呆子了。记又云,"伥者。新鬼而膏虎牙者也。"刚做新鬼,便"膏虎牙",实在可悯。那么,虎不但食人,而且也食鬼了。这是古来未知的新发见。

　　《渔丈人行》的起首道："楚王无道杀伍奢。覆巢之下无完家。"这"无完家"虽比"无完卵"新奇，但未免颇有语病。假如"家"就是鸟巢，那便犯了复，而且"之下"二字没有着落，倘说是人家，则掉下来的鸟巢未免太沉重了。除了大鹏金翅鸟（出《说岳全传》），断没有这样的大巢，能够压破彼等的房子。倘说是因为押韵，不得不然，那我敢说：这是"挂脚韵"[11]。押韵至于如此，则翻开《诗韵合璧》[12]的"六麻"来，写道"无完蛇""无完瓜""无完叉"，都无所不可的。

　　还有《浙江采集植物游记》，连题目都不通了。采集有所务，并非漫游，所以古人作记，务与游不并举，地与游才相连。匡庐[13]峨眉，山也，则曰纪游，采硫访碑，务也，则曰日记。虽说采集时候，也兼游览，但这应该包举在主要的事务里，一列举便不"古"了。例如这记中也说起吃饭睡觉的事，而题目不可作《浙江采集植物游食眠记》。

　　以上不过随手拾来的事，毛举起来，更要费笔费墨费时费力，犯不上，中止了。因此诸公的说理，便没有指正的必要，文且未亨，理将安托，穷乡僻壤的中学生的成绩，恐怕也不至于此的了。

　　总之，诸公掊击新文化而张皇旧学问，倘不自相矛盾，倒也不失其为一种主张。可惜的是于旧学并无门径，并主张也还不配。倘使字句未通的人也算是国粹的知己，则国粹更要惭惶煞人！"衡"了一顿，仅仅"衡"出了自己的铢两来，于新文化无伤，于国粹也差得远。

　　我所佩服诸公的只有一点，是这种东西也居然会有发表的勇气。

　　　＊　　　　　＊　　　　　＊

　　〔1〕　本篇最初发表于 1922 年 2 月 9 日《晨报副刊》，署名风声。

　　〔2〕　《晨报副刊》　《晨报》，研究系（梁启超、汤化龙等组织的政治团体）的机关报，1916 年 8 月 15 日创刊于北京，原名《晨钟报》，1918 年 12 月改名《晨报》。它的第七版刊登学术论文及文艺作品，1921 年 10 月 12 日起改成单张出版，名为《晨报副镌》。《晨报》在政治上拥护北洋政府，但它的副刊在进步力量的推动下，一个时期内却是赞助新文化运动的重要期刊之一，自 1921 年秋至 1924 年冬约三年间，由孙伏园编辑，作者经常为该刊写稿。

　　〔3〕　式芬先生的杂感　指 1922 年 2 月 4 日《晨报副刊》第三版“杂感”栏刊登的式芬（周作人）的《〈评尝试集〉匡谬》。该文列举了胡先骕《评尝试集》一文中四个论点，逐个加以批驳。

　　〔4〕　《学衡》　月刊，1922 年 1 月创刊于南京，吴宓主编。主要撰稿人有梅光迪、胡先骕等。出至 1926 年 12 月第六十期后改为双月刊，几经断续，至 1933 年 7 月停刊，共出七十九期。该刊提出“昌明国粹、融化新知；以中正之眼光，行批评之职事”（见《学衡》杂志简章），主张尊崇传统文化，非议新文化运动。所发表文章均为文言文。

　　〔5〕　“聚宝之门”　聚宝门是南京城门之一。“学衡派”主要成员多在当时的南京东南大学教书，所以文中说“聚在‘聚宝之门’左近”。“聚宝之门”，是鲁迅故意模仿“学衡派”的“乌托之邦”、“无病之呻”等不通的古文笔调，用以讽刺他们的。下文的“英吉之利”、“睹史之陀”（睹史陀，梵语，“知足”的意思），“宁古之塔”（宁古塔，东北地名），“有病之呻”，也是同样的用意。

〔6〕《弁言》 以及下文所举《评提倡新文化者》(梅光迪作),《中国提倡社会主义之商榷》(萧纯锦作),《国学撼谭》(马承堃作),《记白鹿洞谈虎》、《渔丈人行》(邵祖平作)等,都登在 1922 年 1 月《学衡》杂志第一期,《浙江采集植物游记》(胡先骕作),全文在 1922 年的《学衡》杂志断续刊载。

〔7〕 顾亭林　顾炎武(1613—1682),字宁人,号亭林,江苏昆山人,明末清初的学者、思想家。"人之患在好为人序",见他著的《日知录》卷十九《书不当两序》条。

〔8〕"突而弁兮"　语出《诗经·齐风·甫田》:"未几见兮,突而弁兮。"

〔9〕 摩耳(T. More,1478—1535)　通译莫尔,英国思想家,空想社会主义创始人之一。他的《乌托邦》全名《关于最完美的国家制度和乌托邦新岛的既有益又有趣的金书》,作于 1516 年。乌托邦,英语 Utopia 的音译,意即理想国。

〔10〕 太史公　即司马迁(约前 145—约前 86),字子长,夏阳(今陕西韩城南)人,汉代史学家、文学家。曾任太史令。他在所著《史记》的《五帝本纪》中,叙述了五帝的事迹后说:"学者多称五帝,尚矣。然《尚书》独载尧以来,而百家言黄帝,其文不雅驯,荐绅先生难言之。"荐绅,即搢绅,《史记·封禅书》裴骃《集解》引李奇注:"搢,插也。插笏于绅。绅,大带。"后以"搢绅"为官吏的代称。

〔11〕"挂脚韵"　我国旧体诗一般都在句末押韵,叫"韵脚"。如果不顾诗句的意思,仅是为了押韵而用一个同韵字硬凑上去,就被称为"挂脚韵"。

〔12〕《诗韵合璧》　韵书,清代汤文潞编,五卷。是旧时初学作诗者检韵的工具书。"六麻",旧诗韵"下平声"的第六个韵目。下文的"蛇"、"瓜"、"叉"均属此韵目。

〔13〕　匡庐　即江西庐山的别称。南朝宋释慧远《庐山记略》：殷、周时匡裕受道于仙人，游庐山时在此筑室修炼，"时人谓其所止为神仙之庐，因以名山焉。"

为"俄国歌剧团"〔1〕

我不知道,——其实是可以算知道的,然而我偏要这样说,——俄国歌剧团〔2〕何以要离开他的故乡,却以这美妙的艺术到中国来博一点茶水喝。你们还是回去罢!

我到第一舞台看俄国的歌剧,是四日的夜间,是开演的第二日。

一入门,便使我发生异样的心情了:中央三十多人,旁边一大群兵,但楼上四五等中还有三百多的看客。

有人初到北京的,不久便说:我似乎住在沙漠里了。〔3〕

是的,沙漠在这里。

没有花,没有诗,没有光,没有热。没有艺术,而且没有趣味,而且至于没有好奇心。

沉重的沙……

我是怎么一个怯弱的人呵。这时我想:倘使我是一个歌人,我的声音怕要销沉了罢。

沙漠在这里。

然而他们舞蹈了,歌唱了,美妙而且诚实的,而且勇猛的。

流动而且歌吟的云……

兵们拍手了,在接吻的时候。兵们又拍手了,又在接吻的时候。

非兵们也有几个拍手了,也在接吻的时候,而一个最响,超出于兵们的。

我是怎么一个褊狭的人呵。这时我想:倘使我是一个歌人,我怕要收藏了我的竖琴,沉默了我的歌声罢。倘不然,我就要唱我的反抗之歌。

而且真的,我唱了我的反抗之歌了!

沙漠在这里,恐怖的……

然而他们舞蹈了,歌唱了,美妙而且诚实的,而且勇猛的。

你们漂流转徙的艺术者,在寂寞里歌舞,怕已经有了归心了罢。你们大约没有复仇的意思,然而一回去,我们也就被复仇了。

比沙漠更可怕的人世在这里。

鸣呼! 这便是我对于沙漠的反抗之歌,是对于相识以及不相识的同感的朋友的劝诱,也就是为流转在寂寞中间的歌人们的广告。

四月九日。

*　　　*　　　*

〔1〕　本篇最初发表于 1922 年 4 月 9 日《晨报副刊》。

〔2〕　俄国歌剧团　指 1922 年春经哈尔滨、长春等地来到北京的俄国歌剧团(在十月革命后流亡出来的一个艺术团体),它于 4 月初在北京第一舞台演出。

〔3〕　指爱罗先珂。参看本卷第 243 页注〔25〕。他关于沙漠的话,参看《呐喊·鸭的喜剧》。

无　题[1]

私立学校游艺大会[2]的第二日,我也和几个朋友到中央公园去走一回。[3]

我站在门口帖着"昆曲"两字的房外面,前面是墙壁,而一个人用了全力要从我的背后挤上去,挤得我喘不出气。他似乎以为我是一个没有实质的灵魂了,这不能不说他有一点错。

回去要分点心给孩子们,我于是乎到一个制糖公司里去买东西。买的是"黄枚朱古律三文治"。

这是盒子上写着的名字,很有些神秘气味了。然而不的,用英文,不过是 Chocolate apricot sandwich。[4]

我买定了八盒这"黄枚朱古律三文治",付过钱,将他们装入衣袋里。不幸而我的眼光忽然横溢了,于是看见那公司的伙计正揸开了五个指头,罩住了我所未买的别的一切"黄枚朱古律三文治"。

这明明是给我的一个侮辱!然而,其实,我可不应该以为这是一个侮辱,因为我不能保证他如不罩住,也可以在纷乱中永远不被偷。也不能证明我决不是一个偷儿,也不能自己保证我在过去现在以至未来决没有偷窃的事。

但我在那时不高兴了,装出虚伪的笑容,拍着这伙计的肩头说:

“不必的，我决不至于多拿一个……”

他说：“那里那里……”赶紧掣回手去，于是惭愧了。这很出我意外，——我预料他一定要强辩，——于是我也惭愧了。

这种惭愧，往往成为我的怀疑人类的头上的一滴冷水，这于我是有损的。

夜间独坐在一间屋子里，离开人们至少也有一丈多远了。吃着分剩的“黄枚朱古律三文治”；看几叶托尔斯泰的书，渐渐觉得我的周围，又远远地包着人类的希望。

四月十二日。

＊　　＊　　＊

〔1〕　本篇最初发表于 1922 年 4 月 12 日《晨报副刊》。署名鲁迅。

〔2〕　私立学校游艺大会　指中国实验学校等二十四所男女学校，为解决经费困难，于 1922 年 4 月 8、9、10 日在北京中央公园举行的游艺大会。

〔3〕　本篇最初在《晨报副刊》发表时，第一段与第二段之间还有一段话：“人看见 Sro.E，几个人叫道：‘瞎子，瞎子！’对的，他们发现了真理。”按，文中的 Sro.E，即爱罗先珂先生。

〔4〕　Chocolate apricot sandwich　今译巧克力杏仁夹心面包。

"以震其艰深"〔1〕

上海租界上的"国学家"，以为做白话文的大抵是青年，总该没有看过古董书的，于是乎用了所谓"国学"来吓呼他们。

《时报》上载着一篇署名"涵秋"的《文字感想》〔2〕，其中有一段说：

"新学家薄国学为不足道故为钩辀格磔之文以震其艰深也一读之欲呕再读之昏昏睡去矣"

领教。我先前只以为"钩辀格磔"〔3〕是古人用他来形容鹧鸪的啼声，并无别的深意思；亏得这《文字感想》，才明白这是怪鹧鸪啼得"艰深"了，以此责备他的。但无论如何，"艰深"却不能令人"欲呕"，闻鹧鸪啼而呕者，世固无之，即以文章论，"粤若稽古"〔4〕，注释纷纭，"绛即东雍"〔5〕，圈点不断，这总该可以算是艰深的了，可是也从未听说，有人因此反胃。呕吐的原因决不在乎别人文章的"艰深"，是在乎自己的身体里的，大约因为"国学"积蓄得太多，笔不及写，所以涌出来了罢。

"以震其艰深也"的"震"字，从国学的门外汉看来也不通，但也许是为手民〔6〕所误的，因为排字印报也是新学，或者也不免要"以震其艰深"。

否则，如此"国学"，虽不艰深，却是恶作，真是"一读之欲呕"，再读之必呕矣。

国学国学，新学家既"薄为不足道"，国学家又道而不能亨，你真要道尽途穷了！

九月二十日。

＊　　　＊　　　＊

〔１〕　本篇最初发表于 1922 年 9 月 20 日《晨报副刊》，署名某生者。

〔２〕　涵秋　李涵秋（1874—1923），别署沁香阁主、韵香阁主，江苏江都人，鸳鸯蝴蝶派的主要作家之一。作品有《广陵潮》等。他的《文字感想》，载 1922 年 9 月 14 日上海《时报》的《小时报》专页。

〔３〕　"钩辀格磔"　象声词，鹧鸪鸣声。唐代李群玉《九子坂闻鹧鸪》："正穿诘曲崎岖路，更听钩辀格磔声。"又明代李时珍《本草纲目》卷四十八《禽部》"集解"引孔志约的话："鹧鸪生江南，形似母鸡，鸣云'钩辀格磔'者是。"

〔４〕　"粤若稽古"　语出《尚书·尧典》："曰若稽古帝尧，曰放勋，钦明文思安安。"粤，亦作"曰"，发语词。关于这四个字，自汉代以来注释的人很多，而各家的注释多不相同。据唐代孔颖达注，是"能顺考古道而行之"之意。这几句话的意思，孔颖达疏："曰能顺考校古道而行之者是帝尧也。又申其顺考古道之事，曰此帝尧能放效上世之功而施其教化，心意恒敬，智慧甚明，发举则有文谋，思虑则能通敏，以此四德安天下之当安。"

〔５〕　"绛即东雍"　语出唐代樊宗师《绛守居园池记》。樊宗师的文章以艰涩著名，很难断句。注释这篇文章的人很多，断句也不尽相同。该文第一句"绛即东雍为守理所"，有人断为"绛即东雍，为守理所。"也有人断为"绛，即东雍为守理所。"按樊宗师曾任绛州刺史，这句话的意思是：绛就东雍旧地建置太守治所。

〔６〕　手民　指排字工人。

所 谓 “国 学”〔1〕

现在暴发的“国学家”之所谓“国学”是什么？

一是商人遗老们翻印了几十部旧书赚钱，二是洋场上的文豪又做了几篇鸳鸯蝴蝶体〔2〕小说出版。

商人遗老们的印书是书籍的古董化，其置重不在书籍而在古董。遗老有钱，或者也不过聊以自娱罢了，而商人便大吹大擂的借此获利。还有茶商盐贩，本来是不齿于“士类”的，现在也趁着新旧纷扰的时候，借刻书为名，想挨进遗老遗少的“士林”里去。他们所刻的书都无民国年月，辨不出是元版是清版，都是古董性质，至少每本两三元，绵连，锦帙〔3〕，古色古香，学生们是买不起的。这就是他们之所谓“国学”。

然而巧妙的商人可也决不肯放过学生们的钱的，便用坏纸恶墨别印什么“菁华”什么“大全”之类来搜括。定价并不大，但和纸墨一比较却是大价了。至于这些“国学”书的校勘，新学家不行，当然是出于上海的所谓“国学家”的了，然而错字叠出，破句连篇（用的并不是新式圈点），简直是拿少年来开玩笑。这是他们之所谓“国学”。

洋场上的往古所谓文豪，“卿卿我我”“蝴蝶鸳鸯”诚然做过一小堆，可是自有洋场以来，从没有人称这些文章（？）为国学，他们自己也并不以“国学家”自命的。现在不知何以，忽而奇想天开,也学了盐贩茶商,要凭空挨进"国学家"队里去了。然而事实很可惨,他们之所谓国学,是"拆白之事各处皆有而以上海一隅为最甚(中略)余于课余之暇不惜浪费笔墨编纂事实作一篇小说以饷阅者想亦阅者所乐闻也"。(原本每句都密圈,今从略,以省排工,阅者谅之。)

"国学"乃如此而已乎?

试去翻一翻历史里的儒林和文苑传罢,可有一个将旧书当古董的鸿儒,可有一个以拆白饷阅者的文士?

倘说,从今年起,这些就是"国学",那又是"新"例了。你们不是讲"国学"的么?

＊　　　＊　　　＊

〔1〕　本篇最初发表于 1922 年 10 月 4 日《晨报副刊》,署名某生者。

〔2〕　鸳鸯蝴蝶体　鸳鸯蝴蝶派是兴起于清末民初的以上海为中心的一个通俗文学流派。作品多以文言描写才子佳人的哀情故事,习有"卅六鸳鸯同命鸟,一双蝴蝶可怜虫"的滥调,用鸳鸯蝴蝶来比喻这些才子佳人,故被称为"鸳鸯蝴蝶体"。代表作家有徐枕亚、陈蝶仙、李定夷等。他们出版的刊物有《民权素》、《小说丛报》、《小说新报》、《礼拜六》、《小说世界》等,其中《礼拜六》刊载白话作品,影响最大,故鸳鸯蝴蝶派又有"礼拜六派"之称。

〔3〕　绵连　即连史纸,质坚色白,宜于印刷贵重书籍。锦帙,用锦绸裱制的精美的书函。

儿 歌 的 "反 动"[1]

一　儿　歌

胡怀琛[2]

"月亮！月亮！
还有半个那里去了？"
"被人家偷去了。"
"偷去做甚么？"
"当镜子照。"

二　反　动　歌

小孩子

天上半个月亮，
我道是"破镜飞上天"，
原来却是被人偷下地了。
有趣呀，有趣呀，成了镜子了！
可是我见过圆的方的长方的八角六角
　　的菱花式的宝相花[3]式的镜子矣，
　　没有见过半月形的镜子也。

我于是乎很不有趣也！

谨案小孩子略受新潮，辄敢妄行诘难，人心不古，良足慨然！然拜读原诗，亦存小失，倘能改第二句为"两半个都那里去了"，即成全璧矣。胡先生夙擅改削[4]，当不以鄙言为河汉也。夏历中秋前五日，某生者[5]谨注。

十月九日。

＊　　　＊　　　＊

〔1〕　本篇最初发表于1922年10月9日《晨报副刊》，署名某生者。

〔2〕　胡怀琛（1886—1938）　字寄尘，安徽泾县人。他也是本书《所谓"国学"》一文中所说的国学家和鸳鸯蝴蝶派作家之一。他在1922年9月给郑振铎的信中曾说："提倡新文学的人，意思要改造中国的文学；但是这几年来，不但没有收效，而且有些反动。"作者在这里所说的"儿歌的'反动'"，就是针对这种言论而发的。

〔3〕　宝相花　莲花状的图案装饰花型，传统工艺常用的花型之一。宝相，原为佛家语，形容佛相的庄严尊贵；佛家尊莲花，故有此称。

〔4〕　胡怀琛曾把胡适《尝试集》中的一些诗，加以改削，重新发表。这里所说的"夙善改削"，即指此事。

〔5〕　某生者　作者署名"某生者"，含有讽刺当时鸳鸯蝴蝶派小说作者的意思，因为这一派作者常有用"××生"作笔名的，而且他们的小说多用"某生者，某地人，家世簪缨，文采斐雅……"一类话开头，几乎成为一个公式。

"一是之学说"[1]

我从《学灯》上看见驳吴宓君《新文化运动之反应》[2]这一篇文章之后,才去寻《中华新报》[3]来看他的原文。

那是一篇浩浩洋洋的长文,该有一万多字罢,——而且还有作者吴宓君的照相。记者又在论前介绍说,"泾阳吴宓君美国哈佛大学硕士现为国立东南大学西洋文学教授君既精通西方文学得其神髓而国学复涵养甚深近主撰学衡杂志以提倡实学为任时论崇之"。

但这篇大文的内容是很简单的。说大意,就是新文化本也可以提倡的,但提倡者"当思以博大之眼光。宽宏之态度。肆力学术。深窥精研。观其全体。而贯通澈悟。然后平情衡理。执中驭物。造成一是之学说。融合中西之精华。以为一国一时之用。"而可恨"近年有所谓新文化运动者。本其偏激之主张。佐以宣传之良法。……加之喜新盲从者之多。"便忽而声势浩大起来。殊不知"物极必反。理有固然。"于是"近顷于新文化运动怀疑而批评之书报渐多"了。这就谓之"新文化运动之反应"。然而"又所谓反应者非反抗之谓……读者幸勿因吾论列于此。而遂疑其为不赞成新文化者"云。

反应的书报一共举了七种,大体上都是"执中驭物",宣传"正轨"的新文化的。现在我也来介绍一回:一《民心周报》,二《经世报》,三《亚洲学术杂志》,四《史地学报》,五《文哲学报》,

六《学衡》,七《湘君》。[4]

此外便是吴君对于这七种书报的"平情衡理"的批评(?)了。例如《民心周报》,"自发刊以至停版。除小说及一二来稿外。全用文言。不用所谓新式标点。即此一端。在新潮方盛之时。亦可谓砥柱中流矣。"至于《湘君》之用白话及标点,却又别有道理,那是"《学衡》本事理之真。故拒斥粗劣白话及英文标点。《湘君》求文艺之美。故兼用通妥白话及新式标点"的。总而言之,主张偏激,连标点也就偏激,那白话自然更不"通妥"了。即如我的白话,离通妥就很远;而我的标点则是"英文标点"[5]。

但最"贯通澈悟"的是拉《经世报》来做"反应",当《经世报》出版的时候,还没有"万恶孝为先"的谣言[6],而他们却早已发过许多崇圣的高论,可惜现在从日报变了月刊,实在有些萎缩现象了。至于"其于君臣之伦。另下新解","《亚洲学术杂志》议其牵强附会。必以君为帝王",实在并不错,这才可以算得"新文化之反应",而吴君又以为"则过矣",那可是自己"则过矣"了。因为时代的关系,那时的君,当然是帝王而不是大总统。又如民国以前的议论,也因为时代的关系,自然多含革命的精神,《国粹学报》[7]便是其一,而吴君却怪他谈学术而兼涉革命,也就是过于"融合"了时间的先后的原因。

此外还有一个太没见识处,就是遗漏了《长青》,《红》,《快活》,《礼拜六》[8]等近顷风起云涌的书报,这些实在都是"新文化运动的反应",而且说"通妥白话"的。

十一月三日。

＊　　　＊　　　＊

〔1〕 本篇最初发表于 1922 年 11 月 3 日《晨报副刊》,署名风声。

〔2〕《学灯》 当时研究系报纸上海《时事新报》的副刊,1918 年 3 月 4 日创刊。驳吴宓的文章,指甫生写的《驳〈新文化运动之反应〉》一文,载 1922 年 10 月 20 日《学灯》。吴宓(1894—1978),字雨僧,陕西泾阳人,曾留学美、英、法等国,先后任清华大学国学研究院主任、东南大学教授等。

〔3〕《中华新报》 当时政学系(杨永植、张群等组织的政治团体)的报纸,1915 年 10 月创刊于上海。1926 年夏停刊。吴宓的《新文化运动之反应》,发表于 1922 年 10 月 10 日该报增刊。

〔4〕《民心周报》 1919 年创刊,上海民心周报社编辑。《经世报》,月刊,1917 年创刊,先为日刊,后于 1922 年改为月刊,北京经世报社编辑。《亚洲学术杂志》,月刊,1922 年创刊,上海亚洲学术研究会编辑。《史地学报》,季刊,1921 年创刊,南京高等师范学校史地研究会编辑。《文哲学报》,季刊,1922 年创刊,南京高等师范学校文学哲学研究会编辑。《湘君》,季刊,1922 年创刊,湖南长沙明德学校湘君社编辑。这些报刊大多是反对新文化运动,宣传复古主义的。

〔5〕"英文标点" 即国际通用的标点符号,也就是"新式标点"。"学衡派"等反对新文化运动,连新式标点也加以排斥,把国际上各种文字都可以通用的标点符号说成是"英文标点"。

〔6〕"万恶孝为先"的谣言 《新青年》第八卷第六号(1921 年 4 月 1 日)署名"记者"所摘的"什么话"栏载:"三月八日上海《中华新报》上说:'陈独秀之禽兽学说,……开章明义即言废德仇孝,每到各校演说,必极力发挥"万恶孝为首,百善淫为先"之旨趣,青年子弟多具有好奇模效之性,一闻此说,无不倾耳谛听,模仿实行,若决江河,沛然莫御;即各校以外,凡社会上嚣张浮浪之徒无不乐闻其说,谓父子为路人,谓

奸合为天性。目下如民军之肆扰，究属一时之痛苦，至于陈独秀之学说，则诚滔天祸水，决尽藩篱，人心世道之忧，将历千万亿劫而不可复。'"陈独秀于 1921 年 3 月 18 日在《广东群报》发表《辟谣》一文，声明没有说过这类话。

〔7〕《国粹学报》　月刊，1905 年 1 月创刊于上海，邓实编辑，1911 年 12 月停刊，共出八十二期。主要撰稿人有章太炎、刘师培等。该志时常刊载明末遗民反清的文章，对当时反对清朝政府的革命运动，起过一些作用。

〔8〕《长青》　周刊，1922 年 9 月创刊。包天笑、胡环琛编辑。同年 10 月停刊。《红》，即《红杂志》，周刊，1922 年 8 月创刊。严独鹤、施济群编辑。1924 年 7 月改名《红玫瑰》。《快活》，旬刊，1922 年 1 月创刊。李涵秋、张云石编辑。同年 12 月停刊。《礼拜六》，周刊，1914 年 6 月 6 日创刊。王钝根、孙剑秋编辑。1916 年 4 月停刊。1921 年 3 月曾复刊，至 1923 年 4 月停刊。这些都是鸳鸯蝴蝶派在上海主办的文艺刊物。

不 懂 的 音 译^[1]

一

凡有一件事，总是永远缠夹不清的，大约莫过于在我们中国了。

翻外国人的姓名用音译，原是一件极正当，极平常的事，倘不是毫无常识的人们，似乎决不至于还会说费话。然而在上海报（我记不清楚什么报了，总之不是《新申报》便是《时报》）上，却又有伏在暗地里掷石子的人来嘲笑了。他说，做新文学家的秘诀，其一是要用些"屠介纳夫""郭歌里"^[2]之类使人不懂的字样的。

凡有旧来音译的名目：靴，狮子，葡萄，萝卜，佛，伊犁等……都毫不为奇的使用，而独独对于几个新译字来作怪；若是明知的，便可笑；倘不，更可怜。

其实是，现在的许多翻译者，比起往古的翻译家来，已经含有加倍的顽固性的了。例如南北朝人译印度的人名：阿难陀，实叉难陀，鸠摩罗什婆^[3]……决不肯附会成中国的人名模样，所以我们到了现在，还可以依了他们的译例推出原音来。不料直到光绪末年，在留学生的书报上，说是外国出了一个"柯伯坚"^[4]，倘使粗粗一看，大约总不免要疑心他是柯府上的老爷柯仲软的令兄的罢,但幸而还有照相在,可知道并不如此,其实是俄国的 Kropotkin。那书上又有一个"陶斯道"[5],我已经记不清是 Dostoievski 呢,还是 Tolstoi 了。

这"屠介纳夫"和"郭歌里",虽然古雅赶不上"柯伯坚",但于外国人的氏姓上定要加一个《百家姓》里所有的字,却几乎成了现在译界的常习,比起六朝和尚[6]来,已可谓很"安本分"的了。然而竟还有人从暗中来掷石子,装鬼脸,难道真所谓"人心不古"么?

我想,现在的翻译家倒大可以学学"古之和尚",凡有人名地名,什么音便怎么译,不但用不着白费心思去嵌镶,而且还须去改正。即如"柯伯坚",现在虽然改译"苦鲁巴金"了,但第一音既然是 K 不是 Ku,我们便该将"苦"改作"克",因为 K 和 Ku 的分别,在中国字音上是办得到的。

而中国却是更没有注意到,所以去年 Kropotkin 死去的消息传来的时候,上海《时报》便用日俄战争时旅顺败将 Kuropatkin 的照相,把这位无治主义老英雄的面目来顶替了[7]。

十一月四日。

二

自命为"国学家"的对于译音也加以嘲笑,确可以算得一种古今的奇闻;但这不特显示他的昏愚,实在也足以看出他的悲惨。

　　倘如他的尊意,则怎么办呢? 我想,这只有三条计。上策是凡有外国的事物都不谈;中策是凡有外国人都称之为洋鬼子,例如屠介纳夫的《猎人日记》,郭歌里的《巡按使》,都题为"洋鬼子著";下策是,只好将外国人名改为王羲之唐伯虎黄三太[8]之类,例如进化论[9]是唐伯虎提倡的,相对论[10]是王羲之发明的,而发见美洲[11]的则为黄三太。

　　倘不能,则为自命为国学家所不懂的新的音译语,可是要侵入真的国学的地域里来了。

　　中国有一部《流沙坠简》[12],印了将有十年了。要谈国学,那才可以算一种研究国学的书。开首有一篇长序,是王国维[13]先生做的,要谈国学,他才可以算一个研究国学的人物。而他的序文中有一段说,"案古简所出为地凡三(中略)其三则和阗东北之尼雅城及马咱托拉拔拉滑史德三地也"。

　　这些译音,并不比"屠介纳夫"之类更古雅,更易懂。然而何以非用不可呢? 就因为有三处地方,是这样的称呼;即使上海的国学家怎样冷笑,他们也仍然还是这样的称呼。当假的国学家正在打牌喝酒,真的国学家正在稳坐高斋读古书的时候,沙士比亚[14]的同乡斯坦因博士却已经在甘肃新疆这些地方的沙碛里,将汉晋简牍掘去了;不但掘去,而且做出书来了。所以真要研究国学,便不能不翻回来;因为真要研究,所以也就不能行我的三策:或绝口不提,或但云"得于华夏",或改为"获之于春申浦畔"了。

　　而且不特这一事。此外如真要研究元朝的历史,便不能不懂"屠介纳夫"的国文,因为单用些"鸳鸯""蝴蝶"这些字样,实在是不够敷衍的。所以中国的国学不发达则已，万一发达起来，则敢请恕我直言，可是断不是洋场上的自命为国学家"所能厕足其间者也"的了。

但我于序文里所谓三处中的"马咱托拉拔拉滑史德"，起初却实在不知道怎样断句，读下去才明白二是"马咱托拉"，三是"拔拉滑史德"。

所以要清清楚楚的讲国学，也仍然须嵌外国字，须用新式的标点的。

十一月六日。

*　　　　*　　　　*

〔1〕　本篇最初发表于 1922 年 11 月 4 日、6 日《晨报副刊》，署名风声。

〔2〕　"屠介纳夫"　通译屠格涅夫。参看本卷第 178 页注〔5〕。"郭歌里"，通译果戈理。这里所说的文章指 1922 年 9 月 26 日《新申报》所载《做小说的秘诀》，作者署名扰扰。

〔3〕　阿难陀　印度斛饭王的儿子，释迦牟尼十大弟子之一。实叉难陀（652—710），又称施乞叉难陀，于阗（今新疆和田一带）人，武则天证圣一年（695）起在中国长安翻译《华严经》及其他佛经共十九部。鸠摩罗什婆，简称鸠摩罗什（344—413），原籍印度，生于西域龟兹国（今新疆库车），父为印度人，母为龟兹国王妹。公元 401 年自龟兹至长安，后秦姚兴待以国师之礼，译经三百八十余卷。

〔4〕　"柯伯坚"　通译克鲁泡特金（П. А. Кропоткин，1842—1921），俄国无政府主义思想家。中国留法学生主办的《新世纪》周刊第八十七号（1909 年 3 月 6 日）刊有他的照片，译名为"柯伯坚"。

〔5〕 "陶斯道" 《新世纪》第七十三号(1908 年 11 月 14 日)和第七十六号(同年 12 月 5 日)译载丘克朔夫的《我良心上喜欢如此》的文章,评介俄国作家"陶斯道"。从该文内容看,是指托尔斯泰(即文中的Tolstoi),并不是陀思妥也夫斯基(即文中的 Dostoievski)。

〔6〕 六朝和尚　指道安、鸠摩罗什等著名的佛经翻译者。

〔7〕 克鲁泡特金逝世的消息,见于 1921 年 2 月 1 日上海《时报》,其中刊有一张照片,下注文字是"近日逝世之俄国社会改革家苦鲁巴金",而照片却是身着军服的俄国将军库罗巴特金(即文中的Kuropatkin,1848—1925)。

〔8〕 王羲之(321—379)　字逸少,琅邪临沂(今山东临沂)人,东晋文学家、书法家。唐伯虎(1470—1523),名寅,字伯虎,吴县(今属江苏)人。明代文学家、画家。黄三太,清代小说《彭公案》中的人物,江湖侠客。

〔9〕 进化论　以自然选择为基础的生物进化的理论。十九世纪中叶英国生物学家达尔文(C. R. Darwin,1809—1882)是这个科学理论的奠基者。

〔10〕 相对论　关于物质运动与时间空间关系的理论,现代物理学的理论基础之一。二十世纪初由德国出生的物理学家爱因斯坦(A. Einstein,1879—1955)等人创立。

〔11〕 美洲是意大利航海家哥伦布(C. Colombo,约 1451—1506)于1492 年发现的。

〔12〕 《流沙坠简》　三卷,罗振玉、王国维合编,1914 年出版。1900 年、1907 年,英国人斯坦因(A. Stein)两次在我国新疆、甘肃掘得汉晋时代木简,偷运回国,法国人沙畹(É. Chavannes)曾为这些木简作考释。罗振玉、王国维又把它们分类编排,重加考释,分为《小学术数方技书》、《屯戍丛残》、《简牍遗文》等三卷。

〔**13**〕　王国维(1877—1927)　字静安,号观堂,浙江海宁人,近代学者。著有《观堂集林》、《宋元戏曲史》、《人间词话》等。

〔**14**〕　沙士比亚　通译莎士比亚,英国戏剧家、诗人。参看本卷第44 页注〔92〕。

对于批评家的希望[1]

前两三年的书报上,关于文艺的大抵只有几篇创作(姑且这样说)和翻译,于是读者颇有批评家出现的要求,现在批评家已经出现了,而且日见其多了。

以文艺如此幼稚的时候,而批评家还要发掘美点,想扇起文艺的火焰来,那好意实在很可感。即不然,或则叹息现代作品的浅薄,那是望著作家更其深,或则叹息现代作品之没有血泪,那是怕著作界复归于轻佻。虽然似乎微辞过多,其实却是对于文艺的热烈的好意,那也实在是很可感谢的。

独有靠了一两本"西方"的旧批评论,或则捞一点头脑板滞的先生们的唾余,或则仗着中国固有的什么天经地义之类的,也到文坛上来践踏,则我以为委实太滥用了批评的权威。试将粗浅的事来比罢:譬如厨子做菜,有人品评他坏,他固不应该将厨刀铁釜交给批评者,说道你试来做一碗好的看:但他却可以有几条希望,就是望吃菜的没有"嗜痂之癖"[2],没有喝醉了酒,没有害着热病,舌苔厚到二三分。

我对于文艺批评家的希望却还要小。我不敢望他们于解剖裁判别人的作品之前,先将自己的精神来解剖裁判一回,看本身有无浅薄卑劣荒谬之处,因为这事情是颇不容易的。我所希望的不过愿其有一点常识,例如知道裸体画和春画的区

别,接吻和性交的区别,尸体解剖和戮尸的区别,出洋留学和
"放诸四夷"〔3〕的区别,笋和竹的区别,猫和老虎的区别,老虎
和番菜馆的区别……。更进一步,则批评以英美的老先生学
说为主,自然是悉听尊便的,但尤希望知道世界上不止英美两
国;看不起托尔斯泰,自然也自由的,但尤希望先调查一点他
的行实,真看过几本他所做的书。

　　还有几位批评家,当批评译本的时候,往往诋为不足齿数
的劳力,而怪他何不去创作。创作之可尊,想来翻译家该是知
道的,然而他竟止于翻译者,一定因为他只能翻译,或者偏爱
翻译的缘故。所以批评家若不就事论事,而说些应当去如此
如彼,是溢出于事权以外的事,因为这类言语,是商量教训而
不是批评。现在还将厨子来比,则吃菜的只要说出品味如何
就尽够,若于此之外,又怪他何以不去做裁缝或造房子,那是
无论怎样的呆厨子,也难免要说这位客官是痰迷心窍的了。

十一月九日。

*　　　　*　　　　*

　　〔1〕　本篇最初发表于 1922 年 11 月 9 日《晨报副刊》,署名风声。
　　〔2〕　"嗜痂之癖"　病态的、反常的嗜好。南朝宋刘敬叔《异苑》
卷十载:"东莞刘邕性嗜食疮痂,以为味似鳆鱼。尝诣孟灵休,灵休先患
灸疮,痂落在床,邕取食之。"
　　〔3〕　"放诸四夷"　语出《礼记·大学》:"唯仁人放流之,迸诸四
夷,不与同中国。"四夷,旧时汉族统治者对我国四方边远地区少数民族
带轻蔑性的称呼。迸诸四夷,放逐到边远的地方。

反对"含泪"的批评家[1]

现在对于文艺的批评日见其多了,是好现象;然而批评日见其怪了,是坏现象,愈多反而愈坏。

我看了很觉得不以为然的是胡梦华君对于汪静之君《蕙的风》的批评,尤其觉得非常不以为然的是胡君答复章鸿熙君的信[2]。

一,胡君因为《蕙的风》里有一句"一步一回头瞟我意中人",便科以和《金瓶梅》[3]一样的罪:这是锻炼周纳[4]的。《金瓶梅》卷首诚然有"意中人"三个字,但不能因为有三个字相同,便说这书和那书是一模样。例如胡君要青年去忏悔,而《金瓶梅》也明明说是一部"改过的书",若因为这一点意思偶合,而说胡君的主张也等于《金瓶梅》,我实在没有这样的粗心和大胆。我以为中国之所谓道德家的神经,自古以来,未免过敏而又过敏了,看见一句"意中人",便即想到《金瓶梅》,看见一个"瞟"字,便即穿凿到别的事情上去。然而一切青年的心,却未必都如此不净;倘竟如此不净,则即使"授受不亲"[5],后来也就会"瞟",以至于瞟以上的等等事,那时便是一部《礼记》[6],也即等于《金瓶梅》了,又何有于《蕙的风》?

二,胡君因为诗里有"一个和尚悔出家"的话,便说是诬蔑了普天下和尚,而且大呼释迦牟尼[7]佛:这是近于宗教家而

425

且援引多数来恫吓，失了批评的态度的。其实一个和尚悔出家，并不是怪事，若普天下的和尚没有一个悔出家的，那倒是大怪事。中国岂不是常有酒肉和尚，还俗和尚么？非"悔出家"而何？倘说那些是坏和尚，则那诗里的便是坏和尚之一，又何至诬蔑了普天下的和尚呢？这正如胡君说一本诗集是不道德，并不算诬蔑了普天下的诗人。至于释迦牟尼，可更与文艺界"风马牛"〔8〕了，据他老先生的教训，则做诗便犯了"绮语戒"〔9〕，无论道德或不道德，都不免受些孽报，可怕得很的！

三，胡君说汪君的诗比不上歌德和雪利〔10〕，我以为是对的。但后来又说，"论到人格，歌德一生而十九娶，为世诟病，正无可讳。然而歌德所以垂世不朽者，乃五十岁以后忏悔的歌德，我们也知道么？"这可奇特了。雪利我不知道，若歌德即Goethe，则我敢替他呼几句冤，就是他并没有"一生而十九娶"，并没有"为世诟病"，并没有"五十岁以后忏悔"。而且对于胡君所说的"自'耳食'之风盛，歌德，雪利之真人格遂不为国人所知，无识者流，更妄相援引，可悲亦复可笑！"这一段话，也要请收回一些去。

我不知道汪君可曾过了五十岁，倘没有，则即使用了胡君的论调来裁判，似乎也还不妨做"一步一回头瞟我意中人"的诗，因为以歌德为例，也还没有到"忏悔"的时候。

临末，则我对于胡君的"悲哀的青年，我对于他们只有不可思议的眼泪！""我还想多写几句，我对于悲哀的青年底不可思议的泪已盈眶了。"这一类话，实在不明白"其意何居"。批评文艺，万不能以眼泪的多少来定是非。文艺界可以收到创作家的眼泪,而沾了批评家的眼泪却是污点。胡君的眼泪的确洒得非其地,非其时,未免万分可惜了。

起稿已完,才看见《青光》上的一段文章[11],说近人用先生和君,含有尊敬和小觑的差别意见。我在这文章里正用君,但初意却不过贪图少写一个字,并非有什么《春秋》笔法[12]。现在声明于此,却反而多写了许多字了。

十一月十七日。

*　　　*　　　*

〔1〕　本篇最初发表于 1922 年 11 月 17 日《晨报副刊》,署名风声。

〔2〕　关于胡梦华对《蕙的风》的批评,1922 年 8 月汪静之的新诗集《蕙的风》出版后,胡梦华在《时事新报·学灯》(1922 年 10 月 24 日)发表《读了〈蕙的风〉以后》,说其中一些爱情诗是"堕落轻薄"的作品,"有不道德的嫌疑"。接着,章鸿熙在《民国日报》副刊《觉悟》(同年 10 月 30 日)发表《〈蕙的风〉与道德问题》,加以批驳。胡梦华又在《觉悟》(同年 11 月 3 日)发表《悲哀的青年——答章鸿熙君》进行答辩,内有"我对于悲哀的青年底不可思议的泪已盈眶了"等语。胡梦华(1901—1983),安徽绩溪人,当时南京东南大学学生。汪静之(1902—1996),安徽绩溪人,诗人。作品有《蕙的风》、《寂寞的国》等。章鸿熙(1900—1946),字衣萍,安徽绩溪人,作家。

〔3〕　《金瓶梅》　长篇小说,明代兰陵笑笑生(姓名不详)作,一百回。反映明末的社会生活,其中多有淫秽的描写。

〔4〕　锻炼周纳　罗织罪名,陷人于法的意思。《汉书·路温舒

传》：“上奏畏却，则锻炼而周内之。”晋代晋灼注：“精熟周悉，致之法中也。”

〔5〕　“授受不亲”　语出《孟子·离娄（上）》：“男女授受不亲，礼也。”

〔6〕　《礼记》　儒家经典之一，秦汉以前各种礼仪论著的选辑，相传为西汉戴圣编纂。

〔7〕　释迦牟尼（约前565—前486）　佛教创始人。姓乔答摩，名悉达多，印度释迦族人。释迦牟尼，意即释迦族的圣人。

〔8〕　“风马牛”　互不相干的意思。语出《左传》僖公四年：“（齐侯）遂伐楚。楚子使与师言曰：‘君处北海，寡人处南海，唯是风马牛不相及也。’”

〔9〕　“绮语戒”　佛家的禁戒之一。凡佛家认为“邪淫不正”的言词，都称“绮语”，在禁戒之列。

〔10〕　歌德　德国诗人、学者。参看本卷第22页注〔34〕。他的文学作品有《浮士德》、《少年维特之烦恼》等。雪利，通译雪莱，英国诗人。参看本卷《坟·摩罗诗力说》第六节及注〔58〕。

〔11〕　《青光》　上海《时事新报》副刊之一。“一段文章”，指1922年11月11日《青光》所载一夫的《君与先生》。

〔12〕　《春秋》笔法　《春秋》是春秋时期鲁国史书，相传为孔子所修。过去的经学家认为，《春秋》“以一字为褒贬”（杜预《左传序》），隐含“微言大义”（《汉书·艺文志》），称为“春秋笔法”。

即 小 见 大[1]

北京大学的反对讲义收费风潮[2]，芒硝火焰似的起来，又芒硝火焰似的消灭了，其间就是开除了一个学生冯省三。

这事很奇特，一回风潮的起灭，竟只关于一个人。倘使诚然如此，则一个人的魄力何其太大，而许多人的魄力又何其太无呢。

现在讲义费已经取消，学生是得胜了，然而并没有听得有谁为那做了这次的牺牲者祝福。

即小见大，我于是竟悟出一件长久不解的事来，就是：三贝子花园里面，有谋刺良弼和袁世凯而死的四烈士坟[3]，其中有三块墓碑，何以直到民国十一年还没有人去刻一个字。

凡有牺牲在祭坛前沥血之后，所留给大家的，实在只有"散胙"[4]这一件事了。

十一月十八日。

*　　　*　　　*

〔1〕　本篇最初发表于 1922 年 11 月 18 日《晨报副刊》。

〔2〕　北京大学的反对讲义收费风潮　1922 年 10 月，北京大学部分学生反对学校征收讲义费，发生风潮。该校评议会议决开除学生冯省三一名。其实冯省三只是风潮发生后临时参加的，并非真正的主持

者。冯省三(1902—1924)，山东平原人，当时北京大学预科法文班学生。

　　〔3〕　四烈士坟　1912 年 1 月 16 日，革命党人杨禹昌、张先培、黄之萌三人炸袁世凯，未成被杀；同年 1 月 26 日，彭家珍炸清大臣良弼，功成身死。后来民国政府将他们合葬于北京三贝子花园(旧址在今北京动物园内)，称为四烈士墓。其中杨、张、黄三人墓前均立无字碑。良弼(1877—1912)，爱新觉罗氏，字赍臣，满洲镶黄旗人。当时任禁卫军协统兼训练大臣。武昌首义后，曾参与组织维护帝制的宗社党，反对南北议和与清帝逊位。

　　〔4〕　"散胙"　旧时祭祀以后，散发祭祀所用的肉。

一 九 二 四 年

望勿"纠正"〔1〕

汪原放〔2〕君已经成了古人了,他的标点和校正小说,虽然不免小谬误,但大体是有功于作者和读者的。谁料流弊却无穷,一班效颦〔3〕的便随手拉一部书,你也标点,我也标点,你也作序,我也作序,他也校改,这也校改,又不肯好好的做,结果只是糟蹋了书。

《花月痕》〔4〕本不必当作宝贝书,但有人要标点付印,自然是各随各便。这书最初是木刻的,后有排印本;最后是石印,错字很多,现在通行的多是这一种。至于新标点本,则陶乐勤〔5〕君序云,"本书所取的原本,虽属佳品,可是错误尚多。余虽都加以纠正,然失检之处,势必难免。……"我只有错字很多的石印本,偶然对比了第二十五回中的三四叶,便觉得还是石印本好,因为陶君于石印本的错字多未纠正,而石印本的不错字儿却多纠歪了。

"钗黛直是个子虚乌有,算不得什么。……"

这"直是个"就是"简直是一个"之意,而纠正本却改作"真是个",便和原意很不相同了。

"秋痕头上包着绉帕……突见痴珠,便含笑低声说道,'我

料得你挨不上十天,其实何苦呢?'

"……痴珠笑道,‘往后再商量罢。’……"

他们俩虽然都沦落,但其时却没有什么大悲哀,所以还都笑。而纠正本却将两个"笑"字都改成"哭"字了。教他们一见就哭,看眼泪似乎太不值钱,况且"含哭"也不成话。

我因此想到一种要求,就是印书本是美事,但若自己于意义不甚了然时,不可便以为是错的,而奋然"加以纠正",不如"过而存之",或者倒是并不错。

我因此又起了一个疑问,就是有些人攻击译本小说"看不懂",但他们看中国人自作的旧小说,当真看得懂么?

一月二十八日。

这一篇短文发表之后,曾记得有一回遇见胡适之先生,谈到汪先生的事,知道他很康健。胡先生还以为我那"成了古人"云云,是说他做过许多工作,已足以表见于世的意思。这实在使我"诚惶诚恐",因为我本意实不如此,直白地说,就是说已经"死掉了"。可是直到那时候,我才知这先前所听到的竟是一种毫无根据的谣言。现在我在此敬向汪先生谢我的粗疏之罪,并且将旧文的第一句订正,改为:"汪原放君未经成了古人了。"一九二五年九月二十四日,身热头痛之际,书。

＊　　　＊　　　＊

〔1〕　本篇最初发表于1924年1月28日《晨报副刊》,署名风声。

〔2〕 汪原放(1897—1980) 安徽绩溪人。1913 年入上海亚东图书馆。"五四"以后曾标点《红楼梦》、《水浒传》等小说,由上海亚东图书馆出版。

〔3〕 效颦 《庄子·天运》:"故西施病心而颦其里,其里之丑人见而美之,归亦捧心而颦其里,其里之富人见之,坚闭门而不出,贫人见之,挈妻子而去之走,彼知颦美,而不知颦之所以美。"后来把拙劣的模仿叫做效颦。

〔4〕 《花月痕》 长篇小说,清末魏秀仁(子安)作,五十二回。内容系描写文士、妓女的故事。

〔5〕 陶乐勤 江苏昆山人。他标点的《花月痕》1923 年上海梁溪图书馆出版。

呐　喊

本书收作者 1918 年至 1922 年所作小说十四篇。1923 年 8 月由北京新潮社初版,原收十五篇,列为该社《文艺丛书》之一。1924 年 5 月第三次印刷时起,改由北京北新书局出版,列为作者所编的《乌合丛书》之一。1930 年 1 月第十三次印刷时,由作者抽去其中的《不周山》一篇(后改名为《补天》,收入《故事新编》)。作者生前共印行二十二版次。

自　序^[1]

　　我在年青时候也曾经做过许多梦,后来大半忘却了,但自己也并不以为可惜。所谓回忆者,虽说可以使人欢欣,有时也不免使人寂寞,使精神的丝缕还牵着已逝的寂寞的时光,又有什么意味呢,而我偏苦于不能全忘却,这不能全忘的一部分,到现在便成了《呐喊》的来由。

　　我有四年多,曾经常常,——几乎是每天,出入于质铺和药店里,年纪可是忘却了,总之是药店的柜台正和我一样高,质铺的是比我高一倍,我从一倍高的柜台外送上衣服或首饰去,在侮蔑里接了钱,再到一样高的柜台上给我久病的父亲去买药。回家之后,又须忙别的事了,因为开方的医生是最有名的,以此所用的药引也奇特:冬天的芦根,经霜三年的甘蔗,蟋蟀要原对的,结子的平地木^[2],……多不是容易办到的东西。然而我的父亲终于日重一日的亡故了。

　　有谁从小康人家而坠入困顿的么,我以为在这途路中,大概可以看见世人的真面目;我要到 N 进 K 学堂^[3]去了,仿佛是想走异路,逃异地,去寻求别样的人们。我的母亲没有法,办了八元的川资,说是由我的自便;然而伊^[4]哭了,这正是情理中的事,因为那时读书应试是正路,所谓学洋务^[5],社会上便以为是一种走投无路的人,只得将灵魂卖给鬼子,要加倍的奚落而且排斥的,而况伊又看不见自己的儿子了。然而我也顾不得这些事,终于到 N 去进了 K 学堂了,在这学堂里,我才知道世上还有所谓格致[6],算学,地理,历史,绘图和体操。生理学并不教,但我们却看到些木版的《全体新论》和《化学卫生论》[7]之类了。我还记得先前的医生的议论和方药,和现在所知道的比较起来,便渐渐的悟得中医不过是一种有意的或无意的骗子,同时又很起了对于被骗的病人和他的家族的同情;而且从译出的历史上,又知道了日本维新[8]是大半发端于西方医学的事实。

　　因为这些幼稚的知识,后来便使我的学籍列在日本一个乡间的医学专门学校[9]里了。我的梦很美满,预备卒业回来,救治像我父亲似的被误的病人的疾苦,战争时候便去当军医,一面又促进了国人对于维新的信仰。我已不知道教授微生物学的方法,现在又有了怎样的进步了,总之那时是用了电影,来显示微生物的形状的,因此有时讲义的一段落已完,而时间还没有到,教师便映些风景或时事的画片给学生看,以用去这多余的光阴。其时正当日俄战争[10]的时候,关于战事的画片自然也就比较的多了,我在这一个讲堂中,便须常常随喜我那同学们的拍手和喝采。有一回,我竟在画片上忽然会见我久违的许多中国人了,一个绑在中间,许多站在左右,一样是强壮的体格,而显出麻木的神情。据解说,则绑着的是替俄国做了军事上的侦探,正要被日军砍下头颅来示众,而围着的便是来赏鉴这示众的盛举的人们。

　　这一学年没有完毕,我已经到了东京了,因为从那一回以后,我便觉得医学并非一件紧要事,凡是愚弱的国民,即使体格如何健全,如何茁壮,也只能做毫无意义的示众的材料和看客,病死多少是不必以为不幸的。所以我们的第一要著,是在改变他们的精神,而善于改变精神的是,我那时以为当然要推文艺,于是想提倡文艺运动了。在东京的留学生很有学法政理化以至警察工业的,但没有人治文学和美术;可是在冷淡的空气中,也幸而寻到几个同志了〔11〕,此外又邀集了必须的几个人,商量之后,第一步当然是出杂志,名目是取"新的生命"的意思,因为我们那时大抵带些复古的倾向,所以只谓之《新生》。

《新生》的出版之期接近了,但最先就隐去了若干担当文字的人,接着又逃走了资本,结果只剩下不名一钱的三个人。创始时候既已背时,失败时候当然无可告语,而其后却连这三个人也都为各自的运命所驱策,不能在一处纵谈将来的好梦了,这就是我们的并未产生的《新生》的结局。

我感到未尝经验的无聊,是自此以后的事。我当初是不知其所以然的;后来想,凡有一人的主张,得了赞和,是促其前进的,得了反对,是促其奋斗的,独有叫喊于生人中,而生人并无反应,既非赞同,也无反对,如置身毫无边际的荒原,无可措手的了,这是怎样的悲哀呵,我于是以我所感到者为寂寞。

这寂寞又一天一天的长大起来,如大毒蛇,缠住了我的灵魂了。

然而我虽然自有无端的悲哀,却也并不愤懑,因为这经验使我反省,看见自己了:就是我决不是一个振臂一呼应者云集的英雄。

只是我自己的寂寞是不可不驱除的,因为这于我太痛苦。我于是用了种种法,来麻醉自己的灵魂,使我沉入于国民中,使我回到古代去,后来也亲历或旁观过几样更寂寞更悲哀的事,都为我所不愿追怀,甘心使他们和我的脑一同消灭在泥土里的,但我的麻醉法却也似乎已经奏了功,再没有青年时候的慷慨激昂的意思了。

S会馆[12]里有三间屋,相传是往昔曾在院子里的槐树上缢死过一个女人的,现在槐树已经高不可攀了,而这屋还没有人住;许多年,我便寓在这屋里钞古碑[13]。客中少有人来,古碑中也遇不到什么问题和主义,而我的生命却居然暗暗的消去了,这也就是我惟一的愿望。夏夜,蚊子多了,便摇着蒲扇坐在槐树下,从密叶缝里看那一点一点的青天,晚出的槐蚕又每每冰冷的落在头颈上。

那时偶或来谈的是一个老朋友金心异[14],将手提的大皮夹放在破桌上,脱下长衫,对面坐下了,因为怕狗,似乎心房还在怦怦的跳动。

“你钞了这些有什么用?”有一夜,他翻着我那古碑的钞本,发了研究的质问了。

“没有什么用。”

“那么,你钞他是什么意思呢?”

“没有什么意思。”

“我想,你可以做点文章……”

　　我懂得他的意思了，他们正办《新青年》[15]，然而那时仿佛不特没有人来赞同，并且也还没有人来反对，我想，他们许是感到寂寞了，但是说：

　　"假如一间铁屋子，是绝无窗户而万难破毁的，里面有许多熟睡的人们，不久都要闷死了，然而是从昏睡入死灭，并不感到就死的悲哀。现在你大嚷起来，惊起了较为清醒的几个人，使这不幸的少数者来受无可挽救的临终的苦楚，你倒以为对得起他们么？"

　　"然而几个人既然起来，你不能说决没有毁坏这铁屋的希望。"

　　是的，我虽然自有我的确信，然而说到希望，却是不能抹杀的，因为希望是在于将来，决不能以我之必无的证明，来折服了他之所谓可有，于是我终于答应他也做文章了，这便是最初的一篇《狂人日记》。从此以后，便一发而不可收，每写些小说模样的文章，以敷衍朋友们的嘱托，积久就有了十余篇。

　　在我自己，本以为现在是已经并非一个切迫而不能已于言的人了，但或者也还未能忘怀于当日自己的寂寞的悲哀罢，所以有时候仍不免呐喊几声，聊以慰藉那在寂寞里奔驰的猛士，使他不惮于前驱。至于我的喊声是勇猛或是悲哀，是可憎或是可笑，那倒是不暇顾及的；但既然是呐喊，则当然须听将令的了，所以我往往不恤用了曲笔，在《药》的瑜儿的坟上平空添上一个花环，在《明天》里也不叙单四嫂子竟没有做到看见儿子的梦，因为那时的主将是不主张消极的。至于自己，却也并不愿将自以为苦的寂寞，再来传染给也如我那年青时候似的正做着好梦的青年。

　　这样说来，我的小说和艺术的距离之远，也就可想而知了，然而到今日还能蒙着小说的名，甚而至于且有成集的机会，无论如何总不能不说是一件侥幸的事，但侥幸虽使我不安于心，而悬揣人间暂时还有读者，则究竟也仍然是高兴的。

　　所以我竟将我的短篇小说结集起来，而且付印了，又因为上面所说的缘由，便称之为《呐喊》。

　　一九二二年十二月三日，鲁迅记于北京。

　　*　　　　*　　　　*

　　〔1〕　本篇曾发表于 1923 年 8 月 21 日北京《晨报·文学旬刊》。

　　〔2〕　平地木　即紫金牛，常绿小灌木，根皮可入药。

　　〔3〕　到 N 进 K 学堂　N 指南京，K 学堂指江南水师学堂。作者于 1898 年至南京江南水师学堂肄业，次年改入江南陆师学堂附设的矿务铁路学堂，1902 年初毕业后，由清政府派赴日本留学。

　　〔4〕　伊　女性第三人称代名词。当时还未使用"她"字。

　　〔5〕　学洋务　清朝末年，李鸿章、张之洞等人推行以"自强求富"为目的的"洋务运动"。他们主张"中学为体，西学为用"，一方面维护封建制度及其伦理道德，另一方面又举办一些军事工业和其他工矿企业，并设立学习相关知识的学堂。这里说的"学洋务"，是指在这类学堂里学习西方国家的科学知识和军事技术。

　　〔6〕　格致　格物致知的简称，《礼记·大学》有"致知在格物，物格而后知至"的话。格是推究的意思。清末曾用"格致"统称物理、化学等学科。鲁迅在矿路学堂读书时的格致学指物理科。

　　〔7〕　《全体新论》　关于生理学的书，英国合信著，清末译成中

文,1851年出版,广东金利埠惠爱医局石印。《化学卫生论》,关于营养学的书,英国真司腾著,清末译成中文,1879年出版,上海广学会刻本。

〔8〕　日本维新　指发生于日本明治年间(1868—1912)的维新运动。在此以前,日本一部分学者,曾大量输入和讲授西方医学,宣传西方科学技术,积极主张革新,对日本维新运动的兴起,曾起过一定的影响。

〔9〕　医学专门学校　指日本仙台医学专门学校。作者于1904年至1906年曾在这里学习医学。

〔10〕　日俄战争　指1904年2月至1905年9月,日本同沙皇俄国之间为争夺在我国东北地区和朝鲜的侵略权益而进行的一次帝国主义战争。

〔11〕　指许寿裳、袁文薮、周作人等。袁文薮随后转往英国留学,只剩鲁迅、许寿裳、周作人三人。

〔12〕　S会馆　指设在北京宣武门外南半截胡同的绍兴会馆。原为山阴、会稽两县的会馆,称山会邑馆;1912年山阴、会稽合并为绍兴县,改称绍兴会馆。作者于1912年5月至1919年11月曾在这里居住。

〔13〕　钞古碑　作者寓居绍兴会馆时,在教育部任职,常于公余搜集、研究中国古代的造像和墓志等金石拓本,后来辑有《六朝造像目录》和《六朝墓名目录》两种(后者未完成)。

〔14〕　金心异　指钱玄同。参看本卷第131页注〔4〕。1908年他在日本东京和作者同听章太炎讲文字学。"五四"时期参加新文化运动,曾是《新青年》编者之一。1919年3月,复古派文人林纾在上海《新申报》上发表题名《荆生》的小说,攻击新文化运动。小说中有一个人物名"金心异",即影射钱玄同。

〔15〕　《新青年》　"五四"时期倡导新文化运动、传播马克思主义的重要刊物。参看本卷第131页注〔5〕。

狂 人 日 记 [1]

　　某君昆仲，今隐其名，皆余昔日在中学校时良友；分隔多年，消息渐阙。日前偶闻其一大病；适归故乡，迂道往访，则仅晤一人，言病者其弟也。劳君远道来视，然已早愈，赴某地候补 [2] 矣。因大笑，出示日记二册，谓可见当日病状，不妨献诸旧友。持归阅一过，知所患盖"迫害狂"之类。语颇错杂无伦次，又多荒唐之言；亦不著月日，惟墨色字体不一，知非一时所书。间亦有略具联络者，今撮录一篇，以供医家研究。记中语误，一字不易；惟人名虽皆村人，不为世间所知，无关大体，然亦悉易去。至于书名，则本人愈后所题，不复改也。七年四月二日识。

一

　　今天晚上，很好的月光。

　　我不见他，已是三十多年；今天见了，精神分外爽快。才知道以前的三十多年，全是发昏；然而须十分小心。不然，那赵家的狗，何以看我两眼呢？

　　我怕得有理。

二

今天全没月光,我知道不妙。早上小心出门,赵贵翁的眼色便怪:似乎怕我,似乎想害我。还有七八个人,交头接耳的议论我,又怕我看见。一路上的人,都是如此。其中最凶的一个人,张着嘴,对我笑了一笑;我便从头直冷到脚跟,晓得他们布置,都已妥当了。

我可不怕,仍旧走我的路。前面一伙小孩子,也在那里议论我;眼色也同赵贵翁一样,脸色也都铁青。我想我同小孩子有什么仇,他也这样。忍不住大声说,"你告诉我!"他们可就跑了。

我想:我同赵贵翁有什么仇,同路上的人又有什么仇;只有廿年以前,把古久先生的陈年流水簿子[3],踹了一脚,古久先生很不高兴。赵贵翁虽然不认识他,一定也听到风声,代抱不平;约定路上的人,同我作冤对。但是小孩子呢?那时候,他们还没有出世,何以今天也睁着怪眼睛,似乎怕我,似乎想害我。这真教我怕,教我纳罕而且伤心。

我明白了。这是他们娘老子教的!

三

晚上总是睡不着。凡事须得研究,才会明白。

他们——也有给知县打枷过的,也有给绅士掌过嘴的,也有衙役占了他妻子的，也有老子娘被债主逼死的；他们那时候的脸色，全没有昨天这么怕，也没有这么凶。

最奇怪的是昨天街上的那个女人，打他儿子，嘴里说道，"老子呀！我要咬你几口才出气！"他眼睛却看着我。我出了一惊，遮掩不住；那青面獠牙的一伙人，便都哄笑起来。陈老五赶上前，硬把我拖回家中了。

拖我回家，家里的人都装作不认识我；他们的眼色，也全同别人一样。进了书房，便反扣上门，宛然是关了一只鸡鸭。这一件事，越教我猜不出底细。

前几天，狼子村的佃户来告荒，对我大哥说，他们村里的一个大恶人，给大家打死了；几个人便挖出他的心肝来，用油煎炒了吃，可以壮壮胆子。我插了一句嘴，佃户和大哥便都看我几眼。今天才晓得他们的眼光，全同外面的那伙人一模一样。

想起来，我从顶上直冷到脚跟。

他们会吃人，就未必不会吃我。

你看那女人"咬你几口"的话，和一伙青面獠牙人的笑，和前天佃户的话，明明是暗号。我看出他话中全是毒，笑中全是刀。他们的牙齿，全是白厉厉的排着，这就是吃人的家伙。

照我自己想，虽然不是恶人，自从踹了古家的簿子，可就难说了。他们似乎别有心思，我全猜不出。况且他们一翻脸，便说人是恶人。我还记得大哥教我做论，无论怎样好人，翻他几句，他便打上几个圈；原谅坏人几句，他便说"翻天妙手，与众不同"。我那里猜得到他们的心思，究竟怎样；况且是要吃的时候。

凡事总须研究，才会明白。古来时常吃人，我也还记得，可是不甚清楚。我翻开历史一查，这历史没有年代，歪歪斜斜的每叶上都写着"仁义道德"几个字。我横竖睡不着，仔细看了半夜，才从字缝里看出字来，满本都写着两个字是"吃人"！

书上写着这许多字，佃户说了这许多话，却都笑吟吟的睁着怪眼睛看我。

我也是人，他们想要吃我了！

四

早上，我静坐了一会。陈老五送进饭来，一碗菜，一碗蒸鱼；这鱼的眼睛，白而且硬，张着嘴，同那一伙想吃人的人一样。吃了几筷，滑溜溜的不知是鱼是人，便把他兜肚连肠的吐出。

我说"老五，对大哥说，我闷得慌，想到园里走走。"老五不答应，走了；停一会，可就来开了门。

我也不动，研究他们如何摆布我；知道他们一定不肯放松。果然！我大哥引了一个老头子，慢慢走来；他满眼凶光，怕我看出，只是低头向着地，从眼镜横边暗暗看我。大哥说，"今天你仿佛很好。"我说"是的。"大哥说，"今天请何先生来，给你诊一诊。"我说"可以！"其实我岂不知道这老头子是刽子手扮的！无非借了看脉这名目，揣一揣肥瘠：因这功劳，也分一片肉吃。我也不怕；虽然不吃人，胆子却比他们还壮。伸出两个拳头，看他如何下手。老头子坐着，闭了眼睛，摸了好一会，呆了好一会；便张开他鬼眼睛说，"不要乱想。静静的养几天，就好了。"

不要乱想，静静的养！养肥了，他们是自然可以多吃；我有什么好处，怎么会"好了"？他们这群人，又想吃人，又是鬼鬼祟祟，想法子遮掩，不敢直捷下手，真要令我笑死。我忍不住，便放声大笑起来，十分快活。自己晓得这笑声里面，有的是义勇和正气。老头子和大哥，都失了色，被我这勇气正气镇压住了。

但是我有勇气，他们便越想吃我，沾光一点这勇气。老头子跨出门，走不多远，便低声对大哥说道，"赶紧吃罢！"大哥点点头。原来也有你！这一件大发见，虽似意外，也在意中：合伙吃我的人，便是我的哥哥！

吃人的是我哥哥！

我是吃人的人的兄弟！

我自己被人吃了，可仍然是吃人的人的兄弟！

五

这几天是退一步想：假使那老头子不是刽子手扮的，真是医生，也仍然是吃人的人。他们的祖师李时珍做的"本草什么"[4]上，明明写着人肉可以煎吃；他还能说自己不吃人么？

至于我家大哥，也毫不冤枉他。他对我讲书的时候，亲口说过可以"易子而食"[5]；又一回偶然议论起一个不好的人，他便说不但该杀，还当"食肉寝皮"[6]。我那时年纪还小，心跳了好半天。前天狼子村佃户来说吃心肝的事，他也毫不奇怪，不住的点头。可见心思是同从前一样狠。既然可以"易子而食"，便什么都易得，什么人都吃得。我从前单听他讲道理，也胡涂过去；现在晓得他讲道理的时候，不但唇边还抹着人油，而且心里满装着吃人的意思。

六

黑漆漆的，不知是日是夜。赵家的狗又叫起来了。

狮子似的凶心，兔子的怯弱，狐狸的狡猾，……

七

我晓得他们的方法，直捷杀了，是不肯的，而且也不敢，怕有祸祟。所以他们大家连络，布满了罗网，逼我自戕。试看前几天街上男女的样子，和这几天我大哥的作为，便足可悟出八九分了。最好是解下腰带，挂在梁上，自己紧紧勒死；他们没有杀人的罪名，又偿了心愿，自然都欢天喜地的发出一种呜呜咽咽的笑声。否则惊吓忧愁死了，虽则略瘦，也还可以首肯几下。

他们是只会吃死肉的！——记得什么书上说，有一种东西，叫"海乙那"[7]的，眼光和样子都很难看；时常吃死肉，连极大的骨头，都细细嚼烂，咽下肚子去，想起来也教人害怕。

"海乙那"是狼的亲眷,狼是狗的本家。前天赵家的狗,看我几眼,可见他也同谋,早已接洽。老头子眼看着地,岂能瞒得我过。

最可怜的是我的大哥,他也是人,何以毫不害怕;而且合伙吃我呢? 还是历来惯了,不以为非呢? 还是丧了良心,明知故犯呢?

我诅咒吃人的人,先从他起头;要劝转吃人的人,也先从他下手。

八

其实这种道理,到了现在,他们也该早已懂得,……

忽然来了一个人;年纪不过二十左右,相貌是不很看得清楚,满面笑容,对了我点头,他的笑也不像真笑。我便问他,"吃人的事,对么?"他仍然笑着说,"不是荒年,怎么会吃人。"我立刻就晓得,他也是一伙,喜欢吃人的;便自勇气百倍,偏要问他。

"对么?"

"这等事问他什么。你真会……说笑话。……今天天气很好。"

天气是好,月色也很亮了。可是我要问你,"对么?"

他不以为然了。含含胡胡的答道,"不……"

"不对? 他们何以竟吃?!"

"没有的事……"

450

"没有的事？狼子村现吃；还有书上都写着，通红斩新！"

他便变了脸，铁一般青。睁着眼说，"有许有的，这是从来如此……"

"从来如此，便对么？"

"我不同你讲这些道理；总之你不该说，你说便是你错！"

我直跳起来，张开眼，这人便不见了。全身出了一大片汗。他的年纪，比我大哥小得远，居然也是一伙；这一定是他娘老子先教的。还怕已经教给他儿子了；所以连小孩子，也都恶狠狠的看我。

九

自己想吃人，又怕被别人吃了，都用着疑心极深的眼光，面面相觑。……

去了这心思，放心做事走路吃饭睡觉，何等舒服。这只是一条门槛，一个关头。他们可是父子兄弟夫妇朋友师生仇敌和各不相识的人，都结成一伙，互相劝勉，互相牵掣，死也不肯跨过这一步。

十

大清早，去寻我大哥；他立在堂门外看天，我便走到他背后，拦住门，格外沉静，格外和气的对他说，

"大哥，我有话告诉你。"

“你说就是，”他赶紧回过脸来，点点头。

“我只有几句话，可是说不出来。大哥，大约当初野蛮的人，都吃过一点人。后来因为心思不同，有的不吃人了，一味要好，便变了人，变了真的人。有的却还吃，——也同虫子一样，有的变了鱼鸟猴子，一直变到人。有的不要好，至今还是虫子。这吃人的人比不吃人的人，何等惭愧。怕比虫子的惭愧猴子，还差得很远很远。

“易牙[8]蒸了他儿子，给桀纣吃，还是一直从前的事。谁晓得从盘古开辟天地以后，一直吃到易牙的儿子；从易牙的儿子，一直吃到徐锡林[9]；从徐锡林，又一直吃到狼子村捉住的人。去年城里杀了犯人，还有一个生痨病的人，用馒头蘸血舐。

“他们要吃我，你一个人，原也无法可想；然而又何必去入伙。吃人的人，什么事做不出；他们会吃我，也会吃你，一伙里面，也会自吃。但只要转一步，只要立刻改了，也就人人太平。虽然从来如此，我们今天也可以格外要好，说是不能！大哥，我相信你能说，前天佃户要减租，你说过不能。”

当初，他还只是冷笑，随后眼光便凶狠起来，一到说破他们的隐情，那就满脸都变成青色了。大门外立着一伙人，赵贵翁和他的狗，也在里面，都探头探脑的挨进来。有的是看不出面貌，似乎用布蒙着；有的是仍旧青面獠牙，抿着嘴笑。我认识他们是一伙，都是吃人的人。可是也晓得他们心思很不一样，一种是以为从来如此，应该吃的；一种是知道不该吃，可是仍然要吃，又怕别人说破他，所以听了我的话，越发气愤不过，可是抿着嘴冷笑。

这时候，大哥也忽然显出凶相，高声喝道，

"都出去！疯子有什么好看！"

这时候，我又懂得一件他们的巧妙了。他们岂但不肯改，而且早已布置；预备下一个疯子的名目罩上我。将来吃了，不但太平无事，怕还会有人见情。佃户说的大家吃了一个恶人，正是这方法。这是他们的老谱！

陈老五也气愤愤的直走进来。如何按得住我的口，我偏要对这伙人说，

"你们可以改了，从真心改起！要晓得将来容不得吃人的人，活在世上。

"你们要不改，自己也会吃尽。即使生得多，也会给真的人除灭了，同猎人打完狼子一样！——同虫子一样！"

那一伙人，都被陈老五赶走了。大哥也不知那里去了。陈老五劝我回屋子里去。屋里面全是黑沉沉的。横梁和椽子都在头上发抖；抖了一会，就大起来，堆在我身上。

万分沉重，动弹不得；他的意思是要我死。我晓得他的沉重是假的，便挣扎出来，出了一身汗。可是偏要说，

"你们立刻改了，从真心改起！你们要晓得将来是容不得吃人的人，……"

十一

太阳也不出，门也不开，日日是两顿饭。

我捏起筷子，便想起我大哥；晓得妹子死掉的缘故，也全

在他。那时我妹子才五岁,可爱可怜的样子,还在眼前。母亲哭个不住,他却劝母亲不要哭;大约因为自己吃了,哭起来不免有点过意不去。如果还能过意不去,⋯⋯

妹子是被大哥吃了,母亲知道没有,我可不得而知。

母亲想也知道;不过哭的时候,却并没有说明,大约也以为应当的了。记得我四五岁时,坐在堂前乘凉,大哥说爷娘生病,做儿子的须割下一片肉来,煮熟了请他吃,〔10〕才算好人;母亲也没有说不行。一片吃得,整个的自然也吃得。但是那天的哭法,现在想起来,实在还教人伤心,这真是奇极的事!

十二

不能想了。

四千年来时时吃人的地方,今天才明白,我也在其中混了多年;大哥正管着家务,妹子恰恰死了,他未必不和在饭菜里,暗暗给我们吃。

我未必无意之中,不吃了我妹子的几片肉,现在也轮到我自己,⋯⋯

有了四千年吃人履历的我,当初虽然不知道,现在明白,难见真的人!

十三

没有吃过人的孩子,或者还有?

救救孩子……

一九一八年四月。

*　　　*　　　*

〔１〕 本篇最初发表于 1918 年 5 月《新青年》第四卷第五号。首次采用"鲁迅"这一笔名。作者在《〈中国新文学大系〉小说二集序》(《且介亭杂文二集》)中说本篇"意在暴露家族制度和礼教的弊害"。

〔２〕 候补 清代官制,只有官衔而没有实际职务的中下级官员,由吏部抽签分发到某部或某省,听候委用,称为候补。

〔３〕 古久先生的陈年流水簿子 这里比喻中国封建统治的长久历史。

〔４〕 "本草什么" 指明代李时珍的药物学著作《本草纲目》。该书曾经提到唐代陈藏器《本草拾遗》中以人肉医治痨病的记载,并表示了异议。这里说李时珍的书"明明写着人肉可以煎吃",当是"狂人"的"记中语误"。

〔５〕 "易子而食" 语出《左传》宣公十五年,是宋将华元对楚将子反叙说宋国都城被楚军围困时的惨状:"敝邑易子而食,析骸而爨。"

〔６〕 "食肉寝皮" 参看本卷第 362 页注〔3〕。

〔７〕 "海乙那" 英语 Hyena 的音译,即鬣狗,产于非洲、小亚细亚及亚洲西南部,一种食肉兽,常跟在狮虎等猛兽之后,以它们吃剩的兽类的残尸为食。

〔８〕 易牙 春秋时齐国人,齐桓公宠臣,善于调味。据《管子·小称》:"夫易牙以调和事公(按指齐桓公),公曰'惟蒸婴儿之未尝',于是蒸其首子而献之公。"桀、纣各为我国夏朝和商朝的最后一代君主,易牙和他们不是同时代人。这里说的"易牙蒸了他儿子,给桀纣吃",也是

"狂人""语颇错杂无伦次"的表现。

〔9〕　徐锡林　隐指徐锡麟(1873—1907),字伯荪,浙江绍兴人,清末革命团体光复会的重要成员。1907 年与秋瑾准备在浙、皖两省同时起义,7 月 6 日,他以安徽巡警处会办兼巡警学堂监督身份为掩护,乘学堂举行毕业典礼之机刺死安徽巡抚恩铭,率领学生攻占军械局,弹尽被捕,当日惨遭杀害,心肝被恩铭的卫队挖出炒食。

〔10〕　指"割股疗亲"。参看本卷第 148 页注〔18〕。

孔 乙 己[1]

　　鲁镇的酒店的格局,是和别处不同的:都是当街一个曲尺形的大柜台,柜里面预备着热水,可以随时温酒。做工的人,傍午傍晚散了工,每每花四文铜钱,买一碗酒,——这是二十多年前的事,现在每碗要涨到十文,——靠柜外站着,热热的喝了休息;倘肯多花一文,便可以买一碟盐煮笋,或者茴香豆,做下酒物了,如果出到十几文,那就能买一样荤菜,但这些顾客,多是短衣帮,大抵没有这样阔绰。只有穿长衫的,才踱进店面隔壁的房子里,要酒要菜,慢慢地坐喝。

　　我从十二岁起,便在镇口的咸亨酒店里当伙计,掌柜说,样子太傻,怕侍候不了长衫主顾,就在外面做点事罢。外面的短衣主顾,虽然容易说话,但唠唠叨叨缠夹不清的也很不少。他们往往要亲眼看着黄酒从坛子里舀出,看过壶子底里有水没有,又亲看将壶子放在热水里,然后放心:在这严重监督之下,羼水也很为难。所以过了几天,掌柜又说我干不了这事。幸亏荐头的情面大,辞退不得,便改为专管温酒的一种无聊职务了。

　　我从此便整天的站在柜台里,专管我的职务。虽然没有什么失职,但总觉有些单调,有些无聊。掌柜是一副凶脸孔,主顾也没有好声气,教人活泼不得;只有孔乙己到店,才可以笑几声,所以至今还记得。

　　孔乙己是站着喝酒而穿长衫的唯一的人。他身材很高大;青白脸色,皱纹间时常夹些伤痕;一部乱蓬蓬的花白的胡子。穿的虽然是长衫,可是又脏又破,似乎十多年没有补,也没有洗。他对人说话,总是满口之乎者也,教人半懂不懂的。因为他姓孔,别人便从描红纸[2]上的“上大人孔乙己”这半懂不懂的话里,替他取下一个绰号,叫作孔乙己。孔乙己一到店,所有喝酒的人便都看着他笑,有的叫道,“孔乙己,你脸上又添上新伤疤了!”他不回答,对柜里说,“温两碗酒,要一碟茴香豆。”便排出九文大钱。他们又故意的高声嚷道,“你一定又偷了人家的东西了!”孔乙己睁大眼睛说,“你怎么这样凭空污人清白……”“什么清白?我前天亲眼见你偷了何家的书,吊着打。”孔乙己便涨红了脸,额上的青筋条条绽出,争辩道,“窃书不能算偷……窃书!……读书人的事,能算偷么?”接连便是难懂的话,什么“君子固穷”[3],什么“者乎”之类,引得众人都哄笑起来:店内外充满了快活的空气。

　　听人家背地里谈论,孔乙己原来也读过书,但终于没有进学[4],又不会营生;于是愈过愈穷,弄到将要讨饭了。幸而写得一笔好字,便替人家钞钞书,换一碗饭吃。可惜他又有一样坏脾气,便是好喝懒做。坐不到几天,便连人和书籍纸张笔砚,一齐失踪。如是几次,叫他钞书的人也没有了。孔乙己没有法,便免不了偶然做些偷窃的事。但他在我们店里,品行却比别人都好,就是从不拖欠;虽然间或没有现钱,暂时记在粉板上,但不出一月,定然还清,从粉板上拭去了孔乙己的名字。

　　孔乙己喝过半碗酒，涨红的脸色渐渐复了原，旁人便又问道，"孔乙己，你当真认识字么？"孔乙己看着问他的人，显出不屑置辩的神气。他们便接着说道，"你怎的连半个秀才也捞不到呢？"孔乙己立刻显出颓唐不安模样，脸上笼上了一层灰色，嘴里说些话；这回可是全是之乎者也之类，一些不懂了。在这时候，众人也都哄笑起来：店内外充满了快活的空气。

　　在这些时候，我可以附和着笑，掌柜是决不责备的。而且掌柜见了孔乙己，也每每这样问他，引人发笑。孔乙己自己知道不能和他们谈天，便只好向孩子说话。有一回对我说道，"你读过书么？"我略略点一点头。他说，"读过书，……我便考你一考。茴香豆的茴字，怎样写的？"我想，讨饭一样的人，也配考我么？便回过脸去，不再理会。孔乙己等了许久，很恳切的说道，"不能写罢？……我教给你，记着！这些字应该记着。将来做掌柜的时候，写账要用。"我暗想我和掌柜的等级还很远呢，而且我们掌柜也从不将茴香豆上账；又好笑，又不耐烦，懒懒的答他道，"谁要你教，不是草头底下一个来回的回字么？"孔乙己显出极高兴的样子，将两个指头的长指甲敲着柜台，点头说，"对呀对呀！……回字有四样写法[5]，你知道么？"我愈不耐烦了，努着嘴走远。孔乙己刚用指甲蘸了酒，想在柜上写字，见我毫不热心，便又叹一口气，显出极惋惜的样子。

　　有几回，邻舍孩子听得笑声，也赶热闹，围住了孔乙己。他便给他们茴香豆吃，一人一颗。孩子吃完豆，仍然不散，眼睛都望着碟子。孔乙己着了慌，伸开五指将碟子罩住，弯腰下去说道，"不多了，我已经不多了。"直起身又看一看豆，自己摇头说，"不多不多！多乎哉？不多也。"[6]于是这一群孩子都在笑声里走散了。

孔乙己是这样的使人快活，可是没有他，别人也便这么过。

有一天，大约是中秋前的两三天，掌柜正在慢慢的结账，取下粉板，忽然说，"孔乙己长久没有来了。还欠十九个钱呢！"我才也觉得他的确长久没有来了。一个喝酒的人说道，"他怎么会来？……他打折了腿了。"掌柜说，"哦！""他总仍旧是偷。这一回，是自己发昏，竟偷到丁举人家里去了。他家的东西，偷得的么？""后来怎么样？""怎么样？先写服辩[7]，后来是打，打了大半夜，再打折了腿。""后来呢？""后来打折了腿了。""打折了怎样呢？""怎样？……谁晓得？许是死了。"掌柜也不再问，仍然慢慢的算他的账。

中秋过后，秋风是一天凉比一天，看看将近初冬；我整天的靠着火，也须穿上棉袄了。一天的下半天，没有一个顾客，我正合了眼坐着。忽然间听得一个声音，"温一碗酒。"这声音虽然极低，却很耳熟。看时又全没有人。站起来向外一望，那孔乙己便在柜台下对了门槛坐着。他脸上黑而且瘦，已经不成样子；穿一件破夹袄，盘着两腿，下面垫一个蒲包，用草绳在肩上挂住；见了我，又说道，"温一碗酒。"掌柜也伸出头去，一面说，"孔乙己么？你还欠十九个钱呢！"孔乙己很颓唐的仰面答道，"这……下回还清罢。这一回是现钱，酒要好。"掌柜仍然同平常一样，笑着对他说，"孔乙己，你又偷了东西了！"但他这回却不十分分辩,单说了一句"不要取笑!""取笑?要是不偷,怎么会打断腿?"孔乙己低声说道,"跌断,跌,跌……"他的眼色,很像恳求掌柜,不要再提。此时已经聚集了几个人,便和掌柜都笑了。我温了酒,端出去,放在门槛上。他从破衣袋里摸出四文大钱,放在我手里,见他满手是泥,原来他便用这手走来的。不一会,他喝完酒,便又在旁人的说笑声中,坐着用这手慢慢走去了。

自此以后,又长久没有看见孔乙己。到了年关,掌柜取下粉板说,"孔乙己还欠十九个钱呢!"到第二年的端午,又说"孔乙己还欠十九个钱呢!"到中秋可是没有说,再到年关也没有看见他。

我到现在终于没有见——大约孔乙己的确死了。

一九一九年三月。[8]

＊　　　＊　　　＊

〔1〕　本篇最初发表于1919年4月《新青年》第六卷第四号。

本文发表时篇末有作者的《附记》如下:"这一篇很拙的小说,还是去年冬天做成的。那时的意思,单在描写社会上的或一种生活,请读者看看,并没有别的深意。但用活字排印了发表,却已在这时候;——便是忽然有人用了小说盛行人身攻击的时候。大抵著者走入暗路,每每能引读者的思想跟他堕落:以为小说是一种泼秽水的器具,里面糟蹋的是谁。这实在是一件极可叹可怜的事。所以我在此声明,免得发生猜度,害了读者的人格。一九一九年三月二十六日记。"

〔2〕　描红纸　一种印有红色楷字,供儿童摹写毛笔字用的字帖。旧时最通行的一种,印有"上大人孔(明代以前作丘)乙己化三千七十士

尔小生八九子佳作仁可知礼也"这样一些笔划简单、三字一句和似通非通的文字。它的起源颇早,据明代叶盛的《水东日记》卷十所载:"上大人丘乙己……数语,凡乡学小童临仿字书,皆昉于此,谓之描朱。"大概在明代已经通行。又《敦煌掇琐》(刘复据敦煌写本编录)中集已有"上大人丘乙己……"一则,可见唐代以前已有这几句话。

　　〔3〕　"君子固穷"　语出《论语·卫灵公》:孔子"在陈绝粮,从者病,莫能兴。子路愠见曰:'君子亦有穷乎?'子曰:'君子固穷,小人穷斯滥矣。'""固穷"即"固守其穷",不以穷困而改变操守的意思。

　　〔4〕　进学　明清科举制度,童生经过县考初试,府考复试,再参加由学政主持的院考(道考),考取的列名府、县学籍,叫进学,也就成了秀才。又规定每三年举行一次乡试(省一级考试),由秀才或监生应考,取中的就是举人。

　　〔5〕　回字有四种写法　回字通常只有三种写法:回、囘、囬。第四种写作囘(见《康熙字典·备考》),极少见。

　　〔6〕　"多乎哉?不多也"　语出《论语·子罕》:"大宰问于子贡曰:'夫子圣者与?何其多能也!'子贡曰:'固天纵之将圣,又多能也。'子闻之,曰:'大宰知我乎?吾少也贱,故多能鄙事。君子多乎哉?不多也。'"这里与原意无关。

　　〔7〕　服辩　又作伏辩,即认罪书。《唐律疏议·断狱》:"诸狱结竟,……仍取囚服辩。"

　　〔8〕　据本篇发表时的作者《附记》,本文当作于1918年冬天。按本书各篇最初发表时都未署写作日期,现在篇末的日期为作者在编集时所补记。

药〔1〕

一

秋天的后半夜,月亮下去了,太阳还没有出,只剩下一片乌蓝的天;除了夜游的东西,什么都睡着。华老栓忽然坐起身,擦着火柴,点上遍身油腻的灯盏,茶馆的两间屋子里,便弥满了青白的光。

"小栓的爹,你就去么?"是一个老女人的声音。里边的小屋子里,也发出一阵咳嗽。

"唔。"老栓一面听,一面应,一面扣上衣服;伸手过去说,"你给我罢。"

华大妈在枕头底下掏了半天,掏出一包洋钱〔2〕,交给老栓,老栓接了,抖抖的装入衣袋,又在外面按了两下;便点上灯笼,吹熄灯盏,走向里屋子去了。那屋子里面,正在窸窸窣窣的响,接着便是一通咳嗽。老栓候他平静下去,才低低的叫道,"小栓……你不要起来。……店么?你娘会安排的。"

老栓听得儿子不再说话,料他安心睡了;便出了门,走到街上。街上黑沉沉的一无所有,只有一条灰白的路,看得分明。灯光照着他的两脚,一前一后的走。有时也遇到几只狗,可是一只也没有叫。天气比屋子里冷得多了;老栓倒觉爽快,仿佛一旦变了少年,得了神通,有给人生命的本领似的,跨步格外高远。而且路也愈走愈分明,天也愈走愈亮了。

老栓正在专心走路,忽然吃了一惊,远远里看见一条丁字街,明明白白横着。他便退了几步,寻到一家关着门的铺子,蹩进檐下,靠门立住了。好一会,身上觉得有些发冷。

"哼,老头子。"

"倒高兴……。"

老栓又吃一惊,睁眼看时,几个人从他面前过去了。一个还回头看他,样子不甚分明,但很像久饿的人见了食物一般,眼里闪出一种攫取的光。老栓看看灯笼,已经熄了。按一按衣袋,硬硬的还在。仰起头两面一望,只见许多古怪的人,三三两两,鬼似的在那里徘徊;定睛再看,却也看不出什么别的奇怪。

没有多久,又见几个兵,在那边走动;衣服前后的一个大白圆圈,远地里也看得清楚,走过面前的,并且看出号衣[3]上暗红色的镶边。——一阵脚步声响,一眨眼,已经拥过了一大簇人。那三三两两的人,也忽然合作一堆,潮一般向前赶;将到丁字街口,便突然立住,簇成一个半圆。

老栓也向那边看,却只见一堆人的后背;颈项都伸得很长,仿佛许多鸭,被无形的手捏住了的,向上提着。静了一会,似乎有点声音,便又动摇起来,轰的一声,都向后退;一直散到老栓立着的地方,几乎将他挤倒了。

"喂!一手交钱,一手交货!"一个浑身黑色的人,站在老栓面前,眼光正像两把刀,刺得老栓缩小了一半。那人一只大手，向他摊着；一只手却撮着一个鲜红的馒头[4]，那红的还是一点一点的往下滴。

老栓慌忙摸出洋钱，抖抖的想交给他，却又不敢去接他的东西。那人便焦急起来，嚷道，"怕什么？怎的不拿！"老栓还踌躇着；黑的人便抢过灯笼，一把扯下纸罩，裹了馒头，塞与老栓；一手抓过洋钱，捏一捏，转身去了。嘴里哼着说，"这老东西……。"

"这给谁治病的呀？"老栓也似乎听得有人问他，但他并不答应；他的精神，现在只在一个包上，仿佛抱着一个十世单传的婴儿，别的事情，都已置之度外了。他现在要将这包里的新的生命，移植到他家里，收获许多幸福。太阳也出来了；在他面前，显出一条大道，直到他家中，后面也照见丁字街头破匾上"古□亭口"这四个黯淡的金字。

二

老栓走到家，店面早经收拾干净，一排一排的茶桌，滑溜溜的发光。但是没有客人；只有小栓坐在里排的桌前吃饭，大粒的汗，从额上滚下，夹袄也帖住了脊心，两块肩胛骨高高凸出，印成一个阳文的"八"字。老栓见这样子，不免皱一皱展开的眉心。他的女人，从灶下急急走出，睁着眼睛，嘴唇有些发抖。

"得了么？"

"得了。"

两个人一齐走进灶下，商量了一会；华大妈便出去了，不多时，拿着一片老荷叶回来，摊在桌上。老栓也打开灯笼罩，用荷叶重新包了那红的馒头。小栓也吃完饭，他的母亲慌忙说：

"小栓——你坐着，不要到这里来。"
一面整顿了灶火，老栓便把一个碧绿的包，一个红红白白的破灯笼，一同塞在灶里；一阵红黑的火焰过去时，店屋里散满了一种奇怪的香味。

"好香！你们吃什么点心呀？"这是驼背五少爷到了。这人每天总在茶馆里过日，来得最早，去得最迟，此时恰恰踅到临街的壁角的桌边，便坐下问话，然而没有人答应他。"炒米粥么？"仍然没有人应。老栓匆匆走出，给他泡上茶。

"小栓进来罢！"华大妈叫小栓进了里面的屋子，中间放好一条凳，小栓坐了。他的母亲端过一碟乌黑的圆东西，轻轻说：

"吃下去罢，——病便好了。"

小栓撮起这黑东西，看了一会，似乎拿着自己的性命一般，心里说不出的奇怪。十分小心的拗开了，焦皮里面窜出一道白气，白气散了，是两半个白面的馒头。——不多工夫，已经全在肚里了，却全忘了什么味；面前只剩下一张空盘。他的旁边，一面立着他的父亲，一面立着他的母亲，两人的眼光，都仿佛要在他身里注进什么又要取出什么似的；便禁不住心跳起来，按着胸膛，又是一阵咳嗽。

"睡一会罢，——便好了。"

466

小栓依他母亲的话,咳着睡了。华大妈候他喘气平静,才轻轻的给他盖上了满幅补钉的夹被。

三

店里坐着许多人,老栓也忙了,提着大铜壶,一趟一趟的给客人冲茶;两个眼眶,都围着一圈黑线。

"老栓,你有些不舒服么? ——你生病么?"一个花白胡子的人说。

"没有。"

"没有? ——我想笑嘻嘻的,原也不像……"花白胡子便取消了自己的话。

"老栓只是忙。要是他的儿子……"驼背五少爷话还未完,突然闯进了一个满脸横肉的人,披一件玄色布衫,散着纽扣,用很宽的玄色腰带,胡乱捆在腰间。刚进门,便对老栓嚷道:

"吃了么? 好了么? 老栓,就是运气了你! 你运气,要不是我信息灵……。"

老栓一手提了茶壶,一手恭恭敬敬的垂着;笑嘻嘻的听。满座的人,也都恭恭敬敬的听。华大妈也黑着眼眶,笑嘻嘻的送出茶碗茶叶来,加上一个橄榄,老栓便去冲了水。

"这是包好! 这是与众不同的。你想,趁热的拿来,趁热吃下。"横肉的人只是嚷。

"真的呢,要没有康大叔照顾,怎么会这样……"华大妈也很感激的谢他。

"包好,包好!这样的趁热吃下。这样的人血馒头,什么痨病都包好!"

华大妈听到"痨病"这两个字,变了一点脸色,似乎有些不高兴;但又立刻堆上笑,搭赸着走开了。这康大叔却没有觉察,仍然提高了喉咙只是嚷,嚷得里面睡着的小栓也合伙咳嗽起来。

"原来你家小栓碰到了这样的好运气了。这病自然一定全好;怪不得老栓整天的笑着呢。"花白胡子一面说,一面走到康大叔面前,低声下气的问道,"康大叔——听说今天结果的一个犯人,便是夏家的孩子,那是谁的孩子?究竟是什么事?"

"谁的?不就是夏四奶奶的儿子么?那个小家伙!"康大叔见众人都耸起耳朵听他,便格外高兴,横肉块块饱绽,越发大声说,"这小东西不要命,不要就是了。我可是这一回一点没有得到好处;连剥下来的衣服,都给管牢的红眼睛阿义拿去了。——第一要算我们栓叔运气;第二是夏三爷赏了二十五两雪白的银子,独自落腰包,一文不花。"

小栓慢慢的从小屋子走出,两手按了胸口,不住的咳嗽;走到灶下,盛出一碗冷饭,泡上热水,坐下便吃。华大妈跟着他走,轻轻的问道,"小栓,你好些么?——你仍旧只是肚饿?……"

"包好,包好!"康大叔瞥了小栓一眼,仍然回过脸,对众人说,"夏三爷真是乖角儿,要是他不先告官,连他满门抄斩。现在怎样?银子!——这小东西也真不成东西!关在牢里,还要劝牢头造反。"

"阿呀,那还了得。"坐在后排的一个二十多岁的人,很现出气愤模样。

"你要晓得红眼睛阿义是去盘盘底细的,他却和他攀谈了。他说:这大清的天下是我们大家的。你想:这是人话么?红眼睛原知道他家里只有一个老娘,可是没有料到他竟会那么穷,榨不出一点油水,已经气破肚皮了。他还要老虎头上搔痒,便给他两个嘴巴!"

"义哥是一手好拳棒,这两下,一定够他受用了。"壁角的驼背忽然高兴起来。

"他这贱骨头打不怕,还要说可怜可怜哩。"

花白胡子的人说,"打了这种东西,有什么可怜呢?"

康大叔显出看他不上的样子,冷笑着说,"你没有听清我的话;看他神气,是说阿义可怜哩!"

听着的人的眼光,忽然有些板滞;话也停顿了。小栓已经吃完饭,吃得满身流汗,头上都冒出蒸气来。

"阿义可怜——疯话,简直是发了疯了。"花白胡子恍然大悟似的说。

"发了疯了。"二十多岁的人也恍然大悟的说。

店里的坐客,便又现出活气,谈笑起来。小栓也趁着热闹,拚命咳嗽;康大叔走上前,拍他肩膀说:

"包好! 小栓——你不要这么咳。包好!"

"疯了。"驼背五少爷点着头说。

四

西关外靠着城根的地面,本是一块官地;中间歪歪斜斜一条细路,是贪走便道的人,用鞋底造成的,但却成了自然的界限。路的左边,都埋着死刑和瘐毙的人,右边是穷人的丛冢。两面都已埋到层层叠叠,宛然阔人家里祝寿时候的馒头。

这一年的清明,分外寒冷;杨柳才吐出半粒米大的新芽。天明未久,华大妈已在右边的一坐新坟前面,排出四碟菜,一碗饭,哭了一场。化过纸[5],呆呆的坐在地上;仿佛等候什么似的,但自己也说不出等候什么。微风起来,吹动他短发,确乎比去年白得多了。

小路上又来了一个女人,也是半白头发,褴褛的衣裙;提一个破旧的朱漆圆篮,外挂一串纸锭,三步一歇的走。忽然见华大妈坐在地上看他,便有些踌躇,惨白的脸上,现出些羞愧的颜色;但终于硬着头皮,走到左边的一坐坟前,放下了篮子。

那坟与小栓的坟,一字儿排着,中间只隔一条小路。华大妈看他排好四碟菜,一碗饭,立着哭了一通,化过纸锭;心里暗暗地想,“这坟里的也是儿子了。”那老女人徘徊观望了一回,忽然手脚有些发抖,跄跄踉踉退下几步,瞪着眼只是发怔。

华大妈见这样子,生怕他伤心到快要发狂了;便忍不住立起身,跨过小路,低声对他说,“你这位老奶奶不要伤心了,——我们还是回去罢。”

那人点一点头,眼睛仍然向上瞪着;也低声吃吃的说道,

"你看,——看这是什么呢?"

华大妈跟了他指头看去,眼光便到了前面的坟,这坟上草根还没有全合,露出一块一块的黄土,煞是难看。再往上仔细看时,却不觉也吃一惊;——分明有一圈红白的花,围着那尖圆的坟顶。

他们的眼睛都已老花多年了,但望这红白的花,却还能明白看见。花也不很多,圆圆的排成一个圈,不很精神,倒也整齐。华大妈忙看他儿子和别人的坟,却只有不怕冷的几点青白小花,零星开着;便觉得心里忽然感到一种不足和空虚,不愿意根究。那老女人又走近几步,细看了一遍,自言自语的说,"这没有根,不像自己开的。——这地方有谁来呢?孩子不会来玩;——亲戚本家早不来了。——这是怎么一回事呢?"他想了又想,忽又流下泪来,大声说道:

"瑜儿,他们都冤枉了你,你还是忘不了,伤心不过,今天特意显点灵,要我知道么?"他四面一看,只见一只乌鸦,站在一株没有叶的树上,便接着说,"我知道了。——瑜儿,可怜他们坑了你,他们将来总有报应,天都知道;你闭了眼睛就是了。——你如果真在这里,听到我的话,——便教这乌鸦飞上你的坟顶,给我看罢。"

微风早经停息了;枯草支支直立,有如铜丝。一丝发抖的声音,在空气中愈颤愈细,细到没有,周围便都是死一般静。两人站在枯草丛里,仰面看那乌鸦;那乌鸦也在笔直的树枝间,缩着头,铁铸一般站着。

许多的工夫过去了;上坟的人渐渐增多,几个老的小的,在土坟间出没。

华大妈不知怎的,似乎卸下了一挑重担,便想到要走;一面劝着说,"我们还是回去罢。"

那老女人叹一口气,无精打采的收起饭菜;又迟疑了一刻,终于慢慢地走了。嘴里自言自语的说,"这是怎么一回事呢?……"

他们走不上二三十步远,忽听得背后"哑——"的一声大叫;两个人都竦然的回过头,只见那乌鸦张开两翅,一挫身,直向着远处的天空,箭也似的飞去了。

一九一九年四月。

＊　　　＊　　　＊

〔1〕 本篇最初发表于 1919 年 5 月《新青年》第六卷第五号。

按篇中人物夏瑜隐喻清末女革命党人秋瑾。秋瑾在徐锡麟被害后不久,也于 1907 年 7 月 15 日遭清政府杀害,就义的地点在绍兴城内的轩亭口,街旁有一牌楼,匾上题有"古轩亭口"四字。

〔2〕 洋钱　指银元。银元最初是从外国流入我国的,所以俗称洋钱;我国自清代后期开始自铸银元,但民间仍沿用这个旧称。

〔3〕 号衣　指清朝士兵的军衣,前后胸都缀有一块圆形白布,上有"兵"或"勇"字样。

〔4〕 鲜红的馒头　即蘸有人血的馒头。旧时迷信,以为人血可以医治肺痨,刽子手便借此骗取钱财。

〔5〕 化过纸　纸指纸钱,一种迷信用品,旧俗认为把它火化后可供死者在"阴间"使用。下文说的纸锭,是用纸或锡箔折成的元宝。

明　天[1]

“没有声音，——小东西怎了？”

红鼻子老拱手里擎了一碗黄酒，说着，向间壁努一努嘴。蓝皮阿五便放下酒碗，在他脊梁上用死劲的打了一掌，含含糊糊嚷道：

“你……你你又在想心思……。”

原来鲁镇是僻静地方，还有些古风：不上一更，大家便都关门睡觉。深更半夜没有睡的只有两家：一家是咸亨酒店，几个酒肉朋友围着柜台，吃喝得正高兴；一家便是间壁的单四嫂子，他自从前年守了寡，便须专靠着自己的一双手纺出棉纱来，养活他自己和他三岁的儿子，所以睡的也迟。

这几天，确凿没有纺纱的声音了。但夜深没有睡的既然只有两家，这单四嫂子家有声音，便自然只有老拱们听到，没有声音，也只有老拱们听到。

老拱挨了打，仿佛很舒服似的喝了一大口酒，呜呜的唱起小曲来。

这时候，单四嫂子正抱着他的宝儿，坐在床沿上，纺车静静的立在地上。黑沉沉的灯光，照着宝儿的脸，绯红里带一点青。单四嫂子心里计算：神签也求过了，愿心也许过了，单方也吃过了，要是还不见效，怎么好？——那只有去诊何小仙

473

了。但宝儿也许是日轻夜重，到了明天，太阳一出，热也会退，气喘也会平的：这实在是病人常有的事。

单四嫂子是一个粗笨女人，不明白这"但"字的可怕：许多坏事固然幸亏有了他才变好，许多好事却也因为有了他都弄糟。夏天夜短，老拱们呜呜的唱完了不多时，东方已经发白；不一会，窗缝里透进了银白色的曙光。

单四嫂子等候天明，却不像别人这样容易，觉得非常之慢，宝儿的一呼吸，几乎长过一年。现在居然明亮了；天的明亮，压倒了灯光，——看见宝儿的鼻翼，已经一放一收的扇动。

单四嫂子知道不妙，暗暗叫一声"阿呀！"心里计算：怎么好？只有去诊何小仙这一条路了。他虽然是粗笨女人，心里却有决断，便站起身，从木柜子里掏出每天节省下来的十三个小银元和一百八十铜钱，都装在衣袋里，锁上门，抱着宝儿直向何家奔过去。

天气还早，何家已经坐着四个病人了。他摸出四角银元，买了号签，第五个便轮到宝儿。何小仙伸开两个指头按脉，指甲足有四寸多长，单四嫂子暗地纳罕，心里计算：宝儿该有活命了。但总免不了着急，忍不住要问，便局局促促的说：

"先生，——我家的宝儿什么病呀？"

"他中焦塞着〔2〕。"

"不妨事么？他……"

"先去吃两帖。"

"他喘不过气来，鼻翅子都扇着呢。"

"这是火克金[3]……"

何小仙说了半句话，便闭上眼睛；单四嫂子也不好意思再问。在何小仙对面坐着的一个三十多岁的人，此时已经开好一张药方，指着纸角上的几个字说道：

"这第一味保婴活命丸，须是贾家济世老店才有！"

单四嫂子接过药方，一面走，一面想。他虽是粗笨女人，却知道何家与济世老店与自己的家，正是一个三角点；自然是买了药回去便宜了。于是又径向济世老店奔过去。店伙也翘了长指甲慢慢的看方，慢慢的包药。单四嫂子抱了宝儿等着；宝儿忽然擎起小手来，用力拔他散乱着的一绺头发，这是从来没有的举动，单四嫂子怕得发怔。

太阳早出了。单四嫂子抱了孩子，带着药包，越走觉得越重；孩子又不住的挣扎，路也觉得越长。没奈何坐在路旁一家公馆的门槛上，休息了一会，衣服渐渐的冰着肌肤，才知道自己出了一身汗；宝儿却仿佛睡着了。他再起来慢慢地走，仍然支撑不得，耳朵边忽然听得人说：

"单四嫂子，我替你抱勃罗！"似乎是蓝皮阿五的声音。

他抬头看时，正是蓝皮阿五，睡眼朦胧的跟着他走。

单四嫂子在这时候，虽然很希望降下一员天将，助他一臂之力，却不愿是阿五。但阿五有点侠气，无论如何，总是偏要帮忙，所以推让了一会，终于得了许可了。他便伸开臂膊，从单四嫂子的乳房和孩子中间，直伸下去，抱去了孩子。单四嫂子便觉乳房上发了一条热，刹时间直热到脸上和耳根。

他们两人离开了二尺五寸多地，一同走着。阿五说些话，单四嫂子却大半没有答。走了不多时候,阿五又将孩子还给他,说是昨天与朋友约定的吃饭时候到了;单四嫂子便接了孩子。幸而不远便是家,早看见对门的王九妈在街边坐着,远远地说话:

"单四嫂子,孩子怎了?——看过先生了么?"

"看是看了。——王九妈,你有年纪,见的多,不如请你老法眼[4]看一看,怎样……"

"唔……"

"怎样……?"

"唔……"王九妈端详了一番,把头点了两点,摇了两摇。

宝儿吃下药,已经是午后了。单四嫂子留心看他神情,似乎仿佛平稳了不少;到得下午,忽然睁开眼叫一声"妈!"又仍然合上眼,像是睡去了。他睡了一刻,额上鼻尖都沁出一粒一粒的汗珠,单四嫂子轻轻一摸,胶水般粘着手;慌忙去摸胸口,便禁不住呜咽起来。

宝儿的呼吸从平稳变到没有,单四嫂子的声音也就从呜咽变成号咷。这时聚集了几堆人:门内是王九妈蓝皮阿五之类,门外是咸亨的掌柜和红鼻子老拱之类。王九妈便发命令,烧了一串纸钱;又将两条板凳和五件衣服作抵,替单四嫂子借了两块洋钱,给帮忙的人备饭。

第一个问题是棺木。单四嫂子还有一副银耳环和一支裹金的银簪,都交给了咸亨的掌柜,托他作一个保,半现半赊的买一具棺木。蓝皮阿五也伸出手来,很愿意自告奋勇;王九妈却不许他,只准他明天抬棺材的差使,阿五骂了一声"老畜生"，怏怏的努了嘴站着。掌柜便自去了；晚上回来，说棺木须得现做，后半夜才成功。

掌柜回来的时候，帮忙的人早吃过饭；因为鲁镇还有些古风，所以不上一更，便都回家睡觉了。只有阿五还靠着咸亨的柜台喝酒，老拱也呜呜的唱。

这时候，单四嫂子坐在床沿上哭着，宝儿在床上躺着，纺车静静的在地上立着。许多工夫，单四嫂子的眼泪宣告完结了，眼睛张得很大，看看四面的情形，觉得奇怪：所有的都是不会有的事。他心里计算：不过是梦罢了，这些事都是梦。明天醒过来，自己好好的睡在床上，宝儿也好好的睡在自己身边。他也醒过来，叫一声"妈"，生龙活虎似的跳去玩了。

老拱的歌声早经寂静，咸亨也熄了灯。单四嫂子张着眼，总不信所有的事。——鸡也叫了；东方渐渐发白，窗缝里透进了银白色的曙光。

银白的曙光又渐渐显出绯红，太阳光接着照到屋脊。单四嫂子张着眼，呆呆坐着；听得打门声音，才吃了一吓，跑出去开门。门外一个不认识的人，背了一件东西；后面站着王九妈。

哦，他们背了棺材来了。

下半天，棺木才合上盖：因为单四嫂子哭一回，看一回，总不肯死心塌地的盖上；幸亏王九妈等得不耐烦，气愤愤的跑上前，一把拖开他，才七手八脚的盖上了。

但单四嫂子待他的宝儿，实在已经尽了心，再没有什么缺陷。昨天烧过一串纸钱,上午又烧了四十九卷《大悲咒》[5];收敛的时候,给他穿上顶新的衣裳,平日喜欢的玩意儿,——一个泥人,两个小木碗,两个玻璃瓶,——都放在枕头旁边。后来王九妈掐着指头仔细推敲,也终于想不出一些什么缺陷。

这一日里,蓝皮阿五简直整天没有到;咸亨掌柜便替单四嫂子雇了两名脚夫,每名二百另十个大钱,抬棺木到义冢地上安放。王九妈又帮他煮了饭,凡是动过手开过口的人都吃了饭。太阳渐渐显出要落山的颜色;吃过饭的人也不觉都显出要回家的颜色,——于是他们终于都回了家。

单四嫂子很觉得头眩,歇息了一会,倒居然有点平稳了。但他接连着便觉得很异样:遇到了平生没有遇到过的事,不像会有的事,然而的确出现了。他越想越奇,又感到一件异样的事——这屋子忽然太静了。

他站起身,点上灯火,屋子越显得静。他昏昏的走去关上门,回来坐在床沿上,纺车静静的立在地上。他定一定神,四面一看,更觉得坐立不得,屋子不但太静,而且也太大了,东西也太空了。太大的屋子四面包围着他,太空的东西四面压着他,叫他喘气不得。

他现在知道他的宝儿确乎死了;不愿意见这屋子,吹熄了灯,躺着。他一面哭,一面想:想那时候,自己纺着棉纱,宝儿坐在身边吃茴香豆,瞪着一双小黑眼睛想了一刻,便说,"妈!爹卖馄饨,我大了也卖馄饨,卖许多许多钱,——我都给你。"那时候,真是连纺出的棉纱,也仿佛寸寸都有意思,寸寸都活着。但现在怎么了?现在的事,单四嫂子却实在没有想到什么。——我早经说过:他是粗笨女人。他能想出什么呢?他单觉得这屋子太静,太大,太空罢了。

但单四嫂子虽然粗笨,却知道还魂是不能有的事,他的宝儿也的确不能再见了。叹一口气,自言自语的说,"宝儿,你该还在这里,你给我梦里见见罢。"于是合上眼,想赶快睡去,会他的宝儿,苦苦的呼吸通过了静和大和空虚,自己听得明白。

单四嫂子终于朦朦胧胧的走入睡乡,全屋子都很静。这时红鼻子老拱的小曲,也早经唱完;踉踉跄跄出了咸亨,却又提尖了喉咙,唱道:

"我的冤家呀!——可怜你,——孤另另的……"

蓝皮阿五便伸手揪住了老拱的肩头,两个人七歪八斜的笑着挤着走去。

单四嫂子早睡着了,老拱们也走了,咸亨也关上门了。这时的鲁镇,便完全落在寂静里。只有那暗夜为想变成明天,却仍在这寂静里奔波;另有几条狗,也躲在暗地里呜呜的叫。

一九二〇年六月。[6]

*　　　*　　　*

〔1〕　本篇最初发表于 1919 年 10 月北京《新潮》月刊第二卷第一号。

〔2〕　中焦塞着　中医用语。指消化不良一类的病症。《难经·三十一难》唐代杨玄操注:"自膈以上名曰上焦","自齐(脐)以上名曰中焦","自齐(脐)以下名曰下焦。"中焦指上腹脾、胃等脏器。

〔3〕　火克金　中医用语。中医学用古代五行相生相克的说法来

解释病理,认为心、肺、肝、脾、肾五脏与火、金、木、土、水五行相应。火克金,是说"心火"克制了"肺金",引起了呼吸系统的疾病。

〔4〕　法眼　佛家语,原指菩萨洞察一切的智慧。《大集经》卷五十六慧远注:"智能照法,故名法眼。"这里是称许对方有鉴定能力的客气话。

〔5〕　《大悲咒》　即佛教《观世音菩萨大悲心陀罗尼经》中的咒文。迷信认为给死者念诵或烧化这种咒文,可以使他在"阴间"消除灾难,往生"乐土"。

〔6〕　据鲁迅日记,本篇写作时间当为 1919 年 6 月末或 7 月初。

一件小事[1]

　　我从乡下跑到京城里，一转眼已经六年了。其间耳闻目睹的所谓国家大事，算起来也很不少；但在我心里，都不留什么痕迹，倘要我寻出这些事的影响来说，便只是增长了我的坏脾气，——老实说，便是教我一天比一天的看不起人。

　　但有一件小事，却于我有意义，将我从坏脾气里拖开，使我至今忘记不得。

　　这是民国六年的冬天，大北风刮得正猛，我因为生计关系，不得不一早在路上走。一路几乎遇不见人，好容易才雇定了一辆人力车，教他拉到 S 门去。不一会，北风小了，路上浮尘早已刮净，剩下一条洁白的大道来，车夫也跑得更快。刚近 S 门，忽而车把上带着一个人，慢慢地倒了。

　　跌倒的是一个女人，花白头发，衣服都很破烂。伊从马路边上突然向车前横截过来；车夫已经让开道，但伊的破棉背心没有上扣，微风吹着，向外展开，所以终于兜着车把。幸而车夫早有点停步，否则伊定要栽一个大觔斗，跌到头破血出了。

　　伊伏在地上；车夫便也立住脚。我料定这老女人并没有伤，又没有别人看见，便很怪他多事，要自己惹出是非，也误了我的路。

　　我便对他说，"没有什么的。走你的罢！"

车夫毫不理会，——或者并没有听到，——却放下车子，扶那老女人慢慢起来，搀着臂膊立定，问伊说：

"您怎么啦？"

"我摔坏了。"

我想，我眼见你慢慢倒地，怎么会摔坏呢，装腔作势罢了，这真可憎恶。车夫多事，也正是自讨苦吃，现在你自己想法去。

车夫听了这老女人的话，却毫不踌躇，仍然搀着伊的臂膊，便一步一步的向前走。我有些诧异，忙看前面，是一所巡警分驻所，大风之后，外面也不见人。这车夫扶着那老女人，便正是向那大门走去。

我这时突然感到一种异样的感觉，觉得他满身灰尘的后影，刹时高大了，而且愈走愈大，须仰视才见。而且他对于我，渐渐的又几乎变成一种威压，甚而至于要榨出皮袍下面藏着的"小"来。

我的活力这时大约有些凝滞了，坐着没有动，也没有想，直到看见分驻所里走出一个巡警，才下了车。

巡警走近我说，"你自己雇车罢，他不能拉你了。"

我没有思索的从外套袋里抓出一大把铜元，交给巡警，说，"请你给他……"

风全住了，路上还很静。我走着，一面想，几乎怕敢想到我自己。以前的事姑且搁起，这一大把铜元又是什么意思？奖他么？我还能裁判车夫么？我不能回答自己。

这事到了现在，还是时时记起。我因此也时时熬了苦痛，努力的要想到我自己。几年来的文治武力,在我早如幼小时候所读过的"子曰诗云"一般,背不上半句了。独有这一件小事,却总是浮在我眼前,有时反更分明,教我惭愧,催我自新,并且增长我的勇气和希望。

一九二〇年七月。[2]

＊　　　＊　　　＊

〔1〕　本篇最初发表于 1919 年 12 月 1 日北京《晨报·周年纪念增刊》。

〔2〕　据报刊发表的年月及鲁迅日记,本篇写作时间当在 1919 年 11 月。

头发的故事^{〔1〕}

星期日的早晨,我揭去一张隔夜的日历,向着新的那一张上看了又看的说:

"阿,十月十日,——今天原来正是双十节。这里却一点没有记载!"

我的一位前辈先生N,正走到我的寓里来谈闲天,一听这话,便很不高兴的对我说:

"他们对! 他们不记得,你怎样他;你记得,又怎样呢?"

这位N先生本来脾气有点乖张,时常生些无谓的气,说些不通世故的话。当这时候,我大抵任他自言自语,不赞一辞;他独自发完议论,也就算了。

他说:

"我最佩服北京双十节的情形。早晨,警察到门,吩咐道'挂旗!''是,挂旗!'各家大半懒洋洋的踱出一个国民来,撅起一块斑驳陆离的洋布^{〔2〕}。这样一直到夜,——收了旗关门;几家偶然忘却的,便挂到第二天的上午。

"他们忘却了纪念,纪念也忘却了他们!

"我也是忘却了纪念的一个人。倘使纪念起来,那第一个双十节前后的事,便都上我的心头,使我坐立不稳了。

"多少故人的脸,都浮在我眼前。几个少年辛苦奔走了十多年,暗地里一颗弹丸要了他的性命;几个少年一击不中,在监牢里身受一个多月的苦刑;几个少年怀着远志,忽然踪影全无,连尸首也不知那里去了。——

"他们都在社会的冷笑恶骂迫害倾陷里过了一生;现在他们的坟墓也早在忘却里渐渐平塌下去了。

"我不堪纪念这些事。

"我们还是记起一点得意的事来谈谈罢。"

N忽然现出笑容,伸手在自己头上一摸,高声说:

"我最得意的是自从第一个双十节以后,我在路上走,不再被人笑骂了。

"老兄,你可知道头发是我们中国人的宝贝和冤家,古今来多少人在这上头吃些毫无价值的苦呵!

"我们的很古的古人,对于头发似乎也还看轻。据刑法看来,最要紧的自然是脑袋,所以大辟是上刑;次要便是生殖器了,所以宫刑和幽闭也是一件吓人的罚;至于髡,那是微乎其微了,[3]然而推想起来,正不知道曾有多少人们因为光着头皮便被社会践踏了一生世。

"我们讲革命的时候,大谈什么扬州十日,嘉定屠城[4],其实也不过一种手段;老实说:那时中国人的反抗,何尝因为亡国,只是因为拖辫子[5]。

"顽民杀尽了,遗老都寿终了,辫子早留定了,洪杨[6]又闹起来了。我的祖母曾对我说,那时做百姓才难哩,全留着头发的被官兵杀,还是辫子的便被长毛杀!

"我不知道有多少中国人只因为这不痛不痒的头发而吃

苦,受难,灭亡。"

N两眼望着屋梁,似乎想些事,仍然说:

"谁知道头发的苦轮到我了。

"我出去留学,便剪掉了辫子,这并没有别的奥妙,只为他太不便当罢了。不料有几位辫子盘在头顶上的同学们便很厌恶我;监督也大怒,说要停了我的官费,送回中国去。

"不几天,这位监督却自己被人剪去辫子逃走了。去剪的人们里面,一个便是做《革命军》的邹容[7],这人也因此不能再留学,回到上海来,后来死在西牢里。你也早已忘却了罢?

"过了几年,我的家景大不如前了,非谋点事做便要受饿,只得也回到中国来。我一到上海,便买定一条假辫子,那时是二元的市价,带着回家。我的母亲倒也不说什么,然而旁人一见面,便都首先研究这辫子,待到知道是假,就一声冷笑,将我拟为杀头的罪名;有一位本家,还预备去告官,但后来因为恐怕革命党的造反或者要成功,这才中止了。

"我想,假的不如真的直截爽快,我便索性废了假辫子,穿着西装在街上走。

"一路走去,一路便是笑骂的声音,有的还跟在后面骂:'这冒失鬼!''假洋鬼子!'

"我于是不穿洋服了,改了大衫,他们骂得更利害。

"在这日暮途穷的时候,我的手里才添出一支手杖来,拚命的打了几回,他们渐渐的不骂了。只是走到没有打过的生地方还是骂。

"这件事很使我悲哀,至今还时时记得哩。我在留学的时候,曾经看见日报上登载一个游历南洋和中国的本多博士[8]的事;这位博士是不懂中国和马来语的,人问他,你不懂话,怎么走路呢? 他拿起手杖来说,这便是他们的话,他们都懂! 我因此气愤了好几天,谁知道我竟不知不觉的自己也做了,而且那些人都懂了。……

"宣统初年,我在本地的中学校做监学[9],同事是避之惟恐不远,官僚是防之惟恐不严,我终日如坐在冰窖子里,如站在刑场旁边,其实并非别的,只因为缺少了一条辫子!

"有一日,几个学生忽然走到我的房里来,说,'先生,我们要剪辫子了。'我说,'不行!''有辫子好呢,没有辫子好呢?''没有辫子好……''你怎么说不行呢?''犯不上,你们还是不剪上算,——等一等罢。'他们不说什么,撅着嘴唇走出房去;然而终于剪掉了。

"呵! 不得了了,人言啧啧了;我却只装作不知道,一任他们光着头皮,和许多辫子一齐上讲堂。

"然而这剪辫病传染了;第三天,师范学堂的学生忽然也剪下了六条辫子,晚上便开除了六个学生。这六个人,留校不能,回家不得,一直挨到第一个双十节之后又一个多月,才消去了犯罪的火烙印。

"我呢? 也一样,只是元年冬天到北京,还被人骂过几次,后来骂我的人也被警察剪去了辫子,我就不再被人辱骂了;但我没有到乡间去。"

N显出非常得意模样,忽而又沉下脸来:

"现在你们这些理想家,又在那里嚷什么女子剪发了,又要造出许多毫无所得而痛苦的人！

"现在不是已经有剪掉头发的女人，因此考不进学校去，或者被学校除了名么？

"改革么，武器在那里？工读么，工厂在那里？

"仍然留起，嫁给人家做媳妇去：忘却了一切还是幸福，倘使伊记着些平等自由的话，便要苦痛一生世！

"我要借了阿尔志跋绥夫[10]的话问你们：你们将黄金时代的出现豫约给这些人们的子孙了，但有什么给这些人们自己呢？

"阿，造物的皮鞭没有到中国的脊梁上时，中国便永远是这一样的中国，决不肯自己改变一支毫毛！

"你们的嘴里既然并无毒牙，何以偏要在额上帖起'蝮蛇'两个大字，引乞丐来打杀？……"

N愈说愈离奇了，但一见到我不很愿听的神情，便立刻闭了口，站起来取帽子。

我说，"回去么？"

他答道，"是的，天要下雨了。"

我默默的送他到门口。

他戴上帽子说：

"再见！请你恕我打搅，好在明天便不是双十节，我们统可以忘却了。"

一九二〇年十月。

＊　　　＊　　　＊

〔1〕 本篇最初发表于 1920 年 10 月 10 日上海《时事新报·学灯》。

〔2〕 斑驳陆离的洋布　指辛亥革命后至 1927 年这一时期旧中国的国旗,也叫五色旗(红黄蓝白黑五色横列)。

〔3〕 关于我国古代刑法,据《尚书·周书·吕刑》及相关的注解,分为五等:一是墨刑,即"先刻其面,以墨窒之";二是劓刑,即"截鼻";三是剕刑,即"断足";四是宫刑,即"男子割势,妇人幽闭"(按指破坏生殖器官);五是大辟,即斩首。"去发"的髡刑不在五刑之内,但也是一种刑罚,自隋唐以后已废止。

〔4〕 扬州十日,嘉定屠城　指清顺治二年(1645)清军攻破扬州和嘉定后对当地民众的大屠杀。参看本卷第 240 页注〔9〕及〔10〕。

〔5〕 拖辫子　我国满族旧俗,男子剃发垂辫(剃去头顶前部头发,后部结辫垂于脑后)。1644 年清世祖进入北京以后,几次下令强迫百姓遵从满族发式,这一措施曾引起汉族人的强烈反抗。

〔6〕 洪杨　洪,指洪秀全(1814—1864),广东花县人;杨,指杨秀清(约 1820—1856),广西桂平人。二人都是太平天国的领袖。他们领导的起义军都留发而不结辫,被称为"长毛"。

〔7〕 邹容　参看本卷第 241 页注〔14〕。邹容等剪留学生监督辫子一事,据章太炎所著《邹容传》记载:邹容在日本留学时,"陆军学生监督姚甲有奸私事,容偕五人排闼入其邸中,榜颊数十,持剪刀断其辫发。事觉,潜归上海。"

〔8〕 本多博士　即本多静六(1866—1952),日本林学博士,著有《造林学》等书。

〔9〕 监学　清末学校中负责管理学生的职员,一般也兼任教学工作。

〔10〕　阿尔志跋绥夫　俄国小说家。这里所引的话,见他的中篇小说《工人绥惠略夫》第九章。参看本卷第 172 页注〔5〕。

风　波[1]

临河的土场上，太阳渐渐的收了他通黄的光线了。场边靠河的乌柏树叶，干巴巴的才喘过气来，几个花脚蚊子在下面哼着飞舞。面河的农家的烟突里，逐渐减少了炊烟，女人孩子们都在自己门口的土场上泼些水，放下小桌子和矮凳；人知道，这已经是晚饭时候了。

老人男人坐在矮凳上，摇着大芭蕉扇闲谈，孩子飞也似的跑，或者蹲在乌柏树下赌玩石子。女人端出乌黑的蒸干菜和松花黄的米饭，热蓬蓬冒烟。河里驶过文人的酒船，文豪见了，大发诗兴，说，"无思无虑，这真是田家乐呵！"

但文豪的话有些不合事实，就因为他们没有听到九斤老太的话。这时候，九斤老太正在大怒，拿破芭蕉扇敲着凳脚说：

"我活到七十九岁了，活够了，不愿意眼见这些败家相，——还是死的好。立刻就要吃饭了，还吃炒豆子，吃穷了一家子！"

伊的曾孙女儿六斤捏着一把豆，正从对面跑来，见这情形，便直奔河边，藏在乌柏树后，伸出双丫角的小头，大声说，"这老不死的！"

九斤老太虽然高寿，耳朵却还不很聋，但也没有听到孩子的话,仍旧自己说,"这真是一代不如一代!"

　　这村庄的习惯有点特别,女人生下孩子,多喜欢用秤称了轻重,便用斤数当作小名。九斤老太自从庆祝了五十大寿以后,便渐渐的变了不平家,常说伊年青的时候,天气没有现在这般热,豆子也没有现在这般硬:总之现在的时世是不对了。何况六斤比伊的曾祖,少了三斤,比伊父亲七斤,又少了一斤,这真是一条颠扑不破的实例。所以伊又用劲说,"这真是一代不如一代!"

　　伊的儿媳[2]七斤嫂子正捧着饭篮走到桌边,便将饭篮在桌上一摔,愤愤的说,"你老人家又这么说了。六斤生下来的时候,不是六斤五两么?你家的秤又是私秤,加重称,十八两秤;用了准十六,我们的六斤该有七斤多哩。我想便是太公和公公,也不见得正是九斤八斤十足,用的秤也许是十四两……"

　　"一代不如一代!"

　　七斤嫂还没有答话,忽然看见七斤从小巷口转出,便移了方向,对他嚷道,"你这死尸怎么这时候才回来,死到那里去了! 不管人家等着你开饭!"

　　七斤虽然住在农村,却早有些飞黄腾达的意思。从他的祖父到他,三代不捏锄头柄了;他也照例的帮人撑着航船,每日一回,早晨从鲁镇进城,傍晚又回到鲁镇,因此很知道些时事:例如什么地方,雷公劈死了蜈蚣精;什么地方,闺女生了一个夜叉之类。他在村人里面,的确已经是一名出场人物了。但夏天吃饭不点灯,却还守着农家习惯,所以回家太迟,是该骂的。

七斤一手捏着象牙嘴白铜斗六尺多长的湘妃竹烟管，低着头，慢慢地走来，坐在矮凳上。六斤也趁势溜出，坐在他身边，叫他爹爹。七斤没有应。

"一代不如一代！"九斤老太说。

七斤慢慢地抬起头来，叹一口气说，"皇帝坐了龙庭了。"

七斤嫂呆了一刻，忽而恍然大悟的道，"这可好了，这不是又要皇恩大赦了么！"

七斤又叹一口气，说，"我没有辫子。"

"皇帝要辫子么？"

"皇帝要辫子。"

"你怎么知道呢？"七斤嫂有些着急，赶忙的问。

"咸亨酒店里的人，都说要的。"

七斤嫂这时从直觉上觉得事情似乎有些不妙了，因为咸亨酒店是消息灵通的所在。伊一转眼瞥见七斤的光头，便忍不住动怒，怪他恨他怨他；忽然又绝望起来，装好一碗饭，搡在七斤的面前道，"还是赶快吃你的饭罢！哭丧着脸，就会长出辫子来么？"

太阳收尽了他最末的光线了，水面暗暗地回复过凉气来；土场上一片碗筷声响，人人的脊梁上又都吐出汗粒。七斤嫂吃完三碗饭，偶然抬起头，心坎里便禁不住突突地发跳。伊透过乌桕叶，看见又矮又胖的赵七爷正从独木桥上走来，而且穿着宝蓝色竹布的长衫。

　　赵七爷是邻村茂源酒店的主人,又是这三十里方圆以内的唯一的出色人物兼学问家;因为有学问,所以又有些遗老的臭味。他有十多本金圣叹批评的《三国志》[3],时常坐着一个字一个字的读;他不但能说出五虎将姓名,甚而至于还知道黄忠表字汉升和马超表字孟起。革命以后,他便将辫子盘在顶上,像道士一般;常常叹息说,倘若赵子龙在世,天下便不会乱到这地步了。七斤嫂眼睛好,早望见今天的赵七爷已经不是道士,却变成光滑头皮,乌黑发顶;伊便知道这一定是皇帝坐了龙庭,而且一定须有辫子,而且七斤一定是非常危险。因为赵七爷的这件竹布长衫,轻易是不常穿的,三年以来,只穿过两次:一次是和他呕气的麻子阿四病了的时候,一次是曾经砸烂他酒店的鲁大爷死了的时候;现在是第三次了,这一定又是于他有庆,于他的仇家有殃了。

　　七斤嫂记得,两年前七斤喝醉了酒,曾经骂过赵七爷是"贱胎",所以这时便立刻直觉到七斤的危险,心坎里突突地发起跳来。

　　赵七爷一路走来,坐着吃饭的人都站起身,拿筷子点着自己的饭碗说,"七爷,请在我们这里用饭!"七爷也一路点头,说道"请请",却一径走到七斤家的桌旁。七斤们连忙招呼,七爷也微笑着说"请请",一面细细的研究他们的饭菜。

　　"好香的干菜,——听到了风声了么?"赵七爷站在七斤的后面七斤嫂的对面说。

　　"皇帝坐了龙庭了。"七斤说。

　　七斤嫂看着七爷的脸,竭力陪笑道,"皇帝已经坐了龙庭,几时皇恩大赦呢？"

"皇恩大赦？——大赦是慢慢的总要大赦罢。"七爷说到这里，声色忽然严厉起来，"但是你家七斤的辫子呢，辫子？这倒是要紧的事。你们知道：长毛时候，留发不留头，留头不留发，……"

七斤和他的女人没有读过书，不很懂得这古典的奥妙，但觉得有学问的七爷这么说，事情自然非常重大，无可挽回，便仿佛受了死刑宣告似的，耳朵里嗡的一声，再也说不出一句话。

"一代不如一代，——"九斤老太正在不平，趁这机会，便对赵七爷说，"现在的长毛，只是剪人家的辫子，僧不僧，道不道的。从前的长毛，这样的么？我活到七十九岁了，活够了。从前的长毛是——整匹的红缎子裹头，拖下去，拖下去，一直拖到脚跟；王爷是黄缎子，拖下去，黄缎子；红缎子，黄缎子，——我活够了，七十九岁了。"

七斤嫂站起身，自言自语的说，"这怎么好呢？这样的一班老小，都靠他养活的人，……"

赵七爷摇头道，"那也没法。没有辫子，该当何罪，书上都一条一条明明白白写着的。不管他家里有些什么人。"

七斤嫂听到书上写着，可真是完全绝望了；自己急得没法，便忽然又恨到七斤。伊用筷子指着他的鼻尖说，"这死尸自作自受！造反的时候，我本来说，不要撑船了，不要上城了。他偏要死进城去，滚进城去，进城便被人剪去了辫子。从前是绢光乌黑的辫子，现在弄得僧不僧道不道的。这囚徒自作自受,带累了我们又怎么说呢? 这活死尸的囚徒……"

村人看见赵七爷到村,都赶紧吃完饭,聚在七斤家饭桌的周围。七斤自己知道是出场人物,被女人当大众这样辱骂,很不雅观,便只得抬起头,慢慢地说道:

"你今天说现成话,那时你……"

"你这活死尸的囚徒……"

看客中间,八一嫂是心肠最好的人,抱着伊的两周岁的遗腹子,正在七斤嫂身边看热闹;这时过意不去,连忙解劝说,"七斤嫂,算了罢。人不是神仙,谁知道未来事呢? 便是七斤嫂,那时不也说,没有辫子倒也没有什么丑么? 况且衙门里的大老爷也还没有告示,……"

七斤嫂没有听完,两个耳朵早通红了;便将筷子转过向来,指着八一嫂的鼻子,说,"阿呀,这是什么话呵! 八一嫂,我自己看来倒还是一个人,会说出这样昏诞胡涂话么? 那时我是,整整哭了三天,谁都看见;连六斤这小鬼也都哭,……"六斤刚吃完一大碗饭,拿了空碗,伸手去嚷着要添。七斤嫂正没好气,便用筷子在伊的双丫角中间,直扎下去,大喝道,"谁要你来多嘴! 你这偷汉的小寡妇!"

扑的一声,六斤手里的空碗落在地上了,恰巧又碰着一块砖角,立刻破成一个很大的缺口。七斤直跳起来,检起破碗,合上了检查一回,也喝道,"入娘的!"一巴掌打倒了六斤。六斤躺着哭,九斤老太拉了伊的手,连说着"一代不如一代",一同走了。

八一嫂也发怒,大声说,"七斤嫂,你'恨棒打人'……"

　　赵七爷本来是笑着旁观的；但自从八一嫂说了"衙门里的大老爷没有告示"这话以后，却有些生气了。这时他已经绕出桌旁，接着说，"'恨棒打人'，算什么呢。大兵是就要到的。你可知道，这回保驾的是张大帅〔4〕，张大帅就是燕人张翼德的后代，他一支丈八蛇矛，就有万夫不当之勇，谁能抵挡他，"他两手同时捏起空拳，仿佛握着无形的蛇矛模样，向八一嫂抢进几步道，"你能抵挡他么！"

　　八一嫂正气得抱着孩子发抖，忽然见赵七爷满脸油汗，瞪着眼，准对伊冲过来，便十分害怕，不敢说完话，回身走了。赵七爷也跟着走去，众人一面怪八一嫂多事，一面让开路，几个剪过辫子重新留起的便赶快躲在人丛后面，怕他看见。赵七爷也不细心察访，通过人丛，忽然转入乌桕树后，说道"你能抵挡他么！"跨上独木桥，扬长去了。

　　村人们呆呆站着，心里计算，都觉得自己确乎抵不住张翼德，因此也决定七斤便要没有性命。七斤既然犯了皇法，想起他往常对人谈论城中的新闻的时候，就不该含着长烟管显出那般骄傲模样，所以对于七斤的犯法，也觉得有些畅快。他们也仿佛想发些议论，却又觉得没有什么议论可发。嗡嗡的一阵乱嚷，蚊子都撞过赤膊身子，闯到乌桕树下去做市；他们也就慢慢地走散回家，关上门去睡觉。七斤嫂咕哝着，也收了家伙和桌子矮凳回家，关上门睡觉了。

　　七斤将破碗拿回家里，坐在门槛上吸烟；但非常忧愁，忘却了吸咽，象牙嘴六尺多长湘妃竹烟管的白铜斗里的火光，渐渐发黑了。他心里但觉得事情似乎十分危急，也想想些方法，想些计画,但总是非常模糊,贯穿不得:"辫子呢辫子? 丈八蛇矛。一代不如一代! 皇帝坐龙庭。破的碗须得上城去钉好。谁能抵挡他? 书上一条一条写着。入娘的! ……"

第二日清晨,七斤依旧从鲁镇撑航船进城,傍晚回到鲁镇,又拿着六尺多长的湘妃竹烟管和一个饭碗回村。他在晚饭席上,对九斤老太说,这碗是在城内钉合的,因为缺口大,所以要十六个铜钉,三文一个,一总用了四十八文小钱。

九斤老太很不高兴的说,"一代不如一代,我是活够了。三文钱一个钉;从前的钉,这样的么? 从前的钉是……我活了七十九岁了,——"

此后七斤虽然是照例日日进城,但家景总有些黯淡,村人大抵回避着,不再来听他从城内得来的新闻。七斤嫂也没有好声气,还时常叫他"囚徒"。

过了十多日,七斤从城内回家,看见他的女人非常高兴,问他说,"你在城里可听到些什么?"

"没有听到些什么。"

"皇帝坐了龙庭没有呢?"

"他们没有说。"

"咸亨酒店里也没有人说么?"

"也没人说。"

"我想皇帝一定是不坐龙庭了。我今天走过赵七爷的店前,看见他又坐着念书了,辫子又盘在顶上了,也没有穿长衫。"

"………"

"你想，不坐龙庭了罢？"

"我想，不坐了罢。"

　　现在的七斤，是七斤嫂和村人又都早给他相当的尊敬，相当的待遇了。到夏天，他们仍旧在自家门口的土场上吃饭；大家见了，都笑嘻嘻的招呼。九斤老太早已做过八十大寿，仍然不平而且康健。六斤的双丫角，已经变成一支大辫子了；伊虽然新近裹脚，却还能帮同七斤嫂做事，捧着十八个铜钉[5]的饭碗，在土场上一瘸一拐的往来。

一九二○年十月。[6]

＊　　　　＊　　　　＊

　　〔1〕　本篇最初发表于 1920 年 9 月《新青年》第八卷第一号。

　　〔2〕　伊的儿媳　从上下文看，这里的"儿媳"应是"孙媳"。

　　〔3〕　金圣叹批评的《三国志》　指小说《三国演义》。金圣叹（1608—1661），名人瑞，字圣叹，江苏吴县人，明末清初文人。曾批注《水浒传》、《西厢记》等书，他把所加的序文、读法和评语等称为"圣叹外书"。《三国演义》是元末明初罗贯中所著，后经清代毛宗岗改编，卷首有假托金圣叹所作的序，并有"圣叹外书"字样，每回前均附加评语，通常把这评语认为金圣叹所作。

　　〔4〕　张大帅　指张勋（1854—1923），江西奉新人，北洋军阀之一。原为清朝军官，辛亥革命后，他和所部官兵仍留着辫子，表示忠于清王朝，被称为辫子军。1917 年 7 月 1 日他在北京扶持清废帝溥仪复辟，7 月 12 日即告失败。

〔5〕 十八个铜钉　据上文应是"十六个"。作者在 1926 年 11 月 23 日致李霁野的信中曾说："六斤家只有这一个钉过的碗,钉是十六或十八,我也记不清了。总之两数之一是错的,请改成一律。"

〔6〕 据鲁迅日记,本篇当作于 1920 年 8 月 5 日。

故　乡^[1]

　　我冒了严寒,回到相隔二千余里,别了二十余年的故乡去。

　　时候既然是深冬;渐近故乡时,天气又阴晦了,冷风吹进船舱中,呜呜的响,从篷隙向外一望,苍黄的天底下,远近横着几个萧索的荒村,没有一些活气。我的心禁不住悲凉起来了。

　　阿!这不是我二十年来时时记得的故乡?

　　我所记得的故乡全不如此。我的故乡好得多了。但要我记起他的美丽,说出他的佳处来,却又没有影像,没有言辞了。仿佛也就如此。于是我自己解释说:故乡本也如此,——虽然没有进步,也未必有如我所感的悲凉,这只是我自己心情的改变罢了,因为我这次回乡,本没有什么好心绪。

　　我这次是专为了别他而来的。我们多年聚族而居的老屋,已经公同卖给别姓了,交屋的期限,只在本年,所以必须赶在正月初一以前,永别了熟识的老屋,而且远离了熟识的故乡,搬家到我在谋食的异地去。

　　第二日清早晨我到了我家的门口了。瓦楞上许多枯草的断茎当风抖着,正在说明这老屋难免易主的原因。几房的本家大约已经搬走了,所以很寂静。我到了自家的房外,我的母亲早已迎着出来了,接着便飞出了八岁的侄儿宏儿。

　　我的母亲很高兴，但也藏着许多凄凉的神情，教我坐下，歇息，喝茶，且不谈搬家的事。宏儿没有见过我，远远的对面站着只是看。

　　但我们终于谈到搬家的事。我说外间的寓所已经租定了，又买了几件家具，此外须将家里所有的木器卖去，再去增添。母亲也说好，而且行李也略已齐集，木器不便搬运的，也小半卖去了，只是收不起钱来。

　　"你休息一两天，去拜望亲戚本家一回，我们便可以走了。"母亲说。

　　"是的。"

　　"还有闰土，他每到我家来时，总问起你，很想见你一回面。我已经将你到家的大约日期通知他，他也许就要来了。"

　　这时候，我的脑里忽然闪出一幅神异的图画来：深蓝的天空中挂着一轮金黄的圆月，下面是海边的沙地，都种着一望无际的碧绿的西瓜，其间有一个十一二岁的少年，项带银圈，手捏一柄钢叉，向一匹猹[2]尽力的刺去，那猹却将身一扭，反从他的胯下逃走了。

　　这少年便是闰土。我认识他时，也不过十多岁，离现在将有三十年了；那时我的父亲还在世，家景也好，我正是一个少爷。那一年，我家是一件大祭祀的值年[3]。这祭祀，说是三十多年才能轮到一回，所以很郑重；正月里供祖像，供品很多，祭器很讲究，拜的人也很多，祭器也很要防偷去。我家只有一个忙月（我们这里给人做工的分三种：整年给一定人家做工的叫长年；按日给人做工的叫短工；自己也种地，只在过年过节以及收租时候来给一定的人家做工的称忙月），忙不过来，他便对父亲说，可以叫他的儿子闰土来管祭器的。

我的父亲允许了；我也很高兴，因为我早听到闰土这名字，而且知道他和我仿佛年纪，闰月生的，五行缺土[4]，所以他的父亲叫他闰土。他是能装弶捉小鸟雀的。

我于是日日盼望新年，新年到，闰土也就到了。好容易到了年末，有一日，母亲告诉我，闰土来了，我便飞跑的去看。他正在厨房里，紫色的圆脸，头戴一顶小毡帽，颈上套一个明晃晃的银项圈，这可见他的父亲十分爱他，怕他死去，所以在神佛面前许下愿心，用圈子将他套住了。他见人很怕羞，只是不怕我，没有旁人的时候，便和我说话，于是不到半日，我们便熟识了。

我们那时候不知道谈些什么，只记得闰土很高兴，说是上城之后，见了许多没有见过的东西。

第二日，我便要他捕鸟。他说：

"这不能。须大雪下了才好。我们沙地上，下了雪，我扫出一块空地来，用短棒支起一个大竹匾，撒下秕谷，看鸟雀来吃时，我远远地将缚在棒上的绳子只一拉，那鸟雀就罩在竹匾下了。什么都有：稻鸡，角鸡，鹁鸪，蓝背……"

我于是又很盼望下雪。

闰土又对我说：

"现在太冷，你夏天到我们这里来。我们日里到海边检贝壳去，红的绿的都有，鬼见怕也有，观音手[5]也有。晚上我和爹管西瓜去，你也去。"

"管贼么?"

"不是。走路的人口渴了摘一个瓜吃,我们这里是不算偷的。要管的是獾猪,刺猬,猹。月亮地下,你听,啦啦的响了,猹在咬瓜了。你便捏了胡叉,轻轻地走去……"

我那时并不知道这所谓猹的是怎么一件东西——便是现在也没有知道——只是无端的觉得状如小狗而很凶猛。

"他不咬人么?"

"有胡叉呢。走到了,看见猹了,你便刺。这畜生很伶俐,倒向你奔来,反从胯下窜了。他的皮毛是油一般的滑……"

我素不知道天下有这许多新鲜事:海边有如许五色的贝壳;西瓜有这样危险的经历,我先前单知道他在水果店里出卖罢了。

"我们沙地里,潮汛要来的时候,就有许多跳鱼儿只是跳,都有青蛙似的两个脚……"

阿! 闰土的心里有无穷无尽的希奇的事,都是我往常的朋友所不知道的。他们不知道一些事,闰土在海边时,他们都和我一样只看见院子里高墙上的四角的天空。

可惜正月过去了,闰土须回家里去,我急得大哭,他也躲到厨房里,哭着不肯出门,但终于被他父亲带走了。他后来还托他的父亲带给我一包贝壳和几支很好看的鸟毛,我也曾送他一两次东西,但从此没有再见面。

现在我的母亲提起了他,我这儿时的记忆,忽而全都闪电似的苏生过来,似乎看到了我的美丽的故乡了。我应声说:

"这好极! 他,——怎样?……"

"他？……他景况也很不如意……"母亲说着，便向房外看，"这些人又来了。说是买木器，顺手也就随便拿走的，我得去看看。"

母亲站起身，出去了。门外有几个女人的声音。我便招宏儿走近面前，和他闲话：问他可会写字，可愿意出门。

"我们坐火车去么？"

"我们坐火车去。"

"船呢？"

"先坐船，……"

"哈！这模样了！胡子这么长了！"一种尖利的怪声突然大叫起来。

我吃了一吓，赶忙抬起头，却见一个凸颧骨，薄嘴唇，五十岁上下的女人站在我面前，两手搭在髀间，没有系裙，张着两脚，正像一个画图仪器里细脚伶仃的圆规。

我愕然了。

"不认识了么？我还抱过你咧！"

我愈加愕然了。幸而我的母亲也就进来，从旁说：

"他多年出门，统忘却了。你该记得罢，"便向着我说，"这是斜对门的杨二嫂，……开豆腐店的。"

哦，我记得了。我孩子时候，在斜对门的豆腐店里确乎终日坐着一个杨二嫂，人都叫伊"豆腐西施"[6]。但是擦着白粉，颧骨没有这么高，嘴唇也没有这么薄，而且终日坐着，我也从没有见过这圆规式的姿势。那时人说：因为伊，这豆腐店的买卖非常好。但这大约因为年龄的关系，我却并未蒙着一毫感化，所以竟完全忘却了。然而圆规很不平，显出鄙夷的神色，仿佛嗤笑法国人不知道拿破仑，美国人不知道华盛顿似的，冷笑说：

"忘了？这真是贵人眼高……"

"那有这事……我……"我惶恐着，站起来说。

"那么，我对你说。迅哥儿，你阔了，搬动又笨重，你还要什么这些破烂木器，让我拿去罢。我们小户人家，用得着。"

"我并没有阔哩。我须卖了这些，再去……"

"阿呀呀，你放了道台[7]了，还说不阔？你现在有三房姨太太；出门便是八抬的大轿，还说不阔？吓，什么都瞒不过我。"

我知道无话可说了，便闭了口，默默的站着。

"阿呀阿呀，真是愈有钱，便愈是一毫不肯放松，愈是一毫不肯放松，便愈有钱……"圆规一面愤愤的回转身，一面絮絮的说，慢慢向外走，顺便将我母亲的一副手套塞在裤腰里，出去了。

此后又有近处的本家和亲戚来访问我。我一面应酬，偷空便收拾些行李，这样的过了三四天。

一日是天气很冷的午后，我吃过午饭，坐着喝茶，觉得外面有人进来了，便回头去看。我看时，不由的非常出惊，慌忙站起身，迎着走去。

这来的便是闰土。虽然我一见便知道是闰土，但又不是我这记忆上的闰土了。他身材增加了一倍；先前的紫色的圆脸，已经变作灰黄，而且加上了很深的皱纹；眼睛也像他父亲一样，周围都肿得通红，这我知道，在海边种地的人，终日吹着海风，大抵是这样的。他头上是一顶破毡帽，身上只一件极薄的棉衣，浑身瑟索着；手里提着一个纸包和一支长烟管，那手也不是我所记得的红活圆实的手，却又粗又笨而且开裂，像是松树皮了。

我这时很兴奋，但不知道怎么说才好，只是说：

"阿！闰土哥，——你来了？……"

我接着便有许多话，想要连珠一般涌出：角鸡，跳鱼儿，贝壳，猹，……但又总觉得被什么挡着似的，单在脑里面回旋，吐不出口外去。

他站住了，脸上现出欢喜和凄凉的神情；动着嘴唇，却没有作声。他的态度终于恭敬起来了，分明的叫道：

"老爷！……"

我似乎打了一个寒噤；我就知道，我们之间已经隔了一层可悲的厚障壁了。我也说不出话。

他回过头去说，"水生，给老爷磕头。"便拖出躲在背后的孩子来，这正是一个廿年前的闰土，只是黄瘦些，颈子上没有银圈罢了。"这是第五个孩子，没有见过世面，躲躲闪闪……"

母亲和宏儿下楼来了，他们大约也听到了声音。

"老太太。信是早收到了。我实在喜欢的了不得，知道老爷回来……"闰土说。

"阿，你怎的这样客气起来。你们先前不是哥弟称呼么？还是照旧：迅哥儿。"母亲高兴的说。

"阿呀，老太太真是……这成什么规矩。那时是孩子，不懂事……"闰土说着，又叫水生上来打拱，那孩子却害羞，紧紧的只贴在他背后。

"他就是水生？第五个？都是生人，怕生也难怪的；还是宏儿和他去走走。"母亲说。

宏儿听得这话，便来招水生，水生却松松爽爽同他一路出去了。母亲叫闰土坐，他迟疑了一回，终于就了坐，将长烟管靠在桌旁，递过纸包来，说：

"冬天没有什么东西了。这一点干青豆倒是自家晒在那里的，请老爷……"

我问问他的景况。他只是摇头。

"非常难。第六个孩子也会帮忙了，却总是吃不够……又不太平……什么地方都要钱，没有定规……收成又坏。种出东西来，挑去卖，总要捐几回钱，折了本；不去卖，又只能烂掉……"

他只是摇头；脸上虽然刻着许多皱纹，却全然不动，仿佛石像一般。他大约只是觉得苦，却又形容不出，沉默了片时，便拿起烟管来默默的吸烟了。

母亲问他，知道他的家里事务忙，明天便得回去；又没有吃过午饭，便叫他自己到厨下炒饭吃去。

他出去了；母亲和我都叹息他的景况：多子，饥荒，苛税，兵，匪，官，绅，都苦得他像一个木偶人了。母亲对我说，凡是不必搬走的东西，尽可以送他，可以听他自己去拣择。

下午，他拣好了几件东西：两条长桌，四个椅子，一副香炉和烛台，一杆抬秤。他又要所有的草灰（我们这里煮饭是烧稻草的,那灰,可以做沙地的肥料),待我们启程的时候,他用船来载去。

夜间,我们又谈些闲天,都是无关紧要的话;第二天早晨,他就领了水生回去了。

又过了九日,是我们启程的日期。闰土早晨便到了,水生没有同来,却只带着一个五岁的女儿管船只。我们终日很忙碌,再没有谈天的工夫。来客也不少,有送行的,有拿东西的,有送行兼拿东西的。待到傍晚我们上船的时候,这老屋里的所有破旧大小粗细东西,已经一扫而空了。

我们的船向前走,两岸的青山在黄昏中,都装成了深黛颜色,连着退向船后梢去。

宏儿和我靠着船窗,同看外面模糊的风景,他忽然问道:

"大伯!我们什么时候回来?"

"回来?你怎么还没有走就想回来了。"

"可是,水生约我到他家玩去咧……"他睁着大的黑眼睛,痴痴的想。

我和母亲也都有些惘然,于是又提起闰土来。母亲说,那豆腐西施的杨二嫂,自从我家收拾行李以来,本是每日必到的,前天伊在灰堆里,掏出十多个碗碟来,议论之后,便定说是闰土埋着的,他可以在运灰的时候,一齐搬回家里去;杨二嫂发见了这件事,自己很以为功,便拿了那狗气杀(这是我们这里养鸡的器具,木盘上面有着栅栏,内盛食料,鸡可以伸进颈子去啄,狗却不能,只能看着气死),飞也似的跑了,亏伊装着这么高底的小脚,竟跑得这样快。

　　老屋离我愈远了；故乡的山水也都渐渐远离了我，但我却并不感到怎样的留恋。我只觉得我四面有看不见的高墙，将我隔成孤身，使我非常气闷；那西瓜地上的银项圈的小英雄的影像，我本来十分清楚，现在却忽地模糊了，又使我非常的悲哀。

　　母亲和宏儿都睡着了。

　　我躺着，听船底潺潺的水声，知道我在走我的路。我想：我竟与闰土隔绝到这地步了，但我们的后辈还是一气，宏儿不是正在想念水生么。我希望他们不再像我，又大家隔膜起来……然而我又不愿意他们因为要一气，都如我的辛苦展转而生活，也不愿意他们都如闰土的辛苦麻木而生活，也不愿意都如别人的辛苦恣睢而生活。他们应该有新的生活，为我们所未经生活过的。

　　我想到希望，忽然害怕起来了。闰土要香炉和烛台的时候，我还暗地里笑他，以为他总是崇拜偶像，什么时候都不忘却。现在我所谓希望，不也是我自己手制的偶像么？只是他的愿望切近，我的愿望茫远罢了。

　　我在朦胧中，眼前展开一片海边碧绿的沙地来，上面深蓝的天空中挂着一轮金黄的圆月。我想：希望是本无所谓有，无所谓无的。这正如地上的路；其实地上本没有路，走的人多了，也便成了路。

一九二一年一月。

＊　　　＊　　　＊

〔1〕　本篇最初发表于1921年5月《新青年》第九卷第一号。

〔2〕　猹　作者在1929年5月4日致舒新城的信中说："'猹'字是我据乡下人所说的声音,生造出来的,读如'查'。但我自己也不知道究竟是怎样的动物,因为这乃是闰土所说,别人不知其详。现在想起来,也许是獾罢。"

〔3〕　大祭祀的值年　封建社会中的大家族,每年都有祭祀祖先的活动,费用从族中"祭产"收入支取,由各房按年轮流主持,轮到的称为"值年"。

〔4〕　五行缺土　旧时所谓算"八字"的迷信说法。即用天干(甲乙丙丁戊己庚辛壬癸)和地支(子丑寅卯辰巳午未申酉戌亥)相配,来记一个人出生的年、月、日、时,各得两字,合为"八字";又认为它们在五行(金、木、水、火、土)中各有所属,如甲乙寅卯属木,丙丁巳午属火等等,如八个字能包括五者,就是五行俱全。"五行缺土",就是这八个字中没有属土的字,需用土或土作偏旁的字取名等办法来弥补。

〔5〕　鬼见怕和观音手,都是小贝壳的名称。旧时浙江沿海的人把这种小贝壳用线串在一起,戴在孩子的手腕或脚踝上,认为可以"避邪"。这类名称多是根据"避邪"的意思取的。

〔6〕　西施　春秋时苎罗(今浙江诸暨南)人,越国的美女。后借以泛称一般美女。

〔7〕　道台　清朝官职道员的俗称,分总管一个区域行政职务的道员和专掌某一特定职务的道员。前者是省以下、府州以上的行政长官;后者掌管一省特定事务,如督粮道、兵备道等。辛亥革命后,北洋政府也曾沿用此制,改称道尹。

阿 Q 正 传^[1]

第一章 序

　　我要给阿 Q 做正传，已经不止一两年了。但一面要做，一面又往回想，这足见我不是一个"立言"^[2]的人，因为从来不朽之笔，须传不朽之人，于是人以文传，文以人传——究竟谁靠谁传，渐渐的不甚了然起来，而终于归结到传阿 Q，仿佛思想里有鬼似的。

　　然而要做这一篇速朽的文章，才下笔，便感到万分的困难了。第一是文章的名目。孔子曰，"名不正则言不顺"^[3]。这原是应该极注意的。传的名目很繁多：列传，自传，内传^[4]，外传，别传，家传，小传……，而可惜都不合。"列传"么，这一篇并非和许多阔人排在"正史"^[5]里；"自传"么，我又并非就是阿 Q。说是"外传"，"内传"在那里呢？倘用"内传"，阿 Q 又决不是神仙。"别传"呢，阿 Q 实在未曾有大总统上谕宣付国史馆立"本传"^[6]——虽说英国正史上并无"博徒列传"，而文豪迭更司^[7]也做过《博徒别传》这一部书，但文豪则可，在我辈却不可的。其次是"家传"，则我既不知与阿 Q 是否同宗，也未曾受他子孙的拜托；或"小传"，则阿 Q 又更无别的"大传"了。总而言之，这一篇也便是"本传"，但从我的文章着想，

512

因为文体卑下,是"引车卖浆者流"所用的话[8],所以不敢僭称,便从不入三教九流的小说家[9]所谓"闲话休题言归正传"这一句套话里,取出"正传"两个字来,作为名目,即使与古人所撰《书法正传》[10]的"正传"字面上很相混,也顾不得了。

第二,立传的通例,开首大抵该是"某,字某,某地人也",而我并不知道阿 Q 姓什么。有一回,他似乎是姓赵,但第二日便模糊了。那是赵太爷的儿子进了秀才的时候,锣声镗镗的报到村里来,阿 Q 正喝了两碗黄酒,便手舞足蹈的说,这于他也很光采,因为他和赵太爷原来是本家,细细的排起来他还比秀才长三辈呢。其时几个旁听人倒也肃然的有些起敬了。那知道第二天,地保便叫阿 Q 到赵太爷家里去;太爷一见,满脸溅朱,喝道:

"阿 Q,你这浑小子! 你说我是你的本家么?"

阿 Q 不开口。

赵太爷愈看愈生气了,抢进几步说:"你敢胡说! 我怎么会有你这样的本家? 你姓赵么?"

阿 Q 不开口,想往后退了;赵太爷跳过去,给了他一个嘴巴。

"你怎么会姓赵! ——你那里配姓赵!"

阿 Q 并没有抗辩他确凿姓赵,只用手摸着左颊,和地保退出去了;外面又被地保训斥了一番,谢了地保二百文酒钱。知道的人都说阿 Q 太荒唐,自己去招打;他大约未必姓赵,即使真姓赵,有赵太爷在这里,也不该如此胡说的。此后便再没有人提起他的氏族来,所以我终于不知道阿 Q 究竟什么姓。

　　第三，我又不知道阿Q的名字是怎么写的。他活着的时候，人都叫他阿Quei，死了以后，便没有一个人再叫阿Quei了，那里还会有"著之竹帛"[11]的事。若论"著之竹帛"，这篇文章要算第一次，所以先遇着了这第一个难关。我曾经仔细想：阿Quei，阿桂还是阿贵呢？倘使他号叫月亭，或者在八月间做过生日，那一定是阿桂了；而他既没有号——也许有号，只是没有人知道他，——又未尝散过生日征文的帖子：写作阿桂，是武断的。又倘若他有一位老兄或令弟叫阿富，那一定是阿贵了；而他又只是一个人：写作阿贵，也没有佐证的。其余音Quei的偏僻字样，更加凑不上了。先前，我也曾问过赵太爷的儿子茂才[12]先生，谁料博雅如此公，竟也茫然，但据结论说，是因为陈独秀办了《新青年》提倡洋字[13]，所以国粹沦亡，无可查考了。我的最后的手段，只有托一个同乡去查阿Q犯事的案卷，八个月之后才有回信，说案卷里并无与阿Quei的声音相近的人。我虽不知道是真没有，还是没有查，然而也再没有别的方法了。生怕注音字母还未通行，只好用了"洋字"，照英国流行的拼法写他为阿Quei，略作阿Q。这近于盲从《新青年》，自己也很抱歉，但茂才公尚且不知，我还有什么好办法呢。

　　第四，是阿Q的籍贯了。倘他姓赵，则据现在好称郡望的老例，可以照《郡名百家姓》[14]上的注解，说是"陇西天水人也"，但可惜这姓是不甚可靠的，因此籍贯也就有些决不定。他虽然多住未庄，然而也常常宿在别处，不能说是未庄人，即使说是"未庄人也"，也仍然有乖史法的。

我所聊以自慰的,是还有一个"阿"字非常正确,绝无附会假借的缺点,颇可以就正于通人。至于其余,却都非浅学所能穿凿,只希望有"历史癖与考据癖"的胡适之[15]先生的门人们,将来或者能够寻出许多新端绪来,但是我这《阿 Q 正传》到那时却又怕早经消灭了。

以上可以算是序。

第二章 优 胜 记 略

阿 Q 不独是姓名籍贯有些渺茫,连他先前的"行状"[16]也渺茫。因为未庄的人们之于阿 Q,只要他帮忙,只拿他玩笑,从来没有留心他的"行状"的。而阿 Q 自己也不说,独有和别人口角的时候,间或瞪着眼睛道:

"我们先前——比你阔的多啦!你算是什么东西!"

阿 Q 没有家,住在未庄的土谷祠[17]里;也没有固定的职业,只给人家做短工,割麦便割麦,舂米便舂米,撑船便撑船。工作略长久时,他也或住在临时主人的家里,但一完就走了。所以,人们忙碌的时候,也还记起阿 Q 来,然而记起的是做工,并不是"行状";一闲空,连阿 Q 都早忘却,更不必说"行状"了。只是有一回,有一个老头子颂扬说:"阿 Q 真能做!"这时阿 Q 赤着膊,懒洋洋的瘦伶仃的正在他面前,别人也摸不着这话是真心还是讥笑,然而阿 Q 很喜欢。

阿 Q 又很自尊,所有未庄的居民,全不在他眼睛里,甚而至于对于两位"文童"[18]也有以为不值一笑的神情。夫文童者,将来恐怕要变秀才者也;赵太爷钱太爷大受居民的尊敬,除有钱之外,就因为都是文童的爹爹,而阿Q在精神上独不表格外的崇奉,他想:我的儿子会阔得多啦!加以进了几回城,阿Q自然更自负,然而他又很鄙薄城里人,譬如用三尺长三寸宽的木板做成的凳子,未庄叫"长凳",他也叫"长凳",城里人却叫"条凳",他想:这是错的,可笑!油煎大头鱼,未庄都加上半寸长的葱叶,城里却加上切细的葱丝,他想:这也是错的,可笑!然而未庄人真是不见世面的可笑的乡下人呵,他们没有见过城里的煎鱼!

阿Q"先前阔",见识高,而且"真能做",本来几乎是一个"完人"了,但可惜他体质上还有一些缺点。最恼人的是在他头皮上,颇有几处不知起于何时的癞疮疤。这虽然也在他身上,而看阿Q的意思,倒也似乎以为不足贵的,因为他讳说"癞"以及一切近于"赖"的音,后来推而广之,"光"也讳,"亮"也讳,再后来,连"灯""烛"都讳了。一犯讳,不问有心与无心,阿Q便全疤通红的发起怒来,估量了对手,口讷的他便骂,气力小的他便打;然而不知怎么一回事,总还是阿Q吃亏的时候多。于是他渐渐的变换了方针,大抵改为怒目而视了。

谁知道阿Q采用怒目主义之后,未庄的闲人们便愈喜欢玩笑他。一见面,他们便假作吃惊的说:

"哙,亮起来了。"

阿Q照例的发了怒,他怒目而视了。

"原来有保险灯在这里!"他们并不怕。

阿Q没有法,只得另外想出报复的话来:

"你还不配……"这时候，又仿佛在他头上的是一种高尚的光荣的癞头疮，并非平常的癞头疮了；但上文说过，阿 Q 是有见识的，他立刻知道和"犯忌"有点抵触，便不再往底下说。

闲人还不完，只撩他，于是终而至于打。阿 Q 在形式上打败了，被人揪住黄辫子，在壁上碰了四五个响头，闲人这才心满意足的得胜的走了，阿 Q 站了一刻，心里想，"我总算被儿子打了，现在的世界真不像样……"于是也心满意足的得胜的走了。

阿 Q 想在心里的，后来每每说出口来，所以凡有和阿 Q 玩笑的人们，几乎全知道他有这一种精神上的胜利法，此后每逢揪住他黄辫子的时候，人就先一着对他说：

"阿 Q，这不是儿子打老子，是人打畜生。自己说：人打畜生！"

阿 Q 两只手都捏住了自己的辫根，歪着头，说道：

"打虫豸，好不好？我是虫豸——还不放么？"

但虽然是虫豸，闲人也并不放，仍旧在就近什么地方给他碰了五六个响头，这才心满意足的得胜的走了，他以为阿 Q 这回可遭了瘟。然而不到十秒钟，阿 Q 也心满意足的得胜的走了，他觉得他是第一个能够自轻自贱的人，除了"自轻自贱"不算外，余下的就是"第一个"。状元[19]不也是"第一个"么？"你算是什么东西"呢?!

阿 Q 以如是等等妙法克服怨敌之后，便愉快的跑到酒店里喝几碗酒，又和别人调笑一通，口角一通，又得了胜，愉快的回到土谷祠，放倒头睡着了。假使有钱，他便去押牌宝[20]，一堆人蹲在地面上，阿 Q 即汗流满面的夹在这中间，声音他最响：

"青龙四百！"

"咳～～～开～～～啦！"桩家揭开盒子盖，也是汗流满面的唱。"天门啦～～～角回啦～～～！人和穿堂空在那里啦～～～！阿 Q 的铜钱拿过来～～～！"

"穿堂一百——一百五十！"

阿 Q 的钱便在这样的歌吟之下，渐渐的输入别个汗流满面的人物的腰间。他终于只好挤出堆外，站在后面看，替别人着急，一直到散场，然后恋恋的回到土谷祠，第二天，肿着眼睛去工作。

但真所谓"塞翁失马安知非福"[21]罢，阿 Q 不幸而赢了一回，他倒几乎失败了。

这是未庄赛神[22]的晚上。这晚上照例有一台戏，戏台左近，也照例有许多的赌摊。做戏的锣鼓，在阿 Q 耳朵里仿佛在十里之外；他只听得桩家的歌唱了。他赢而又赢，铜钱变成角洋，角洋变成大洋，大洋又成了叠。他兴高采烈得非常：

"天门两块！"

他不知道谁和谁为什么打起架来了。骂声打声脚步声，昏头昏脑的一大阵，他才爬起来，赌摊不见了，人们也不见了，身上有几处很似乎有些痛，似乎也挨了几拳几脚似的，几个人诧异的对他看。他如有所失的走进土谷祠，定一定神，知道他的一堆洋钱不见了。赶赛会的赌摊多不是本村人，还到那里去寻根柢呢？

很白很亮的一堆洋钱！而且是他的——现在不见了！说是算被儿子拿去了罢，总还是忽忽不乐；说自己是虫豸罢，也还是忽忽不乐：他这回才有些感到失败的苦痛了。

但他立刻转败为胜了。他擎起右手，用力的在自己脸上连打了两个嘴巴，热刺刺的有些痛；打完之后，便心平气和起来，似乎打的是自己，被打的是别一个自己，不久也就仿佛是自己打了别个一般，——虽然还有些热刺刺，——心满意足的得胜的躺下了。

他睡着了。

第三章 续优胜记略

然而阿Q虽然常优胜，却直待蒙赵太爷打他嘴巴之后，这才出了名。

他付过地保二百文酒钱，愤愤的躺下了，后来想："现在的世界太不成话，儿子打老子……"于是忽而想到赵太爷的威风，而现在是他的儿子了，便自己也渐渐的得意起来，爬起身，唱着《小孤孀上坟》[23]到酒店去。这时候，他又觉得赵太爷高人一等了。

说也奇怪，从此之后，果然大家也仿佛格外尊敬他。这在阿Q，或者以为因为他是赵太爷的父亲，而其实也不然。未庄通例，倘如阿七打阿八，或者李四打张三，向来本不算一件事，必须与一位名人如赵太爷者相关，这才载上他们的口碑。一上口碑，则打的既有名，被打的也就托庇有了名。至于错在阿

Q，那自然是不必说。所以者何？就因为赵太爷是不会错的。但他既然错，为什么大家又仿佛格外尊敬他呢？这可难解，穿凿起来说，或者因为阿 Q 说是赵太爷的本家，虽然挨了打，大家也还怕有些真，总不如尊敬一些稳当。否则，也如孔庙里的太牢[24]一般，虽然与猪羊一样，同是畜生，但既经圣人下箸，先儒们便不敢妄动了。

阿 Q 此后倒得意了许多年。

有一年的春天，他醉醺醺的在街上走，在墙根的日光下，看见王胡在那里赤着膊捉虱子，他忽然觉得身上也痒起来了。这王胡，又癞又胡，别人都叫他王癞胡，阿 Q 却删去了一个癞字，然而非常渺视他。阿 Q 的意思，以为癞是不足为奇的，只有这一部络腮胡子，实在太新奇，令人看不上眼。他于是并排坐下去了。倘是别的闲人们，阿 Q 本不敢大意坐下去。但这王胡旁边，他有什么怕呢？老实说：他肯坐下去，简直还是抬举他。

阿 Q 也脱下破夹袄来，翻检了一回，不知道因为新洗呢还是因为粗心，许多工夫，只捉到三四个。他看那王胡，却是一个又一个，两个又三个，只放在嘴里毕毕剥剥的响。

阿 Q 最初是失望，后来却不平了：看不上眼的王胡尚且那么多，自己倒反这样少，这是怎样的大失体统的事呵！他很想寻一两个大的，然而竟没有，好容易才捉到一个中的，恨恨的塞在厚嘴唇里，狠命一咬，劈的一声，又不及王胡响。

他癞疮疤块块通红了，将衣服摔在地上，吐一口唾沫，说：

"这毛虫！"

“癞皮狗,你骂谁?”王胡轻蔑的抬起眼来说。

阿 Q 近来虽然比较的受人尊敬,自己也更高傲些,但和那些打惯的闲人们见面还胆怯,独有这回却非常武勇了。这样满脸胡子的东西,也敢出言无状么?

“谁认便骂谁!”他站起来,两手叉在腰间说。

“你的骨头痒了么?”王胡也站起来,披上衣服说。

阿 Q 以为他要逃了,抢进去就是一拳。这拳头还未达到身上,已经被他抓住了,只一拉,阿 Q 跄跄踉踉的跌进去,立刻又被王胡扭住了辫子,要拉到墙上照例去碰头。

“‘君子动口不动手’!”阿 Q 歪着头说。

王胡似乎不是君子,并不理会,一连给他碰了五下,又用力的一推,至于阿 Q 跌出六尺多远,这才满足的去了。

在阿 Q 的记忆上,这大约要算是生平第一件的屈辱,因为王胡以络腮胡子的缺点,向来只被他奚落,从没有奚落他,更不必说动手了。而他现在竟动手,很意外,难道真如市上所说,皇帝已经停了考[25],不要秀才和举人了,因此赵家减了威风,因此他们也便小觑了他么?

阿 Q 无可适从的站着。

远远的走来了一个人,他的对头又到了。这也是阿 Q 最厌恶的一个人,就是钱太爷的大儿子。他先前跑上城里去进洋学堂,不知怎么又跑到东洋去了,半年之后他回到家里来,腿也直了,辫子也不见了,他的母亲大哭了十几场,他的老婆跳了三回井。后来,他的母亲到处说,“这辫子是被坏人灌醉了酒剪去的。本来可以做大官,现在只好等留长再说了。”然而阿Q不肯信,偏称他"假洋鬼子",也叫作"里通外国的人",一见他,一定在肚子里暗暗的咒骂。

阿Q尤其"深恶而痛绝之"的,是他的一条假辫子。辫子而至于假,就是没有了做人的资格;他的老婆不跳第四回井,也不是好女人。

这"假洋鬼子"近来了。

"秃儿。驴……"阿Q历来本只在肚子里骂,没有出过声,这回因为正气忿,因为要报仇,便不由的轻轻的说出来了。

不料这秃儿却拿着一支黄漆的棍子——就是阿Q所谓哭丧棒〔26〕——大踏步走了过来。阿Q在这刹那,便知道大约要打了,赶紧抽紧筋骨,耸了肩膀等候着,果然,拍的一声,似乎确凿打在自己头上了。

"我说他!"阿Q指着近旁的一个孩子,分辩说。

拍!拍拍!

在阿Q的记忆上,这大约要算是生平第二件的屈辱。幸而拍拍的响了之后,于他倒似乎完结了一件事,反而觉得轻松些,而且"忘却"这一件祖传的宝贝也发生了效力,他慢慢的走,将到酒店门口,早已有些高兴了。

但对面走来了静修庵里的小尼姑。阿Q便在平时,看见伊也一定要唾骂,而况在屈辱之后呢?他于是发生了回忆,又发生了敌忾了。

"我不知道我今天为什么这样晦气,原来就因为见了你!"他想。

他迎上去,大声的吐一口唾沫:

"咳，呸！"

小尼姑全不睬，低了头只是走。阿 Q 走近伊身旁，突然伸出手去摩着伊新剃的头皮，呆笑着，说：

"秃儿！快回去，和尚等着你……"

"你怎么动手动脚……"尼姑满脸通红的说，一面赶快走。

酒店里的人大笑了。阿 Q 看见自己的勋业得了赏识，便愈加兴高采烈起来：

"和尚动得，我动不得？"他扭住伊的面颊。

酒店里的人大笑了。阿 Q 更得意，而且为满足那些赏鉴家起见，再用力的一拧，才放手。

他这一战，早忘却了王胡，也忘却了假洋鬼子，似乎对于今天的一切"晦气"都报了仇；而且奇怪，又仿佛全身比拍拍的响了之后更轻松，飘飘然的似乎要飞去了。

"这断子绝孙的阿 Q！"远远地听得小尼姑的带哭的声音。

"哈哈哈！"阿 Q 十分得意的笑。

"哈哈哈！"酒店里的人也九分得意的笑。

第四章　恋爱的悲剧

有人说：有些胜利者，愿意敌手如虎，如鹰，他才感得胜利的欢喜；假使如羊，如小鸡，他便反觉得胜利的无聊。又有些胜利者，当克服一切之后，看见死的死了，降的降了，"臣诚惶诚恐死罪死罪"，他于是没有了敌人，没有了对手，没有了朋友，只有自己在上，一个，孤另另，凄凉，寂寞，便反而感到了胜利的悲哀。然而我们的阿Q却没有这样乏,他是永远得意的:这或者也是中国精神文明冠于全球的一个证据了。

看哪,他飘飘然的似乎要飞去了!

然而这一次的胜利,却又使他有些异样。他飘飘然的飞了大半天,飘进土谷祠,照例应该躺下便打鼾。谁知道这一晚,他很不容易合眼,他觉得自己的大拇指和第二指有点古怪:仿佛比平常滑腻些。不知道是小尼姑的脸上有一点滑腻的东西粘在他指上,还是他的指头在小尼姑脸上磨得滑腻了?……

“断子绝孙的阿Q!”

阿Q的耳朵里又听到这句话。他想:不错,应该有一个女人,断子绝孙便没有人供一碗饭,……应该有一个女人。夫“不孝有三无后为大”[27],而“若敖之鬼馁而”[28],也是一件人生的大哀,所以他那思想,其实是样样合于圣经贤传的,只可惜后来有些“不能收其放心”[29]了。

“女人,女人!……”他想。

“……和尚动得……女人,女人!……女人!”他又想。

我们不能知道这晚上阿Q在什么时候才打鼾。但大约他从此总觉得指头有些滑腻,所以他从此总有些飘飘然;“女……”他想。

即此一端,我们便可以知道女人是害人的东西。

中国的男人,本来大半都可以做圣贤,可惜全被女人毁掉了。商是妲己[30]闹亡的;周是褒姒弄坏的;秦……虽然史无明文,我们也假定他因为女人,大约未必十分错;而董卓可是的确给貂蝉害死了。

阿 Q 本来也是正人，我们虽然不知道他曾蒙什么明师指授过，但他对于"男女之大防"[31]却历来非常严；也很有排斥异端——如小尼姑及假洋鬼子之类——的正气。他的学说是：凡尼姑，一定与和尚私通；一个女人在外面走，一定想引诱野男人；一男一女在那里讲话，一定要有勾当了。为惩治他们起见，所以他往往怒目而视，或者大声说几句"诛心"[32]话，或者在冷僻处，便从后面掷一块小石头。

谁知道他将到"而立"[33]之年，竟被小尼姑害得飘飘然了。这飘飘然的精神，在礼教上是不应该有的，——所以女人真可恶，假使小尼姑的脸上不滑腻，阿 Q 便不至于被蛊，又假使小尼姑的脸上盖一层布，阿 Q 便也不至于被蛊了，——他五六年前，曾在戏台下的人丛中拧过一个女人的大腿，但因为隔一层裤，所以此后并不飘飘然，——而小尼姑并不然，这也足见异端之可恶。

"女……"阿 Q 想。

他对于以为"一定想引诱野男人"的女人，时常留心看，然而伊并不对他笑。他对于和他讲话的女人，也时常留心听，然而伊又并不提起关于什么勾当的话来。哦，这也是女人可恶之一节：伊们全都要装"假正经"的。

这一天，阿 Q 在赵太爷家里舂了一天米，吃过晚饭，便坐在厨房里吸旱烟。倘在别家，吃过晚饭本可以回去的了，但赵府上晚饭早，虽说定例不准掌灯，一吃完便睡觉，然而偶然也有一些例外：其一，是赵大爷未进秀才的时候，准其点灯读文章;其二,便是阿Q来做短工的时候,准其点灯舂米。因为这一条例外,所以阿Q在动手舂米之前,还坐在厨房里吸旱烟。

吴妈,是赵太爷家里唯一的女仆,洗完了碗碟,也就在长凳上坐下了,而且和阿Q谈闲天:

"太太两天没有吃饭哩,因为老爷要买一个小的……"

"女人……吴妈……这小孤孀……"阿Q想。

"我们的少奶奶是八月里要生孩子了……"

"女人……"阿Q想。

阿Q放下烟管,站了起来。

"我们的少奶奶……"吴妈还唠叨说。

"我和你困觉,我和你困觉!"阿Q忽然抢上去,对伊跪下了。

一刹时中很寂然。

"阿呀!"吴妈楞了一息,突然发抖,大叫着往外跑,且跑且嚷,似乎后来带哭了。

阿Q对了墙壁跪着也发楞,于是两手扶着空板凳,慢慢的站起来,仿佛觉得有些糟。他这时确也有些志忑了,慌张的将烟管插在裤带上,就想去舂米。蓬的一声,头上着了很粗的一下,他急忙回转身去,那秀才便拿了一支大竹杠站在他面前。

"你反了,……你这……"

大竹杠又向他劈下来了。阿Q两手去抱头,拍的正打在指节上,这可很有一些痛。他冲出厨房门,仿佛背上又着了一下似的。

"忘八蛋!"秀才在后面用了官话这样骂。

阿Q奔入舂米场，一个人站着，还觉得指头痛，还记得"忘八蛋"，因为这话是未庄的乡下人从来不用，专是见过官府的阔人用的，所以格外怕，而印象也格外深。但这时，他那"女……"的思想却也没有了。而且打骂之后，似乎一件事也已经收束，倒反觉得一无挂碍似的，便动手去舂米。舂了一会，他热起来了，又歇了手脱衣服。

脱下衣服的时候，他听得外面很热闹，阿Q生平本来最爱看热闹，便即寻声走出去了。寻声渐渐的寻到赵太爷的内院里，虽然在昏黄中，却辨得出许多人，赵府一家连两日不吃饭的太太也在内，还有间壁的邹七嫂，真正本家的赵白眼，赵司晨。

少奶奶正拖着吴妈走出下房来，一面说：

"你到外面来，……不要躲在自己房里想……"

"谁不知道你正经，……短见是万万寻不得的。"邹七嫂也从旁说。

吴妈只是哭，夹些话，却不甚听得分明。

阿Q想："哼，有趣，这小孤孀不知道闹着什么玩意儿了？"他想打听，走近赵司晨的身边。这时他猛然间看见赵大爷向他奔来，而且手里捏着一支大竹杠。他看见这一支大竹杠，便猛然间悟到自己曾经被打，和这一场热闹似乎有点相关。他翻身便走，想逃回舂米场，不图这支竹杠阻了他的去路，于是他又翻身便走，自然而然的走出后门，不多工夫，已在土谷祠内了。

阿Q坐了一会，皮肤有些起粟，他觉得冷了，因为虽在春季,而夜间颇有余寒,尚不宜于赤膊。他也记得布衫留在赵家,但倘若去取,又深怕秀才的竹杠。然而地保进来了。

"阿Q,你的妈妈的! 你连赵家的用人都调戏起来,简直是造反。害得我晚上没有觉睡,你的妈妈的! ……"

如是云云的教训了一通,阿Q自然没有话。临末,因为在晚上,应该送地保加倍酒钱四百文,阿Q正没有现钱,便用一顶毡帽做抵押,并且订定了五条件:

一　明天用红烛——要一斤重的——一对,香一封,到赵府上去赔罪。

二　赵府上请道士祓除缢鬼,费用由阿Q负担。

三　阿Q从此不准踏进赵府的门槛。

四　吴妈此后倘有不测,惟阿Q是问。

五　阿Q不准再去索取工钱和布衫。

阿Q自然都答应了,可惜没有钱。幸而已经春天,棉被可以无用,便质了二千大钱,履行条约。赤膊磕头之后,居然还剩几文,他也不再赎毡帽,统统喝了酒了。但赵家也并不烧香点烛,因为太太拜佛的时候可以用,留着了。那破布衫是大半做了少奶奶八月间生下来的孩子的衬尿布,那小半破烂的便都做了吴妈的鞋底。

第五章　生计问题

阿Q礼毕之后,仍旧回到土谷祠,太阳下去了,渐渐觉得世上有些古怪。他仔细一想,终于省悟过来:其原因盖在自己的赤膊。他记得破夹袄还在，便披在身上，躺倒了，待张开眼睛，原来太阳又已经照在西墙上头了。他坐起身，一面说道，"妈妈的……"

他起来之后，也仍旧在街上逛，虽然不比赤膊之有切肤之痛，却又渐渐的觉得世上有些古怪了。仿佛从这一天起，未庄的女人们忽然都怕了羞，伊们一见阿 Q 走来，便个个躲进门里去。甚而至于将近五十岁的邹七嫂，也跟着别人乱钻，而且将十一岁的女儿都叫进去了。阿 Q 很以为奇，而且想："这些东西忽然都学起小姐模样来了。这娼妇们……"

但他更觉得世上有些古怪，却是许多日以后的事。其一，酒店不肯赊欠了；其二，管土谷祠的老头子说些废话，似乎叫他走；其三，他虽然记不清多少日，但确乎有许多日，没有一个人来叫他做短工。酒店不赊，熬着也罢了；老头子催他走，噜苏一通也就算了；只是没有人来叫他做短工，却使阿 Q 肚子饿：这委实是一件非常"妈妈的"的事情。

阿 Q 忍不下去了，他只好到老主顾的家里去探问，——但独不许踏进赵府的门槛，——然而情形也异样：一定走出一个男人来，现了十分烦厌的相貌，像回复乞丐一般的摇手道：

"没有没有！你出去！"

阿 Q 愈觉得稀奇了。他想，这些人家向来少不了要帮忙，不至于现在忽然都无事，这总该有些蹊跷在里面了。他留心打听，才知道他们有事都去叫小 Don[34]。这小 D，是一个穷小子，又瘦又乏，在阿 Q 的眼睛里，位置是在王胡之下的，谁料这小子竟谋了他的饭碗去。所以阿 Q 这一气，更与平常

不同,当气愤愤的走着的时候,忽然将手一扬,唱道:

"我手执钢鞭将你打![35]……"

几天之后,他竟在钱府的照壁前遇见了小 D。"仇人相见分外眼明",阿 Q 便迎上去,小 D 也站住了。

"畜生!"阿 Q 怒目而视的说,嘴角上飞出唾沫来。

"我是虫豸,好么?……"小 D 说。

这谦逊反使阿 Q 更加愤怒起来,但他手里没有钢鞭,于是只得扑上去,伸手去拔小 D 的辫子。小 D 一手护住了自己的辫根,一手也来拔阿 Q 的辫子,阿 Q 便也将空着的一只手护住了自己的辫根。从先前的阿 Q 看来,小 D 本来是不足齿数的,但他近来挨了饿,又瘦又乏已经不下于小 D,所以便成了势均力敌的现象,四只手拔着两颗头,都弯了腰,在钱家粉墙上映出一个蓝色的虹形,至于半点钟之久了。

"好了,好了!"看的人们说,大约是解劝的。

"好,好!"看的人们说,不知道是解劝,是颂扬,还是煽动。

然而他们都不听。阿 Q 进三步,小 D 便退三步,都站着;小 D 进三步,阿 Q 便退三步,又都站着。大约半点钟,——未庄少有自鸣钟,所以很难说,或者二十分,——他们的头发里便都冒烟,额上便都流汗,阿 Q 的手放松了,在同一瞬间,小 D 的手也正放松了,同时直起,同时退开,都挤出人丛去。

"记着罢,妈妈的……"阿 Q 回过头去说。

"妈妈的,记着罢……"小 D 也回过头来说。

这一场"龙虎斗"似乎并无胜败,也不知道看的人可满足,都没有发什么议论,而阿 Q 却仍然没有人来叫他做短工。

有一日很温和,微风拂拂的颇有些夏意了,阿 Q 却觉得寒冷起来,但这还可担当,第一倒是肚子饿。棉被,毡帽,布衫,早已没有了,其次就卖了棉袄;现在有裤子,却万不可脱的;有破夹袄,又除了送人做鞋底之外,决定卖不出钱。他早想在路上拾得一注钱,但至今还没有见;他想在自己的破屋里忽然寻到一注钱,慌张的四顾,但屋内是空虚而且了然。于是他决计出门求食去了。

他在路上走着要"求食",看见熟识的酒店,看见熟识的馒头,但他都走过了,不但没有暂停,而且并不想要。他所求的不是这类东西了;他求的是什么东西,他自己不知道。

未庄本不是大村镇,不多时便走尽了。村外多是水田,满眼是新秧的嫩绿,夹着几个圆形的活动的黑点,便是耕田的农夫。阿 Q 并不赏鉴这田家乐,却只是走,因为他直觉的知道这与他的"求食"之道是很辽远的。但他终于走到静修庵的墙外了。

庵周围也是水田,粉墙突出在新绿里,后面的低土墙里是菜园。阿 Q 迟疑了一会,四面一看,并没有人。他便爬上这矮墙去,扯着何首乌藤,但泥土仍然簌簌的掉,阿 Q 的脚也索索的抖;终于攀着桑树枝,跳到里面了。里面真是郁郁葱葱,但似乎并没有黄酒馒头,以及此外可吃的之类。靠西墙是竹丛,下面许多笋,只可惜都是并未煮熟的,还有油菜早经结子,芥菜已将开花,小白菜也很老了。

阿 Q 仿佛文童落第似的觉得很冤屈,他慢慢走近园门去,忽而非常惊喜了,这分明是一畦老萝卜。他于是蹲下便拔,而门口突然伸出一个很圆的头来,又即缩回去了,这分明是小尼姑。小尼姑之流是阿Q本来视若草芥的,但世事须"退一步想",所以他便赶紧拔起四个萝卜,拧下青叶,兜在大襟里。然而老尼姑已经出来了。

"阿弥陀佛,阿Q,你怎么跳进园里来偷萝卜! ……阿呀,罪过呵,阿唷,阿弥陀佛! ……"

"我什么时候跳进你的园里来偷萝卜?"阿Q且看且走的说。

"现在……这不是?"老尼姑指着他的衣兜。

"这是你的? 你能叫得他答应你么? 你……"

阿Q没有说完话,拔步便跑;追来的是一匹很肥大的黑狗。这本来在前门的,不知怎的到后园来了。黑狗哼而且追,已经要咬着阿Q的腿,幸而从衣兜里落下一个萝卜来,那狗给一吓,略略一停,阿Q已经爬上桑树,跨到土墙,连人和萝卜都滚出墙外面了。只剩着黑狗还在对着桑树嗥,老尼姑念着佛。

阿Q怕尼姑又放出黑狗来,拾起萝卜便走,沿路又检了几块小石头,但黑狗却并不再出现。阿Q于是抛了石块,一面走一面吃,而且想道,这里也没有什么东西寻,不如进城去……

待三个萝卜吃完时,他已经打定了进城的主意了。

第六章　从中兴到末路

在未庄再看见阿Q出现的时候,是刚过了这年的中秋。人们都惊异,说是阿Q回来了,于是又回上去想道,他先前那里去了呢？阿 Q 前几回的上城，大抵早就兴高采烈的对人说，但这一次却并不，所以也没有一个人留心到。他或者也曾告诉过管土谷祠的老头子，然而未庄老例，只有赵太爷钱太爷和秀才大爷上城才算一件事。假洋鬼子尚且不足数，何况是阿 Q：因此老头子也就不替他宣传，而未庄的社会上也就无从知道了。

但阿 Q 这回的回来，却与先前大不同，确乎很值得惊异。天色将黑，他睡眼蒙胧的在酒店门前出现了，他走近柜台，从腰间伸出手来，满把是银的和铜的，在柜上一扔说，"现钱！打酒来！"穿的是新夹袄，看去腰间还挂着一个大搭连，沉钿钿的将裤带坠成了很弯很弯的弧线。未庄老例，看见略有些醒目的人物，是与其慢也宁敬的，现在虽然明知道是阿 Q，但因为和破夹袄的阿 Q 有些两样了，古人云，"士别三日便当刮目相待"[36]，所以堂倌，掌柜，酒客，路人，便自然显出一种疑而且敬的形态来。掌柜既先之以点头，又继之以谈话：

"嚄，阿 Q，你回来了！"

"回来了。"

"发财发财，你是——在……"

"上城去了！"

这一件新闻，第二天便传遍了全未庄。人人都愿意知道现钱和新夹袄的阿 Q 的中兴史，所以在酒店里，茶馆里，庙檐下，便渐渐的探听出来了。这结果，是阿 Q 得了新敬畏。

据阿 Q 说，他是在举人老爷家里帮忙。这一节，听的人都肃然了。这老爷本姓白，但因为合城里只有他一个举人，所以不必再冠姓,说起举人来就是他。这也不独在未庄是如此,便是一百里方圆之内也都如此,人们几乎多以为他的姓名就叫举人老爷的了。在这人的府上帮忙,那当然是可敬的。但据阿Q又说,他却不高兴再帮忙了,因为这举人老爷实在太"妈妈的"了。这一节,听的人都叹息而且快意,因为阿Q本不配在举人老爷家里帮忙,而不帮忙是可惜的。

据阿Q说,他的回来,似乎也由于不满意城里人,这就在他们将长凳称为条凳,而且煎鱼用葱丝,加以最近观察所得的缺点,是女人的走路也扭得不很好。然而也偶有大可佩服的地方,即如未庄的乡下人不过打三十二张的竹牌[37],只有假洋鬼子能够叉"麻酱",城里却连小乌龟子都叉得精熟的。什么假洋鬼子,只要放在城里的十几岁的小乌龟子的手里,也就立刻是"小鬼见阎王"。这一节,听的人都赧然了。

"你们可看见过杀头么?"阿Q说,"咳,好看。杀革命党。唉,好看好看,……"他摇摇头,将唾沫飞在正对面的赵司晨的脸上。这一节,听的人都凛然了。但阿Q又四面一看,忽然扬起右手,照着伸长脖子听得出神的王胡的后项窝上直劈下去道:

"嚓!"

王胡惊得一跳,同时电光石火似的赶快缩了头,而听的人又都悚然而且欣然了。从此王胡瘟头瘟脑的许多日,并且再不敢走近阿Q的身边;别的人也一样。

阿Q这时在未庄人眼睛里的地位,虽不敢说超过赵太爷,但谓之差不多,大约也就没有什么语病的了。

　　然而不多久,这阿 Q 的大名忽又传遍了未庄的闺中。虽然未庄只有钱赵两姓是大屋,此外十之九都是浅闺,但闺中究竟是闺中,所以也算得一件神异。女人们见面时一定说,邹七嫂在阿 Q 那里买了一条蓝绸裙,旧固然是旧的,但只化了九角钱。还有赵白眼的母亲,——一说是赵司晨的母亲,待考,——也买了一件孩子穿的大红洋纱衫,七成新,只用三百大钱九二串[38]。于是伊们都眼巴巴的想见阿 Q,缺绸裙的想问他买绸裙,要洋纱衫的想问他买洋纱衫,不但见了不逃避,有时阿 Q 已经走过了,也还要追上去叫住他,问道:

　　"阿 Q,你还有绸裙么? 没有? 纱衫也要的,有罢?"

　　后来这终于从浅闺传进深闺里去了。因为邹七嫂得意之余,将伊的绸裙请赵太太去鉴赏,赵太太又告诉了赵太爷而且着实恭维了一番。赵太爷便在晚饭桌上,和秀才大爷讨论,以为阿 Q 实在有些古怪,我们门窗应该小心些;但他的东西,不知道可还有什么可买,也许有点好东西罢。加以赵太太也正想买一件价廉物美的皮背心。于是家族决议,便托邹七嫂即刻去寻阿 Q,而且为此新辟了第三种的例外:这晚上也姑且特准点油灯。

　　油灯干了不少了,阿 Q 还不到。赵府的全眷都很焦急,打着呵欠,或恨阿 Q 太飘忽,或怨邹七嫂不上紧。赵太太还怕他因为春天的条件不敢来,而赵太爷以为不足虑:因为这是"我"去叫他的。果然,到底赵太爷有见识,阿 Q 终于跟着邹七嫂进来了。

　　"他只说没有没有,我说你自己当面说去,他还要说,我说……"邹七嫂气喘吁吁的走着说。

"太爷！"阿 Q 似笑非笑的叫了一声，在檐下站住了。

"阿 Q，听说你在外面发财，"赵太爷踱开去，眼睛打量着他的全身，一面说。"那很好，那很好的。这个，……听说你有些旧东西，……可以都拿来看一看，……这也并不是别的，因为我倒要……"

"我对邹七嫂说过了。都完了。"

"完了？"赵太爷不觉失声的说，"那里会完得这样快呢？"

"那是朋友的，本来不多。他们买了些，……"

"总该还有一点罢。"

"现在，只剩了一张门幕了。"

"就拿门幕来看看罢。"赵太太慌忙说。

"那么，明天拿来就是，"赵太爷却不甚热心了。"阿 Q，你以后有什么东西的时候，你尽先送来给我们看，……"

"价钱决不会比别家出得少！"秀才说。秀才娘子忙一瞥阿 Q 的脸，看他感动了没有。

"我要一件皮背心。"赵太太说。

阿 Q 虽然答应着，却懒洋洋的出去了，也不知道他是否放在心上。这使赵太爷很失望，气愤而且担心，至于停止了打呵欠。秀才对于阿 Q 的态度也很不平，于是说，这忘八蛋要提防，或者竟不如吩咐地保，不许他住在未庄。但赵太爷以为不然，说这也怕要结怨，况且做这路生意的大概是"老鹰不吃窝下食"，本村倒不必担心的；只要自己夜里警醒点就是了。秀才听了这"庭训"〔39〕，非常之以为然，便即刻撤消了驱逐阿

Q的提议,而且叮嘱邹七嫂,请伊万不要向人提起这一段话。

但第二日,邹七嫂便将那蓝裙去染了皂,又将阿Q可疑之点传扬出去了,可是确没有提起秀才要驱逐他这一节。然而这已经于阿Q很不利。最先,地保寻上门了,取了他的门幕去,阿Q说是赵太太要看的,而地保也不还,并且要议定每月的孝敬钱。其次,是村人对于他的敬畏忽而变相了,虽然还不敢来放肆,却很有远避的神情,而这神情和先前的防他来"嚓"的时候又不同,颇混着"敬而远之"的分子了。

只有一班闲人们却还要寻根究底的去探阿Q的底细。阿Q也并不讳饰,傲然的说出他的经验来。从此他们才知道,他不过是一个小脚色,不但不能上墙,并且不能进洞,只站在洞外接东西。有一夜,他刚才接到一个包,正手再进去,不一会,只听得里面大嚷起来,他便赶紧跑,连夜爬出城,逃回未庄来了,从此不敢再去做。然而这故事却于阿Q更不利,村人对于阿Q的"敬而远之"者,本因为怕结怨,谁料他不过是一个不敢再偷的偷儿呢? 这实在是"斯亦不足畏也矣"[40]。

第七章 革 命

宣统三年九月十四日[41]——即阿Q将搭连卖给赵白眼的这一天——三更四点,有一只大乌篷船到了赵府上的河埠头。这船从黑魆魆中荡来,乡下人睡得熟,都没有知道;出去时将近黎明,却很有几个看见的了。据探头探脑的调查来的结果,知道那竟是举人老爷的船!

那船便将大不安载给了未庄，不到正午，全村的人心就很摇动。船的使命，赵家本来是很秘密的，但茶坊酒肆里却都说，革命党要进城，举人老爷到我们乡下来逃难了。惟有邹七嫂不以为然，说那不过是几口破衣箱，举人老爷想来寄存的，却已被赵太爷回复转去。其实举人老爷和赵秀才素不相能，在理本不能有"共患难"的情谊，况且邹七嫂又和赵家是邻居，见闻较为切近，所以大概该是伊对的。

然而谣言很旺盛，说举人老爷虽然似乎没有亲到，却有一封长信，和赵家排了"转折亲"。赵太爷肚里一轮，觉得于他总不会有坏处，便将箱子留下了，现就塞在太太的床底下。至于革命党，有的说是便在这一夜进了城，个个白盔白甲：穿着崇正皇帝的素[42]。

阿Q的耳朵里，本来早听到过革命党这一句话，今年又亲眼见过杀掉革命党。但他有一种不知从那里来的意见，以为革命党便是造反，造反便是与他为难，所以一向是"深恶而痛绝之"的。殊不料这却使百里闻名的举人老爷有这样怕，于是他未免也有些"神往"了，况且未庄的一群鸟男女的慌张的神情，也使阿Q更快意。

"革命也好罢，"阿Q想，"革这伙妈妈的的命，太可恶！太可恨！……便是我，也要投降革命党了。"

阿Q近来用度窘，大约略略有些不平；加以午间喝了两碗空肚酒，愈加醉得快，一面想一面走，便又飘飘然起来。不知怎么一来，忽而似乎革命党便是自己，未庄人却都是他的俘虏了。他得意之余，禁不住大声的嚷道：

"造反了！造反了！"

未庄人都用了惊惧的眼光对他看。这一种可怜的眼光，是阿 Q 从来没有见过的，一见之下，又使他舒服得如六月里喝了雪水。他更加高兴的走而且喊道：

"好，……我要什么就是什么，我欢喜谁就是谁。

得得，锵锵！

悔不该，酒醉错斩了郑贤弟，

悔不该，呀呀呀……

得得，锵锵，得，锵令锵！

我手执钢鞭将你打……"

赵府上的两位男人和两个真本家，也正站在大门口论革命。阿 Q 没有见，昂了头直唱过去。

"得得，……"

"老 Q，"赵太爷怯怯的迎着低声的叫。

"锵锵，"阿 Q 料不到他的名字会和"老"字联结起来，以为是一句别的话，与己无干，只是唱。"得，锵，锵令锵，锵！"

"老 Q。"

"悔不该……"

"阿 Q！"秀才只得直呼其名了。

阿 Q 这才站住，歪着头问道，"什么？"

"老 Q，……现在……"赵太爷却又没有话，"现在……发财么？"

"发财？自然。要什么就是什么……"

"阿……Q 哥，像我们这样穷朋友是不要紧的……"赵白眼惴惴的说，似乎想探革命党的口风。

"穷朋友？你总比我有钱。"阿Q说着自去了。

大家都怃然，没有话。赵太爷父子回家，晚上商量到点灯。赵白眼回家，便从腰间扯下搭连来，交给他女人藏在箱底里。

阿Q飘飘然的飞了一通，回到土谷祠，酒已经醒透了。这晚上，管祠的老头子也意外的和气，请他喝茶；阿Q便向他要了两个饼，吃完之后，又要了一支点过的四两烛和一个树烛台，点起来，独自躺在自己的小屋里。他说不出的新鲜而且高兴，烛火像元夜似的闪闪的跳，他的思想也迸跳起来了：

"造反？有趣，……来了一阵白盔白甲的革命党，都拿着板刀，钢鞭，炸弹，洋炮，三尖两刃刀，钩镰枪，走过土谷祠，叫道，'阿Q！同去同去！'于是一同去。……

"这时未庄的一伙鸟男女才好笑哩，跪下叫道，'阿Q，饶命！'谁听他！第一个该死的是小D和赵太爷，还有秀才，还有假洋鬼子，……留几条么？王胡本来还可留，但也不要了。……

"东西，……直走进去打开箱子来：元宝，洋钱，洋纱衫，……秀才娘子的一张宁式床[43]先搬到土谷祠，此外便摆了钱家的桌椅，——或者也就用赵家的罢。自己是不动手的了，叫小D来搬，要搬得快，搬得不快打嘴巴。……

"赵司晨的妹子真丑。邹七嫂的女儿过几年再说。假洋鬼子的老婆会和没有辫子的男人睡觉，吓，不是好东西！秀才的老婆是眼胞上有疤的。……吴妈长久不见了，不知道在那里，——可惜脚太大。"

阿Q没有想得十分停当，已经发了鼾声，四两烛还只点去了小半寸，红焰焰的光照着他张开的嘴。

"荷荷！"阿Q忽而大叫起来，抬了头仓皇的四顾，待到看见四两烛，却又倒头睡去了。

第二天他起得很迟，走出街上看时，样样都照旧。他也仍然肚饿，他想着，想不起什么来；但他忽而似乎有了主意了，慢慢的跨开步，有意无意的走到静修庵。

庵和春天时节一样静，白的墙壁和漆黑的门。他想了一想，前去打门，一只狗在里面叫。他急急拾了几块断砖，再上去较为用力的打，打到黑门上生出许多麻点的时候，才听得有人来开门。

阿Q连忙捏好砖头，摆开马步，准备和黑狗来开战。但庵门只开了一条缝，并无黑狗从中冲出，望进去只有一个老尼姑。

"你又来什么事？"伊大吃一惊的说。

"革命了……你知道？……"阿Q说得很含胡。

"革命革命，革过一革的，……你们要革得我们怎么样呢？"老尼姑两眼通红的说。

"什么？……"阿Q诧异了。

"你不知道，他们已经来革过了！"

"谁？……"阿Q更其诧异了。

"那秀才和洋鬼子！"

阿Q很出意外，不由的一错愕；老尼姑见他失了锐气，便飞速的关了门，阿Q再推时，牢不可开，再打时，没有回答了。

那还是上午的事。赵秀才消息灵，一知道革命党已在夜间进城，便将辫子盘在顶上，一早去拜访那历来也不相能的钱洋鬼子。这是"咸与维新"〔44〕的时候了，所以他们便谈得很投机，立刻成了情投意合的同志，也相约去革命。他们想而又想，才想出静修庵里有一块"皇帝万岁万万岁"的龙牌，是应该赶紧革掉的，于是又立刻同到庵里去革命。因为老尼姑来阻挡，说了三句话，他们便将伊当作满政府，在头上很给了不少的棍子和栗凿。尼姑待他们走后，定了神来检点，龙牌固然已经碎在地上了，而且又不见了观音娘娘座前的一个宣德炉〔45〕。

这事阿Q后来才知道。他颇悔自己睡着，但也深怪他们不来招呼他。他又退一步想道：

"难道他们还没有知道我已经投降了革命党么？"

第八章　不准革命

未庄的人心日见其安静了。据传来的消息，知道革命党虽然进了城，倒还没有什么大异样。知县大老爷还是原官，不过改称了什么，而且举人老爷也做了什么——这些名目，未庄人都说不明白——官，带兵的也还是先前的老把总〔46〕。只有一件可怕的事是另有几个不好的革命党夹在里面捣乱，第二天便动手剪辫子，听说那邻村的航船七斤便着了道儿，弄得不像人样子了。但这却还不算大恐怖，因为未庄人本来少上城，即使偶有想进城的，也就立刻变了计，碰不着这危险。阿Q本也想进城去寻他的老朋友，一得这消息，也只得作罢了。

但未庄也不能说是无改革。几天之后，将辫子盘在顶上的逐渐增加起来了，早经说过，最先自然是茂才公，其次便是赵司晨和赵白眼，后来是阿Q。倘在夏天，大家将辫子盘在头顶上或者打一个结，本不算什么稀奇事，但现在是暮秋，所以这"秋行夏令"的情形，在盘辫家不能不说是万分的英断，而在未庄也不能说无关于改革了。

赵司晨脑后空荡荡的走来，看见的人大嚷说，

"嚄，革命党来了！"

阿Q听到了很羡慕。他虽然早知道秀才盘辫的大新闻，但总没有想到自己可以照样做，现在看见赵司晨也如此，才有了学样的意思，定下实行的决心。他用一支竹筷将辫子盘在头顶上，迟疑多时，这才放胆的走去。

他在街上走，人也看他，然而不说什么话，阿Q当初很不快，后来便很不平。他近来很容易闹脾气了；其实他的生活，倒也并不比造反之前反艰难，人见他也客气，店铺也不说要现钱。而阿Q总觉得自己太失意：既然革了命，不应该只是这样的。况且有一回看见小D，愈使他气破肚皮了。

小D也将辫子盘在头顶上了，而且也居然用一支竹筷。阿Q万料不到他也敢这样做，自己也决不准他这样做！小D是什么东西呢？他很想即刻揪住他，拗断他的竹筷，放下他的辫子，并且批他几个嘴巴，聊且惩罚他忘了生辰八字，也敢来做革命党的罪。但他终于饶放了，单是怒目而视的吐一口唾

沫道"呸!"

　　这几日里,进城去的只有一个假洋鬼子。赵秀才本也想靠着寄存箱子的渊源,亲身去拜访举人老爷的,但因为有剪辫的危险,所以也就中止了。他写了一封"黄伞格"[47]的信,托假洋鬼子带上城,而且托他给自己绍介绍介,去进自由党。假洋鬼子回来时,向秀才讨还了四块洋钱,秀才便有一块银桃子挂在大襟上了;未庄人都惊服,说这是柿油党的顶子[48],抵得一个翰林[49];赵太爷因此也骤然大阔,远过于他儿子初隽秀才的时候,所以目空一切,见了阿Q,也就很有些不放在眼里了。

　　阿Q正在不平,又时时刻刻感着冷落,一听得这银桃子的传说,他立即悟出自己之所以冷落的原因了:要革命,单说投降,是不行的;盘上辫子,也不行的;第一着仍然要和革命党去结识。他生平所知道的革命党只有两个,城里的一个早已"嚓"的杀掉了,现在只剩了一个假洋鬼子。他除却赶紧去和假洋鬼子商量之外,再没有别的道路了。

　　钱府的大门正开着,阿Q便怯怯的蹩进去。他一到里面,很吃了惊,只见假洋鬼子正站在院子的中央,一身乌黑的大约是洋衣,身上也挂着一块银桃子,手里是阿Q曾经领教过的棍子,已经留到一尺多长的辫子都拆开了披在肩背上,蓬头散发的像一个刘海仙[50]。对面挺直的站着赵白眼和三个闲人,正在必恭必敬的听说话。

　　阿Q轻轻的走近了,站在赵白眼的背后,心里想招呼,却不知道怎么说才好:叫他假洋鬼子固然是不行的了,洋人也不妥,革命党也不妥,或者就应该叫洋先生了罢。

洋先生却没有见他,因为白着眼睛讲得正起劲:

"我是性急的,所以我们见面,我总是说:洪哥[51]! 我们动手罢! 他却总说道 No! ——这是洋话,你们不懂的。否则早已成功了。然而这正是他做事小心的地方。他再三再四的请我上湖北,我还没有肯。谁愿意在这小县城里做事情。……"

"唔,……这个……"阿 Q 候他略停,终于用十二分的勇气开口了,但不知道因为什么,又并不叫他洋先生。

听着说话的四个人都吃惊的回顾他。洋先生也才看见:

"什么?"

"我……"

"出去!"

"我要投……"

"滚出去!"洋先生扬起哭丧棒来了。

赵白眼和闲人们便都吆喝道:"先生叫你滚出去,你还不听么!"

阿 Q 将手向头上一遮,不自觉的逃出门外;洋先生倒也没有追。他快跑了六十多步,这才慢慢的走,于是心里便涌起了忧愁:洋先生不准他革命,他再没有别的路;从此决不能望有白盔白甲的人来叫他,他所有的抱负,志向,希望,前程,全被一笔勾销了。至于闲人们传扬开去,给小 D 王胡等辈笑话,倒是还在其次的事。

他似乎从来没有经验过这样的无聊。他对于自己的盘辫子,仿佛也觉得无意味,要侮蔑;为报仇起见,很想立刻放下辫子来,但也没有竟放。他游到夜间,赊了两碗酒,喝下肚去,渐渐的高兴起来了,思想里才又出现白盔白甲的碎片。

有一天,他照例的混到夜深,待酒店要关门,才踱回土谷祠去。

拍,吧～～～!

他忽而听得一种异样的声音,又不是爆竹。阿Q本来是爱看热闹,爱管闲事的,便在暗中直寻过去。似乎前面有些脚步声;他正听,猛然间一个人从对面逃来了。阿Q一看见,便赶紧翻身跟着逃。那人转弯,阿Q也转弯,既转弯,那人站住了,阿Q也站住。他看后面并无什么,看那人便是小D。

"什么?"阿Q不平起来了。

"赵……赵家遭抢了!"小D气喘吁吁的说。

阿Q的心怦怦的跳了。小D说了便走;阿Q却逃而又停的两三回。但他究竟是做过"这路生意"的人,格外胆大,于是蹩出路角,仔细的听,似乎有些嚷嚷,又仔细的看,似乎许多白盔白甲的人,络绎的将箱子抬出了,器具抬出了,秀才娘子的宁式床也抬出了,但是不分明,他还想上前,两只脚却没有动。

这一夜没有月,未庄在黑暗里很寂静,寂静到像羲皇[52]时候一般太平。阿Q站着看到自己发烦,也似乎还是先前一样,在那里来来往往的搬,箱子抬出了,器具抬出了,秀才娘子的宁式床也抬出了,……抬得他自己有些不信他的眼睛了。但他决计不再上前,却回到自己的祠里去了。

土谷祠里更漆黑;他关好大门,摸进自己的屋子里。他躺了好一会,这才定了神,而且发出关于自己的思想来:白盔白甲的人明明到了,并不来打招呼,搬了许多好东西,又没有自己的份,——这全是假洋鬼子可恶,不准我造反,否则,这次何至于没有我的份呢?阿Q越想越气,终于禁不住满心痛恨起来,毒毒的点一点头:"不准我造反,只准你造反?妈妈的假洋鬼子,——好,你造反!造反是杀头的罪名呵,我总要告一状,看你抓进县里去杀头,——满门抄斩,——嚓!嚓!"

第九章　大　团　圆

赵家遭抢之后,未庄人大抵很快意而且恐慌,阿Q也很快意而且恐慌。但四天之后,阿Q在半夜里忽被抓进县城里去了。那时恰是暗夜,一队兵,一队团丁,一队警察,五个侦探,悄悄地到了未庄,乘昏暗围住土谷祠,正对门架好机关枪;然而阿Q不冲出。许多时没有动静,把总焦急起来了,悬了二十千的赏,才有两个团丁冒了险,踰垣进去,里应外合,一拥而入,将阿Q抓出来;直待擒出祠外面的机关枪左近,他才有些清醒了。

到进城,已经是正午,阿Q见自己被搀进一所破衙门,转了五六个弯,便推在一间小屋里。他刚刚一跄踉,那用整株的木料做成的栅栏门便跟着他的脚跟阖上了,其余的三面都是墙壁,仔细看时,屋角上还有两个人。

阿Q虽然有些忐忑,却并不很苦闷,因为他那土谷祠里的卧室,也并没有比这间屋子更高明。那两个也仿佛是乡下人,渐渐和他兜搭起来了,一个说是举人老爷要追他祖父欠下来的陈租,一个不知道为了什么事。他们问阿Q,阿Q爽利的答道,"因为我想造反。"

他下半天便又被抓出栅栏门去了,到得大堂,上面坐着一个满头剃得精光的老头子。阿Q疑心他是和尚,但看见下面站着一排兵,两旁又站着十几个长衫人物,也有满头剃得精光像这老头子的,也有将一尺来长的头发披在背后像那假洋鬼子的,都是一脸横肉,怒目而视的看他;他便知道这人一定有些来历,膝关节立刻自然而然的宽松,便跪了下去了。

"站着说! 不要跪!"长衫人物都吆喝说。

阿Q虽然似乎懂得,但总觉得站不住,身不由己的蹲了下去,而且终于趁势改为跪下了。

"奴隶性! ……"长衫人物又鄙夷似的说,但也没有叫他起来。

"你从实招来罢,免得吃苦。我早都知道了。招了可以放你。"那光头的老头子看定了阿Q的脸,沉静的清楚的说。

"招罢!"长衫人物也大声说。

"我本来要……来投……"阿Q胡里胡涂的想了一通,这才断断续续的说。

"那么,为什么不来的呢?"老头子和气的问。

"假洋鬼子不准我!"

"胡说! 此刻说,也迟了。现在你的同党在那里?"

"什么? ……"

"那一晚打劫赵家的一伙人。"

"他们没有来叫我。他们自己搬走了。"阿 Q 提起来便愤愤。

"走到那里去了呢？说出来便放你了。"老头子更和气了。

"我不知道，……他们没有来叫我……"

然而老头子使了一个眼色，阿 Q 便又被抓进栅栏门里了。他第二次抓出栅栏门，是第二天的上午。

大堂的情形都照旧。上面仍然坐着光头的老头子，阿 Q 也仍然下了跪。

老头子和气的问道，"你还有什么话说么？"

阿 Q 一想，没有话，便回答说，"没有。"

于是一个长衫人物拿了一张纸，并一支笔送到阿 Q 的面前，要将笔塞在他手里。阿 Q 这时很吃惊，几乎"魂飞魄散"了：因为他的手和笔相关，这回是初次。他正不知怎样拿；那人却又指着一处地方教他画花押。

"我……我……不认得字。"阿 Q 一把抓住了笔，惶恐而且惭愧的说。

"那么，便宜你，画一个圆圈！"

阿 Q 要画圆圈了，那手捏着笔却只是抖。于是那人替他将纸铺在地上，阿 Q 伏下去，使尽了平生的力画圆圈。他生怕被人笑话，立志要画得圆，但这可恶的笔不但很沉重，并且不听话，刚刚一抖一抖的几乎要合缝，却又向外一耸，画成瓜子模样了。

阿 Q 正羞愧自己画得不圆，那人却不计较，早已掣了纸笔去，许多人又将他第二次抓进栅栏门。

　　他第二次进了栅栏，倒也并不十分懊恼。他以为人生天地之间，大约本来有时要抓进抓出，有时要在纸上画圆圈的，惟有圈而不圆，却是他"行状"上的一个污点。但不多时也就释然了，他想：孙子才画得很圆的圆圈呢。于是他睡着了。

　　然而这一夜，举人老爷反而不能睡：他和把总呕了气了。举人老爷主张第一要追赃，把总主张第一要示众。把总近来很不将举人老爷放在眼里了，拍案打凳的说道，"惩一儆百！你看，我做革命党还不上二十天，抢案就是十几件，全不破案，我的面子在那里？破了案，你又来迂。不成！这是我管的！"举人老爷窘急了，然而还坚持，说是倘若不追赃，他便立刻辞了帮办民政的职务。而把总却道，"请便罢！"于是举人老爷在这一夜竟没有睡，但幸而第二天倒也没有辞。

　　阿Q第三次抓出栅栏门的时候，便是举人老爷睡不着的那一夜的明天的上午了。他到了大堂，上面还坐着照例的光头老头子；阿Q也照例的下了跪。

　　老头子很和气的问道，"你还有什么话么？"

　　阿Q一想，没有话，便回答说，"没有。"

　　许多长衫和短衫人物，忽然给他穿上一件洋布的白背心，上面有些黑字。阿Q很气苦：因为这很像是带孝，而带孝是晦气的。然而同时他的两手反缚了，同时又被一直抓出衙门外去了。

　　阿Q被抬上了一辆没有篷的车，几个短衣人物也和他同坐在一处。这车立刻走动了，前面是一班背着洋炮的兵们和团丁，两旁是许多张着嘴的看客，后面怎样，阿Q没有见。但他突然觉到了：这岂不是去杀头么？他一急，两眼发黑，耳朵里喤的一声，似乎发昏了。然而他又没有全发昏，有时虽然着急，有时却也泰然；他意思之间，似乎觉得人生天地间，大约本来有时也未免要杀头的。

他还认得路，于是有些诧异了：怎么不向着法场走呢？他不知道这是在游街，在示众。但即使知道也一样，他不过便以为人生天地间，大约本来有时也未免要游街要示众罢了。

他省悟了，这是绕到法场去的路，这一定是"嚓"的去杀头。他惘惘的向左右看，全跟着马蚁似的人，而在无意中，却在路旁的人丛中发见了一个吴妈。很久违，伊原来在城里做工了。阿Q忽然很羞愧自己没志气：竟没有唱几句戏。他的思想仿佛旋风似的在脑里一回旋：《小孤孀上坟》欠堂皇，《龙虎斗》里的"悔不该……"也太乏，还是"手执钢鞭将你打"罢。他同时想将手一扬，才记得这两手原来都捆着，于是"手执钢鞭"也不唱了。

"过了二十年又是一个……"阿Q在百忙中，"无师自通"的说出半句从来不说的话。

"好!!!"从人丛里，便发出豺狼的嗥叫一般的声音来。

车子不住的前行，阿Q在喝采声中，轮转眼睛去看吴妈，似乎伊一向并没有见他，却只是出神的看着兵们背上的洋炮。

阿Q于是再看那些喝采的人们。

这刹那中，他的思想又仿佛旋风似的在脑里一回旋了。四年之前，他曾在山脚下遇见一只饿狼，永是不近不远的跟定他，要吃他的肉。他那时吓得几乎要死，幸而手里有一柄斫柴刀，才得仗这壮了胆，支持到未庄；可是永远记得那狼眼睛，又凶又怯，闪闪的像两颗鬼火，似乎远远的来穿透了他的皮肉。而这回他又看见从来没有见过的更可怕的眼睛了，又钝又锋利，不但已经咀嚼了他的话，并且还要咀嚼他皮肉以外的东西，永是不远不近的跟他走。

这些眼睛们似乎连成一气，已经在那里咬他的灵魂。

"救命，……"

然而阿Q没有说。他早就两眼发黑，耳朵里嗡的一声，觉得全身仿佛微尘似的迸散了。

至于当时的影响，最大的倒反在举人老爷，因为终于没有追赃，他全家都号咷了。其次是赵府，非特秀才因为上城去报官，被不好的革命党剪了辫子，而且又破费了二十千的赏钱，所以全家也号咷了。从这一天以来，他们便渐渐的都发生了遗老的气味。

至于舆论，在未庄是无异议，自然都说阿Q坏，被枪毙便是他的坏的证据；不坏又何至于被枪毙呢？而城里的舆论却不佳，他们多半不满足，以为枪毙并无杀头这般好看；而且那是怎样的一个可笑的死囚呵，游了那么久的街，竟没有唱一句戏：他们白跟一趟了。

一九二一年十二月。

＊　　　＊　　　＊

〔1〕 本篇最初分章发表于北京《晨报副刊》,自 1921 年 12 月 4 日起至 1922 年 2 月 12 日止,每周或隔周刊登一次,署名巴人。

作者在 1925 年曾为这篇小说的俄文译本写过一篇短序,后收在《集外集》中;1926 年又写过《阿 Q 正传的成因》一文,收在《华盖集续编》中,都可参看。

〔2〕 "立言" 我国古代所谓"三不朽"之一。《左传》襄公二十四年载鲁国大夫叔孙豹的话:"豹闻之:大上有立德,其次有立功,其次有立言,虽久不废,此之谓不朽。"按大,音太,指黄帝尧舜。

〔3〕 "名不正则言不顺" 语出《论语·子路》:"名不正则言不顺,言不顺则事不成。"名指名分。

〔4〕 内传 小说体传记的一种。作者在 1931 年 3 月 3 日给《阿 Q 正传》日译者山上正义的校释中说:"昔日道士写仙人的事多以'内传'题名。"

〔5〕 "正史" 封建时代由官方撰修或认可的史书。清代乾隆时规定自《史记》至《明史》历代二十四部纪传体史书为"正史"。"正史"中的"列传"部分,一般都是著名人物的传记。

〔6〕 宣付国史馆立"本传" 旧时效忠于统治者的重要人物或名人,死后由政府明令褒扬,令文末常有"宣付国史馆立传"的话。历代编纂史书的机构,名称不一,清代叫国史馆。辛亥革命后,北洋军阀及国民党政府都曾沿用这一名称。

〔7〕 迭更司(C. Dickens,1812—1870) 通译狄更斯,英国小说家。著有《大卫·科波菲尔》、《双城记》等。《博徒别传》原名《劳特奈·斯吞》,英国小说家柯南·道尔(1859—1930)著,陈大澄等译,是商务印书馆出版的《说部丛书》之一。鲁迅在 1926 年 8 月 8 日致韦素园信中曾说:"《博徒别传》是 Rodney Stone 的译名,但是 C. Doyle 做的。《阿 Q 正

传》中说是迭更司作,乃是我误记。"1931 年作者为山上正义写的校释中说:"林琴南氏曾译柯南·道尔的小说,取名《博徒别传》,这里是讽刺此事。写为迭更司,系作者之错。"

〔8〕 "引车卖浆者流"　这是当时林琴南攻击白话文的用语。参看本卷第 199 页注〔27〕。1931 年 3 月 3 日作者给日本山上正义的校释中说:"'引车卖浆',即拉车卖豆腐浆之谓,系指蔡元培氏之父。那时,蔡元培氏为北京大学校长,亦系主张白话者之一,故亦受到攻击之矢。"按蔡元培的父亲曾做过钱店经理,并非"以卖浆为业"。此谣言出于思孟的《息邪》(一名《北京大学铸鼎录》)一文中的《蔡元培传》(载 1919 年8 月 7 日、8 日《公言报》),文中说,蔡元培"父某,以卖浆为业。数见侮,谓其子曰:'吾以贱业见轻,汝不勤学雪耻者非吾子也'。"鲁迅当时写的《寸铁》(《集外集拾遗补编》)中,就曾予以抨击,说这只是"做些鬼祟的事"的"小邪","造谣说谎诬陷中伤也都是中国的大宗国粹"。

〔9〕　不入三教九流的小说家　三教,指儒教、佛教、道教;九流,即九家。《汉书·艺文志》中分古代诸子为十家:儒家、道家、阴阳家、法家、名家、墨家、纵横家、杂家、农家、小说家,并说:"诸子十家,其可观者九家而已。""小说家者流,盖出于稗官。街谈巷语,道听途说者之所造也。……是以君子弗为也。"

〔10〕《书法正传》　一部关于书法的书,清代冯武著,共十卷。这里的"正传"是"正确的传授"的意思。

〔11〕 "著之竹帛"　语出《吕氏春秋·仲春纪》:"故使庄生功迹,著乎竹帛,传乎后世。"竹,竹简;帛,绢绸。我国古代未发明造纸前曾用来书写文字。

〔12〕 茂才　即秀才。东汉时,因为避光武帝刘秀的名讳,改秀才为茂才;后来有时也沿用作秀才的别称。

〔13〕 陈独秀办了《新青年》提倡洋字　指 1918 年前后钱玄同等

人在《新青年》杂志上开展关于废除汉字、改用罗马字母拼音的讨论一事。1931 年 3 月 3 日作者在给山上正义的校释中说:"主张使用罗马字母的是钱玄同,这里说是陈独秀,系茂才公之误。"

〔14〕《郡名百家姓》 《百家姓》是以前学塾所用的识字课本之一,宋初人编纂。为便于诵读,将姓氏连缀为四言韵语。《郡名百家姓》则在每一姓上都附注郡(古代地方区域的名称)名,表示某姓望族曾居古代某地,如赵为"天水"、钱为"彭城"之类。

〔15〕 胡适之 即胡适。他在 1920 年 7 月所作《〈水浒传〉考证》中说自己有"历史癖与考据癖""两种老毛病"。

〔16〕"行状" 指人的品行业绩。《后汉书·李善传》:钟离意"上书荐善行状"。

〔17〕 土谷祠 即土地庙。土谷,指土地神和五谷神。

〔18〕"文童" 也称"童生",指科举时代习举业而尚未考取秀才的人。

〔19〕 状元 科举时代,经皇帝殿试取中的第一名进士叫状元。

〔20〕 押牌宝 一种赌博。赌局中为主的人叫"桩家";下文的"青龙"、"天门"、"穿堂"等都是押牌宝的用语,指押赌注的位置;"四百"、"一百五十"是押赌注的钱数。

〔21〕"塞翁失马安知非福" 据《淮南子·人间训》:"近塞上之人有善术者,马无故亡而入胡,人皆吊之。其父曰:'此何遽不为福乎?'居数月,其马将胡骏马而归,人皆贺之。其父曰:'此何遽不为祸乎?'家富马良,其子好骑,堕而折其髀,人皆吊之。其父曰:'此何遽不为福乎?'居一年,胡人大入塞,丁壮者引弦而战,近塞之人死者十九,此独以跛之故,父子相保。故福之为祸,祸之为福,化不可极,深不可测也。"

〔22〕 赛神 即迎神赛会,参看本卷第 353 页注〔3〕。

〔23〕《小孤孀上坟》 当时流行的一出绍兴地方戏。

〔24〕　太牢　按古代祭礼，原指牛、羊、豕三牲，后来单称牛为太牢。

〔25〕　皇帝已经停了考　光绪三十一年(1905)，清政府下令自丙午科起，废止科举考试。

〔26〕　哭丧棒　旧时在为父母送殡时，儿子须手拄"孝杖"，以表示悲痛难支。阿Q因厌恶假洋鬼子，所以把他的手杖咒为"哭丧棒"。

〔27〕　"不孝有三无后为大"　语出《孟子·离娄(上)》。参看本卷第149页注〔25〕。

〔28〕　"若敖之鬼馁而"　语出《左传》宣公四年：当初楚国司马子良(若敖氏)生的儿子越椒长相凶恶，"熊虎之状而豺狼之声"，子良的哥哥令尹子文认为越椒长大后会招致灭族之祸，要子良杀死他。子良当时没有依从。子文临死时聚族人哭着说："鬼犹求食，若敖氏之鬼，不其馁而。"意思是若敖氏以后没有子孙供饭，鬼魂都要挨饿了。而，语尾助词。这一年秋天，已经成为令尹的子越(即越椒)及若敖氏全族，为楚王所灭。

〔29〕　"不能收其放心"　《尚书·毕命》："骄淫矜侉，将由恶终。虽收放心，闲之惟艰。"放心，心无约束的意思。

〔30〕　妲己　殷纣王的妃子。下文的褒姒是周幽王的妃子。《史记》中有商因妲己而亡，周因褒姒而衰的记载。貂蝉是《三国演义》中王允家的一个歌妓，书中有吕布为争夺她而杀死董卓的故事。作者在这里是讽刺那种把历史上亡国败家的原因都归罪于妇女的观点。

〔31〕　"男女之大防"　指封建礼教对男女之间所规定的严格界限，如"男子居外，女子居内"(《礼记·内则》)，"男女授受不亲"(《孟子·离娄(上)》)，等等。

〔32〕　"诛心"　犹"诛意"。《后汉书·霍谞传》："谞闻《春秋》之义，原情定过，赦事诛意。"诛心、诛意，指不问实际情形而主观地推究别人

的居心。

〔33〕 "而立" 语出《论语·为政》："三十而立"。原是孔子说他三十岁在学问上有所自立的话,后来就常用"而立"代指三十岁。

〔34〕 小 Don 即小同。作者在《且介亭杂文·寄〈戏〉周刊编者信》中说:"他叫'小同',大起来,和阿 Q 一样。"

〔35〕 "我手执钢鞭将你打!" 这一句及下文的"悔不该,酒醉错斩了郑贤弟",都是当时绍兴地方戏《龙虎斗》中的唱词。这出戏演的是宋太祖赵匡胤和呼延赞交战的故事。郑贤弟,指赵匡胤部下猛将郑子明。

〔36〕 "士别三日便当刮目相待" 语出《三国志·吴书·吕蒙传》裴松之注引《江表传》:"蒙曰:士别三日,即更刮目相待。"刮目,拭目的意思。

〔37〕 三十二张的竹牌 一种赌具。即牙牌或骨牌,用象牙或兽骨所制,简陋的就用竹制成。下文的"麻酱"指麻雀牌,俗称麻将,也是一种赌具。阿 Q 把"麻将"讹为"麻酱"。

〔38〕 三百大钱九二串 即"三百大钱,以九十二文作为一百"(见《华盖集续编·阿 Q 正传的成因》)。旧时我国用的铜钱,中有方孔,可用绳子串在一起,每千枚(或每枚"当十"的大钱一百枚)为一串,称作一吊,但实际上常不足数。

〔39〕 "庭训" 《论语·季氏》载:孔子"尝独立,鲤(按即孔子的儿子)趋而过庭",孔子要他学"诗"、学"礼"。后来就常有人称父亲的教训为"庭训"或"过庭之训"。

〔40〕 "斯亦不足畏也矣" 语出《论语·子罕》:"子曰:'后生可畏,焉知来者之不如今也? 四十五十而无闻焉,斯亦不足畏也已。"

〔41〕 宣统三年九月十四 这一天是公元 1911 年 11 月 4 日,辛亥革命武昌起义后的第二十五天。据《中国革命记》第三册(1911 年上

海自由社编印)记载:辛亥九月十四日杭州府为民军占领,绍兴府即日宣布光复。

〔42〕　穿着崇正皇帝的素　崇正,作品中人物对崇祯的讹称。崇祯是明思宗(朱由检)的年号。明亡于清,后来有些农民起义的部队,常用“反清复明”的口号来反对清朝统治,因此直到清末还有人认为革命军起义是替崇祯皇帝报仇。

〔43〕　宁式床　浙江宁波一带制作的一种比较讲究的床。

〔44〕　“咸与维新”　语出《尚书·胤征》。参看本卷第 295 页注〔9〕。

〔45〕　宣德炉　明宣宗宣德年间(1426—1435)制造的一种比较名贵的小型铜香炉,炉底有“大明宣德年制”字样。

〔46〕　把总　清代最低一级的武官。

〔47〕　“黄伞格”　一种写信格式。在八行竖写的信纸上,每行都有颂扬或表示敬意的语句,这些语句都抬头写,但不写到底,近中央处的一行写受信人的名号,更加抬高一格,下面的字也多一些,这一行便矗立于两旁的短行之间,看起来像一把黄伞的伞柄。黄伞是封建时代高贵的仪仗之一,故这种写法称“黄伞格”。这样的信表示对于对方的恭敬。

〔48〕　柿油党的顶子　柿油党是“自由党”的谐音,作者在《华盖集续编·阿 Q 正传的成因》中说:“‘柿油党’……原是‘自由党’,乡下人不能懂,便讹成他们能懂的‘柿油党’了。”顶子是清代官员帽顶上表示官阶的帽珠。这里是未庄人把自由党的徽章比作官员的“顶子”。

〔49〕　翰林　唐代以来皇帝的文学侍从的名称。明清时代凡进士选入翰林院供职者通称翰林,担任编修国史、起草文件等工作,是一种名望较高的文职官衔。

〔50〕　刘海仙　指五代时的刘海蟾。相传他在终南山修道成仙。

流行于民间的他的画像，一般都是披着长发，前额覆有短发。

〔**51**〕　洪哥　大概指黎元洪（1864—1928），湖北黄陂人，原任清朝新军第二十一混成协的协统（相当于以后的旅长），1911 年武昌起义时，被拉出来担任革命军的鄂军都督。他并未参与武昌起义的筹划。

〔**52**〕　羲皇　指伏羲氏，传说中我国上古时代的帝王。他的时代过去曾被形容为太平盛世。

端　午　节^{〔1〕}

　　方玄绰近来爱说"差不多"这一句话,几乎成了"口头禅"似的;而且不但说,的确也盘据在他脑里了。他最初说的是"都一样",后来大约觉得欠稳当了,便改为"差不多",一直使用到现在。

　　他自从发见了这一句平凡的警句以后,虽然引起了不少的新感慨,同时却也得到许多新慰安。譬如看见老辈威压青年,在先是要愤愤的,但现在却就转念道,将来这少年有了儿孙时,大抵也要摆这架子的罢,便再没有什么不平了。又如看见兵士打车夫,在先也要愤愤的,但现在也就转念道,倘使这车夫当了兵,这兵拉了车,大抵也就这么打,便再也不放在心上了。他这样想着的时候,有时也疑心是因为自己没有和恶社会奋斗的勇气,所以瞒心昧己的故意造出来的一条逃路,很近于"无是非之心"^{〔2〕},远不如改正了好。然而这意见,总反而在他脑里生长起来。

　　他将这"差不多说"最初公表的时候是在北京首善学校的讲堂上,其时大概是提起关于历史上的事情来,于是说到"古今人不相远",说到各色人等的"性相近"^{〔3〕},终于牵扯到学生和官僚身上,大发其议论道:

　　"现在社会上时髦的都通行骂官僚,而学生骂得尤利害。

560

然而官僚并不是天生的特别种族，就是平民变就的。现在学生出身的官僚就不少，和老官僚有什么两样呢？'易地则皆然'[4]，思想言论举动丰采都没有什么大区别……便是学生团体新办的许多事业，不是也已经难免出弊病，大半烟消火灭了么？差不多的。但中国将来之可虑就在此……"

散坐在讲堂里的二十多个听讲者，有的怅然了，或者是以为这话对；有的勃然了，大约是以为侮辱了神圣的青年；有几个却对他微笑了，大约以为这是他替自己的辩解：因为方玄绰就是兼做官僚的。

而其实却是都错误。这不过是他的一种新不平；虽说不平，又只是他的一种安分的空论。他自己虽然不知道是因为懒，还是因为无用，总之觉得是一个不肯运动，十分安分守己的人。总长冤他有神经病，只要地位还不至于动摇，他决不开一开口；教员的薪水欠到大半年了，只要别有官俸支持，他也决不开一开口。不但不开口，当教员联合索薪的时候，他还暗地里以为欠斟酌，太嚷嚷；直到听得同寮过分的奚落他们了，这才略有些小感慨，后来一转念，这或者因为自己正缺钱，而别的官并不兼做教员的缘故罢，于是也就释然了。

他虽然也缺钱，但从没有加入教员的团体内，大家议决罢课，可是不去上课了。政府说"上了课才给钱"，他才略恨他们的类乎用果子耍猴子；一个大教育家[5]说道"教员一手挟书包一手要钱不高尚"，他才对于他的太太正式的发牢骚了。

"喂，怎么只有两盘？"听了"不高尚说"这一日的晚餐时候，他看着菜蔬说。

他们是没有受过新教育的,太太并无学名或雅号,所以也就没有什么称呼了,照老例虽然也可以叫"太太",但他又不愿意太守旧,于是就发明了一个"喂"字。太太对他却连"喂"字也没有,只要脸向着他说话,依据习惯法,他就知道这话是对他而发的。

"可是上月领来的一成半都完了……昨天的米,也还是好容易才赊来的呢。"伊站在桌旁,脸对着他说。

"你看,还说教书的要薪水是卑鄙哩。这种东西似乎连人要吃饭,饭要米做,米要钱买这一点粗浅事情都不知道……"

"对啦。没有钱怎么买米,没有米怎么煮……"

他两颊都鼓起来了,仿佛气恼这答案正和他的议论"差不多",近乎随声附和模样;接着便将头转向别一面去了,依据习惯法,这是宣告讨论中止的表示。

待到凄风冷雨这一天,教员们因为向政府去索欠薪[6],在新华门前烂泥里被国军打得头破血出之后,倒居然也发了一点薪水。方玄绰不费一举手之劳的领了钱,酌还些旧债,却还缺一大笔款,这是因为官俸也颇有些拖欠了。当是时,便是廉吏清官们也渐以为薪之不可不索,而况兼做教员的方玄绰,自然更表同情于学界起来,所以大家主张继续罢课的时候,他虽然仍未到场,事后却尤其心悦诚服的确守了公共的决议。

然而政府竟又付钱,学校也就开课了。但在前几天,却有学生总会上一个呈文给政府,说"教员倘若不上课,便不要付欠薪。"这虽然并无效,而方玄绰却忽而记起前回政府所说的"上了课才给钱"的话来,"差不多"这一个影子在他眼前又一幌,而且并不消灭,于是他便在讲堂上公表了。

准此,可见如果将"差不多说"锻炼罗织起来,自然也可以判作一种挟带私心的不平,但总不能说是专为自己做官的辩解。只是每到这些时,他又常常喜欢拉上中国将来的命运之类的问题,一不小心,便连自己也以为是一个忧国的志士:人们是每苦于没有"自知之明"的。

但是"差不多"的事实又发生了,政府当初虽只不理那些招人头痛的教员,后来竟不理到无关痛痒的官吏,欠而又欠,终于逼得先前鄙薄教员要钱的好官,也很有几员化为索薪大会里的骁将了。惟有几种日报上却很发了些鄙薄讥笑他们的文字。方玄绰也毫不为奇,毫不介意,因为他根据了他的"差不多说",知道这是新闻记者还未缺少润笔[7]的缘故,万一政府或是阔人停了津贴,他们多半也要开大会的。

他既已表同情于教员的索薪,自然也赞成同寮的索俸,然而他仍然安坐在衙门中,照例的并不一同去讨债。至于有人疑心他孤高,那可也不过是一种误解罢了。他自己说,他是自从出世以来,只有人向他来要债,他从没有向人去讨过债,所以这一端是"非其所长"。而且他最不敢见手握经济之权的人物,这种人待到失了权势之后,捧着一本《大乘起信论》[8]讲佛学的时候,固然也很是"蔼然可亲"的了,但还在宝座上时,却总是一副阎王脸,将别人都当奴才看,自以为手操着你们这些穷小子们的生杀之权。他因此不敢见,也不愿见他们。这种脾气,虽然有时连自己也觉得是孤高,但往往同时也疑心这其实是没本领。

　　大家左索右索，总算一节一节的挨过去了，但比起先前来，方玄绰究竟是万分的拮据，所以使用的小厮和交易的店家不消说，便是方太太对于他也渐渐的缺了敬意，只要看伊近来不很附和，而且常常提出独创的意见，有些唐突的举动，也就可以了然了。到了阴历五月初四的午前，他一回来，伊便将一叠账单塞在他的鼻子跟前，这也是往常所没有的。

　　"一总总得一百八十块钱才够开消……发了么?"伊并不对着他看的说。

　　"哼，我明天不做官了。钱的支票是领来的了，可是索薪大会的代表不发放，先说是没有同去的人都不发，后来又说是要到他们跟前去亲领。他们今天单捏着支票，就变了阎王脸了，我实在怕看见……我钱也不要了，官也不做了，这样无限量的卑屈……"

　　方太太见了这少见的义愤，倒有些愕然了，但也就沉静下来。

　　"我想，还不如去亲领罢，这算什么呢。"伊看着他的脸说。

　　"我不去! 这是官俸，不是赏钱，照例应该由会计科送来的。"

　　"可是不送来又怎么好呢……哦，昨夜忘记说了，孩子们说那学费，学校里已经催过好几次了，说是倘若再不缴……"

　　"胡说! 做老子的办事教书都不给钱，儿子去念几句书倒要钱?"

　　伊觉得他已经不很顾忌道理，似乎就要将自己当作校长来出气，犯不上，便不再言语了。

两个默默的吃了午饭。他想了一会,又懊恼的出去了。

照旧例,近年是每逢节根或年关的前一天,他一定须在夜里的十二点钟才回家,一面走,一面掏着怀中,一面大声的叫道,"喂,领来了!"于是递给伊一叠簇新的中交票[9],脸上很有些得意的形色。谁知道初四这一天却破了例,他不到七点钟便回家来。方太太很惊疑,以为他竟已辞了职了,但暗暗地察看他脸上,却也并不见有什么格外倒运的神情。

"怎么了?……这样早?……"伊看定了他说。

"发不及了,领不出了,银行已经关了门,得等初八。"

"亲领?……"伊惴惴的问。

"亲领这一层,倒也已经取消了,听说仍旧由会计科分送。可是银行今天已经关了门,休息三天,得等到初八的上午。"他坐下,眼睛看着地面了,喝过一口茶,才又慢慢的开口说,"幸而衙门里也没有什么问题了,大约到初八就准有钱……向不相干的亲戚朋友去借钱,实在是一件烦难事。我午后硬着头皮去寻金永生,谈了一会,他先恭维我不去索薪,不肯亲领,非常之清高,一个人正应该这样做;待到知道我想要向他通融五十元,就像我在他嘴里塞了一大把盐似的,凡有脸上可以打皱的地方都打起皱来,说房租怎样的收不起,买卖怎样的赔本,在同事面前亲身领款,也不算什么的,即刻将我支使出来了。"

"这样紧急的节根,谁还肯借出钱去呢。"方太太却只淡淡的说,并没有什么慨然。

方玄绰低下头来了,觉得这也无怪其然的,况且自己和金永生本来很疏远。他接着就记起去年年关的事来,那时有一个同乡来借十块钱,他其时明明已经收到了衙门的领款凭单的了,因为恐怕这人将来未必会还钱,便装了一副为难的神色,说道衙门里既然领不到俸钱,学校里又不发薪水,实在"爱莫能助",将他空手送走了。他虽然自己并不看见装了怎样的脸,但此时却觉得很局促,嘴唇微微一动,又摇一摇头。

　　然而不多久,他忽而恍然大悟似的发命令了:叫小厮即刻上街去赊一瓶莲花白。他知道店家希图明天多还账,大抵是不敢不赊的,假如不赊,则明天分文不还,正是他们应得的惩罚。

　　莲花白竟赊来了,他喝了两杯,青白色的脸上泛了红,吃完饭,又颇有些高兴了。他点上一枝大号哈德门香烟,从桌上抓起一本《尝试集》[10]来,躺在床上就要看。

　　"那么,明天怎么对付店家呢?"方太太追上去,站在床面前,看着他的脸说。

　　"店家?……教他们初八的下半天来。"

　　"我可不能这么说。他们不相信,不答应的。"

　　"有什么不相信。他们可以问去,全衙门里什么人也没领到,都得初八!"他戟着第二个指头在帐子里的空中画了一个半圆,方太太跟着指头也看了一个半圆,只见这手便去翻开了《尝试集》。

　　方太太见他强横到出乎情理之外了,也暂时开不得口。

　　"我想,这模样是闹不下去的,将来总得想点法,做点什么别的事……"伊终于寻到了别的路,说。

　　"什么法呢?我'文不像誊录生,武不像救火兵',别的做什么?"

"你不是给上海的书铺子做过文章么?"

"上海的书铺子? 买稿要一个一个的算字,空格不算数。你看我做在那里的白话诗去,空白有多少,怕只值三百大钱一本罢。收版权税又半年六月没消息,'远水救不得近火',谁耐烦。"

"那么,给这里的报馆里……"

"给报馆里? 便在这里很大的报馆里,我靠着一个学生在那里做编辑的大情面,一千字也就是这几个钱,即使一早做到夜,能够养活你们么? 况且我肚子里也没有这许多文章。"

"那么,过了节怎么办呢?"

"过了节么? ——仍旧做官……明天店家来要钱,你只要说初八的下午。"

他又要看《尝试集》了。方太太怕失了机会,连忙吞吞吐吐的说:

"我想,过了节,到了初八,我们……倒不如去买一张彩票[11]……"

"胡说! 会说出这样无教育的……"

这时候,他忽而又记起被金永生支使出来以后的事了。那时他惘惘的走过稻香村,看见店门口竖着许多斗大的字的广告道"头彩几万元",仿佛记得心里也一动,或者也许放慢了脚步的罢,但似乎因为舍不得皮夹里仅存的六角钱,所以竟也毅然决然的走远了。他脸色一变,方太太料想他是在恼着伊的无教育,便赶紧退开,没有说完话。方玄绰也没有说完话,将腰一伸,咿咿呜呜的就念《尝试集》。

一九二二年六月。

＊　　　　　＊　　　　　＊

〔1〕　本篇最初发表于1922年9月上海《小说月报》第十三卷第九号。

〔2〕　"无是非之心"　语出《孟子·公孙丑(上)》:"无是非之心,非人也。"

〔3〕　"性相近"　语出《论语·阳货》:"性相近也,习相远也。"

〔4〕　"易地则皆然"　语出《孟子·离娄(下)》:"孟子曰:'禹、稷、颜回同道。……禹、稷、颜回易地则皆然。"

〔5〕　大教育家　指范源濂。据北京《语丝》周刊第十四期(1925年2月16日)善悟的《理想中的教师》一文追述:"前教育总长……范静生先生(按即范源濂)也曾非难过北京各校的教员,说他们一手拿钱,一手拿书包上课。"

〔6〕　指当时曾发生的索薪事件。1921年6月2日,为反对北洋政府摧残教育,停发经费拖欠薪金,京师公立小学以上学校男女学生代表二十余人,赴国务院请愿,被拘禁于纯一斋院内,断绝饮食。为援救学生,6月3日,经北京国立专门以上八校辞职教职员联席会议决,联席会同人及来部议事的八校校长,联合其他公立小学以上学生千余人,冒雨前往徐世昌为首的北洋政府总统府新华门前请愿索薪,突遭军警镇压,北大校长蒋梦麟,教授马叙伦、沈士远及其他院校校长师生等十余人受伤。下文的新华门,在北京西长安街,当时曾是北洋政府总统府的大门。

〔7〕　润笔　指给撰作诗文字画的人的报酬。宋代欧阳修《归田录》:王禹偁"尝草夏州李继迁制,继迁送润笔物数倍于常。"后来也用作

稿酬的别称。

〔8〕《大乘起信论》　佛经名。印度马鸣菩萨作,有梁代真谛三藏和唐代实叉难陀的两种译本。

〔9〕　中交票　中国银行和交通银行发行的钞票。

〔10〕《尝试集》　胡适作的白话诗集,1920 年 3 月上海亚东图书馆出版。

〔11〕　彩票　以抽签给奖的方式发行的票证。大多由官方发行,每票编有号码(或由购票者自设号码),以一定的价格出售,从售得的款中提出一小部分作奖金;最后用抽签的办法定出各级中奖号码,凡彩票号码与中奖号码相同的,按等级领奖,未中的作废。

白　光^[1]

　　陈士成看过县考的榜，回到家里的时候，已经是下午了。他去得本很早，一见榜，便先在这上面寻陈字。陈字也不少，似乎也都争先恐后的跳进他眼睛里来，然而接着的却全不是士成这两个字。他于是重新再在十二张榜的圆图^[2]里细细地搜寻，看的人全已散尽了，而陈士成在榜上终于没有见，单站在试院的照壁的面前。

　　凉风虽然拂拂的吹动他斑白的短发，初冬的太阳却还是很温和的来晒他。但他似乎被太阳晒得头晕了，脸色越加变成灰白，从劳乏的红肿的两眼里，发出古怪的闪光。这时他其实早已不看到什么墙上的榜文了，只见有许多乌黑的圆圈，在眼前泛泛的游走。

　　隽了秀才，上省去乡试，一径联捷上去，……绅士们既然千方百计的来攀亲，人们又都像看见神明似的敬畏，深悔先前的轻薄，发昏，……赶走了租住在自己破宅门里的杂姓——那是不劳说赶，自己就搬的，——屋宇全新了，门口是旗竿和扁额，……要清高可以做京官，否则不如谋外放。……他平日安排停当的前程，这时候又像受潮的糖塔一般，刹时倒塌，只剩下一堆碎片了。他不自觉的旋转了觉得涣散了的身躯，惘惘的走向归家的路。

570

他刚到自己的房门口，七个学童便一齐放开喉咙，吱的念起书来。他大吃一惊，耳朵边似乎敲了一声磬，只见七个头拖了小辫子在眼前幌，幌得满房，黑圈子也夹着跳舞。他坐下了，他们送上晚课来，脸上都显出小觑他的神色。

"回去罢。"他迟疑了片时，这才悲惨的说。

他们胡乱的包了书包，挟着，一溜烟跑走了。

陈士成还看见许多小头夹着黑圆圈在眼前跳舞，有时杂乱，有时也排成异样的阵图，然而渐渐的减少，模胡了。

"这回又完了！"

他大吃一惊，直跳起来，分明就在耳朵边的话，回过头去却并没有什么人，仿佛又听得嗡的敲了一声磬，自己的嘴也说道：

"这回又完了！"

他忽而举起一只手来，屈指计数着想，十一，十三回，连今年是十六回，竟没有一个考官懂得文章，有眼无珠，也是可怜的事，便不由嘻嘻的失了笑。然而他愤然了，蓦地从书包布底下抽出誊真的制艺和试帖[3]来，拿着往外走，刚近房门，却看见满眼都明亮，连一群鸡也正在笑他，便禁不住心头突突的狂跳，只好缩回里面了。

他又就了坐，眼光格外的闪烁；他目睹着许多东西，然而很模胡，——是倒塌了的糖塔一般的前程躺在他面前，这前程又只是广大起来，阻住了他的一切路。

别家的炊烟早消歇了，碗筷也洗过了，而陈士成还不去做饭。寓在这里的杂姓是知道老例的，凡遇到县考的年头，看见发榜后的这样的眼光,不如及早关了门,不要多管事。最先就绝了人声,接着是陆续的熄了灯火,独有月亮,却缓缓的出现在寒夜的空中。

空中青碧到如一片海,略有些浮云,仿佛有谁将粉笔洗在笔洗里似的摇曳。月亮对着陈士成注下寒冷的光波来,当初也不过像是一面新磨的铁镜罢了,而这镜却诡秘的照透了陈士成的全身,就在他身上映出铁的月亮的影。

他还在房外的院子里徘徊,眼里颇清净了,四近也寂静。但这寂静忽又无端的纷扰起来,他耳边又确凿听到急促的低声说:

“左弯右弯……”

他耸然了,倾耳听时,那声音却又提高的复述道:

“右弯!”

他记得了。这院子,是他家还未如此雕零的时候,一到夏天的夜间,夜夜和他的祖母在此纳凉的院子。那时他不过十岁有零的孩子,躺在竹榻上,祖母便坐在榻旁边,讲给他有趣的故事听。伊说是曾经听得伊的祖母说,陈氏的祖宗是巨富的,这屋子便是祖基,祖宗埋着无数的银子,有福气的子孙一定会得到的罢,然而至今还没有现。至于处所,那是藏在一个谜语的中间:

“左弯右弯,前走后走,量金量银不论斗。”

对于这谜语,陈士成便在平时,本也常常暗地里加以揣测的,可惜大抵刚以为可通,却又立刻觉得不合了。有一回,他确有把握,知道这是在租给唐家的房底下的了,然而总没有前去发掘的勇气；过了几时，可又觉得太不相像了。至于他自己房子里的几个掘过的旧痕迹，那却全是先前几回下第以后的发了怔忡的举动，后来自己一看到，也还感到惭愧而且羞人。

但今天铁的光罩住了陈士成，又软软的来劝他了，他或者偶一迟疑，便给他正经的证明，又加上阴森的催逼，使他不得不又向自己的房里转过眼光去。

白光如一柄白团扇，摇摇摆摆的闪起在他房里了。

"也终于在这里！"

他说着，狮子似的赶快走进那房里去，但跨进里面的时候，便不见了白光的影踪，只有莽苍苍的一间旧房，和几个破书桌都没在昏暗里。他爽然的站着，慢慢的再定睛，然而白光却分明的又起来了，这回更广大，比硫黄火更白净，比朝雾更霏微，而且便在靠东墙的一张书桌下。

陈士成狮子似的奔到门后边，伸手去摸锄头，撞着一条黑影。他不知怎的有些怕了，张惶的点了灯，看锄头无非倚着。他移开桌子，用锄头一气掘起四块大方砖，蹲身一看，照例是黄澄澄的细沙，揎了袖爬开细沙，便露出下面的黑土来。他极小心的，幽静的，一锄一锄往下掘，然而深夜究竟太寂静了，尖铁触土的声音，总是钝重的不肯瞒人的发响。

土坑深到二尺多了，并不见有瓮口，陈士成正心焦，一声脆响，颇震得手腕痛，锄尖碰着什么坚硬的东西了；他急忙抛下锄头，摸索着看时，一块大方砖在下面。他的心抖得很利害，聚精会神的挖起那方砖来，下面也满是先前一样的黑土，爬松了许多土，下面似乎还无穷。但忽而又触着坚硬的小东西了,圆的,大约是一个锈铜钱;此外也还有几片破碎的磁片。

陈士成心里仿佛觉得空虚了,浑身流汗,急躁的只爬搔;这其间,心在空中一抖动,又触着一种古怪的小东西了,这似乎约略有些马掌形的,但触手很松脆。他又聚精会神的挖起那东西来,谨慎的撮着,就灯光下仔细的看时,那东西斑斑剥剥的像是烂骨头,上面还带着一排零落不全的牙齿。他已经悟到这许是下巴骨了,而那下巴骨也便在他手里索索的动弹起来,而且笑吟吟的显出笑影,终于听得他开口道:

"这回又完了!"

他栗然的发了大冷,同时也放了手,下巴骨轻飘飘的回到坑底里不多久,他也就逃到院子里了。他偷看房里面,灯火如此辉煌,下巴骨如此嘲笑,异乎寻常的怕人,便再不敢向那边看。他躲在远处的檐下的阴影里,觉得较为平安了;但在这平安中,忽而耳朵边又听得窃窃的低声说:

"这里没有……到山里去……"

陈士成似乎记得白天在街上也曾听得有人说这种话,他不待再听完,已经恍然大悟了。他突然仰面向天,月亮已向西高峰这方面隐去,远想离城三十五里的西高峰正在眼前,朝笏[4]一般黑魆魆的挺立着,周围便放出浩大闪烁的白光来。

而且这白光又远远的就在前面了。

"是的,到山里去!"

他决定的想,惨然的奔出去了。几回的开门声之后,门里面便再不闻一些声息。灯火结了大灯花照着空屋和坑洞,毕毕剥剥的炸了几声之后,便渐渐的缩小以至于无有,那是残油已经烧尽了。

"开城门来～～～"

含着大希望的恐怖的悲声,游丝似的在西关门前的黎明中,战战兢兢的叫喊。

第二天的日中,有人在离西门十五里的万流湖里看见一个浮尸,当即传扬开去,终于传到地保的耳朵里了,便叫乡下人捞将上来。那是一个男尸,五十多岁,"身中面白无须",浑身也没有什么衣裤。或者说这就是陈士成。但邻居懒得去看,也并无尸亲认领,于是经县委员相验之后,便由地保抬埋了。至于死因,那当然是没有问题的,剥取死尸的衣服本来是常有的事,够不上疑心到谋害去;而且仵作也证明是生前的落水,因为他确凿曾在水底里挣命,所以十个指甲里都满嵌着河底泥。

一九二二年六月。

＊　　　＊　　　＊

〔1〕　本篇最初发表于 1922 年 7 月 10 日上海《东方杂志》第十九卷第十三号。

〔2〕　圆图　科举时代县考初试公布的名榜,也叫团榜。一般不计名次。为了便于计算,将每五十名考取者的姓名写成一个圆图;开始一名以较大的字提高写,其次沿时针方向自右至左写去。

〔3〕　制艺和试帖　制艺,即摘取"四书""五经"中的文句命题、立论的八股文;试帖,指试帖诗,用古人诗句或成语一句,冠以"赋得"二字为题,一般为五言八韵,即五字一句,十六句一首,二句一韵。它们是科

举考试规定的公式化的诗文。

　〔4〕　朝笏　古代臣子朝见皇帝时所执狭长而稍弯的手板,按品级不同,分别用玉、象牙或竹制成,将要奏的事书记其上,以免遗忘。《礼记·玉藻》:"凡有指画于君前,则书于笏。"

兔 和 猫[1]

住在我们后进院子里的三太太，在夏间买了一对白兔，是给伊的孩子们看的。

这一对白兔，似乎离娘并不久，虽然是异类，也可以看出他们的天真烂熳来。但也竖直了小小的通红的长耳朵，动着鼻子，眼睛里颇现些惊疑的神色，大约究竟觉得人地生疏，没有在老家时候的安心了。这种东西，倘到庙会[2]日期自己出去买，每个至多不过两吊钱，而三太太却花了一元，因为是叫小使上店买来的。

孩子们自然大得意了，嚷着围住了看；大人也都围着看；还有一匹小狗名叫S的也跑来，闯过去一嗅，打了一个喷嚏，退了几步。三太太吆喝道，"S，听着，不准你咬他！"于是在他头上打了一掌，S便退开了，从此并不咬。

这一对兔总是关在后窗后面的小院子里的时候多，听说是因为太喜欢撕壁纸，也常常啃木器脚。这小院子里有一株野桑树，桑子落地，他们最爱吃，便连喂他们的波菜也不吃了。乌鸦喜鹊想要下来时，他们便躬着身子用后脚在地上使劲的一弹，砉的一声直跳上来，像飞起了一团雪，鸦鹊吓得赶紧走，这样的几回，再也不敢近来了。三太太说，鸦鹊倒不打紧，至多也不过抢吃一点食料，可恶的是一匹大黑猫，常在矮墙上恶

577

狠狠的看,这却要防的,幸而 S 和猫是对头,或者还不至于有什么罢。

　　孩子们时时捉他们来玩耍;他们很和气,竖起耳朵,动着鼻子,驯良的站在小手的圈子里,但一有空,却也就溜开去了。他们夜里的卧榻是一个小木箱,里面铺些稻草,就在后窗的房檐下。

　　这样的几个月之后,他们忽而自己掘土了,掘得非常快,前脚一抓,后脚一踢,不到半天,已经掘成一个深洞。大家都奇怪,后来仔细看时,原来一个的肚子比别一个的大得多了。他们第二天便将干草和树叶衔进洞里去,忙了大半天。

　　大家都高兴,说又有小兔可看了;三太太便对孩子们下了戒严令,从此不许再去捉。我的母亲也很喜欢他们家族的繁荣,还说待生下来的离了乳,也要去讨两匹来养在自己的窗外面。

　　他们从此便住在自造的洞府里,有时也出来吃些食,后来不见了,可不知道他们是预先运粮存在里面呢还是竟不吃。过了十多天,三太太对我说,那两匹又出来了,大约小兔是生下来又都死掉了,因为雌的一匹的奶非常多,却并不见有进去哺养孩子的形迹。伊言语之间颇气愤,然而也没有法。

　　有一天,太阳很温暖,也没有风,树叶都不动,我忽听得许多人在那里笑,寻声看时,却见许多人都靠着三太太的后窗看:原来有一个小兔,在院子里跳跃了。这比他的父母买来的时候还小得远,但也已经能用后脚一弹地,迸跳起来了。孩子们争着告诉我说,还看见一个小兔到洞口来探一探头,但是即刻缩回去了,那该是他的弟弟罢。

那小的也检些草叶吃,然而大的似乎不许他,往往夹口的抢去了,而自己并不吃。孩子们笑得响,那小的终于吃惊了,便跳着钻进洞里去;大的也跟到洞门口,用前脚推着他的孩子的脊梁,推进之后,又爬开泥土来封了洞。

从此小院子里更热闹,窗口也时时有人窥探了。

然而竟又全不见了那小的和大的。这时是连日的阴天,三太太又虑到遭了那大黑猫的毒手的事去。我说不然,那是天气冷,当然都躲着,太阳一出,一定出来的。

太阳出来了,他们却都不见。于是大家就忘却了。

惟有三太太是常在那里喂他们波菜的,所以常想到。伊有一回走进窗后的小院子去,忽然在墙角上发见了一个别的洞,再看旧洞口,却依稀的还见有许多爪痕。这爪痕倘说是大兔的,爪该不会有这样大,伊又疑心到那常在墙上的大黑猫去了,伊于是也就不能不定下发掘的决心了。伊终于出来取了锄子,一路掘下去,虽然疑心,却也希望着意外的见了小白兔的,但是待到底,却只见一堆烂草夹些兔毛,怕还是临蓐时候所铺的罢,此外是冷清清的,全没有什么雪白的小兔的踪迹,以及他那只一探头未出洞外的弟弟了。

气愤和失望和凄凉,使伊不能不再掘那墙角上的新洞了。一动手,那大的两匹便先窜出洞外面。伊以为他们搬了家了,很高兴,然而仍然掘,待见底,那里面也铺着草叶和兔毛,而上面却睡着七个很小的兔,遍身肉红色,细看时,眼睛全都没有开。

　　一切都明白了，三太太先前的预料果不错。伊为预防危险起见，便将七个小的都装在木箱中，搬进自己的房里，又将大的也捺进箱里面，勒令伊去哺乳。

　　三太太从此不但深恨黑猫，而且颇不以大兔为然了。据说当初那两个被害之先，死掉的该还有，因为他们生一回，决不至于只两个，但为了哺乳不匀，不能争食的就先死了。这大概也不错的，现在七个之中，就有两个很瘦弱。所以三太太一有闲空，便捉住母兔，将小兔一个一个轮流的摆在肚子上来喝奶，不准有多少。

　　母亲对我说，那样麻烦的养兔法，伊历来连听也未曾听到过，恐怕是可以收入《无双谱》[3]的。

　　白兔的家族更繁荣；大家也又都高兴了。

　　但自此之后，我总觉得凄凉。夜半在灯下坐着想，那两条小性命，竟是人不知鬼不觉的早在不知什么时候丧失了，生物史上不着一些痕迹，并 S 也不叫一声。我于是记起旧事来，先前我住在会馆里，清早起身，只见大槐树下一片散乱的鸽子毛，这明明是膏于鹰吻的了，上午长班[4]来一打扫，便什么都不见，谁知道曾有一个生命断送在这里呢？我又曾路过西四牌楼，看见一匹小狗被马车轧得快死，待回来时，什么也不见了，搬掉了罢，过往行人憧憧的走着，谁知道曾有一个生命断送在这里呢？夏夜，窗外面，常听到苍蝇的悠长的吱吱的叫声，这一定是给蝇虎咬住了，然而我向来无所容心于其间，而别人并且不听到……

　　假使造物也可以责备，那么，我以为他实在将生命造得太滥,毁得太滥了。

嗥的一声,又是两条猫在窗外打起架来。

"迅儿! 你又在那里打猫了?"

"不,他们自己咬。他那里会给我打呢。"

我的母亲是素来很不以我的虐待猫为然的,现在大约疑心我要替小兔抱不平,下什么辣手,便起来探问了。而我在全家的口碑上,却的确算一个猫敌。我曾经害过猫,平时也常打猫,尤其是在他们配合的时候。但我之所以打的原因并非因为他们配合,是因为他们嚷,嚷到使我睡不着,我以为配合是不必这样大嚷而特嚷的。

况且黑猫害了小兔,我更是"师出有名"的了。我觉得母亲实在太修善,于是不由的就说出模棱的近乎不以为然的答话来。

造物太胡闹,我不能不反抗他了,虽然也许是倒是帮他的忙……

那黑猫是不能久在矮墙上高视阔步的了,我决定的想,于是又不由的一瞥那藏在书箱里的一瓶青酸钾[5]。

　　　　　　　　　　　　　　　　一九二二年十月。

　　＊　　　　　＊　　　　　＊

〔1〕　本篇最初发表于 1922 年 10 月 10 日北京《晨报副刊》。

〔2〕　庙会　又称"庙市",旧时在节日或规定的日子,设在寺庙或其附近的集市。

〔3〕　《无双谱》　清代金古良编绘,内收从汉到宋四十个行为独

特人物的画像,并各附一诗。这里借用来形容独一无二。

〔4〕　长班　旧时官员的随身仆人,也用以称一般的"听差"。

〔5〕　青酸钾　即氰酸钾,一种剧毒的化学品。

鸭 的 喜 剧[1]

俄国的盲诗人爱罗先珂[2]君带了他那六弦琴到北京之后不多久，便向我诉苦说：

"寂寞呀，寂寞呀，在沙漠上似的寂寞呀！"

这应该是真实的，但在我却未曾感得；我住得久了，"入芝兰之室，久而不闻其香"[3]，只以为很是嚷嚷罢了。然而我之所谓嚷嚷，或者也就是他之所谓寂寞罢。

我可是觉得在北京仿佛没有春和秋。老于北京的人说，地气北转了，这里在先是没有这么和暖。只是我总以为没有春和秋；冬末和夏初衔接起来，夏才去，冬又开始了。

一日就是这冬末夏初的时候，而且是夜间，我偶而得了闲暇，去访问爱罗先珂君。他一向寓在仲密君[4]的家里；这时一家的人都睡了觉了，天下很安静。他独自靠在自己的卧榻上，很高的眉棱在金黄色的长发之间微蹙了，是在想他旧游之地的缅甸，缅甸的夏夜。

"这样的夜间，"他说，"在缅甸是遍地是音乐。房里，草间，树上，都有昆虫吟叫，各种声音，成为合奏，很神奇。其间时时夹着蛇鸣：'嘶嘶！'可是也与虫声相和协……"他沉思了，似乎想要追想起那时的情景来。

我开不得口。这样奇妙的音乐，我在北京确乎未曾听到过,所以即使如何爱国,也辩护不得,因为他虽然目无所见,耳朵是没有聋的。

"北京却连蛙鸣也没有……"他又叹息说。

"蛙鸣是有的!"这叹息,却使我勇猛起来了,于是抗议说,"到夏天,大雨之后,你便能听到许多虾蟆叫,那是都在沟里面的,因为北京到处都有沟。"

"哦……"

过了几天,我的话居然证实了,因为爱罗先珂君已经买到了十几个科斗子。他买来便放在他窗外的院子中央的小池里。那池的长有三尺,宽有二尺,是仲密所掘,以种荷花的荷池。从这荷池里,虽然从来没有见过养出半朵荷花来,然而养虾蟆却实在是一个极合式的处所。

科斗成群结队的在水里面游泳;爱罗先珂君也常常踱来访他们。有时候,孩子告诉他说,"爱罗先珂先生,他们生了脚了。"他便高兴的微笑道,"哦!"

然而养成池沼的音乐家却只是爱罗先珂君的一件事。他是向来主张自食其力的,常说女人可以畜牧,男人就应该种田。所以遇到很熟的友人,他便要劝诱他就在院子里种白菜;也屡次对仲密夫人劝告,劝伊养蜂,养鸡,养猪,养牛,养骆驼。后来仲密家里果然有了许多小鸡,满院飞跑,啄完了铺地锦的嫩叶,大约也许就是这劝告的结果了。

从此卖小鸡的乡下人也时常来,来一回便买几只,因为小鸡是容易积食,发痧,很难得长寿的;而且有一匹还成了爱罗先珂君在北京所作唯一的小说《小鸡的悲剧》[5]里的主人公。有一天的上午,那乡下人竟意外的带了小鸭来了,咻咻的叫着;但是仲密夫人说不要。爱罗先珂君也跑出来,他们就放一个在他两手里,而小鸭便在他两手里咻咻的叫。他以为这也很可爱,于是又不能不买了,一共买了四个,每个八十文。

小鸭也诚然是可爱,遍身松花黄,放在地上,便蹒跚的走,互相招呼,总是在一处。大家都说好,明天去买泥鳅来喂他们罢。爱罗先珂君说,"这钱也可以归我出的。"

他于是教书去了;大家也走散。不一会,仲密夫人拿冷饭来喂他们时,在远处已听得泼水的声音,跑到一看,原来那四个小鸭都在荷池里洗澡了,而且还翻筋斗,吃东西呢。等到拦他们上了岸,全池已经是浑水,过了半天,澄清了,只见泥里露出几条细藕来;而且再也寻不出一个已经生了脚的科斗了。

"伊和希珂先,没有了,虾蟆的儿子。"傍晚时候,孩子们一见他回来,最小的一个便赶紧说。

"唔,虾蟆?"

仲密夫人也出来了,报告了小鸭吃完科斗的故事。

"唉,唉! ……"他说。

待到小鸭褪了黄毛,爱罗先珂君却忽而渴念着他的"俄罗斯母亲"了,便匆匆的向赤塔去。

待到四处蛙鸣的时候,小鸭也已经长成,两个白的,两个花的,而且不复咻咻的叫,都是"鸭鸭"的叫了。荷花池也早已容不下他们盘桓了,幸而仲密的住家的地势是很低的,夏雨一降,院子里满积了水,他们便欣欣然,游水,钻水,拍翅子,"鸭鸭"的叫。

现在又从夏末交了冬初,而爱罗先珂君还是绝无消息,不知道究竟在那里了。

只有四个鸭,却还在沙漠上"鸭鸭"的叫。

一九二二年十月。

＊　　　＊　　　＊

〔1〕　本篇最初发表于 1922 年 12 月上海《妇女杂志》第八卷第十二号。

〔2〕　爱罗先珂　俄国诗人和童话作家。参看本卷第 243 页注〔25〕。

〔3〕　"入芝兰之室,久而不闻其香"　语出《孔子家语·六本》。

〔4〕　仲密　鲁迅二弟周作人(1885—1967)的笔名。

〔5〕　《小鸡的悲剧》　童话。鲁迅于 1922 年 7 月译出,发表于同年 9 月上海《妇女杂志》第八卷第九号,后收入《爱罗先珂童话集》。

社　戏[1]

　　我在倒数上去的二十年中，只看过两回中国戏，前十年是绝不看，因为没有看戏的意思和机会，那两回全在后十年，然而都没有看出什么来就走了。

　　第一回是民国元年我初到北京的时候，当时一个朋友对我说，北京戏最好，你不去见见世面么？我想，看戏是有味的，而况在北京呢。于是都兴致勃勃的跑到什么园，戏文已经开场了，在外面也早听到冬冬地响。我们挨进门，几个红的绿的在我的眼前一闪烁，便又看见戏台下满是许多头，再定神四面看，却见中间也还有几个空座，挤过去要坐时，又有人对我发议论，我因为耳朵已经喤喤的响着了，用了心，才听到他是说"有人，不行！"

　　我们退到后面，一个辫子很光的却来领我们到了侧面，指出一个地位来。这所谓地位者，原来是一条长凳，然而他那坐板比我的上腿要狭到四分之三，他的脚比我的下腿要长过三分之二。我先是没有爬上去的勇气，接着便联想到私刑拷打的刑具，不由的毛骨悚然的走出了。

　　走了许多路，忽听得我的朋友的声音道，"究竟怎的？"我回过脸去，原来他也被我带出来了。他很诧异的说，"怎么总是走，不答应？"我说，"朋友，对不起，我耳朵只在冬冬喤喤的响,并没有听到你的话。"

后来我每一想到,便很以为奇怪,似乎这戏太不好,——否则便是我近来在戏台下不适于生存了。

第二回忘记了那一年,总之是募集湖北水灾捐而谭叫天[2]还没有死。捐法是两元钱买一张戏票,可以到第一舞台去看戏,扮演的多是名角,其一就是小叫天。我买了一张票,本是对于劝募人聊以塞责的,然而似乎又有好事家乘机对我说了些叫天不可不看的大法要了。我于是忘了前几年的冬冬喤喤之灾,竟到第一舞台去了,但大约一半也因为重价购来的宝票,总得使用了才舒服。我打听得叫天出台是迟的,而第一舞台却是新式构造,用不着争座位,便放了心,延宕到九点钟才出去,谁料照例,人都满了,连立足也难,我只得挤在远处的人丛中看一个老旦在台上唱。那老旦嘴边插着两个点火的纸捻子,旁边有一个鬼卒,我费尽思量,才疑心他或者是目连[3]的母亲,因为后来又出来了一个和尚。然而我又不知道那名角是谁,就去问挤小在我的左边的一位胖绅士。他很看不起似的斜瞥了我一眼,说道,"龚云甫[4]!"我深愧浅陋而且粗疏,脸上一热,同时脑里也制出了决不再问的定章,于是看小旦唱,看花旦唱,看老生唱,看不知什么角色唱,看一大班人乱打,看两三个人互打,从九点多到十点,从十点到十一点,从十一点到十一点半,从十一点半到十二点,——然而叫天竟还没有来。

我向来没有这样忍耐的等候过什么事物,而况这身边的胖绅士的吁吁的喘气,这台上的冬冬喤喤的敲打,红红绿绿的晃荡，加之以十二点，忽而使我省悟到在这里不适于生存了。我同时便机械的拧转身子，用力往外只一挤，觉得背后便已满满的，大约那弹性的胖绅士早在我的空处胖开了他的右半身了。我后无回路，自然挤而又挤，终于出了大门。街上除了专等看客的车辆之外，几乎没有什么行人了，大门口却还有十几个人昂着头看戏目，别有一堆人站着并不看什么，我想：他们大概是看散戏之后出来的女人们的，而叫天却还没有来……

然而夜气很清爽，真所谓"沁人心脾"，我在北京遇着这样的好空气，仿佛这是第一遭了。

这一夜，就是我对于中国戏告了别的一夜，此后再没有想到他，即使偶而经过戏园，我们也漠不相关，精神上早已一在天之南一在地之北了。

但是前几天，我忽在无意之中看到一本日本文的书，可惜忘记了书名和著者，总之是关于中国戏的。其中有一篇，大意仿佛说，中国戏是大敲，大叫，大跳，使看客头昏脑眩，很不适于剧场，但若在野外散漫的所在，远远的看起来，也自有他的风致。我当时觉着这正是说了在我意中而未曾想到的话，因为我确记得在野外看过很好的好戏，到北京以后的连进两回戏园去，也许还是受了那时的影响哩。可惜我不知道怎么一来，竟将书名忘却了。

至于我看那好戏的时候，却实在已经是"远哉遥遥"的了，其时恐怕我还不过十一二岁。我们鲁镇的习惯，本来是凡有出嫁的女儿，倘自己还未当家，夏间便大抵回到母家去消夏。那时我的祖母虽然还康健，但母亲也已分担了些家务，所以夏期便不能多日的归省了，只得在扫墓完毕之后，抽空去住几天，这时我便每年跟了我的母亲住在外祖母的家里。那地方叫平桥村，是一个离海边不远，极偏僻的，临河的小村庄；住户不满三十家，都种田，打鱼，只有一家很小的杂货店。但在我是乐土：因为我在这里不但得到优待，又可以免念"秩秩斯干幽幽南山"[5]了。

　　和我一同玩的是许多小朋友，因为有了远客，他们也都从父母那里得了减少工作的许可，伴我来游戏。在小村里，一家的客，几乎也就是公共的。我们年纪都相仿，但论起行辈来，却至少是叔子，有几个还是太公，因为他们合村都同姓，是本家。然而我们是朋友，即使偶而吵闹起来，打了太公，一村的老老小小，也决没有一个会想出"犯上"这两个字来，而他们也百分之九十九不识字。

　　我们每天的事情大概是掘蚯蚓，掘来穿在铜丝做的小钩上，伏在河沿上去钓虾。虾是水世界里的呆子，决不惮用了自己的两个钳捧着钩尖送到嘴里去的，所以不半天便可以钓到一大碗。这虾照例是归我吃的。其次便是一同去放牛，但或者因为高等动物了的缘故罢，黄牛水牛都欺生，敢于欺侮我，因此我也总不敢走近身，只好远远地跟着，站着。这时候，小朋友们便不再原谅我会读"秩秩斯干"，却全都嘲笑起来了。

　　至于我在那里所第一盼望的，却在到赵庄去看戏。赵庄是离平桥村五里的较大的村庄；平桥村太小，自己演不起戏，每年总付给赵庄多少钱，算作合做的。当时我并不想到他们为什么年年要演戏。现在想，那或者是春赛，是社戏[6]了。

就在我十一二岁时候的这一年，这日期也看看等到了。不料这一年真可惜，在早上就叫不到船。平桥村只有一只早出晚归的航船是大船，决没有留用的道理。其余的都是小船，不合用；央人到邻村去问，也没有，早都给别人定下了。外祖母很气恼，怪家里的人不早定，絮叨起来。母亲便宽慰伊，说我们鲁镇的戏比小村里的好得多，一年看几回，今天就算了。只有我急得要哭，母亲却竭力的嘱咐我，说万不能装模装样，怕又招外祖母生气，又不准和别人一同去，说是怕外祖母要担心。

总之，是完了。到下午，我的朋友都去了，戏已经开场了，我似乎听到锣鼓的声音，而且知道他们在戏台下买豆浆喝。

这一天我不钓虾，东西也少吃。母亲很为难，没有法子想。到晚饭时候，外祖母也终于觉察了，并且说我应当不高兴，他们太怠慢，是待客的礼数里从来所没有的。吃饭之后，看过戏的少年们也都聚拢来了，高高兴兴的来讲戏。只有我不开口；他们都叹息而且表同情。忽然间，一个最聪明的双喜大悟似的提议了，他说，"大船？八叔的航船不是回来了么？"十几个别的少年也大悟，立刻撺掇起来，说可以坐了这航船和我一同去。我高兴了。然而外祖母又怕都是孩子们，不可靠；母亲又说是若叫大人一同去，他们白天全有工作，要他熬夜，是不合情理的。在这迟疑之中，双喜可又看出底细来了，便又大声的说道，"我写包票！船又大；迅哥儿向来不乱跑；我们又都是识水性的！"

诚然！这十多个少年，委实没有一个不会凫水的，而且两三个还是弄潮的好手。

外祖母和母亲也相信,便不再驳回,都微笑了。我们立刻一哄的出了门。

我的很重的心忽而轻松了,身体也似乎舒展到说不出的大。一出门,便望见月下的平桥内泊着一只白篷的航船,大家跳下船,双喜拔前篙,阿发拔后篙,年幼的都陪我坐在舱中,较大的聚在船尾。母亲送出来吩咐"要小心"的时候,我们已经点开船,在桥石上一磕,退后几尺,即又上前出了桥。于是架起两支橹,一支两人,一里一换,有说笑的,有嚷的,夹着潺潺的船头激水的声音,在左右都是碧绿的豆麦田地的河流中,飞一般径向赵庄前进了。

两岸的豆麦和河底的水草所发散出来的清香,夹杂在水气中扑面的吹来;月色便朦胧在这水气里。淡黑的起伏的连山,仿佛是踊跃的铁的兽脊似的,都远远地向船尾跑去了,但我却还以为船慢。他们换了四回手,渐望见依稀的赵庄,而且似乎听到歌吹了,还有几点火,料想便是戏台,但或者也许是渔火。

那声音大概是横笛,宛转,悠扬,使我的心也沉静,然而又自失起来,觉得要和他弥散在含着豆麦蕴藻之香的夜气里。

那火接近了,果然是渔火;我才记得先前望见的也不是赵庄。那是正对船头的一丛松柏林,我去年也曾经去游玩过,还看见破的石马倒在地下,一个石羊蹲在草里呢。过了那林,船便弯进了叉港,于是赵庄便真在眼前了。

最惹眼的是屹立在庄外临河的空地上的一座戏台,模胡在远处的月夜中,和空间几乎分不出界限,我疑心画上见过的仙境,就在这里出现了。这时船走得更快,不多时,在台上显出人物来,红红绿绿的动,近台的河里一望乌黑的是看戏的人家的船篷。

"近台没有什么空了,我们远远的看罢。"阿发说。

这时船慢了,不久就到,果然近不得台旁,大家只能下了篙,比那正对戏台的神棚还要远。其实我们这白篷的航船,本也不愿意和乌篷的船在一处,而况并没有空地呢……

在停船的匆忙中,看见台上有一个黑的长胡子的背上插着四张旗,捏着长枪,和一群赤膊的人正打仗。双喜说,那就是有名的铁头老生,能连翻八十四个筋斗,他日里亲自数过的。

我们便都挤在船头上看打仗,但那铁头老生却又并不翻筋斗,只有几个赤膊的人翻,翻了一阵,都进去了,接着走出一个小旦来,咿咿呀呀的唱。双喜说,"晚上看客少,铁头老生也懈了,谁肯显本领给白地看呢?"我相信这话对,因为其时台下已经不很有人,乡下人为了明天的工作,熬不得夜,早都睡觉去了,疏疏朗朗的站着的不过是几十个本村和邻村的闲汉。乌篷船里的那些土财主的家眷固然在,然而他们也不在乎看戏,多半是专到戏台下来吃糕饼水果和瓜子的。所以简直可以算白地。

然而我的意思却也并不在乎看翻筋斗。我最愿意看的是一个人蒙了白布,两手在头上捧着一支棒似的蛇头的蛇精,其次是套了黄布衣跳老虎。但是等了许多时都不见,小旦虽然进去了，立刻又出来了一个很老的小生。我有些疲倦了，托桂生买豆浆去。他去了一刻，回来说，"没有。卖豆浆的聋子也回去了。日里倒有，我还喝了两碗呢。现在去舀一瓢水来给你喝罢。"

我不喝水，支撑着仍然看，也说不出见了些什么，只觉得戏子的脸都渐渐的有些稀奇了，那五官渐不明显，似乎融成一片的再没有什么高低。年纪小的几个多打呵欠了，大的也各管自己谈话。忽而一个红衫的小丑被绑在台柱子上，给一个花白胡子的用马鞭打起来了，大家才又振作精神的笑着看。在这一夜里，我以为这实在要算是最好的一折。

然而老旦终于出台了。老旦本来是我所最怕的东西，尤其是怕他坐下了唱。这时候，看见大家也都很扫兴，才知道他们的意见是和我一致的。那老旦当初还只是踱来踱去的唱，后来竟在中间的一把交椅上坐下了。我很担心；双喜他们却就破口喃喃的骂。我忍耐的等着，许多工夫，只见那老旦将手一抬，我以为就要站起来了，不料他却又慢慢的放下在原地方，仍旧唱。全船里几个人不住的吁气，其余的也打起呵欠来。双喜终于熬不住了，说道，怕他会唱到天明还不完，还是我们走的好罢。大家立刻都赞成，和开船时候一样踊跃，三四人径奔船尾，拔了篙，点退几丈，回转船头，架起橹，骂着老旦，又向那松柏林前进了。

月还没有落，仿佛看戏也并不很久似的，而一离赵庄，月光又显得格外的皎洁。回望戏台在灯火光中，却又如初来未到时候一般，又漂渺得像一座仙山楼阁，满被红霞罩着了。吹到耳边来的又是横笛,很悠扬;我疑心老旦已经进去了,但也不好意思说再回去看。

不多久,松柏林早在船后了,船行也并不慢,但周围的黑暗只是浓,可知已经到了深夜。他们一面议论着戏子,或骂,或笑,一面加紧的摇船。这一次船头的激水声更其响亮了,那航船,就像一条大白鱼背着一群孩子在浪花里蹿,连夜渔的几个老渔父,也停了艇子看着喝采起来。

离平桥村还有一里模样,船行却慢了,摇船的都说很疲乏,因为太用力,而且许久没有东西吃。这回想出来的是桂生,说是罗汉豆[7]正旺相,柴火又现成,我们可以偷一点来煮吃的。大家都赞成,立刻近岸停了船;岸上的田里,乌油油的便都是结实的罗汉豆。

"阿阿,阿发,这边是你家的,这边是老六一家的,我们偷那一边的呢?"双喜先跳下去了,在岸上说。

我们也都跳上岸。阿发一面跳,一面说道,"且慢,让我来看一看罢,"他于是往来的摸了一回,直起身来说道,"偷我们的罢,我们的大得多呢。"一声答应,大家便散开在阿发家的豆田里,各摘了一大捧,抛入船舱中。双喜以为再多偷,倘给阿发的娘知道是要哭骂的,于是各人便到六一公公的田里又各偷了一大捧。

我们中间几个年长的仍然慢慢的摇着船,几个到后舱去生火,年幼的和我都剥豆。不久豆熟了,便任凭航船浮在水面上,都围起来用手撮着吃。吃完豆,又开船,一面洗器具,豆荚豆壳全抛在河水里,什么痕迹也没有了。双喜所虑的是用了八公公船上的盐和柴，这老头子很细心，一定要知道，会骂的。然而大家议论之后，归结是不怕。他如果骂，我们便要他归还去年在岸边拾去的一枝枯柏树，而且当面叫他"八癞子"。

"都回来了！那里会错。我原说过写包票的！"双喜在船头上忽而大声的说。

我向船头一望，前面已经是平桥。桥脚上站着一个人，却是我的母亲，双喜便是对伊说着话。我走出前舱去，船也就进了平桥了，停了船，我们纷纷都上岸。母亲颇有些生气，说是过了三更了，怎么回来得这样迟，但也就高兴了，笑着邀大家去吃炒米。

大家都说已经吃了点心，又渴睡，不如及早睡的好，各自回去了。

第二天，我向午才起来，并没有听到什么关系八公公盐柴事件的纠葛，下午仍然去钓虾。

"双喜，你们这班小鬼，昨天偷了我的豆了罢？又不肯好好的摘，踏坏了不少。"我抬头看时，是六一公公棹着小船，卖了豆回来了，船肚里还有剩下的一堆豆。

"是的。我们请客。我们当初还不要你的呢。你看，你把我的虾吓跑了！"双喜说。

六一公公看见我，便停了楫，笑道，"请客？——这是应该的。"于是对我说，"迅哥儿，昨天的戏可好么？"

我点一点头，说道，"好。"

"豆可中吃呢？"

我又点一点头，说道，"很好。"

不料六一公公竟非常感激起来,将大拇指一翘,得意的说道,"这真是大市镇里出来的读过书的人才识货! 我的豆种是粒粒挑选过的,乡下人不识好歹,还说我的豆比不上别人的呢。我今天也要送些给我们的姑奶奶尝尝去……"他于是打着楫子过去了。

待到母亲叫我回去吃晚饭的时候,桌上便有一大碗煮熟了的罗汉豆,就是六一公公送给母亲和我吃的。听说他还对母亲极口夸奖我,说"小小年纪便有见识,将来一定要中状元。姑奶奶,你的福气是可以写包票的了。"但我吃了豆,却并没有昨夜的豆那么好。

真的,一直到现在,我实在再没有吃到那夜似的好豆,——也不再看到那夜似的好戏了。

一九二二年十月。

＊　　　＊　　　＊

〔1〕　本篇最初发表于 1922 年 12 月上海《小说月报》第十三卷第十二号。

〔2〕　谭叫天(1847—1917)　即谭鑫培,又称小叫天,湖北江夏(今武昌)人,当时的京剧演员,擅长老生戏。

〔3〕　目连　释迦牟尼的弟子。据《盂兰盆经》说,目连的母亲因生前违犯佛教戒律,堕入地狱,他曾入地狱救母。《目连救母》一剧,旧时在民间很流行。

〔4〕　龚云甫(1862—1932)　北京人,当时的京剧演员,擅长老旦戏。

〔5〕　"秩秩斯干幽幽南山"　语出《诗经·小雅·斯干》。据汉代郑

玄注："秩秩,流行也;干,涧也;幽幽,深远也。"

〔6〕 社戏　"社"原指土地神或土地庙。在绍兴,社是一种区域名称,社戏就是社中每年所演的"年规戏"。

〔7〕 罗汉豆　即蚕豆。清代范寅《越谚》"谷"部:"罗汉豆,此豆圆大,只能用菜,吴呼蚕豆。"